黎明前夕

秋子 著

LI MING QIAN XI

中国文史出版社

一

不好，我们已暴露！

吴明立刻感到情况万分危急！

他来不及思考，马上转身，对刚到来的众人说：“我们的集会可能已泄密，门外有很多形迹可疑的人。大家立刻从后窗或正门冲出去，快，冲出一个是一个，快……”

军统金城站副站长赵谦，四十五六岁，约一米七的个头，结实粗壮，络腮胡刮得铁青，满脸横肉。他身穿长袍，坐在小洋楼——利丰商行对面的茶叶铺里，眼睛死死盯着商行门口，一个一个地数着进商行的人。

正当他要发令收网时，右侧二三十米处忽然传来“哎哟哎哟”的痛苦叫声。

他循声看去，见是自己的一个扮成擦皮鞋的队员苏昌文在猛踹一个乞丐。

那个乞丐也不跑，只是背对苏昌文，面向商行，双手护头，蹲在地上，大声号叫。

赵谦正想骂娘，突然看到商行门口刚才进去的那个人，正从屋里跑出来。

他心里“咯噔”一下，口中轻呼：“怎么了！”

刹那间，他意识到，情况突变！

说时迟，那时快，他迅速掏出枪，对着已跑出门口的那个人“砰”的一枪，那人应声倒下。

就在他开枪的一瞬间，小洋楼的后面也传来激烈的枪声。

此刻，他已完全明白，共党要突围！

他大声喊道："突击组，冲进去，快，不能让一个人跑掉！"

随着他这一声喊叫，店铺里的"店员"和街道上"卖菜""卖柴"和"擦皮鞋"的，几十个人"呼"地一下，各就各位，其中一部分端着手枪，向利丰商行门口冲去。

"砰！砰！砰……"小洋楼里面的枪也响了，子弹从楼上和地下的窗口、门角直往外射击。

跑在前面的两个特务，突然一个倒地，一个肩膀中弹……

突击组见状，"呼啦"一下，马上卧倒的卧倒，躲墙角的躲墙角。

隐蔽在小洋楼外围的特务，则端起冲锋枪或手枪，立刻进行猛烈回击……

日本宣布投降前的一天，蒋介石发电报给毛泽东，邀请他到重庆谈判，共商国是！

十四年的浴血抗战，中国付出了伤亡三千五百多万人的惨重代价，终于战胜灭绝人性的倭寇。当全国人民都听到日本法西斯这个恶魔发出绝望的哀号，同时看到蒋介石发给毛泽东的电报时，全体国人真是"剑外忽传收蓟北，初闻涕泪满衣裳"！

顿时，广袤的国土，前线和后方，城市与乡村，无不沉浸在喜悦与兴奋之中！

大家都以为，国共合作已八年，日本侵略者终于被赶出了中国。从那一刻起，在中国的大地上战争将远去，杀戮将成为记忆，代之而来的就是和平的阳光、自由的灿烂和民主的缤纷！

然而，善良的百姓怎么也没有想到，蒋介石在向毛泽东发出来渝邀请的同时，在五月五日至二十一日国民党六全大会的政治总报告中居然说："今天的中心工作，在于消灭共产党！日本是我们的外部敌人，中共是我们的国内敌人！"

毛泽东在渝谈判期间，蒋介石又给他的军警宪特秘密发布抗战前的《"剿匪"手册》，调运部队欲取华北，企图打开通往东北的道路，并用美国军舰、飞机向华北等地紧张地运送军队！

此外，在山西上党地区，阎锡山占领了八路军从日军手中夺回的襄垣、潞城、长治、长子等县城，目的是依托长治周围的六个据点，占领整个晋东南。

为了打击蒋介石和阎锡山的嚣张气焰，毛泽东在重庆利用南方局电台，秘密指示刘邓部队发起上党战役，进行反击。

此时的中国政局，表面上是莺歌燕舞、琴瑟和谐，暗地里却是乌云翻滚、刀光剑影！

国运凶吉难卜！

开篇叙述的，就是发生在一九四五年十二月底，中共金城地下市委惨遭血腥围捕的一幕！

坐落在长江边上的金城市，像平日一样，喧嚣的一天又开始了。上午九点多钟，最繁华的城中路，所有的店铺都开张了。

街道上，人们熙来攘往，黄包车穿梭其中，偶尔也有军用吉普车、甲虫似的轿车鸣笛而过。

卖烟的、卖菜的、卖柴的、擦皮鞋的，或游动于街道上，或停摆在街道旁，显得杂乱而繁忙。

街道旁，一栋三层的小洋楼，大门的右侧，挂着用鲜红的油漆写的“利丰商行”的牌子。

这栋楼三面临街，背后是居民的聚集区。居民区内是小街小巷，纵横交错。

此时，小楼内正准备举行一个秘密的重要集会。

重庆的谈判，签订了《双十协定》，但是局部战争仍在继续。和平谈判、和平建国的前景究竟如何，全国百姓既拭目以待，又忧心忡忡。

然而，共产党人却很清醒，中共中央提出的“和平、民主、团结”的方针，国民党是阳奉阴违的。中共金城地下市委书记吴明更是感到形势严峻。他想，充分揭露敌人独裁、内战的诡计，是当前刻不容缓的任务！

他要以“和平、民主、团结”的口号，发动群众、组织群众，与各阶层、各党派团结起来，迅速掀起反对国民党政府假和平、真内战的浪潮，形成强大的社会压力，以配合在重庆的谈判。

为此，他秘密通知金城市委委员在利丰商行召开紧急会议，迅速作出部署。

利丰商行的老板是钟向北。他是金城市委委员、组织部部长。

开会在二楼，是商行办公的地方。

选择在这个地方开会，吴明与副书记江正寒、组织部部长钟向北分别在接头时进行了研究。

吴明认为，第一是这栋楼的一、二层靠居民区方向有窗口，二楼离地面只有三米高。有紧急情况，可从一、二层跳窗逃走。只要能跳出去，在这些七弯八拐的小街小巷中，就一定能逃脱。第二是商行地处闹市区，若从门口冲到街上，瞬间就能淹没在熙熙攘攘的人群中，也很容易跑掉。第三，在商行，有六七个人走动，很像是商务活动，不容易引起别人注意。

二楼有八九个员工办公的桌子。钟向北已悄悄地通知员工补休放假。

开会的时间定在十点。

还差十分钟就到点时，身穿蓝色西装的钟向北，手拿一张《金城晚报》首先走进来。

他上到二楼时，见看门的老张头正在擦桌子，便轻声地说："你回去吧!"

老张头手不停，也没看掌柜钟向北，只是"哦"了一声。

钟向北在那里站了一会儿，四面环顾一圈，然后走进茶水间，看到老张头已在炉子上烧了一壶水，满意地笑了笑。

接着，他回到办公室。此时老张头已走，他就坐到一个员工的座位上，看起报纸来。

五分钟后，吴明也进来了。他穿着米黄色西装，戴着墨镜。

他上楼见到钟向北，就随便说了一句："你来了?"

他边说，边走到临街的窗口，眼睛看着窗外。

钟向北听到吴明问话，便"嗯"了一声，然后抬起头，眼睛一会儿看吴明，一会儿看楼梯口。

俄顷，市委副书记江正寒，戴着近视眼镜，身穿黑色长袍，也上到楼梯口。

他的目光正好与钟向北相遇，他们互相点点头，微微一笑。

到了楼上，江正寒看见站在窗口的吴明，又打招呼说：“老吴，你来了？”

吴明没回头，却应道：“哎，来了。”

江正寒略站片刻，然后坐到钟向北侧边、靠近后窗的座位上。他闲着无事，眼睛就四处张望。

他认识钟向北，也知道钟向北在党内的身份，但他是第一次来利丰商行。

吴明始终站在窗口边，神情警惕地看着商行的大门前面和周边街道上的动态。

他从窗口看到，其他来开会的人正陆陆续续地走进大门。

市委委员罗田，穿着浅蓝色长袍，头戴黑色礼帽，进来了。

不一会儿，市委委员肖化，穿着灰色长袍，戴着白色礼帽，手拿文明棍，也慢步进门。

肖化前脚进来，市委委员龙国新后脚也到了。他身穿黑色西装，手拎提包，走得很慢，来到门口，又左右看了一下，才走进去。

楼上的吴明，看到龙国新进来后，又看了看表。

此时，正好十点，但市委委员叶子辛还不见人。

吴明皱了皱眉头，心中有些不快。

他正想回头说什么，突然看到商行对面街边的一个乞丐正和一个擦皮鞋的人拉拉扯扯，片刻后擦皮鞋的就猛踹乞丐。

乞丐被打得“哎哟哎哟”直叫。

他一阵惊愕！

再仔细观察街上的情况，猛然间，他觉得情势严重：这些“店员”和“卖菜的”“卖柴的”以及“擦皮鞋的”，都不像是做生意的人。他们都没有主动招揽生意，对顾客问话也爱理不理，眼睛却盯着利丰商行这栋楼……

就这样，抗日的枪声刚停，国共的枪战在金城市城中路再起。一场你死我活的大搏杀，在鲜血汩汩地流淌中上演了！

叶子辛因为被特务盯梢，转了几个圈都甩不掉。

他快步来到如意杂货铺门前，戚小青突然从铺里出来。

戚小青，年龄有二十三四岁，身材高挑，齐耳短发，上身穿灰色棉袄，下身穿蓝色棉裤。

她是金城永兴纱厂的会计，地下党员，叶子辛的下线，也是他的恋人。

今天上午她外出对账，因为有事找如意杂货铺的掌柜，绕道到这里来，刚和掌柜说完话出来。

她突然看到叶子辛，不禁一阵错愕！

按规定他们连招呼都不能打，但此刻叶子辛向她直打眼色，口中同时小声说："我后面有狗！"

戚小青立刻明白了，就神态自若地小声说："你进去，从侧门出！"

接着，她同时转身，从手提袋里拿出几张票子，举起来，边摇晃着手中的票子，边向屋里大声叫唤道："掌柜的，掌柜的，你出来，退我的钱不够！"

掌柜名叫雷霆。他的外甥女原是纱厂女工，和戚小青的关系很好，两人经常一起来这里。戚小青也把雷掌柜当舅舅看。去年初，因工伤事故，他外甥女意外死亡，戚小青又帮助雷掌柜处理外甥女的后事。

雷掌柜的外甥女挺聪明的，生前曾悄悄地告诉雷掌柜，说她怀疑戚小青是共产党，同时又要求舅舅万万不能说出去。

雷掌柜听后，意味深长地点了点头。

外甥女不知道，一九二九年金城"六二三"暴动时，雷掌柜的妹妹，也就是外甥女的母亲，也是在参加攻打警察局时牺牲的。那时，外甥女刚满两岁。

其实，雷霆也是共产党员，是戚小青发展的，只是外甥女不知道罢了。

雷霆还有一个弟弟，叫雷鸣，是开牙医诊所的。

戚小青一面向铺里呼喊，一面用身子遮住叶子辛，叶子辛则迅速闪进里屋。

雷老板不认识叶子辛，见他进来，正要发问，却听到戚小青叫喊。而此时，叶子辛刚好也问道："请问侧门在哪儿？"

雷掌柜反应很快。因为他知道，戚姑娘没在这里花钱，她如此喊话，必定是要掩护什么。

于是，他给叶子辛指了指方向，就边跑出来，边应道："哎，来了，来了，怎么会不够呢？"

两个人即堵在门口那里，争吵起来……

叶子辛从杂货铺侧门出来后，又拐过两条街，才确认摆脱了特务的跟踪。

当他距利丰商行还隔着两条街时，忽然听到商行方向传来枪声，其中还有冲锋枪。

他不禁一惊，心中感到强烈不安!

他本能地想跑步过去，但立刻意识到，这样会引起路人注意的。于是，他只好暗地加快脚步，一刻不停地往利丰商行赶。

他终于来到商行门口，可枪声已停止。只见周边的行人正又好奇，又战战兢兢地向利丰商行门口慢慢地围过去。

叶子辛还不知道这里到底发生了什么。

三天前，市委副书记江正寒与他接头时，只通知他十点钟，到利丰商行参加市委的会议。

他只好悄悄地挤到人群中间，默默地观察。

他首先看到商行门口不远处躺着一个人，并且血流满地。接着像是军统站的人呈扇形围拢到商行门口。

他的脑袋“嗡”的一下，目瞪口呆!

这时，赵谦从茶叶铺走过来，挥着手枪，对门口的特务们说：“去，你们进去，看看还有没有活的!”

说完，他走到躺在地上那人的旁边，蹲下去，用手摸一摸那人脖子上的动脉。确定人已死后，又站起来，从长袍口袋里拿出一沓黑白照片，翻动起来。

忽然，他翻动照片的手停下来，指着一张照片，对站在旁边的行动处副处长刘伟波说：“这是市委委员龙国新。”

“对，不错!”刘伟波看了看照片，也确定地说。

“站长，门角这里有一个还喘气的!”突然，屋子里面一个特务叫道。

赵谦和刘伟波闻声，快步走进去，看到倒在门角边上的那个人，胸部和腿部都在流血，还有气息。

赵谦又翻了一下照片说：“这个人没有照片，名单上也没他的名字，好像是这里的掌柜。先不管这些，快，送医院!”

两个小特务马上把受伤的抬出去……

“站长，这里也有一个，死了！”

人刚抬走，又一个特务指着靠前街窗下面说。

赵谦走过去，看看照片后兴奋地说：“这是市委书记吴明！”

“是吗？”刘伟波惊喜地说，“大鱼呀，可惜死了！”

“站长，这里窗边上还有一个，也死了！”二楼上的特务叫唤说。

赵谦等一伙马上小跑上楼，走到靠居民区的后窗边，果然发现躺着一个人。

赵谦看了看说：“这是市委委员肖化。”

说完后，赵谦看着众特务，疑惑地说：“没了？进去六个的，怎么才四个？”

“老赵，这里还有一个！”

听到楼外有人喊话，赵谦把头伸出去，见是行动处处长冷伟在叫他。他顺着冷伟手指的方向看，窗口下的墙根处确实脸朝下扑着一个人。

他即刻下楼，走出门口，再绕到小洋楼后面的窗口下，把扑倒在地的人翻过来，然后对着照片查看，翻动了两遍后才说：“这人也没照片，应该是市委委员罗田。哎，他还喘着气呢，快快快，送医院！”

冷伟随即对站在不远处的一个小特务说：“小于，快把他抬到医院去！”

叫小于的马上跑过来，与在冷伟身边的那个小特务一起，把伤者抬走。

“这才五个呀，要抓的总共七个人的。我看见共进去六个，还有一个没到，而进去的还缺一个呢！”赵谦不解地对站在旁边的冷伟和刘伟波说。

冷伟面对赵谦的疑问，好一会儿，才不好意思地说：“有一个跑了。”

“跑了？”赵谦吃惊地说。

“是的，最先跳窗的那一个，我们没打中，让他逃脱了。”

“你，你，好！”赵谦怒不可遏，但又显得无可奈何地说，“徐站长明确交代，你和小龚负责洋楼后面。现在人居然从你的眼皮底下溜走了。这个人是谁？就是市委副书记江正寒！”

“不会吧？”冷伟像是有点惊讶地问道。

“怎么不会呢？他们进去时，我对着照片，一个一个地数着。进去六个人中，虽然有两个没有照片——受伤那两个，但江正寒是有照片的，而他现在活不见人死不见尸，你说会吗？好了，你也不要说了，回去跟站长解释吧！”

冷伟三十多岁，中校军衔，是徐伯恩的宠臣。他中等身材，皮肤白皙，瘦脸庞，戴一副近视眼镜。看上去很斯文，但他崇尚暴力。他一般话不多，喜欢肚里行事，表情总是阴阴的。

赵谦虽也是中校，更是副站长，但最近他与徐伯恩的关系有些微妙，所以此刻对冷伟不得不有所顾忌。

冷伟一般不会恃宠而骄，但得知是赵谦的宠儿苏昌文因为暴打乞丐而惊动共党，并导致不能一网打尽后，心中也窝了一团火，因此也不软不硬地说：“谁提前开的枪？”

“不开枪，让他们跑吗？”赵谦恶狠狠地说。

冷伟朝围观的人群扫视了一遍，对赵谦冷笑了一声，转身对手下说：“大家接着干活吧！”

混在人群中的叶子辛，凝神屏息地看着、听着特务们的每一个动作、每一句话。由于距离比较远，特务们有些话能听到，有些却听不清，而他的思维随着特务们核查现场的言行也在紧张地思考着，并且不断地蹦出重重疑问，更兼忧心如焚！

当他听赵谦说“去看看还有没有活的”时，就明白了，是军统特务包围了商行！

他的心立刻像打鼓似的“怦怦”直跳，禁不住心里直问：市委的会议出事了？这是什么重要会议？吴书记主持会议？都有谁参加？

他的胸口，突然像被捅了一刀！

他极力让自己镇定下来，脑子迅速运转：敌人是怎么发现这里在开会的……

这时，几个特务抬出一个人，看样子是受了重伤。

当特务们要把伤者放到车上时，叶子辛突然看清了。

这不是老钟吗？利丰商行的老板，他也是自己的同志？

因为他们都是单线联系，彼此大多都不认识。即使在工作中凑巧见面，也不知道对方叫什么，干什么。

由于利丰商行在金城市小有名气，抗战时凡搞募捐，必有利丰。叶子辛就是在募捐会上认识钟老板的。

那次募捐会后，突然下起了大雨，叶子辛没带雨具，钟老板就把他拉上自己的轿车并送回了家。但叶子辛一直都不知道钟老板的真实身份。

此刻的叶子辛虽然满腔悲愤，满脑子的不解，但他仍然沉着、冷静。他已意识到，敌人很快就会缉捕自己和江正寒，此处不能久留！

于是，他从人群中悄悄地退了出来。

可就在他要离开时，又看到从商行后面抬出一个受伤的人。他立刻站在那里，双眼紧紧盯着从身边抬过去的那个人。

当看到躺在担架上的人时，他心里又猛然一惊：罗田……

冷伟进入利丰商行后，看着手下翻箱倒柜，突然想到刚才那个乞丐不见了，立刻大声喊：“苏昌文，苏昌文！”

“到！”苏昌文急急忙忙地从楼上跑下来。

“那乞丐呢，那乞丐呢？”冷伟厉声问道。

突如其来，而且是疾言厉色的问话，让苏昌文颇感恐惧，又莫名其妙。

他只好小心翼翼地说：“乞，乞……丐，怎，怎么了？”

“你这个笨蛋，还不马上去找，务必把他抓回来！”冷伟喝令道。

“是！”苏昌文大声应着，立刻转身出去。

二

叶子辛离开现场后，漫步在街头，除了心情悲愤，脑袋也乱成一锅粥。

他在想，这次开的是什么会？是市委领导成员会议吗？为什么要开这样的会议？

从枪响到枪声停止，时间不长。商行里，除了江正寒、钟老板、罗田，还有谁？听赵谦的话，他们是下狠手，往死里打的，应该不会有活的！

这里为什么会被包围？为什么会发生这样的惨案？

是敌人预先侦知，还是偶尔碰上？抑或集会泄密？

自己得到江正寒的通知也只有时间、地点。什么内容、什么人参加，却一概不知。

如果仅仅是无意泄密，或者敌人仅靠蛛丝马迹寻踪而来，不可能有如此详尽的资料，有如此周密的准备呀？

这里面肯定有问题，而且是内部问题！

“呜……呜……”警车凄厉的尖叫声，突然从他身边呼啸而过。

叶子辛意识到，不能在街上这样游走，得找地方躲避一下。于是，他走进路旁一间西餐馆，要了一杯咖啡，在那里坐了下来。

他想，接下来怎么办？

叶子辛的心情渐渐地平静下来，他认真地捋了一遍今天的所见所闻。

他想，敌人说是“七人”。龙国新是市委委员，老江是市委副书记，自己是市委委员。也就是说，今天的会议，是市委领导的会议？从现场看，我们这个会议的时间、地点、参加人员，敌人已经掌握，他们在那里早早布好了局，要把我们一锅端，现在侥幸脱险的只有自己和江正寒！

此刻警车仍然在四处出没，敌人还在到处抓人。

市委机关会有问题吗？自己掌握、认识的党员会有危险吗？

想到这里，他坐不住了，也顾不上自己的安危了！

他立即决定：一、马上去一趟有可能是市委机关的清风古玩店。二、迅速告知自己的文兴书店。三、马上通知自己知道的联络点。四、要告知自己的下线，停止一切活动。

叶子辛立刻离开西餐馆，叫了一辆黄包车，向位于古贤路十八号的清风古玩店飞奔过去。

虽然他与市委吴书记没有直接联系，市委机关的安危他也没有责任，但是此时市委的领导死的死、伤的伤，除了江正寒，他也许是唯一一个能去报警的人了，怎能置身事外呢？

清风古玩店规模比较大，共两层，一层是藏品展示及洽购大厅，二层是仓库、办公和住宿地方。东西也不少。大件的，有陶瓷、字画、玉器、铜器、佛像；小件的，有漆器、绣品、手串、核桃等。

这里实际上就是市委机关所在地。

吴明的公开身份，是这个古玩店的老板。

江正寒是市委副书记，公开身份是济世药房的老板，他的上线自然是市委书记吴明。他们联系有规定的时间，但遇到紧急事情，即使不是联系日，他也可以直接来这里找吴明。

江正寒的下线是叶子辛。

叶子辛与江正寒接头的地点一般是济世药房。如药房出现特殊情况，不能接头，就在第二天到备用点见面。

叶子辛本来是不知道清风古玩店是市委机关所在地的。一周前，他与戚小青约定在古玩店对面的面馆接头。因时间没到，他就溜进古玩店闲逛。

他刚进店内，碰巧见江正寒从楼上下来。江正寒也看见了他。他们虽然没有打招呼，可叶子辛一直在琢磨：他来这里干什么？这是什么地方？

三天前，江正寒和他见面，通知他，今天上午十点，到利丰商行，参加市委的会议。说完这个事后，江正寒突然问他那天到古玩店去干什么。他把原因说了，没想到江正寒却十分严肃地说：“你以后不能到那个地方！”

“怎么了？那是什么地方？”叶子辛疑惑地发问道。

江正寒神色冷峻，说：“这还用问吗？自己想去！”

老江怎么了？他这话是什么意思？

叶子辛知道，老江平时对古玩毫无兴趣。老江也不是古玩店的伙计、掌柜，上人家的楼上去干什么？现在他又为什么如此严厉地禁止自己到那里去？难道这里有他的下线？

如果有他的下线，自己与他的下线又不认识，自己只不过是一个普通的顾客，他用得着如此紧张、如此严厉地叮嘱吗？

叶子辛再细细琢磨负责展厅介绍和洽购商谈的那两个店员的气质、神态，以及言谈举止，都不像普通伙计。叶子辛突然心中一惊，暗自轻呼：难道这里是市委机关？他这个副书记来这里，是与吴书记接头的？

根据种种迹象判断，叶子辛基本肯定，这里就是中共金城市委机关。

此刻，在危急关头，他第一个想到的，就是清风古玩店——极有可能的中共金城市委机关！

年轻的黄包车夫，跑得上气不接下气，大冬天的，额头上渗出了豆大的汗珠。

当车刚转进古贤路口，叶子辛远远就看见古玩店门口围满了特务、警察、看热闹的市民，还有囚车。

这时，特务们正押着三男两女，推推搡搡地从古玩店里出来，走向囚车。

叶子辛顿时悲愤地一拍大腿，深深地“唉”了一声。

接着，他对车夫说：“我们不走这里，去城南丰登路！”

车夫听后，马上转出路口，直奔城南。

文兴书店在丰登路，叶子辛的公开身份是书店老板。书店里还有两个人，一个姓黄的年轻人，是中共党员；另一个是姓梁的中年人，虽不是共产党员，但思想进步，同情革命。

叶子辛来到丰登路文兴书店不远处的斜对面，他让车夫停下来。

他在车上对文兴书店及周围观察了一番，迅速从口袋里拿出纸和笔，很快写了一个纸条。他对车夫说：“师傅，帮我把这个纸条转交给对面书店里一位姓黄的伙计，酬劳和车钱我现在一并给你，好吗？”

车夫见办事给钱，就很乐意地说：“行！”

车夫到了书店门口，就大声叫：“小黄！”

不一会儿，在远处的叶子辛就看到一个年轻人走了出来，车夫把纸条递给他，就往车停的地方走回来。

小黄打开纸条，只见上面写着："你家着火，速回！"落款是"车叔（'撤出'谐音）"。他意识到有情况了，马上回了屋。

不到三分钟，从书店里陆陆续续地走出六个人，其中四个是客人。

小黄把门锁上后，和另一位伙计老梁分头迅速撤离了书店。

看到他们走后，叶子辛正要离开，突然看见不远处一辆吉普车和一辆囚车呼啸而来。

车到书店门前戛然而止。

接着，从车上跳下五六个特务，挥舞着手枪，冲到书店门前，一边砸门，一边大呼小叫……

眼前一幕，让叶子辛惊出一身冷汗！

此地不宜久留，他马上转身离开，又心急火燎地向自己与江正寒接头的联络点——维新路十九号济世药房赶去。

济世药房在书店的东面，大概十分钟的路程。

今天不是接头日，又听说老江刚逃脱，药房安危如何，叶子辛心中十分焦灼。

叶子辛疾步赶到济世药房，站在距离药房不远的斜对面，像刚才观察书店那样，认真、警惕地察看药房和它的周围。

药房照常营业，抓药的人进进出出，但门口周边明显多了一些平时没有的人：修理自行车的，卖烟卷的，还多了一些候客的黄包车。更重要的是，药房门口右墙角报平安的垃圾桶不见了。

叶子辛明白，这里也出事了，里外都有敌人的埋伏！

他只好悄悄地离开这里，快步转过几个街口。这时已是下午一点多钟了。

由于神经高度紧张，叶子辛午饭还没吃，却没感觉饿。他又去见了几个自己的关系人，向他们报警。

到了这个时候，他已心力交瘁。

像今天发生的这么重大的危机，是叶子辛参加地下工作以来从未有过的！

为了全身心应对这个危机，他只好把惊骇、难过和悲愤压在心底。当把自己能做的都做完后，他很想找个地方，坐下来好好地想一想，今天究竟发生了什么！

他抬起头看，旁边有一家理发店，想进去刮一刮脸。正要走进去，他忽然间想起，自己已暴露，书店遭捣毁，敌人正在四处抓捕自己，而自己的家又怎么样了呢？

他马上改变主意，不进理发店，而是叫来一辆黄包车，直奔家里。

他知道，这样做很危险，可危险也得去！

黄包车来到离家还有两个街口的地方，他给钱下车，步行来到一个拐角处，隔着有一百多米的距离，观察自家的门口。

这时，他的家门口已停有囚车、吉普车，并有特务、警察进进出出。

书店和药房被特务袭击、监视，让叶子辛已有了心理准备。当看到自家被搜查，他内心也就不怎么吃惊了。

自己的住处只有江正寒知道，还有就是市委的机要秘书孙言知道。对，老钟也知道！

难道自己回家也曾被敌人跟踪过？或者是他们中的某一个告的密？

他们三个人中，老江跑了；钟老板虽然被捕了，可他受了重伤，看那样子能不能救活还是个问题；孙言则下落不明。这样说来，不应该是他们。

叶子辛还在思考，突然发现敌人要撤了。

有三个敌人从屋里出来，在车旁站了一会儿，又跑回屋里。其他的敌人纷纷上车，然后一溜烟地走了。

叶子辛知道，家中有敌人在蹲守！

敌人走了，叶子辛也离开那里。他穿过几条街，走进震旦公园，找了个僻静的地方，坐在一块光溜溜的石头上。

此刻，他的思维仿佛陷进混沌与黑暗的世界似的……

叶子辛，三十岁出头，皮肤白皙，中等身材，留平头，身穿棕色唐装。他勇敢刚毅，守诺大度。

他原名叫林成，生长于赣南农村，祖辈家境殷实，可到了父辈，就只剩下几亩薄田了。父亲看林成活泼聪明，十分喜爱他。他不仅自教林成武术，还省吃俭用，千方百计供他读私塾。

林成也确实是一个可塑之材。几年下来，不仅练就一身好武功，那“之乎者也”也念得让父亲很开心。

十七岁那年，在叔叔林帆的影响下，他参加了红军。

由于他读过五年私塾，口齿伶俐，人又机灵，一入伍，就被分到连部当通讯员。通讯员当不到三个月，在一次战斗中，居然打掉敌人的机枪手。一年后，被调营部去当文书。在营部也只干了一年，又得到团政治处主任林旭明赏识，就直调政治处当干事。

一九三四年底，在湘江战役的界首战斗中，林成身负重伤，林旭明不得不把自己十分器重的他转移给当地的地下组织，就地养伤。

在分别的时候，林成还清醒。他拉着林旭明的手，死活不愿留下。林旭明也很不情愿让他留下，但他不仅走不动，而且气息奄奄。

此次大转移，部队要往哪走，不光林旭明不知道，就是军团长、师长也不知道。前路茫茫，敌人围追堵截，如果他跟着走，拖累部队不说，而且部队缺医少药，他是必死无疑！

如果他留下来，还有一线生的希望。

林旭明眼含泪水对他说：“小成子，你在地方好好养伤，到部队稳定下来，我就派人来接你。要是你等不了，伤好后自己也可以去找部队！”

三个月后，林成康复，就嚷着找部队，但是，红军现在哪里，谁也不知道。

即便如此，林成还是要走。

他说：“原来的部队找不到，就回江西瑞金，我叔叔林帆在大转移时，没有跟主力部队走，被留在根据地打游击。”

当地组织拗不过他，只好用密码写了一封证明信，让林成收藏好，就送他上路。

一路上，他风餐露宿，并不断化装，有时装成农民，有时扮为乞丐，也有时化作挑夫。在江西万安县境内时，遇上国民党抓壮丁，被抓走了。

他先被集中到吉安，再统一送到南昌集训三个月，之后被分配到驻扎在安义县邓兆年那个团。

一天，邓兆年团长到连队转悠，在操场上看到一帮兵，正在围观两个士兵拳术搏击，便饶有兴趣地走过去看。

此刻人圈里，一个高个子和一个中等个子正打得难分难解。

中等个子正是林成。

他神态勇猛，辗转腾挪，快如流星，招式凶狠。高个子左闪右躲，进退失着，连吃对方拳脚，瞬间就仰面朝天，倒在地上。

高个子才倒下，场上又突然响起一声：“看我的！”

接着，一个大个子冲到林成前面，边出拳，边说：“看招！”

林成闪电般躲过他的勾拳，并迅速起脚一踹。大个子躲过一脚，却又被林成雨点似的双脚轮番扫、踢、蹬。林成脚脚凶猛，招招直冲大个子要害，打得大个子只有招架之功。

忽然林成来一个“打草惊蛇”，大个子胸部猛然遭到一脚，“嘭！”的一下子跌翻在地。

场上立刻爆出一阵喝彩声和热烈的掌声。

邓团长见此，也忍不住大喝一声：“好！”

紧跟着，他拨开人群，进到人圈里。

排长看到了，马上跑步进去，向团长敬礼，并大声说：“报告团长，新兵在训练，请训示！”

邓团长只向排长回了个礼，就径直向林成走去。

来到林成跟前，团长上下打量着他。

林成头上流着汗，喘着粗气，向邓团长敬个礼，却没有说话。

“你叫什么名字？”邓团长问。

“报告团长，我叫林成！”林成这一回大声喊道。

邓团长看看大家，然后微笑地看着林成，并用手捏捏他的肩膀说：“挺结实的，好，我记住了！”

集训结束，林成就被调到邓兆年身边，当了贴身卫士。

林成自打被当壮丁抓起来后，开始时一直想找机会逃跑。后来他又想，自己这样没有信息、没有依据，像无头苍蝇一样乱跑、乱撞，不仅难找到自己的部队，说不定还会遇到更大的危险。不如将错就错，先藏身于白狗子队伍，等到与红军打仗的时候再投奔过去，这样就省事多了。

安义县距南昌城几十公里，邓兆年经常要到城里开会。

一天下午，开完会后，邓兆年和两个侍卫坐吉普车回团里。在汽车转过山坳时，突然遭到不明袭击。

刹那间，一个汽车轮胎被炸爆，子弹直往车里射来。

由于情况不明，林成和另一个侍卫只好拼死保护邓兆年。

司机首先被打死，坐在副驾驶室的侍卫迅速下车，边还击，边过去给邓兆年开车门。

林成在车里，也是边向窗外射击，边用身体护着邓兆年。

不一会儿，车外的侍卫被打中头部，当即死了。与此同时，林成左肩膀中弹受伤，鲜血一下子流到邓兆年的脸上。

林成忍着剧痛，右手猛然用力把邓兆年推出车外，自己也跟着跳下车，双双顺势滚到路坎下，山上的人已看不到他们。

在路坎下的林成和邓兆年，根据枪声判断，知道对方只有几个人。

邓兆年边给林成包扎，边说："这一枪不是你挡住，就打到我的脑袋上了。你救了我一命，大恩不言谢！"

林成此刻的心里很不是滋味，只好岔开话题说："团长，现在的关键是如何摆脱险境！"

邓兆年毕竟是团长，稍显镇定地说："我们都不要动，让他们以为我们都死了。他们人不多，待他们下来打扫战场时，我们再收拾他们！"

由于袭击者是什么人林成还判断不出来。邓兆年这样说，正中林成下怀。

于是林成说："对，我移动到你的左侧，我们形成交叉火力，届时两边夹击。"

话是这样说，林成心里却在想，如果袭击者是红军或游击队，他就在远处把邓兆年击毙，然后向他们投降。

枪声停了几分钟，山上的袭击者中有人就站起来说："他们都完了。坐这种车的人肯定是大官，没有金条也有美钞，兄弟们下去吧！"

"二当家的，今天我们撞到财神了……"

随着叫喊声、欢呼声，六个土匪从山上飞奔下来。

土匪们下到公路，毫无防备地走近吉普车。邓兆年和林成两边突然同时开枪。土匪还没搞清状况，就见了阎王。

中央红军长征后，蒋介石对鄂豫皖、皖浙赣等边区实行疯狂的“清剿”，邓兆年团到皖浙赣边一个叫鄣公山的地方“进剿”。

这一回，林成明明白白知道对面是红军，所以，枪声一响，就偷偷走到一边，隐蔽起来。

战斗结束，他脱掉军服，装成游击队员的样子，去寻找已撤离战场的红军。

邓兆年以为他可能被红军俘虏，也可能被打死在某个山旮旯里，心里很难过。

后来，他多次对新来的卫士说：“就是牺牲一个排，我也没那么痛心！”

林成离开战场后，顺着红军撤退的方向追。

当他进入一个村子时，被两名赤卫队员当成敌人的探子抓住，押送到了队部。

他十分镇定地要求赤卫队队长单独接见，说有要事相告。

见到队长后，他就把自己如何参加红军，在红军什么部队，师、团长是谁，团政治处主任是谁，自己在政治处的职务是什么，以及在长征路上如何受伤、养伤，伤好后又如何找部队，又怎样被抓丁当兵等诉说了一遍，然后从自己的衣服夹缝里，拿出养伤地的党组织密写的证明信给了队长。

第二天，队长来对他说：“按上级的指示，我们送你到皖浙赣边区吧。”

林成到了皖浙赣边区后，待了十来天。其间，一个姓白的同志和他谈了三次话，有核实情况的，有肯定他的革命意志和信仰的。最后一次，是鼓励打气的。

白同志说：“根据组织指示，派你到金城市做地下工作。”

一开始他不太情愿，但很快就想通了，自己千里迢迢，踏凶履险寻找部队，目的不就是要在部队里打敌人、干革命吗？干革命就得服从命令，听党的话。特别是找部队的一路来，因对所见所闻的思考，他成熟了很多。于是，他服从了组织安排。

到金城市后，他的名字不再叫林成，化名为叶子辛。

叶子辛没有想到的是，在金城市一干就是十年！

在这十年时间里，他搞过情报，负责过学运和工运，担任过区委委员、区委书记、市委委员。他负责过暴露同志的转移，参与营救过被捕的同志，更目睹过革命同志倒在血泊中。但像今天这个事件的惨烈和蹊跷，还从来没有经历过。

叶子辛分析，今天就是市委召集的市委成员会议，或密商紧急事情，或部署重大任务，但是会议的时间、地点和参会人员，敌人早已掌握，并且埋伏、包围了会场，企图一网打尽！

如果是这样，敌人的情报是从哪里来的？自己三天前已得到老江的通知。也就是说，在这三天的时间里，市委吴明书记对敌人的情况一无所知，对市委即将面临的灾难没得到任何消息，也感觉不到任何征兆。

这说明什么？说明敌人的阴谋运筹得很周密，隐藏得很深，保密的程度很高！

难道我们内部真的出了叛徒？

会是谁呢？

江正寒是市委副书记，高层的很多机密他都知道。他也知道自己的掩护职业是书店掌柜，更知道自己家住何处，难道会是他？

可他也是死里逃生呀，而且他的药房也被敌人包围了。他现在同自己一样，也成了敌人的通缉对象，不应该是他！

钟老板是什么人？吴书记能够到他的商行去开会，并且他也参加了会议，那么他必定是党内的同志，并且级别也不会低。在他那里开会，他当然知道开会的时间、地点。

然而，他是不知道自己真实身份的呀！而且如果是他，敌人为什么要把他打成重伤呢？

孙言呢？他现在下落不明，干什么去了？

他是市委的机要秘书，市委很多的机密他都知道。今天市委开这么重要的会议，怎么不见他呢？

孙言也知道自己家的住址。

今年年初，接上级指示，要金城市委配合率领行动小组、代号叫“老鹰”的新四军同志，营救一个受伤被捕，住在济民医院的新四军副团长。负责与“老鹰”接头联系的是孙言，自己配合他行动。在研究方案和决定行动时，他两次到过自己的家里。自己公开的和秘密的身份，他都知道。他有可能吗……

叶子辛待在寂静的公园里，脑袋里却像江翻海倒。他想了那么多，却什么也没有想明白。

接着，他就想当下了。

现在自己已完全暴露，敌人正在四处搜捕自己，下一步怎么办？老江现在哪里？他肯定也隐蔽起来了。只有尽快找到老江，才可能把一些问题搞清楚，才可能决定下一步怎么办！

可是，怎么才能找到老江呢？济世药房已不能用，备用点是多彩绸布庄。

正常的接头时间，明天是和老江在药房见面的日子。按约定，药房不能见面，就要到后天才能与他在多彩绸布庄接头。

只有等后天了，后天能见到他吗？

三

江正寒逃离现场后，就拼命往紫竹路的家里跑。

他一脚踏进家门口，就一边急速地叫妻子只拿金银首饰和几件换洗衣服，一边胡乱地把一叠钱塞给保姆，并叫她回自己的家去。他自己则跑回房里，紧张地收拾一下。

整个过程不到十分钟，他就拉着妻子和儿子，到门口叫了两辆黄包车，坐上去，匆匆地弃家而去。

他们离家几分钟，大批军警特务就来到了江家，实施了包围搜查。

江正寒一家来到悦来旅社，暂住下来。

江正寒，今年四十岁，戴一副近视眼镜。他身材矮胖，喜欢穿对襟唐装，偶尔也穿长袍。与他相处，感到他深沉、孤傲，因为他说话大多是冰冷的。

他们入住的这个房间，是一个小套间，里面一张大床，外面一张小床。

江正寒站在外间靠窗的地方，神色悲戚，时而唉声叹气，时而默然无语。

妻子杨小敏和七八岁大的儿子站在里间，看到江正寒的举动，都被吓呆了！

儿子抱着母亲，躲在她的腋下，两眼直直地看着父亲，就像一只小鸡躲在母鸡的翼下，神色惶恐。

杨小敏一边用左手护着儿子的头，仿佛防御别人袭击似的，一边不安地问道：“我们会怎么样？”

江正寒背对着他们，举起右手，无声地摇了摇。

见江正寒如此的难过与悲伤，两人就不敢再惊动他了。妻子把儿子拉到里间的大床边，坐了下来。

江正寒是第一个逃跑的。

当他听到吴明“冲出一个是一个，快……”这个“快”字话音还没断，江正寒就“呼”地一下，冲到窗口，翻过窗台，“噌”的一下，跳下去，接着枪声就起。

江正寒双脚着地，打了一个趔趄，但没有扑倒，很快站稳。他直起腰，就拼命往前跑，后面追着密集的枪声与子弹。

仅一会儿，他就转进小巷，消失得无影无踪。

就在江正寒往下跳时，罗田也翻过窗台，刚跳出去，身上就中了一枪，人触地时，又中了一枪。

蹲守在窗下的只有两个敌人。江正寒从窗口跳下时，他们可能担心屋里的人都往这里跑，因此他们没有去追击江正寒，而是集中火力往窗口上射击。

稍感安定的江正寒此时在想，自己逃出来之后，商行里面的情况不知如何？他知道罗田是尾随自己跳窗的。在他拼命往前跑，将要转进小巷时，突然听到扑通一声，那是重物摔到地上的声音。他明白，罗田被打中了，但是死是活，他不知道。

他判断，里面的人，要么被打死，要么被活捉，再想突围出来，几乎不可能了！

叶子辛为什么不见人呢？他去哪儿了？

来参加会议的这些人，虽然各管一线，互不交叉，也基本不见面，但他作为市委副书记，又是本市人，并且在这里从事地下工作先后十多年，对这些人大多数都认识。

这么多年来，大家同在一个组织里，为党工作，经风雨，共患难，都是同志、战友、兄弟。可就是这么一个集会，在弹指间或血染街头，或被俘作囚，整个市委被连锅端！

面对这场灾难，他内心感到悲痛、难受！

吴明和他商量召开这个会议时，他也曾考虑到了危险，所以他曾问吴明，为什么不用别的方式，比如通过接头等方式来部署工作，这样不是安全多了？

然而，吴明却说，这样做太慢了。凡接头都有时间规定，见完五六个人，得多长时间？时间等不及。

吴明是师长，是大哥，是好人！

一九三七年四月，自己当时负责学运工作，名字叫江为东，正筹划在金城市组织一次声势浩大的抗日学潮。因为军统早已渗透到学联的外围组织，学联领导人的活动情况大部分被他们掌握，所以罢课游行前的那个晚上，军统就要逮捕准备开会的几个学联领导。幸好市委及时得到情报，通知自己和周文伟，侥幸逃脱，但唐宇豪因为掩护几个学生骨干而遭到围捕，最后牺牲在敌人的乱枪之下。

自己和周文伟被敌人全城通缉。组织为了减少损失，安排自己和周文伟马上转移。

自己对唐宇豪父亲唐树青的安全放心不下，在极其危险中，通过自己一个学生的关系，安置他到小林村后，自己才去了延安，周文伟也离开了金城市。

到了延安，自己就进抗大学习。毕业后，到边区政府工作。

全面抗战爆发，国共合作形成。为了在社会各阶层、各党派中建立全国广泛的抗日民族统一战线，延安抽调了大批干部奔赴敌后，开展敌后斗争。

自己是金城人，身体孱弱的母亲和妻子都在那里，就向组织提出申请，回金城工作。

一九三八年中，经批准，自己化名江正寒，从边区政府调回金城市，参加金城地下市委的领导工作。

回到家里才知道，自己转移到延安后，结婚才两个月的妻子和年迈的母亲，被自己的上线吴明同志转移到不远的乡下。此后，她们娘俩的生活一直是吴明在关照。

一天下午，妻子小敏临产，母亲急急忙忙去找接生婆。接生婆到来，她摸摸看看，就说是难产，她不敢接。

母亲听说，立刻慌了神。

此时，刚好吴明来给她们送生活费。母亲着急地对吴明说：“吴大哥，你说怎么办呢？”

吴明马上说：“大娘，您别急，我们立刻把她送城里的医院。医院会有办法的！”

"去医院，可我们没钱呀!"

"这个您别担心，我来想办法。"

是吴明把小敏送去了医院，并付了费用，使他们母子平安。后来，妻子和等不到跟自己见最后一面的母亲，每当说起此事，她们对吴明都是千恩万谢，感激不尽的!

几个月后，母亲病故，又是吴明代自己给她送终。

他不仅对自己如此，对党内的其他同志，尤其是烈士的遗属、遗孤也是情深义重，大爱无疆!

他对张国泰的母亲马氏视同己母。张国泰在"六二三"暴动中牺牲，如果没有吴明的接济照顾，张母也许早已不在人世了。

然而，今天吴明他却……

江正寒不敢再想下去了!

"笃……笃笃……"突然，有人敲门。

江正寒被惊醒，猛然回头，双眼警惕地紧盯关着的房门。

杨小敏和儿子听到敲门声，也很惊讶，不约而同地站起来，走出两步，双眼看着房门。

江正寒慢慢地走近房门，低声问道:"谁?"

"送开水的。"门外应道。

江正寒打开房门，看到一个服务生，拿着一瓶开水，但他没有马上进来，而是把开水瓶举到跟前，当着江正寒的面，把瓶塞打开，又盖上，然后才无声地进去，又无声地出来。

服务生走后，江正寒把门关上，摘下眼镜，一边用手帕擦镜片，一边面无表情地对里面的妻子说:"我还有急事，要出去一下，等一下我叫人送午饭给你们。吃过饭后，你们就休息，不要乱跑。"

说完，他把眼镜戴上，就去开门。

杨小敏听说他还要出去，十分担心地说:"危险吗?"

"没事的。"江正寒淡淡地说了一句，即向外走去。

"小心……"杨小敏话还没说完，房门已关上了。

江正寒直到傍晚才回来。

他回到房里，神态疲惫，心事重重。坐到外间的小床上，挨着床头斜斜地躺了下来。

杨小敏见他这样，也不敢问。

直到有人送晚饭来，江正寒才起来和妻儿一起吃饭。

晚饭后，他把儿子叫到里间，拿出一本《三字经》和一个本子，让儿子坐在那里抄写。

他的儿子已读小学。平时在家里，他就常教儿子这样做。

安排好儿子后，他就把小敏叫过来，坐在一起聊天。

他问妻子："赶走了日本人，你高兴吗？"

"高兴啊，是中国人都高兴！"杨小敏笑着说。

杨小敏看到丈夫的情绪好起来，她的心情也轻松了许多。因此她也很想和他聊聊天。

杨小敏今年约三十岁，身材高挑，白白净净，看得出少女时是个美人儿。

她是江正寒母亲乡下堂嫂的外甥女，有一定的修养，略通文墨。由于她喜欢江母，所以她常来江家。

江正寒，即那时的江为东，公开的身份是金城中学的老师，秘密身份则是学联的领导人。由于教学和地下工作很忙，都三十了，还没成家，急得母亲整天唠唠叨叨。

江母十分欣赏小敏的贤淑，小敏每次来，她都很高兴。要是时间长了她不来，老人家就会念叨她。其实，老人家除了欣赏小敏外，私底下更想叫她做儿媳妇。

对于常来自己家里的杨小敏，江为东也挺有好感。他不仅觉得她美丽，而且温柔善良。当母亲把心思告诉他时，他当然愿意，但他担心小敏会不会嫌自己年龄大太多。

母亲则拍拍他的脑袋，笑着说：傻瓜！

江为东忘了，姜还是老的辣！

其实，江母通过长时间的观察，早就摸到了杨小敏的心思：她之所以常到江家，开始的时候，是冲着自己来的，后来则是想着儿子了！

得到了儿子的首肯，她就去托媒人。经媒人一说，这门亲事便成了……

看着妻子天真、善良的表情，江正寒沉默了一下，便问道："为什么呢？"

"家里没了强盗，大家就安生了呗。"小敏不假思索地说。

“可是，家里刚刚赶跑强盗，而自家的兄弟却又吵了起来，甚至大打出手，大家还能安生得了吗？”

“……”

杨小敏知道丈夫说的不是家庭事。对于这样的问题，她从来没有想过，所以一下子回答不上来。

“全国的老百姓都像你一样，”江正寒知道妻子无法回答这样的问题，于是接着说，“都以为打跑了日本鬼子，大家就可以过安生的日子了。可是，国不可一日无君啊！我们这个千疮百孔的国家要由谁来管理？如何管理？这个问题没有解决，百姓的日子能安生吗？

“不管战前还是战后，国民政府名义上是这个国家的管理者，但它容不下别的党派。为了剿灭其他党派，置强盗践踏家门于不顾。所谓国民政府治理，实际是军阀割据，各自为政；四大家族横征暴敛，官吏腐败；国力衰弱，民生凋敝！为了改变这种状况，使国家统一、独立和富强，百姓吃饱穿暖，安居乐业，共产党提出了自己的主张。国民政府认为，共产党的主张不仅损害了自己集团的利益，还有取自己而代之之心。你说，他们能答应吗？”

“国民政府兵多将广，怎么会拱手相让？”

“对啊，现在就是这样！”

“又要打仗？”

“不是要，而是已经打了！”

“打了？”

“是的。在山西省上党地区，共产党的太行、太岳部队和冀南三个纵队，就十天时间，歼灭了阎锡山十一个师和一个挺进纵队，共三万多人，单俘虏国民党的将官就有二十七名！”

“阎锡山怎么这样不禁打呢？”

“不仅阎锡山不禁打，就国民政府也不禁打！”

“你认为共产党能打赢国民党？”

“抗战前，国民党把共产党赶出了江西等多块根据地，然后追着他们打，一直打到了陕西，但是，共产党就在陕西站稳了脚跟！后来有人说，要不是日本人来，共产党就没了，那是扯淡！首先，共产党被赶出根据地，不是因为国民党有多么强大，而是共产党内部出了问题而造成的；其次，到了陕西后，共产党的内部空前团结，无论是组织还是军队，在数量上虽然很少，可在质量上、战斗力上，要比浮肿虚弱、一盘散沙的国民党强大得多！在那个时候，国民党都无法消灭她，到了今天，国民党又怎么会是她的对手……”

杨小敏听着丈夫的侃侃而谈，非常专注和用心。

事实上，她是似懂非懂的。她的专注和用心，不是为了弄懂丈夫说的是什么，而是为了让丈夫多轻松一会儿！

江正寒在妻子面前这样谈时事、谈政治，这是他们结婚以来第一次，并且是在形势十分严峻下谈这样的话题，他也许是想排解当前憋闷的心情，也许是要安抚妻子此刻惊惶的心。

他所谈的这些观点与事实，既是当前社会的客观存在，也是他的认识、思考和判断。无论现实多么严峻、残酷，他的这些认识、思考和判断也没有动摇过。他知道，妻子无论对自己的工作，还是对自己的身份，都是只知其一不知其二的。今天在这危机重重的关头，和她粗略地谈一些这样的问题，使她在思想、感情上有个立足点，或许对她、对自己都有好处。

“如此说来，”杨小敏听丈夫这样说，不无着急地问道，“这仗很快就打到我们这里来了？”

“现在还不到，不过我们不能再待在这里了！”江正寒是不能和妻子实话实说的，“过一两天，我们就到别的地方去。”

杨小敏只好糊里糊涂地点了点头。

夫妻俩就这样聊着，不知不觉到了深夜，儿子早已躺在床上睡着了。

杨小敏走到里间，与儿子同睡一床，江正寒则在外间睡小床。

睡在床上的江正寒，心绪仍然不能平静。

他对于今天上午发生的突变，已想得够多的了，现在让他心乱如麻的还有一大堆问题，比如明天还要去见叶子辛，可药房已暴露，不能在那儿见，只能等到后天，到备用点去见……

下午出去的所见所闻，既让他惊心动魄，又使他悲愤难过。自己从事了十多年的地下工作，遇凶履险也不少，像这样阴险、凶残和血腥的还是第一次！

此刻的江正寒真像掉进了万丈深渊，迷迷糊糊地躺着，脑子里一片混乱。

在混沌之中，他不禁吟诵起南唐后主李煜的《望江南·多少泪》：多少泪，断脸复横颐。心事莫将和泪说，凤笙休向泪时吹。肠断更无疑。

国破家碎、江山易手，使得李后主整天愁肠泪脸，昂首悲叹。而昨天还是金城市委的重要领导人，瞬间市委却没了。昔日的战友、同志和兄弟喋血街头、横尸小楼，其情其景，对江正寒来说亦是悲从中来……

天亮了。

起床后，他和妻子、儿子轮流洗漱，完后吃早饭。

用完餐，他就和儿子在房里讲故事、背唐诗，然后又把儿子抄写的《三字经》拿出来点评。

杨小敏洗洗刷刷，拾头拾尾。忙完这一切，她就坐在那里，忧心忡忡地看着他们父子俩。

自从和江正寒结婚后，杨小敏深感丈夫对自己的爱是真诚的、无私的和热烈的。

由于他的工作神秘而忙碌，聚少离多，有时两三天都见不上一面，但他的心时刻都牵挂在自己身上。

婚后不久的一天上午，杨小敏突然接到传话说，老父亲摔断了右腿，她一下子焦急起来！

杨小敏她们是三姐妹：老大患有严重的哮喘病，三十多岁仍然待字闺中，整天病恹恹的；老二初中毕业，就一直没回过家，只来过一两次信，说是在东北，后来又听说参加义勇军牺牲了。家里虽然丫鬟用人不少，但亲人只有爸妈和有病的大姐。

中午，江为东下班回家，杨小敏就十分着急地说了这个事。江为东先安慰她，然后想了想说："你别急，午饭后我回一趟学校，处理一下手头的事情，我们就回去看看。"

江为东从学校匆匆忙忙，满头大汗赶回家时，已是下午三点钟了。他们立即赶到码头，雇一个小船，直奔五十多里路的娘家乡下去了。

他们回娘家住到第三天，由于江为东事情多，他就征求小敏意见，自己先回去，小敏留下来照顾。

小敏觉得也只能这样了，就说："行，太难为你了！"

过了一周，江为东又跑回来，但住的时间也不长，两天后就赶回城里。

半个月过去了，父亲的腿却没有多大起色。杨小敏想，自己总不能这样长时间在娘家住下去，毕竟家里还有婆婆和丈夫要照顾。

于是她和父母商量，父母同意后，她又对那些丫鬟和用人嘱咐了一番，才回婆婆家。

小敏人是回到了婆婆家，但她的心却仍在娘家，整天忧心忡忡、郁郁寡欢的。

江为东看在眼里，痛在心上。

小敏回来的第五天，江为东回家很晚。快天黑了，小敏突然听到大门外吵吵嚷嚷的，她就走出去看看。

这一看，让她又惊又喜！

江为东正站在大门口，表情轻松地看着自己。在他的身后，四个人抬的一副滑竿已放在地上。滑竿的两旁分别站着一个拿着包袱的娘家丫鬟，在滑竿上躺着的正是自己的爸爸！

原来，江为东对老丈人的腿在乡下医治是心存疑虑的。当妻子回来，他问了情况后，特别是看到妻子整天闷闷不乐的样子，他就有把老人家接到城里来医治的想法。

于是，他先到医院咨询了一些相关情况，然后悄悄地跑到老丈人家，征得老人同意，就把他抬了回来，也成功地给了妻子一个惊喜。

这件事情，给杨小敏的思想与感情烙上了深深的印记。俗话说，男人怕投错行，女人怕嫁错郎，而自己没有嫁错郎。自己嫁的这个男人，虽然不苟言笑，表面看他有些冷，可他是知书达理，善良体贴，重情仗义的。对拥有这样一个男人，她感到很满意、很幸运、很幸福……

他们就这样，一整天躲在旅馆里。

第三天早上九点钟，江正寒准时来到多彩绸布庄。

他先在外面观察了一阵，没发现异常情况才走进去。他和布庄看柜台的中年人打过招呼后，就直接走进里间。

他前脚进去，叶子辛后脚也来到布庄。

里间不大，是一个会客、谈生意的地方。

江正寒刚坐下来，叶子辛进来了。

两人相见，都没有打招呼，而是互相凝视。

两人脸色肃穆、冷峻，充满了疑惑与戒备。

良久，江正寒才语气颇为严厉地质问叶子辛："前天为什么不见你人？你到底去了哪里？干什么去了？"

见江正寒质问自己，叶子辛就慢慢地坐到他的对面。

他心里想，在这种情况下自己迟到，江正寒质问自己、怀疑自己，属正常的、可以理解的。要是换了另一种场合、另外的人，其言行也许会更激烈。

想到这里，叶子辛倒心平气和起来。他平静地看着江正寒，语调平和地把前天出门后，如何被跟踪，如何偶遇戚小青，以及赶到利丰商行后的所见所闻和古贤路十八号清风古玩店、文兴书店、济世药房、自己家里被捣毁和控制等情况汇报了一番。

江正寒听后，冷峻的表情渐渐变得温和起来。因为他所讲的，总体上是合乎逻辑的。他说的有些情况，虽然目前无法核实，可其中的一些是自己眼见耳闻的。

"知道跟踪你的是什么人吗？"江正寒疑惑地问。

"应该是情报处的。"叶子辛不敢十分肯定地说。

"他们是从什么时候开始跟踪你的？"

"已经有三天了。"

"也就是说，我通知你到利丰商行开会的那一天？"

"对！"

"那当时你为什么不告诉我呢？"

"那是你走了以后，下午下班时，我离开书店不远才发觉有人跟踪的。"

江正寒默然沉思。

见到江正寒沉默，叶子辛迫不及待地问道："前天上午，我赶到利丰商行的时候，枪声已停止，我就藏在人群里观察。由于距离现场比较远，赵谦和那些特务说的话，很多我都听不清楚。商行里到底发生了什么事？那里开的是什么会？都有哪些人参加？到底跑出了几个？除了受伤的钟掌柜和罗田，还有没有被捕的？"

面对叶子辛连珠炮似的发问，江正寒则深沉地看了他一会儿，然后才用缓慢的语调说："《双十协定》签订后，国共冲突仍未停止，局部内战愈演愈烈，和平远未到来。吴明书记认为，当前迫在眉睫的任务是广泛宣传我党提出的‘和平、民主、团结’的方针，积极推动各党派及爱国人士团结起来，一起争取和平，反对内战；争取民主，反对独裁，从而揭露敌人借重庆谈判搞缓兵之计，以保证还在重庆的和平谈判。为此，他要每个市委委员迅速行动起来，在金城市制造强大的舆论压力，所以，他决定在利丰商行召集市委委员，召开紧急会议，迅速进行部署。

“十点整，除了你，市委委员已到齐，吴书记却突然发现情况不对，就马上命令大家迅速撤离。我随即从二楼窗口跳出去，枪声就骤然而起。我拼命往前跑了几步，然后闪进一条小巷，左拐右绕的，才侥幸地逃过这一劫！至于跑出去几个，我也不知道。按你刚才讲的情况看，除了钟向北和罗田，其余都没有活的了。”

“吴书记也牺牲了？”叶子辛惊骇地问道。

江正寒低下头，默然无语，神态悲切。

叶子辛看着江正寒，心中已明白，他痛苦地闭上双眼。

良久，叶子辛才说：“从这样的情况看，敌人是早就知道我们要开什么会，并且准确地掌握了开会的时间、地点，对不对？”

江正寒想了想，沉重地说：“从结果看，是这样。”

“依你看，”叶子辛又说，“消息是怎么泄露出去的呢？是不是我们内部有叛徒、内奸？”

江正寒双眸盯了一会儿叶子辛，然后慢慢地站起来，在室内来回踱步。

片刻后，江正寒十分赞同地说：“对，肯定是内部有问题！”

两人沉默。

过了好长时间，叶子辛仿佛自言自语似的说：“内部问题……这贼会是谁？”

江正寒则仿佛深思熟虑似的说：“现在只有钟向北和罗田受伤被捕，从一些迹象看，钟向北有重大嫌疑！理由：一、商行是他的掩护点，开会的时间、地点以及参加会议的人，他都知道。二、我约提前三分钟到商行，这时，钟向北和吴书记已到商行。我进去后，就坐到钟向北的侧边，看到他坐在那里，手拿报纸，却又无心看报。他一会儿看吴书记，一会儿看楼梯口，好像心神不宁的样子。三、屋里的人，要么逃脱，要么战死。罗田冲出来，是想逃跑的，但被打伤了。然而，钟向北为什么不往外跑，在屋里却被打伤？”

“您说的钟向北，就是钟老板？”叶子辛问。

江正寒缓缓地点点头。

“他的真实身份是什么？”

“目前对他我仍然是猜测，还没有证据，因此他的身份你也不要问。”

叶子辛听着江正寒的话，感到情况很复杂，他陷入了思考。

对于江正寒分析与判断的第一、第二点，叶子辛认为有可能；对于第三点，他就感觉牵强，钟向北毕竟受的是重伤呀！

正当叶子辛沉思的时候，江正寒以金城市委副书记的身份，对叶子辛说：“对于这些问题，组织今后一定会搞清楚的。鉴于目前敌人还在搜捕，四处抓人，你与我都已暴露。他们已在全市通缉我们，金城市是不能待了。我们必须停止一切活动，马上撤离，隐蔽起来！

“我们在撤离之前，把消息尽快告知与自己有联系的组织与同志，也要他们暂时停止活动，隐蔽好。我为你准备了一个落脚点，就是小浦县水湾镇小林村，去找唐树青。等形势缓和了，我再去联系你。”

接着，江正寒把联络唐树青的方式告诉了叶子辛。

报警的工作叶子辛早已做了，不过，江正寒这样一说，使他突然想起最应该通知而又忘了通知的，是他最重要的下线。

自己的下线，自己安全，她当然是安全的，但是还有孙言和市委别的同志认识她。现在情况如此复杂，叶子辛不得不担心她。

因此，江正寒一说完，叶子辛立刻就说：“好，后会有期！”

话音还没落地，他已跑到了门外。

四

军统金城站办公大楼坐落在大学路，是日伪时期的金城税务局。抗战胜利后，军统站捷足先登，把它接收为办公楼。

军统全名叫军事委员会调查统计局。它有公开的机关，也有秘密机关。秘密这一部分，对外不叫军统。军统金城站是其内部的名称，对外挂牌则是金城警备司令部稽查处。

当然，大多数老百姓都知道，它就是金城的特务组织——军统。

军统站的大楼正面临街，左右和后面原来都是民居。军统接收大楼后，为了便于保密，就把相邻的贴着大楼的居民全部赶走，强迫他们迁居到远离此地、也是以所谓的敌伪资产抢收回来的楼房去。搬空的民居成了军统站与其他民居的隔离带。

这些空房子为军统内部所用。好的，给站里的处长、主任住；差的，改造一下，给特务、职员做宿舍。

站长徐伯恩家住朝阳路三十八号，这是冷伟专门为他从一个汉奸手里接收过来的。此外，还有副站长赵谦也住在外面。

大楼前是一个大院。楼高四层，左右两边各有两层副楼。行动处在右边的副楼，一楼是刑讯室，二楼是队员办公室。左边的副楼，一楼是临时羁押室，二楼是情报处人员办公室。站长办公室在主楼的第四层中间，靠楼梯口是警卫室，另一边是会议室，副站长在三楼，处长、主任在二楼办公。

此刻，站长徐伯恩坐在办公室的椅子上，正与冷伟谈着话。

“站长，这一回虽有遗憾，但毕竟是把他们连根拔了。这是金城站与共党斗争中从未有过的辉煌，真可谓奇功一件啊!”性情阴冷的冷伟，在徐伯恩面前，也拍起马屁来。

徐伯恩对抓捕中共金城地下市委的行动结果虽有不满，可他此刻的心情，还是非常高兴的。他听了冷伟的奉承，却摆出非常冷静的姿态说："它的意义不仅仅在于此，更重要的在于下一步，你明白吗？"

"知道，接下来就得进入'狐狸计划'的新阶段了。"

"受伤的那两个，处置好了吗？"

"按您的要求，秘密送到了济民医院封闭抢救。负责警戒、看守的是警备部队黄东派的兵。钟向北已没有生命危险，但仍在昏迷；罗田还在危险期，是否能救活，现在很难说。"

"务必尽力抢救，但无论他们是生是死，都要绝对保密！赵谦虽是武夫一个，可他的狗鼻子很灵，绝不能让他嗅到什么……"

"报告！"

赵谦突然在门外大声喊道。

正在说话的徐伯恩立刻打住，然后小声对冷伟说："他来了，你先回去吧。"

冷伟转身走了，徐伯恩才轻轻说："进来吧！"

冷伟到门口，与赵谦打个照面，大家都不言语。

这时，徐伯恩坐在那里，正悠哉游哉地修剪着指甲。

"站长，我想向您报告这次行动的情况。"赵谦来到徐伯恩的办公桌前说。

徐伯恩则不动声色地说："你说吧。"

"这次全城的搜捕行动，历时三天，"赵谦说，"完全摧毁了中共金城地下市委及其领导机关，破获了连城北区委在内的各级组织共十一个，逮捕共匪五十多人；打死九人，其中匪酋五人，包括城北区委书记冉川；还有两匪首重伤，已送医；缴获电台一部，手枪十八支，以及重要文件、资料一批，而我仅伤亡三人……"

站在徐伯恩对面的赵谦，虽然小心翼翼，但他的语气不免流露出得意扬扬的喜色。

徐伯恩年约四十五六岁，皮肤白皙，戴一副近视眼镜。他要不是身穿少将军服，就像一个教书先生。他的微笑经常挂在脸上，那神态好像永远都没有烦心事似的。

在日常接触中，他从不当面呵斥、责骂下属，可他讲话的腔调、语气却不乏威严。他脸上虽然常挂着微笑，但十分自负。他的意见与主张不容置疑，而且他讲话的意思常常是藏头露尾，难以捉摸。

站里比较接近他的人，都知道他老谋深算，杀伐果断，薄情寡义。

见他，如见虎狼！

两年前的一天，行动处正准备对一个中共地下组织收网。徐伯恩却突然得到报告，说情报处的肖福生卖情报给那个地下党，而刚好那天的行动又扑空。

行动结束后，徐伯恩却突然要请行动处处长冷伟、情报处处长柳枫吃饭，并指定要肖福生作陪。

在饭桌上，徐伯恩自始至终都是笑容满面。

他对肖福生十分热情。他询问肖福生是哪里人、父母是否健在、有无妻儿等情况，然后又家长里短地谈话，同时他还偶尔给肖福生夹菜。

这一切，让肖福生受宠若惊，感激涕零，他不知道站长为何如此垂爱自己。

然而，肖福生饭后回到家里不久，就吐血倒地，当晚死于自己的卧室。

第二天早上，冷伟来到徐伯恩的办公室，问徐伯恩："对他乡下的家属怎么说？"

"这对于行动处的处长来说，会有困难吗？"正在看材料的徐伯恩，连头也没抬，像在回答是否要茶水这类问题似的。

冷伟是最能揣摩徐伯恩心思的，所以挺讨徐伯恩欢心。昨晚的饭局，是按照徐伯恩的意思，由他精心布置的。

对于背叛军统，或违反军统家规的人，实行严厉制裁，冷伟和徐伯恩的观点是一致的。

"是！"冷伟立刻响亮地回答，接着退了出去。

柳枫当晚是不知道徐伯恩要制裁肖福生的，但肖福生一死，他就明白是怎么一回事了。

于是，他偷偷让人去调查肖福生的事情。

两个月后，调查结果显示，肖福生并非出卖情报，而是想通过关系人，诱捕那个共产党人。由于那个共产党人十分警觉，在行动处要抓捕他的一小时前，发觉情况不对，就马上斩断与关系人的联系，并通知相关人员，即刻撤离。

徐伯恩知道真情后，就像看到别人踩死一只蚂蚁似的，心中竟泛不起一点点内疚的涟漪！

总务处的彭超，因为父亲常年有病，家中困顿，手头拮据。于是，他在机关食堂采购大米中，多次用少买多报的手法，共贪污了五块大洋，事后被人告知徐伯恩。

一天上午，徐伯恩来到总务处，见到了彭超。

他笑眯眯地对彭超说：“小彭呀，你父亲的病好点了吗？”

彭超见站长亲自来过问自己的父亲，而且态度又是如此的和蔼可亲，他顿时鼻子发酸，眼眶发红。

因此，他胆怯而又有些激动地说：“好……好，好点了，谢谢站长！”

徐伯恩还是笑吟吟地走近彭超，右手攀到彭超的肩膀上说：“走，领我去你家里，看看他老人家！”

徐伯恩仿佛颇为亲昵的动作和充满感情的话，把彭超吓了一跳。他慌忙说：“站长，这使不得，使不得！”

徐伯恩却不容置疑地一边揽着彭超往门外走，一边笑容可掬地说：“走吧，我们去看看他，老人家会高兴的！”

此刻的彭超，感动得双腿几乎要发软，不由自主地跟着徐伯恩走了。

来到彭超的家里，徐伯恩和彭父寒暄了几句，就从兜里拿出十块大洋，送到彭父的手上，然后对彭父再安慰一番。

接着，他又对彭超说：“你今天请假吧，余副处长那里我去说，在家里照顾一下你的老父亲！”

在军统，从特务处时候起，一个人进来以后，就完全没有了自由，对于级别较低和一般的特务要求更严。单身并且家在外地的不能外宿，家在当地的一周只能外宿一次。每天工作十小时，每周只有半天假期。

现在站长居然特批一天假，这对彭超来说，又是一个莫大的恩赐。他直想说几句感激的话，但是，由于他太激动，一时又说不上来。

然而未等彭超说话，徐伯恩已走出去了。待彭超追到门口，徐伯恩早已钻进小汽车，一溜烟地走了。

第二天早上，彭超刚刚回到办公室，就被司法处的人抓走，关了起来，一直关到现在还没放出来。

总务处副处长余福明知道彭超罪不至此，他几次想为彭超说情，却一直不敢说。

赵谦还没汇报完，徐伯恩突然抓起桌面上的电话，拨起号来，然后对着话筒说："冷伟，你来一下！"

徐伯恩放下电话后，从座位里走出来，右手搭到赵谦的肩膀上，微笑着说："兄弟，来，到那边坐吧！"

徐伯恩刚把手搭到赵谦的肩上，赵谦心中禁不住"咯噔"一下，刚才一点点的扬扬得意，此刻全没了，脸上充满了狐疑……

赵谦是军统的老人，与戴笠有私交。

赵谦虽是广东海南人，与郑介民是老乡，但在复兴社的时候，他就巴结上了戴笠，是戴笠把他拉到特务处的。赵谦虽然文化程度不高，可他嗜血成性，敢打敢拼，又行动机敏，经验也丰富。他不仅对中共地下人员心狠手辣，在抗战中杀日本鬼子也凶狠无畏。因此，戴笠欣赏他，常常厚待他。

但另一方面，赵谦虽然跟戴笠比较早，也比较紧，但戴笠看徐伯恩比赵谦更高一眼。

其中原因，除了徐伯恩与戴笠是同乡关系，据说还与宋美龄有渊源，更有曾经在美国留学的背景。徐伯恩在美国留学时的一个要好同学，后来到美国海军军官学校任教。他的这个同学到校任教时，刚好遇到三十六岁、已是上校军衔的尼米兹来校深造。他们之间有着不一般的关系。现在尼米兹已是美国五星上将、海军作战部部长。

戴笠此时正酝酿着一个宏大规划。因为戴笠与美国海军在重庆成立了中美特种技术合作所，戴笠是所长，美国海军特务梅乐斯是副所长。通过这样的合作，他们结下了亲密的关系，而且军统对日本海陆空的情报曾给予美军有力的支持，让美国海军刮目相看。戴笠也因此成为国际上有影响的特工，美国海军十分看重戴笠。他们许诺，要帮助中国重建海军，并让戴笠成为海军司令。

戴笠的政治野心，连蒋介石也没想到。他拼命扩张军统，并不是仅仅为了打击日本和中共，而是要以此为基础成立政党，战后角逐议会政治。如果他有了自己缔造的政党，他又是海军总司令，并且有美国军方做后盾，那他的实力和前途将是无量的！

他想，在实现自己规划的过程中，必要时徐伯恩也许能助其一臂之力。

除了上面几点，还有徐伯恩的老谋深算，外圆内方，杀伐果断。与愚忠粗暴、有勇无谋的赵谦相比，戴笠更欣赏徐伯恩。

对于这些，赵谦也心知肚明。

徐伯恩一直都是赵谦的上级。徐伯恩从总部下来到金城潜伏站当副站长时，赵谦是行动处处长；原金城潜伏站站长被俘叛变，徐伯恩就当站长，赵谦当副站长。两人的关系，表面上一直都不错。赵谦虽然有勇无谋，有时甚至很粗野，但他对戴笠唯命是从，因而对徐伯恩也表现得十分敬重：因为他不仅是上级，还是戴笠的老乡、戴笠器重的人，这也算是“尊屋及乌”吧！

然而徐伯恩心机深藏，杀人于谈笑间的手腕，让他不以为然。同时，他骨子里始终认为自己资历比徐伯恩老，在论资排辈的官场，这是很有底气的支点。因此，他曾私下对自己的死党苏昌文说：老子横刀立马时，不知道这小子在哪里呢。他对徐伯恩的指东道西、矫揉造作的做派也偶有微词。他认为对人对事，一就是一，二就是二，该骂就骂，该杀就杀，何必搞笑里藏刀那一套？他常常会在下属面前，半开玩笑说：读书人就是阴险！

赵谦不屑徐伯恩那一套，可又偏偏栽在他的那一套里。

大概三个月前的一个下午，将下班的时候，苏昌文跑到赵谦的办公室，神秘而又兴奋地对他说：“站长，半年前，指挥从日本人严密控制的济民医院里救走新四军一个负伤副团长的‘老鹰’，现在又潜入金城了。”

“是吗？人在哪里？”赵谦一听，也兴奋地问道。

“及第街十五号。”

“是商铺，还是私宅？”

“是一栋很漂亮的私宅。”

赵谦沉思了一下，然后果断地说：“你盯紧了，准备密捕他！”

赵谦说完，马上把冷伟找来。

冷伟来后，他说：“你去挑十个行动队员，并且对他们说，从现在起，在办公室待命！”

七点多钟，正是吃晚饭的时候，街道上冷冷清清的。

一辆囚车，没拉警笛，悄悄地开到及第街第十三号旁，即转入一个小巷停了下来。

车才停下，穿着便装的苏昌文就跳下车，跑到对面一个擦皮鞋的人那里，问他道：“情况怎么样？”

擦皮鞋的说：“进去以后，他一直没出来。”

苏昌文立刻跑回去，对坐在车上副驾驶座位的赵谦点了点头。

赵谦立刻对他说：“你去叫门，注意，声调要温和点！”

苏昌文应声而去。

赵谦也马上跳下车，对车上的人说：“按计划行动！”

从车上鱼贯跳下十来个穿便衣的行动队员，慢慢向十五号靠近。

当有一两个队员靠近十五号门口时，苏昌文已按铃把门叫开。

开门的是一个二十三四岁的女子，身材高挑，一头披肩卷发，鹅蛋形脸庞，口红鲜艳，身穿旗袍，曲线清晰，丰满美丽。

“你找谁呀？”

女子刚张口问叫门的苏昌文，靠着门口的和在门口不远的特务，即以迅雷不及掩耳之势冲进去五六个。

冷伟也尾随冲了进去。

“哎，哎……”女子见这么多不速之客突然闯进来，吓得她突然惊叫起来。

她才叫了两声，就被一个特务从背后抱着，并堵住了嘴。

那女子开门时，冷伟觉得她有点面熟。当他想再认真看一下时，那女子的脸已被抱着她的特务的手捂上了，一时没法看清楚。他暂时顾不了，就和其他的特务冲进屋里去搜查。

她的房子不大，共两层，每层七八十平方米。特务们提着手枪，小心翼翼地搜了一遍，但什么也没找到。

赵谦在属下搜查的时候也进到屋里。听到特务们纷纷向他报告没人时，赵谦“咚咚”地跑到楼上。

他才上到楼梯口，就发现后墙上有个窗口。

他走到窗口看了看，一切都明白了。

他走回楼下，恶狠狠地盯了一眼那女子，然后对抱着那女子的特务说："把她的嘴堵上，带走！"

囚车开过来了，特务们把那女子又推又拉地押上了车，直奔大学路的军统站刑讯室。

来到刑讯室后，堵着女子嘴巴的毛巾一被拿下，她立刻哇哇大叫："你们是什么人？为什么抓我……"

自拿开那毛巾后，冷伟就盯着那女子看，但就是想不起来在哪里见过她。然而，他可以肯定，这女子自己见过！

赵谦指挥几个特务把女子绑到木架后，就对冷伟说："你们去夜宵，我和苏昌文先过她一堂。"

"行，站长辛苦了！"冷伟说完，和几个特务就出去了。

审讯开始。

赵谦说："这里是军统金城站行动处刑讯室。你的姓名、职业……"

令人奇怪的是，那女子听到这里，不仅没有再吵吵嚷嚷，而且神情也安静、镇定下来了。

女子没有回答赵谦的问话，而是用不高的语调，以冰冷且带有命令式的语气说："去把你们的站长叫来！"

女子的神态，把赵谦和苏昌文气得几乎要跳起来。

"砰！"的一声，苏昌文猛拍一下桌子，站起来，指着绑在刑架上的女子恶狠狠地说："到了这里你还敢嚣张，睁大眼睛，看清楚了！"

接着，他把指着女子的手张开成手掌，移向赵谦，"他就是站长！"

然而，女子对苏昌文的声色俱厉不仅不屑一顾，而且十分鄙夷地说："他？狗屁站长！"

女子的话和那态度，彻底激怒了赵谦，气得他吹胡子瞪眼睛。他立刻歇斯底里地吼叫："给我打，打死这婊子！"

旁边的打手马上从水桶里取出被泡得硬邦邦的皮鞭，雨点般狠抽在女子身上。

这一回，女子杀猪般惨叫起来。

随着惨叫声，她的身上、脸上立刻渗出血来，现出一条条红色的鞭痕。

大概猛打了两三分钟，女子的惨叫声变得嘶哑、低沉了。

苏昌文这才对打手摆一摆手，然后皮笑肉不笑地对女子说：“这一回，知道这个站长不假了吧？可以说了吗？”

“说什么呀？”女子满脸血污，有气无力地问道。

“你叫什么名字？新四军哪里去了？你和他是什么关系？怎么和他联系的？”苏昌文问一句，声音就抬高一点，到最后就变成了咆哮。

“我叫黄紫蔚。其他的，我听不懂。”

“下午四点钟左右，到你家里的男人叫什么？与你是什么关系？他是干什么的？”

“我不认识。”

“看来你真是不见棺材不落泪啊！”

“我确实不认识。”

“你不认识，他怎么会找你？骗鬼呀？”

“他说他是从苏中来的，是我大嫂托他来找我，告诉我母亲病危。”

“什么时间离开的？”

“喝了口水，他就走了。”

“他是怎么走的？”

“跳窗走的。”

“他为什么要跳窗逃跑？”

“他说他是生意人，欠了别人的债，被人追杀，不能走正门。”

赵谦听着黄紫蔚的供述，感到这个女人很狡猾，全在撒谎。凭他的经验，她只要肯说话，就能攻下来。

于是，他从审讯座位上站起来，走过去，微笑地对打手说：“这个女人见多识广，看不起你的皮鞭，也许她更喜欢你的老虎凳吧！”

“是！”打手应着，就要去刑架上把黄紫蔚放下来。

“慢！”冷伟在门口突然叫道，他吃夜宵回来了。

刑讯室里所有的人都愣住了。

冷伟并不在意这个气氛，而是直接去把赵谦拉到旁边，小声地和他说话。

冷伟自离开刑讯室后，就一直在想，自己在什么地方见过这个女人。

在吃夜宵时，他突然想起来了。

大约半年前的一个上午，他和徐伯恩参加完金城市商会的一个活动后，坐车回来，经过金城百货公司门口时，徐伯恩突然叫司机停车。

车才停好，他就急忙打开车门，匆匆下车，走出十来步后，站在那里，笑容满面地对向他走来的一个女子挥手。

冷伟隔着玻璃窗看，那个女子二十三四岁，鹅蛋脸，身材高挑，穿着蓝色旗袍，高高的胸脯，楚楚动人。

她见到徐伯恩招手，就嫣然一笑，也快步向他走去。

接着，他和这个女子说说笑笑了十多分钟，他才走回上车。待车开了以后，徐伯恩还笑吟吟地和那女子不停地挥手告别。

整个过程，都显示出他们两人关系很亲切！

那个女子，就是这个女人！

当时，徐伯恩上车后，没有说那个女子是谁，冷伟也不敢问，所以印象不是太深。

想到这里，冷伟夜宵还没吃完，就跑回行动处刑讯室。

冷伟问赵谦："站长，这女子叫什么名字？"

赵谦狐疑地说："叫黄紫蔚，怎么了？"

"招了没有？"

"撒谎的，胡说八道！"

"苏昌文敢肯定到她家的是'老鹰'？"

"从抗战开始，他和'老鹰'是猫与老鼠，玩了多少年了，不会错的！"

"这事您有没有报告站长？"

听了这话，赵谦脸上露出了不悦。

他说："站长不是去重庆开会了吗？办案子，是我们日常工作，不必事事请示，何况我还是个副站长啊！"

冷伟作为一个处长，与副站长这样谈话，一般情况下是不可能的。只是赵谦知道他和徐伯恩关系好，不得不给冷伟几分面子。

冷伟沉默了一下。

他知道赵谦的品性，同时也不知道徐伯恩和这个黄紫蔚到底是什么关系。因此，其他的话，他就不好说了。即使好说，他也不想说得那么明白！

他看看赵谦，又看一眼那遍体鳞伤的黄紫蔚，就什么也不说，出去了。

冷伟出来后，直奔办公室，拿起电话要重庆，把这个事情及黄紫蔚受伤的情况添油加醋地详细报告徐伯恩。最后冷伟还对徐伯恩强调说：“我特别提醒赵副站长，像这类共谍案件，必须报告站长您，可他说，他是副站长，不必请示！”

徐伯恩听后，内心既着急又震惊，但在语气上仍然保持着他一贯的隐忍与克制。

他在千里之外的话筒边，语调低沉，却坚决有力地说：“你马上去告诉赵谦：见冷伟，就是见徐伯恩！要他立即停止用刑，停止审讯，并即刻送黄紫蔚去医院疗伤！”

冷伟重重地应了一个：“是！”

他放下电话后，却在办公室里徘徊了许久，然后才慢悠悠地走出办公室。

回到刑讯室，冷伟看到黄紫蔚坐在老虎凳上，已是奄奄一息。

看到这个情形，冷伟却无足轻重地问道：“她招了？”

“他娘的，”赵谦骂了起来，“这婊子就是茅坑里的石头！”

“算了，赵副站长，”冷伟漫不经心地说，“您就去歇歇吧。刚才徐站长来电话找我，问站里最近有什么事没有。我说没有别的大事，就您正在审讯一个叫黄紫蔚的女人。他问这个女人是什么问题。我把情况简单说了一下。站长就说，兄弟们辛苦了，也不用太累，或者先不审了。既然是共谍，别把她弄死，若是伤重，可送医。”

冷伟为什么要把自己找徐伯恩，说成是徐伯恩找他？为什么他不把徐伯恩的原话说出来？为什么徐伯恩要他马上去告诉赵谦，而他却要在办公室里逗留一番？又为什么把在徐伯恩看来很重要的事情，却轻描淡写地随便一说呢？

这是冷伟的小动作，不过挺阴险的。

冷伟几岁大就没了父亲，他与母亲相依为命。他的父亲就俩兄弟，大伯冷辉读讲武学堂去了，并成家在外。即便如此，大伯也常给他们一些接济，再加上家中还有几亩田地，所以冷伟在学堂能读到高中毕业。然而，由于他们是孤儿寡母，因此在村里常受人欺凌。他的童年和少年，都是在斗殴中度过的。为此，他从小养成了冷漠隐忍、崇尚暴力和工于心计的脾性。

在家里，他常用看书打发日子，所以得了近视眼。冷辉知道他娘俩的处境，冷伟高中毕业后，就叫他出来当兵。于是，冷伟来到冷辉所在的国军八十五军一一〇师当兵。

新兵集训完毕，他被分配到师部警卫营，这是冷辉出面关照的。

可冷伟当了六七年兵，还是一个排副。冷辉只是师部副官处的一个中校副处长，要权没权，要钱没钱，侄子升迁的事，他也是无能为力。武汉保卫战的前夕，冷伟突然听说临澧特训班招生，他就报名参加。冷辉知道后，不同意他去。冷辉说，那是万人唾骂的行当，有什么出息。可年轻气盛的冷伟，执意要去。冷辉拗不过，只好随他去了。

戴笠对这个特训班的学生宠爱有加，他从这个班上挑了几十名学生安排到总部，冷伟就是其中之一。

冷伟原在总部情报处，一九四一年才到金城潜伏站。他与徐伯恩、赵谦、柳枫和余福明等少数几个人，不同程度地经历了金城潜伏站被破坏、又恢复，到再破坏、再恢复的血雨腥风。因此，他从行动组组长一步步干到副处长、处长。

他行事隐忍，话语不多，可他的凶狠与嗜血和赵谦不分上下。私下里，大家都叫他“冷面杀手”。不过他有一个弱点，就是做事开始热情很高，可遇到困难，或看不到前景，就会很快泄气。

也许是战争，也许是性格，冷伟至今还没婚娶。

在他的眼里，赵谦只是一个武夫、草包。对于这样一个副站长，他是从骨子里看不起，不服气的，但是赵谦资历比他老，戴笠又欣赏他，所以，冷伟还得权衡利害关系，不敢轻易得罪赵谦。

他知道，需要隐忍的时候，他必须得隐忍。当然，这种隐忍，实属一种无奈。而当这种无奈突然遇到机会，可以释放的时候，他也会毫不犹豫地锋芒毕露。

今天他突然意识到，黄紫蔚这件事，就是一个打击赵谦的好机会！

冷伟想，如果徐伯恩回来，知道自己把他的意思传给了赵谦，而赵谦却是“执意抗命”，按徐伯恩的心胸与做派，那将是怎样的一个效果呢？

赵谦果然是草包。

他不仅不把那女人说的话当一回事，更把冷伟当作徐伯恩忠实的传声筒。这个糊涂蛋，又让趁热打铁要攻下黄紫蔚的激情，烧得弄不清南北！

"谢谢站长的体恤，"赵谦听了冷伟的话说，"这婊子离死还差得远呢。在站长回来之前，我必须撬开她的嘴！"

接着，他转身对打手说："还愣在那里干什么，烙铁伺候！"

"是！"打手应道。

看着这头蛮牛，冷伟冷笑一下，又转身出去了。

两天后，徐伯恩急匆匆地回来了。

他一回到办公室，就把冷伟叫来，问了一遍情况。

冷伟把赵谦如何不听他招呼，如何继续动刑，现在关押的情况，以及伤情如何等等，说了一遍。

徐伯恩听了，平时见人便笑的表情没了，代之的是脸色铁青，紧咬牙关，呼吸明显粗急起来。

良久，他才指着冷伟，坚决而又冰冷地说："你是行动处长，这个案子你来管，谁再要插手，让他来找我！"

"是，我一定照办！"冷伟应道。

接着，徐伯恩又把秘书张颖叫来，说："张秘书，你去告诉警卫室，从今天起，如果赵谦出现在我门口，我就送他们进监狱！"

此外，徐伯恩还要秘书通知各处室，没有他的允许，不能找赵谦汇报、请示工作；赵谦的一切命令、指示没有经过他都是废话！

赵谦不仅被禁足四楼，而且完全被架空了。开始他并不知道发生了什么事，他多次上四楼，都被警卫以"站长正忙"为由挡驾。其他的处长、主任，不仅不找他，而且见了他就像见了传染病人似的，不是绕道走，就是远远地躲开。

他知道出了问题，但又不知道问题出在哪里，总想找徐伯恩问清楚。可是，徐伯恩就是不见他。

对此，全站员工都在那里窃窃私语。

赵谦感到迷茫、疑惑和委屈，整天苦着脸，在办公室里喝闷茶，焦虑地转来转去。

他认为不会是工作上的问题，因为工作上，他都听指挥，并且积极卖力。是不是自己帮大舅子何志才贩卖鸦片被人告发了？如果是，这也不至于啊？徐伯恩让自己兼管总务处，为了筹措经费，这么多年，自己是殚精竭虑，维持站里的运转，没有功劳，总有苦劳吧？难道是徐伯恩以为，自己既给站里弄了钱，又帮大舅子发了财，是假公济私？即便如此，自己这个“假公”又怎么啦？不就是一个手段、方式吗？自己为站里每月真金白银地弄回多少钱，别人不知，你徐伯恩是清清楚楚的呀！而且我们哪支军队，哪个站、处不这样？

如果真是为了这个，赵谦心中就来气了！

这些年，自己去办钱，整天奔波劳碌，你徐伯恩不仅从来没给过一句好话，还拿我弄回的钱大吃大喝，花天酒地，这不是欺负人吗？也太不仗义了吧？

在这种情绪下，赵谦想，你不见我，我还不找了，过不了多久，看你来不来请我！

就这样，过了二十来天，赵谦见徐伯恩的态度仍没有软化的迹象，心中不禁又在嘀咕了。

他突然想，如果别人告发他帮大舅子走私鸦片，会不会牵连出走私过几次大米、布匹和药品到共军根据地的事情？如果徐伯恩知道了这些，那就不是闹着玩的！

为此，赵谦心中马上忐忑不安起来。

就在这个时候，苏昌文来了。

苏昌文约四十岁，精瘦，深眼窝，小眼睛。他原是跟赵谦大舅子何志才混的，是赵谦把他带进复兴社的。不久，赵谦又把他拉进特务处，之后他就一直跟着赵谦。

在赵谦坐冷板凳这段时间里，苏昌文的心情也不好，为赵谦难过。

苏昌文也不明白，站长为什么这样对大哥。

他曾试图找张颖的死党于勇打听，不知道是于勇不敢说，还是真不知道，仍然不知所终。

不过他听了同事的一些议论——虽然这些议论都是片言只语的，可激发了他的灵感。他忽然想到，难道是黄紫蔚的问题？

如果是她的问题，不就是自己害了大哥？

他猛然间想起，刚开始审讯黄紫蔚时，好像她说过“叫站长来”的话！

对，应该是跟这个女人有关系！

因为她的案件后来就由冷处长专管，虽然名义上还在大哥的分管范围，可大哥已不管事了，而且冷处长即时就把黄紫蔚送进了济民医院。

黄紫蔚究竟是不是共匪？如果不是，她又是什么人？站长与她是什么关系？

抓黄紫蔚，是自己给大哥的情报。为了大哥，自己必须去弄清楚她的庐山真面目！

第二天上午，苏昌文戴上白帽、眼镜、口罩，穿着白大褂，化装成医生，不时进出黄紫蔚的病房。

此时，黄紫蔚的几个姐妹来探望她。她们一来，就七嘴八舌地问黄紫蔚怎么会弄成这样。黄紫蔚则一边抽泣，一边诉说。

苏昌文正在专注地听的时候，西装革履的徐伯恩提着奶粉、水果，笑微微地突然走了进来，直朝黄紫蔚的病床走去。

在侧边的苏昌文一见，大惊失色！

来看望黄紫蔚的三个女人见状，马上知趣地告辞了。

就在这些女人们“吱吱喳喳”道别的时候，苏昌文抢先溜了出去。

走到医院门口的苏昌文，在那三个女人中，又偷偷地跟踪其中一个。打探明白住址后，第二天就去暗访她。

经过这样的摸查，苏昌文终于搞清楚了黄紫蔚何许人也！

黄紫蔚原是敌伪时期金城市政府税务局刘德清科长的三姨太。一九四五年春，徐伯恩以金城商号老板的身份，携夫人姚雨韵去参加一个酒会。在酒会上，他与同来参加酒会的刘德清和黄紫蔚认识。

黄紫蔚白皙的肌肤、婀娜多姿的身段和莺莺软语的腔调，当时就把徐伯恩的魂魄勾走了。

在交谈中，当徐伯恩得知刘德清是税务局科长时，他马上向刘德清索要住址。

徐伯恩想，税务局的科长，无论在敌伪的高官中还是在社会上，接触面都很广。要是把他争取过来，那么在政治或经济上都会有些情报的。当然，在他的潜意识中，黄紫蔚的美色也是令他百看不厌的。

当晚，黄紫蔚的倩影，在徐伯恩的脑海里挥之不去。第二天上午，他就迫不及待地直闯刘德清的家。

黄紫蔚是苏中农村人，十一二岁时因父病家穷，被母亲卖给城里的大户当丫鬟。大概三四年前，刘德清因为追税款，来到这个大户，看中了已长成大姑娘的黄紫蔚。刘德清和大户便达成交易，刘德清带走黄紫蔚，大户免交三年各类税款。

就这样，黄紫蔚成了刘德清的三姨太。

黄紫蔚很有个性，对母亲卖她耿耿于怀。她从不与家里联系，家里个别亲戚来城里找她，她要么立即打发走人，要么随便支应一下。亲戚们都感到她无情无义，但她大哥内疚，知道是家里对不起她。

嫁给刘德清后，她每天除了打牌、逛街，就是跟刘德清去应酬。可刘德清除了工作，还有老大、老二要应付，所以往往是三天五天来住一两宿。为此，黄紫蔚很有意见。

今天早上，刘德清出门时，黄紫蔚还没起床。

九点多钟，徐伯恩让司机在街外边等，他提着两瓶酒、两块腊肉、两包点心，来到刘家门口，按响门铃。

此时，黄紫蔚刚起床不久，还穿着睡袍。她已洗漱，刚涂过脂，抹过粉，模样就像一朵出水莲花。

她以为是刘德清又回来了，就穿着睡袍去开门。

“啊，刘……刘……，刘夫人，您好!”看着楚楚动人的黄紫蔚和扑鼻而来的浓郁脂粉味，徐伯恩两腿直发软，连话都有些说不利索了。

此时的徐伯恩，身穿西装，头发乌黑油亮，鼻子上架着眼镜，皮肤白白净净。模样笑容可掬，显得帅气斯文。要是与高高瘦瘦、满脸麻子、已五十出头的刘德清相比，简直是拿着白玉看砖头。

昨天晚上，黄紫蔚虽然对徐伯恩颇有好感，但开门见到忽然造访的徐伯恩，她仍然很诧异。

她先是一愣，接着就十分高兴地说：“哎哟，是您呀，徐老板，贵客，贵客，快，请进!”

徐伯恩边“嗯、嗯”地应着，边走了进去……

从此，不管刘德清在不在家，徐伯恩都是这里的常客。刘德清在，徐伯恩与黄紫蔚就装成正人君子；刘德清不在，他们就滚到床上，过上野鸳鸯的生活。

抗战即将胜利，汉奸们人心惶惶。徐伯恩对刘德清暗示自己的身份，并说，要么把他当汉奸办了；要么立刻独自离开金城，永远不要回来。

刘德清当然明白徐伯恩的意思。他想，女人算什么？只要小命在、有钱，哪里没女人？

于是，黄紫蔚就成了徐伯恩独享的床上玩偶……

至于说到“老鹰”，黄紫蔚在与她那些姊妹谈话时，她就说，一个自称姓林的掌柜，那天确实到过她家，但她真的不认识他，更不知道他是共军。她说，她家在共军根据地，可她进城后，从来没回去过。据来过她家的亲戚说，共军与当地的老百姓关系很好，她的大嫂在根据地很红。林掌柜那天说，他与大嫂很熟，是大嫂向他打听有无去金城的人；若有，能否帮忙传个信给她。至于他为什么要跳窗逃走，她被毒打后就猜测，他应该是发现了门外有人……

苏昌文来到赵谦的办公室，看到他垂头丧气的样子，心中很难过。他想安慰他几句，又觉得没必要。

于是，他就把摸到的情况告诉赵谦。

赵谦听后，对自己的鲁莽后悔不已，当时脑子里全被“老鹰”“新四军”和“共党”的名堂塞满了。黄紫蔚曾说“把站长叫来”，自己居然没有一丁点悟性……

就这样，赵谦的冷板凳坐了一个半月。

一天中午，赵谦到食堂吃饭，碰到徐伯恩。他就拦着徐伯恩，向他认错、道歉。

徐伯恩却仍然一语不发。

又过了两天，赵谦试探着上四楼，警卫室这回却没有阻拦他。他心领神会了，立刻跑到徐伯恩门口，大喊一声：“报告！”

良久，里面才传出在门外仅仅能听到的不紧又不慢的一句：“进来！”

赵谦走进去，恭敬地叫一声：“站长，您好！”

然后，他就站在徐伯恩的办公桌前，想对黄紫蔚的事做一番详细的解释。

可他正要开口，徐伯恩立刻伸手摆了摆，笑眯眯地站起，走出座位，也是用右手攀着他的肩膀，向门口走去。

他边走边说：“你别说了，没关系的。我现在还有事，你先忙吧！”

来到门口，徐伯恩把攀着赵谦肩膀的手放了下来，并向门口摆一摆，示意他往外走。

赵谦迟疑一下，无奈地说："好的，好的，我改日再来！"

赵谦转身才抬步走，徐伯恩却在背后说："听说旺盛公司生意很红火，做得又大又远。你代我向何老板道贺一声，并提醒他，悠着点，吃太猛会噎着！"

旺盛公司、何老板，不就是大舅子和他的公司吗？"又大又远""悠着点""噎着"是什么意思？别有所指？

愣在门外的赵谦，答也不是，不答也不是，心中突然袭来一阵恐惧。

现在，徐伯恩再来右手搭肩，满脸堆笑，赵谦真不知道他葫芦里又是什么货色！

他们走到沙发旁，双双坐下来后，赵谦的表情变化，徐伯恩似乎并没有注意到。

他微笑着对赵谦说："赵副站长，你和兄弟们这次立功了，可喜可贺啊！"

徐伯恩话虽然这样说，但赵谦内心的疑虑仍在。因为站里的人都知道，徐伯恩的微笑和被他右手搭肩，并不是好事，自己也已领教过了！

他们坐下，才说两句话，冷伟就到了。

冷伟为自己找了个位置坐下来。

"这次干得多漂亮，"徐伯恩看着刚刚坐下来的冷伟说，"没抓到的只是一两个，其余的要么打死，要么打伤。我们站的经费本来就很紧张，现在连牢饭都省了。赵副站长，真要为你记功啊！"

说最后这句话时，徐伯恩才转过头来，皮笑肉不笑地看着赵谦说。

徐伯恩对赵谦说话却不看赵谦，而且他的话明显是话里有话，赵谦内心不禁突然冒起一股愤恨之气，暗里骂道：徐伯恩你这杂种，果然是本性不改！你阴阳怪气吗？行，我就偏偏反话当正话听，气死你！

他把脸上的横肉放松，笑笑说："主要是兄弟们的勇敢、努力，兄弟们会感谢站长的！"

赵谦一说完，徐伯恩和冷伟果然不约而同地瞪着他，神态愣愣的！

良久，徐伯恩才苦笑着摇摇头。

片刻后，徐伯恩还是笑吟吟地说：“既然这样，对这个案子你还有什么话要说吗?”

赵谦仿佛在回忆、思考，沉默一阵后说：“对，商行外那个乞丐，乞丐是把风的!”

“那么，那个乞丐你抓起来了吗?”徐伯恩平静地问。

“打起来后，我的心思都在屋里了。枪声停后，围观的人很多，要尽快清理现场。没时间，我也想不起来了!”赵谦解释说。

“可冷处长当时就想起来了。他叫人去追，但为时已晚，对吧?”徐伯恩仍是微笑着说。

赵谦想，冷伟在背后肯定添油加醋了，可又有基本事实。自己去辩解吗？刚才一气之下，已经给了他一记软掌，顶得他愣愣的，现在若是再把他激怒了，说不定他又要给自己难堪，那时自己又能怎么样？

于是，赵谦只好瞪一眼冷伟，然后站起来，脸上的肉立马横起来，严肃地大声说：“是属下无能，请站长处罚!”

徐伯恩侧一下头，用眼角瞟一下站在跟前的赵谦，然后出手向下轻轻地按一按说：“你也别紧张，坐下来吧!”

赵谦复坐下。

“下一步，干什么呢?”徐伯恩面无表情地说。

赵谦十分认真地说：“对逃脱的那两个匪首……”

“跑了的，过得了初一，还有十五嘛!”赵谦刚说开头，徐伯恩就打断了他的话。

赵谦想了想，又说：“抓到的几十个共匪中，不是还有两个受伤的匪首吗？有一个人我认识，是利丰商行的老板，叫钟向北。我一定要让他们开口，务必斩草除根!”

“这两个人，已是我的囊中之物，你就不必费心了!”徐伯恩眯着眼看赵谦，似笑非笑地说。

赵谦面对徐伯恩，不禁一脸诧异……

五

下午五点多钟，金城市上空乌云密布。约半小时后，豆大的雨点铺天盖地般“哗啦哗啦”地砸下来。

大雨连绵的天空，使夜色来得更早一些。街道上的路灯亮了起来，在雨中泛着一片白光。

此时，一个身穿黑色长袍，头戴礼帽，身材颀长，嘴叼金丝楠木烟斗，手撑黑色雨伞的中年男子，走进清水路一间临街名叫“众生”的牙医诊所。

正在为患者诊治的医生，见有人进来，便随意地说：“您请坐，稍等一下，这里很快就好！”

来人不语，只把雨伞收起，放到一边，然后默默地坐到侧旁的椅子上。接着，他从嘴里拿下烟斗，在鞋底上磕磕烟灰。

他慢慢地把烟斗放进前胸里面的口袋里，两眼环视着诊所的每一寸空间。

医生对患者说：“已放药进去消炎，五天后，牙不疼了，就来补牙。”

“好的，谢谢！”患者说。

“不用，再见！”医生说。

医生与患者招呼完后，转过身来，对来人说：“请问，您是什么问题？”

“砰！”的一声，突然一阵大风刮来，把玻璃窗门撞得天响。

来人和医生都禁不住一阵诧异，同时发出一声惊叹：“哟，好大的风呀！”

来人看着门外渐渐要黑下来的街道，便站起来，走近临街窗户，看着窗外，仿佛颇有感慨地吟诵道：“雨打江南树。”

医生一直看着这个举止不同寻常的来人，正感疑惑，却闻他吟诵。医生突然愣了一下。

片刻后，医生也看着窗外，缓缓地说："径暖草如积。"

来人又说："一夜花开无数。"

医生立刻接上："山晴花更繁。"

来人迅速转过身来，医生也立刻往前跨一步。来人与医生同时伸出双手，互相紧紧地握在一起。

医生兴奋地说道："您来了！"

来人也高兴地说："您好啊！"

来人化名叫林世全，金城市人，四十岁左右，四方脸，卧蚕眉，留着浓密而又整齐的髭须，皮肤黑里透红，体格健硕。

他说话音调浑厚，铿锵有力。看得出他为人随和，颇具亲近感。而他的神态极为冷静，透露出沉着敏锐、成熟果断的厚重。

林世全是中共南方局——刚改名为重庆局——从延安要过来，派到金城市重建中共地下新市委的负责人。

金城市委遭到破坏，省委十分震惊！

在如何处理善后事宜，特别是在重建金城市委的问题上，省委经反复研究，无法找到合适的人选。不得已，省委便向重庆局求助。

林世全从延安出来，先到重庆。

在那里，董老与他进行了详谈。董老说："历史在重大的转折关头，赋予我们的任务很重。而现在地方十分缺乏干部，省委要求重庆局给他们派得力的干部去。根据我们掌握的情况，你是金城人，为了方便工作，就向延安点了你的名，把你要了过来。你到金城后，名字要改一下，不能再叫林旭明，就叫林世全吧。"

离开重庆局后，林世全又绕道到省委。省委对他的到来，很是满意和高兴。

金城市委被破坏后，省委与金城市的联系就断了。省委要他迅速赶到金城市，按照重庆局给他的关系，尽快开展工作，重组地下金城市委，并领导那里的对敌斗争，同时要调查清楚金城市委被破坏的原因。

医生叫雷鸣，大概三十五六岁，是一个胖子。他待人亲切，为人乐观，也颇为精明。

众生牙医诊所是他的掩护职业，他的真实身份是重庆局直属的秘密联络站负责人。他这个联络站，原不与金城市委和其他地下党组织发生横向联系。

重庆局得到苏中军区的情报后，一方面要他利用他们的关系，迅速搜集金城市委被破坏的消息；一方面告诉他，最近会有一个叫林世全的同志与他接头，暗语分别是宋朝王安石的诗词《生查子 · 雨打江南树》和《即事》头两句。接上头后，林世全会把重庆局的指示传达给他，并要他服从林世全的领导。

两人相见，就做自我介绍，然后寒暄了一阵子。

接着，雷鸣把在厨房里做饭的助手、中共党员甘小岩叫出来，让他把门关上，挂上“打烊”的牌子，并把好风。

雷鸣随即带林世全上二楼的一个房间，这是雷鸣的书房兼会客室。

在雷鸣沏茶时，林世全环顾一下书房，又拿出烟斗，装上烟丝，点燃，就“吧嗒吧嗒”地抽起来。

雷鸣沏好茶，端到茶几上，就与林世全并排坐下来。

林世全喷出一口浓烟后，说：“金城党组织被破坏的情况，你知道多少？能给我说说吗？”

听到林世全问这个情况，雷鸣的脸色一下子冷峻起来。

他说：“因为上级规定，我们不能与其他党组织发生横向联系，所以金城市党组织被破坏的情况，我主要是从敌人的宣传和我各界朋友、熟人的口传，以及有意无意与军统站的一些熟悉的特务聊天时收集来的。经过对各方收集到的情况进行整理、核对和分析，基本的情况是：金城市委在利丰商行秘密集会，被军统站包围，市委的领导成员几乎被连锅端，重伤被俘的两个，逃脱的一个，另一个不知何故迟到而不在场。市委机关被捣毁，机关工作人员全部被抓。除此以外，包括城北区委机关在内，多个党的基层组织先后遭到破坏，大批人员被抓，死伤惨重！在抓捕过程中，有因反抗而战死，有因弹尽或负伤而被俘，有因逃跑而遭射杀。真是一场浩劫啊……”

雷鸣说到这里，因为难过，不得不停了下来。

屋内一片寂静。

过了好长时间，林世全才沉重地说：“对这场浩劫，从你掌握的情况看，你有什么想法？”

“我是这样想的，”雷鸣抿了一口茶，接着说，“第一，从‘利丰商行事件’的结果看，市委主要领导轻敌麻痹。地下党组织在一般的情况下，都不会把一个地方的重要领导人全部集中到一起来开会，除非非常紧急，并有足够的力量确保安全！现在他们这样做，可能是以为抗战胜利，又是国共合作时期，天下太平了。第二，从敌人的围捕准备与布局看，说明敌人在市委的会议前就得到了情报。第三，问题很可能就出在市委里面。从市委秘密会议的会址、时间被泄露，敌人用照片对着烈士的遗体，一个一个地进行验尸，到多个基层党组织被破坏，可以说明我们内部有问题；而且向敌人告密的人层级不会低，或者岗位很不一般。第四，疑点最大的，就是要参加会议而没死的那四个人。首先是别人都没逃脱，为什么只有他逃脱？他有钻地的本事？其次是迟到的那一个，更为可疑！他为什么不准时到会？他去了哪里？再次是受伤的那两个，其他都战死了，他们为什么没有战死？”

雷鸣在述说的过程中，情绪充满了不解和愤怒。林世全则神色肃穆，拼命吸烟，默默无言地听着雷鸣的述说。

待雷鸣说完，林世全的一锅烟也抽完了，他又在鞋底上敲敲烟斗，然后放到桌面上。

他思考了一阵后，说：“这次我到重庆局，董老对我说，由于在抗战期间，国共关系相对来说比较缓和，同时一些地方党组织曾受王明片面强调‘公开化’‘合法化’的影响较深。他们以为，国民党承认了我党的合法地位，就会放下屠刀，和平共处，真诚合作。早在一九四〇年，中共中央对党在国统区工作就正式提出了‘隐蔽精干，长期埋伏，积蓄力量，以待时机’的正确方针，但一些地区就是不重视，没有很好地去执行。”

“省委的领导同志也说，”林世全接着又说，“金城市委的工作是很有成绩的，但存在的问题也显而易见。抗战十四年，艰苦卓绝，一朝取得胜利，很多人就盲目乐观，金城地区的地下党组织也存在这种思想和情绪。他们对国共合作、统一战线的性质、原则不理解，对国民党反动派的顽固、凶残没有足够的认识。面对国共和谈，他们虽然有危机感，但终究是麻痹大意，缺乏足够的警惕性，难掩其过于乐观情绪。金城市委的教训确实惨痛而深刻啊！”

说到这里，林世全停顿了一下，表情和语气都显得很沉重。

过了一会儿，雷鸣问：“重庆局有什么指示吗？”

“有!”林世全说，“根据当前全国形势的发展，南方局已改为重庆局。重庆局指示，你站的关系，要转到即将重建的中共金城市委，今后归新的市委领导。省委的要求是：第一，我们要尽快重建金城市委，恢复被破坏了的党组织。第二，坚持中央的十六字方针，采取公开工作和秘密工作相结合，合法工作和‘非法’工作相结合的方式，以‘和平、民主、团结’的口号，发动群众，组织群众，与社会各阶层、各党派建立广泛的统一战线，反内战，要民主，求和平。第三，追查叛徒，严惩叛徒。第四，你站的人员安排，省委很快会给你指示……”

外面的雨已经停下来了，街上的行人渐渐多了起来，但凹凸不平的街道，这里一汪水，那里一摊泥的，在昏暗的街灯下，让行人慌乱地东躲西闪。

此时，已是晚上八点多钟了。

林世全和雷鸣谈了两三个小时，其间还边吃晚饭边谈。在林世全离开诊所时，雷鸣问道：“今后我们怎么联系？”

“现在千头万绪的，”林世全说，“暂时我来找你吧，每两天一次。待我安排妥当以后，我再告诉你怎么联系我。”

“好的。我这里，要是平安，就在窗口晒两个白色口罩；要是没有，或者一个和三个以上就是出事了。”雷鸣说。

林世全说：“我知道了。”

林世全告别了雷鸣，踯躅街上。

这是一个冬天将尽、春天将临时节，大雨过后，更显得冷飕飕的。

林世全穿得不多，可对寒冷的天气似乎一点都没有感觉。他此时满脑子想的是：新市委怎么组建？被破坏的基层组织如何恢复？怎么让没有受到破坏的其他党组织和党员坚定信念，树立信心？对被捕的同志怎么去营救？又怎么去追查谁出卖了市委……

林世全，即原来的林旭明，大学还未毕业，就投笔从戎，报考黄埔军校。他在军校时加入了共产党。他参加过北伐，在叶挺独立团任排长。他参加了南昌起义，当时是连长。在南昌起义军撤出南昌城，南下广东的路上，他因负伤而掉队。后经九死一生，千里寻觅，他才于一九三三年底找到江西瑞金。老营长——此时已是瑞金红军大学教员，经他介绍，到了红三军团四师，从副指导员干起。

五次反“围剿”失败，中央红军开始长征。已任团政治处主任的林旭明，参加了惨烈的湘江战役。然后，就是爬雪山，过草地，来到了陕北，接着又参加了东征。

党中央来到延安时，他已是团政委，被安排进中央党校学习。中央社会部成立，他被调到社会部工作。一段时间后，又被派到枣园训练班学习，学习结束却被安排到抗大当教员。

在抗大的时候，他与鲁迅文艺学院一个叫李韵的文学女青年相识，然后恋爱、结婚。婚后两年多，李韵在跟工作队下乡采风时，遭土匪袭击而不幸身亡。后来就没再找革命伴侣。

林世全边走边想，不知不觉地回到了他下榻的旅社。

说林世全是本地人，事实上在金城市，他已没有了家和亲人。

他本来有家，有父母和一个妹妹。他父亲从商，家境富足。由于在黄埔军校时，他共产党员的身份已暴露。“四一二”反革命政变后，金城市的特务机关就把他的父母抓起来。

妹妹为了救父母，到处找关系托人。一个不足二十岁、娇生惯养而又不懂人情世故的小姑娘，哪知道世道凶险，社会黑暗？大把大把地把钱花出去，然而不仅不起一点作用，自己还常常受到挑逗、侮辱。最后连房子都卖了，仍没把父母救出来。

房子卖了，妹妹没地方住，就躲到城外的关公庙里。

一天傍晚，在关公庙里，她遭到一个流氓无赖的强奸。可怜的妹妹，在悲愤交加和绝望中投河自尽！

父母在特务的牢房里听到女儿惨死的消息，母亲心脏病突发，撒手而去。父亲经不起接踵而至的惨剧打击，就一病不起，然后不吃不喝，只是不停地呼叫儿子的名字，几天后也死于狱中。

父母惨死后，父亲的一个好友冒着危险，把妹妹的尸体找到，然后连同父母一起下葬。

林世全在父母去世四年多后，因寻找部队和组织未果，潜回金城市时，才听说家人惨死的情况。

当听到家人的悲惨遭遇时，他顿感晴天霹雳，哭得撕心裂肺，痛苦万分，整个人的精神几乎要崩溃了！

在别人的指点下，他找到了父母和小妹已生满荒草的坟墓。他来到坟前，把荒草除掉，小心翼翼地垒土，把坟修好。接着，他搭了一个茅棚，默默地守了三个月。

对家人因为自己而饱受迫害与凌辱，他深深地感到内疚与自责。在深切的自责中，那仇恨的烈火更像火山爆发。要是此刻敌人——哪怕是一个班，不，即使一个连在跟前，他也会一个一个地把他们劈成两半，或者抱着炸药包，把他们炸成齑粉！

为此，更坚定了他寻找共产党，跟共产党走的意志与决心。满三个月后，他又上路去找部队、找党组织……

林世全回到房间，倒了一杯开水，拿起烟斗，边吸烟，边坐在那里静思默想。

对雷鸣报告的情况及分析判断，林世全认为很重要，更感到惊心动魄和情况复杂，而他说的很多问题，似乎都比较抽象和简单，有些更是语焉不详，不甚了了。例如，他们为什么要开这个会？特务对市委动手前，事先有无征兆，比如监视、跟踪等？被敌人包围时，他们都处于一种什么状态？既然被包围了，敌人为什么不能活捉他们？迟到的、逃脱的和重伤被俘的，都是谁，叫什么名字？城北区委和其他基层党组织被捕的人，具体是哪些人，姓甚名谁，组织被破坏的程度如何？等等。

当然，因为他与金城市委没有关系，事后都能掌握那么多情况，他是付出了很大努力，而且冒着很大风险的！

夜已渐深，林世全仍然没有睡意。

他站起来，又给烟斗添上一撮烟丝，走到窗口看着城中仍然闪烁着的万家灯火。

今晚，是他回到金城市的第二个晚上。金城市对他来说，是既熟悉，又陌生。熟悉的是，这些大街小巷和人们的语言、习惯；陌生的是，军警横行，警笛叫嚣，一片恐怖的气氛！

他想，要弄清楚雷鸣说不清道不明的那些问题，必须尽快去联系那一个人！

他将要离开重庆局的时候，董老让他去找一个“利丰商行事件”的知情人。这人的具体情况董老也不知晓，只知道姓名、联系方法和暗语。

重庆局知道金城市血案发生比省委还早。省委得到的消息，还是重庆局告知的。

重庆局得到的消息来自两个方面，一是雷鸣的电报，但比较粗。二是苏中军区的情报，比较具体。雷鸣的电报和苏中军区的情报都是同一天收到。苏中军区的消息来源，是苏中军区驻金城市的地下兵站，因为兵站与金城市委有联系。

重庆局要求苏中军区告知金城地下党同志的联系方式。

董老说，联系此人的方法是，在《金城晚报》上登载一则“搬迁启事”，说“永发公司因业务需要，业已另启新址。通知不周之客户，欲与联系，请致电 3896，有王先生恭候”。

天亮后，林世全匆匆吃过早饭，就赶到《金城晚报》报馆，按董老所言，登载相关启事。

启事见报第二天中午十二点钟，林世全准时来到约定接头的地点——震旦公园。

公园的门口很大，大概有十多米宽。进门后二十多米处，左右两边都有三张石凳。

他走进去，环顾四周，游人不多，稀稀落落的，有进有出。他向右边的石凳走去，在第三张石凳坐下，把一份缺了角的《金城晚报》很随意地放在旁边，然后眼睛不时地向门口看。

十五分已到，接头的还不见出现，他有些着急了。

他想，接头的不会没看到启事吧？

就在林世全思考、分析的时候，他猛然发现大门外有三个警察向他走来。

他不禁一阵吃惊：难道接头人有问题？

六

与江正寒分手后，叶子辛坐上黄包车，就直奔永兴纱厂。

到厂子一问，他才知道，戚小青出去收账了，可能要到很晚才回来。

叶子辛的心中倒是一块石头落地了，这说明她是安全的。他决定先找个地方避一避，到了晚上再去她的家里。

整个金城市现在仍处在一片白色恐怖之中，警车、囚车啸聚于街道、巷口，军统特务如狼似虎般叫嚣、破门、打枪、抓人。通缉江正寒和叶子辛的布告贴在墙上，散发于街道和行人之中。

形势即便如此险恶，但对于戚小青，叶子辛是必须要见的。因为她不仅是自己的同志、下线，更是他的恋人、未婚妻！

戚小青虽然是自己的下线，可她当过市委的交通员，市委有好些人都认识她。现在市委出了问题，她必须要知道。

于是，他去了一个茶馆，要了一壶茶、一碟花生，就在那里边喝边想心事。

见过江正寒后，他的心还是很不平静，内心的重重疑团，越想越乱，越想越糊涂。

他怎么也想不到，原来阵容强大、生气勃勃、工作颇有成效的市委，一夜之间就消失了。自己现在变成了没有领导、没有组织的孤魂野鬼！

还有，敌人整天抓人，到底我们有多少人被抓去了？有多少党组织遭到了破坏？

这一切都始于什么呢？是怎么发生的呢？

老江也认为是内部有问题，并且怀疑是钟向北。会是他吗？出事前，他到底是怎么一回事，自己都无从知晓。可从自己和他的接触看，他不应该呀！这个人虽然温厚诚实，但是一个绵里藏针之人，有泰山崩于前而不惊的从容镇定。

难道他真是做贼心虚？

敌人包围了商行，别的人都无法逃出来，你老江却逃出来了，是奇迹吗？

老江要离开金城，并指示自己也要离开金城，那金城怎么办？这里党的工作怎么办？就这样完了？

老江暴露了，自己暴露了，市委也没了，现在一片白色恐怖，不离开又怎么办？

老江要自己去小林村找唐树青。唐树青是什么人？到那里干什么？要在那里待多久？

……

叶子辛此刻的心中，有说不尽的为什么。而这些为什么，又没有一个自己能想得明白的！

他感到极度的苦闷与茫然。

自己参加革命十多年了，已经历过一次失去组织的痛苦，难道这样的痛苦还得再来？

茶馆里，人来人往，吵吵嚷嚷。

叶子辛坐在靠角落的一张桌子边。嘈杂的环境，他一点都没有感觉；香醇的龙井茶，他仿佛也不知它的味道。

此时，他在茫然的状态中，倒怀念起瑞金那段紧张而又快乐的时光。

叶子辛，也就是当时的林成，参加红军的时候，正是第四次反“围剿”的前夕。

刚刚入伍还不到三个月，他仅仅学会打枪，单兵的战术动作，有些也只是得了一个概念，就参加了进攻南丰城的外围战斗。

那一次战斗很激烈，部队打得很苦。

由于敌人的防御工事坚固，防守严密，火力凶猛，我军久攻不下，伤亡很大。

通讯员林成寸步不离地跟在连长身边，只要连长有命令给各排，他就在枪炮声中，冒着弹雨，跑到各排的阵地传达。

晚上九点十分，我军发起第二轮冲锋，林成跟着连长，端着手枪，冲了出去。冲出去才二三十米，战士们就像被割的韭菜一样，一排排倒了下来。

敌人在城楼上的、地堡下的轻、重机枪，交叉扫射，火力绵密、凶猛。战士们被打得抬不起头，只好又撤了回来。

第二次冲锋还是没有达到目的。

回到战壕里，被气坏了的林成拿起牺牲了的战友的步枪，瞄准敌人外围阵地上的一个机枪手就打。由于缺乏训练，又是在晚上，他的枪打得不准，连打两枪都不中。在开第三枪的时候，他从火光中看到，打中了机枪的副射手！

他沉住气，总结经验，又瞄准那机枪手，再连打两枪。

这一回他看到，那机枪手一头栽到地上，机枪同时哑了……

从傍晚，一直打到次日早晨，连长牺牲，三个排长牺牲，指导员负重伤，部队由副连长指挥。

上级根据当时迅速变化的战场态势，及时调整了战斗部署，由原来的强攻，改为佯攻。

由于他所在的连减员过半，上级命令他们撤下阵地，换上了别的连。

在撤下来的时候，林成背起已奄奄一息的指导员，猛跑了两里多路，及时赶到战地救护所，指导员因此而得救！

四次反“围剿”结束后，连队召开总结会议。

在总结会上，副连长最后说：“第四次反‘围剿’，虽然我们连损失惨重，但是我们红军胜利了。全军歼敌近三个师，俘敌一万余人，其中包括两名师长，缴枪万余支！”

全连除了十来个住院的重伤员，现在坐在草坪上，连轻伤员也不到四十名。刚才还在为已牺牲的战友而难过的一群年轻人，听到副连长这样说，大家一下子欢呼起来：“胜利了！”“我们胜利了！”

副连长接着又说：“在这次的战斗中，大家都很勇敢、很顽强，都无愧是一名红军战士，但是，在这里我要特别表扬的是林成同志！他是一个刚刚入伍还不到三个月的新战士，他的岗位是通讯员，但他同时也是一个战斗员。他一个新兵，却不怯战，不畏战，勇敢杀敌，把敌人机枪的正副射手干掉，并且克服饥饿与疲劳，把指导员从阵地上及时抢救到战地救护所，救了指导员一命。真是了不起，我们不仅要为他请功，更要向他学习……”

这是叶子辛在人生的征程中，突如其来地经历了第一次生与死的考验。在这一次的考验中，他第一次感受到了一个战士在血与火中的力量，感受到了人生的魅力，更感受到了战斗生活的快乐！

这第一次，将陪伴他的终生，至死难忘！

每当想起这第一次，就必然想起指引他走到这条路上的叔叔林帆。

林帆是他爸爸的亲弟弟。叔叔虽然性格有些内向，不喜欢开玩笑，不说话的时候表情很严肃，但二十出头就参加了乡里的农会，然后参加赤卫队。由于他读过几年私塾，有些文化，还会武术，被选为乡的赤卫队长，不久又调到县当赤卫队长。第二次反“围剿”后，县的赤卫队整体被改编为红军，编入红三军团。

林成还是十四五岁的时候，就整天看到叔叔不是打土豪、分田地，就是开会、练武、打枪。

他想，自己那么小，还要帮爸妈到田里干农活，叔叔他不仅不干农活，而且专去抓那些有钱有势的大财主，把人家的谷米、财物和田地分给了穷人，叔叔是怎么了？

有一次，他就问林帆：“叔叔，您为什么要把财主的东西分给大家？”

叔叔表情严肃地反问他：“你见过这些有钱有势的大财主干活吗？”

小林成想了想，然后摇摇头。

“你看看我们这些庄稼人，虽然每天从早干到晚，但仍是吃不饱，有些还要卖儿卖女。而那些财主们不干活，却拥有那么多土地、粮食和钱财。他们的土地、粮食和钱财都是从哪里来的？”

“是种他们田地的人给他们的。”

“种田的吃不饱，不种的却吃不完，合理吗？”

小林成瞪着双眼，看着叔叔，无法回答。

“不合理，这叫剥削！懂吗？”叔叔说这话的语气很重、很严肃。

“您这样分了他们的东西，他们不会报官府，找您算账吗？”小林成不解地问。

“会的，”叔叔说，“但我们不怕！因为我们穷人多，你看，我们的红军都是这些人！”

从此以后，小林成就知道了红军是一支什么样的队伍。叔叔虽然是一个不苟言笑的人，但他看到小林成爱动脑筋，又如此关心村中大事，心中十分喜欢他。他去把《共产党宣言》找来，送给林成看。

小林成看这本书时，对很多问题，他都看不懂。于是，只要林帆有空，林成就缠着他问。林帆虽然平时言语不多，可对林成这样的提问，他却很有耐心，有问必答，不管是否完整、准确。

林成就是在这样的战斗环境和教育背景下长到了十七岁。然而，你别看他小小的十七岁，他要比同龄人懂很多东西，更显得少年老成。

当他决定要去当红军时，他是这样对父亲说的："我当这种兵，是与我们看到过的兵不同的，要是祖宗有灵，他们也会为我高兴的！"

叶子辛想到这里，又端起茶杯，想喝一口，但他发现茶杯里没茶了。他拿起茶壶，摇了摇，茶壶里也没水了。

他想，已喝了一壶茶了，目前形势凶险，不能在一个地方待太长时间，必须再换一个地方。

于是，他把店小二叫过来，付了茶钱，走出茶馆。

然而，他才走出门口，就看到从侧边不远处正有两个特务向他走来。他们身穿黑色青年装，头戴黑帽，边聊边走。

叶子辛不敢迎着他们走，马上急转身，与特务同方向，疾步向前走。

两个特务本来不太注意，却发现自己前面这个人突然转身，然后步履匆匆，那样子明显是要躲避什么人似的。

因此，一个特务立刻喊道："站住！"

听到喊声，叶子辛立即撒腿就跑。

两个特务见叶子辛跑，神经顿时兴奋起来。

其中一个说："现在满大街都在抓共党，此人为何如此古怪？难道是漏网的共党？追，说不定这是一条大鱼呢！"

两个特务立刻也撒丫子向前猛追，并且边追边喊："站住，给我站住……我要开枪了！"

叶子辛听特务说要开枪，他忽然反应过来：是啊，应该把水搞浑！

他马上边跑边掏出枪，对着天，连开两枪。

枪声一响，街上顿时大乱起来：有哭叫声、尖叫声，有就地蹲下的，有东奔西跑的……

当兵出身的叶子辛，体格强健，灵活敏捷，在鸡飞狗跳的街道上，快速往前飞奔。

两个特务也是年轻人，体力好，再加上起跑时，互相距离不远，所以他们与叶子辛的距离拉开得很慢。

大概追了一百多米，特务怕叶子辛逃脱，就对着他开枪。子弹在叶子辛的头上、左右“啾、啾、啾”地掠过。

叶子辛突然拐进一条小巷，特务也跟着拐了进去。

没想到小巷里面还有巷，就像一个“回”字似的。两个特务尾追进来后，不知道叶子辛往哪个方向跑了。他们就一左一右，分头追。

当兵打过仗的人，对地形地物很敏感。叶子辛进来后，看到这个地形，就估计到他们会这样干。于是，他就不跑了，而是在左边的转弯处蹲守。

当一个特务火急火燎猛跑到转弯处时，叶子辛突然闪出，同时来一个扫堂腿，特务还未反应过来，就“扑通”一下扑倒在地，来了一个狗啃屎。叶子辛乘势骑到他的背，双手抓着他的头，用劲一扭，即刻听到“咔啦”一声，特务就一动不动了。

整个过程只有几秒钟。

叶子辛干掉这个特务后，迅即往回跑。

他跑到大街上，就不再跑，而是从容地叫了一辆黄包车，坐上去，让车夫拉到震旦公园，他又到那里隐蔽起来。

小巷里的另外一个特务，提着枪，小心谨慎地顺着“回”字转了大半圈，没找到要抓的人，反而看到了同伴的尸体。

他一下子害怕起来，马上拔腿就跑，赶回去报告了。

叶子辛只能在公园里等，待天黑了，才去戚小青的家里。

戚小青是永兴纱厂的党支部书记。

两年前，永兴纱厂党组织在给新四军运送棉花时，被日本特高课发现，一个同志和两个抗日积极分子当场被打死，负责同志被捕。日本宪兵对他严刑拷打，他坚贞不屈，最后也被杀害。

永兴纱厂有四五百工人，中共地下党员有二十多人，外围积极分子也有三四十人。叶子辛认为，这支力量很重要。他通过江正寒向市委建议，因为这里女工比较多，希望市委派一个有文化、有魄力和地下工作经验丰富的女同志来这里担任支部书记。

戚小青是烈士的后代，她的父亲戚然是一九二九年金城地区暴动起义时的参谋长。

一九二九年六月二十三日，根据省委的指示，金城地区在总指挥张国泰的组织、指挥下，举行了轰轰烈烈的大暴动。

由于暴动方案被叛徒出卖，暴动很快就失败了。

在这次暴动中，指挥部被中统特务偷袭，十多人阵亡，总指挥张国泰、参谋长戚然被打死在地图边和电话机旁。副总指挥吴明因到攻打公安局的前沿指挥所而幸免。戚小青的母亲在攻打公安局的救护过程中牺牲。

暴动失败，起义队伍余部，逃的逃，跑的跑。重要的骨干都分散隐蔽起来。

副总指挥吴明继续潜伏在金城，开办一个照相馆。戚小青当时已七八岁，吴明就把她抚养起来，送她上学。

后来，作为联络点的照相馆和掌柜吴明暴露，吴明被迫撤离金城市。

他临走前，把戚小青送到好友、四海盐行的老板那里，让她边读书，边帮干活。

全面抗战爆发前夕，省委派吴明潜回金城，担任中共金城地下市委书记。

他一回到金城，就去找戚小青。

戚小青此时已十四五岁，活泼、机灵。她工作麻利，做事干脆。吴明初回金城，工作千头万绪，而人手又不足。于是，他就试着让戚小青给地下党组织的联系人或传个话，或送个信。果然，她不负所望。

于是，吴明教她从事地下工作的一些基本常识与技巧，没想到她领会很快。每当接受任务后，她不仅机警、沉着，而且遇事还懂得充分利用少女的天真、稚气又不失顽皮的特点，十分自然、安全地完成任务。

因此，吴明有意培养她入党，用盐行职员的身份作掩护，担任市委的秘密交通员。

吴明得到叶子辛的建议，一下子就想到了戚小青。于是，他通过关系，找到永兴纱厂的姚老板。

此时，永兴纱厂正因为其会计与有频繁业务往来的一个大棉商关系微妙复杂，姚老板早已心存不满，很想辞掉这个会计，苦于一时没找到合适人选。

现在有朋友推荐人，姚老板当然很想见见。

戚小青有高小文化，在盐行干了七八年，柜面、仓库、月终盘点等，什么工作她都干，并对生意上的账目往来有较多的了解。因此，对于干会计工作，她还是有基础的。

姚老板看着二十二三岁的戚小青，亭亭玉立，那样子既活泼机灵，又礼貌和善。当听到她在盐行有过工作经历就更满意了。他再向戚小青询问了一些账目往来上的常识，戚小青则很轻松地回答了他。姚老板很高兴，当场表示录用她。

戚小青离开盐行后，就不能再住在那里了。吴明把她安排到一个姓王的烈士遗孀也是吴明长期照顾的老嫂子家里，以嫂侄相称。

戚小青到纱厂后，吴明把联系她的方式和暗语，由江正寒转给了叶子辛，叶子辛与她单线联系。

第一次接头，他们是在震旦公园里的莲花塘旁。

叶子辛与戚小青对上暗语后，就像一对恋人，专走无人的僻静小路，边走边谈。

叶子辛把他掌握的纱厂中的两个党员的关系告诉戚小青，并对她提出要求。要她尽快熟悉会计业务，争取老板的信任，团结好老板身边的人，尽可能减少同事间的猜疑和摩擦。更重要的是，要尽快与那些党员骨干联系上，让他们知道，党还在，组织还在。同时，要找一个恰当的理由，能经常到车间、到姐妹中间去……

戚小青见到叶子辛后，通过交谈，就感到这个人有文化，很阳光。虽然个子不算高，皮肤白皙，但他说话的语气、动作干脆、有力，笑起来声音洪亮、浑厚，沉默时表情刚毅沉着，肃穆威严。

他是典型的军人气质，有十足的男人味道。她被他深深地吸引了。

为了多听他讲话以及他的笑声，只要情况允许，她常常不断地提问题，或要他讲过去的经历、见闻，甚至是战斗故事。

她原以为他还没有结婚。当知道他有老婆后，内心虽然不敢有非分之想，但对他的仰慕还是深深地藏在心底。

大约过去了大半年，在一次接头中，戚小青突然发现叶子辛少言寡语，神态僵呆，表情哀伤。戚小青感到奇怪，再细心看，就觉得他内心在极力掩饰着一种不愿表露的情感。

就在戚小青观察的时候，他缓慢地开口了，把要对戚小青说的事用低沉的声音三言两语说完，然后转身就想走。

戚小青心中一惊，担心组织中出了什么事，就把他叫住。

她说："您怎么了？出了什么事？能说给我听吗？"

叶子辛站住，显得犹豫不决，而戚小青更是用渴望、期待的表情看着他。

叶子辛很不想说，但又怕她想岔了，引起不必要的麻烦。

他考虑良久，才悲切地说："昨天下午……我妻子难产……母子都不保……"

叶子辛说着说着，就蹲到地上，用双掌捂脸，极力压着声音，"呜……呜……"地哭了起来。

那是由压抑而扭曲的、是撕心裂肺的、更是悲痛欲绝的悲号！

这一消息和情景，突如其来，让戚小青大惊失色！

她看着他那宽阔的肩膀在激烈地抖动！

男人的肩膀，就是女人的山啊，而此刻山摇地动，那是什么？是感情的爆炸！

戚小青的心跳得厉害，不禁一阵慌乱，手足无措。

她真想扑下去，紧紧地抱住他，然而，她控制着，她不敢！

她踌躇了好一会儿，只好也蹲下来，想安慰他几句。可是，她话未出口，自己也跟着呜咽起来……

从此以后，要是彼此都不忙，他们接头的时间就会很长。他们谈完工作，就谈见闻，谈往事，也谈人生，什么都谈。

慢慢地，接头变成了约会，约会也是接头。

经过一年多的工作与接触，叶子辛对戚小青有了比较全面的了解。

戚小青说话声音不大，与人谈话，她始终看着对方的眼睛，仿佛从眼睛能看到对方的心底。若是谈工作，她脸部表情，保持平静，看不出她的心理变化。如果谈生活，谈趣事，她会脸带微笑，甚至会毫无顾忌地哈哈大笑。在他眼里，戚小青大方开朗，又细心执着，而且机警稳重，更让他动心的是她温柔贤淑的女人味。

他知道，戚小青一直都喜欢他，他也渐渐地喜欢上了戚小青。

于是，他们就心照不宣，恋爱起来了。接头时，有时他干脆就到戚小青的家里……

初春季节，天仍然黑得比较早。此刻又是灰蒙蒙天气，还不到六点钟，已是街灯闪烁。

叶子辛在夜幕降临的时候，悄悄地来到戚小青家。

“你，你终于来了！”

小青刚下班回来，在房间里放下东西，正走出来，看到突然进门的叶子辛，不禁又惊又喜地说。

“你进来，事情危急！”叶子辛急急忙忙边说边往房里走。

小青本来要到厨房里给王嫂帮忙的，见到子辛，并听他这样说，她就在外面喊道：“嫂子，子辛来了，煮他的饭！”

王嫂还没搭话，小青也快步跟了进去。

来到里屋，他们相对坐下，小青看着叶子辛。

叶子辛神态显得疲惫，面容冷峻、凝重。

“前天上午，你帮我摆脱特务跟踪之后，在城中路，你知道发生了什么事吗？”叶子辛才坐下就问道。

小青忧心忡忡地说：“我知道你已离开杂货铺后，就赶着回厂里了。可昨天我看到了通缉你的布告，却不知道发生了什么事。城区的气氛很恐怖，我一直想见你，但又不知道你在哪里，急死我了。昨天厂里很多人都在议论，说什么死了很多人。昨晚，警车的警笛又响了一晚，搞得全城都不安宁。究竟出了什么事，你是怎么暴露的？”

永兴纱厂在金城的边上，白天城里发生的事，厂里的人大多都不知道。

叶子辛看着小青，嘴唇微微抖动，仿佛想说，又无法说似的。他在哀伤中挣扎着，神情极为悲切。

“市委完了，全完了！”突然间，叶子辛的口中冲出了这几个字，而那语调是颤抖的、哽咽的。

“嗡!”的一下，戚小青脑袋一片空白，脸无血色，眼神呆滞。

良久，戚小青才回过神来，用极为可疑的语气，小声说：“都完了？为什么？可能吗?”

“前天上午，市委在利丰商行开会，而特务们却早早把利丰商行包围了。同志们发现时已经晚了，只能拼死突围。在这种绝境里，哪有不完?”叶子辛痛苦地说。

戚小青紧张得全身发抖，脸色苍白，可她又狐疑地说：“你怎么知道?去参加会议了?”

“我本来是要去参加会议的。为了甩掉跟踪的特务，就迟到了。我到那里时，枪声已停止，可是参加会议的人，大部已牺牲，两个受伤被捕，只有一个逃脱。”叶子辛说着说着，眼眶就发红了。

沉默一会儿，叶子辛又说：“你是我单线联系的，原本我不担心，但是认识你的，除了吴明书记，还有孙言等其他人。现在吴书记已牺牲，孙言却下落不明。不过敌人的抓捕也两三天了，从目前的情况来看，你应该是安全的!”

一说到吴明，小青的眼泪就“啪嗒啪嗒”地掉了下来，她的心像刀割一样疼!

此刻之前，她只知道吴明是组织中很重要的人，但不知道他是市委书记。

她一直视吴明为父亲、师长。在她入党后，吴明曾多次对她说过：从你面向党旗宣誓完的那一刻起，你的生命就不属于你自己了，而是属于党和人民。只要党和人民需要，你就要毫不犹豫地献出她!

现在，吴叔叔履行了他的誓言。他是光荣的，但戚小青仍感到无限的悲痛!

她沉默了一阵，然后看着叶子辛。

这时她才发现，叶子辛身上穿的，仍是他们在如意杂货铺相遇时的棕色唐装，但已很脏，他白净的脸像涂了一层黑灰，胡子拉碴的。

她明白，他应该几天没洗没刮了。

小青心疼地柔声说：“全城都在通缉你和江正寒，你们有家也不能回，这两天你是怎么过的?”

子辛说：“晚上我就躲到码头废弃的仓库里，白天大街上那么多人，他们抓不到我！”

“敌人怎么知道市委会在那里开会？难道有人出卖了市委？”

“现在一切都很混乱。我们内部出了问题，是最有可能的，所以你一是要倍加谨慎与小心；二是停止一切活动，注意隐蔽与观察！”

“嗯，”小青顺从地点点头说，“那你怎么办？要离开金城吗？”

“上面要求我离开，避一避。”叶子辛仿佛心有不甘似的说。

戚小青立刻着急地说：“什么时候走？多长时间回来？”

“马上就走。至于什么时候回来，那要看情况！”说着，叶子辛站起来。

看到叶子辛站起来，戚小青也跟着站起来说：“马上？不吃饭了？”

“我是为了见你，才拖到现在的。”子辛没有把在街上与特务相遇的事告诉小青，是怕她担心自己，“再不走，弄不好，连你也要暴露。至于吃饭，你给我几个馒头带上就行。”

看着灰头土脸、身处险境仍牵挂自己的男人，小青心中那份感动、疼爱和不舍突然爆发。她一下子扑到叶子辛的怀里，紧紧地抱着他。

戚小青的举动，使叶子辛深藏心底的难舍难分的感情突然间爆发了，他立刻也用力拼命地拥抱着她！

他意识到，自己这一走，是凶是吉，是生是死，能否再见，实属难料！妻儿离去的这一年，是小青把自己从悲伤中慢慢地拽回来的。她的美丽善良、忠诚能干像磁铁一样，紧紧地吸引了自己，自己也深深地爱上了她。

要是此去遭遇不测，这就是最后的诀别！

“你将要去哪儿呀？”小青语带哽咽地问道。

按上不告父母、下不告妻儿的规定，要去哪里，叶子辛本不能告诉戚小青的，但他考虑到此刻形势严峻，市委内部情况不明，今后情况又未可知的复杂性，他觉得自己的一些情况，有必要让小青在一定程度上知道。

“到小浦县水湾镇小林村，一个姓唐的人那里。”叶子辛喃喃地说道。

“是你的关系吗？”戚小青抽泣地问道。

“不是。”叶子辛轻轻地说。

戚小青慢慢地松开叶子辛，双眼盯着他，样子似乎有很多话要说，但最终没办法说。

许久，她才清了清嗓子，向外屋喊道：“嫂子，把蒸好的所有馒头都拿来！”

“哎，就来！”厨房里的王嫂应着。

不一会儿，王嫂拿着八九个馒头过来，小青用一个布袋子装起来。王嫂和子辛互相问候后，她又回厨房去了。

子辛拿起馒头，往外刚走两步，小青忍不住又喊一声：“子辛……”

话没说出来，她的眼泪却像断线的珠子一样直掉下来。

叶子辛停下脚步，回过头来，面带微笑，装出轻松的样子说：“别这样！你这样我怎么走？”

小青看着他，含着眼泪，挤出微笑，点点头，然后轻轻地招手。

子辛十分满意地笑了笑，然后大步走出去。

其实，叶子辛的心情也很沉重，不仅迫不得已离开金城，离开深爱的小青；更不可测的是，在前路等着他的又将是什么！

七

江正寒和叶子辛分手后，又去了一趟前天送开水那个人说的地方，所以很晚才回到悦来旅社。

在家里的杨小敏则是惶惶不可终日，特别是当街上响起凄厉的警笛声时，她就被吓得心惊肉跳，浑身发抖。

从有家不能回的严峻状况看，杨小敏知道，自己全家正处在极度的危险之中。自丈夫说过一两天就离开这里时起，她时刻盼望着能即时动身离开旅社，然而现在都两三天了，不仅不见丈夫说走，而且还几次外出，她感到真是度日如年啊！

江正寒终于推门回来了，她慌忙迎上去，焦急地问道：“你回来了？我们可以走了吗？”

江正寒肃穆的脸色中充满疲态。他边把头上的礼帽拿下来，边慢步走进去，有气无力地说：“走，可以走了。”

按理说，马上能脱离险境，应该高兴才对啊，丈夫怎么会是这个语调和神态呢？

“是真的吗？”杨小敏怀疑丈夫在敷衍她。

江正寒平时说话，杨小敏从来都是言听计从，深信不疑的，今天她却这样反问江正寒，江正寒知道自己情绪不好，让妻子生疑了。

于是，他坐下来后，微微地笑了笑，柔声地说：“真的，你看，火车票我都买了。”

江正寒说着，把三张车票拿出来，递给杨小敏。

杨小敏这才转忧为喜，一下子把车票抢过来，贴到前胸，昂起头不断地说：“好了，好了，这就好了！”

第二天早上七点，江正寒由平时的长袍礼帽变成了西装革履。从不留胡子的他，现在粘上了浓黑的长胡子。他们一家三口连行李，分乘两辆黄包车，离开旅社，赶往火车站，坐八点半的火车去蓉城。

到了车站，发现候车的乘客不多，但警察、特务却不少！

江正寒和杨小敏带着小孩，提着行李，在外面犹豫起来。

杨小敏更是脸色变白，手脚有些发抖。

江正寒急忙用手扯了扯小敏的衣袖，小声地说："镇定，别慌！"

"怎么办？会有问题吗？"杨小敏极力想控制自己的情绪，但说话的声调还是有些颤抖。

江正寒想了想，然后说："这样，你拉儿子往前走，我在后面跟着。我现在这个模样，他们不一定能认出我。"

"要是认出来，怎么办？"杨小敏揪心地说。

江正寒又沉默了一下，就说："不管发生什么事，你都不要管我。你和儿子直接去蓉城。我会有办法脱险的。我到蓉城后，就找你们！"

"蓉城那么大，你怎么找我们？"

"蓉城有一个光明大戏院，你每天上午十点，在戏院门口等我就行。"

杨小敏看着丈夫，心中虽然忐忑，但觉得丈夫会有把握的。于是，他们就一前一后，往候车室走去。

候车室里，此时正好开始验票上车。

乘客排队验票。

两个特务站在检票口，双眼盯着每一个过客。

杨小敏拉着儿子，跟着排队，一边慢慢往前移动，一边不时往后看。经江正寒用眼神制止后，她才没有再回头。

很快来到检票口，杨小敏和儿子顺利地过去了。

她拉着儿子，往前慢慢走，样子木然。实际上她是全神贯注地倾听后面的动静。

"站住，你，出来！"

突然听到喝令声，她立刻像触电似的大吃一惊，猛然回头。

这时，江正寒正被一个特务用枪指着，而江正寒却十分从容地从乘客中间走出来。

看到这样的情景，杨小敏就想跑回来。不过，她同时又看到丈夫严厉的眼神和冷峻的脸色。她想起他先前的交代，她就不敢动了，只好边拉着什么也没觉察的儿子往车上走，边不时地回头看。

江正寒被特务押到车站站长办公室。办公室里坐着一个穿少校军服的特务，正在看报纸。

他见一个便衣特务押着江正寒进来，就放下报纸，站起来笑着问道："嘿，有收获了？"

便衣特务马上跑到少校身边，耳语道："组长，这家伙有点像共匪江正寒！"

少校听后，不动声色，对江正寒说："你叫什么名字？干什么的？要到哪里去？"

江正寒从容镇定，微笑着。他一边把行李放下，一边慢慢地从上衣里面的口袋中掏出一个证件，交给少校。

少校接过一个蓝色封面，印有国民党党徽的小本子，打开一看，然后念念有词说："中央政府特派员胡明……"

"啪"的一下，还没念完，少校立刻把本子一合，交给江正寒，然后立正，举手敬礼说："胡特派员，卑职冒犯长官，罪该万死！"

江正寒接回本子后，看着少校认真的军礼和真诚的歉意，就表现出充分的仁慈与包容。他呵呵笑着说："好好，你等也是职责所在，理该如此，理该如此！"

"长官仁慈大度，我等感激不尽！"少校脱下军帽，就要弯腰鞠躬。便衣特务见此，立即跟着少校，也弯腰鞠躬。

江正寒知道对下应该恭倨有度。于是，他略端起架子，收起笑容，转身向门口边走边说："车快开了，我也是公务在身，请你们送我上车吧！"

"是，是，快给长官拿行李！"少校边跟着江正寒走，边对便衣特务说。

就这样，少校和便衣特务把江正寒一直送到车厢的座位上，才客客气气地告别。

杨小敏和儿子上车后，她在座位上，从来没有消停过。

她一会儿探头车窗，一会儿两眼紧盯车厢门口，总希望丈夫能突然出现。那焦急、忧虑令她烦躁不安！

当在车厢门口忽然看到江正寒时，她禁不住一阵惊喜，马上就想站起来向丈夫挥手，然而她还来不及站起来，立刻又发现在丈夫身后跟着穿军装的人。

她的脸上顿时疑云骤起。她想：特务是不是来抓自己娘俩的？

刹那间，她的心像掉进了万丈深渊，瘫倒在座位上，脸无血色，手脚发凉！

丈夫与两个特务慢慢地向杨小敏走来。

到座位边上，丈夫和两个特务很有礼貌地道别。

杨小敏这才如梦初醒，她长长地吁了一口气……

坐了五个多小时的火车，他们才来到了蓉城。

到目的地的旅客纷纷下车。

江正寒带着妻儿，下到站台上。他一抬头，突然发现几步开外，有一个非常熟悉的身影，正急匆匆地往前赶。

他愣了一下。

很快，那身影已远去。他只好盯着远去的背影，呆呆地出神。

杨小敏拉着儿子，来到他的身边，发现他发呆，就用手摇了摇他的手臂说："正寒，看什么呢？"

江正寒回过神来，急忙应道："呵呵……呵，没什么。"

他们来到蓉城，就到旅社下榻。

下午，江正寒出去了一趟，便租到了房子。

房子所处位置，闹中取静。前街是繁华闹市，有茶楼、酒馆，有菜市，有戏院。这戏院，就是江正寒所说的光明大戏院。

房子在后街的一栋西式楼房的二楼。

这是一间很好的房子，两室一厅，家具用品齐全，整洁光亮，仿佛有专人打扫似的。

第二天，他们就从旅社搬了过来。

从金城到蓉城，虽然在上车时发生了一些波折，但自火车开动以后，一路上却是很顺利，很平静。

杨小敏原来那极度恐慌的心情，让五个多小时的平静给慢慢纾解了。当他们一家搬到这个安静、清雅的房子时，她就像孩子到了游乐园般兴奋和快乐。她十分勤快地在房子里收拾摆布。一会儿说这里要摆盆花，一会儿叫儿子躺到床上，看看舒服不舒服，忽然又说，还少一个梳妆镜，得添一个……

然而，江正寒却快乐不起来。

他一路上少言寡语，经常失神木然，到了蓉城仍然心事重重，闷闷不乐。

江正寒是金城人，那时叫江为东的他，在金城师范学校毕业后就到金城中学当教员。

他读师范时，阅读了大量的进步书籍，对俄国十月革命的胜利，做了深入的分析。对中国社会的现状，中国的出路在哪里，也有深入的思考。

蒋介石发动"四一二"反革命政变时，他目睹了大批主张民族独立、人民平等、自由的共产党人与进步人士被捕、被杀的惨状，因此，他对蒋总司令感到极度的失望与愤怒。因而，他看穿了蒋介石只不过是借打倒列强、打倒军阀的轰轰烈烈运动为遮羞布，从而实现其以新军阀消灭旧军阀的目的而已！

刚刚踏进社会，才当了一个学期教员的江为东，面对血腥的屠杀和白色恐怖，性格深沉的他也禁不住热血沸腾，义愤填膺！

一天夜里，他正在奋笔疾书，揭露国民党右派对孙中山的背叛，控诉新军阀蒋介石的无耻与残暴时，同事周文伟来到他的家里。

周文伟还没看他的稿子，他却先激愤地说："我不能再沉默了，我要控诉，我要怒吼！"

周文伟约一米八身材，体形魁梧，比江正寒大两三岁，北京大学毕业，中共党员，金城市学联主席，公开身份是金城中学的教务主任。

周文伟一直在关注着江为东。

他发现江为东为人有些孤傲，性格深沉，但他有正义感，倾向进步，因此有意接近他。

能让江为东看得起的人不多，但他觉得周文伟不仅学识渊博，为人和善，而且说话处事稳重练达，所以他喜欢接近周文伟。

一来二往，他们成了好朋友。

周文伟虽是中共党员，但没人知道。他在学校里组织了一个读书会，专门吸收爱读书，关心国家前途、命运的老师、学生参加。周文伟与江为东交往了一个多月，就把他引进了读书会。

听了江为东的话，周文伟就拿起他的稿子看。

看完后，周文伟微笑着说："很有文才嘛！不仅观点鲜明，论据有力，逻辑严密，而且语言犀利，嬉笑怒骂，解气又解恨！可你放到哪去发表呀？"

"报社，有正义感的报社！"江为东想当然地说。

"有正义感的报社，却没有枪呀！即使有枪，一个报社顶多几十号人，那不过是蒋总司令的九牛一毛，他们会鸡蛋碰石头吗？"

"不然就印成传单，到大街上去发！"

"这倒是一个办法，可作为传单又太长了。"

"这好办，我把它修改、压缩，印的字小一点！"

周文伟看着江为东，感到很满意。

他想，这个年轻人，虽然还缺乏斗争经验，可他爱憎分明，平时言语不多，但有坚定的斗争意志，而且善于动脑筋，是可塑之材！

就这样，周文伟把江为东发展为中共党员，并负责金城中学读书会。

江为东具有革命精神，他敢于斗争，并在实际斗争中不断成熟，因此他很快就成为金城市学联领导成员之一。

江为东担任学联副主席不久，周文伟被省委调走，他继任金城市学联主席，与吴明单线联系。

周文伟调到省委后，因与"左"倾的省委领导格格不入，不到一年，又被退回金城市。这个"左"倾的领导还向吴明规定，周文伟不能担任学联的主要领导。因此他只能作为学联的副主席安排，再与江为东和唐宇豪一起共事。

由于国民党顽固坚持"攘外必先安内"的政策，对日妥协，却调兵遣将"围剿"陕北红军。金城市学联决定，一九三七年五月一日发动全市各类学校师生罢课、游行和请愿。

金城中学读书会是学联的外围组织，军统对它早已虎视眈眈。他们想方设法要对其进行渗透，甚至控制。经过长时间的挖空心思，终于物色到两个富家子弟，让他们混进了读书会。这两个富家子弟通过长期的潜伏、调查，收集了江为东、周文伟和唐宇豪等学联领导人的大量活动情况。

四月三十日，学联领导计划晚上八点钟开会，对明天进行的游行、罢课等行动，再作进一步的研究和部署。

军统得到报告后，决定在学联领导人开会的时候，把他们和那些学生骨干一网打尽。

七点五十分，江为东、周文伟刚刚来到金城中学，唐宇豪还没到，金城市委的交通员突然来到，气喘吁吁地对江为东说："找了半天，终于找着了。你们已暴露，敌人八点开始抓捕。你们立即取消会议，撤出学校，隐蔽起来，等待下一步的通知！"

来人说完，转身就走。

周文伟则沉着地对江为东说："你先走，我等一下唐宇豪。"

"你走，我来等！"江为东也很镇定，他争着说。

他们正在争执时，唐宇豪来到了。

江为东马上对唐宇豪说："开会的秘密已泄露，敌人马上要来了。我们立刻分头走，先隐蔽起来！"

"那边还有几个学生，"唐宇豪边走边说，"我得去通知他们！"

"要快，"周文伟大声说，"分散走！"

利用夜幕和对校区的熟悉，周文伟和江为东逃了出去，但唐宇豪和两个学生被乱枪打死，另有两个学生逃脱，一个受伤被抓。

这一次学潮失败于行动之前，周文伟和江为东都感到很难过，特别是唐宇豪和几个学生的遇难，同时他们也感到教训深刻！

针对周文伟和江正寒已暴露的危急情况，市委决定把他们转移出去。

在省委的安排下，周文伟再回省委；江为东则去延安，进抗大学习。

半年后，江正寒被安排到陕甘宁边区政府工作。

此时此刻，江正寒闷闷不乐的心境从何而来？也许他自己也说不清，道不明：是愤怒？是悲伤？是彷徨？

十多年的革命生涯，时时刻刻都是把脑袋别在裤腰带上。像这次市委被连锅端的，当然是极为罕见。但是，十多载好像在刀尖上过的日子，自己耳闻目睹了多少同志、战友被捕、被杀，多少家庭妻离子散？多少烈士姓名埋没，尸骨不全？对此，自己内心的愤恨与悲伤是不言而喻的，但心情却从来也没像今天这样古怪！

难道是市委被破坏，自己被迫离开金城市，就这样突然失去了组织，从此流落他乡而触动自己心灵深处的那一份不舍，那一种孤单，或者一种迷茫？

来到蓉城大概一周时间，一个朋友为江正寒在育华中学找到了一个教员的职位。

江正寒本来就是个教员，现在重操旧业，当然很高兴。因此，他第三天就去报到。

他一早来到学校，见到一个老师，就问道："老师，校长室在哪里？"

那老师说："从这个走廊过去，拐个弯，看到一栋楼。校长室在二楼。"

他按老师的指示，来到了校长室。

"笃……笃笃……"江正寒敲门。

"请进！"里面传出回应。

江正寒推开门，看到一个中年人正对门口坐在办公桌边，低头写着什么。

江正寒十分谨慎地小声问道："您是校长吧？您……"

那人听到有人说话，就抬起头来。

江正寒的"好"字还没出口，就四目对视，两人都一下子愣在那里！

过了好一会儿，才异口同声地说："怎么是您呀？"

八

在震旦公园里，穿着银灰色西装，脚蹬棕白两色皮鞋的林世全，浓密髭须下的嘴巴，“吧嗒吧嗒”地抽着金黄色烟斗，像小憩似的，悠然自得地坐在右边的第三张石凳上。

他的身旁放着一份缺角的《金城晚报》，双眼则不时地瞟着正向他走来的三个警察，神态显得自然和平静。

其实，他的内心充满了疑虑，神经高度紧张，双眼离开警察的时候，那余光也是充满警惕的——他心里盘算着，万一三个警察是冲他来的，他怎样去以一敌三！

“大哥，方老板怎么会请您吃饭呢？”高个子警察问老一点的警察说，“听说现在有人要以汉奸罪名搞死他呢，这不会是鸿门宴吧？”

“什么鸿门宴黑门宴，有酒喝你都怕？”老警察说。

“日本人在的时候，大家都怕他！”胖子警察也疑虑地说。

“那时候，他也请过我吃饭啊，我就从来没怕过他！”老警察不屑地说。

“也是，他这个人，”胖子警察马上附和说，“很会拜神的。日本人在时，不仅在日本人那里吃得开，听说现在在重庆他也有关系！”

“对，他对大哥从来都是笑脸相迎的。”高个子警察则拍马屁说。

他们三人边说话，边做着手势，旁若无人地从林世全的身旁走过去。

此时已是吃午饭的时候，这三个警察原来是到公园里的一个餐馆吃饭的。

看着三个渐渐远去的警察，林世全高度紧张的神经才慢慢地松弛下来。

就在林世全看着远去的警察时，突然一个人站到他旁边，并问道：“先生，我可以坐下来吗？”

林世全马上转过头来，看到自己跟前站着一个三十六七岁，身穿长袍，头戴礼帽，脖绕围巾，高高身材，国字脸，浓眉毛，大眼睛的男人，右手拿着一本《生活》杂志，对自己说话。

林世全静静地看着他，心中却在验证董老所说的接头人特征。

他感觉没问题，就轻轻地说："坐对面不是很好吗？"

"何必舍近求远呢！"

"我有传染病。"

"我有特效药。"

来人一说完，就激动地握着林世全的手，压低声音说："您是老林吧，可把您盼来了！"

"你叫孙言吗？我也很想见到你呢！"林世全亦颇为高兴地握着来人的手，小声说。

接上头后，林世全就说："我们不能再坐在这里了，边走边说吧。"

"对！"孙言说，"这里我熟，从左边往里走，比较僻静。"

于是，他们就沿着左边的小道，边说边漫步而行。

"你是哪一年入党的？"林世全问道。

孙言说："一九二九年，'六二三'暴动前夕。"

"你也参加了金城暴动？"

"是的，那时我是吴副总指挥的通讯员。可惜，轰轰烈烈的金城暴动失败了！"孙言语速缓慢，充满感慨地说。

"后来呢？"

"暴动失败后，副总指挥吴明因为和周老板是老朋友，就把我安排到金城航运公司隐蔽起来。形势慢慢缓和下来后，吴明同志指示我留在航运公司，秘密收拢暴动后失散的党员，恢复建立党组织。在苏维埃的旗帜下，进一步扩大党的组织，为下一次暴动积蓄力量。

"随着革命形势的发展和变化，吴明同志因为暴露，离开了金城市，暴动起义就没有再组织。我在那里干了七年多，在近一千员工的公司里发展了八十多名党员，秘密建立了有三十人的工人纠察队，外围积极分子也有五六十人。全面抗战前，吴明同志回到金城市，两个多月后，他就把我调到市委担任机要秘书，一直到现在。"

听着孙言的叙述，林世全不时侧脸看看他。

林世全觉得自己身旁这个大眼睛，脸型与自己相似的年轻人，既纯朴忠诚，又谨慎机警。从他说话的语速看，他还是一个爱思考的人。

看着孙言停顿下来，林世全又问："你作为机要秘书，市委这一次被破坏，你当时在干什么？掌握了哪些情况？你怎么看'利丰商行事件'？"

林世全提到市委被破坏这件事，孙言的表情一下子沉重起来，良久无语。

"这个事件令人悲痛欲绝啊！"过了好长时间，孙言才以哀叹的语调重重地吐出这么一句话。

林世全也被他的表情和语气感染了，他表情凝重，沉默无语，仿佛既是等待，又在想象似的。

"那一天上午九点钟，"孙言说，"吴明同志对我说：今天上午十点钟，市委要在利丰商行召开重要会议，参加会议的都是市委委员。现在虽然还是国共合作期间，但为防意外，你化装在门外观察望风。如有情况，你就大声随便叫嚷，我听到你的叫嚷声就做应变。为了隐蔽，我则化装成乞丐，在商行周围徘徊。

"开始的时候，我把注意力放在商行门口和街上走动的人，而这些并无异样。当我随意走近一个擦鞋摊档时，就发现那擦鞋人的动作不像干擦鞋的！我再细细观察此人，四十岁左右，藏在深窝里的小眼睛老是往商行里看，而且表情肃穆，目露凶光。我一愣，立刻巡看周边的铺位、摊档。糟了，那些'掌柜'和'档主'也不像买卖人！他们不吆喝，眼睛不看来往人群，却都盯着商行。有些铺位、摊档原来是一两个人的，突然有的变成三个，有的是四五个。看到这种状况，我感到问题非常严重和危急！

"于是，我就想冲进去报警，可是我转念一想，一个乞丐火急火燎地冲进富贵高雅的商行，必然会立即惊动敌人，逼他们提前动手，那留给吴书记他们的时间就更少。因此，我就按照吴书记说的，在外面报警。我向擦皮鞋的讨钱，他却厌烦地推开我。我则大声嚷嚷着靠近他。他这回发火了，猛力一推我，我立刻摔倒地上。我马上爬起来，又跑近他，还拉扯着他大声说：'你为什么打人？''为什么打人？'他霎时愤怒起来，用脚猛踹我。我就护着头，蹲下来，面对商行，拼命地叫起来。

“我叫了几声后，突然听到一声枪响。刹那间，一个人扑倒在商行门口。这时楼里面也响起了往外打的枪声。紧跟着，在我的左侧面，有人喊道：‘突击组，快，冲进去！……’

“随着一阵枪响，向门口包围过去的特务，也有一个中枪倒地，另一个被打伤。特务们马上‘哗啦’一下，就地卧倒，或躲到墙根去。

“在这种混乱的情况下，我立刻逃离现场，躲到一条僻静的小巷，去掉伪装，然后再返回现场。而现场此刻枪声已停，四面八方跑来围观的人，越聚越多。我挤进人群里，看到特务正在拿着照片，一个一个地喊着市委同志的名字……”

说到这里，孙言一下子哽咽起来，无法再说下去了。

林世全的脸色也很难看。他伸出左手，无言地在孙言的背上轻轻地摩挲着。

等了一会儿，林世全才轻轻地问：“市委委员总共有几个人？”

“连书记吴明、副书记江正寒七个。”孙言抹了一下眼睛，恢复了平静。

“都来参加会议了吗？”

“虽然市委委员的名单我都知道，但有些人我不认识。我在门口只看见进去六个人，却没发现叶子辛。”

“你再回到现场，情况又怎么样？”

“看到特务们俨然打扫战场的样子。我听到特务对着照片喊吴书记的名字，知道他牺牲了！在一阵悲痛与惶恐中，我突然想到了市委机关。它现在又会怎么样呢？有危险吗？因此，我顾不得这里了，立即悄悄地钻出人群，坐上黄包车，飞奔到古贤路。然而清风古玩店的情景，让我忐忑不安的心情，仿佛一下子掉入了万丈深渊！军警、特务已包围了市委机关，在那里的工作人员无一幸免……”

震旦公园很大，有土丘小径，假山凉亭，曲桥藕塘，奇树异草，其间还点缀着一两间酒肆茶馆。现在正是冬春之间，偌大的公园却是一片枯黄，园亭冷落，朔风阵阵，好像一点生命的气息都没有。然而，这些都是表面的，其生命力都隐藏在草根下、树皮里，当春风一召唤，又将是满园翠绿，百花盛开。

他们两人走的那条路，是很偏僻的地方，路上一直都没遇到别的游人。

在沉重的心情下，他们向曲桥走去。

来到曲桥上，他们停了下来，面对面地挨在半身高的栏杆边。

“市委被摧毁，市委机关被破坏，”林世全看着孙言说，“据说基层党组织遭到破坏的情况也很严重，你了解更具体的情况吗?”

一直看着林世全的孙言，听他说完后，就把目光移开，看着阴阴沉沉的旷野，长长地叹了一口气说：“浩劫，从天而降的浩劫啊！在见到您之前，我一直在通过不同的渠道，秘密地去摸查情况。到目前为止，市委七个委员，逃脱一个；未到会，现在下落不明的一个；受伤被俘的两个，牺牲的三个。市委机关被抓走五人，捣毁电台一部，还丢失了一批重要的文件资料。此外，城北区委机关、为天面粉厂、超利百货公司、大昌印染厂、永达木器公司、绿明茶厂、天升纱厂等十多个工厂、公司的党组织都遭到了不同程度的破坏。这些党组织中，有些被连锅端；有些应变得当，使部分同志脱险；有些因突围无望，被围的同志在反抗中被打伤打死。在这些党组织中，所有负责同志或被捕，或牺牲，党员被抓数量不一，还有大批的外围积极分子，总共被捕了五十多人。还有些同志被捕的时候，或是在工厂，或是在公司，或是在家里……”

“你是怎样联系到重庆局的?”

“这也许是吴明同志深谋远虑的一面吧。那是在‘皖南事变’后的一天，吴明同志专门找我谈了一次话。也许因为我是市委的机要秘书，并且长期在他身边工作，他对我是很信任的。他说，‘皖南事变’我们始料未及。为防不测，他把一些绝密的关系告诉了我，其中就有如何去联系省委的办法。他说：‘如果我突然被捕，或牺牲，金城市委与省委的联系就会断。为了让省委尽快知道情况，你到城南外不远处的关公庙，在庙门右边画三个圆圈呈“品”字形的图案。第二天中午十二点，就有人在那里和你见面。如果第一次没见到人，你就隔三天再去，定可见到……’”

接着，孙言把到关公庙接头的前后情况做了详细的叙述。

孙言说，市委出事后，他在痛苦中思考：现在应该怎么办？自己没有了上级，也没有了组织，而上级又不知道金城市出了事！在哀愁中，孙言告诫自己，悲伤没用，现在首要的是尽快向上级报告情况！在这个信念驱使下，他想到了吴明和他的那一次谈话。

于是，第二天傍晚他就去到城南外的关公庙，在庙门右边画了三个圆圈呈“品”字形的图案。第三天中午十二点，他准时到了那里。

在庙的旁边有一棵大树。此时，大树下蹲着一个年龄约四十岁，农民打扮，头发粗黑，体型粗壮，抽着旱烟的男人。

男人的目光炯炯有神，不时警惕地看着孙言。

孙言也十分注意地看着四周，却没有发现其他人。他心中估摸着，会不会是他？

于是，他装着自然、随意地慢慢走近那个男人。

在距离他还有两三步远时，孙言便自言自语地说：“去掉扭边手，加女便是妞。”

那男人听孙言这样说，他就用冷峻、犀利的目光盯着他。

过了一会儿，他才不紧不慢地说：“去掉槽边木，加米便是糟。”

暗语对上，孙言立刻快步走近他，笑着伸手，边要与那男人握手，边说：“您好，我叫孙言，是金城市委的机要秘书！”

那男人听到“机要秘书”几个字后，也站起来，微笑着，一边拿着长杆烟斗，一边和孙言握手说：“您好，我叫关雄。”

孙言喜出望外地说：“没想到我真能找到您，实在是太好了！”

“这是我和老吴的约定，”此刻的关雄则是心有疑虑地说，“听说，前天利丰商行出了大事，是与地下党有关的，但内情如何，不得而知。今天上午，我这里的关系人告诉我，有人来拜关公了。我还以为是老吴呢。”

他们说着，就坐到草地上。

关雄接着问道：“老吴呢？利丰商行到底发生了什么事？”

关雄这一问，孙言就像失散了多年的孩子突然见到了亲人似的，难过、悲伤与慰藉纠集在一起。

他有些哽咽地说：“吴书记，他牺……牺牲了，市委，都完了！”

“啊？”关雄大惊失色，禁不住轻呼一声。

沉默，一阵悲痛的沉默！

关雄的公开身份是金城市紫云路运来商号的老板，秘密身份则是苏中军区驻金城市地下兵站负责人。为了在采购、储存、运输军用物资时得到必要的帮助，按照上级的要求，关雄与金城市委吴明建立了联系。

吴明知道，一旦他出意外，与省委的联系只能靠苏中军区。通过苏中军区去联系南方局，再由南方局联系省委。

没想到，不幸的预设，竟然一语成谶！

关雄平时是西装革履，留大背头，手夹雪茄，腕戴金表，但来接头时他就要换衣化装。

昨天下午听说军统破获共党走私重大案子，在利丰商行打死打伤多人，他十分震惊，但详情又无从知晓，对吴明更是惦念。

今天上午九点多钟，他在关公庙不远处居住的关系人打电话告诉他，有人拜庙，他还以为是吴明。

当看到孙言来时，他心里还嘀咕：这人是谁？他来这里干什么？

孙言与他对暗语时，他心里"咯噔"一下：吴明怎么不来？

沉默了好长时间，关雄才说："那你怎么知道来联系我？"

"四年前，吴书记告诉我的。"孙言仍然十分伤感地说。

"找我有事吗？"

"有事。现在我只能找你了！"

"什么事，你说吧！"

"我想找到省委，尽快报告这里发生的事情！"

又是一阵沉默。

良久，关雄才说："可我只与吴明同志联系，与其他地方党组织是没有联系的呀？"

孙言这回有点着急了。他说："吴书记说，只要找到你，你就一定有办法的呀！"

关雄想了想，说："行，三天后，也是这个时间，你还是到这里来找我！"

见关雄这样说，孙言心中的一块石头才落地。

三天后，孙言准时来到这里，把他掌握的情况详细告诉关雄。

关雄听后表示，他马上把情况转告给上级，你们省委也很快会收到报告的。他同时问孙言，如果有事，怎么联系他。

孙言就把古贤路一个水果摊告知关雄。

孙言不知道关雄是什么人——更不知道关雄是用军区的渠道把情报送到

重庆局，重庆局再转告省委。

听完孙言的叙述，林世全就问：“关雄是谁？”

“不知道。”孙言说，“吴书记只说他是自己的同志，找到他就会有办法，而关雄也没做自我介绍。我想，凡干我们这一行的，什么该说，何时说，说多少，不仅有原则，而且每个人心中都有拿捏，这不奇怪。”

“牺牲同志的遗体谁去收的？”

“敌人把三名同志的遗体摆放在商行门前示众，三天后才允许收尸。是我雇了几个人，把他们运走埋葬的。”

曲桥伸进此时已变得空旷的藕塘里，刺骨的北风一阵紧似一阵，他们都感到寒气逼人。

孙言说完后，突然打一个冷战，接着搓搓双手。林世全也忍不住双手抱肩，咬咬牙。

于是，他们不约而同地转过身，往回走。

“市委开会的内容是什么，”林世全又问道，“你知道吗？”

“不知道。吴书记只说市委开重要会议，要我为会议做警戒，并向我提出警戒要求。”孙言说。

“你几点到商行门口？有多长时间才发现情况不对？”

“开会前的一个小时，在古贤路十八号的清风古玩店，也就是市委机关里，吴书记对我说开会的事。大约九点四十分，我装扮成乞丐的样子，来到商行门口，在那里转悠。开始时，由于我的注意力都在商行门口周围及街道上的行人，所以感觉情况正常。过了十几分钟后，我才发现情况不对的。”

“你怎样评价吴明书记？”

听到林世全这样问，孙言就看一下他，接着沉默。

片刻后，他仿佛边回忆边说：“吴明书记是久经考验的好同志。他忠诚于党，对敌无惧无畏；他远见卓识，斗争经验丰富。此外，和他熟识的同志都感到他亦师亦友，情深义重。‘六二三’暴动总指挥张国泰在暴动中牺牲后，家中剩下老母一人，他就视为己母。每过两三天，他必去看望，为她买米买柴，看病买药。他暴露后撤离金城那几年，就让我代替他。他重回金城，这个事他又接了回去。现在他牺牲，张母只能又让我来照顾了。”

林世全默默地听着，孙言说完了，似乎他也没发觉。

好一阵，他才猛然回过神来。

此时，孙言发现林世全的眼眶有些发红。

“这些市委委员，谁逃脱了？谁没到会？受伤被捕的又是谁？你认识吗？”林世全轻声地问。

“我认识的有吴明书记、江正寒副书记、委员钟向北和叶子辛。‘利丰商行事件’发生后，我通过军统里的‘壁虎’才确切了解到，逃脱的是江正寒，因迟到而脱险的是叶子辛，受伤被捕的有利丰商行的老板钟向北和信兴当铺的掌柜罗田。”

“你对这个事件怎么看？”林世全问道。

孙言想了想，说：“敌人对这个事件的报道，冠以莫须有的罪名，这是他们的一贯伎俩。从我发现敌人的情况来看，敌人是早有准备；其次从敌人拿着照片一个个认人，也说明他们早就掌握开会的是什么人。再从基层党组织大面积遭到破坏看，敌人不仅掌握了市委的领导成员及活动情况，而且也掌握了不少基层党组织。从这种状态看，我们内部有奸细、有叛徒是无疑的！”

“谁最可疑？”

“对于这些委员，”孙言小心谨慎地说，“虽然我不全认识，但我在金城时间长，干机要也不短，从各种渠道上，或直接，或间接，都有可能接触、了解。市委的工作重点，主要有几大块：工运、学运——含文教，以及情报、统战等。吴书记对六个委员是有分工的，然而这是秘密，只有当事人自己知道干什么，别人是不知道的。目前遭到破坏的主要是市委及机关，还有城北区委和机关、超利百货公司、大昌印染厂、永达木器厂、天生纱厂、绿明茶厂，等等，情况很复杂。从可能性来说，七个委员都有可能，可是一部分已牺牲，现在活下来的看样子只有四个人。这四个人的情况，目前都不太清楚。从表面情况看，叶子辛疑点最大。一是他迟到。为什么迟到？是迟到吗？如果不是迟到，他又干什么去了？二是，从平时的情报、资料看，叶子辛应该是主管工运的，这次工厂的党组织遭破坏的比较多，江正寒和钟向北、罗田也应该在调查之列。”

林世全在全神贯注地听孙言说，竟忘了答话。

孙言停顿了一下，看了看林世全，然后又说：“军统里面有一个代号叫

‘壁虎’的内线，也是吴书记在那次的谈话时告诉我的。吴书记说，现在还是国共合作时期，‘壁虎’基本处在休眠状态。不是重大、紧急事情，不要唤醒他。这一次我按照吴书记给的联系方法去找他，也实属情况危急，迫不得已。他的关系，我还是转给您吧!”

其实，“壁虎”也参加过金城暴动，这是孙言见到他后才知道的。当时由于他们在不同部门，所以互不认识。

边走路边思考的林世全突然停了下来，转过身，看着孙言，脸色凝重地问道:“壁虎?”

九

钟向北经过三个多月的治疗，已完全康复。

今天一上班，护士就对他说："钟先生，您的伤都好了，打算什么时候出院?"

钟向北听了护士的话，就看着门口站岗的特务，对护士努努嘴。护士回过头看一下门口，正想说什么，分别穿着少将与中校军装的徐伯恩和冷伟，笑容可掬地走了进来。冷伟手上还提着一个袋子。

"钟老板，康复得不错嘛!"徐伯恩爽朗地笑着说。

钟向北坐在病床上，神态自若，却语带双关地说："都是托你的福啊!"

在徐伯恩和冷伟进来后，护士主动地搬了两把椅子到他们跟前，他们就自然地坐到了钟向北的对面。

护士见此，就退了出去。

徐伯恩当然听明白了钟向北的话，但他却说："因此，你们常骂我们残酷，没人性。其实，那是偏见，对不对?"

钟向北听了，忍不住笑了起来："呵呵，没想到老百姓骂什么你们都能听到，我还以为你们听不到呢!"

"老百姓懂什么，还不是你们共产党鼓噪、煽动的。"

"这你就不懂了吧？老百姓是最聪明的!"

"那是你们共产党的理论，你们就是这样蛊惑他们的。他们懂什么？懂什么叫真正的人性？这个问题很深刻，他们不懂！说到底，你们共产党也不懂！你们整天谈什么牛克思主义、马克思主义那一套，人云亦云，招摇撞骗。你知道世界上还有霍布斯主义、萨特主义吗？霍布斯主义认为'人对人就像狼一样'，萨特主义也认为'存在先于本质'。这是什么意思？就是说，在人的本能欲望面前，是不存在什么先天的和普遍的人性规定的，是没有什么统一的和绝对的道德标准的，一切都取决于人的选择和行动。比如你，现在就应该选择我们……”

钟向北轻蔑地笑一笑，打断他说：“收起你那一套资产阶级的唯心主义吧。你虽然是一个刽子手，但也毕竟读了一点书。请你为人放尊重点，不要那么轻狂地污蔑一种科学理论。马克思主义是当今世界最先进、最科学的理论。她与你的什么霍布斯、萨特之类是格格不入的。你把人说成了动物，独立于社会而孤立地存在。人的本质并不是单个人所固有的抽象的东西，它是自然属性和社会属性的统一。只有从人的社会性和阶级性出发，才能得出对人性的正确解释。你懂这些吗？你当然不懂……”

“行，行，行！”徐伯恩想发火，但又觉得有失体面，只装着不耐烦地打断钟向北说，“罗田态度比你好，你中毒太深了！”

罗田？他态度比我好？上次他不是说罗田牺牲了吗？钟向北十分警惕地盯着徐伯恩，心里在问：他是什么意思？

徐伯恩看着愣愣的钟向北，就满不在乎地说：“好，今天我们不谈了。这段时间关于这些话题，我们已谈了不少。你收拾一下，就走吧！”

“怎么样，”钟向北问道，“把我往哪儿送？”

徐伯恩笑吟吟地说：“几个月来，我们几乎天天见面，都成老朋友了，能把你往哪儿送？回家！”

“噢，真的？”钟向北也笑着问。

“我们的隔阂太深了，彼此的话，要对方相信，都不容易。您还是收拾收拾吧！”徐伯恩认真地说。

钟向北审视着徐伯恩。

这时，那个护士也进来了。

钟向北见护士进来，就对护士微笑一下说：“姑娘，请您把我的衣服拿来。”

“哎，”护士应着，正要转身，她却突然说：“您的衣服满是血迹，还有两个枪眼。上衣胸口一个，裤子大腿上一个，不能穿了！”

护士的话音未落，一直冷眼旁观的冷伟，已把他拿进来的纸质袋子，放到钟向北的病床上。

钟向北往袋子看了一眼，发现是衣服，他脸露疑惑。

“给你的。”徐伯恩微笑着说，“你是大老板，请不要嫌弃！”

“那不行！”钟向北说，“这样吧，既然你们如此宽大为怀，就让我的家人送来，破衣烂衫我还是有几件的。”

“那又何必舍近求远呢！”徐伯恩脸带笑容，语气十分真诚地说。

钟向北沉思了一下。

“也好，那我就恭敬不如从命了！”钟向北突然落落大方地说。

钟向北边说边下床。

见此，护士和徐伯恩等三人便转身，向门外走去。

钟向北换好衣服，在徐伯恩和冷伟的陪伴下，走出病房，出到医院门口。

钟向北扫视一遍后，就不解地问道：“怎么？你真的敢放我走？”

“钟老板，”徐伯恩还是微笑着说，“自您住院以来，我们之间谈了很多，我们双方的上峰也谈了很多。您和我的上峰都强调国共合作，和平建国。我和您在这些问题上，不是也有充分的交流吗？虽然我们还有些分歧，但我相信，您最终会站到我这边来的！俗话说，识时务者为俊杰嘛，顺应时局而已。家在哪里，您请回吧！”

这一回，钟向北真的一脸错愕了，而徐伯恩则一脸坦诚，满面笑容。

钟向北沉默了。

许久，钟向北忽然转身，背着济民医院，昂首阔步而去。

徐伯恩站在那里，看着他的背影，表情却变成了似笑非笑……

为了摧毁金城市中共地下党，使其根绝于金城，早在半年前，他就制定了一个“狐狸计划”。

这个“狐狸计划”分上、下策。上策是尽可能向上发展，直至顶层中枢。下策则是，向上发展不了，就把中共金城地下市委连根拔起，然后在它的旧窝里培植细胞。在它今后的再发展、再壮大中，自己的细胞也能分裂壮大。到一定时候，又进行全窝捕杀。用这种反复绞杀的办法，来打击中共地下党顽强的生命力！

半年来，开始实施这个计划时，很顺利。可到了去年底，徐伯恩根据种种迹象判断，再行上策，困难已很大。他为了保险，只好走下策。他正在考虑时机和方式的时候，没料到金城市委刚好提供了一个绝好的机会。于是，徐伯恩就抓住了这个时机，在利丰商行将他们一网打尽。

对中共金城地下市委采取行动，是布局、实施“狐狸计划”下策中的首要一仗，然而，行动的结果，却出乎徐伯恩的意料。

他非常不满意，幸好还有两个重伤者！

造成这个后果，责任主要在赵谦这个蠢货身上，因为他的无知与鲁莽而致此！

徐伯恩了解了行动的整个过程后，知道影响成功的关键一着，是突然出现一个“乞丐”！这个“乞丐”就是哨兵，看风的。那么他是谁？务必要找到他，把他抓起来。

钟向北看不见了，徐伯恩就对冷伟说：“你先回去吧，看看赵谦找‘乞丐’的情况；还有，对钟向北的事要安排好。没有什么事，今天我就不回去了。”

冷伟很干脆说：“行，您的训示我明白！车子您坐，我坐黄包车回去。”

冷伟话音才落地，徐伯恩已钻进小车，车子马上一溜烟地走了。

冷伟看着远去的黑色雪佛莱，他知道，老板又到及第街十五号去了。

黄紫蔚治好刑伤后，徐伯恩去她那里比以前更多了，并经常在她那里过夜。

这些在军统站里，只有秘书张颖和冷伟知道。这也是没办法的事。因为他晚上不回家的次数多了，姚雨韵就会时不时打电话询问——她有冷伟和张颖家里及办公室的电话。

徐伯恩早就防着老婆这一手，因此，他曾私下分别对冷伟和张颖说：“不管什么时候，只要我老婆打电话找我，就说我办案去了。”

冷伟和张颖都不是笨人，自黄紫蔚被拷打，赵谦坐过冷板凳后，他们一听徐伯恩的话，心里都明白。

最近这段时间，赵谦的情绪比较低落。

从他在徐伯恩的办公室里碰到不软不硬的钉子后，心情一直不好，感到自己与徐伯恩的关系，已渐行渐远。

他隐隐约约察觉到，徐伯恩和冷伟有事瞒着自己。

在利丰商行的行动中抓获的钟向北和另外那一个，自己一直没见到他们，是死是活一概不知。自己多次问过徐伯恩和冷伟，都被他们顾左右而言他。

他们神神秘秘的样子，明显是不想告诉自己。

当然，对于与徐伯恩关系的好坏，自己一直都不是看得很重，因为戴老板还在。可是前几天听说，戴老板的专机撞山，人已没了。现在这种情况，如果跟徐伯恩搞僵了，按他的秉性，自己是要吃亏的。

然而，要摆弄好他，也不是一件容易的事!

以这次对共党市委的行动，失误的也不是自己一个嘛。冷伟负责房子后面，却让江正寒跑了。为什么你徐伯恩就不责备他一句呢？明显是有意针对自己嘛!

对自己有意见的起因就是黄紫蔚!

对于这个婊子的事，自己是粗心了一点，可自己也向他认错了呀，他还要怎么样？

人与人之间，心里一旦有了疙瘩，要解开它，也确非易事!

除了这个疙瘩，归根到底，你徐伯恩就是瞧不起我赵某!

不错，冷伟年轻，人也聪明，可我也不是无能之辈呀! 我能够得到今天的位置，都是一刀一枪拼出来的，更何况，自己横刀立马时，冷伟他还在哪儿呢？

不信，是骡子是马就拉出来遛遛吧!

为了争这口气，赵谦决心就是挖地三尺，也要把“乞丐”找出来!

赵谦经过一番思考后，就把行动处的副处长刘伟波和队员苏昌文找来，要刘伟波把队员撒出去，对金城市三十到四十岁的男性乞丐统统抓起来，然后由苏昌文一个一个来辨认。

刘伟波的副处长比冷伟当得早，冷伟不仅提了处长，军衔也拜中校，而刘伟波仍然是少校。因此，刘伟波不服冷伟，满腹牢骚。这样，他就很自然地投靠了赵谦。对于赵谦，他是唯其马首是瞻的。

得到命令，刘伟波居然没向冷伟报告，就马上指挥行动队依令而行。仅半天时间，他就抓回来二三十个乞丐，投到行动处的两个羁押室去，弄得满屋子乱糟糟、臭烘烘的，而这些乞丐除了受些皮肉之苦外，倒得到了栖身之所和果腹之物。

这可难为了苏昌文。

为了挖出赵谦要的“乞丐”，他只好老老实实地对抓回来的乞丐进行个挨个地审问和辨认。可是审了一整天，不仅找不到赵谦要的“乞丐”，反倒熏得他胸闷作呕，见了饭菜，如见猪牛粪，一天都吃不下。难受得他心里直骂赵谦：你这个傻大哥、蠢蛋，我知道你以后是怎么死的——笨死的！

冷伟却被气得吹胡子瞪眼睛！

这么大的一个行动，自己作为行动处长，你赵谦竟然连个招呼都不打，就越级直接指挥到我的副处长，简直是岂有此理！

这事不能就这样算了，否则今后他更会蹬鼻子上脸。

冷伟经过深思熟虑，决定走两步棋，一是自己要给刘伟波点颜色看看；二是要到徐站长那里奏赵谦一本，让他再难受难受！

冷伟寻找的出气机会，第三天就来了。

上午来上班时，在大院里他见到总务处后勤科的老洪正要开卡车出去。

冷伟把他叫住，随意地问了一句：“老洪，你去哪儿呢？”

老洪才发动汽车，听到冷伟叫，马上跳下车，跑到冷伟面前说：“报告处长，我出车运货！”

“运货？什么货？”

“刘伟波副处长刚才来电话，要我到方家花园拉一套家具。”

一听到“方家花园”几个字，冷伟就想起最近处里队员的议论，说刘副处长从方家花园捞了多少金条、多少字画的事。

现在他又去拉人家的家具？

冷伟沉默了一下，就对老洪说：“等下我有事找你，你把车停到一边去，先回办公室，等我叫你。”

老洪的表情显得很为难，不知如何应对。

冷伟见状，立即板起脸说：“我的话不管用吗？”

“是，啊，不是，”老洪顿时慌乱起来，说：“是，我听从冷处长的吩咐！”

冷伟看老洪那个样子，就狠狠地瞪他一眼，然后才转身走开。

看着冷伟瞪着凶狠的目光离开，老洪无可奈何地走回卡车，并把车开到旁边停下，然后回办公室去，等候冷伟的召唤。

一脸木然的老洪刚踏进办公室门口，小梁见了就说：“哎，老洪，你怎么还没走啊？刘副处长刚刚又来电话追了。我说你已在路上！”

老洪边走边对小梁没好气地说：“这事你别管了！”

他才坐下，却马上又说：“如果电话再响，你去接，我不接。如果是刘副处长，你就说我不在，还没回来。如果是冷处长，你就把电话交给我。”

小梁是老机关了，他似乎听懂了什么，就“哎，哎”地应着。

刘伟波叫车就是在方家花园打的电话。

方家花园的主人是老板、商人。抗战时期，他巴结过日本人，与日本人做过生意。抗战胜利了，刘伟波说他是汉奸，以此对他不断进行敲诈。

昨天晚上，方老板请刘伟波一家到家里做客，刘夫人看中了方家那一套古色古香的黄花梨木沙发。

她不好直说，只围着沙发来来回回地摩挲着，反复地赞叹说：“这沙发真好，要是我家里有这么一套，就是喝凉开水也是甜的！”

方老板听她第一次说这话时，心中就“咯噔”一下。当听到她说第三遍时，方老板就笑得很不自然地说：“刘夫人如果不嫌弃，我就……”

方老板话音未落，刘夫人立刻开怀大笑说：“哎呀呀，方老板，那我就却之不恭咯！”

“请笑纳，请笑纳！”方老板的表情，比哭还难看。

“这么大的一套沙发，”方老板说，“我一下子无法找到运送的车子。”

方老板似乎还想用一下缓兵之计。

刘伟波却不想夜长梦多，他立马说：“哪里，哪里，这怎么好再劳烦您呢，明天我叫车过来！”

今天早上还没上班，刘伟波就直奔方家花园。

到了方家，他就打电话给总务处副处长余福明要车。余福明爽快地答应了，并通知老洪，要他开卡车到方家花园拉沙发，刘副处长在那里等着。

可是，半小时过去了，一小时又过去了，就是不见车来。

他再打电话回后勤科，听到小梁回话后，只好继续在那里等。

等啊等，刘伟波就是不见车来。

两三个小时在方家，茶水喝了一肚子，该说的已说了，不该笑的也笑了，场面实在尴尬，他急得如热锅上的蚂蚁！

这边的老洪也急呀。

冷处长不是说有事情的吗，却为什么一直都没电话呢？眼见快要吃午饭了，等会儿刘副处长回来，自己怎么说呀？

他夹在两头，越想越害怕，就想去报告自己的顶头上司余副处长。但他又想，现在是冷处长与刘副处长的事，余副处长也是副的，自己去找他，不是为难他吗？

老洪在办公室里真有些惶惶不可终日！

这一边的刘伟波见都快中午了，车终究没来，他心中窝了一肚子火！

他想，只好另找时间了，便向方老板告辞。

离开方家，他怒气冲冲地往站里赶，然后直奔总务处，迫不及待地跑到后勤科。

此时，老洪和小梁正在办公室里吃午饭。

“老洪，我看你是活腻了！”刘伟波一脚踏进办公室，看到正在低头闷吃的老洪，就咆哮起来。

刘伟波一声吼，把老洪和小梁惊得“呼”地站起来，嘴里含着饭菜，傻呆呆地直眨眼。

“为什么？”刘伟波指着老洪说，“你说！”

老洪已四十多岁，一阵惊慌过后，他才慢慢地平静下来。

见刘伟波这样问他，他就把嘴巴里的饭菜咽下去，然后说：“刘处长，请息怒！早上我正要开车出去，就让冷处长叫住，说他有事要找我，所以去不成，对不起了！”

“那你没说是我要的车吗？”

“我说了！”

“那他要你去干什么？”

“不知道，直到现在他还没有说。”

刘伟波明白了，冷伟是以权压人，在故意玩弄自己！

他心中的怒火，立刻直窜脑门，转身就冲出办公室，要去找冷伟闹一场。

然而，才走出门口，他的脚就迈不动了。他忽然醒悟，怎么和他闹？他敢这样玩弄自己，第一，他是自己的上级。只要他与余福明协调了，就有权调动、使用总务处里的车辆，甚至是一切；第二，自己用车、用人是私事，也没向他报告。自己的那些事能见光吗？他之所以敢这样，自己在方家的事也许他知道了一二。第三，他也许是在报复。在没有报告他的情况下，自己就听赵谦的，让处里的人去全城搜捕那些乞丐，并且是徒劳无功……

想到这些，刘伟波就像烈日下的菜叶——蔫了！

徐伯恩听到冷伟说，赵谦没和他商量就让刘伟波命令行动处全体人员把全城的乞丐抓回来。不仅把整个军统站搞得乌烟瘴气，而且也激起了民怨。徐伯恩也愤怒了，气得牙齿咬得咯咯响。他阴冷着脸，从牙缝里挤出八个字：成事不足，败事有余！

近来，徐伯恩对赵谦是越发不满和讨厌，若是他在跟前，又不考虑自己形象的话，他会一脚把他踹出门外！

利丰商行的行动，本应是完胜之举，就是他临阵处置不当，终成遗憾。在此之前，黄紫蔚的事情，他居然敢如此放肆，藐视自己的权威，已是如鲠在喉。现在又把全市的乞丐抓来，不仅不向自己报告，也不向冷伟打招呼，他想干什么？他真把自己看成是金城站的主人了？

想到这里，徐伯恩冷笑了一下，就念念有词：要把鱼烤好，得用慢火！

现在军统正是多事之秋。

由于蒋介石长期实行特务统治，使得特务横行霸道，无恶不作。对不同政见的党派和人士，他们实行窃听、绑架、密捕、暗杀、严刑逼供，搞得整个社会昏暗险恶，血腥恐怖。因此，在重庆政治协商会议期间，社会各界就纷纷向国民政府施压，要求蒋介石取消党禁，取消特务统治。抗战胜利伊始，假欣喜若狂之民情，借以标榜自己不世之功的蒋介石，于踌躇满志之中，不免感到尴尬和汗颜。在巨大的社会压力面前，蒋介石不得不在政治协商会议结束后，明令撤销军统和中统两大特务组织，并在《中央日报》上刊登消息，公诸国人。

而正在此时，嗜血成性、混世魔王般的戴笠在南京附近的岱山坠机而死，使得由他一手网罗、苦心经营多年的军统帝国忽然间陷入了凄风苦雨之中。

根据来自重庆的消息，徐伯恩得知，谁接替戴老板尚未可知。现在是传说甚多，有的说是郑介民，有的说是唐纵，但不管是谁，军统要缩编是不争的事实，而且缩编幅度达到四分之三。也就是说，要有三万人滚出军统！

此刻军统是人心惶惶，局势动荡。徐伯恩想，对赵谦不管如何讨厌，都还得忍，动作不能过猛，得慢慢来。赵谦与郑介民是老乡，他在巴结戴笠的同时，也没有忘记去拍老乡的马屁。如果郑介民当局长，对赵谦不能操之过急，一切都得看形势发展。

于是，他拟了个电报稿，把总务处的副处长、少校余福明调到行动处任处长，军衔晋升中校；冷伟任金城站副站长，晋升上校军衔，上报重庆。

徐伯恩这样的人事布局，目的是要逐步架空、废掉赵谦，进一步巩固自己在站里的统治与操控，同时要让手下真切地感到"顺我者昌，逆我者亡"的官场铁律。

余福明与冷伟是特训班同学，也是戴笠挑冷伟这样的学员时，一起挑到总部，又同时下放到金城站的。

余福明的形象斯文儒雅，为人大方温和。在总务处，他自己洁身自爱，但对上级和同事能给予方便的绝对通融。对于家庭特别困难的同事，他常常会接济一下。因此，他人缘很好。

徐伯恩对他也挺有好感。

他首先认为余福明懂得人情世故，心地善，没反骨。他不仅知道如何去讨得上司欢心，也懂得同事情谊。其次，他对自己也忠心。接收日本纱厂，并交给二哥经营，就是他和冷伟去办理的。名义上是站里经营，实际上是二哥在赚钱。他还不时为二哥处理麻烦事，而且处理得很好。再次，他是临澧特训班毕业，是戴老板挑选来的。表面上看他斯斯文文，可他的特工业务很不错，擒拿格斗，爬墙开锁，样样精通。总务处处长上调重庆，本来就想让他当总务处处长的。现在干脆调到行动处，他堪当此任。

电报稿发出去后，没等上面的委任状下来，徐伯恩就让冷伟和余福明到位了。因为这种委任没有很特别情况，上面一般都会给下面面子的，只是走个程序罢了。即使出现什么特别情况，凭徐伯恩的能量，有什么摆弄不成的？

余福明到任第三天的下午五点钟，徐伯恩就召集他和冷伟来布置任务。

徐伯恩说："对于金城市的共党组织，经过我的精心设计，深度打击，市区内的组织已基本被摧毁，其首脑机关也连根拔起，在一定时期内他们要恢复起来是不可能的。今后即使他们能死灰复燃，我也未雨绸缪。不过在乡村还有共党活动。根据情报，在小浦县水湾镇共党活动得还很厉害，他们的窝就在水湾镇的小林村，以蒸酒坊为掩护。你们挑十来个队员，今晚八点，去把酒坊包围起来，务必全数捉拿。你们要注意，和酒坊并排的还有几间别的作坊，什么豆腐坊、酱料坊的。酒坊在边上，它紧靠酱料坊，千万别弄错了。”

交代完任务后，徐伯恩又特别对冷伟说：“余福明刚到，那些人他不太熟。这次行动还是以你为主。你立即回去挑人，然后把他们集中到会议室待命，出发前谁都不能走出大院！”

冷伟马上站起来说：“是！”

余福明接着也站起来，一起向徐伯恩告辞。

他们回到行动处，挑好了人，就布置任务。

办完这些后，余福明就对冷伟说：“我新的办公室现在比七国还乱，我回去看看。”

余福明在行动处的办公室正在布置，墙上挂的、周围摆的凌乱无序。

正在布置办公室的是总务处后勤科的小梁。他见余福明进来，就不好意思地说：“处长，对不起，办公室还没搞好！”

“没事，你忙吧！”余福明心不在焉地说。

小梁见处长并不在意，就专心干他的事情。余福明仿佛满腹心事似的在办公室里毫无目的地转了一圈后，又走出办公室。他在门口徘徊了一阵，忽然向赵谦的办公室走去。

来到赵谦办公室门口，余福明喊一声：“报告！”

“进来吧！”赵谦在里面应道。

赵谦兼管总务处，十分欣赏余福明。

见是余福明进来，他高兴地说：“是你呀？处长巡视，有何赐教？”

“站长别取笑小弟了，”余福明微笑着说，“我没地方坐，到长官这里歇歇，讨杯茶喝。”

“怎么会呢？你刚离开总务处就这样？”赵谦惊讶地问道。

“不，不，不是这个意思，”余福明慌忙说，“不是正在搬嘛！”

“是这样，那你请坐！”说着，赵谦就要去沏茶。

“别别别，开句玩笑，站长别当真!”余福明立即制止说。

赵谦见此，就拉着余福明坐到旁边的沙发上。

才坐下，余福明便从口袋里掏出一包“哈德门”牌香烟，递给赵谦，并给他点燃，然后自己也点燃一支。

其实，余福明不抽烟，但他的口袋里常备有烟。如碰到同事、朋友，他主动敬烟。因此，烟鬼都喜欢向他跟前凑。

赵谦深吸一口，然后慢慢吐出一条长长的烟龙。这时，他脸上的横肉似乎跟着舒展开一些，没有绷得那么紧。

然而，烟龙还没吐完，他仿佛突然想起似的，问余福明:“那个新贵不是召集会议吗?没叫你参加?”

余福明知道他说的是冷伟，就笑笑说:“是啊，召集部分人开会，开完了。”

“部分人?开什么会?有行动?”赵谦诧异地问道。

余福明欲言又止，沉吟不语。

赵谦见状，更是着急。他立马摆出上级和老资格的样子，不高兴地说:“我还是副站长吧?他冷伟算什么东西?有什么话我听不得的?老子横刀立马时，他在哪里?”

余福明还是扭扭捏捏，欲说还休。

“唉……”赵谦很不高兴地长叹一声说，“连你也看不起我了?”

余福明仿佛不再犹豫了，忽然靠近他，压着声音说:“冷伟挑了十来个人，今晚八点钟出动，到小浦县水湾镇小林村抓捕共党。”

“情报准确?”

“冷伟的情报，一般都不会假。”

“具体什么地点?”

“会上他没说，但在会前我走进徐站长的办公室时，听到他和徐站长说‘好像是酱料坊’。我进去，他们就不说了。”

赵谦作为分管行动处的副站长，听到这样的消息，心中很不是滋味!

昨天，他听苏昌文说，利丰商行的老板钟向北已被徐伯恩放出来了。

这个金城市共党首脑被他们控制了几个月，什么情况都瞒着自己。提拔冷伟和余福明，以及这次的行动又对自己进行封锁。这一切已很明确，徐伯恩正在加紧培植势力，自己已被他彻底抛弃了！

现在整个军统正面临着大缩编、大裁减，如果任凭徐伯恩摆布，自己的下场将不堪设想！

动物的第一本能就是求生存。为求自保，赵谦也在动作。前几天，在重庆参加戴笠追悼会的时候，他专门去拜访了郑介民。

赵谦想，自己有郑介民这棵大树，他徐伯恩也不敢放肆。但是自己若是整天碌碌无为，乏善可陈，要郑介民为自己说话，他的腰杆也硬不起来。

其实，徐伯恩现在就想要自己这样，他的用心是极其狡诈阴险的……

余福明看到赵谦沉默不语，脸上的横肉渐渐地僵硬起来。他想，自己该走了。

“站长，”余福明站起来说，“不该打扰您，我走了！”

“哎，没，没有。”赵谦从沉思中醒过来，也站起来说，“也行，你先回吧。”

正要迈步的余福明，却突然又停住，把脸凑近赵谦的耳旁，小声地说：“这些本来我不能说的，可您是我大哥，您又追着我问，我不能不说，但是您千万不能让人知道是我说的。冷伟这种人，您是知道的！”

赵谦立刻爽快地说：“行，我知道！”

天黑如墨，伸手不见五指。

冷伟和余福明同坐一辆小吉普车，后面跟着一辆大卡车，车上共载着十几名全副武装的行动队员，风驰电掣般驶向小林村。

小林村离金城市大概三十多公里。

在村口的一块小平地上，一字排开有五间小作坊，什么碾米的、磨豆腐的、榨油的、制作酱料的、蒸酒的。在这些小作坊的前面，有一条两米宽的小路伸向村外，小作坊的周围长满了树木和杂草。

八点多钟了，劳作了一天的伙计们大多已上床，准备睡觉，只有老板还在那里，就着煤油灯光“噼里啪啦”地拨算盘子。

万籁俱寂的夜晚，酱料坊突然响起一阵“嘭！嘭！嘭！”很重的敲门声，同时伴着恶狼般“开门，快开门！”的叫声。

瞬间，惊动了所有作坊的人。已熄了灯的，立刻点亮；灯光暗淡的，马上把它拨亮。

酱料坊隔壁的酒坊掌柜唐树青，反应最快，他没把灯拨亮，而是保持原状态，然后悄悄地把正门打开一条缝，窥视外面状况。

不看不要紧，一看吓一跳。他看到酱料坊的门前，有六七个穿黑衣服的人，端着黑乎乎的枪，拥挤在门口！

他立刻又悄悄把门关上，去对躺在床上、愣在那里的叶子辛和另外两个年轻人压着声音，干脆而坚决地说："看样子，那是特务。这帮畜生是狗，鼻子很灵。小叶和小袁快从侧门出去，我和小陈去烧毁文件，快！"

叶子辛几个人马上从床上弹跳起来。叶子辛边穿衣服边说："老唐，我帮您！"

"用不了那么多人，"老唐着急地说，"听话，快走！"

叶子辛和小袁看老唐坚毅的神色，只好服从他，拿起还没穿上的衣服，从侧门冲了出去……

酱料坊这一边，喊了老半天，苏昌文要砸门了，门才开。

门一开，赵谦带着苏昌文和另外五个特务，一拥而入，将屋内六个人用枪指着，圈在了一起。

赵谦从余福明那里得到消息后，经过反复思考。他觉得，第一，这口气咽不下。自己一直管着行动处，你冷伟所谓提拔，却连委任状还没见，居然就如此嚣张，对自己招呼都不打！第二，此刻，在军统的动荡不安中，为固本强基，本人也需要功绩。这是天上掉下来的馅饼，我就去捡了，看你冷伟这个新贵又奈我何？

想清楚后，他就把没被挑上的苏昌文叫来，要他去找几个兄弟，比冷伟他们提前十五分钟出发，突然搜查酱料坊。

把人圈起来后，苏昌文一个一个地查身份。

苏昌文正在大呼小叫，赵谦就发现冷伟他们来了，并把旁边的酒坊包围起来。

赵谦内心一"咯噔"，难道目标搞错了？

正当赵谦糊里糊涂的时候，冷伟带着两个人，提着枪，闯了进来。

看到是赵谦他们，冷伟不禁吃惊地说："是你们？你们来这里干什么？"

看到冷伟没大没小的质问，赵谦感到又气又厌恶。此时他心里虽有疑惑，并伴着挫败感，但他还是硬气地说：“我们怎么了？我们不用干活？”

这时，隔壁酒坊那边，余福明正在不断喊话：“屋里面的听着，你们被包围了，你们举起手，一个一个地出来，限你们五分钟，不出来，我们就开枪……”

这边冷伟还想说什么，外面却突然“乒乒乓乓”地响起了枪声。他不敢再费口舌，立刻冲了出去。

枪声是从酒坊侧边响起来的。

唐树青和小陈把一沓沓涉及组织的文件、资料，一张一张地烧毁。刚处理完毕，他们就发现敌人扑过来了，并在外面喊话。

他们想，侧边出去不远就是密林荒草，能冲到那里就容易逃脱。

于是，唐树青悄悄打开侧门，然后向小陈打手势，分别对着门外左右两边的两个黑影突然开枪，同时迅速往外冲。

可是，在那两个黑影倒下的同一刻，左右两边不远处，有三支枪同时向他们开火，他们也应声倒下……

十

经过几个月深入细致的调查研究和一系列的紧张工作，林世全基本上了解了金城市地下党组织遭到破坏的大致情况。他感到问题是严重的，形势是严峻的。

特别是内奸、叛徒问题，不要说清除，连嫌疑对象也无法确定。现在自己掌握的东西都是表象，都是没有证据的推测。如果这个问题不尽快解决，对刚刚组建的新市委是极其危险的隐患，时刻威胁着市委的安全！

昨天《金城晚报》的头版，又以黑体字《共党开枪拒检查　伏法水湾小林村》为标题，用歪曲、诬陷的手法诋毁中共，从而达到其公开摧毁、屠杀地下党组织和共产党人的目的。

报道中说，据情报，小林村共党非法集会，攻击党国和领袖，破坏国共之合作。警备区稽查处连夜出击，共党开枪拒捕，两名共党头目被当场击毙。

林世全看到这个报道，心里不禁“咯噔”一下：情报？谁的情报？小浦县地下党隶属金城市委管辖，这与“利丰商行事件”有关联吗？是同一情报来源吗？

如果是，提供情报的到底是谁？他现在哪里？如果不是，水湾镇地下党又是怎样暴露的？

面对复杂凶险的斗争形势，新组建的市委面临着严峻考验，林世全寝食难安！

几个月来，林世全经过秘密的调查而又紧张的工作，把原金城市委遭到破坏的基本情况和自己的分析判断，以及重组金城市委的意见，形成报告，上报了省委。

省委很快就批复了新组成的金城市委：书记：林世全；委员：雷鸣、孙言；并就当前的形势和工作给予指示。

新市委机关设在朝中路的金香米行，林世全则在圣贤路租了一套两层楼的房子居住。这里距离金香米行大约十来分钟的路程。

市委机关人员，林世全分别征求了孙言和雷鸣的意见。

孙言想起了戚小青。

他在金城航运公司调到市委担任机要秘书前，因为接收密件，认识了市委秘密交通员戚小青。他调到市委后，就成了戚小青的上级。两年前，她突然调走，不知所踪。半年前，孙言路过如意杂货铺，却意外见到了她。虽然没打招呼，但互相都看到了。

孙言向林世全介绍了戚小青的情况，林世全同意调她过来，并让孙言设法找到她。孙言没有别的办法，只能在如意杂货铺周围守株待兔。

经过几天的守候，终于在一天上午九点钟左右，见到了想进如意杂货铺的戚小青。

孙言马上向戚小青走去，戚小青同时也发现了他。

因为叶子辛对她说过对孙言的怀疑，所以戚小青不仅改变主意不进如意杂货铺，而且要摆脱孙言。

她加快脚步往前走。

孙言看到戚小青异样的神态和要躲避他的样子，他分析，她可能对自己有误会。因此，他认为更有必要不能让她走掉，于是他紧追不舍。

看到孙言对自己紧追不放，戚小青倒镇定起来了。

她脚步不放慢，但脑子在想：他要干什么？他现在是什么人？上次也是在这里遇到他，那是市委没出事时。这次也是偶遇？为什么那么巧？如果不是巧合，难道他确实已叛变？他发现如意杂货铺是自己的点，要来抓自己？

然而，如果他真的叛变了，雷霆就应该被捕。可雷霆好像并没有出什么问题呀！同时，他要捉拿自己，就不会只有他一个人，应该是一帮人，起码不止他一个！

想到这里，她决定不避他了，要借此弄清楚他究竟是什么人！

她放慢脚步，转入一条僻静的小巷，然后停下来等他。

孙言追上来，见戚小青站在那里，就笑着说：“小青，你躲什么呢，你是不是误会我了!”

小青不愠不怒，也平静地脸露微笑说：“你找我吗?”

“对，有重大事情找你!”孙言小声说，“如果你相信我，就找个地方我们谈谈。”

戚小青沉默一下，答应了。

于是，他们去震旦公园，谈了一个上午。

就这样，孙言把戚小青引见给林世全。她又向林世全推荐了雷霆。这样，市委机关组成人员：戚小青、雷霆和雷鸣的助手甘小岩。

对外，林世全是米行老板。

组织和机关都建立起来了，当前最紧迫的任务，就是如何营救被捕的同志和找出“利丰商行事件”的始作俑者!

对被捕同志的营救，林世全想了很多办法，也分别和雷鸣、孙言进行了研究，同时做了各种尝试，但终究因为人数多，情况不甚明了而无法实施。最后他们决定，利用敌人还没有完全撕破合作与和平的面具，以公开、合法的方式进行营救。他们去电省委，要求省委通过重庆局出面，用“和平民主建国，释放一切政治犯”的理由，要求军统放人。

省委和重庆局对此极为重视，立即与国民党交涉。国民党却玩起了阴谋，要求重庆局开具名单。

这就为难重庆局和省委了。

因为地下党员都处在隐蔽状态，了解情况的金城市委领导牺牲的牺牲，被捕的被捕，隐匿的隐匿，新领导对被捕人数，掌握得不完全准确；被捕人员的姓名、真实身份等情况掌握不多，更不知道哪些暴露了，哪些没有暴露。对没暴露的，是绝对不能告诉敌人的。

这件事，就这样拖着。

为了锁定“利丰商行事件”这个险恶的幽灵，林世全对能找的人都找了，能动用的关系都用了，但收效不大。

林世全忽然想起，第一次和孙言见面时，他曾说到在军统里有一个代号叫“壁虎”的内线。昨天看了《金城晚报》后，他认为，无论是营救，还是要抓住那个幽灵，都应该尽快与“壁虎”见面!

根据中央最近一系列的指示精神，从当前中国的政治斗争根本性质看，今后中国社会的主要矛盾，不再是民族矛盾，而是阶级矛盾，同样是你死我活的斗争。

“壁虎”不能再休眠了！

于是，他要求孙言紧急约见“壁虎”。

第三天上午，孙言在一个叫清香茶馆的二楼，订了一个叫“芳茗”的包厢。包厢外有一条宽阔的走廊，他在走廊上摆放的桌子边要了一个座位，然后叫一壶茶，就坐在那里，他边喝，边等候。

八点钟，“壁虎”准时来到。

孙言站起来，默然走进包厢，“壁虎”也尾随而入。

林世全已提前三分钟进了包厢，正在品茶，吃点心。

见孙言和那个人进来，林世全就站起来。

孙言说：“我介绍一下：这是金城市委书记林世全同志，这就是‘壁虎’——余福明同志。好，你们谈，我在外面。”

孙言说完，转身走出去。林世全和余福明都脸带微笑，四只手十分用力地握在一起。良久，他们才各自坐下。

林世全边坐下，边给余福明跟前的杯子倒茶。余福明则十分礼貌地说：“谢谢！”

接着，余福明掩不住兴奋的心情说：“见到您就好了，我很高兴，像见到家里人一样！”

“是啊，”林世全说，“我和你一样，见到你我很高兴！”

“您到金城有多长时间？”余福明问。

“有几个月了，”林世全说，“但我早就听说了你。因为原来吴书记定下来的，没有紧急事情，不与你联系，所以暂时不与你见面。”

“是的，这是吴书记定下的。”余福明有些着急地说，“可现在我要向林书记建议，希望能让我尽快为组织工作。敌人一直把剿灭我党作为最终目标。现在敌人是越来越猖狂，越来越血腥，突发情况随时发生。吴书记牺牲后，遇到突发情况，我无法与组织联系，内心十分痛苦！”

余福明就把遇到小林村的情况告诉了林世全。

他说：“我得到情报后，心中十分着急。吴书记牺牲了，我不知道找谁去。‘利丰商行事件’发生后，孙言同志按吴书记的联系方法找过我，但他没告诉我怎么去找他。得到徐伯恩要突袭小林村的情报后，我却传递不出去。在没办法的情况下，我只能利用敌人的内部矛盾，用打草惊蛇的办法向小林村的同志示警。然而，还是牺牲了两位同志！”

“对，我同意你的观点，现在形势已完全不同了！从目前全国的政治和军事形势来看，蒋介石这个独裁政府，是不允许国民党以外的任何一个政党合法存在的。现在的国共和谈，只是蒋介石的缓兵之计。抗战后期，蒋介石的部队都躲到了西南大后方，现在为了抢占东北，美军用飞机和军舰帮助他抢运军队。截至去年九月份，就达十四万人。到十一月，国民党军相继攻占了山海关、营口、本溪，接收了长春、沈阳等大城市。真所谓来势汹汹！

“我党也针锋相对，去年九月份，中央制定了‘向北发展，向南防御’的战略。十月底成立了以林彪为司令员，彭真、罗荣桓分别为第一、第二政治委员的东北人民自治军，从解放区和延安向东北调了两万名党政干部及十一万部队。

“从上党战役到东北争夺，我党与国民党大规模的、你死我活的斗争序幕已经拉开。我们地下党的一切工作都必须围绕我党取胜来开展。你要充分利用好自己的特殊身份，按照组织的要求秘密开展工作。今后，你若要见我，就通过你办公大楼门前的大街，转右进小街那间‘和记’杂货铺的高掌柜联系我。你每天上下班注意看一下，如果杂货铺前挂有一块白色毛巾，就是我要见你；有特急情况，我就在电话亭用暗语直接打电话给你……”

余福明在老师的介绍下认识吴明，高中刚毕业就参加了金城“六二三”暴动，在后勤支队任管理员。

暴动前三天，他加入了共产党。暴动失败后，他找到吴明。吴明就把他隐蔽到小浦县的一间小学当老师。全面抗战后，戴笠在湖南收拢溃败的士兵、流亡的学生搞特训班。由于招收的人数没有达到戴笠要求的规模，就在军统内部，以及互相间的亲戚朋友中动员、介绍熟识的青年来参加。余福明的一个同事受其亲戚的动员，便邀他一起去报考军统的临澧特训班。余福明去请示吴明。吴明经过慎重考虑，从战略角度出发，同意他去报考，并给他一个代号，叫“壁虎”。

从此，让他休眠，没有约定暗语唤醒，不能有任何活动。

特训班毕业，他被戴笠看中，和冷伟一起分到总部。在总部干了一段时间，就比冷伟先到金城站，从后勤科长干起。

余福明也是一个老党员了，但是，由于他长期隐蔽在敌营，与党组织一直没有接触。他十分渴望听到党的声音，因为他对党的目标、任务、政策、方针等情况知之甚少。当他听到林世全这一番话后，突然觉得自己的视野开阔了，更觉得自己的任务重大！

林世全说完后，余福明就说："我记住了。对于'利丰商行事件'，组织上如何看？"

林世全想了想说："在'利丰商行事件'中，原市委的一些同志似乎是有些疑点，但缺乏证据。要解释起来，似乎又不成为疑点。党内的同志提到最多的是叶子辛、钟向北、罗田和江正寒。根据最近我的调查、了解，叶子辛的疑点似乎解释清楚了。他的迟到是因为被特务跟踪，好长时间没甩掉跟踪。后来在一间杂货铺，在同志们的帮助下，才摆脱特务的跟踪。待他赶到利丰商行时，惨案已发生。至于工厂的党组织被破坏比较多的问题，经查，他是主管工运的，可他的上线江正寒没出问题；他的下线也没出事。钟向北和罗田的问题，主要是没有被敌人打死，因为其他同志都牺牲了。按理说，敌人最想要的应该是活口。现在是三死两伤一逃脱，从常理说，敌人应该是迫不得已的。如果把受伤被捕的人硬说成是敌人的苦肉计，还得有证据才行。江正寒脱险也属正常。在被敌人重重包围下，一部分，或少数人突围成功是可能的，这在野战部队中是常有的事。例如'皖南事变'，新四军军部直属部队九千余人，被敌重兵包围。通过分散突围，新四军就有两千多人脱险。对江正寒，我们又做了进一步调查。他作为副书记，主管城北区委，兼管工运，但他的下线——负责工运的叶子辛没有被捕；城北区委遭袭击时，也正是市委遭包围的时候，而且区委书记冉川同志是在拒捕突围时牺牲的。因此，我想，要判断谁有问题，其中最简单的，就是看他的上线是否被出卖了，他的下线是否被捕了，这是敌人一定要抓的两个人。

"现在的情况是，敌人确实掌握了市委开会的时间、地点和参加会议的人员情况，七名市委领导几乎被连锅端，大面积的基层党组织遭到了破坏。我们组织内部出了叛徒，这是无疑的了。而问题是，如果他们四人中，有人是叛徒，可谁是叛徒？他的上下线是谁？有没有被捕？从我刚才说的情况看，有些我们知道，有些我们却不知道！这个问题，我和孙言谈过。孙言也说，从事地下工作，上下线都是组织内部、同志之间的绝密。除了当事人，或者组织的主要负责人，别人是不可能知道的。由于很多情况我们都不了解，因此，叛徒问题就没有头绪。叛徒挖不出来，我们始终处在危险之中!”

“您说的都是实情。当时我在总务处，对行动处的事不方便随意打听。我给孙言同志的那些情况，都是根据行动处的人私下议论收集来的。最近由于徐伯恩和赵谦的矛盾激化，徐伯恩把冷伟提为副站长，把我调到行动处任处长，目的是要架空赵谦。到行动处这些天，我注意观察徐伯恩和冷伟。我感到，徐伯恩和冷伟似乎有些事早就瞒着赵谦。根据那天徐伯恩对我和冷伟布置任务时所说的话，我觉得他们两人可能另有阴谋，或者说另有计划。仅从小林村的行动来看，好像也证明了这一点。小林村的情报是来自徐伯恩的。情报内容很具体，行动地点很清楚，目标很明确，并且他表现得很有信心。我和冷伟在那里听徐伯恩布置任务，很多问题我都不明白，比如抓捕的首犯是谁，长相如何，有多少人，酒坊所处周边的地形环境，等等，但我初来乍到，不好问。而冷伟好像什么都明白，毫无疑问似的。难道这次行动，在此之前他已跟冷伟说过？如果是这样，徐伯恩就没有必要再召集我们两个一起谈，完全可以让冷伟跟我谈就可以了。只能这样解释，不管他们谈没谈过，这里面的情况他们两个都了解，都掌握，只是等徐伯恩下令而已。他把我和冷伟叫去，是下达命令的。还有，在小林村的酒坊，在我们撤离现场时，冷伟把牺牲的同志的遗体运走，秘密隐匿起来。在对外发布消息时，冷伟明确规定，必须经他审核。他们要隐藏什么，封锁什么，有什么不可告人的呢?”

林世全沉默了一会儿，说:“你现在这个位置，对我们很有利。你密切注意他们，想办法搞清楚他们在想什么，是否有什么计划；在我们内部，谁是他们的内线。此外，现在还有一个重要任务，就是营救被捕的同志。前些天，我通过我们的上级，与国民党高层交涉，但他们很狡猾，要我们向他们提供名单。不说我们没有准确掌握被捕人员名单，就是有也不能随意给。在这方面，你有什么主意，或者能做些什么工作?”

余福明思考了一阵，然后说:“敌人这样大规模的搜捕，必定有详细的情报。这样绝密的情报，也许只掌握在徐伯恩的手上；但短时间内一下子要捕捉那么多人，计划可以是徐伯恩一个人订，而干活，他一个人干不了，也不可能干。因此，他应该有一份抓捕名单。徐伯恩与赵谦当时的关系，表面上还没有恶化，赵谦仍是行动的负责人。抓人回来后，审讯也是由赵谦负责的。我想，徐伯恩应该会给赵谦一份抓捕、关押和审讯的名单，审讯记录赵谦也应该有。如果搞到这份名单和审讯记录，我们不仅可以应对国民党的释放阴谋而进退有据，并且对调查‘利丰商行事件’的真相，也会有很好的帮助!”

听了余福明的分析，林世全觉得很有道理，禁不住脸带微笑，目光在他的脸上久久停留。

余福明三十三四岁，瓜子形脸庞，眉清目秀，但身板壮实。整个谈话过程，他的谈吐充满着对党组织的神往和敢于斗争的无畏激情，其神态始终透露着开朗而机警。

好一会儿，林世全才说:“你说得很好。只是我们如何才能搞到这两份东西呢?”

余福明沉默一下，看着林世全的双眼，平静而坚定地说:“我来试试，现在正好有机会!”

“哦?”林世全颇感突然地说，“机会？什么机会?”

余福明说:“因为赵谦在小林村搅了徐伯恩的好事，被徐伯恩放长假了，他现在闷在家里。”

林世全听了，高兴而又郑重地说:“好！不过，你千万要小心。”

“我会的。”余福明笑笑说。

他们的见面结束了。

余福明先从包厢里从容地走出来，没有和门外的孙言打招呼，径直下楼离去。

回到办公室，余福明就一直在琢磨，赵谦会有那份名单吗？如果有，他会放在哪里？能够存放机密的，只有保险柜。如果打开了赵谦的保险柜，不管怎么样，总会有收获的……

因为在小林村搅局，徐伯恩一气之下就放了赵谦的长假。

那天晚上，徐伯恩吃完饭后，踌躇满志地回到办公室，等待着小林村的喜讯。

还不到十点，正在看报纸的徐伯恩，忽然听到楼道外有急匆匆的脚步声，就抬起头来。

只见脸带怒气的冷伟领着余福明，直闯徐伯恩的办公室，连“报告”也没喊。

冷伟违反这样的规矩，徐伯恩是不追究的。

当他看到冷伟这样的表情，徐伯恩心中感到大事不好了，自己精心筹划的、稳操胜券的一着，肯定又出了问题！

冷伟看着徐伯恩狐疑地盯着自己，虽然满肚子气，但又不知道从何说起，因此他们就互相对视着。

片刻后，徐伯恩又变成满脸堆笑，不无揶揄地问道：“怎么样，大功告成了？”

“站长，”冷伟扶了扶眼镜，语调虽然不高，但难掩内心的愤怒说，“我愿意接受处罚，可是处罚我之前，您得先把赵谦毙了！”

“赵谦？”徐伯恩一脸不解地问道，“有他什么事？”

“我怀疑他私通共党！”冷伟说。

“私通共党？这，从何说起？”徐伯恩越发糊涂地问道。

冷伟立刻把他们几点到小林村，到那里后如何碰到赵谦，赵谦在那里怎样折腾，共产党如何焚烧文件，如何逃跑，如何拒捕反抗，兄弟死伤的情况等等述说了一遍。

最后他说：“今晚行动的内容和目的地只有我们三人知道，赵谦他如何知道？他知道了，要行动，有报告您吗？这分明是有意打草惊蛇，给共党报信嘛！”

余福明一直佯装新手，谦虚倾听，不问不说；但徐伯恩和冷伟说的每一句话，他都迅速在脑子里过筛子。

当冷伟问，赵谦是如何知道时，他心中不禁有些紧张。当然，表情并无异样。

徐伯恩听完冷伟述说及提问，没有咆哮如雷，这也不是他的性格。他转而坐到椅子上，头靠椅子，闭上双眼，紧抿双唇，腮帮紧绷。

良久，他才身子不动，嘴巴却清晰地吐出一句话来：“余处长，你去把他给我请来！”

“是！”余福明马上回答，然后转身出去。

余福明出去后，徐伯恩立即恢复常态，把双手交叉放到桌面上，然后对冷伟说：“一个没抓到，全跑了？”

“要抓的没抓到，打死了两个。他倒抓了一帮没用的回来。”冷伟说。

徐伯恩略有些担心地问：“打死的，没带回来？”

冷伟却平静地说：“站长放心，卑职按您吩咐，不管多少、不管死活，全拉回来了。”

徐伯恩这回像放下什么牵挂似的，轻声地说：“你秘密地派人，把他们悄悄地埋到野外去。”

“是！”冷伟应道。

徐伯恩顿了一下，就指了指旁边的沙发说：“你坐吧。”

冷伟顺从地坐到沙发上。

徐伯恩看了一会冷伟，然后说：“依你看，赵谦知道了我们的行动？”

“肯定知道，不然哪有这么巧！”冷伟不假思索地说。

“如果他知道，好大喜功的他，为什么不对准目标，而是搞到隔壁去呢？”

“……”冷伟一时语塞。

“你说他通共？是不是高抬他了？”

“可他这样，怎么解释呢？”

“你没问他？”

“两句话没说完，我们就杠上了；同时，那边又响起了枪声……”

“报告！”

徐伯恩正想说什么，外面传来余福明的喊声。

“进来吧！”徐伯恩声调不高也不低地说道。

余福明和赵谦走了进去。

“站长，您好！”赵谦脸容和缓，那横肉好像不见了，他平静地对着徐伯恩说。

徐伯恩看着赵谦，似笑非笑地说：“你好，我不太好！”

在来徐伯恩办公室的路上，余福明已把冷伟和徐伯恩对赵谦如何突袭小林村，使冷伟抓捕计划落空的愤怒，告诉了赵谦，并要赵谦想好了再说。

赵谦则很不在乎地说，早就想好了。

现在看到徐伯恩不阴又不阳的神态，他就站在那里不说话，装傻。

看着赵谦沉默无语，徐伯恩也顿了顿，然后仿佛很随和地说："听说你有行动，今晚出去了？"

"是，站长！"赵谦十分平静地说，"我正要来向您报告，余处长就来说您找我。"

"谢谢，你还知道我是个大活人！什么任务啊？得手了吗？"徐伯恩冷笑着说。

赵谦却一本正经地说："第一阶段的目的达到，抓回六个嫌疑人。待兄弟们吃过夜宵就马上审讯。"

"嗨哟，六个人，还是大案呢，"徐伯恩又不无揶揄地说，"什么案情呀？"

"小林村酱料坊是一个共党窝点。线人报告，今晚他们在那里集会，我就去突袭他们。"

徐伯恩沉默了。

余福明和赵谦仍然站在那里，也无言地看着徐伯恩。

冷伟则坐在沙发上，装着闭目养神的样子。

整个办公室死一般寂静。

过了好长时间，徐伯恩才站起来，走出座位，来到赵谦旁边。他右手搭到他的肩上，扳着他一起转身，向办公室门口走去，同时微笑着说："兄弟，这段时间你很辛苦，难为你了。从现在开始，我给你一个长假，你好好休息休息。你抓回来那些人，就交给余处长吧。行了，你请回！"

徐伯恩说最后一句话的时候，他们已走出门口。话音一落，徐伯恩立即转身进办公室，顺手就把门关上。

余福明决定今天晚上就动手。

到了晚上，整座办公楼除了四楼站长办公室旁边的警卫室，以及机要室、情报处、行动处、刑讯室等重要部门大多亮着灯，或有人值班，或有人工作外，其他的都已黑灯瞎火，寂静无声。

晚饭后，余福明回到办公室，悄悄地对楼上、楼下及周边进行细致观察。

夜渐渐深了，余福明确认安静无异样后，他就关了灯，走出办公室，警惕地向三楼走去。

他来到三楼左走道口转进去不远，挂着“副站长室”的门前站住，四顾一下。

他发现与这里相对称的右走道“副站长室”冷伟的办公室，大门紧闭，也没有灯光。

于是他迅速拿出“万能钥匙”，敏捷地打开门锁，闪身进去，立刻又把门轻轻关上。

室内黑咕隆咚，什么也看不见。

余福明对赵谦的办公室很熟悉。他从裤兜里拿出手套和手电，戴上手套，打开手电，直奔保险柜。

特训班出来的，开门破锁，是小菜一碟。

余福明十分熟练地打开保险柜。他看到里面下方有光洋、美元、金条，以及一些金银首饰；上方有两个档案袋。

他立刻把档案袋拿出来，放到桌面，用嘴巴咬着手电，抽出档案袋里的文件。

第一个档案袋里有《共党地下组织及其人员名单》《向政府自首自新分子名单及本人简略》。

第二个档案袋里有《共党金城市委领导人名单及本人简略》和一叠半张八开纸大的照片。名单六人，照片却五张。

看到这些材料，余福明大吃一惊，心里“怦怦”直跳，然而，他始终没有找到审讯记录。

他回过头，再到保险柜里反复寻找，仍未发现审讯记录。

他只好回到桌面，拿出照相机，正要拍照，忽然听到门外有人走动的脚步声。

他马上关闭手电，从腰间取出手枪，轻轻地上膛，眼睛紧盯门口，耳朵则辨别门外响声。

从声音分析，门外的脚步声很慢，走走停停。脚步来到门口，很近，停下不动了。

静静的，大约有一两分钟时间，脚步声才慢慢地走开。

余福明确认外面的人走远了才拍照，然后复原，走到门口，悄悄开门，走了出来。

当走到楼梯口时，他突然发现冷伟的办公室亮着灯，于是，他赶紧下楼，疾步走回自己的办公室。

他在办公室拿上报纸，坐了好长时间才去刑讯室。

刑讯室里正在刑讯一个走私犯，是下午抓来的。案情据说是走私钢管到苏北解放区，并且说这人与赵谦大舅子的旺盛公司有染。冷伟为了彻底搞掉赵谦，亲自派人把他秘密抓回来，进行严刑逼供。

余福明来到刑讯室，看到疑犯已被打晕过去。他正要发问，却发现冷伟手拿一本书，阴沉着脸，也站在那里。

余福明知道，刚才在赵谦办公室门外的脚步声，就是冷伟的！

余福明的判断没有错，冷伟是从家里回来，要到办公室拿书的，却在楼道口仿佛听到赵谦办公室里有响声。

冷伟想，他不是被放长假了吗？怎么在晚上回来？又不开灯，他想搞什么？

于是，他就悄悄地走过去，观察，细听了好一阵。在确认并没什么后，他才回到自己的办公室去。

他在办公室里看了一会儿书，在余福明回到办公室好一阵后，他才出来去刑讯室。

余福明走到冷伟旁边，小声问道："他没说些什么吗？"

"他扛不了多长时间，"冷伟冷笑一下说，"下一回合见分晓！"

冷伟回答完余福明，立即对用刑的特务说："把他弄醒，趁热打铁！"

"是！"特务应道。

余福明心中有事，就对冷伟说："有您在，我就先回去了。"

"行，你回吧！"冷伟面无表情地应道。

冷伟和余福明虽然是同学，交情也不错，但是，对于赵谦的一些事情，他也不想让别人知道太多，包括余福明。因此，余福明说要走，他也没意见。

余福明离开刑讯室，走出办公大楼门口，径直去了"和记"杂货铺，敲门进去，向高掌柜提出明天在老地方要见林书记。

接着，他马上回家冲洗胶卷。

第二天上午八点钟，林世全来到清香茶馆，走进昨天上午喝过茶的“芳茗”包厢，见到了余福明。

他们来不及寒暄，余福明就把冲洗好的照片给了林世全。

林世全接过照片，不禁惊讶地说：“那么快，很顺利吗?”

“还好，”余福明淡淡地应了一句后，脸色却十分凝重地说，“从里面的名单看，‘利丰商行事件’给党组织的破坏是十分严重的，大昌印染厂、超利百货公司、永达木器厂、绿明茶厂、天升纱厂等党组织的负责同志刘天泗、龙伟平、蒋大宁、董明、石超悉数被捕，其中超利百货公司的党支部书记龙伟平、永达木器厂的支部委员郑木金、绿明茶厂的党员陈三妹和刘铁叛变；城北区委书记冉川在区机关被包围时，因抵抗而牺牲；区机关人员全部被捕；为天面粉厂的丘六旺、封云叛变。封云叛变后自杀。只可惜没有找到审讯记录!”

林世全边听着余福明说话，边看那些照片，他脸色铁青，心情沉重。

“对，还有，”林世全还在沉思，余福明又说，“您说市委领导有七人，但名单只有吴明、江正寒、罗田、叶子辛、龙国新和肖化六人，而照片又只有五张。怎么回事?”

“名单少了钟向北，照片少了……?”林世全核对着说。

余福明却脱口而出说：“罗田和钟向北。”

“会不会漏拿了?”

“不会。因为要找审讯记录，我不仅反复看了档案袋，整个保险柜我都找遍了。”

“审讯记录难道徐伯恩全拿走了？罗田有名单，没照片；名单、照片都缺的是钟向北，敌人玩的什么阴谋?”

林世全陷入沉思……

十一

已经三个多月了，钟向北的母亲、夫人邓慧芳和一对儿女都处在软禁之中。

他们只知道钟向北被军统抓了，并受了重伤，在医院治疗。是什么原因，他们只听门口的“黑狗”粗声粗气地说“走私、反政府”。他们多次要出门去军统站询问，但都被门口的特务十分野蛮地阻拦。他们提出要给向北送些衣物、食品，也一律不准。全家人不能走出门口半步，读初中的大女儿，上小学的小儿子也不能去上学，只有用人赵妈在特务的陪伴下，每天出去一次买菜。

几个月来，他们天天心惊肉跳地面对几个凶神恶煞的特务，心中全是对儿子、丈夫、父亲的担心、牵挂和思念。心理上的折磨，让这一家人的精神到了崩溃的边缘。

今天天一亮，赵妈起来做早饭。她打开大门，却发现那些“黑狗”不见了，心里直纳闷。待老夫人起来后，赵妈就告诉她。

老夫人到门口看了看，也百思不得其解，她又去告诉儿媳妇。邓慧芳正在梳洗，她就左手抓着飘在胸前的秀发，右手拿着梳子，边梳边小跑出来。

她站在大门口，一下子就感受到了多日不见的平静、安详气息。她也莫名其妙，低头沉思不语。

赵妈把早饭端出来，一家人围着桌子，都在默默地吃着。

邓慧芳突然把筷子“啪”地拍到桌上，神情惊愕地冒出一句：“是不是孩子他爸出事了?”

邓慧芳这一惊一乍，把全家人都吓着了。

“妈，您说什么哪?”两个孩子一阵错愕后，却不约而同地问道。

老夫人先是被邓慧芳“啪”的一声吓了一跳，手拿着的包子差点脱手掉到桌子上，继而双眼露出不满的神情瞪着邓慧芳。

两个孙子说话后，老夫人也脸露不悦地说：“咋呼什么呢？”

邓慧芳敬畏老夫人，只是对丈夫忧心过度而一时失态。面对老夫人的责怪，她立刻显得怯懦而又尴尬地说：“妈，我，我对不起！”

其实，老夫人表面上仿佛沉着、镇定，而她的内心也是十分焦虑不安的！

早饭后，老夫人一改平时到花园里赏花漫步的习惯，而是在大厅里倒背双手，低着头，默默地踱来踱去。

她在想，特务突然撤走，是什么意思呢？难道向北真的是有什么不测了？不会的！要是这样，不管那些畜生怎么野蛮，不懂人性，就是猫狗也会对人叫两声的。难道是没事了？没事就应该见人呀？也许是向北没犯什么大事，对，事情应该是没原来那么严重了！

如果是这样，我们应该可以去看看他。

想到这里，她正要叫儿媳妇做准备，一家大小去医院，却突然看到钟向北西装革履，满面笑容地从大门外走进来了。

“妈，我回来了，”钟向北说话间，大步跨进院子，来到母亲身旁，“几个月不见了，您还好吧？”

老夫人忽然看到因不知生死而牵肠挂肚的儿子，竟一下子说不出话来。

她慢慢走近儿子，用那昏花老眼，几乎是贴着钟向北的身子从上往下看。她那形似枯枝的手颤动着，在儿子的胸脯、手臂上轻轻地拍着、捏着。

良久，她才用沙哑的声音说：“儿啊，你是怎么了？”

看到母亲这个样子，钟向北一下子眼睛发红，鼻子发酸，但他还是强装着笑脸说：“妈，没事了。您坐，您坐吧！”

老夫人却没坐，而是对着楼上喊：“慧芳，英子，小贝，你们看，谁回来了！”

老人家这一喊，儿媳和孙子们都从楼上的房子里跑出来，看到大厅下站着的钟向北，就吃惊地叫着：“向北！”“爸爸！”

接着，他们纷纷冲下楼，四个人立刻抱成一团，爆出一片悲苦的哭声……

钟向北大概四十一二岁，体型稍胖，略有秃顶，脸形椭圆，大鼻子。因为刚刚伤愈，原来红润的脸色，现在略显苍白，但眼睛仍是乌黑透亮。

在老夫人的劝说下，他们都渐渐地平静下来，然后在大厅里坐下。

钟向北首先问候母亲，接着又安慰妻子，然后就对儿女们说，要继续去上学，最后才轻描淡写地说了说自己的事。

钟向北从医院回到家里，见到了家人，他知道他们在那些日子里也受尽了惊吓，但现在毕竟安然无恙，他心里的石头落地了。

他现在伤是痊愈了，可由于原来伤势太重，再加上此时心事重重，他仍表现得虚弱与疲惫。老夫人见儿子这个样子，很是心疼，就要钟向北回房休息，让慧芳出去买鸡，买补品回来。

对于自己突然获释，他既感到安慰，却又有些许遗憾。安慰的是，组织始终没有忘记自己的战士，自己被捕，就想方设法营救；遗憾的是，负责营救的同志，为什么不跟自己见一面呢？因此，他想，在家里边休息边等候，希望组织尽快派人与自己联系。

就这样，他足不出户，等了三天，仍不见有人来找他。

第四天，他按捺不住了，就回到利丰商行看看。

三个多月前发生的事情，他一直是糊里糊涂的！

他来到商行，打开门，慢慢地从一层走到三层，又从三层缓缓地走到一层。他边看边摸着窗台、椅子、桌子、杯子、笔砚，还有那些工艺品，以及墙壁上挂着的字画。一切仿佛都没人动过，一切好像是主人刚刚离去的样子。只有在窗口边上那些弹孔，窗框、地板上隐隐可见的血迹，可以说明这里曾发生过激烈的枪战和惊天的惨案！

钟向北又缓缓迈步上二楼，站到靠前街的窗口边，看着外面熙熙攘攘的街道失神……

一九二七年底，革命处于低潮的时候，钟向北加入了共产党。

他的父亲是金城市有名的商人。他有工厂，有商铺，有贸易行。可惜在生意十分顺利、红火的时候，才四十多岁的他，因脑出血去世了。

钟向北中学毕业后随父从商，才跟几年，刚刚上路，父亲就不幸离世。从此，他子承父业，挑起父亲的担子，在商场上纵横驰骋。

因为人年轻，胆气旺盛，思维敏捷，收放有度，钟向北的生意不仅青出于蓝而胜于蓝，而且在人际中因他善良温厚，又不缺豪气仗义，所以他人缘好，名声比他父亲还大，被誉为商界奇才。

在一次社交活动中，钟向北认识了吴明。

吴明对朝气洋溢但不失诚实稳重、豪爽大气却不乏儒雅谦恭的钟向北十分喜爱。而吴明的谈吐、思想以及人格魅力，也吸引了接受新式教育的钟向北。两人就在互相欣赏中不断深入交往，直至吴明把钟向北引领到党的组织中来。

面对镰刀和锤头的党旗，钟向北宣誓了。

吴明对刚宣誓完的钟向北，严肃而庄重地说："确立了自己的信仰，就要勇于舍弃与之不相符的欲望，并为之终身奋斗。现在我们党还处在初创阶段，又刚刚经历了反动派的大屠杀，其生存环境十分恶劣，今后的斗争将会更艰苦、更残酷。每个党员都将要经受严峻的考验，这一条你要有足够的思想准备！"

钟向北看着神情肃穆的吴明，神色也凝重起来。他语调不高，但语气坚定地说："请党放心，刚才的誓词，就是我钟向北对党的承诺！"

"好！"吴明十分满意地笑笑说，"现在和你商量一件事。党组织在经费方面，一直以来都很困难。你很有经商的天才，是不是在你现有公司外，另组一个公司？资本由你先垫支，组织派人参与经营。待公司赚到钱后，你再收回资本。以后这个公司就是组织的公司，但仍由你来管理。我知道，组织是在做无本生意，可这也是没办法，你看行吗？"

听吴明这样说，钟向北显得很高兴。他笑呵呵地说："好啊，这有什么不行的！我还想问您，接下来我能为党组织做些什么呢。就这样，资金我出，伙计您选，这件事我一定办好！"

吴明看到钟向北这样的态度，内心十分高兴。于是，他又说："今后我和你单线联系。组织不给你别的工作，你就负责为组织做生意。你要明白，你的情况特殊，作用重大。今后除了在资金、经费上有重要事情，否则你我不联系。"

钟向北就这样成了红色资本家。

在金城"六二三"暴动前，组织购买的大批武器、弹药和医疗器械与药品等等所需资金，都是在他另外经营的公司支出的。

暴动失败后，他由于隐藏得深，没有暴露，仍不断为组织提供了大量资金，包括营救被捕同志所需资金，以及个别重大、真实的情报购买。就连吴明为江为东同志的媳妇难产，以及照顾烈士的遗属、遗孤所需金钱等，也是向他要的。有时公司的资金不足，他会毫不犹豫地从自己的公司里掏钱。

他记得暴动失败后，吴明对他说过："有一个母亲的生活费，你就是当了裤子也要给！"

当时白色恐怖很严重，他不敢问是谁的母亲，只是按月把钱给吴明。过了十多年，到了抗战后期，国共关系相对平缓，一次吴明和他接头完后，吴明突然说要带他去见见那个母亲。直到此时，他才知道，这个母亲就是"六二三"暴动总指挥张国泰的妈！

张国泰是金城人。他父亲经商，在送货路上死于土匪抢劫。母亲马氏靠丈夫积攒下来的一点钱，让张国泰度过了温饱的童年与少年，并能读完师范学校。

一九二四年，他到广州，考进了黄埔军校，从此常年在外。一九二九年夏，他作为省委特派员，回到金城组织暴动起义而牺牲。

张母由于年轻丧夫，中年又丧子，极为悲痛，常年以泪洗面，再加上其他疾病，眼睛就瞎了。听完吴明述说，钟向北看着言语不多，偶露笑容，已过花甲的老人，唏嘘不已。

他心中也为吴明对战友、同志强烈的道义担当和殷殷深情而感动！

钟向北为组织所掏的钱，从来没有向组织报告，更没有向组织的公司讨回。

全面抗战爆发前，吴明重回金城担任市委领导。由于缺乏干部，同时钟向北又是久经考验的老党员，吴明就让他担任市委委员和组织部部长。抗战期间，在市委领导下，他用隐蔽、巧妙的办法，为新四军和抗日根据地采购、运送了大量的物资……

钟向北看着人来人往的街道，他心里在想，在这些匆匆过客中，谁是我的同志和朋友呢？或者有寻找和联系我的同志和朋友吗？

对于"利丰商行事件"，他在病房里想了很多，甚至对有限的细节都做了反复的推敲，但由于在枪声响起不久就中弹，很快就昏迷不醒，后来又发生了什么，他一点都不知道。

在决定开这个会的时候，吴明找他商量，开始他是有所担心的。特别是选自己的商行做会场，但听了吴明强调的理由后，他又觉得自己过于谨慎了，所以就没再说什么。

当时，就在会场的钟向北完全感受得到，吴明心里十分紧张。他老是站在窗口，眼睛紧盯街道外面。这种情形下钟向北的心情同样不轻松，手拿报纸，却怎么也看不进去。眼看开会的人，除了叶子辛就到齐了，吴明却突然发现了敌情，立刻发出撤离、突围的命令。

听到吴明的命令，钟向北本想从后窗跳出去的，但此时他看到江正寒和罗田已拥到了窗口。

于是，他就向楼下跑。这时小楼前后都响起了枪声。在他将跑到左边门角时，被从门口侧边冲过来的两个特务连开数枪，他就中弹倒地了……

会场为什么会被敌人包围，钟向北百思不得其解！

从事件正常推理看，基本上可以断定是自己内部出了问题，不然敌人不可能有那么准确而周密的部署。可是内部又是哪里出问题了呢？市委的会议是绝密，只有与会人员才知道开会的时间、地点，连机要秘书孙言都没有被通知参加。难道问题在市委领导层？可金城市委领导成员都是久经考验的老地下党员。他们或参加过“六二三暴动”，或长期从事学运，或是老红军战士。他们在第二次国内革命战争时期和抗战中，对党忠诚，革命意志坚定，并具有丰富的对敌斗争经验，怎么会是这些人出问题呢？

钟向北还在极力回忆，很想从吴明发出撤离命令前，发现一些蛛丝马迹。可是，从来到会场的人看，就是老吴显得很警惕；再有是叶子辛不准时到会。难道是叶子辛？不会的！无论是叶子辛还是吴明，他们这两个人，是非常忠诚的布尔什维克，不会有问题……

这些问题，钟向北已想过十遍、百遍了。现在身临其境，自然而然地又陷入了反反复复的苦思冥思之中。

我的同志们，现在你们都怎么样了？有几个脱险？龙国新倒在自己的前面，应该是牺牲了；老吴呢，他冲出去了吗？江正寒应该是跳出去了，没有被抓吧？据徐伯恩说，罗田也受了重伤。可当自己再问其他人的情况时，这个可恶的刽子手却三缄其口！

徐伯恩为什么放了自己？商行又怎么会恢复得如此整齐、洁净？自己的那些员工呢？生意他们还在做吗？

记得半个月前的一天中午，自己一觉醒来，发现枕头底下有一张字条，上面写得清清楚楚：坚持，组织正在想办法营救！

自己真是组织营救的吗？

从这几天的报纸上，还可以看到呼吁、倡议国共合作的文章，这就说明国共合作还没有完全破裂。组织利用这个政治前提和这种政治氛围进行营救，这完全是有可能的，也是敌人的软肋！

现在市委怎么样了，自己不知道；金城市怎么样了，自己也不知道；中国又怎么样了，自己更不知道！

可是，对于这些，自己都必须知道，而且要尽快知道！

想到这里，他马上走出商行，锁上门，去古贤路十八号清风古玩店。

当将要走近古玩店时，他就发现古玩店已被查封，十字封条上赫然写着“民国三十四年十二月二十七日”！

钟向北看到封条，脑袋突然像被人重击一棍子似的，“嗡”的一下：市委机关也暴露了？孙言他们怎么了？都转移了吗？有没有人被捕？

他立刻止步，观察四周，没发现可疑情况，然后回头，边走边沉思。

目前情况不明，也许很复杂，也许事态很严重！

市委一下子是无法联系上了。去找朱云吧，他也许会知道一些情况！

想到这里，他就叫了一辆黄包车，向城东的一片居民住宅区走去。

朱云是钟向北的助手，商行的副经理，也是钟向北在商行发展的唯一一个中共党员。

钟向北来到朱家，朱云见后，大吃一惊！

“您被放出来了？”朱云错愕的语气中充满疑惑。

“是啊。”钟向北轻轻一笑，脸上露着往日的温厚表情说，“多亏了组织的尽力营救。”

听了钟向北的解释，朱云满布疑云的脸色顿时轻松下来。

钟向北没有寒暄，就迫不及待地对朱云说：“那天，我们发现敌人时已经晚了，不久我就受伤、昏迷，后面的情况我都不知道。你知道些什么吗？后来商行又怎么样了？”

朱云说："去年十二月二十七日，您不是说放我们的假吗，但那天上午，商行却被特务包围了。警备区稽查处在报上说什么共产党走私军火、阴谋暴乱，等等。他们要缉拿共产党，共产党却反抗拘捕，稽查处就开枪。据说我们的同志牺牲了好几个，您是受了重伤，被他们抓去的。

"我和伙计们第二天去商行，商行却被查封了，门口还摆放着三个已牺牲同志的遗体，有特务守在那里，不让我们进去。几个月来，我去商行多次，都被他们拦下来，商行的生意也就全部停了。我能做的，就是去追追欠款，可那些人看到我们商行出了事，就用种种借口拖着不给。直到三天前，特务才让我进商行。

"当时，里面乱七八糟，灰尘满地。到处是风干了的血迹、血块，散落地上的报纸、资料，以及打烂的花盘、茶杯等杂物。我去通知伙计们回来，整整收拾了两天才收拾干净。因为大家都累了，今天我们就休息，我让他们明天再去上班。

"自您出事后，我很难过，但又不知道怎么办。我知道报纸上说的是鬼话，心里只盼着您治好伤，能尽快回来。没想到，您真的就回来了！"

朱云说完最后一句话，仿佛心中石头落地似的，轻松地笑了起来。

接着，他从报纸堆里找出几份去年底的《金城晚报》，递给钟向北。

钟向北接过报纸，迅速浏览一遍。

他看报纸的神情，渐渐地由惊愕变成呆滞，拿报纸的手都在微微发抖。

听了朱云的述说和看报，钟向北对"利丰商行事件"终于有了一个比较完整的了解。在报道这个事件时，虽然《金城晚报》歪曲事实又含糊不清，但他已明白，吴明书记已罹难，市委已被摧垮！他的胸膛像插进一把匕首，他觉得自己整个人仿佛一下子掉进了深不见底的黑洞之中！

他很悲痛，更感到恐慌、不安和疑问重重。

朱云入党才一年多，钟向北也没有给过他什么重要任务。只是在给抗日根据地采购、运送物资的时候，让他去处理过一些杂事。他对钟向北的身份了解不多，对金城市委和党的其他组织更是一无所知。因此，钟向北就再没有和他谈什么，只是在生意上交代他几句，然后就告辞了。

他从朱云处出来，漫无目的地踽踽在街上。

他边走边想，不仅市委完了，还有一批基层党组织的损失也非常严重！

省委知道金城发生的重大情况吗？现在挽救、重建的措施是什么？是谁在医院里塞给自己的字条呢？自己是哪一级组织营救的？现在自己又应该去找谁才能了解进一步的情况？

逃跑的是谁？会是江正寒吗？他是第一个跑到窗口边的，可怎么才能找到他呢？

叶子辛迟到，他会有问题吗？如果有问题，见到他，自己就有危险！

不管他有没有问题，都要找到他，反正自己已被抓过了！

钟向北下决心后，坐上黄包车，先到文兴书店，书店被封。再到叶子辛家，他家也被贴着封条。

看来叶子辛没有问题！但没法找到他，怎么办？

组织部部长失去了组织，钟向北的心情任何人都难以体会。他第一次感到失去组织的难过，从来没有感到过像现在这样慌乱和焦急！

他在街上徘徊了一阵子，又决定去得利钟表店找老曹。

得利钟表店是钟向北平时与吴明接头的地方。

他想，现在吴明牺牲了，老曹是老党员，看看他有什么消息。

实际上，得利钟表店就是一个联络点，老曹知道得不比朱云多。钟向北到了那里，为了避开那个小伙计，进店后他就到老曹的卧室谈。

在不到十五分钟里，老曹只是不断地唏嘘、难过，钟向北没得到任何有价值的消息。

在隐蔽斗争中，组织部部长不会也不可能与辖区的每一个党组织和负责人有联系。但是，由于钟向北生长于金城，长期在金城市工作，并且担任了七八年的组织部部长，对非他联系的一些领导同志，包括一些基层党组织的负责人，可能不认识其人，可对其一些基本情况还是掌握的。例如市委委员这些同志，姓名和基本情况他都知道，大部分人也见过，而他们的住址、社会职业，除了叶子辛、孙言比较特殊外，其他的他都不知道。

钟向北曾听吴明谈过戚小青的情况，虽然他不认识她，但他知道她对市委有一定的了解，并且在永兴纱厂。钟向北和永兴纱厂的姚老板经常做生意，互相熟悉。情急之下，他也顾不得工作原则，就去找姚老板。他想通过姚老板找到戚小青。

然而，他找到姚老板后，姚老板却说，戚小青已辞职！

仅有的一点希望，也变成了失望，钟向北感到很痛苦！

此时，已是下午三点多钟了，但钟向北的肚子一点都不感到饿，只觉得两腿沉重，十分疲倦。

他出了姚老板的厂，坐一辆黄包车，回到市区内，在一间咖啡馆门前停下来。他想喝一杯咖啡提提神。

他才把车钱给了车夫，就看到身穿西装、留着大背头的关雄迎面走过来。

“关老板，多日不见，一切安好！”钟向北满面笑容，双脚并拢，上身微弯，两手作揖说道。

关雄一看，竟是钟向北！

他心中“砰”的一下，脸色愕然。不过这是一两秒钟的事，很快他就装作惊喜的样子，也拱手作揖，朗声笑道：“久违了，钟老板吉祥！”

关雄和钟向北平时有些往来，互相间也做过生意，但是彼此对对方的真实身份都不知道，大家也从不打探。

这次偶然相遇，钟向北觉得这是他脱离徐伯恩控制后遇到的第一个朋友，而此刻又是自己心情最糟糕的时候，就很想找人聊聊。

于是，互相问候后，钟向北就说：“进去品尝一杯咖啡，关老板可否赏脸？”

关雄原本对钟向北的身份不了解，只知道他是一个商人，并且是一个对共产党没有恶意的商人，但是“利丰商行事件”后，特别是听过孙言的详细报告后，他就知道钟向北是中共地下金城市委的成员。

然而，他怎么也不会想到，竟然会在这里与他不期而遇！

他不是受伤被捕了吗？他怎么出来的？孙言说市委内部有问题，他就是四个嫌疑人之一，难道他真是那个人？

想到这里，关雄觉得：此人可疑，不必与其纠缠！

“哪里哪里，”关雄笑着说，“可惜得很，我约了朋友，不能陪钟老板末座。下回吧，下回一定！”

这是偶遇，钟向北也不好勉强人家，便仍然笑着说：“行，行，您请便！”

两人分手了，钟向北进了咖啡馆，关雄则头也不回地往前走。

关雄走了一大段路后，正要转弯进另外一条街时，由于他的脑子里还是钟向北的疑问，为此，差点与从另一头转弯过来的一个大妈撞了个满怀，他们互相“嗨哟!”一声，就躲过了。而大妈走过去后，还在那里嘟嘟囔囔的。

关雄转头过去，想看一眼那个唠唠叨叨的女人。

没料到这一转头，却发现与自己同方向的这一侧，隔着马路的那一边，有一个身穿灰色粗布唐装，约三十岁的人，像是在跟踪自己!

为了确认是否被跟踪，关雄就保持常态，沿着街边，一直往前走。

当他走过一个照相馆时，他突然转身回头，立刻发现那个灰色唐装仍跟着自己，距离不到三十米。关雄就佯装好奇，往回走几步，凑近照相馆的橱窗，停下来观看那里的美女照。

关雄表面上是在看美女照，实际他是在偷看那个灰色唐装。

此时，那个灰色唐装也骤然停下来，站在一个烤红薯摊旁，指手画脚地仿佛在讨价还价。

关雄已认定，那个灰色唐装确是在跟踪自己!

他感到有问题了，脑子里在快速思考：这人是什么人？他为什么要跟踪自己？他是从哪里开始跟踪的？这是自己到金城市建站以来从没有过的。是自己什么地方出了问题，身份暴露了？还是刚才钟向北指认的？

然而，即使钟老板真是叛徒，可他也不知道自己的真实身份啊，他指认我什么？

运来商号做生意一向稳妥、隐蔽，从没有引起敌人的怀疑。即使与利丰商行、旺盛公司做根据地或解放区的生意，出面谈价，货物搬运都是由神刀会去办理，自己的公司只在幕后出资运作。

神刀会的帮规是：只问钱，不问货；遭遇检查或劫掠，人在货在；官府捉拿，人不在货不在。与神刀会做生意，只要给的钱让他认可，生意就很安全，所以与他们做生意，价格是不菲的。关雄认为，与他们做生意，要的就是安全。正因为这样，七八年来运来商号没出过纰漏。

可今天问题是从何而来呢？

关雄思考了一阵后，决定把跟踪自己的尾巴抓住，看看他是何方神圣!

于是，他装着什么事都没发生，缓步离开照相馆，继续往前走。

走了五六十米，他发现旁边有条小巷，就闪身转进去，躲在墙角处，静候灰色唐装……

十二

叶子辛和小袁匆忙逃离酒坊，钻进草丛，隐蔽在那里，欲接应老唐和小陈。

然而，他们才隐蔽下来，就看到另一帮特务“呼啦”一下子把酒坊包围了。

接着，特务对酒坊里喊话。他们才喊几声，就“乒乒乓乓”响起了枪声。

几声枪响后，特务们就拥进酒坊。大概过了半个小时，几个特务把躺在地上的人抬起拉走，另一帮敌人则押着几个人也撤走了。

叶子辛没等到老唐和小陈，也不知道刚才敌人抬走的是什么人，心里十分焦急。

敌人走了，他又怕里面有埋伏，仍不敢走过去，就在那里蹲了一夜。

待天蒙蒙亮，叶子辛和小袁终于看清酒坊无异样，才慢慢地走过去。

他们进到酒坊里看，除了一片凌乱，就是室内和侧门外的四摊血迹。

他们估计，老唐和小陈可能遇难了。

叶子辛看着空空荡荡又乱糟糟的酒坊，内心十分悲痛！

老唐昨晚坚毅、果断的形象与平时和蔼、慈祥的音容，此刻仿佛还在室内游动。

唐树青约六十岁，是金城人。他儿子唐宇豪的公开身份是金城中学教员，实际上是金城市学联副主席。一九三七年五月，在金城市组织学潮时，因为被泄密，唐宇豪和几个学生骨干被敌人包围，最后突围不成而牺牲。

唐宇豪牺牲后，怕敌人加害唐树青，江正寒——即当时的江为东，就把他转移到小浦县水湾镇小林村。为了解决他的生计，江为东让吴明千方百计筹措一些钱，给唐树青开了这个酒坊。

江正寒从延安回来，看到唐树青生意不错，并与周边群众关系也很好，感到很欣慰。

然而，他没想到这时候唐树青向他提出要加入共产党的要求。江正寒把这个情况告诉了吴明，吴明告诉小浦县委。经过一段时间的考察和履行相应的手续，唐树青如愿入党，并成为小林村的党支部书记。

叶子辛按照江正寒的指示来到小林村，他是以遭难而投亲靠友的方式来找唐树青的。

唐树青十分热情地接待了他。

当天晚上，叶子辛胡编乱造地说一通自己家里怎么遭土匪洗劫、房子被烧、家人遇难，等等。唐树青听后，半信半疑。不过他仍然对叶子辛说些安慰、鼓励的话，之后就问他有什么打算。

叶子辛当时还沉浸在市委被破坏的悲伤、疑虑和苦闷之中，也说不出有什么打算。

既然如此，唐树青就让叶子辛在自己的酒坊中暂时栖身，对外就称是新来的伙计。

小林村也许是远离金城市，白色恐怖的气氛似乎略显缓和。农民照常日出而作，日落而息；货郎担，摇着鼓点，走村串户。山沟里的水牛，水塘边上的鸭子和房前屋后的母鸡与小鸡，一切都按照自己的意愿在那里悠哉游哉。

叶子辛初到小林村的时候，白天和唐树青他们一起干活，可到晚上就看到老唐经常外出串门。有时候小陈和小袁也出去。他们有时早回，有时晚回，有时天亮才回来。如果他们不出去，晚饭后，就以散步为由，走进树林里，过一两个小时才回来。

看到这些情况，叶子辛回想起江正寒给他介绍唐树青的简单情况时那种语焉不详的神态，他就明白了，他们应该也是秘密战线上的同志。由于自己和他们在组织上没有关系，互相之间也没有透露真实身份，因此他们避开了自己。

可是看着他们如此忙碌，自己却帮不上忙，叶子辛的心里感到有些失落。

经过一段时间的思考，他决定用另外的方式来帮助他们：那就是更勤快，多干活，特别是他们夜间外出，到深夜才回来，第二天精神和体力都不够时，他就抢着干，借以减轻他们的负担。当他们走进树林里时，他又悄悄地为他们观察周边的情况，以防不测。

时间一长，唐树青感觉到了叶子辛的心意。于是，他增加了对叶子辛的信任。

江正寒虽然没有把叶子辛的真实身份告诉唐树青，但唐树青从《金城晚报》上看到金城市发生的血案，以及江正寒的身份和叶子辛到来的突然性与神秘性，对叶子辛他就猜出了八九分，所以他对叶子辛多了一份特别的亲近。

叶子辛和唐树青通过频繁的接触，他们的关系就逐渐密切起来，除了秘密工作不谈，已经是无话不说了。

通过有意的观察、了解，唐树青认为叶子辛年轻有文化，有主见，遇事机警，思想敏锐，秉性耿直，意志坚定，做事干练。他想，这年轻人若真是党内的同志，身份肯定不简单。

对于唐树青，叶子辛比对自己的父亲更尊重。他觉得，唐树青不仅是一个慈祥的父亲，更是一个忠诚的战士。在他心爱的儿子为革命捐躯后，他没有害怕和退缩，而是踏着儿子的脚步勇敢地战斗。面对这样的战士，曾经历过枪炮洗礼、刀剑搏杀的叶子辛，充满了敬仰之情。

叶子辛和唐树青相处仅仅三个多月，由陌生到相熟，彼此还曾心存戒备，可是为了共同的信仰，为了保守党的秘密，他竟然把生的希望毫不犹豫地让给原本不认识的人而遭到不幸，叶子辛悲痛不已！

叶子辛怀着极度复杂的心情和小袁商量，今后将何去何从？他再一次陷入了苦闷之中！

他想，在小林村已三个多月了，一直都平安无事，敌人却突然来袭击。这是冲谁来的？是自己吗？难道自己已暴露了？

到酒坊后，自己都在作坊里干活，没有抛头露面。知道自己身份的只有江正寒，难道是他走漏了消息？

不可能，江正寒应该早已离开了金城市！

不然就是冲老唐来的？这也不像，因为事前没有任何迹象。老唐虽然晚上经常出去，干什么自己也不知道，但他们的行动很自然、很隐蔽。外人看来，就像一个工余无事的闲人到亲戚、邻居家去串门，聊天。同时，敌人来袭，好像目标也不明确，如果是冲他来的，应该直扑酒坊才对啊？

局势的复杂和敌人的凶残使得叶子辛一时没了主意。

今后怎么办？现在又将到何处栖身？经历过多次生死考验的叶子辛陷入了彷徨。

他想继续留在这里，带领这里的党组织与敌人战斗。可是自己的组织关系不在这里，身上也没凭据，这里的党组织怎么相信自己？怎么去开展工作？他又想过潜回金城市，去寻找上级。在没找到上级前，自己带着戚小青他们干，然而这样做却是极其危险的！自己已是徐伯恩通缉的“要犯”，目前谁是叛徒，自己一无所知。这个叛徒会不会正在寻找自己？若是稍有疏漏，自己生死先不说，小青和她的同志们也有可能遭殃。何况怎样去联系上级，自己与省委没有任何联系。市委这班人牺牲的牺牲，被捕的被捕，撤离的撤离，即使省委重新派人来，又如何能找到自己？

经过反复的思考，叶子辛决定到苏中军区找叔叔林帆。

叶子辛知道，皖南事变后，新四军军部在苏北重建，林帆当时在军部，后来就到了苏中军区敌工部。

叶子辛做决定后，就问小袁怎么办。

小袁是外地逃荒来到这里，老唐收留了他，并发展他入党。现在没了老唐，他也不知道怎么办。

叶子辛见小袁没主意，便让他跟自己走，他欣然同意了。

这是叶子辛第二次失去组织，第二次在茫茫前路中寻找党组织。这在他参加革命时，是万万没有想到的！

十年前的那一次寻觅，虽然险象环生，历经坎坷，但终能如愿，而这一次的结果又将如何呢？

他心里没数，可他没有泄气，在金色的晨光中坚定地迈步前行……

一九四六年六月二十六日，蒋介石撕毁了国共双方于一月间达成的《停战协定》，以郑州“绥靖”公署主任刘峙指挥的十个整编师，三十余万兵力，对我中原军区六万多部队发起大规模进攻，全面内战爆发。

江正寒来到蓉城已半年多了，表面上生活还算平静。他在育华中学担任国文老师，儿子上小学，妻子操持家务。他每天除了上班就是下班，一切仿佛都平静如水。

其实非也！

江正寒作为具有十多年革命经历的职业革命者，对两个阶级正处在激烈的大搏杀，社会的大动荡、大变化；对人生道路与命运作历史性抉择的时候，他的心境又如何平静得了？

特别是当他想起第一天来育华中学报到时的情景，他心里就有一种苦涩、难过的感觉。

这种感觉常常刺痛他的心！

那一天，他推开校长室的门，校长和他四目对视，忽然惊愕不已。

接着，都异口同声地叫道："是您呀？"

校长正是江正寒在金城中学的同事、金城市学联的战友——周文伟。他们已经十年不见了！

"十年生死两茫茫，不思量，自难忘。"这虽是苏东坡悼亡妻之诗，但此刻对于曾经生死与共的江正寒和周文伟，十年里互相音信全无的一对故人来说，其感其情是一样的。

周文伟立刻从座位上走出来，江正寒也由原来的小心翼翼，瞬间变成小跑，迎向周文伟，接着两人紧紧地拥抱在一起！

他们边拥抱，边喃喃自语。

"怎么会是您呢！"周文伟颤抖着声音说。

"真……真是不可思议！"江正寒也激动得语音不畅地感叹道。

许久，他们才松开。

周文伟领着江正寒坐到旁边的木质沙发上，让其坐下，然后他边去沏茶，边问道："您改名了？"

"名字是符号。既然是符号，喜欢就用，不喜欢就换呗。"江正寒半开玩笑地说。

周文伟听着他的话，就回过头来瞥他一眼说："教育局的李副局长说，要安排一个叫江正寒的人来我们这里，我怎么也不会想到是您！"

"是啊，我更想不到校长会是您！"

周文伟端着茶走过来，递给江正寒，也坐到他旁边的沙发上。

江正寒双手接过茶，马上问道："十天前，我们一家来蓉城时，刚下火车，我看到一个背影很像您。那天您坐火车了吗？"

周文伟仿佛回忆似的沉思了一下，然后微笑地摇了摇头。

江正寒见周文伟摇头否认，心中不禁疑惑，不过他更想知道的是，这十年他是怎么过的。

于是，他又压低声音，表情严肃地问道："十年前，在金城中学那天晚上分别后，您就来到这里？"

周文伟和江正寒虽然曾是同事、同志和战友，但周文伟比江正寒革命资历要深，学历要高，经验要丰富，性格也比他深沉、稳重。十年不见，江正寒突然而至，周文伟却不知道他曾在何处，从何而来，又为何到此。他不仅没收到组织的信函、文书和暗语对接，而且金城市距蓉城虽几百公里，但"利丰商行事件"却通过报纸、社会流传，也震动了蓉城。地下斗争的残酷性，不得不让周文伟小心谨慎，哪怕曾是生死战友。

"没有。"周文伟笑笑说，"第二天我回乡下去了。到民国三十二年的秋季，我在重庆的三伯给育华中学的校董力荐，我才来到这里的。"

"回乡下？六七年时间，您都在乡下？"

"兵荒马乱的，还能去哪儿？"

"不会吧？在乡下，您这个书生能干什么？"

"采菊东篱下，悠然见南山。"

听到周文伟这种言不由衷的敷衍，江正寒心里很不是滋味。

打死他也不相信。周文伟这个从骨子里都透着革命豪气，以推翻旧制度为己任的斗士，转眼之间会变成物我两忘、与世无争的陶渊明，可能吗？

单凭他说回乡下这一点，江正寒就断定他在骗自己！

因为在金城中学时，周文伟和江正寒谈加入共产党的时候，周文伟曾说过自身的情况，所以江正寒知道，周文伟的家在乡下是大户。他有一个被父母指腹为婚的同村豪门"媳妇"，周文伟却不认。他的父母不仅认了，而且在他大学毕业那一年还让姑娘住到周家去，目的是要逼周文伟回去完婚。周文伟气得几乎要和家里断绝关系。因此，毕业后从不回家，自己在哪里也不告诉家人。

周文伟有这样的理想，有这样的性格，有这样的婚姻，他能回乡下吗？

能在乡下一待就是六七年吗?

周文伟为什么要骗自己?骗人，目的就是为了掩盖!

江正寒没想到，十年不见，彼此竟会如此隔膜，如此提防!

不过，他很快理解了周文伟。毕竟已十年，彼此互不了解，此刻又是不期而遇。按地下工作的原则和纪律，他这样做不过分，自己只是忘情于一时，还停留于十年前朝夕相处无话不说的同志和战友的心理上。

然而，周文伟对自己是了解的!

自己是怎样走上革命道路，对敌怎样斗争，如何加入共产党，他都一清二楚。自己现在遇到了挫折，失去了组织，在没有找到上级党组织之前，只要自己把十年来的情况告诉他，他会理解、信任自己的!

于是，他听完周文伟吟诵陶渊明的两句诗后，沉思了片刻，就用肃穆而平静的语气说:“周老师，我没您那福气啊，十年来，我是在血与火中滚过来的!”

周文伟知道江正寒的秉性，表情有些冷漠，内心却感情丰富，忘情之时易激动。可此时从他说话的平静语调中，明显感觉到他内心深处有一股强烈的情绪。因而周文伟没有说话，而是用庄重的神态看着他，似乎在等待着他的下文。

江正寒看到周文伟严肃而期待的表情，就把他什么时候离开金城市到延安，进抗大，毕业分配到边区政府，直到一九三八年他主动要求回金城市工作，以及“利丰商行事件”如何发生，自己如何逃脱，包括对这件事的分析、判断，叙述得跌宕起伏，曲折悲壮。

在整个叙述的过程中，他一改平时冷漠的神情，表现出极为复杂的心情。他不仅有喜，有悲，有怒，也有疑惑与不解。

周文伟很平静。他认真聆听，不插话，不评论，只是时而变动一下坐姿，时而续点茶水。

“来到蓉城后，”江正寒继续说，“自己心想，短期内金城是回不去了，要联系上级组织，也不是一天两天的事。只能先安顿下来，慢慢再想办法。于是，就通过朋友的关系，找到了这个教员的职业。没想到，会在这里遇到您!”

“是啊，”周文伟仿佛舒了一口气，一改严肃的神情，笑眯眯地说，“真应了那句话——人生何处不相逢啊!”

江正寒原本以为周文伟听了自己十年来的经历，特别是“利丰商行事件”和自己的疑问与目前的困境后，他会问一些什么，关心一些什么，指点一些什么，没料到他只有一句不痛不痒的感叹而已!

他十分失望，而且心中有种针刺的感觉。

他知道，虽然地下工作很复杂、很危险，但是，他怎么也想不到，这个不仅曾是生死之交，还是自己领路人的人，多年不见后，对自己竟会如此的陌生、如此的戒备、如此的不信任！刚才相见的热烈与激动，原来只是一种本能，而在这种本能与理智之间，还隔着一层厚厚的防火墙!

看到江正寒凝重的神色和呆滞的目光，周文伟又笑笑说:“这样吧，我们先谈到这里，现在我带您去人事室办一下手续，然后教务处就给您排课，怎么样?”

江正寒十分机械地边点头边说道:“好，好。”

季节虽已进入春末夏初，但早晚的习习北风，仍有微微寒意。江正寒站在阳台上，看着灯火闪烁的街道，随意漫步的行人，有一句没一句叫唤的水果摊、馄饨档。他就想，蓉城的夜晚多安详、多宁静啊。这与刚才看报上写的中原“李匪先念残部虽已逃窜陕南，但死伤惨重”相比，简直是冰火两重天!

江正寒晚饭后，拿了当天的《蓉城日报》看。报上有关于中原军区李先念的北路军突围报道。看完报道后，他心潮起伏，就踱步到阳台，边看街景，边想心事。

《蓉城日报》是国民党的报纸。从报道看，他认为，李先念部跳出重围应是无疑，损失情况国民党往往夸大其词，但三十万围六万，要突出去，损失当然不会少。

自古就有中原逐鹿鹿死谁手之说。国民党有正规军四五百万，大部分都是美式装备，而共产党只有一百多万野战军，装备低劣。表面上看，国民党很强大，似乎稳操胜券，然而，江正寒心中仍然坚信，得天下的一定是共产党。因为貌似强大的国民党，其实党心涣散，军心不齐，民心尽失，支撑他们党国这座大厦的三根柱子是空心的。共产党虽小但不弱，他们就像一把结实的铁锤，正在敲打着那一根根空心的柱子。用不了多久，国民党这座表面上富丽堂皇的大厦就会轰然倒下……

想到这里，江正寒心中情不自禁地泛起阵阵浪潮。

就在这个时候，他突然看到街道边上，有一只小狗对着街上的行人“汪汪”地乱叫。而街上的行人，有的觉得十分可笑地回头看它一眼；有的仿佛根本没听见，在它面前匆匆而过。

江正寒见此，脸上露出愉悦的微笑。

“正寒，表侄儿找你。”杨小敏在厅里对着阳台喊。

“他又来了?”江正寒忽然听到妻子叫喊，有些不耐烦地边说边转身走进客厅。

此时，客厅里已站着一个身穿银灰色青年装，约二十五六岁的年轻人。

他看见江正寒走进客厅，立刻恭恭敬敬地说：“表叔，您好!”

“啊，你来了。”江正寒看到年轻人，态度不冷不热地应着。

“哎。”年轻人温顺地应道。

江正寒走到沙发边坐下，然后也指了指对面的沙发说：“你坐吧。”

“谢谢!”年轻人说着，又顺从地坐了下来。

这时，杨小敏已端着一杯茶，来到年轻人跟前说：“侄儿，请用茶!”

“谢谢，表婶您客气了!”年轻人边说边双手接过茶。

“不用谢，你们谈吧。”杨小敏说着就走开了。

来到蓉城以后，杨小敏已见过两次这个老表。

“你吃饭了吗?”江正寒问道。

“吃过了，你们也吃过了吧?”年轻人笑着说。

“吃了。你找我，有事吗?”

“是的，家里有事。”

江正寒微感诧异，正要发问，门外又响起“笃笃”的敲门声。

正在客厅收拾的杨小敏立即去开门。

“这是江正寒老师家吗?”来人问。

“您是……?”杨小敏迟疑地问道。

“我是江老师的同事，叫周文伟。”

听到“周文伟”三个字，客厅里的江正寒立即从沙发上站起来，两眼直看门口。

周文伟迈步走进门来。

江正寒马上离开沙发走出去。

“周校长，是您呀，”江正寒十分意外地说，“来，里面请！”

周文伟满面笑容地往客厅里走。他边走，边环顾厅堂。

“江老师，住得还不错嘛！”周文伟赞叹道。

江正寒站在旁边，谦逊地说：“凑合，凑合。”

周文伟在江正寒说话间，看一眼杨小敏后，突然发现已经从沙发上站起来的表侄，他的表情略显惊讶。

江正寒看到了周文伟的表情，他马上说：“啊，我来介绍一下。这是我的夫人，杨小敏；这是我的表侄，叫张琦，在利来茶行做伙计，他也是刚到；我儿子在房里做功课。”

江正寒在介绍张琦时，周文伟一直在看着他。

江正寒介绍完后，周文伟收起脸上的笑意，对江正寒歉意地说：“冒昧，冒昧了。您有客人，我就此告辞，告辞了！”

“没关系，”江正寒立刻着急地说，“没关系的，您坐一下吧！”

周文伟却是边往外走，边说：“下次吧，谢谢了！”

话音未落，周文伟却到楼梯口了。

江正寒自从报到那一天见到周文伟，并做了一次较长时间的交谈后，现在已过去几个月了，却甚少见到他。偶尔碰到三两次，彼此都是匆匆忙忙，仅仅打个招呼而已。江正寒很想和周文伟再推心置腹地深谈一次，但一直都没有机会。没想到他今晚会突然来访，更没想到他又这样匆匆地离开，江正寒心中忽然袭来一阵惆怅与落寞。

糟糕的心情，使他迁怒于仍站在旁边的表侄儿。

于是，他用不满的眼神瞥他一眼，然后还站在那里，看着门外出神……

十三

当赵谦被徐伯恩突然关在门外，他回头看到的是冷冰冰的门板时先是一愣，接着他内心就是一阵茫然、委屈和愤怒！

他立刻“噔噔”地疾步走回自己的办公室，猛力推开门，又用力“嘭！”的一声把门关上，然后在办公室里像被关在笼子里的狂躁狮子，疾步地走来走去。

这已经是第二次了，他想。上次虽然没有明说是放长假，但实际上已是把自己晾在一边。这次他干脆明说放长假。那就意味着自己在假期里，无权过问站里的一切事务。这不等于罢了自己的官吗？

这个阴鸷小人，就喜欢用阴招来折腾人。我就不怕，老子怕过谁？徐伯恩，你这个杂种，老子横刀立马时，你在干什么？

他越想越气愤，对于徐伯恩，他已无法容忍。必须到重庆去，找郑长官，告他！

可是，去见长官也不是一件容易的事，特别是像郑长官这样的大官，得用心准备准备。

可现在已是深夜，一切准备都要等到明天。

由于心情郁闷、烦躁，整个晚上他失眠了，黎明前他才迷迷糊糊地睡着，直到上午十点多钟才醒。

他起床后，洗漱完，就吃早饭。接着，他翻箱倒柜，找出自己收藏的古玩、字画，又回办公室，在保险柜里取些金条、首饰，然后就去买明天的船票。

做好了这些，已是下午四点多钟了。晚上，他还要去参加大舅子请的晚宴。剩下这点时间，他就闷在家里想心事。

过了六点，他就想到大舅子家去。哪怕吃饭时间还不到，与大舅子聊聊天，也比闷在家强。

可他正要出门，忽然想起，郑长官太太很喜欢湘绣织品，必须给她买一些。

他抬腕看看表，又觉得现在去买，时间有些紧，但是现在不去买，晚上会不会喝多，耽误了？

他当机立断，认为还是现在办了比较好。

于是，他急急忙忙地跑到自家斜对面的明秀绸缎庄去。没料到，明秀绸缎庄今天歇业盘点。他只好又匆匆地跑到多彩绸布庄，买了两套被面、枕套什么的。

第二天一早，他就悄悄地离开金城，到重庆找局长郑介民。

可是此时，国民政府上上下下正忙于还都南京的搬迁工作，人们都是东一拨、西一群的。郑介民既是军统局的局长，又是国民党驻北平军调部的代表。他大多数时间在北平，偶尔又跑一跑重庆、南京，军统局的工作实际上是副局长毛人凤主持。

来到重庆，赵谦怎么能见到郑介民？连他在哪儿都不知道，赵谦感到十分的失望和沮丧。

他很想去找毛人凤，可他和毛人凤没有交情。没有交情，不说诉苦、告状，就连他会不会见自己还是个问题。

想到这里，赵谦又十分后悔：自己当初受宠于戴老板时，这个主任秘书毛人凤也是他的心腹。自己为什么就不重视他呢？要是在溜戴老板的须时，顺便也拍一拍毛秘书的马屁，自己今天也不至于这样孤独无助。虽然毛人凤还不可以决定自己的命运，但是如果能有他为自己讲一句话，就好过自己讲一百句！

赵谦长期从事外勤工作，与总部联系也不多。到了重庆，他找不到郑介民，也没有哪个可以交心的同事与朋友，在旅社踯躅徘徊了三天，他就悻悻地打道回府了。

回到金城，体壮如牛的他却突然病了。他感到头重脚轻，肌肉疼痛，胸闷心悸，不想吃东西，还伴有发烧。他在家躺了两三天，越躺好像越严重，继而不停地咳嗽，连晚上也不能入睡。他一下子就瘦了一圈，脸色苍白。

赵谦自认是国民党的忠臣。他娶有一妻，也是复兴社的特务。一九三六年秋天，皖浙赣的红军一个小分队，进金城采购过冬物资，因为叛徒告密，金城的特务和军警进行围捕。在战斗过程中，红军小分队不仅采购不成，人员也损失惨重，但赵谦的妻子也死于红军的枪下。

在这次行动中，赵谦虽然失去了老婆，可他立了功，并由副处长晋升为处长。戴笠专门来到金城，召开庆功会。在庆功会的宴席上，他对着戴笠和当时的王站长与一帮正副处长表态：生是党国人，死是党国鬼；不灭共党，永不再娶！为此，他获得了满堂喝彩。

赵谦现在是一个人在家里。

他的妻子去世才一年，他在国军当营长的大伯于上海“八一三”抗战中阵亡。大伯娘带着十二三岁的堂妹来投奔他，去年堂妹嫁人了。

就在赵谦从重庆回来的当天，女儿捎话给娘，说她要生小孩了。大伯娘知道后，没等赵谦回来，就留下话，急急忙忙地去女儿家了。

苏昌文一直推算着赵谦去重庆的时间，他估计今天赵谦应该回来了。他就借外出工作为由，跑到赵谦家打探，这才发现他病了，于是马上把他送去医院。

经医生诊断，赵谦患有焦虑症，同时由于旅途劳顿，心情郁闷，免疫力下降，并发了重感冒。

经医生的治疗和刘伟波、苏昌文、黎文、严明等小兄弟的宽慰与开导，再加上他体质好，一个多星期后就康复了。

为了感谢小兄弟们的忠诚与真情，他到饭馆摆了一桌，宴请他们。

这顿饭吃得既慷慨激昂，又悲愤伤感。

饭局开始时，大家见到赵谦身体复原，精神爽朗，酒量不减，就纷纷举杯敬赵谦的酒。

“人生谁没有三衰六旺的，”刘伟波举起酒杯说，“大哥，您吉人天相，我敬您笑傲金城！”

“大哥，”苏昌文双手端起酒杯说，“我永远的大哥，我愿意为您上刀山下火海，来，干了！”

“站长，您跨过了这个坎，就是前途无量，我敬您一杯！”行动处的一个叫于勇的特务说。

就这样互相叫着喊着，你一杯，我一杯。五六个人，还不到半个时辰，就喝了两小坛酒。

酒喝到兴奋之处，胆量就来了。

刘伟波一直想知道赵谦的重庆之行有何收获，只因为赵谦回来就病了，因此不敢问。现在几两酒下肚子，心中就没有了顾虑。

“大哥，在重庆见到郑长官了吧？您的事，他怎么说？”刘伟波问道。

一说到重庆之行，原来处在兴奋、欢悦之中的赵谦，脸色却渐渐地阴暗下来。

看到赵谦如此神色，餐桌上的嬉闹也随之停止，气氛突然间变得肃穆阴沉。

许久，赵谦才长长地叹了一口气说：“白跑了！”

“这……”刘伟波一脸茫然。

“怎么了？”苏昌文表情焦急。

于勇和黎文、严明几个也神色愕然。

“我在重庆三天，”赵谦阴郁地说，“怎么找都找不到郑长官。到局里问，有的说，今天没见，昨天还见到他；有的说，他去了北平；有的说，他在南京，鬼才知道他去了哪里！”

刘伟波似乎不愿相信地说：“这么说，您真的没见到他？”

“这次不见就不见了，只要他还是局长，我总能见到他！”赵谦说完，就端起自己那杯酒，狠狠地喝了下去。

这句话，似乎是给自己信心，更是给小兄弟们信心。然而，这些小兄弟们仿佛比他更具忧患意识。

刘伟波的情绪有些低落地说：“可是您目前的处境要熬到什么时候呢？”

“是啊，徐站长似乎把您忘了。”苏昌文失望地嘟囔道，“您不在站里，兄弟们的日子也不好过！”

坐在那里，很少说话的于勇这回也说：“我听情报处的人说，缩编很快要开始了，待还都南京后，马上就知道谁走谁留。”

“人为刀俎，我为鱼肉。”刘伟波也不无忧虑地说，“我们和您是一荣俱荣一损俱损的。只要您不倒，我们就有希望。可是，按目前这个状态，大哥，我们的日子堪忧啊！”

赵谦听着兄弟们悲凉的语调，看着他们焦虑的神情，心中也是充满了忧郁。这种忧郁似乎是看不到边、触不到底的无望与无奈。

所谓困兽犹斗，正是他自己无助与无奈的心情和兄弟们近乎绝望的神态，一下子激发了他的雄性激素，露出他喜欢猎凶斗狠的本性。

他再次把一杯酒狠狠地倒进嘴里，然后咬着牙咽下，接着“嘭”一下，重重地擂一拳桌子说：“妈的，他徐伯恩的屁股也不干净！接收时，他霸占了多少敌产？黄紫蔚是单纯的情妇，还是共匪婆？还有私放共党要犯钟向北！你们放心好了，他逼急了，我就和他来个鱼死网破！”

刘伟波、苏昌文等众人被赵谦的突然发飙，而且直指顶头上司的秘密黑幕，都骇得一愣一愣的。

“兄弟们，”苏昌文慌忙对于勇等岔开话题说，“喝酒，喝酒，大哥酒后话，千万包涵，包涵……”

这顿饭，就这样由兴高采烈开始，以愤懑沮丧结束。

然而，赵谦怎么也没有想到，他昨天晚上在哪里吃饭，和谁吃饭，在吃饭过程中谁都说了些什么，第二天冷伟全然了如指掌！

于勇就是冷伟埋到赵谦身边的卧底。

早上，冷伟回到办公室，于勇马上向他报告。

冷伟听过后，仿佛挺开心似的，拍拍于勇的肩膀，用不易察觉的微笑说：“小于，你做得很好！行，我知道了。”

于勇看到冷伟的表情，心中突然感到有些惶恐，于是默默地离开办公室。

于勇走后，冷伟马上向徐伯恩的办公室走去。

可是，徐伯恩还没回来。

徐伯恩昨晚没有回朝阳路的家里，他对姚雨韵说，今晚要突击重案犯。其实，他是在及第街十五号那里与黄紫蔚幽会。

姚雨韵是徐伯恩的结发妻子。姚雨韵原来也是美人，只是年过四十，体态发胖，当然没有了少女时的韵味。不过，她为人含蓄、内敛的性情，仍没有变。

徐伯恩与姚雨韵生有一子，抗战爆发后，他们就把儿子送到美国友人那里寄宿、读书。

自赵谦抓了黄紫蔚后，姚雨韵已隐隐约约听到丈夫与那个女人有关系的传言。她曾旁敲侧击地问过徐伯恩，而徐伯恩凭他良好的心理素质，用花言巧语很轻易地搪塞过去了。

看到办公室大门紧闭的冷伟，就想到警卫室去问一问。可在这个时候，徐伯恩已出现在楼梯口处，秘书张颖也跑步追了上来。

“站长，”冷伟说，“早上好！”

徐伯恩笑笑说：“你有事啊？”

冷伟点点头。

张颖快步走到前面，接过徐伯恩的手提包，为他们打开大门。

大家进去后，张颖去把徐伯恩的提包放好，就给徐伯恩和冷伟沏茶。冷伟则为徐伯恩拿下风衣，挂到衣架上。

徐伯恩除掉风衣，穿的是中山装。冷伟给他挂衣服时，他就踱到仪容镜前，拨弄一下头发，抻抻衣服。

张颖把两杯茶放到桌子上，就无声地退了出去。

徐伯恩走回办公桌，一坐下就端起茶来。

看到张颖出去，徐伯恩才放下茶杯说：“什么事，你说。”

冷伟顾不得坐下，就把他从于勇那里听到的一五一十地告诉了徐伯恩。

徐伯恩听后，表情很平静。他默默地又端起茶杯，慢慢地吸吮着滚烫的茶水。

过了许久，他才放下茶杯，慢慢地站起来，略微低头，从座位里缓缓地走出来。

当来到站在办公桌边的冷伟跟前时，他突然抬头，微笑——脸部肌肉却很僵硬，眼睛看着冷伟说：“当有人向你下战书时，你是畏缩回避，还是毫不犹豫地接下战书？”

冷伟愣了一下，但随即脱口而出：“我当然会接下战书！”

“你看我呢？”徐伯恩说着，笑容似乎自然了一些。

“他是什么东西？敢跟站长叫板？您就是动一下手指头，他就得去见阎王！”冷伟似乎是蔑视，又似乎是恭维，更多的仿佛是怂恿。

徐伯恩这回收起笑容，双手抱在前胸，视线从冷伟脸上离开，微微低头，边踱步边说：“不过，狗要是疯起来，还是要小心的。你刚才说，他去了重庆？怎么样？”

冷伟也转过身来，看着徐伯恩说：“没用，要找的没找到，是灰溜溜地回来的！”

“这一次没找到，下一次会找到的。”徐伯恩像是在自言自语，也像是回应冷伟。

“……”冷伟一下子不知道怎么回答。

“一个多月前，你们去多彩绸布庄和大众五金店抓人的事，事前他知道吗？”徐伯恩忽然岔开话题问道。

冷伟思索了一下，说：“这很难说。那是小林村行动后的第二天，您已放他的假。他到底在哪里，有没有得到消息，谁知道？”

“当时到绸布庄和五金店时，你说那里的人是刚走的？”

“对。多彩绸布庄那里，有一块布料刚剪到一半就放在桌面；抽屉里的钱由于匆忙，只拿走大部分，还有少量残留在抽屉里，或散落在地上；厨房里烧着饭，可已经糊了。大众五金店，有吃了一半的饭菜，仍有余温；煤炉上有烧剩下的纸片……”

“这次行动，”徐伯恩没等冷伟说完，就打断他说，“和小林村的不一样，这次只有我和你知道。出动前，连余福明都不知道具体的时间、地点，消息是怎么泄露出去的呢？”

“是啊，确实令人费解！”冷伟思考着说，“通知人员集中，到六点四十分出动，就一个小时左右，而且被集中的人员没有一个人离开过大院，也没有打出去的可疑电话。对于这件事，我一直想不明白。不过，我觉得，他执掌行动处多年，心腹死党也不少，但都有谁，面上的我知道一些，而不露面的有哪些，就没那么容易看得出来了。”

徐伯恩看着冷伟慢慢地述说，内心的疑云也越结越重。

原来在小林村的问题上，说赵谦通共，徐伯恩内心是难以认同的。然而，若是绸布庄和五金店他又有嫌疑，徐伯恩就不得不重新认识自己这个老搭档了。

徐伯恩又沉思了一会儿，然后表情很轻松，但语气却坚定地说：“从行动那天早上他睁开眼睛起，到你们的整个行动结束，他都去了哪里，见过什么人，干了什么，你都给我一点一滴去查。你要明白，人啊，利益是仇恨最有效的灭火器!”

冷伟听着徐伯恩语气坚定和意味深长的话，立刻严肃而庄重地应道：“是!”

冷伟走出了办公室。

徐伯恩还在办公室里踱步，仍在默默地琢磨着赵谦。

对于赵谦这个人，徐伯恩总以为是了解的，即使他当了副站长后，慢慢地就变得张狂起来，不仅喜欢擅作主张，而且见利忘义，这些徐伯恩都认为那只是学养、修养、秉性上的问题。可是，他在小林村搅局的事，又怎么去判断呢？若绸布庄和五金店的事又真与他有牵连，又怎么解释呢？把这些事，再结合到他伙同其大舅子的旺盛公司，曾三番几次走私军用物资到共军根据地的事看，那还会是学养、修养、秉性上的问题吗？

国共两党的斗争，是你死我活的斗争。为了争取斗争的主动权，情报是关键。在情报战中，历来是你中有我，我中有你。共党对党国的用谍，特别是各个要害部门的渗透是无孔不入的。其直接后果之一，就是国军将领频繁叛逃。最近国军中被策反的就有第十一战区中将副司令高树勋、第二路军第一军中将军长赵云祥、新编第六军中将总司令郝鹏举，等等。从过往的历史看，党国的情报系统被渗透也是触目惊心的。民国二十年春，钱壮飞、李克农、胡底对中统的渗透就是惊天大案。如果没有钱壮飞的渗透，中共的历史就要改写；民国二十九年，军统电台案同样惊世骇俗。张蔚林、张露萍、冯传庆、赵力耕、杨洸、陈国柱和王锡珍七人都是军统的报务员，被策反后，他们在军统里成立了共党的组织。那些人要论出身，无论中统的还是军统的，大多都是自己办的训练班的学员。表面看，他们都是党国的忠诚战士，业务精英，谁会想到他们心怀异志？并且这些人都有一个共同特点，那就是自我暴露。要不是自我暴露，他们还会潜伏多长时间，天晓得!

人都是趋利动物，信仰只是幌子。面对令人动心的政治，或物质利益诱惑，一切信仰都会变得黯淡无光。这种例子，在抗战中，已屡见不鲜。

徐伯恩每当想到这些，他的心情就变得很沉重。

虽然就当前党国面临的形势来说，是北伐以来形势最好的时期。国民政府已还都南京，拥有全国几百万军队，装备精良，训练有素。现在全国民众都沉浸在抗战胜利的喜悦之中，对政府、对领袖高度的信任，是真正的军政统一，军令统一。然而，共党始终是悬在党国头上的达摩克利斯之剑。国民政府重兵“围剿”它十年，不仅没有“剿灭”它，而且经过十四年抗战，它除了拥有陕甘宁、晋冀鲁豫等广大地域的统治区外，还有一百多万的武装力量。原来他们在江西、鄂豫皖地区时，鼎盛时期，共党自己号称二三十万人，可都是一些什么人呢？不说文化与训练，就是装备，也是鸟枪加大刀，可我们经过数次“围剿”，却终究无法解决他们。到了今天，他们已是尾大不掉啊……

早上回到办公室，余福明沏好一杯茶，就坐到办公椅子上，拿过当天的《金城晚报》看。

突然，一条黑体大标题映入眼帘：《共党破坏协议　中原战火突燃》。他立刻往下看，眼睛看文章，心房像有只兔子“嘭嘭”在跳。

看完全文后，余福明虽然感到是满纸荒唐言，但有一条，他是确信无疑的，那就是敌人向中原解放区大举进攻，内战全面爆发了！

他放下报纸，心潮起伏。

从暴动时开始，他就认识到，国民党是容不下共产党的。共产党要生存，就必须奋起斗争。现在爆发的内战，实际上就是国共两党命运的大决战，也是中国国运的十字路口！

余福明在敌营里混了七八年，耳闻目睹了国民党官场里上上下下的种种黑暗与腐败，以及听到林世全书记对全国政治、军事形势和党中央的政策、策略的简述，他对共产党将全面取胜充满信心。

余福明站了起来，走出座位，边走动，边思考。

他想，从现在开始，对敌斗争将会更激烈、更残酷。敌人的防范会更严密，打击的手段也会更残忍，自己也将面临极为严峻的考验。

差不多两个月前，敌人要去抓捕多彩绸布庄和大众五金店的同志就是一个例子。

那天下午，他本来想去找徐伯恩打听一下缩编的进展情况的。他到门口，却见大门紧闭。

他正要敲门，突然听到从里面传出徐伯恩声调不高的声音：“一个是多彩绸布庄，一个是大众五金店。这次不能像上次小林村那样，务必全部捉拿归案!”

“什么时候行动?”听得出，这是冷伟问。

一下子没了说话声。

一会儿，徐伯恩说话了:“七点吧，这是晚饭的时间，吃饭的时间最好。”

听到这里，余福明立刻转身，轻轻地迅速离开。

他回到自己的办公室，脑子在紧张思考：敌人又要行动了，他们去抓谁？这样的行动，徐伯恩为什么不通知自己这个行动处长？难道他不相信自己了?

先不管他，这样神秘的行动，肯定与我党地下组织有关。此刻最重要的是，在冷伟宣布行动前，务必把情报送出去!

他来不及密写，就匆匆地走出办公室，到和记杂货铺，把情报口述给高老板，顺便买了一包“哈德门”香烟，就往回走。

他回到办公室，才坐下，冷伟就进来了。

“站长，您好!”余福明站起来，笑着说道。

“和我还来这一套!”冷伟素来阴冷的脸，此刻却露出一丝笑意说，“今晚有行动，你通知处里的兄弟不要外出。已外出的就算了!”

“是!”余福明应道。

六点四十分，余福明把行动处三十多个特务全副武装，集中到大院，由冷伟宣布行动任务后，分成两组。余福明带一组，冷伟带一组，每组乘着卡车和囚车，分别向多彩绸布庄和大众五金店扑去。

余福明去大众五金店。

七点整，余福明和十八名特务所坐的车，在大众五金店门前停下来。

“快，对五金店，二三四组进行包围，一组跟我冲进去!”

此时的街道上，街灯已亮，虽然行人稀少，但渐渐地还是围上不少人，站在不远的地方，莫名其妙地看着。

五金店大门洞开，里面亮着灯。

余福明带着五六个特务，一拥而上，直扑店里。

然而，店里已没了人影。他们再进后屋，只见饭桌上有三套碗筷，每个碗里或多或少剩有米饭。

余福明伸手摸一摸桌上一个碟里剩下的青菜，还有余温。他又看看灶台旁的煤炉子，残留着几小片没字的纸边和厚厚的纸灰。他再放眼四顾，片刻后，他就轻轻地嘘出一口气。

“人已跑了，你们拍照一下，然后搜一搜吧!”他装着泄气的样子说。

一个特务立刻开始拍照，接着就翻箱倒柜起来。

特务们在搜查，余福明却在暗暗担心多彩绸布庄那边的情况。

其实他多虑了，多彩绸布庄的同志们，在敌人到前的五分钟就已撤离。

……

“余处长，在想什么呢?”余福明还在低头沉思，徐伯恩却笑眯眯地走了进来。

“哟，站长，”余福明有点愕然地说，“是您呀，快，快请坐!”

余福明边说，边向旁边的沙发做一个请的手势。

接着，他就去沏茶。

“站长，”余福明一面泡茶，一面说，“有事叫我就行，您这样，让我无地自容呐!”

“看你，”徐伯恩愉悦地说，“紧张什么呢，我是没事，只想走动走动。”

余福明把沏好的茶恭恭敬敬地端给坐在沙发上的徐伯恩，然后规规矩矩地站在他的面前。

徐伯恩一只手接过茶，另一只手招了招说：“来，来，你也坐!”

余福明顺从地在他的侧面坐了下来。

“看今天的报纸了吗?”徐伯恩见余福明坐下后，情绪颇佳地问道。

余福明似乎不明就里，略微迟疑地说：“看了，怎么了?”

“中原逐鹿，中原逐鹿啊!”

“呵，呵呵，对对，打响了，终于打响了!”

实际上徐伯恩一开口问，余福明就知道他问的是什么。他之所以如此表情，是要在徐伯恩面前表现出自己不是一个自作聪明、妄测“圣意”的人。

待徐伯恩颇为兴奋地说出自己问话的意思后，余福明俨然茅塞顿开，恍然大悟似的应道。

余福明深知徐伯恩，他最讨厌自作聪明、藐视他权威的人。因此，在他面前，余福明事事处处都装“孙子”。也正因为这样，徐伯恩喜欢他。

“是啊，委员长谋划了几个月，现在终于出手收拾他们了。你预测一下，结果会是怎么样?”

“那还用说?委员长运筹帷幄,国军装备精良,不说三十万对六万,就是三十万对六十万,共军凭他们那些武器,只能是丢盔弃甲,死无葬身之地!”

徐伯恩沉吟着,点了点头后却说:“话是这样说,但也不能小看共军。在江西的时候,情形和现在的中原不是差不多吗,我们曾两倍甚至十倍于他们,经多次‘围剿’,还是不能‘剿灭’他们。后来听说是一个外国人剥夺了毛泽东的指挥权,我们才把他们赶出江西的。”

“您说得是,共军这个对手是挺难缠的!”

“国共缠斗了十多二十年,他们为什么能越斗越大,这里有我们需要检讨的地方。”

徐伯恩说到这里的时候,表情一下子变得严肃起来了。

余福明不知这个老狐狸想说什么,只好小心翼翼地看着他,沉默无语。

冷场一阵后,徐伯恩突然话锋一转说:“你和赵副站长的关系不错,他休息得怎么样?”

余福明感到突兀,心想:他怎么会关心起赵谦来了?又怎么会向自己打听他的情况呢?

于是,他十分谨慎地说:“他被放假以后,我都没见过他。只听说他去过重庆。”

“他不仅去了重庆,后来又去了南京。他找到了靠山,上峰发话了,要我们忠于领袖,为了党国,精诚团结。我们破获中共金城地下市委一案,说我们是能战斗的,是有功的。所以,这次减编,对我们站特别照顾,不做大的裁减。”

“好啊,站长,不裁减,是大好事呀!”

“你先别高兴。我问你,多彩绸布庄和大众五金店的行动为什么扑空,你们研究、调查过吗?”

“我们开过会,分析过,大家都认为是我们内部走漏了消息,但是消息是如何泄露出去的,大家却又说不出个所以然来。我私底下也在反复琢磨,行动的筹划和布置是高度保密、极为严密的。在出动前,连我自己都不知道具体的时间、地点和任务。从现场看,共党的逃跑也是非常匆忙的。说明他们得到报警的时间很晚，供其逃跑的时间很短。这样可以推断，他们只能是在我们集中、出发过程中的这一点时间内，得到了情报；而这个报警的人得到消息，也不会超出这个时间。那么就可以肯定，报警的人参加了我们的行动，至少是知情人。可是，他是谁呢？他又是用什么方式传递消息的呢？我对那天参加行动的人做了全面调查，可连嫌疑人都没找到，深感自己无能！”

徐伯恩冷漠地看着余福明，听完他的话后，却皮笑肉不笑地说：“两千多年前，孙膑的《孙子兵法》中就有《用间篇》。用谍手段，在我国已千锤百炼。不要以为我们破获了共党金城市委及其下属组织，就沾沾自喜。其实敌人的渗透、潜伏手段可能比我们高超一百倍。我不知道你们会不会想这个问题，反正我发梦都在思考，一直为这个问题绞尽脑汁。也正因为这样，我们才有了破获中共金城市委一案。可是当我们在琢磨敌人的时候，敌人也在琢磨我们，并且现在有种种迹象表明，共党已成功打进了我们的内部！”

余福明被徐伯恩的表情和问话震惊了！

突然间他弄不明白，徐伯恩今天来这里，意欲何为？是中原战火？是赵谦告状？是多彩绸布庄和大众五金店行动扑空的可疑，还是对自己敲山震虎？

他极力控制住内心的惊愕，用不高的语调，恭维地说：“对，您说得是，属下愚钝，请站长多多训示！”

徐伯恩用不满的眼神瞥了一下余福明，然后眼睛看着窗外说：“行动处处长不仅要敢冲敢杀，更要睁大眼睛看自己身边的每一个人，特别是自诩为忠臣之人！”

余福明又是一阵错愕。

在余福明心中阵阵愕然之时，张秘书忽然在门外喊：“报告！”

徐伯恩回头看门口，见是自己的秘书，就说：“进来，什么事？”

“站长，冷副站长找您，说有重要事情报告。”张秘书边走进来边说。

听到张秘书的话，徐伯恩心里就猜想，什么重要的事？难道他有了赵谦的情况？

他对赵谦的调查已经好些天了，也应该有些消息了。

于是，他立刻站起来，对也跟着站起来的余福明，一改刚才肃穆与不屑的神态，用刚刚进来时那个笑眯眯的表情说：“余处长，好好干，不要让我失望!”

余福明一个立正，并响亮地应道：“是!”

徐伯恩转身，跟着张秘书出去了。

看着徐伯恩的背影，余福明心中疑团重重。

徐伯恩极少到处室去串门的，今天他为什么会特意来到自己这里？来这里的目的是什么？他在这里，谈了很多，说了很多，但在整个谈话中，他总的情绪好像都透露着一种忧虑。他忧虑什么呢？要自己睁大眼睛看“自己身边每一个人”，“特别是自诩为忠臣之人”。

这是谁呀？

赵谦偶尔会说自己是党国的忠臣。难道是他？赵谦吗？

如果是他，余福明心中突然有一个设想……

十四

还不到天黑的时候，金城市的天就全黑了。市区突然乌云翻滚，电闪雷鸣，狂风大作，一场暴风雨即将来临。

林世全坐在黄包车上想心事，全然不知天气的突变。

黄包车夫拉着车，拼命奔跑，终于在下雨之前，把林世全拉到圣贤路五十六号门口。

林世全感觉车停了下来，才回过神看，知道到了家门口。

他下车，把钱给车夫后，又耷拉着脑袋，推门进屋。

见林世全回来，魏萍就对王嫂说："嫂子，先生回来了，吃饭吧。"

"好嘞！"王嫂应着，就去端菜拿碗，张罗吃饭。

魏萍，就是戚小青。

为了安全，她现在改名为魏萍。对外，她和林世全是夫妻；对内，魏萍则是金城市委的机要秘书。

为了掩护他们的身份，组织上同意把小青原来的房东王嫂安排给他们做用人，但她不知道林世全与戚小青是假夫妻。

年初孙言找到戚小青后，就带她去见林世全。林世全和她谈了一次话，然后分别与雷鸣和孙言谈戚小青的工作安排问题。

没想到，在征求意见中，雷鸣和孙言都不约而同地提出，为了安全和方便，要戚小青以假妻子名义，调到林世全身边来工作。

林世全经过几天考虑后认为，这只是一种工作方式，他没意见，但要报告省委，并且要孙言把话给戚小青讲清楚。

省委同意后，孙言就去找戚小青，把这个意思说出来。然而她竟然一口回绝了。

她说："我不干。干革命就干革命，为什么要弄个假夫妻？林书记担心我不听话吗？不会的，他怎么说，我就怎么干。"

孙言只好耐着性子对她说："你说得对，干革命不一定要搞假夫妻。可是我们现在干的这一份革命，是隐蔽的、极其危险的革命。这是组织为了林书记和你的安全，为了隐蔽中新的中共金城市委的安全而采取的一个措施。你想想，林书记的公开身份是金香米行老板，将近四十岁了，这么一个有身份的人，居然没有妻室。这会不会引起人们的好奇？会不会引起敌人的注意？如果敌人一旦盯上了林书记，他会安全吗？市委会安全吗？吴明书记他们的血迹还未干啊！"

一提到吴书记，戚小青就一阵剜心似的难过。这个既是师长、更像父亲的吴叔叔，不仅把她带上革命道路，教她如何工作、如何做人，而且对她的抚育、成长和求知上学都给予父亲般的呵护与关怀。可以说，没有吴明，就没有她戚小青！

然而，她怎么也没有想到，一个坚定的革命者，一个慈父般的领路人，竟在瞬间，祸从天降，血洒金城！

对"利丰商行事件"，戚小青虽然没有亲临其境，但事后的所见所闻，足以令她刻骨铭心。

这是血淋淋的代价，是痛心疾首的教训！

她从十四五岁开始，就从事地下工作了。在党组织和吴明的教育、引导下，她懂得，一个革命者，特别是从事地下工作的战士，仅有智慧与胆量不行，还必须有坚定的信念和铁的纪律。没有这两条，那么他的革命就会出问题，甚至会给革命带来损失。吴明曾对她说过：只要是党和人民需要，哪怕是献出自己的生命，也要毫不犹豫！

经孙言这样一说，她思考了一下，然后问："这是组织的决定吗？"

"是的，省委也同意。"孙言严肃而庄重地说。

既然是组织的决定，戚小青还能说什么。她只好嘟囔道："那就试试吧。"

可她嘴上是这么说，内心却是乱糟糟的。

因为她心中有三个问题纠结不清：一是，她深深地爱着叶子辛，不允许任何男人闯进她的感情和生活中来；二是，如果叶子辛突然得知她已"结婚"，他怎么办？对她意味着什么！三是，子辛此刻正处在人生最黑暗的时刻，他最需要的是组织的音信与关怀，以及爱人的安慰和温暖，但这些，此时我们不仅都没办法给他，而且还要去霸占最能慰藉他的那一座孤岛，这对他是不公平的！

就这样，戚小青在别别扭扭中搬进了圣贤路五十六号。

这是一栋两层高的小楼。进门有个天井，天井左边是厨房，跨过天井就进客厅。客厅的左边有一间房，吃饭就在那儿；右边有一间房，王嫂就住那儿。楼上有三个房间，除了主人房，便是一个书房、一个客房。

到了晚上，王嫂睡了，林世全就悄悄地从主人房出来，到客房睡。王嫂也懂规矩，不叫她，她不会上楼。

戚小青人是进来了，但她不仅在林世全面前从未笑过，就连平日讲话，也是林世全问一句，她就答一句，从来不多说一句话。林世全布置她工作，比如抄抄写写，她就默默地干。干好了，她又默默地放到林世全的桌子上。

她不愿跟林世全外出，非去不可，那表情也好像夫妻俩斗过嘴似的。她活泼开朗的性格仿佛全变了。

有一次，金城市商会举办工商界联谊酒会，请柬上写着携夫人或眷属一名赴会。

下午，林世全要去米行一下。

在客厅里，他见到从楼上下来的戚小青，就拿出请柬说："小青，今晚你能不能和我出去参加一个酒会？"

戚小青表情肃穆，目光斜斜地看了一眼林世全手上打开的请柬，就说："我不想去。"

林世全慢慢地把请柬合上，然后倒背着双手，表情宽容，语调温和，在客厅里来回漫步说："是啊，我也不想去。表面上看，我是老板，可我的兜里没有几文钱。去了，就要扎到那些富豪、阔太太堆里逢场作戏，虚与委蛇。这种活动，对我来说，既无聊又违心。要是组织让我回部队，上战场，那就好了，不然留在抗大也行！在那里，和那些学员上课，出操，摸爬滚打，要说就说，要唱就唱，多自由，多快乐。可是，不知道组织是怎么搞的，连问也不问我一下，一纸命令，就把我打发过来了。"

林世全说着，摆过头来，看了看站在那里的戚小青。

此刻的她，正低着头，双手在摆弄衫角。那神态，就像做错了事而站在婆婆跟前的小媳妇。

林世全看到她这个样子，沉默了一下。

片刻后说：“那好吧，反正也没人看着我们、逼着我们。干什么，不干什么，都没人管我们，那我们就不去了。”

“那不行！你——不去——不好！”戚小青说话了，前面一句很急速，后面那句是越说越轻。

林世全又看一眼戚小青，接着就装作很无奈的样子说：“可我一个人去，别人问起我怎么说呢？”

戚小青无语。

林世全也不说话。

良久，林世全又说：“还是不去了，不去的好。”

“我，我……陪你去，还不行吗？”戚小青说得很轻。

林世全看着戚小青，微微地笑了一下。

酒会在和平饭店举办。

林世全西装革履，外加一件黑色毛呢翻领风衣。戚小青身穿玫瑰色旗袍，外套一件开襟的白色毛领水貂短袄。他们坐着黄包车来到和平酒店的门前。

下了黄包车，林世全就示意戚小青挽臂前行。戚小青却面无表情，不予理会。

林世全见此，心中有些急了。

他们在走进酒店过程中，林世全一面从容微笑，一面悄悄地用少有的严肃语气对戚小青说：“既然来了，就得听指挥！”

戚小青第一次感觉到了林世全冰冷而严厉的语气，立刻条件反射似的把手搭到他的臂弯上，但脸上仍无表情。

宴会厅里，早已是灯火辉煌，人头攒动。

大厅里都是或气宇轩昂的富豪，或腰圆膀粗的老板，以及伴随他们的雍容富态、暗香盈袖的贵妇。他们端着葡萄酒，抑或香槟，三三两两，或三五成群，来回走动，互相问候、祝福和敬酒。

整个大厅除了歌曲《玫瑰玫瑰我爱你》轻松明快的旋律，就是人们蜜蜂般“嗡嗡”的交谈声音。

林世全他们进来后，他拿出金黄色的楠木烟斗，装上烟丝，吸起烟来。

接着，他就带着小青，到冷饮区的餐台边，各自端起一杯葡萄酒和香槟，然后向人群中走去。

突然，林世全看到金城航运公司的周老板带着夫人正走过来。他立即迎上去，满脸笑容地说：“周老板，幸会，幸会！”

“哎呀，林老板，久违，久违……”周老板高兴地说。

“周老板，我满场找您，原来您在这儿呐！”林世全正要和周老板说话，一个人突然走过来，打断了他们。

周老板扭头一看，马上满脸堆笑说：“嗨哟，是赵站长，承蒙抬爱，您也来……”

“我？其实我不想来的，”赵谦说，“我大舅子偶感风寒，不便出席，硬要我代他捧场。”

“何老板？何老板可好？”周老板问道。

“他？还行吧，哪里比得上您呐！”赵谦说。

“过奖，站长过奖了！”周老板敷衍地说。

“这是……”赵谦忽然转过身来，指着林世全迟疑地看着周老板说。

“嗬，我来介绍。”周老板马上说，“这是金香米行的林老板。这是警备区稽查处的赵长官，赵谦副处长。”

林世全端着烟斗，看了看周老板，然后微笑地对赵谦说：“赵处长，幸会，幸会！”

说完，他把烟斗送到嘴里，叼着，然后伸出右手，欲与赵谦握手。

赵谦看着林世全，却慢腾腾地伸出手，与林世全随意地握了握后说：“林老板面生哦，刚来金城吧，哪里人呀？”

林世全心中骤然警觉起来，但脸上仍是笑容可掬。

他把烟斗拿住，说道：“赵处长好眼力。东北不是打仗嘛，生意难做啊。俗话说，在家千日好，出门一日难呐！”

“啊，你是本地人？”赵谦仿佛自言自语似的说着，然后眼睛又转向戚小青，“这是……”

林世全正要说话，没想到戚小青这回忽然像换了个人似的，脸带微笑，从容自然地说：“我姓魏，他是我先生，今后还得请赵处长多多关照呢！”

赵谦看着大方得体的戚小青，不无赞赏地点点头说：“好说，好说……”

“嘿哟，赵处长也在啊，近来可好？”赵谦正在说话，骤然间，西装革履，手戴金表、拿雪茄的关雄和夫人满脸堆笑，边说边凑了过来。

赵谦听到喊声，把脸从戚小青这边转了过去。他看到是满脸笑容、髭须浓黑的关雄及其夫人，就显得十分惊喜地说：“哎呀，关老板，是您呀，失敬，失敬！”

“哪里，哪里！”关雄应着赵谦，目光却扫一遍周老板和林世全，然后在林世全那里眨一下眼，同时举了举酒杯说，“两位老板，我想请处长借一步说话，不妨碍你们吧？”

“您请便！”周老板说。

林世全则笑一笑，左手做一个“请”的手势。

戚小青就明显地侧身斜斜靠向林世全，然后微笑着向关雄和赵谦挥挥手……

约半个月前的一天晚上，关雄通过孙言的安排，在明星咖啡馆与林世全见了面。

自从吴明牺牲后，关雄与金城市委就没有了联系。他一直想恢复这个关系，却因为兵站的事情，他曾两次来回奔跑于军区和金城市，无法安排时间。

前两天他从军区回来后，就按孙言找他的时候，给他的联系方式，找到了孙言，然后提出要与市委恢复联系。

咖啡馆里人不多。他们选了一个比较偏、靠窗口的地方坐了下来。

关雄小声而简单地介绍了一下自己的情况：他原是红一方面军团特务连的副连长。开始长征时，他因大腿负伤，被留下来打游击。抗战爆发不久，支队要在金城市建立秘密兵站，他就来到了这里。

经过多年的努力，运来商号越做越大，在金城市也小有名气。关雄与金城的大商家，社会上的头面人物，包括军统站的大特务都互相认识。由于关雄和神刀会常有来往，社会上很多人都把他看成是灰色人物。

听了关雄的自我介绍，林世全就端详起他来：一套米黄色的西装，大背头，发蜡打得光溜溜的，手上戴着金色手表——标准、阔气的商人。

因此，林世全不无感慨地悄悄说：“谁能想到，一个闻到硝烟就如狼似虎的军人，却在商场上也是如鱼得水。我们这一代人啊，只要是党的需要，什么都能干！”

关雄沉默片刻，拿出一根雪茄给林世全。

林世全却微笑地摇摇头，掏出他的楠木烟斗，装上烟丝，点燃后就“吧嗒吧嗒”地吸起来。

看着林世全厚重质朴的神态，关雄忽然微微地笑了笑。

接着，他叼上雪茄，点燃。

他吐出一口白烟，说：“这就是信仰的力量与智慧！”

林世全说：“是你第一个把‘利丰商行事件’的消息告诉重庆局的吧？如果没有你，事情也许会更糟糕！”

“要说到这个问题，还是孙言机灵。”

“这是一个方面，另一个方面，吴明的思维缜密也是很关键的！”

“是啊，吴明是一个很好的同志，我十分怀念他！”关雄动情地说。

林世全却惭愧地说：“我对不住他们啊，至今仍找不出是谁害了他们，他们死得不明不白！”

说到这里，关雄突然说：“对了，今天我来见您，除了我要接上您这个关系外，还有一个情况要问您：利丰商行的钟掌柜钟向北出来了，是你们营救的吗？”

这个情况，林世全并没有掌握。因此，他颇感突兀。

“消息准确吗？”林世全诧异地问道，“我们是采取了一些措施，但还不到这一步。”

“他出来没有假，那天在街上我们已碰到一起了。”

“什么时候？”

“应该是二十天前吧，当时我有急事要回军区，也没办法与您联系。”

听了关雄的话，林世全内心颇为震惊！

他不禁沉默起来，心中有一种说不出的滋味，并不断地问自己，他是怎么出来的？还有其他人吗？进了魔窟，能这样轻松出来？莫非他真是……

林世全对钟向北、江正寒和叶子辛都不了解。只是他在根据上级关于尽快查出叛徒的要求时，为了了解金城市委内部情况，他向省委要了原市委七个人的相关资料，才掌握了一些简况。但由于种种原因，上级给七个人的资料都十分有限，钟向北的资料尤其简单。如果说，开始同志们对有关钟向北的怀疑是因为没有证据，而对一个党内的领导同志从信任和感情上不愿相信的话，那么，到了现在，林世全内心则十分可怕的想：余福明从敌人那里搞到的名单，就是他没有名字和照片的，难道是敌人为了保护他故意而为之？

关雄见林世全沉默不语，接着又说："按组织关系和工作原则，地方上的事，我是不能参与的。但这事关地方党组织安全的情报，我应该向你们提供。除此以外，我再向您报告一件事。也是在那天下午，我被人盯梢了，这是我到金城工作以来的第一次。我反复思考，应该不会是我这边的问题。因为我除了在生意上有可能引起敌人的注意，其他方面是不可能的。可我的生意做得非常隐秘，即使与利丰商行和旺盛公司做买卖，也不是我出面的，他们最多认为我是个牵线搭桥的。所以，这是什么原因，我弄不明白。我本来想把跟踪我的那个人抓住，搞个明白的，没想到他跟我跟岔了，我就不去管他了。"

林世全说："你提供的情况很重要，谢谢你对我们的帮助，不过你也要小心！"

"谢的话应该是我们说的，金城市委曾给我们巨大的帮助。为了给我们解决过冬棉衣，永兴纱厂党组织的两位党员同志和两个外围积极分子，付出了生命代价，我们永远纪念他们！"关雄庄严肃穆地说。

林世全与戚小青一进宴会厅，关雄就看到了。

赵谦和林世全说完话，又盯着戚小青说。关雄怕他们出问题，就特意过来解围。

林世全看到关雄向他打眼色，就领会他的意思，所以，关雄拉着赵谦转身走后，林世全也拉着戚小青向周老板点头致意，然后转向别的地方……

酒会后，又是舞会，直到十点多钟才散去。

回到家，他们就上楼进卧室。

才进门，林世全就表扬戚小青说："小戚，今晚我才真正看到孙言所说的那个对党忠诚，组织观念强，有丰富地下工作经验，开朗又稳重的戚小青。不管在酒会还是舞会上，无论是跟我的配合，还是与那些老板、太太们的应酬周旋，都表现得很不错，真的让我大开眼界！"

经过了这个酒会，戚小青好像放下了什么，完全还原了原来的戚小青。

此刻，她对林世全的赞扬既满意，又有些腼腆地说：“林书记，您别赞扬我了。前段时间我做得不对，真的对不起！”

林世全听了戚小青的话，感到她的态度真实、诚恳。他想了一下，就说：“那你是怎么想的？”

戚小青看看林世全，脸浮红晕地说：“您说我地下工作经验丰富，其实羞死我了。当初组织要我们假扮夫妻，我很不以为然。当然个人要服从组织，这是原则。可我仍然顾虑很多，因此心里很抵触。刚才赵谦这个满脸横肉、凶神恶煞的特务对您疑虑的眼神和审问似的说话，我真感觉到很危险。要是我们之中哪一个露出疑点，让他盯住，今后就麻烦了。幸好有人及时把他拉走，否则不知道他还要纠缠多久。有了今晚上的经历，我才知道，组织上的安排并非画蛇添足，而是自己头脑简单。正因为自己的无知，才老是考虑自己的得失。我想，要是吴书记地下有知，他也会批评我的！”

这是戚小青来到林世全身边说话最多的一次。林世全静静地听着，他感受到了戚小青的真诚与坦率，也认识到了她对组织的忠诚和敢于自我剖析的勇气。

因为小青不认识关雄，所以她感到庆幸；又因为这样，她才感到其中的可能危险。这也说明她的敏锐与机警。她有这样的忠诚和机灵，林世全感到很欣慰，所以，他为开始时用激将法让她参加酒会的做法，感到自己小看了她，心中忽然有些不好意思了。

“哎，小青，我看你改个姓名，怎么样？”林世全倏然微笑着说，“干脆就叫魏萍。”

戚小青在酒会上说她姓魏，并非随便，是她近来的一个想法，只是她还没有和林世全说。她之所以这样想，首先是为了安全，因为原市委有好些人都认识她，她又在几个岗位工作过，另外她还有一个小心眼，就是不能让叶子辛在不明情况下，听说戚小青“已结婚”了。

“魏——萍？”小青沉吟一下，就高兴地说，“好，挺好的，我喜欢！”

林世全见小青，不，从现在开始，应该是魏萍——这样高兴，也微笑着说：“我们从事秘密工作的，脑子就是要比别人多一根弦。我虽然参加革命比你早一些，年纪也比你大，可有时候我的思想水平并不比你高。如果我有问题，或做得不对的，你要指出来，也可以批评。”

“这是什么话？”魏萍说着，突然“咯咯”地笑起来，“哦，您是不是指，对我说您也不想去参加酒会时说的那些话？”

林世全看着魏萍，笑而不答。

魏萍看着林世全，表情既有汗颜，又不脱女孩子爱撒娇的习性说：“我刚开始没多想。当我说完陪您去后，忽然就明白了，您是在用法，激我的，对不对？”

看到谈话的气氛这么好，林世全的兴致也来了。

他十分坦诚地说：“你说得对，也不对。今晚出去前我和你说的那些话，是激将法，可是我在抗大接到命令的时候，心里也真有这种想法。因为我虽然在社会部工作过一段时间，并且也受过从事情报工作的训练，但严格来说，我是一名军人。军人就喜欢明刀明枪的战场。然而，我更是一名党员，又长期从事政治工作、教员工作，当自己思想有问题时，就闹情绪，不服从命令，这能说得过去吗？这只能是自己去消化，自己说服自己了。到了重庆局和省委，知道金城市委遭到破坏的大概情况时，我感到惊心动魄，更感到压在自己肩上的是千斤重担！

“金城市是我的家乡，这里的乡风民俗，大街小巷我都很熟悉；可是地下工作对我来说，是陌生的。初回金城时，我的心情非常复杂。既有对牺牲同志的悲痛，也有对千头万绪的工作不知从何开始的苦恼；不仅有对出卖组织和同志的叛徒的憎恨，更有对严峻形势，险恶敌情的忧虑。为了控制形势进一步的恶化，按照上级的要求，我挖空心思要把出卖市委的叛徒揪出来，但到现在仍没头绪。不仅如此，前些天，《金城晚报》又说在小林村破获了我们的一个党组织，逮捕多人，还有两名同志牺牲……”

“您说什么？”魏萍突然紧张地打断了林世全的话说，“是小浦县的小林村？”

林世全看着魏萍的神态，感到奇怪，就疑惑地说：“对呀，小浦县，水湾镇的小林村！”

“敌人的报纸可信吗？”问这话时，魏萍脸色发青。

“已核对过。小林村的党支部被破坏，牺牲的两个人是我们的同志，被捕的那几个人是普通群众。”

“知道他们的名字吗?”

“具体情况被敌人封锁起来了，连烈士的遗体也被他们隐匿起来，直到现在都找不到。经小浦县县委初步核查，目前只知道一个是支部书记，叫唐树青，另外一个真实姓名不详……”

林世全话没说完，魏萍就伏在桌子上“呜呜咽咽”地哭了起来，那声音很瘆人。

看着魏萍突然如此哭泣，林世全有些慌乱了。他伸出双手，欲抚慰她，又迟疑起来，手足无措。

他只好站起来，又坐下去，口中在不断地说:“你怎么了？你别这样，斗争就是这样……”

按魏萍平时的性格，她会马上告诉他：另外那个就是叶子辛。然而，此刻她的心就像被刀子捅了一般，哪还会去理会林世全!

不过，魏萍还是理智的。仅一会儿，她就渐渐地止住哭声。她知道，再哭下去，也哭不活叶子辛，反会惊动楼下已睡的王嫂。

林世全从口袋里掏出手帕递给魏萍，然后柔声地说:“你是不是认识那个叫唐树青的同志?”

魏萍摇了摇头，没有说话。

此刻，她的心很乱、很疼，感到被撕裂般难受!

魏萍慢慢抬起头，拿着林世全给的手帕，擦了擦眼泪和鼻涕。

“那你是怎么了?”

“我……”她又“嘤嘤”地哭了起来。

林世全知道，女同志的感情是脆弱一些的。忽然听到自己的同志牺牲，她难免悲伤、难过。

于是，他就安慰她说:“革命的每一个胜利，都是先烈的鲜血换来的。将来我们的史册，世世代代都会铭记他们的。”

林世全和魏萍在吃饭，可今晚的林世全跟往常不一样。自他进屋到现在，说不到三句话。有时候，吃着吃着，又慢慢地停了下来。

魏萍看着他，想问他，她又觉得不好。她知道，他是遇到问题了。这个时候，最好就是不要干扰他。

直到吃完饭，魏萍站起来，要收拾碗筷时，林世全才对魏萍说："不急，我们坐一下吧，说说话。"

"哎。"魏萍应着，就坐了下来。

林世全拿出烟斗，装烟，点火，吸起来。他的动作很慢，仿佛心事很重似的。

其实他在想两件事。

一是诛杀叛徒龙伟平。

龙伟平叛变后，被徐伯恩安置在情报处，郑木金、陈三妹、丘六旺和刘铁分别安置到总务处和机关食堂。

根据"壁虎"提供的情报，最近龙伟平勾搭上一个歌女，常到歌女住的古贤路东一巷的家去。

林世全今天下午和孙言接头，与他商量怎样组织力量，伏击龙伟平。

孙言想了想说："没事，您交给我吧！"

林世全感到孙言看这件事看得很轻松，就问他："你打算怎么办？"

孙言笑笑说："有了准确的地址，您再给我一张照片，我到金城航运公司找人。具体行动方案，待他踩过点后才能定。您放心，这事没问题的。"

林世全知道孙言做事、说话是很有分寸的，他这样说也有道理。

林世全要求行动务必一击毙敌，可孙言好像很轻敌。因此，他终究不放心。

二是蒋介石对我中原解放军悍然发动了进攻。他从报纸上突然看到这个消息后，深感忧虑。

"蒋介石终于把脸皮撕破了，"林世全神色凝重地看着魏萍说，"他用三十万大军对我中原解放区发动了突然袭击。这就意味着全面内战爆发！"

魏萍在圣贤路五十六号的日常生活，表面上很像一个阔太太。白天衣着时尚，或逛一下街，或与一些阔太们打打麻将；晚上不外出，大部分时间工作。在林世全的要求和辅导下，现在她正加紧学习秘密工作的技能、方法，以及收发报。

魏萍今天没有外出，对于中原发生的战事一无所知。当听到林世全说中原解放区被"突袭"，她紧张起来了。

"突袭？现在怎么样？损失大吗？"魏萍表情惊讶，瞪着眼睛问。

“现在还不知道。敌人的报纸不可信，但是，既然是突围，那肯定是惨烈的！”林世全神情忧郁地说。

没有经过枪炮战斗场面的魏萍，一听说“突围”，她就想起叶子辛、孙言和林世全所说的“利丰商行事件”，以及林世全向她说的“小林村事件”。

忽然间，她眼睛发红，大颗泪珠往下掉。

看到魏萍掉眼泪，林世全的心情也很沉重。他说：“我们要相信党中央和中原军区的同志们，他们会有办法粉碎敌人的进攻的。只是我们原来想通过合法、公开的形式，去营救被捕同志的工作，现在看来是没希望了。对那些在敌人的严刑拷打下，为保守党的秘密，仍然坚贞不屈的同志们，因为自己的无能，我很内疚，很难过！”

魏萍擦了擦眼泪，看着林世全，好一会儿，她才说：“这事也不能这样说。目前，敌人不仅力量强大，而且阴险狡诈。说国共合作，和平谈判，什么时候他们真正合作过？国共什么时候和平过？这本来就没有什么希望。事到如今，我们要努力去做的，就是尽可能保住他们不被杀。这样我们只能想办法，让敌人把他们的案子尽快送法院，尽快判下来。”

此时，屋外已是雷雨交加。

小院子的天井里，雨水排不快，已有积水两寸深。密集的雨珠打到水面上，发出让人心烦的“哗啦啦”的声响。

林世全又往烟斗里填一些烟丝，然后站起来，边吸着，边往门口走几步，站在那里。

他抬头看着如覆盆似的天空，情不自禁地吟诵起陆游的《十一月四日风雨大作》：

僵卧孤村不自哀，尚思为国戍轮台。
夜阑卧听风吹雨，铁马冰河入梦来。

面对滂沱大雨，林世全此刻的脑子里，既装着炮火连天的中原战场，更惦念着宁死不屈的狱中战友。他恨不能再着戎装，亲跨战马，挥舞战刀，直奔敌群，把凶恶的敌人杀个人仰马翻，救出苦难的战友！

突然“轰隆隆……”一声炸雷，把魏萍吓了一跳……

十五

坐落在闹市区的清香茶馆，是金城市规模最大、最有名气的茶馆。在它对面，是老张裁缝店、多彩绸布庄、回春药材铺，左右两边是四海旅社、光明眼镜铺、珍品山货店等等，可以说是商铺林立，客流若云，游人如织。

清香茶馆是一座木式构架为主的二层建筑，布局庭院式，高空间，大进深。花梨木色，雕梁画栋，图案丰富，瑰丽奇巧。室内墙面装饰，或国画，或书法，或雕刻，异彩纷呈。

在这里喝茶品茗的，要么达官显贵，要么富商巨贾，再者就是文人墨客。

余福明坐在二楼的"芳茗"包厢里，等候着林世全。他要向林世全报告布置给他的三项任务的完成情况。

大概一个多月前的一天上午，余福明从外面回保密局金城站，在院子里见到要出去的赵谦。赵谦把他叫住，不阴不阳地说："余处长，近来好像清闲多了，是吧?"

国民政府迁都南京后，军统被撤销，成立了国防部保密局，郑介民任局长。动荡了几个月的金城站，此时已基本稳定下来了。

由于郑介民任局长，徐伯恩打狗还得看主人面，因此赵谦的境遇也得到了改善。他结束了休假，仍然担任副站长，分管的部门也没改变，而心情却和以前大不一样了。

由于做了两三个月的"闲人"，他对徐伯恩已是恨入骨髓。虽然低头不见抬头见，但互相间的敌视心态几乎是溢于言表。

此刻，赵谦问余福明，余福明却不解其意。他想了一下后说："不见得吧，哪里闲得了?"

“也是，店小二的干活，大大的忙！”赵谦模仿鬼子讲中文，揶揄地说。

余福明知道他话中有话了，于是，就想让他把话说出来。

“站长，是不是我的工作没按您的要求干好，出问题了？”余福明装得有些紧张地说。

“你也别紧张，我没有工作要你干。只是别人有工作不让你干，而你却在那里瞎忙。还是一个处长，我看你就是百分之百的店小二！”

“这，这是，站长，您都把我说糊涂了，出什么事了吗？”

“我问你，你们行动处在多彩绸布庄和大众五金店行动后，已好长时间没抓人了，是吧？可是，半个月前又有两个共党被抓了，你知道吗？我就纳闷了，在金城市，除了我们保密局会抓共党外，还有谁会去抓呢？保密局金城站的行动处都在这里闲着，又有谁会为党国如此奔波劳碌呢？”

听到自己的同志被抓，余福明心中暗暗吃惊，而对有这样的行动，自己却一无所知，更感意外！

“有这样的事吗，可是羁押室和刑讯室里，近来没见有新的犯人进来呀？”余福明说话却显得平静，那表情甚至有点无足轻重的样子。

“你呀，你，”赵谦仿佛被余福明的样子气得不行，就晃动着手，用食指指向他说，“我真想揍你！要是你知道了，或者是看见了，今天我还会说你‘店小二’吗？”

“是，站长，卑职愚钝！”余福明又傻笑着说，“嘿……嘿嘿，有些事，只有站长您才可以知道！”

“我也不知道！”赵谦生气地一甩手说，“我本想敲打敲打你的，却忘了你是个好脾气。好，我走了！”

他们分手后，余福明就到“和记”杂货铺，要求紧急约见林世全。

刚好林世全也有事要急着见他，因为昨晚他与关雄见面，得到了意外情况。

余福明和林世全很快见了面。

余福明把赵谦的话告诉了林世全，并且问道：“您知道这个情况吗？”

林世全愕然地问道：“被捕的是谁？什么时候的事？”

“我不知道。他说是半个月前。”

“既然如此，赵谦是怎么知道的？”

“事实上，当时他也不知道，应该是事后才听说的。”

“你也不知道，是不是徐伯恩在提防你？”

余福明思考一下，就放缓语速说：“应该不是。”

“你以前说过，怀疑徐伯恩和冷伟有什么计划，这会不会是那个计划中的具体行动？”

“我看，有可能！”

林世全沉默了。

他拿出烟斗，装烟吸起来。

林世全倏然又问：“钟向北出来了，你知道吗？”

“他出来了？什么时候？”余福明十分诧异地问。

“二十天前，有人在街上碰到他了。”林世全说。

余福明思考片刻后，说：“释放钟向北，围捕小林村，袭击多彩绸布庄和大众五金店，又密捕我们的同志，这一系列行动，他们一个接一个，有些瞒着我，秘密地进行。他们为什么要这样？难道仅仅是为了瞒着分管行动的赵谦？连我也不惊动？”

林世全看着余福明，神情冷峻地说：“看来你要迅速做好三件事：一是尽快查明钟向北是怎样出来的，他是人还是鬼；二是敌人密捕的是谁，现在关押在哪里；三是要想办法弄清楚徐伯恩和冷伟究竟在干什么……”

茶水和点心还没上来，余福明独自坐在那里，神情有些呆滞，他心情不太好。

林世全布置这三项工作，余福明用了半个月时间去暗查，但有些工作没有一点进展，他的情绪比较低落。

一会儿，林世全进来了。

林世全在余福明的对面坐了下来，他们正寒暄着，店小二就端着一壶茶和点心、瓜子之类进来。

店小二放下东西就出去了。

余福明马上脸露愧色地说：“林书记，您交给的任务，我没完成好，对不起了！”

“来，喝茶。”林世全微笑着边给余福明和自己各斟上一杯茶，边说，“我知道这些工作难度很大，说说看。”

余福明端起茶杯，喝了一口，说："钟向北和罗田的情况在站里知道的人极其有限，除了受伤那天抬他们上车的人和送他们到医院去的小特务近距离见过他们外，站里只有徐伯恩和冷伟能见到他们。为了摸到情况，我在处里观察、暗访了几天，发现一个叫于勇的年轻人——抬钟向北和罗田的两个特务中的一个，他和徐伯恩的秘书张颖、赵谦的死党苏昌文来往密切。于是，我就有意接近他。处里有什么临时性的工作，我亲自点他去干。我要外出办事，也安排他跟随。通过观察，发现他的个性温顺、诚实，为人不张扬，同时他的家境不太好，我就借故给他一些接济。

"有一天，外出办完事后已到吃午饭时间，我和他就进了一家饭馆吃饭。吃饭过程中，我们海阔天空东拉西扯地聊天。表面上是瞎聊，实际上我一直在围绕军统如何捕杀共产党人和钟向北的问题谈。由于我是他的上司，而且他没有什么心眼，所以他并没有发现我的真实意图。从他那里得到的情况是：他和张颖是同乡，同时进军统的训练班。他们就像一对亲兄弟，闲时常在一起，无话不谈。至于苏昌文开始是见他酒量好，喝酒又老实，所以有饭局常叫他去。一来二往，他们的私交就变得密切了。这里面，我还感觉到，冷伟可能控制着于勇。他曾很真诚地说：处长，我很幸运，您和冷副站长对我都很好，我无以回报，很惭愧。苏昌文这个小混混，他也应该知道于勇与冷伟的关系，因此，不排除他心里有脚踩两只船的小九九。

"他说，'利丰商行事件'中，罗田和钟向北受伤被捕，他们都是中共金城市委的大官。所以，送到医院后，是警备司令部派兵看守的，谁也不能靠近，站里只有徐伯恩和冷伟可以接触他们。罗田到医院后，据说没抢救过来，死了。钟向北则救了过来，在医院治疗三个多月。治疗期间，徐伯恩和冷伟或两人一起，或单独，几乎每天都去跟钟向北谈话。钟向北完全康复后，徐伯恩和冷伟亲自到医院，接他出院。在医院门口，说笑一番后，钟向北就回家去了。小林村、多彩绸布庄、大众五金店的行动，都是徐伯恩亲自筹划的。上个月抓的人，现在也关押在宪兵司令部。至于徐伯恩、冷伟为什么放了钟向北，以及他们是否有什么计划，他就不知道了。

"我又通过警备司令部的关系，核查了那两个人的情况：一个叫朱云，利丰商行的副经理；一个叫曹标，得利钟表店的老板。他们都是中共党员。我得到警备司令部的情况后，就以外地的老朋友刚到金城市为借口，密访了得利钟表店和朱云的家。据钟表店伙计当时的回忆，说是二十多天前，有一个四十多岁，中等身材，略显肥胖，微微秃顶的男人来找过掌柜，不到十分钟，又来了两个人。他们对掌柜说，刚才那位朋友请他到寻味饭馆再见一面。曹老板在半推半就中走了。

“接着，我又找到朱云的家。朱妻则说，钟老板来过不久，又来了两个人。他们对朱云说，钟老板在温情咖啡馆正跟我们的老板谈生意，钟老板让我们来叫你一起去谈。朱云就去了。几天后，钟老板又来说，朱云公干去了。根据这些情况，我想去观察一下钟向北。于是，我按照于勇提供的线索，悄悄地去了钟向北住的地方，然而此时已是人去屋空。我问邻居，邻居说，不知道，已半个多月不见人了。”

听了余福明谈的情况，林世全紧锁双眉地问他：“罗田早就牺牲了？”

“按于勇说是这样。”余福明说，“后来我再要警备司令部里的关系去核实，但始终没有确定的说法。”

“这些情况，我们一直都没有掌握。”

“种种迹象表明，徐伯恩确实以极其隐秘的手段，操弄着什么，也许是一个大阴谋！”

林世全静默良久。

忽然他问道：“钟向北就这样被放了，你怎么看？他是不是叛变了？”

这个问题，余福明已独自思考、分析了很久，虽有不同角度的多种判断，但因大多没有确凿的证据，心里始终没底。

林世全此刻这样问他，他只好小心谨慎地提出自己的观点。他说：“对此，我曾有这样的分析：第一，如果说他没有叛变，徐伯恩放他出来，是为了‘钓鱼’，那么他作为这样高级的领导，凭他地下工作的时间与经验，他不会看不出这是敌人的阴谋。既然知道是敌人的阴谋，他为什么还要这样迫不及待地去找自己的同志呢？第二，在原市委的七个领导中，敌人用于辨认的照片和列出抓捕市委领导的名单里，只有两个人没有照片，他是一个，而且抓捕名单却没有他。这是为什么？他被捕三个多月，徐伯恩和冷伟每天都和他谈，他们都谈些什么？徐伯恩为什么不对他用刑？他可是一个组织部部长啊，徐伯恩应该知道他身上有多少秘密！可不可以这样推断：他在‘利丰商行事件’前就与敌人达成了默契？第三，敌人对共产党人从来都是宁可错杀，也不会放过的。对钟向北这个如此高级别的共产党人，徐伯恩为什么就轻轻松松地放了？能不能这样理解：徐伯恩得到了他想要的东西，善待合作者？第四，小林村、多彩绸布庄、大众五金店都是钟向北出来后遭到袭击的。是不是像朱云和曹标那样，都是他招供和指认的？包括那个和他见面打招呼的什么人被跟踪。第五，他和罗田在'利丰商行事件'中都负伤，可罗田是冲出窗口后才负伤的，而他是在屋里。这会不会是徐伯恩的误伤所致？第六，现在他及家人人去屋空，不知所踪，他一定是怕组织惩罚与诛杀。因而，他或者是被徐伯恩保护起来，或者是自己逃逸躲藏？"

余福明一口气提出了六个判断，即使都不是肯定的语气，可是其倾向性很明确：钟向北极有可能就是叛徒！

林世全听了，感到他的分析、判断和自己的分析也差不多。

他还认为，余福明长期在敌营潜伏，对敌人的敌友观念、工作思维、工作方法，以及处事方式比自己更了解、更熟悉，因此他对钟向北的分析、判断比自己的分析、判断更符合敌人的逻辑，再加上自己的思考与他的分析竟然又有这样大程度上的契合。这就渐渐地改变他原来思考中的犹疑不定，大幅增加了他下决心给钟向北定性为叛徒的坚定性。

然而，在他最后要下决心的时候，心里仿佛还是有个声音对他说：要慎重要慎重，对敌斗争毕竟是复杂的。人头不是韭菜，割了就不会再长出来了！

为此，他再问余福明："我想，还有两个问题：一是，既然他早已叛变，那么小林村，多彩绸布庄，大众五金店和朱云、曹标这些组织、联络站点及党员，按理他一开始叛变时就应招供，现在却是他出来后才出卖，这是为什么？二是，敌人去袭击那些站点和抓捕我们的人，为什么钟向北有些不露面，有些要亲自上阵？亲自上阵的，又不像有些叛徒那样带着敌人当面指认，而是他走后敌人才动手呢？"

"如果钟向北真的已叛变，那么您说的这两个问题，其实也不难理解。"余福明说，"根据我对一些案件的接触和了解，我认为，第一个问题，是商人的特质问题。钟向北是一个长期从商的人，商人最擅长讨价还价。他那样做，正是一个商人的精明之处。钟向北和徐伯恩原来分属于两个敌对阵营，彼此都缺乏信任。钟向北投降于徐伯恩，并且能够合作，他们之间都会互有条件。在各自承诺这些条件时，双方都会有所保留，也就是看着办。因此，钟向北看菜吃饭。他说什么，什么时候说，是一点不奇怪的。当然，这是徐伯恩想要的东西基本得到了以后，才允许他玩一下小伎俩。如果钟向北把整个金城市委都给了徐伯恩，那么这些小鱼小虾，又算什么？第二个问题，应该是徐伯恩和钟向北在互有盘算中所作的互有让步。作为钟向北，他知道出卖组织、出卖同志，是极为可耻、极为危险的。能不面对原来的同志，他肯定是能躲就躲，能藏就藏的，最理想的就是组织不知道他已叛变。在徐伯恩这一方，需不需要钟向北亲自指认，如何指认，那要看徐伯恩对当时抓捕行动的总体思考，其中包括抓捕谁和抓捕对象的成功率及安全程度等，所以，钟向北露不露面，怎么露面，这就不难理解了。”

听着余福明的分析、推理，林世全站了起来，双手抱在胸前，在包厢里慢慢踱起步来。

过了许久，他突然站到余福明的旁边说：“为天面粉厂的丘六旺、封云和超利百货公司的龙伟平叛变，永达木器厂的郑木金、绿明茶厂的陈三妹、刘铁自首，都出卖了他们的上线和与他们有联系的，以及他们所知道的党员。龙伟平已被我们处决，封云已自杀，丘六旺、郑木金、陈三妹和刘铁的级别都比较低，知道的秘密有限，对我们的威胁不太大。即便如此，在我们处决龙伟平后，因为他们‘有功’，现在也都被徐伯恩秘密保护起来了，要对他们惩处目前有困难，也不是我们当务之急。钟向北则不同，整个市委已毁于他手，他掌握的基层组织以及党员，还在不断地被破坏和遭到逮捕。除此以外，他对我们的工作方式、活动规律都十分熟悉，他现在对我们的威胁是巨大的！从现在开始，我将组织专门力量，捉拿钟向北。你要利用你的力量和工作方便，积极配合我们，一旦发现他，务必通知我，尽可能不要击毙他，毕竟有些问题还需要进一步落实。”

余福明听后，郑重地点了点头，然后提起茶壶，给林世全的杯子续茶，也给自己的杯子添满。

在余福明续茶的时候，林世全低着头慢慢地走回座位。

别看林世全在下对钟向北的决定时那么坚决、果断，那是因为钟向北能从敌人屠刀下轻松走出来，而且他的上线牺牲、下线被捕叛变，同时还有带领敌人去抓捕朱云和曹标这方面的嫌疑。然而除此以外，其他的问题却都没有直接的证据。为此，下决心后，他心中仍然有些说不清的东西。无论如何，他心里还是不太踏实。

林世全坐下后，余福明就看着他，压低声音说："林书记，我想设计杀了赵谦，您看怎么样？"

林世全突然一愣，不解地问道："为什么？你有危险？"

"我没有危险，事情是这样的：由于徐伯恩和赵谦的矛盾不断激化，而且在小林村的行动中，因为我借赵谦的争强好胜，让他搅了徐伯恩的局，徐伯恩大为不满。接着，他们在多彩绸布庄、大众五金店等行动中再次扑空。冷伟为了铲除赵谦和推卸责任，趁机不断在徐伯恩跟前进谗言。徐伯恩找过我谈话，我感觉到，他现在对赵谦不仅是厌恶，而且逐步相信冷伟的谗言，怀疑他通共。赵谦是铁杆的反共分子，双手已沾满了共产党人的鲜血。我想借这个机会，利用徐伯恩把他杀了，以告慰牺牲在他屠刀下的同志们的英灵！"

林世全沉默了。

他们都在默默地吃点心，喝茶。

"这条恶狗，确实可恶！"林世全说："他在一个酒会上见了我，可能是觉得面生，第二天居然来到米行摸我的底。你这样，可以先做腹案，暂不实施。因为有这么一个赵谦，可能对你也是一个很好的掩护。"

余福明有些担心地说："他对您起疑心了？"

"应该是职业敏感，目前还可能是好奇。不过，你也要留意一下。"林世全说。

"哎，对了，"余福明仿佛突然想起似的说，"昨天情报处给我一沓照片，是前几天学生和民众上街游行的，里面有一张孙言的侧面照。我见过他，所以从照片上能辨认出是孙言；没见过孙言的，不知道能不能认出来。赵谦和苏昌文见过化了装的孙言，并且一直扬言要'抓到乞丐'，他们会不会认出来，我有所担心。"

"有这样的事？"林世全有些惊讶。

十六

朝中路是一条有一百多米长的商业街。街道青砖铺设，两旁商铺林立。饭馆、面食档、咖啡馆夹杂其中。这里每天都是车水马龙，人头攒动，热闹繁荣。

三十九号就是金香米行。米行是砖木结构，共两层。底层约六十平方米，分前后两部分。前部分约二十平方米，是大米品种展示和卖米的地方，后部分有两间，大间是仓库，小间是办公，或谈生意用的。二层有一间会客室，一间卧室和一个小厨房。

左边三十八号是茶叶铺，右边四十号是面食档。

日常打理米行的是雷霆和甘小岩。雷霆被调到市委机关后，他就把“如意”杂货铺交给了林世全，林世全则安排给孙言。甘小岩离开“众生”牙医诊所，林世全让孙言给雷鸣另找帮手。孙言就去联系吴明的老朋友、中共党员、济民医院的院长马晓。马晓就找到牙医、也是中共党员的侯春，推荐给雷鸣。

林世全白天在这里上班，表面上是应付生意往来，实际上是处理市委的日常工作。因为赵谦已注意林世全了，所以他严格要求雷鸣和孙言，没有急事不能到这里来。要研究事情，都按规定的时间、地点，分别与他们接头时进行。

今天买米的人比往日多，雷霆和小岩忙得不亦乐乎。

昨天见过余福明后，林世全就很想见孙言，但要到后天才是他们的接头日。他此刻坐在二楼的客厅里，想着孙言和锄奸的问题。

余福明说孙言照片的事，他觉得要重视。虽然他交代余福明想办法不让赵谦和苏昌文看到照片，但是万一这两个人在别的渠道看到，或者让钟向北看了，知道孙言还在金城，他们就会对孙言穷追不舍，给孙言带来危险。

林世全想，看来对孙言的工作要进行调整，让他少抛头露面。现在不是要组织锄奸队吗？对，就让他来负责！他是金城市人，熟悉这个城市的每一个角落，并且为人机警，还认识钟向北，是最合适的人选。上次和孙言接头的时候，他还说见过钟向北呢……

全面内战爆发后，经金城市委同意，孙言组织了一场原来想以大中学生为主的“反内战、反独裁、要和平”的游行。可是，在游行过程中，军警不仅对游行队伍进行阻拦和驱散，还逮捕了十多名学生和老师。

针对变得严重的事态，林世全马上找到雷鸣，要求迅速发动工人参加，支持学生，向当局施加压力。

雷鸣立刻与各行业工会联系，发表《告工友职员书》，号召工人、职员支持学生，高喊“释放被捕学生和老师!”“反对内战，要求和平!”的口号。

就这样，学校老师、工厂工人、商号职员迅速集结，加入游行队伍中来。

在轰轰烈烈的活动出现后，为了不再出现流血冲突，林世全认为，坚持抗争的目的是要释放被捕的学生和老师，唤醒民众，教育民众，从而认清国民党反动政府的真面目，有助于我党建立广泛的统一战线。因此，他要求孙言和雷鸣分别引导活动的组织者，要把握分寸，对军警设置的警戒线，宁愿游行变成静坐，也不要去冲击。

为了实时掌握活动的动向，孙言和雷鸣都装扮成看热闹的围观者，在人群中不时走动。

此时，游行队伍已停在警戒线外，与警察和警备部队对峙着。看不到尾的游行队伍，黑压压的人群中，不时爆发出震天响的“释放无罪的学生和老师!”“反对内战，我们不要战争!”“反对独裁，我们要民主!”口号。

在人潮涌动的场面里，孙言忽然看到对面街上有一张熟悉的面孔。

他正在吃惊间，那面孔又不见了。

于是，他快步走到对面去，可是当他走过去的时候，那熟悉的面孔却再也找不到了……

“林书记，孙言来了！”雷霆打断了林世全的沉思，领着一个高个子，上到楼梯口说道。

“你怎么来了？”林世全看着礼帽长袍商人打扮的孙言，既惊讶又有些喜出望外地问道。

雷霆返身下楼。

孙言则沉着地摘下礼帽，坐到旁边的木沙发上，才微笑地说：“没有急事，我怎么敢造访您呀！”

林世全惊讶的神情也缓和下来，边给孙言倒开水，边自嘲说：“是啊，是啊，事情不急，你也不会如此冒昧！”

“对不起了，书记！”孙言接过林世全递过来的一杯白开水，神态就严肃起来说，“两个小时前，我又看到了钟向北。他从光明旅社出来，由于比较远，我虽然跟了上去，但到拐弯的地方，又不见了。”

“他住在旅社？”

“我到旅社查了，没有他的住宿登记，不过他是不会用真名登记的。我想请示您，是否派人在旅社守候？如果把他抓住，就知道他是人是鬼了！”

“现在基本可以确定，他就是鬼！”

“啊，叛徒是他？”

“对！金城市委被连锅端，他被抓却又被放；他的上线吴明同志牺牲、下线龙伟平被捕叛变；小林村党组织被破坏，两名同志牺牲；多彩绸布庄、大众五金店被袭击，也是他不明不白地出来以后发生的；更为可耻的是，他出来后，连两个普通党员都不放过，把他们出卖给了敌人，导致这两名同志被捕。有这些事实，你说是不是他？

“当然，现在要找到钟向北，确实比较困难。为了摸到他的行踪，我曾找过关雄。关雄和他认识，我要求关雄帮忙，而关雄说他们曾经有生意往来，可是他住何处，喜欢到哪儿，他都不知道。看来困难很大，他只能尽力。在我们组织内，认识钟向北的，只有你了。针对这种情况，我决定组织专门捕捉钟向北的武装队，或者叫锄奸队，这个队就由你来负责。你务必要把他抓住，但不要击毙，可以打伤。”

林书记一口气列举了钟向北的累累罪行，孙言听了感到极为气愤。为此，他用坚定的语气说：“好，一定完成任务！”

孙言说完，林世全看了看他，然后又郑重其事地说：“你要小心，敌人有可能会注意上你！”

“注意我？”孙言略感错愕地说，“是钟向北？”

“这个倒不是，而是前几天学生、群众游行、静坐的时候，保密局的特务偷拍了照片，无意中拍到你一张侧面照。其他特务暂时还看不出来，如果让认识你的钟向北，或者见过你的赵谦和苏昌文看了，他们有可能认出你，而且他们一直都想抓到你。因此，你今后少抛头露面，你分管的工作，一部分给雷鸣，一部分我来兼。我这里更是不到万不得已，你不要来！”

孙言想了想，说：“可能是我去找钟向北时，跑进了敌人的镜头？”

“现在猜这个已没有意义了，关键是今后如何谨慎小心。”

“行，我记住了。抓捕钟向北，您有什么计划吗？”

说到行动计划，林世全不禁有些兴奋地说：“上次诛杀龙伟平的行动，开始时我还有些担心，没想到你们干得干净利索，很不错！谁去执行的？他叫什么名字？是干什么的？”

“他叫高立，是金城航运公司的职员，中共党员。他身材高大，有勇有谋，武功高强，枪法厉害。我在航运公司组织纠察队的时候，全靠他的帮助，后来他担任队长。”

“对，就找他。由他在原来的纠察队里再挑三个人。他们都必须是党员，并且既要服从命令听指挥，又要勇敢机警。我想，这四个人都要把公司的工作辞了。他们主要任务是捕捉钟向北，同时也要担当市委的耳目和兼顾市委的安全。他们四个人的职业安排是这样，我米行这里人手不够，可以安排三个进来，安排一个回你的‘福来’杂货铺。到你那里的，既是你的伙计，更是你的助手。武装队的工作怎么去谋划和实施，我没有计划，全靠你了。至于你说是否到旅社守候钟向北，我看死马当活马医，你应该马上去布置！”

听了林世全的意见和安排，孙言十分赞同。于是，他立刻站起来，向林世全告辞。

钟向北现在的日子真是暗无天日，他不仅要躲避徐伯恩的追杀，也要闪躲同志们的锄奸。这是他参加革命时，无论如何也不会想到的！

这些天，他一直过着孤魂野鬼般的日子。

钟向北知道，在秘密战线的斗争中，无论反革命对革命的摧毁，还是革命对反革命的惩罚，只要有机会，都是坚决和无情的。这种摧毁和惩罚往往就发生在一瞬间。

那天上午，他离开旅社后，思绪纷乱，在街上漫无目的地转悠，不知不觉地从古贤大街转进了比较清静的东一巷。

在小巷走了一段路后，他才发觉，自己怎么转到这些小街小巷来了？

他只好转身往回走。

他走了五六米远，倏然听到后面响起“砰！砰！”两声枪响。

他被吓了一跳，即刻回过身来，就看到离自己不到十米远的地方，有一辆跟自己走的方向相同的黄包车停在那里。

那个车夫刚好和他照了一个面：浓眉大眼，身材魁梧，手提短枪。

一瞬间，他就从容转身，背着自己走开了。

钟向北再看那黄包车上，已躺着一个人，一股鲜血直往地上灌。

枪声响过后，被惊吓的路人，渐渐地围拢过来。钟向北也往前走了几步。

猛然间，他大吃一惊：这不是超利百货公司的龙伟平吗？

龙伟平是自己的下线。

他原来不知道龙伟平被捕，是徐伯恩对他说龙伟平已被捕并转变了立场，与政府合作了。

对眼前的事情，钟向北心中很明白，这是党组织对叛徒实行的严厉制裁……

事实上，他不怕死，但他怕死得不明不白，所以他的神经每天都绷到极限。

白天，他到街上去，一面要找组织，找江正寒，找叶子辛，找孙言；一面又怕锄奸队把他当叛徒杀了。

晚上，到很晚了，他才选择认为安全的旅社入住，而且不断地使用化名登记。

他最感欣慰的是，自己的家人被他成功地转移走，没有了后顾之忧！

实际上，他也完全可以走，离开这个城市，到别的地方去，隐姓埋名，和家人在一起，过上安定、宁静的生活。

可他心有不甘啊！

自加入中国共产党以后，他的脑袋似乎就开窍了，他的心胸似乎宽广无比，装的不再是资金、成本和利润；他的目光就像闪电，穿透了深邃的夜空；他想到了以前没有想过的东西，认识了以前从没听说过的东西，憧憬着以前从来没有的憧憬！

在组织的怀抱里，无论工作多辛苦，多复杂，多危险，他都感到很充实，很有价值，每天都充满希望。十多年来，他虽然每天过的都是刀尖上行走的日子，但是从来没有像今天这样感到孤独、恐惧与失望。

这种滋味，对于有执着追求的人来说是难以言说和忍受的！

他老是在想，为什么会这样？几个月来，自己人不人鬼不鬼的，心里极为难过。这样的日子不知道还要过多长，自己的清白难道就无法挽回了吗？

龙伟平被制裁的场景，常常浮现在他的眼前……

自在医院门口离开徐伯恩和冷伟，回到家后，他想了很多，也不断地去找人。可是，想找的，找不到；找到的，也没多大价值。

他认为，江正寒、叶子辛和孙言都是老同志、老党员，不会轻易离开这个城市。即使他们暂时离开，也只是避一下风头，一段时间后就会回来，所以，他相信会找到他们的！

刚出来那些天，他每天都到江正寒这些人在“利丰商行事件”之前有可能出现的地方，或转悠、或守候。

经过两三天的寻找，他才意识到，这是一种大海捞针式的寻找，会很费时，不是十天八天就可以的。若要继续寻找下去，商行的生意就不可能兼顾了。

于是，他决定把商行托付给副经理朱云去经营。

他马上回商行找朱云，想跟他商量、交代一下，可是找不到人。他去找账房老李问，老李说，那天清洁完后，朱云对大家说，休息一天，第三天就回来上班。然而，今天我们回来了，可没见他回来，不知道他干什么去了。

钟向北感到疑惑，马上赶去朱云家。

朱云的妻子正满脸愁容，急得团团转呢。

“掌柜，您来得正好，”朱妻说，“我家朱云呢？怎么到现在还不回来？”

钟向北惊讶地问：“他怎么了？去哪儿了？”

“您不知道？”朱妻狐疑地说，“前天您来过后，一会儿又有人来说是您叫他去谈生意的，您不知道？”

“我叫？我……？”

钟向北仿佛想到了什么，他沉默片刻，就想安慰一下朱妻，可又不知说什么好。最后他只好说：“啊，对了，朱云出公干去了，可能要好些日子才回来。明天我叫公司的人把他三个月的工资先预支给你，你就多担待些，辛苦了！”

他说完，头也不回地离开朱家，直奔得利钟表店。

他刚到钟表店门口，就听到店里的伙计和一个四十岁左右的穿旗袍、烫发的妇女对话。

“这都好几天了，我家老曹会去哪呢？”女的忧郁地说。

“是啊，我跟他也有五六年了，从来没见过他这样子的。”伙计也忧愁地说。

“唉……我该怎么办呀！”女的唉声叹气说……

钟向北明白了一切，也听不下去了！

他迅速离开这里，走到街上，气愤和悔恨使他一下子昏了头，在街上毫无目的地乱转。

转了一会儿，他突然想到永兴纱厂的姚老板。那天自己也去找过他，他怎么样了？

他刚要动去永兴纱厂看看的心思，却又很快打消这个念头。他想，自己当时找的不是姚老板，他不会有事的；如果现在自己再去找他，反会给他惹麻烦。

大街上，熙熙攘攘，喧嚣嘈杂，钟向北的心中也极不平静。

他不断地责问自己，朱云和老曹真是被徐伯恩抓的吗？难道自己不是被组织营救出来的？没有组织营救，自己就能从军统的牢房里出来，这意味着什么？

渐渐地，他感到害怕与恐惧！

怎么办？这将如何是好？市委毁了，因为自己的愚蠢，朱云、曹标也应该是被捕了，组织肯定以为自己就是叛徒！党组织对待叛徒，必定是严厉制裁！

他感到不寒而栗，不敢再往下想了！

此时虽已过了吃午饭的时间，但他仍没感到饿。他立刻招来一辆黄包车，坐上去，就往家里赶。

回到家里，他直奔书房。

他感到极度悔恨，有罪于朱云和曹标。在房里，他捶胸顿足，悲痛不已！

他更为自己对形势缺乏了解，对敌人失去应有的提防与警惕而难过与愧疚！

经过短暂的思考后，他已十分明白，当前自己及家人正处在非常凶险的境地！

自己的职务是市委委员、组织部部长，朱云和老曹被捕，再加上自己的上线吴明、下线龙伟平，一个牺牲，一个被捕叛变。这些对于自己来说似是而非的事实，又给组织以证据，组织必定会全力缉拿，甚至杀掉自己。徐伯恩玩的这个圈套，现在自己已识破，当然不会再让他玩，那么他们为了控制自己，必定不会放过家人！

于是，他当机立断，马上采取措施。

他把母亲和夫人请到书房，神色从容，但态度极为严肃地小声说："妈，保密局很可能又要来找我的麻烦了……"

"这是为什么？"邓慧芳首先吃惊地叫起来。

"向北，你招惹他们了？"老夫人没有失态，但也大惑不解。

钟向北说："你们听我说，现在什么事都不要问，都听我的安排。这样就什么事都不会有，好吗？"

俗话说，知子莫若母。钟向北在母亲的眼里，从小到成家立业，都是听话孝顺、品行端正而又聪明能干的孩子。特别是接过父亲的生意后，钟向北更是老成持重，精于经营，而且为人仗义，广结善缘。她相信儿子不会因为歪门邪道得罪官府，定是他不忍官府的胡作非为，或者被小人陷害而蒙受不白之冤。

"行，你说，妈听你的！"老夫人疼爱地看着钟向北，沉着而坚定地说。

邓慧芳见婆婆说了，也顺从地点了点头。

钟向北也笑了笑说："谢谢妈、慧芳。这样，待会你们回房去，只拿金银首饰，别的什么都不要带，包括衣服。然后妈妈装病，由慧芳搀着像上医院的样子，坐上黄包车，先往济民医院走。路上你们注意是否有人跟踪，如果有人跟着，你们就进医院，然后再分别溜出来，各自走；如果没人跟踪，你们到了医院门口，就折向南面，往城外走。到了城外，就在‘三棵树’下等我。赵妈那里，等一下我去对她说。我会让她装成去买菜的样子，到学校接英子和小贝，然后直接到‘三棵树’与你们会合。我要回商行交代些事，完了就开车去接你们。听明白了吗？”

老夫人和慧芳都神色凝重地点点头，接着各自回去准备。

她们走后，钟向北又去找赵妈，叮嘱一番，也回到房里收拾。

待赵妈、慧芳和老夫人都先后走了，他在家里又等了好一会儿，才从容地出门。

他去商行，找到老李，对他说："我让朱经理出一趟远差，短时间回不来，你给他的家里预支三个月的工钱吧。还有，我欠得利钟表店的曹掌柜五十块大洋，你代我还给他。听说他这几天不在店里，你让他的伙计带你去给他夫人即可。更重要的是，现在军统站这帮浑蛋又来找我麻烦。我不能再像上回那样，必须离开公司，所以，公司的事你就管着，继续干。那台轿车，他们都认得，我不能用，你拿去用吧。"

老李叫李孝，五十出头，跟钟向北十多年了，是能干的老实人。他和朱云，都是钟向北最信任的人。

钟向北向他这样交代事情，他隐隐约约地感到掌柜是什么人了。掌柜在危难时刻，把商行交给他，他感到莫大的信任，可心里却很不是滋味。他看着身处险境、脸色青白，而又不乏从容镇定的掌柜，内心的酸楚溢于言表。

"掌……掌柜，您要保重啊，我会干……好的！"李孝带着颤抖的声音说。

"谢谢，拜托了！"钟向北脸露微笑，合着双掌说。

钟向北告别了老李，下到一层，为摆脱盯梢，他躲到大厅侧边，打开后窗，跳出去，疾步走进小街小巷，再拐出大街，坐上黄包车。

他赶到民生银行，向多年的好友夏行长，借一辆雪佛兰轿车，直奔城门外的"三棵树"。

此时，老夫人、慧芳和赵妈与小英、小贝已先后来到。

当两个小孩正在缠着妈妈，问发生了什么事，要到哪里去时，钟向北的车骤然来到他们的跟前，停下来。

小英和小贝看到爸爸从车上下来，马上跑过来，围着钟向北问："爸爸，我们要去哪里?"

"你们和奶奶、妈妈先上车，待会我告诉你们。"钟向北说着，边示意慧芳领他们上车，边向站在一旁的赵妈走去。

"赵妈，辛苦您了!"钟向北对赵妈说，"您在我们家十多年了，大家处得就像一家人似的，要是有办法，我们也不愿这样。这是我给您今后的生活费，希望您保重。现在您叫一辆黄包车回城里，但千万不能再回我家。想办法，回您的乡下老家去吧。"

赵妈约五十出头，为人本分善良。她的老家在城东去十多公里的农村。她不知道东家出了什么事，东家只对她说，他们一家必须马上离开金城，并且不能对任何人说。她想，东家虽然不说，但一定是遇到了跟上次一样的难事。因此，她看着自己手上东家给的重重一叠光洋，心中充满了感动与悲凉。

"先生，我听您的，更感谢您这些年来的关照。我相信好人有好报的，你们一路平安!"赵妈脸色悲戚地说。

"我们就此别过吧!"钟向北边说边向小车走去。

钟向北上了车，立刻发车上路。

他们走了七八十公里，来到一个县城，天就黑了。

一家人住进一家旅社。钟向北让慧芳和小英到街上买些日用品和吃的东西，他自己没出门。

第二天早上，他叫夫人去买四张到她娘家的船票，然后把老夫人、慧芳与孩子们送到码头。

钟向北的老家在小浦县的山区，他父亲十来岁就跟着同族大伯出来学做生意。他本来可以回老家去，但他怕徐伯恩顺藤摸瓜找到老家去，所以，就让家人到慧芳娘家。

其实，到邓慧芳娘家在金城就可以坐船，这是为了避开徐伯恩的眼线，钟向北才把他们送到这里。同时，在这里坐船到慧芳娘家已不远，最多一个小时就到了。

由于昨天晚上什么都说好了，因此车来到码头，夫人和孩子们都愉快地下车，顺利登船。

送走家人，钟向北立刻赶回金城市，把车还给夏行长，然后入住一间旅馆。

经过昨天的所见所想以及自己的紧急处置，钟向北现在感到轻松了很多。他没有了后顾之忧，想问题，做决定，就沉着果断多了。

此刻，他反复想着一个问题：来自徐伯恩的追杀并不可怕，即使死在他们的屠刀下，他也会昂首长笑。最委屈、最可悲的就是被同志们误会，被组织误杀，死了都不能去见马克思，把叛徒、内奸的污名留给子孙后代！

他想，这是万万不可能的！

为此，他认为，现在自己要做的，第一是隐蔽好自己，保证安全；第二就是想方设法找到江正寒、叶子辛和孙言。

江正寒是市委副书记，孙言是机要秘书，因为工作，自己与他们都曾有联系；叶子辛虽不知道自己的真实身份，但互相也认识，并且自己知道他是什么人。找到他们，就有机会申辩、认错，并愿意接受组织任何处分！

钟向北知道，从此以后，自己是有家不能回了，即使住旅社也不能用真名实姓，而且要经常变换住宿。

至于如何去找江正寒他们，他想不出好办法，只能一是到原来他们有可能出没的地方瞎撞；二是如有重大事件发生，比如罢工、罢课、示威游行，或者有枪声，发生战斗等，到这些现场。他们大多会站在现场的某个地方，组织与指挥。

思路理清楚后，钟向北就每天早上出去，到他认为有可能找到人的地方，或蹲点守候，或巡游寻觅。天黑了，到九点、十点才临时确定住哪个旅社。

一天上午，他从旅社出来，突然看到很多人拉着横幅，喊着“反内战、反独裁、要和平”的口号在游行，队伍浩浩荡荡，口号声如空中滚雷。

钟向北被突如其来的场面惊呆了！

旋即他做出判断：这样大的群众运动，组织有序，政治目的明确，如果没有地下党的充分发动，严密组织，是不可能的。这就说明，新的金城市委已重新组建！

为此，他暗暗感到兴奋和激动。他想，在这个游行示威中，在勇敢无畏的群众之间，肯定会有他们的组织者、领导者，说不定江正寒、叶子辛、孙言几个就有人在其中！

于是，他立刻赶上游行队伍，并往队伍前面挤。

他正在不断地往队伍里靠，游行队伍却突然停了下来。

接着，他听到前面的人说，先头队伍遇到了警戒线，正和军警对峙。

人群中的钟向北，用机警的目光在现场扫视、寻觅。

突然，他发现了穿着便装的柳枫！

情报处处长柳枫就在钟向北不远的前面。他那双眼鹰似的也在搜寻着什么。

无奈之下，钟向北只好悄悄地退到旁边。

在长达一周的示威运动中，他每天都去。可是，每次都是他一进现场，就发现特务。在这种情况下，他有时只躲在远处观察，有时不敢久留，只能悻悻地离去。

然而，他没有气馁。他知道，要找到江正寒他们不是一件容易的事，也许要经历很多曲折与磨难。可从这次的游行示威中，他看到了希望，他的勇气和信心倍增。此刻之前的茫然、彷徨与慌乱，已一扫而光！

十七

在蓉城的边上有一个名叫“天海”的湖，是很大的天然淡水湖。湖的三面环山，一面是低缓的坡地。湖上有游艇，有浮排食肆。周边的山上，树木茂盛，此刻最为显眼的是松树和枫树。半山有凉亭，在最高那座山的山腰处，有一座寺庙，并且香火旺盛。通向山上和湖边的，除了环湖山道外，还有四通八达的幽径。

宽阔的坡地就像一个小草原，夏天时一片绿绿油油，现在是黄肥绿瘦。要走进天湖，亲近湖水，或坐游艇，上酒肆，就从这一个坡地的几条小道进来。

每天到这里来的人都不少，有喝酒会友的、垂钓游艇的、看山玩水的，也有进香拜佛的。

今天是星期天，周文伟吃过早饭，拿着昨天和今天的《蓉都晚报》，沿着幽径小道，在天湖西边拾级而上。

当他走到半山的“喜阳亭”时，他就站在那里，迎着从东边射过来的阳光，感到温暖舒适。

中秋已过，山野变色。周文伟沐浴在金色的阳光中，看着青天白云，落叶残枝，枯草满地，以及湖水碧蓝，白纱轻飘，就情不自禁地念起范仲淹的《苏幕遮》：“碧云天，黄叶地，秋色连波，波上寒烟翠……”

“山映斜阳天接水，芳草无情，更在斜阳外……”

背后突然传来同念这首词的声音，周文伟倏地转过身来，见是江正寒，就微笑着迎过去，伸出手，边握手边说：“老江，你看，这太阳多好，这词更是妙不可言啊！”

江正寒握过手后，就把眼镜拿下来，边擦边看着周文伟，不解地说：

“可这首词写的是塞上凄景，抒发征人怀乡之绪，妙在何处？”

周文伟没有立刻回答江正寒，而是转回身，凝视一阵东边的太阳，才慢慢地说：“近千年前，范老夫子率军驻守边关，他们虽心系家国，但终究是领朝廷之命，遵皇上之旨。说到底，他捍卫的是君国皇朝，封建统治。因而，将士们对驻守边关之险、之苦、之愁，自然是日久愁更浓，秋深意更寒。”

周文伟停顿了一下，返转身，看着江正寒说：“你是金城人，我也算半个金城人。我们在金城有理想、有事业、有战友和同事，但都因迫不得已的原因，离开了那里。每当一人独处，或夜深人静的时候，我就常常想起金城，想起神圣的事业，想起已牺牲的，或还在战斗的同志们。现在我们为了同一个理想，在蓉城再聚，坚守蓉都。现在此山此水，此时此景，与范老夫子描述的是何等相似，但我并不感到惆怅黯然。英国诗人雪莱说：‘要是冬天已经来了，西风呵，春日怎能遥远？’你说妙与不妙？”

江正寒似乎在体会周文伟贯通古今的奇妙联想，一下子还回不过神来。周文伟问他，他还愣愣地站在那里出神。

周文伟看他那个样子，不禁“哈哈”大笑起来。

听到笑声，江正寒才看着周文伟，也“呵呵”憨笑起来。

“来，我们坐吧！”周文伟说。

“行，”江正寒应着，就坐到周文伟对面的石凳上，“我还是第一次来这个地方，没想到蓉城还有这么一个好地方！”

“地方好不好，那是要看心情。你今天的心情应该不错，对吧？”

“是啊，您看了昨天和今天的《蓉都晚报》了吧？马如懿终于睡醒了，并且是惊醒！”

“不是他惊醒，是你把他唤醒了！”周文伟兴奋地纠正江正寒。

江正寒却有点不好意思地说：“哪里，哪里！如果一定要这么说，也是您给的信任和鼓励，让我坚定了信心……”

江正寒突然来到蓉城，并向周文伟述说了与他在金城分别后的经历，以及金城发生的“利丰商行事件”后，周文伟表面上显得波澜不惊，心如止水。其实，他的内心随着江正寒的述说，时而轻松喜悦，时而波涛翻滚。他为江正寒的安危乐与忧，为金城市委的厄运悲和怒。

周文伟现在的真实身份是中共蓉城地下市委副书记。他离开金城市后，到省委工作了一年多，又随省委的一名委员，调到设在重庆的南方局工作。“皖南事变”后，南方局再把他派到蓉城任市委副书记。

对于金城的“利丰商行事件”，他从报纸的报道中知道一些皮毛，至于原因和恶果无从知晓。江正寒的叙述，才让他了解事件的全貌。那时，他的脸上仿佛无动于衷，但他心里非常难受，也对江正寒的遭遇深感同情。然而，这毕竟是江正寒的一面之词。在白色恐怖的环境下，地下斗争复杂而诡异。今天是亲密的同志，明天就可能是最凶恶的敌人。在没有弄清楚今天的江正寒，还是不是昨天的江为东之前，周文伟必须小心谨慎。

于是，他安排好江正寒后，就极力回避与他见面，并且采取两个措施：一是他要亲自调查江正寒的情况；二是安排同江正寒住一条街的，也是中共党员的督导处李主任观察、掌握江正寒的言行。

周文伟首先到教育局，以汇报工作为名，找到介绍江正寒来学校的李副局长。

谈完工作后，周文伟对李副局长说：“江正寒老师已来报到，局长您有何训示？”

李副局长笑笑说：“这个我倒没什么要求。说到底，不都是找口饭吃嘛，有个事干就行！”

“行，局长，您的人，我知道该怎么做了！”

“其实，他也不是我的什么人，是我妹夫介绍来的。”

“他原来在哪个学校任教？”

“他原来不在学校，是金城济世药铺的老板。我妹夫也做药材生意，是金城回春药铺的掌柜，与江正寒的关系一直很好。江正寒因去年生意不好，欠债甚巨，债主逼得颇紧，他只好把铺面盘给债主。我妹夫说，看他可怜，同时他也是读书人，所以，希望我帮帮他。”

“不管怎么说，局长的仁慈令我感动，我会好好待他的！”

从教育局回来后，周文伟决定到金城去。

对于到金城去调查金城市委的事情，从地下工作的原则与纪律来说，周文伟本来不应该这样做，也是很危险的。可是这个江正寒不仅知道周文伟原来的身份，更是他把江正寒引到革命道路上来的。如果不把他的情况弄清楚，不但对自己，对蓉城市委也有可能构成威胁。若是把他的问题弄清楚了，他还是原来的江为东，不仅是还遭到不幸的党的忠诚战士以公平，而且现在正是用人之际，在他无法返回金城的情况下，把他安排在蓉城工作，像在金城中学那样，于组织、于自己、于他都是求之不得的好事。因此，调查工作非做不可，而且迫在眉睫！

然而，要做调查却是困难重重，并且非常危险。因为蓉城地下党与金城地下党没有横向关系，与金城市又不在同一个省委领导；南方局又几经变化，听说现在改为南京局，周文伟与南京局已无联系。要跨城去调查江正寒，没有组织关系利用，怎么查？到哪里了解？找谁谈？一不小心，不仅自己会暴露，还会给金城的党组织带来危险！但周文伟想，自己在金城有旧关系，对调查是有利的。只要谨慎行事，困难是可以克服的。

于是，他请示市委同意后，立即动身到金城，而且是三次进金城。

他先以药商身份找到回春药铺，暗中了解该药铺的老板；之后他又到金城中学，以老校友的名义，暗中分别找一些原来和自己关系比较密切，当时思想倾向进步的老师，以及这些老师的关系人来聚会聊天；最后，他再到维新路，找济世药房对面的杂货铺老板，询问济世药铺的情况。

周文伟先后大概忙活了半年，终于收集到一些情况。

金城市的人，都知道去年底在利丰商行发生的血案。具体说法有两种。一种说：共产党走私军火，企图暴动，金城市警备司令部稽查处去围捕，共产党开枪拒捕，共被打死首脑人物五人，两人重伤被捕，一人从现场逃脱，一人迟到而未落网。共摧毁金城市共产党的领导机关和下级组织十多个，逮捕五十多人，还缴获了手枪、电台等物品。另一种说：共产党正在开会，因有人告密，他们才被军统袭击，所以参加开会的大人物大部分被打死打伤，只有两人逃脱。一人是跳窗逃走，一人是迟到而幸免。

周文伟也找了当时的《金城晚报》看。他认为，第一种说法，基本是来自报纸，而《金城晚报》是政府办的，仅供参考。第二种更会接近真相。综合看，周文伟觉得，调查到的情况与江正寒述说的也大致吻合，没有什么疑点。他心中的石头似乎慢慢地要放下来了，只是江正寒所怀疑有问题的两个人，一个迟到的，另一个是两个受伤被捕中的一个，所询问的人都无法提供更具体的情况。

据江正寒所说，迟到的是因为被特务跟踪，后来因为有人帮助，才得以脱身；但江正寒认为，迟到的所说的情况，当时已无法核实。要是他有问题，这样的理由张口就可以说出来。

受伤被捕的其中一个，江正寒觉得他有问题的可能性更大，因为他对开会的情况什么都知道，而且即将开会前，他的神态不正常，显得忐忑不安，紧张焦虑。他被打伤，极有可能是周瑜打黄盖之计。

在这么个条件下，能调查到这些情况，周文伟还是比较满意的。他认为这些情况起码说明两个重要问题：一、江正寒确实是跑出来的；二、没有任何疑点，无论是直接的或是间接的指向江正寒。

周文伟去金城调查期间，还特别交代李主任看紧江正寒。最后这次回来，李主任就向他反映这么一个情况：

一个星期天的上午，江正寒到百货公司买东西。大概他买的东西多了一点，出了公司门口，就叫了一辆黄包车，坐上车就走。

刚好也从公司出来的李主任，突然发现了江正寒。他没有忘记周文伟的叮嘱，也坐上一辆黄包车，悄悄地跟着江正寒。

李主任就这样跟着，江正寒好像一直没发现。

江正寒和李主任同住在后街，他们回家，都要从前街进，穿过由两条横着的小巷形成的两个十字路口，才到后街。后街铺位摊档少，很清静，但它的前街则完全不同，宽阔繁荣，车水马龙。

江正寒过了第一个十字路口，快到第二个十字路口时，忽然听到前街外面响起枪声。

江正寒回头，看到一个头戴礼帽，身穿灰色长袍，体形魁梧，动作敏捷的中年男人跑过来。

约三几秒钟，紧紧看着中年男人的江正寒，立刻作出反应。

他叫停车夫，自己跳下车，站在一旁，直盯着跑过来的中年男人。

过了四五秒钟，中年男人就跑到他的跟前。

他急中生智，冲口而出说："兄弟，上车！"

他在说话的同时，把一张票子塞到车夫手上。

那人愣了一下，就果断地跳上车。

"师傅，奔小巷，快跑！"江正寒像下命令似的压着声音说。

车夫立即跑起来，几步后，猛然转弯进小巷，瞬间就不见了。

整个过程大概就十几秒钟。

当江正寒再回过头往前街看时，突然发现李主任坐在不远处停着的黄包车上。

他仿佛有些诧异，不过这是一刹那的表情。

他正要向李主任走过去，却忽然看见从李主任坐的黄包车后面，跑出两个头戴鸭舌帽，身穿黑色中山装的青年男子。

他们提着手枪，眨眼间，气喘吁吁地又从江正寒身边闪过。江正寒则站在那里不动，眼睛却直追着他们看。

那两个青年男子跑到第二个十字路口时，倏然停了下来。他们东张西望一番，其中一个又跑回第一个十字路口看。

另外一个来到江正寒跟前，喘着粗气问道："你……看见……那人……往哪儿跑了吗？"

戴着眼镜的江正寒，仿佛很害怕的样子，眼睛不敢看跟前这个青年人，只低着头，伸手往后街方向指，嘴里反复说着："前面，前面！"

那青年男子立刻对前面的伙计说："在前面，追！"

这个过程，也是十来秒钟。

两个青年男子跑了以后，李主任就下车，向江正寒走过来。

"江老师，这是……"他来到江正寒旁边，满脸疑惑地问道。

江正寒正想回答李主任，却刚好有人从他们旁边走过，他们只好同时沉默。

路人走远以后，江正寒才说："看那中年男子被追杀，我突然动了恻隐之心。有道是，救人一命，胜造七级浮屠嘛！"

"端着枪的是什么人？"李主任问道。

江正寒摊开双手，摇摇头说："不知道！"

李主任看看周边后，压着声音，小声说："我们快走吧，免得他们再回来啰唆！"

江正寒恍然大悟似的说："对对，我们走……"

周文伟听完，问李主任："此外，还有别的情况吗？"

"没有，其他的很正常。"李主任说。

周文伟沉吟一下，又说："对这件事，你怎么看？"

李主任说："事发突然，江正寒却出手果断、干脆，我觉得他真有点不简单！"

"江正寒与那中年男子，是不是认识？"周文伟问道。

"他们就在我的前面。从江正寒看那人的眼神和表情判断，他们应该不认识。"

"追人的人，看得出是什么人吗？"

"从他们的做派看，很熟悉，应该是保密局的特务。"

"被追的人，你以为是什么人呢？"

"若是特务追杀的人，会是什么人？多半是地下党的人！"

周文伟会心地笑笑说："你也不简单嘛，何况江正寒这个老地下党呢！"

从金城回来的路上，周文伟的心情就很好，现在又听到李主任对江正寒如此的描述，周文伟更感到欣慰和轻松。

说实在话，对江正寒在"四一二"时对反革命政变的愤怒和他面向党旗宣誓前的失眠，以及撤离金城中学时的勇敢、镇定，那些同喜怒、同生死的难忘日夜，从来不曾在周文伟的记忆里消退与淡忘。当十年后再相逢时，互相间那一声惊呼，那一个相拥，都是积攒了十年的不忘和惦念的总爆发！

人是感情的动物，理智要战胜感情，往往是很痛苦的。可是，像周文伟这一类人，若是缺乏理智，就意味着死亡。

当时，面对突然而来的江正寒，周文伟冲动过后，只有冷静，即使那冷静十分的揪心！

因此，为了把自己硬塞到感情之渠的石墩搬掉，让感情恢复正常地流淌，周文伟只好冒着不可预测的危险去弄清楚他。

经过近半年的亲自调查和十分冷静的考察，他紧绷的神经终于可以松弛下来，特别是听了李主任的反映后，他感情的波澜在心里就止不住涌动——"天涯踏尽红尘""无波真古井，有节是秋筠"！

他觉得，自己与江正寒的相逢，跟苏轼与钱穆父的重聚，不也有很多相似之处吗？

他不禁吟诵起了苏轼的《临江仙·送钱穆父》：

一别都门三改火，天涯踏尽红尘。依然一笑作春温。无波真古井，有节是秋筠。　　惆怅孤帆连夜发，送行淡月微云。樽前不用翠眉颦。人生如逆旅，我亦是行人。

苏轼与钱穆父曾同朝为官，秉性相近，肝胆相照，志同道合，情如手足。他们多年分别，重聚杭州。词人感到友人还能以道自守，风节不变，极为赞赏，而以淡泊自居、节操如柏的词人，也是自勉自励。

对江正寒的顾虑消除后，他想找他再深谈一次。因此那天晚上，他吃过晚饭后，到江正寒的家里。没想到，他家里来了客人，周文伟只好改变主意。

几天后的星期天上午，周文伟约江正寒去喝咖啡。在一个小包厢里，他们谈了很长时间。

周文伟把自己离开金城市后的经历，做了一个简单的交代，并对初次见面时撒的谎表示歉意。至于自己为什么会到蓉城、在蓉城地下党的具体工作和职务，他还是有所保留，只笼统地说受组织委派来到蓉城。之后，他们就对当前的局势和局势将会如何发展，进行亲密和真诚的畅谈，而且观点颇为一致。

从江正寒的谈吐中，周文伟感到他对当前的形势还是比较了解，对国民党悍然发动内战而不得人心，最终将走向灭亡的认识很深刻，对共产党最后取胜深信不疑。

一个职业的革命者，对纷繁复杂形势的观察往往是敏锐的、冷静的，其见解也往往是独到的、精辟的。

周文伟对江正寒放心了，也十分欣赏他的观点与分析。

于是，他对江正寒说："今后你做何打算？"

江正寒则对周文伟的心思还不了解，但总的感觉，周文伟显得亲近了，很像原来在金城市时的相处。

为此，他轻松地说："金城那边已无法联系，我想还是跟着您干。您会收我吗？"

"只要是党的战士，在哪里都可以战斗！"周文伟愉快地说。

接着，周文伟又对江正寒说："既然这样，我这里有这么一件事。蓉城有一份《蓉都晚报》，它的主编叫马如懿。他与闻一多是同乡、同学，他们一直保持着书信往来。据说这个人对国民党的特务统治、政府官员的腐败很反感，尤其是国民党对中原解放区悍然发动袭击，更是非议不断，可他的报纸却从不谈政治。对国家、民族的命运兴衰，国共两党和其他党派的是非长短，对庶民百姓的生死忧患等，从不着墨，不置一词。报纸的各个版面，每天都是人鬼传说、奇闻逸事和风花雪月、争风吃醋的八卦文章与段子。报社里一些有正义感和使命感的记者和编辑，对此感到彷徨、郁闷和气愤。我想把这份报纸争取过来，让它为国分忧，为民请命。起码它能站在客观、公正的立场上，关注政治重大新闻，揭示社会事件真相，在一定程度上能针砭社会弊病，揭露社会黑暗，在坚持正义公平、唤醒民众、激励民志方面发挥一些作用。这件事情，我想让你去做，怎么样？”

“行，我试试看！”江正寒不假思索地说，“我怎么去找马如懿？”

“马如懿的弟弟马如帜在我们这里当教员。我让马如帜请客，把他和你，再加几个好友请来聚餐。你认识马如懿以后，再用别的方式单独与他常聊常谈，做他的工作。”

“好，我一定尽力！”江正寒愉快地说。

江正寒接受任务后，就很努力去办。他经常找马如懿喝茶、聊天。经过三五次接触，马如懿和江正寒已很熟悉，也谈得来。

然而，在谈话过程中，马如懿虽然认同江正寒的很多观点，可一涉及办报宗旨，他就坚持说，报纸不能触碰政治，品评时政，否则会有抨击当局，同情其他党派之嫌。

他还搬出孔老夫子来，颇为哲学地说：“子曰：‘一朝之忿，忘其身，以及其亲，非惑与？’以及‘邦有道，则知；邦无道，则愚。’如今做人，有时不能糊涂，有时又非糊涂不可！”

他死活不松口，江正寒的劝说工作陷入僵局，他感到束手无策。

周文伟见事情已过去半月有余，还没有《蓉都晚报》的消息，他就找江正寒了解情况进展。

江正寒只好如实报告情况，但情绪有些低落。

见此情况，周文伟安慰他说：“一个人的思想、立场转变，是需要时间，需要过程的。你不要急，更不能灰心、气馁。你只要和他经常保持接触，我想‘近朱者赤，近墨者黑’不是一句假话！”

江正寒同意周文伟的说法，点着头说：“对，我再去找他！”

第二天早上，周文伟在回办公室的路上，忽然听到报童在喊："号外，号外，李公朴血迹未干，闻一多再遭暗杀!"

周文伟立刻买了一份，打开一看，他诧异地自言自语起来："嗨，《蓉都晚报》竟出号外了!"

周文伟回到办公室，一口气把报纸读完，他被震撼了!

他不仅为李公朴和闻一多被杀而震惊，而且对他们被杀的过程、内幕竟披露得如此具体、细腻也很诧异；更让他愕然的是，专为这事件配的评论居然敢这样说："谁杀了李公朴先生？谁杀了闻一多先生？国人都心知肚明!他们究竟犯了什么罪，竟遭此毒手？他们都无非是写一些、说一些没有失掉良心的中国人的话，你们就要把他们杀了，无耻，无耻之极……今天的社会怎么了？动辄得咎，草菅人命……"

这一篇评论，虽然没有"国民党""政府""特务"等字样，但读者碰触到的字字是泪，句句是怒吼，充满了悲愤与呐喊，字里行间的思想倾向性很明显!

周文伟放下手里的《蓉都晚报》，抑制着内心的兴奋，决定通知江正寒明天到天湖西山的"喜阳亭"，分享成功的喜悦!

看着诚恳而有些腼腆的江正寒，周文伟更是喜笑颜开。

他饶有兴趣地问道："马如懿的突然转变，着实令我意外。难道你有杀手锏?"

"我哪有什么撒手锏，"江正寒则十分认真地说，"前天您和我谈后，我原来想今天找他谈的。昨天我看到《号外》后，也感到意外。"

"是他突然想明白了?"

"不，应该说是他在沉默中爆发了!"江正寒素来沉静的脸色，此刻却显得有些得意，他说，"昨天晚上我去找了他，和他聊到深夜才散。马如懿与闻一多是同乡、同学，友谊甚笃。《蓉城晚报》和闻一多任社长的《民主周刊》多年来都有秘密交流。闻一多对《蓉城晚报》不问苍生而问鬼神的风格多有批评。其实，马如懿的民主意识、民主思想受闻一多的影响是很深的。虽然挚友、同学对他办的报常有批评，可他从不辩解也不反感，因为他从骨子里认同闻一多的主张和观点。他的报纸之所以依然故我，他有他的观点。

他说，这样的社会，这样的统治者，连有枪有炮的共产党都未必是他的对手，何况文人手中的一支笔、一张报纸？他一直奉行孔圣人的一句话，“邦有道，危言危行；邦无道，危行言孙”。他说，当社会黑暗无道时，你就得谨言慎行。

“千里之外的李公朴、闻一多被暗杀的血案，已在昆明发生一个多月了，马如懿是在收到最新的《民主周刊》里看到的。《民主周刊》对整个事件作了揭露、控诉，以及对李公朴和闻一多进行哀悼。他不忍卒读，如五雷轰顶！他说，他的血液仿佛就要从血管里喷发而出。他再不站出来，自己就真是冷血动物，天良丧尽了！

“因此，他立刻除了让记者打电报给《民主周刊》的编辑外，自己也发电报给其主编，询问事件的背景、经过、后续发展，以及当局、社会和民众的回应。昨天就在《蓉都晚报》上，仍作《号外》刊发。”

周文伟听着江正寒的述说，他原来对马如懿立场转变的兴奋与喜悦渐渐地消失了，随之而来的是冷峻的表情。

他想，中国的士大夫们，大多都对人生、社会有正义感、使命感和批判意识。孟子说：“如欲平治天下，当今之世，舍我其谁也。”孔子也有云：“士志于道，而耻恶衣恶食者，未足与议也。”当今的李公朴、闻一多就是因为“舍我其谁也”和“士志于道”而不惧恐吓与死亡，最后以身殉道。可是，在同一个民族，同一种文化下，却也同样出现了像抗战时期的胡兰成、周作人和张资平等等这些文化汉奸！

想到这里，他就颇有感慨地看着江正寒说：“马如懿真不容易啊！”

江正寒不知道周文伟的感慨来自如此深刻的思考，他以为周文伟只是对马如懿转变的一种慰藉。因此，他反问道：“他会不会是一时兴起，心血来潮呢？”

周文伟想了一下，却突然吟诵道：“盖西伯拘而演《周易》；仲尼厄而作《春秋》；屈原放逐，乃赋《离骚》……”

江正寒知道，这是司马迁给好友任安一封信里的话。司马迁在信里，以极其羞辱和痛苦的心情，诉说了自己受宫刑的遭遇，也历数了历史上因磨难而发愤著书立说的圣贤，以此来解释自己为什么要活下来的原因。

他默默地听着周文伟的吟诵，表情也渐渐地凝重起来……

十八

办公室里的空气仿佛凝固了，死一般的静，连互相间的呼吸似乎都能听到。窗外透进来的阳光，是浑浊的；偶尔传来一两声乌鸦的鸣叫，那声音也是嘶哑的。

徐伯恩坐在办公桌前，双手打开，撑着桌子的边沿，耷拉着脑袋，久久无语。

冷伟隔着桌子，坐在他的对面，双手拿着文件夹，镜片后面的目光，停留在一份《战情通报》上，仿佛遭到了电击似的，僵硬失神。

不知过了多久，冷伟才带着忧怨的语气说："四十五万人，对人家二十七万人，这，这，怎么就这样无能呢？"

徐伯恩抬起头，双手又并拢到跟前。他的脸毫无表情，眼镜对着眼镜，又是一阵沉默。

好一会儿，徐伯恩才说："委员长本想以整编七十四师为诱饵，要全歼华东共军的，最后却是以整编七十四师全军覆没而告终。何故？就是因为将校不用命，有人见死不救！"

"像整编八十三师师长李天霞这种败类，就应该送上军事法庭！"冷伟十分激愤地说。

"这是国军五大主力之首啊！"徐伯恩轻轻地叹息道。

徐伯恩这一声叹息，充满了惋惜与伤感，内心深处更是深深的忧虑！

原来党国的局面多好啊！

怎么一下子就由全面进攻改为重点进攻了？这意味着什么呢？重点进攻就重点进攻吧，如果能一举全歼华东共军，也不失为英明之举。可是，又是以一师精锐尽失而败阵。如此下去，又将会发生什么呢？

党国军事形态的颓势，对徐伯恩而言，还可以说是一种远忧，而对金城市共党地下组织重新崛起的不安，这才是他的心头之患啊！

去年六月份发生全市大规模游行示威时，他就大吃一惊。

他认为，发生这样大规模的活动，没有组织，没人策划，是不可能的。也就是说，金城市共党地下组织已经死灰复燃，可他们的首脑及其机关被诛杀和摧毁却只有半年时间呀，共党的组织能力竟如此顽强，真是不可思议！

面对这种势头，徐伯恩既焦急、忧虑，又无计可施。他只好把副站长赵谦、冷伟，情报处长柳枫和行动处长余福明等处室负责人召集到会议室，研究对策。

事实上，徐伯恩召集这么一个会，目的是要这些人承担责任。

因为发生这么大的事，站里不仅事先得不到任何情报，而且在事件的过程中，只抓了那么几个人，最后却是以无条件放人，满足对方要求而收场，保密站的颜面尽失，他的权威遭到了侵犯！

同时，面对上峰的屡屡申斥，他总得做点什么。在无奈和懊恼中，他只好把这些人找来，做做样子。

说老实话，他从来就不相信，在这些人面前，在这样的会议上，会听到什么高见，能得到什么妙计。目空一切的他对这几个人，从来都是不屑一顾的。

这个会议，他本来不想叫赵谦参加的，因为在会上万一有人瞎猫碰到死老鼠，无意之中胡诌出一两句人话来，那也是站里的秘密。可是，说他是内鬼，目前还缺乏直接证据。在没有确凿证据前，排除他参加这样的会议，自己会惹麻烦的。

参加会议的人到齐了，徐伯恩“嗬、嗬”地清了清嗓子，却没说话，而是神情肃穆，拿下眼镜擦镜片。

下面十多个人则神态拘谨，全神贯注地看着他。只有赵谦歪歪地坐在徐伯恩的左边，修剪着指甲。

徐伯恩复戴上眼镜，微微一笑，即刻透着一阵寒气说：“诸位，近一时期，共党猖獗再起，颇有燎原之势，而事前各位同僚竟无一人洞察，更无一字情报。汝等月享党国俸禄，就如此忠君之事？若长此下去，吾等将死无葬身之地……”

徐伯恩说着，看看不屑一顾的赵谦，即刻话锋一转，语调提高两度说：“然而，更有甚者，恃宠而骄，置党国危难于不顾，视赤祸为儿戏，简直就是不忠不义……”

徐伯恩说到这里，冷伟、余福明和柳枫等几个人的目光，不约而同地“唰”一下，投向赵谦。

赵谦好像有了感应，但又仿佛丈二和尚摸不着头脑似的，略微调整一下坐姿，懵懵懂懂地看着众人。徐伯恩眼睛的余光看到了赵谦的反应，心中突然得到了一种满足。

于是，他又笑笑说：“古人云：悟已往之不谏，知来者之可追。为还金城之青天白日，诸位有何高见，都说说吧！”

徐伯恩的开场白是微笑示人，却又语意肃杀。大家也知道他在诿过他人，不过他们都已习惯了，所以，他们心中虽有畏惧，但还不至于恐慌。

会场一阵沉寂。

实事求是地说，对共产党的活动一无所知，情报处是第一责任。因此，情报处处长柳枫不得不首先打破沉寂。

他清了清嗓子说：“这次事件发端于学生，第二天就由行业、工会联手，发出《告工友职员书》。因此，工厂的工人、公司职员就汹涌而来，如澎湃浪潮，席卷金城。由于静坐示威持续了一周，市政府感到了巨大的压力，不得不命令我们把抓起来的三个老师和八个学生释放。

“从现场的观察、分析来看，这样大规模并且是持续的闹事，一定是共党组织的，但共党又十分狡猾，他们不露面。浮在面上的那些老师和学生都是新面孔。除了抓过的那些老师和学生，我们还发现几个比较活跃的工人和职员。对这些人，我们都拍下了照片，并给了余处长一套，供他参考。是否要抓捕他们，请站长明示！”

柳枫约四十岁，是个胖大个，圆圆的脸庞，两腮仿佛含着半个鸡蛋，微微地凸出来。

柳枫的话，大家也听明白了。他在极力辩解：他完全掌握情况，没有白拿党国俸禄。

柳枫说完，想把现场拍到的照片拿出来，给会场上的人看。余福明见状，立刻就说：“柳处长，那些照片，我建议你先给站长看，由站长一锤定音！”

徐伯恩听余福明这样说，目光“唰”地一下射向他，然后又转向柳枫，并伸出了右手。

柳枫见此，就恭恭敬敬地把一叠厚厚的照片递给了徐伯恩。

徐伯恩听了余福明的话，以为照片有重大机密，所以在他拿照片时，心里想，这小子就是机灵，因此向他投去欣赏的目光。而余福明心里想的，却是不让赵谦看到那些照片，以免把孙言认出来。

散会以后，徐伯恩在自己的办公室里，拿着放大镜，极为认真地审查那些照片。可是，他看了老半天，却没看出什么名堂来。

他不禁自言自语地骂了一句：“这群废物！”

他十分泄气地把照片抛到桌面上，然后拿起电话，叫余福明到他办公室来。

余福明跑步到徐伯恩办公室，站在门口喊：“报告！”

“进来！”

徐伯恩应道，但没抬头，仍在悻悻地看那些照片。

余福明走到办公桌前，站在那里，一边看着满桌子照片，一边问道：“站长，您找我？”

徐伯恩这回才慢慢抬起头，右手仍拿着放大镜，微笑着看余福明，却不无揶揄地说：“我眼拙，看到的都是一帮疯子。你也许是火眼金睛，说说看，谁是妖精。”

余福明知道，徐伯恩是因为失望而不高兴，但为了不引起他的怀疑，就揣摩着他的心思说：“站长，我哪是什么火眼金睛？我是怕照片上真有什么重要人物，会场上那么多人看，个别想抢头功的人，又会坏您的事，所以，我就说那么一句话。”

“你不是已看过照片吗？”

“我是看过，可也看不出什么名堂。”

“你明知道照片没用，为什么要柳枫给我？还要我一锤定音，定什么音？你是什么意思？”

徐伯恩疑心重，余福明很担心自己要掩盖的企图被他识破。

他看着此刻已变成皮笑肉不笑，说话的语气咄咄逼人的徐伯恩，他急忙解释说：“站长，我什么时候到行动处的，您很清楚。我不认识照片上的人，但其他的长官，比如您、赵副站长不一定不认识的。我说的一锤定音，一是照片是不是当场分发；二是照片里，哪些人该抓，哪些人可以不抓，只能是您说了算。”

徐伯恩看着有些紧张的余福明，就改成较为轻松的语气说：“算了吧，抓这些小鱼小虾有什么用？弄不好，刚刚平静下来的街道，又要闹起来！”

“是，我们听站长的！”余福明逢迎着说。

“行了，就这样吧。”徐伯恩边说，边放下放大镜。

余福明离开办公室后，徐伯恩马上又打电话给冷伟。

冷伟很快来到，坐在徐伯恩的对面。

“这些东西你看过吗？”徐伯恩指了指桌面的照片问道。

“这不是游行那些照片吗？”冷伟说，“福明给我看了一下。”

“柳枫这个蠢材为什么不先给你我看，而是给余福明，他是什么意思？”徐伯恩轻轻地问道。

冷伟用手托了托眼镜，瘦削的脸上露出诡秘的冷笑说：“我想他自己也觉得这是垃圾，所以把它丢给行动处，由行动处决定是否向您或我报告吧。这些人如果是有重大发现、重要情报、能立头功的事，我想他会迫不及待地跑去向您报告的！”

“既然如此，他为什么要在会上煞有介事地抛它出来，还说抓不抓人，要我明示、一锤定音呢？”

“他不这样振振有词，郑重其事的，谁知道他们已掌控全局，情报尽在其囊中呢？又谁知道他们为了党国在废寝忘食、鞠躬尽瘁呢？我们‘围剿’共产党，差不多二十年，由南‘剿’到北，明暗一起‘剿’，为什么会越‘剿’越多，到现在有尾大不掉之势呢？就是因为从上到下，这一类‘党国精英’太多了！”冷伟说着说着，就有些激动起来了。

徐伯恩知道，冷伟对柳枫及党国的挖苦和揶揄，并不是他跟柳枫有什么恩怨，更不是对党国有反叛之心，而是他由点到面、由小到大的联想、思考，从而直抒他对党国“哀其不幸，怒其不争”的无奈之情。

这种无奈和悲哀，同样刺痛了徐伯恩的心，他对党国的忧患更甚于冷伟。即使这次中原逐鹿，表面上国军取胜了，但三十万精锐竟不能全歼只有土枪土炮，仅区区六万的乌合之众；而且还时不时传来国军中一些部队倒戈反叛的消息。这是为什么？原因在哪里？难道党国中，真就没有明白人？如果不能从根本上扭转这种局面，党国的前途和命运堪忧啊！

徐伯恩视冷伟为心腹，不仅因为他唯自己马首是瞻、帮自己办理了日本纱厂给二哥经营和到敌伪产业管理局，把及第街十五号汉奸的小洋楼转到二哥名下的事情，而且他的忧患意识与自己相同，也是很重要的原因。

听了冷伟的愤懑之语，徐伯恩沉默了。

片刻，他又问道："他给了赵谦看没有？"

"这个我不知道。"冷伟说，"不过，这些垃圾，让他看也无妨。"

徐伯恩又想了想，然后坚决地说："不，对他就得防！"

徐伯恩为什么这样说，冷伟很清楚……

那天，张秘书到余福明处告诉徐伯恩，冷伟有重要事情找他，是冷伟要向他报告围捕多彩绸布庄和大众五金店遭泄密的调查情况。

徐伯恩回到办公室门口，见冷伟正在那里，双手抱胸，来回踱步。

"冷副站长，你好像有点心神不宁哦！"徐伯恩一边开门进去，一边笑吟吟地说，"是什么事情让你如此不安啊？"

冷伟跟着徐伯恩进去。

待他们彼此坐下后，冷伟就压着声音，仿佛怕别人听到似的说："问题出在他身上，看来一点不错！"

"噢！"徐伯恩略感吃惊地应一下，然后立刻脸朝门口说："张秘书，把门关上，没有我的允许，谁也不能进来！"

"是！"张秘书应道。

接着，徐伯恩脸色凝重地说："你说，他究竟是怎么回事？"

冷伟说："按您的训示，我让于勇去摸赵谦那天的行踪。第二天，他向我汇报说，由于时间已过去一个多月了，要问赵谦那天都干了什么，很难弄清楚。不过有一个情况，看看有用没用。据苏昌文说，赵谦去重庆时，带了湘绣织品去，是要送给郑太太的，但不知道他这些湘绣织品在哪里买的。我想，如果于勇说的是事实，那就有意思了。那天我们搜查时，就发现多彩绸布庄有湘绣织品。他是不是在那里买的？什么时候买的？他为什么要到那里买？他和多彩绸布庄有关系吗？于是，我亲自到多彩绸布庄周边转了转，发现绸布庄的对面就是四海旅社和清香茶馆。我立即进了清香茶馆，找账房老杜，向他要了一壶茶，跟他喝茶聊天。

“这茶一喝，就真喝出味道来。老杜说，那天——经核对，是我们行动的那天，我记得很清楚，因为有一个茶商来，他是我们的老主顾了，住在四海旅社。我们掌柜早就定好要与他吃晚饭的，大概六点四五十分，我去旅社接他。刚走出茶馆门口，突然看到赵副站长从对面多彩绸布庄出来，手上拿着一个袋子，显得很匆忙。我和他跟您冷站长一样，也是老朋友了。可他那天见了我，只隔着马路与我招了招手，就急急忙忙地走了。

“为了搞清楚赵谦买绣品是不是非到多彩绸布庄不可，我就到别的布庄去打听，金城市究竟有几间绸缎店铺。最后查到，全市共有十八间绸布店，其中，赵谦家对面就有一间，叫明秀绸缎庄。多彩绸布庄隔着赵家好几条街，坐黄包车也要十五到二十分钟，他为什么要舍近求远？时间刚好是六点四十到五十分，并且他行色匆匆。站长，您看呢？”

徐伯恩的脸色变成铁青，慢慢地站起来，双手倒背，低着头，轻轻地踱步。

冷伟坐在那里，冷冷地看着徐伯恩。

过了好一会儿，徐伯恩才仿佛自己问自己似的说：“是巧合吗？巧合多了，还是巧合吗？”

自言自语完，他又踱了几步，忽然站到冷伟的面前说：“从现在开始，对赵谦要进行二十四小时监视，进一步拿到铁证，具体你去布置。但要注意，不能让他发现。他发现了，一是难取证，二是他会闹，他毕竟现在还是副站长……”

然而，对赵谦实行监视后，不久就让赵谦发现了。

说来也怪，这个草莽之夫这回却不动声色，装作什么都不知道。冷伟开始还担心他会大闹一场，结果出乎意料。

赵谦见了冷伟和徐伯恩，就像平常一样，该笑的笑，该说的说。冷伟和徐伯恩私下也有过多次分析，但终究摸不准他的意思。冷伟猜测：难道是他没问题，以此来表明他的光明磊落；或是他本来就很自信，不惧监视？徐伯恩则认为，他之所以一改本性，恰恰是因为他身上有屎。虽然小林村、多彩绸布庄和大众五金店的事现在没有直接证据，但他伙同其大舅子何志才走私大米、布匹、药品等违禁品到共军根据地的事则是证据确凿。他不动声色，是他的策略，想动摇我们的监视信心。因此徐伯恩要冷伟既要盯紧他，不能出现任何失控，又要让他感到我们放松了监视，使他放心活动，从而使我们抓到机会。

其实，赵谦并不像冷伟和徐伯恩猜想的那样。

他发现被监视后，确实很愤怒。他不用猜，就知道这是徐伯恩和冷伟搞的名堂。开始时，他真的想冲到徐伯恩的办公室，闹他个天翻地覆，不过他很快就冷静下来了。因为他心中想了四个问题：一、对内部人员进行调查、监视，在军统时就有，老传统了。这个自己知道，也干过，没法说他们什么。二、大舅子做的那些事，虽都是事情过后自己才知道，但毕竟是事实。如果大舅出了事，自己不能说不知道。现在看来，他们对这些事情有可能掌握了蛛丝马迹，这是自己的硬伤。三、虽然自己现在和他们已势同水火，但起码他们现在还不敢乱来。他们不就是跟踪、盯梢嘛，只要自己叮嘱大舅子不再做这些生意就是了。如果自己去闹，他们势必进一步结成铁壁联盟。若是到了这一步，这两个阴鸷小人，会通过造谣、栽赃和诬陷来置自己于死地，这样自己真的很危险了。四、郑长官对自己也不像以前那样热情了。上次到南京找他，要不是自己拿出了金条、字画和湘绣，可能和他连话也说不上。即便如此，他见自己，也只给了五分钟时间。而五分钟，他说了五句“鸡毛蒜皮的事”，然后说了三句“我知道了”，便把自己打发走了。如果自己再出什么事，看来郑长官是不会管的了。如果没人罩着，就很难跟这两个小人斗。

就是这些原因，让好勇斗狠、桀骜不驯的赵谦，在徐伯恩和冷伟的挑衅下，表面上是不动声色，深藏不露，而实际上他是有苦说不出！

就这样当缩头乌龟，让人在自己头上拉屎拉尿，这当然不是他赵谦的性格。还是他那句老话：当年老子横刀立马时，你们这两个杂种还不知道在哪呢。你们玩阴的，本人也不笨，必要时老子就陪你们玩。别以为你徐伯恩是什么圣人，在接收敌伪资产时，侵吞房产、霸占敌妻；私放利丰商行的钟老板，还有信兴当铺掌柜罗田杳无音信。

徐伯恩这边防着赵谦，那边的柳枫又无能，而共党现在突然来势又如此之猛。面对这样的局面，他只能寄希望于他的“狐狸计划”了。

徐伯恩把桌面上的放大镜放到一边，看着冷伟问道：“已两三个月了，钟向北没有什么消息吗？"

"还没有呢。"冷伟回答的声音很小。

因为"巧用钟向北"是徐伯恩的杰作，本来成败如何与冷伟的关系都不大。问题是，一方面钟向北出来后的控制是由冷伟负责的，他和他们全家突然失踪，冷伟自己感到很没有面子，也怕徐伯恩怪罪于他；另一方面，冷伟怀着自责与不安的心情，向徐伯恩报告这件事时，徐伯恩却不仅没有责备他，还十分肯定地断言，钟向北会自动找回来的。

当时，徐伯恩的神态，十分自信，十分沉着。

监视钟向北的特务，不是保密局金城站的人，是徐伯恩为了保密，从金城警备司令部政训处借来的。

那天下午六点多钟，盯梢钟向北的小特务慌慌张张地打电话给冷伟说："站长，钟向北不见了！"

冷伟不明就里，疑惑地问道："不见了？怎么不见了？"

小特务带着哭腔说："就是跑了，全家人都跑了！"

"跑了？是全家？你现在在哪儿？"冷伟遇事向来比较冷静，但此时也几乎是惊叫起来。

"就在他家附近。"

"你马上到我办公室来！"

那小特务放下电话，赶回冷伟的办公室。

到办公室门口，他连"报告"都忘了喊，就直冲进去。

冷伟也顾不得计较了，劈头就问："是怎么回事？你说！"

那小特务气还没喘匀，就断断续续地说："钟向北……下午……一点十五分……从外面回来，我和小罗接了小黄他们的班。一点四十五分，他的夫人搀扶着老夫人——看样子老夫人是病了，坐了黄包车，我们以为她们是去看病的，就没管她们。两点整，他家的用人——老妈子，出门买菜。两点十五分，钟向北提着个公文包，也出来了。他叫个黄包车，坐上去就走，我和小罗马上跟上去。他到利丰商行就进去了，我们只好在对面看着。可他进去后，一直没出来。

"到了五点半钟，仍不见钟向北的动静，我让小罗佯装成五洋公司的伙计，进去找钟老板。他们说，钟老板身体不适，来了一下，就说回家去了。

钟向北明明没出来，怎么回家了呢，我感觉出问题了。于是，我和小罗马上跑回他的家里。可他的家里一个人都没有，连去买菜的老妈子也没回来。因此，我让小罗在那里看着，就去打电话向您报告。”

听完小特务的报告，冷伟又大声地问：“他们要跑，事前你们一点都没看出来?”

“我们是分班监视的。从我们值班的情况看，他从医院出来，在家休息了三天，然后每天都出去转悠。他除了到商行、城东居民区、得利钟表店、古贤路、文兴书社、永兴纱厂等地方外，就是在街上游荡。在游荡中，他也极少与人交往。那天他从永兴纱厂回到城里，见到一个模样也像老板的人，样子挺亲热的。我让小罗去跟那个人，没想到小罗又跟丢了……”

“行行行，这些你别说了!”冷伟打断小特务的述说。

小特务也知道，这些在当时都实时向冷伟报告过的。可他为了减轻责任，只好再重复。

遭到冷伟粗暴打断，小特务便低头无语。

事已至此，冷伟觉得，再问这个家伙，也没什么意义了。他只好说：“你去吧，没命令撤走前，继续看紧他的家!”

“是!”小特务应道，仿佛松了一口气，就退出去了。

在医院里，自钟向北能说话以后，徐伯恩与冷伟就每天和他谈一次话。对他从不过堂，从不刑讯，冷伟开始很不理解。徐伯恩曾对他解释说，这也是“狐狸计划”的一部分。冷伟当时对徐伯恩的用意颇感疑惑。

此时，他心中既有无可奈何的悻悻然，又有怕徐伯恩责怪他看管不严的惶惶然。

然而，不管怎么样，冷伟还得去见徐伯恩，硬着头皮向他报告这件事。

令冷伟没想到的是，徐伯恩听后，不仅没有说他半句不是，而且莫测高深地说：“无他，少安毋躁!”

“站长，您这是，早已料到?”冷伟有点丈二和尚摸不着头脑地问道。

“不奇怪，这一步他肯定要走，”徐伯恩笑笑说，“但过不了多久，他会回来找我们的!”

“您如此肯定?”冷伟还是疑惑地问道。

徐伯恩冲他微微一笑，算作回答了。

冷伟却一脸木然地站在那里，不仅没有踏实的感觉，更多的是不解。

看到冷伟如此神态，徐伯恩觉得，年轻人，就是年轻人，遇事就是少一份沉着，缺几分洞察力……

现在几个月过去了，徐伯恩这一问，冷伟不知道怎么回答他，只好用冷冷的，而又无奈的声调小声说。

听着冷伟的回答，徐伯恩无言地瞥他一眼，就站起来，缓缓地走出座位。

见站长站起来，冷伟看着他，也站了起来。

徐伯恩走到冷伟跟前，像是开导，又像是鼓励地说："对钟向北这事，你要有点智慧。你分析一下他逃跑的原因，就明白了。他从我们这里出去时，他没有跑，为什么？因为他以为是共党救了他，他对共党十分的信任。现在他知道，他的上线吴明死了，整个市委都被我们端了窝，而他的下线龙伟平被我们抓后，转与我们合作，却被共党处死了；还有他出来后，我们通过他再抓了朱云、曹标；接着，我们又袭击小林村、多彩绸布庄和大众五金店。他能这样轻松地从我们这里出去，共党一定以为他投靠了我们，叛变了他们。他自己认为他没做，可事实摆在那里，共党能相信他吗？他们能放过他吗？他知道，他们必定也在找他；而他当然知道共党对待叛徒的手段，所以，他不能坐以待毙。你还记得民国二十年'顾顺章事件'吗？他的家人就是让共党处死的，因此，他逃跑，根本上不是躲我们，躲的是共党。当他危在旦夕、走投无路的时候，他一定会来找我们的！"

听了徐伯恩这样说，冷伟觉得有道理，感到自己又误会老板的意思了！

今天上班不久，机要员送来几份南京来电。当徐伯恩看完来电通报后，就气得把文件夹"啪"的一下，恨恨地甩到桌子上，接着是一声长叹。

过了很久，他把另外两份来电抽出，拿起电话，把冷伟叫到办公室。

冷伟来到，他什么话也没说，只用手指了指那文件夹。冷伟明白，就边拿起文件夹，边坐下来……

听了徐伯恩对整编七十四师全军覆没的哀叹，冷伟也陷入了痛苦和愁闷之中。他觉得，时局就像断了根的藤蔓上的瓜儿，不仅不见它长，反而在一天天干瘪。在军事上，党国"围剿"共党的调子，是今年的比去年低，丧师失地的消息，一个比一个震惊。共党的地下活动，则是按下葫芦浮起了瓢。

大街上，太阳出来时，好像没看到一个共党；太阳一下山，仿佛到处都是共党分子。真是斩不尽，杀不绝啊！

徐伯恩不仅被七十四师在孟良崮全军覆没的消息搞得悲悲戚戚，而且对金城市共产党日渐活跃的活动弄得更是心烦意乱。

一年来，光天化日下归顺人员被枪杀，大规模的游行、请愿、罢课、罢工，以及街道上的反政府标语、走私军用物资到共区的案件频发，等等。所有这些都表明，中共金城地下市委不仅已恢复重建，而且其运转比打掉前更隐蔽、更有效，而自己的情报处、电讯处却不是聋子、瞎子，就是马后炮，真是一群吃干饭的货！

对钟向北最终会归顺自己，徐伯恩原本是自信地预言，现在却又过去一年多了，仍然是杳如黄鹤。渐渐地他内心也动摇了，只变成了期盼。他想，要是钟向北真的不回头，这不仅让他在冷伟面前没面子，也让他的“狐狸计划”面临危险！

针对这些失望的消息和金城市严峻的形势，徐伯恩打破了沉默，对着还在看电报的冷伟说：“钟向北的问题，看来我们还要烧一把火，我不信他不来找我们。这把火怎么烧，晚点我告诉你。‘狐狸’现在怎么样了？”

“完全在我们的掌控之中。”冷伟这回却轻松地说。

“你告诉他，撤销最近的指令，按原计划行事……”

“铃……铃铃……”徐伯恩正说着，桌上的电话突然响了起来。

他只好拿起电话接听。

冷伟见距离徐伯恩太近，就知趣地放下文件夹，站起来，在办公室里缓缓踱步。

“是，毛局长……”徐伯恩应道。

接着，他静静地听了两分钟，那脸色慢慢地变得十分吓人。

“是，局长，我明白！”徐伯恩扶着眼镜说。

看得出，对方已挂了，而徐伯恩脸色铁青，手拿话筒，非常用力，悬在那里，微微抖动。

突然“啪”的一声，话筒撞击电话机座发出响声的同时，徐伯恩从牙缝里挤出声音说：“就——是——他！”

被吓了一跳的冷伟，看着他，神情十分惊讶。

十 九

黎明就像一双无形的巨臂，把罩在济民医院的夜幕慢慢地掀开了。

二楼的病房里，穿着病号服的魏萍，在熹微的晨光照射下，突然醒过来了。她看着窗外天边的鱼肚白，知道新的一天又开始了。

她蠕动一下身子，想翻身起床，可伤口一阵剧痛，令她龇牙咧嘴，便不敢贸然动弹。

痛感消失后，她忽然发现，坐在床边椅子上的林世全，竟伏着床沿，还在睡觉！

此情此景，她心中一阵震撼！

她两眼瞬间发红，不一会儿，两颗豆大的泪珠就掉了下来。

昨天下午，魏萍突然感到腹部有些隐隐作痛。她因为会痛经，以为是月经提前来了，因此，她并不在意。可是，到了傍晚，她越痛越厉害。快吃晚饭时，她已痛得满头大汗，王嫂急得团团转。

林世全因为有事，回来晚了一些。

林世全回来开门发出响声时，王嫂听到了。她立刻从楼上冲下来，站在已进到客厅的林世全面前，语无伦次地说："快……看看太太，您终于回来了，她……不行……痛得……"

"你说什么？"林世全猛然间听到"不行！"两字，脸色"唰"的一下子变白，吃惊地问道。

不待王嫂解释，他就三步并作两步，冲上楼去。

这时，魏萍伏在床上，手按着腹部，脸色苍白，低声呻吟着。

林世全进到房里，把手提包一丢，立刻凑近魏萍，小声地问道："你怎么了？哪里不舒服？"

“肚子……疼……”魏萍艰难地答道。

林世全观察一下她的神态，用手摸了摸她的前额后，又问：“有多长时间了？”

“下午……两三点钟……”

林世全毕竟久经沙场，此刻充分表现出他临危不乱的军人气质。他沉着、镇定地想了一下，然后说：“你别慌，忍着点，有可能是阑尾炎，我们马上去医院！”

说完，他立刻背起魏萍下楼，并对站在大厅的王嫂说：“你在家，我送她去医院。她有可能要住院，别等我们。”

“哎，哎！”王嫂略感安慰地答道。

经医生诊断，魏萍果真患了急性阑尾炎。于是，医生马上给她做手术。

做完手术，转到病房，打过针，吃过药后，已是深夜了。

魏萍躺在床上说：“您回去，叫王嫂过来陪我吧。明天您还要工作呢。”

林世全看着脸上已无痛苦表情，但仍显苍白，且有些疲倦的魏萍，就笑笑说：“你累了，休息吧。我这边会安排好的。”

魏萍也真是累了，渐渐地就睡着了。

林世全坐在那里，看到魏萍睡着，他就想心事。慢慢地，他也困了，就伏到床沿上，一会儿就睡着了……

魏萍看着伏在那里的林世全，心中突然有一种说不清，道不明的强烈感觉：感激、感动？爱惜、心疼？内疚、不安？

反正五味杂陈，而且心房“嘭、嘭”直跳。这是假扮夫妻一年多来，她从来没有过的感觉！

魏萍忽然感到脸上发烫，呼吸有些急促起来。

想想他们一起走过来的日子，刚开始时，自己对这种安排感到很别扭，心中很不快乐。硬着头皮过了一段时间，尤其是经历了和平饭店的酒会后，她意识到自己确实任性了，不能这样做。这不仅是对组织原则和组织纪律的无视，更有可能随时给自己与组织带来危险和灾难。在残酷的斗争中，不出事则已，一出事后果不堪设想。她明白，对待工作，关键是心态。在那次酒会上，自己看到情况不妙，潜意识中不由自主地跟他配合，状态不是很默契吗，自己不是为此也挺开心吗！

当晚回家后，再经那一席长谈，她心中的别扭就烟消云散了。自此她和他在一起，不仅开心，而且赏心。

这是为什么呢？是因为他进过大学、军校，参加过长征，从延安过来？还是他懂得马列，懂得打仗，懂得如何从事隐蔽斗争？或许是他的机警沉着、大度包容、缜密亲和？好像都是，又好像都不是。自从用心地和他相处后，他就像一颗橄榄放到嘴里，越含越有味。无论他是在说话还是在思考，无论他是在处理急难问题还是闲谈说笑，都透着一股睿智，一股英气，一股厚重之风。在他身边，在他领导下工作，不仅工作得踏实，有信心，而且挺有安全感的。

然而，这一切，说到底只不过是自己对他的羡慕、欣赏，或者说是崇拜，可从来没有像今天这样的感觉！

这种感觉以前也曾有过，那是叶子辛告诉自己，妻子去世，他悲痛欲绝的时候。

想到叶子辛，魏萍心中倏然沉重起来。

当时，突然听到林世全说小林村出事，魏萍就感到是晴天霹雳，一下子觉得万箭穿心！

在林世全面前，她虽然很快控制住情绪，可那天晚上，她捂着被子哭了一宿。

叶子辛的音容笑貌，像放电影似的在她的眼前时而滚动，时而定格。特别是叶子辛最后离开她家时，他轻松的微笑、毅然的转身和他快步走出去的身影，永远刻印在她的脑海里！

回不来了，他永远回不来了！他的忠诚，他的热血，他的生命，像吴明叔叔一样，给了党，给了人民，给了祖国……

“哦，你睡醒了？”林世全突然醒来，抬起头，见魏萍发呆无语，便用刚睡醒时那种厚重的沙哑声调问道。

林世全的问话，惊醒了在沉思中的魏萍。

她先是一愣，接着赧然一笑道：“哎，呵……您醒了？”

“怎么样，好些了吗？”林世全柔声地问道。

“如果不动的话，好像什么事都没有，好多了！”魏萍轻松地说。

听着魏萍的话，看着她的表情，林世全轻轻地嘘了一口气，像是心中去了一块石头，也高兴地连声说：“那就好，那就好！”

“您回去吧，一夜都没睡好。现在还早，您回去再休息一会儿。”魏萍疼爱地说。

林世全看着魏萍，笑了笑，然后才说：“行，我回去，叫王嫂给你送点稀饭过来。我今天还有很多事，晚上再过来看你。”

魏萍深情地看着林世全，无言地点了点头。

林世全走了，他今天确实事情很多。九点十分，他还要和雷鸣接头。

林世全回金城市已一年半了。经过他积极、稳妥的工作，金城市委和被破坏比较严重的城北区委、超利百货公司、永达木器厂和绿明茶厂等党组织，大部分已恢复，或重建。除了被捕的党员外，失散的党员大部分已联系上。这些党员经组织安排、介绍，分别进了其他工厂或商号。现在这些党员，就像一颗颗种子、一粒粒火星，充分发挥着他们的能量。被捕的党员，通过他的活动和省委的帮助，大多数已由法院判了刑期，少数几个被送反省院，保住了性命。

金城市委的重建、运行更是得到了省委的高度肯定。虽然省委给林世全重建市委和各级党组织、查出叛徒并予严惩，以及积极开展隐蔽斗争的三大任务，没有百分之百完成，但是在这样严峻的形势下，能开拓出今天这样的局面，取得这样的成绩，省委认为已是难能可贵。尤其是有理、有节的游行示威、罢工罢课的斗争，对组织、教育群众，建立广泛的统一战线，意义重大，有力配合了节节胜利的中原解放战争。

在繁忙而紧张的工作中，林世全对魏萍的配合、认识，以及互相间的感情交流，也在不断地变化和发展。

开始时，他对魏萍并不了解，所有的印象都来自孙言的介绍。待和她谈过话后，就感到正如孙言所说，她对地下工作有相当好的经验，有比较强的组织原则和组织纪律性，为人谦虚又聪明机灵，持重诚实且性格开朗。

可是，在搬进圣贤路五十六号后，她好像并不是那么一回事。她整天闷闷不乐，沉默寡言。有时候，为了统战的需要，想和她出去走访一些人，她却说不愿抛头露面。问她什么原因，她也不说。那段时间，正是新市委要打开工作局面的艰难时刻，林世全每天都是早出晚归，没有时间和她交心。看她能完成交代的工作，他也不怎么当回事。

参加完和平饭店的酒会，回到家里，经过一番详谈，林世全才完全明白，原来的戚小青、此刻的魏萍是怎么一回事。

自那以后，对于前面那一段不和谐的相处，大家不仅只字不提，而且互相更注意对方的所思所想，更注意沟通，给予更多的包容。因此，他们配合越来越默契，相处的气氛越来越融洽。连王嫂都说，夫妻夫妻，过过就如胶似漆了。

林世全毕竟是四十岁的人了。在夜深人静的时候，他也确实很想有个真正意义的家。现在和魏萍在一起，就很像一个家，温馨、愉悦，有时还有些缠绵的感觉。

然而，林世全明白，这毕竟是一个工作关系，是做给别人看的，而且魏萍根本没有这个念头！

可是，随着时间的流逝，有个家的愿望在林世全的心里越来越强烈。有时候，他真想把自己的心思和魏萍说说，但又怕吓到她。因为，在思想上，她对这个问题不仅有抵触，而且自己年龄比她又大出那么多，还是她的领导。如果自己贸然提出来，她会不会以为这是以权压人，以权谋婚呢？

想到这些，林世全就没有了信心。

林世全回到家里，看到早已起床的王嫂，在客厅里走来走去，仿佛焦躁不安，他就给王嫂说了一遍魏萍的情况。接着，他吩咐她马上熬点肉粥送去，然后中午买个鸡回来，熬鸡汤给魏萍喝。

交代完了，他就去洗澡，吃早饭，然后去了众生牙医诊所。

雷鸣分管工运。

一年多来，风起云涌的工潮，充分证明雷鸣不仅是一个高明的牙医，而且是一个出类拔萃的工运领袖。

他充分利用自己是本地人和医生的有利条件，到工厂、商行、公司和码头，会同学，访故旧，医牙患。就在这谈笑和拔牙与补牙间，建立和发展了党组织、行业工会以及联谊会，策划和发动了一次次的集会、请愿、游行与罢工。

去年六月底、七月初大规模的游行、静坐示威，是他根据市委的要求，以迅速、有效的措施，给予学潮有力的声援，最后迫使敌人无条件地释放了十多个教师和学生。

对此，林世全在后来接头时，兴奋而诙谐地对他说：“你这滚天雷，不鸣则已，一鸣惊人啊！”

雷鸣也喜滋滋地回敬说：“这都是您书记，临（林）事（世）周全，运筹帷幄的结果！”

雷鸣说完，两人哈哈大笑起来。

笑过后，林世全就一本正经地说：“实在话，没想到不到半年时间，你居然能把金城市的工运打出这么一个天地，真是了不起！”

雷鸣也庄重地说：“我想，对今天金城市工运的局面应该这样看。首先，经过‘六二三’暴动的金城，群众基础很好；其次，市委给我配的助手侯春很能干。他能够独立撑起门面掩护我，让我走得开，否则我把诊所的门关了，到工厂码头去搞组织发动，就很容易引起怀疑；再次，是您指点有方！”

对于雷鸣说的第一、第二点，林世全很赞同。至于第三点，他知道，那是雷鸣善意的恭维。这也许是他与人相处的一种方式吧，也不必刻意去纠正。不管怎么说，这样好的形势，他是感到欣慰的。

清水路并不繁华，商铺不多，是居民住宅区。

众生牙医诊所是一栋两层的小楼。由于雷鸣医术不错，收费不高，因此，患者也不少。

诊所九点钟开门。

雷鸣和侯春在诊所里分别给医疗器具和地板消毒，做着开诊前的准备工作。

就在此时，林世全到了。

林世全和雷鸣的每次接头都是在此时此地。他之所以要选这样的时候在这里见面，是因为雷鸣说，十点钟之前，患者很少，此时见面最合适。

林世全进来，他和侯春点了点头，就和雷鸣直上二楼，进会客室，分别在茶几两边的沙发上坐下来。

侯春也尾随着端两杯茶上来，然后即转身下楼。

见侯春出去后，雷鸣突然托了托眼镜，看着林世全，有些诧异地说：“林书记，您昨晚熬夜了，眼睛红红的？”

“眼睛红？不会吧？”林世全也疑惑地问道。

“您自己都不知道？”雷鸣怀疑地说。

“不碍事，别管它了。”林世全淡淡地说，“我给你说两件事。”

“好，说吧。”

“先说好事。五月十六日，我华东野战军在山东沂蒙地区的孟良崮，全歼敌整编七十四师三点二万人。该整编师是国民党军五大主力之首！”

“好事，真是天大的好事！”

“对，天大的好事！国民党发动的内战，原本对我解放区采取全面进攻战略，并叫嚣六个月消灭中共军队。可是打了差不多一年，不仅没有消灭我们，反而是他们自己损兵折将，而且不得不收缩战线，改全面进攻为重点进攻。孟良崮战役，又成了对敌人的所谓重点进攻的关键一战。此战后，国民党军进攻山东计划严重受挫，打乱了蒋介石重点进攻的部署，扭转了整个华东战局，出现了在解放区开始全面反攻的态势！”

“老蒋得报，定会发梦都骂‘娘希匹’了！”

“哈哈哈……”两人开怀大笑起来。

笑声停了，却忽然间冷了场。

雷鸣见林世全不仅没说话，而且脸色却渐渐阴沉起来。于是他想，林书记还有第二件事没说。按他先前的用语，那肯定是不好的事，会是什么事呢？

他正想发问，林世全却说话了：“第二件要说的，就是令人发指的事！”

雷鸣心中暗暗吃惊。他没说话，却在焦急地等待着。

“半月前，也就是五月二十日，南京、上海、苏州、杭州十六个专科以上学校的学生，六千余人在南京举行‘挽救教育危机联合大游行’，提出增加伙食和全国教育经费五项要求，即反饥饿、争生存、爱和平、反内战和反迫害，因此遭到了国民党军警的残暴镇压。他们派出大批军警，用水龙头、钉耙、木棍冲击学生游行队伍，毒打学生。当场就有一百多学生流血受伤，二十余人重伤致死，逮捕学生二十多人。同日，天津学生游行，亦遭袭击，受伤也有五十多人！”

“国民党和它的反动政府太没人性了！”雷鸣十分激愤地说，“这些学生手无寸铁，他们为什么就那么怕学生呢！”

林世全却轻蔑地笑笑说：“一个病人膏肓的人，听到有人大声说话，就会被吓得半死。一个摇摇欲坠的政府，就像一栋将倾的大厦，只要有点风吹草动，都有可能是对它的致命一击。众叛亲离，色厉内荏的国民党和它的政府，此刻就是一栋将倾的大厦，容不得半点风吹草动！”

“可是哪里有压迫，哪里就会有反抗。它越容不得风吹草动，就越会煽起狂风巨澜！”

“对，我们就是要掀起狂风巨澜，为彻底摧毁这个摇摇欲坠的反动政府加一把力！”

听着林世全铿锵有力的话，雷鸣感觉到他带任务来了。

于是，他笑眯眯地猜测说：“您胸中早有良谋？”

林世全略作停顿，端起茶杯，喝了一口，然后微微一笑说：“那也得你来参谋参谋才行呀。”

“书记，您说吧，我看您早已深思熟虑了！”

“我们要以‘反饥饿、反内战、反迫害’为主题，对南京‘五二〇’游行请愿进行声援，谴责制造惨案的元凶，以此揭露国民党的反动、凶残本质，进一步教育、组织民众，为促进蒋家王朝的覆灭再掀波澜！”

雷鸣听着林世全讲话，慢慢地站了起来。他低着头，踱着步，心中渐渐地燃烧起一股义愤的烈火。

当林世全稍作停顿时，他就站在林世全的前面，颇感激愤地说：“市委重建后，发动、组织的第一次大型游行、请愿活动，距今刚好一周年，而且那一次我们取得了完全的胜利！这一次，我们要组织规模更大的游行活动进行声援。针对现在物价飞涨、民不聊生的实际，我们不仅要把学校的学生、老师，工厂的工人，公司、商号、店铺的职员组织起来，还要把小商小贩和普通市民发动、组织起来，形成一股巨大的浪潮，从心理上给反动当局以威胁！”

听着雷鸣激动而又颇有计划的思考，林世全就强调说：“我们既要勇于斗争，又要善于斗争，不做不必要的流血牺牲。这一次的声援斗争，目的是配合全国的斗争形势，从而教育人民。因此，这次暂不组织罢课、罢工，同时尽可能防止流血冲突。为了达到这个目的，我们要给各基层党组织、各工会、协会、联谊会说清楚，尽可能采取一些保护措施……”

他们这次见面，差不多一个小时了。此时，楼下的侯春对正在进来的一个患者大声说：“您好，请进，牙齿有什么问题吗？”

林世全和雷鸣在楼上听到了侯春的叫唤声，知道这是侯春在告知他们，已有患者进来。

他们的见面马上结束。

为了安全，雷鸣先从楼上下来，看看楼下情况。这时，只见侯春面对楼梯口，正对着一个女患者，检查她的牙齿。

雷鸣见状，就一边干咳两声，一边顺手拿过白大褂穿上。

林世全听到雷鸣的咳嗽声，立刻从楼上下来。在快到门口时，林世全回过头来，对跟在后面已穿上白大褂的雷鸣说："谢谢您，雷医生！"

"不用谢，祝您健康！"雷鸣笑着说。

林世全走出门口，正想叫黄包车，一辆美式军用吉普车"吱——"的一声，拖着刺耳的尖叫声，急刹在他的面前。

林世全一阵诧异，站在那里。

只见大兵司机下车，跑步到后座车边，打开车门。

一个身穿美式军服，配中校军衔，长络腮胡子，一脸横肉的军官从座位上走下来。

林世全一眼就认出来了，这是赵谦。

他来干什么？

这时，赵谦也看到了林世全。

他的神态似乎也在问：这林老板一大早就站在这里，干什么去了？

赵谦虽然外表长得凶神恶煞，讲话也粗野，但有时候他的心思还挺细腻的。

去年在酒会上偶然见到林世全时，开始他只是出于好奇，问了林世全几句话。后来觉得有点意思，还想多问几句，却突然被运来商号的关老板撞过来，并拉着要说话。与关老板扯了一番大舅子的生意后，又到喝酒、跳舞时间了，最后他是糊里糊涂地回到家的。

可第二天，他还是想起了林世全。

他觉得，金城商界的头面人物，他谁不认识？怎么昨晚就冒出个林老板来？

本地人？东北回来？共党地下市委被端掉才不久呀，不会是与这个有关系吧？

其意识深处对共产党的憎恨和他职业的敏感，使他很想去看看金香米行。

可现在他没车！

他想，自己现在事实上已被停职，徐伯恩这个小人肯定早已下绊，如果自己开口要车，他们一定会用种种理由推搪，这样不是自取其辱？

然而，强烈的疑问，又令他非看不可。于是，他就叫了黄包车，直奔朝中路，找到金香米行。

此时，甘小岩正坐在卖米的地方，林世全和雷霆在后面的办公室谈话。

“先生，要买米吗？”甘小岩见穿着便服的赵谦，边看边走进来，就问道。

赵谦盯着甘小岩，用审视的眼光看了一会儿，然后才说：“你这米行是新开的？”

甘小岩觉得来人有些古怪，但还是笑脸相迎说：“对，不足两月。”

“你的老板叫什么？”

“姓林，大号世全。”

“他是哪里人？”

甘小岩感到来人有问题，立刻警惕起来，但说话仿佛很随便：“听他讲话就是本市人，到底他是哪里人，我只是一个伙计，不知道，也没想过。”

赵谦感到这伙计还是挺老实的，于是，他又问：“林老板以前是干什么的，他怎么会想到开米行呢？”

甘小岩装着很为难的样子，苦笑着说：“先生，我既不是老板，也不是老板的什么人。您问的这些，不是为难我吗？您买米吧，我们的大米种类多，您去看看，我给您介绍介绍！”

赵谦似乎并不在听甘小岩说话，他想了想说：“你老板在吗？我找他。”

甘小岩迟疑了一下，说：“好像在，我进去看看！”

甘小岩说完，就想进去，可赵谦马上又说：“行行行，下次再说吧！”

赵谦说完，转身就走。

甘小岩看着他离去后，也转身进去，报告林世全。

赵谦为什么突然没了兴趣呢？其实他自己也说不清楚！

他没来的时候，感到林世全可疑，越想疑心越重。可是来到米行一看，见门面和摆布，特别是那小伙计朴素、实在的样子，又觉得自己有些无聊，或者是神经过敏。他禁不住自己问自己：不说全中国，就是金城市，每天会有多少商号、公司开张？又会有多少商号、公司关张、倒闭？如果都把这些和自己的工作硬绑在一起，会不会把自己累死不说，但要落个像“找乞丐”那样吃力不讨好的下场就不奇怪了！

其实，这还不是真正原因。

真正原因，是现在他的心情很糟糕，万事都感到心灰意冷。自己曾到重庆找人找不到，后来虽在南京找到了，可人家又不冷不热。徐伯恩这个小人处处提防自己，甚至要往死里整。站里那帮小兄弟因为自己而抬不起头私下里怨声载道，接下来自己的下场又将如何？如此的失望、愤怒与无奈，搞得他心乱如麻。

林世全这个人也因此渐渐地从他的视野中淡去。

然而，两三个月后，也就是徐伯恩结束了他的休假，国民党军队“围剿”中原解放区时，他又遇到了林世全。

赵谦结束休假后，很想和苏昌文聊聊天。于是，晚饭后，他约苏昌文到明星咖啡店喝咖啡。

苏昌文先到，坐在那里等赵谦。

赵谦家距咖啡店不远，他慢悠悠地走路过来。在他还有一二十米就到咖啡馆门口时，却看到林世全从咖啡馆里走出来。他下意识地站偏一点，观察林世全。

只见林世全在门口左右张望了一下，就背着赵谦往前走。

赵谦在那里沉思了一下，正要往前走，留大背头、手拿烟斗的关雄突然又从里面出来，赵谦立刻躲闪起来。

赵谦心中疑惑，难道他们是一起的？

关雄走后，赵谦在那里又等了一会儿，到再没发现什么后，他才进去。

赵谦来到苏昌文的对面，一坐下，就问苏昌文：“刚才你看见关老板了吗？”

“见了，但我认识他，他不认识我。”苏昌文很随便地答道。

“在一起的是不是有两个人？”赵谦问。

苏昌文想了想说：“是的，他们就坐在那边靠窗口的桌子。我坐下不久，那人先走，关老板后走。”

赵谦沉默了。

他想，关老板与大舅子有生意往来，走私的东西关老板也做。林世全难道与他也有生意往来？两人为什么要分开走？他们怕什么？

这些疑问又让他慢慢地琢磨起林世全来，但他也知道，生意场上有“马无夜草不肥”之说，商人之间的黑白两道也是常有的事，再加上他才结束休假，对徐伯恩的怨气、仇恨还堵在心里。只要坐到办公桌前，他的心头就有股无名之火，脑子里全是如何去对付徐伯恩和冷伟，哪有闲工夫想工作？

昨天晚上，赵谦的牙齿隐隐作痛。早上起来刷牙时，受冷水刺激，牙痛得更厉害了。

于是，他叫司机送到众生牙医诊所来，没想到在这里又看到了林世全。

林世全和赵谦都愣了一下。

还是林世全主动上前，笑呵呵地说道：“赵处长，久违了，近来可好？”

“好，好！林老板气色也不错嘛！”赵谦说着笑了笑，脸上的横肉也略显柔和起来。

“哪里，哪里，昨晚牙疼了一夜！刚才医生给塞了点药才好一些。您也来看医生？”

赵谦故作惊讶，并且语带玄机地说：“嗨哟，林老板莫非奇人，这也会让您说中？”

林世全知道他话中有话，却自嘲地说：“一介凡夫俗子，何奇之有？我为人愚钝，以为来诊所者皆为寻医也。冒昧，冒昧了！”

赵谦似笑非笑地看着林世全，也许是牙齿疼，他不由自主地摸了摸腮帮说：“不，不，正如您所言。我们后会有期，林老板！”

“赵处长，再会！”林世全微笑一下说。接着，他转身，坐上黄包车走了。

赵谦在走进诊所时，低着头，走得很慢。在快到门口时，他突然抬起头，转身又盯着渐渐远去的林世全……

二十

今天没有太阳，已经八九点钟了，天空还是灰蒙蒙、阴沉沉的。窗外的白杨树，原来茂密的树叶，此时只剩下零零星星、东几片西几片，也已变得有些蔫的叶片挂在树枝上，就像一个身材瘦高、年已古稀的老汉，掉得七零八落的灰白头发那样难看。野地上的荒草，前些天还是绿油油的，不知是哪个早上开始，也已变成了一片枯黄。

钟向北起床后，感到有些寒意，就找了一件棉背心穿上。

此时，他站在窗口，看着窗外出神。

钟向北明显变老了。

原来椭圆形的脸，由于肌肉松弛而下坠，成了长方形；皮肤粗糙，没有光泽；原本略秃的头顶，现在全秃了，只剩下挂在周围三面的头发，还是花白斑驳的。以前他修剪得整整齐齐、黑黝黝的髭须，如今是黑白相间，参差不齐。只有他的目光没变，还是那么有神和锐利。

钟向北已经不在城里住旅社了，他租住在城边上比较偏僻的房子里。

一年多来，他每天都在找党组织，每天都在找江正寒、叶子辛和孙言。他不知道党组织在哪里，也不知道江正寒、叶子辛和孙言在哪里，但他内心总觉得能找到组织，能找到他们！

于是，他每天都去他以为他们有可能去的地方：咖啡馆、茶楼、公园、码头、电影院以及游行、请愿的地方，甚至偶尔听到有枪响，他也迅速跑过去，隐蔽观察。此外，他每天都买报纸。他除了看新闻，还特别注意看广告。他认真分析、研究他认为奇怪、特别的每一个寻人启事、遗失声明之类的广告。他总希望在这些广告里得到一些消息和希望。

就这样，他风里来雨里去，早上出深夜归。然而，他经常是满载希望出门，却又总是失望而归。他每天提心吊胆出门，又庆幸自己总能平安而回。

时间就这样一天天地过去了。他望眼欲穿要见到的人，一个也没见到。在心灵深处，他常常发出悲叹：茫茫大地，哪里才是自己的归宿？浩浩人海，谁是我的同志？有时候，他拖着疲惫的身体回到屋子里，难过得偷偷痛哭。哭累了，他不吃，也不喝，倒在蓬乱的床上睡着了。

钟向北知道，自己从小就不怎么会哭，就是父亲突然去世，他悲痛，他难过，但他也没有放声大哭过。现在他经历了人生最灼心的磨难！他不仅随时会暴尸街头，很大程度上是死于与自己同理想、同志向的战友之手，永世背负骂名，而且没人会说自己是冤枉的！自己毕生的憧憬，并为之付出高洁感情和努力奋斗的追求，有可能是以莫名其妙的邪恶作收场！这是何种折磨，何种煎熬，何种痛苦？真是比敌人的酷刑还要难受一百倍啊！

同志们对自己的误会肯定越来越深，对自己的痛恨一定是与日俱增，他们必欲置自己于死地而后快！

一天晚上，他回光明旅社，忽然发现一个身材魁梧、浓眉大眼的大汉正从楼上下来。他觉得似曾相识，立刻闪躲一边，并慢慢地退出门外，观察那大汉。

大汉下到大堂，去报架拿了一夹报纸，坐到角落去看报。

钟向北站在那里想，这个大汉究竟是谁呢？

过了好一阵，他终于想起来了。大汉就是在那条小街里击毙叛徒龙伟平的人！

他突然打了一个寒战。他想，同志们终于来找他了！

他立刻离开了旅社，跑得远远的，在昏暗的小巷里行走。

此刻，他感到悲哀、彷徨和绝望！

他天天找组织，每时每刻都想见到自己的同志。现在党组织已找上门来了，同志们就在眼前，而他却不能去见他们！

他的心，就像刀扎一样痛！

他的心在挣扎。他真想再跑回去，站到他们面前，把一切向组织讲清楚。然而，他们都是谁呀？市委又是谁？谁认识我钟向北啊？自己在他们的眼里就是一个叛徒，如果自己现在回旅社，恐怕未张口，就像龙伟平那样死于枪下了！

他终于没有回去，也从此不再住旅社。他到城郊结合处，租了一个房子住。

房子没有电灯，点的是煤油灯。

一天晚上，他就着昏黄的灯光，在《金城晚报》上看一篇题为《苦海无边　回头是岸》的人物专访。

这篇专访是一个叫n先生的共产党变节自首者，与记者大谈自己如何大彻大悟后，投奔了政府，并为政府效力的功绩和感受。

其中一段，使钟向北目瞪口呆：

……

记者：你是怎样回归到政府来的？

n先生：我是在a先生的教育、影响下才回归到政府的。

记者：a先生？ a先生是什么人？

n先生：他是我的上线，直接的领导人。

记者：a先生是一个什么样的人，从外貌到性格，你能谈谈吗？

n先生：可以。a先生身材有些胖，略有秃顶，椭圆形的脸，上唇常年留着髭须，并且修剪得整整齐齐。他习惯穿西装，皮鞋擦得铮亮。他是子承父业，被誉为商界奇才，年纪轻轻就在商界颇有影响。他文雅温厚，却豪爽大方，乐善好施，人缘颇好的。

记者：你知道他是怎样误入歧途的吗？

n先生：他曾经对我说过，年轻时对新事物比较好奇，再加上自己喜欢结交朋友，因此认识了一个姓吴的共党，是这个姓吴的把他引向反政府的邪道上的。

记者：那么，a先生是什么时候，又是怎样迷途知返的？

n先生：这当然有个过程，具体的就不便说了。

记者：你知道他投奔政府后的表现吗？

n先生：我知道不多，但是前年底去年初，政府破获的共党大案，他是功不可没的！

……

钟向北看完这段文字，脸色变得惨白，额头上慢慢渗出汗珠子，拿着报纸的手在发抖。

过了好一会儿，他才愤怒地“啪”一下，把报纸拍到桌上，接着站起来，在屋里像一头发狂的狮子来回走动。

他想，在金城，只要认识我钟向北的人，都知道“n 先生”说的“a 先生”就是自己；只要知道金城地下市委委员的人，都知道只有钟向北是商人出身；只要知道吴明的人，就知道吴明是自己的朋友；还有那个外貌特征！

这个“n 先生”是谁，竟能如此无中生有，胡说八道？

从与所谓“n 先生”的关系以及他的片言只语看，这个“n 先生”有点像龙伟平。他是叛徒，自己是他的上线，经常跟他接头，也跟他谈过自己过去的一些经历，对自己比较了解。可是“利丰商行事件”后，自己并没有见过他，也没有什么“教育、影响”他去当叛徒，在什么大案中更没有什么“功不可没”呀？然而，如果是他，可他早已被锄奸队除了，记者是什么时候去访他的？

钟向北立刻停止走动，趴到报纸前，认真查看记者表述的访谈时间。

这个记者很狡猾，没有写具体的访谈时间，而是在开篇前写道：近翻阅余之采访笔记，偶有发现，n 先生之访谈，颇为感人，故整理成章，以飨读者。

钟向北想，这个记者为什么不写采访时间？是疏漏了，还是故意而为之？作为记者，会有这样的疏漏吗？记叙文章的时间、地点、人物、事件几个基本要素，就是小学生也不可能犯这样的错误啊？

他们所谈的内容，看似言之凿凿，其实要么胡说八道，要么闪烁其词。

突然，钟向北觉得这篇专访文章有问题，是敌人的阴谋！

敌人的如意算盘应该是：“n 先生”的答记者问是“证词”；朱云、曹标的被捕，金城市委被破坏等是“事实”。共产党一看这个“n 先生”所描述“a 先生”的模样和出身等，就知道他说的就是我钟向北！

这跟他们以国共合作、“组织营救”等理由，从而把自己放了的阴谋如出一辙！

敌人这样做的目的是什么？不外就是想进一步证实自己已背叛了党，以坐实党组织对自己的误会，从而逼迫自己，要么自己回去与他们合作，要么让组织的锄奸队杀了自己！

如果找不到熟悉自己的江正寒、叶子辛和孙言，自己就真的跳进黄河也洗不清了！

想到这里，钟向北感到疲惫、悲苦。

他已心力交瘁，有些精神恍惚。

俗话说，命运捉弄人。人到了倒霉的时候，你不得不信。其实有多次，他和孙言是擦肩而过的。除了孙言说的在光明旅社和市委重建后的第一次大游行外，还有一次也是孙言前脚走，钟向北后脚就到。

钟向北苦苦寻找江正寒、叶子辛和孙言，不仅得不到他们的任何音讯，而且来自锄奸队和徐伯恩他们的逼迫日甚一日。

他有时就是想不明白，江正寒他们到底怎么了？一年多的寻找，为什么一个都见不到呢？即使是人海茫茫，可不是找一个，他们是三个人，总应该会遇到个别的呀！难道他们真的离开了这个城市？或者都被敌人抓去了？

到了这个时候，他对于寻找江正寒、叶子辛和孙言的信心已产生了动摇。他想，要不另辟蹊径，到解放区去！

这个念头，他以前从来没有过。现在突然产生这样的想法，他又觉得金城是那么难舍。

他生在金城，长在金城，奋斗在金城。眼看金城很快就要从黑暗中走出来了，自己却要离她而去，他心中别有一番滋味。

此时此刻，他突然想起了吴明，也想起了张国泰。

吴明的信仰、吴明的忠诚、吴明的人格魅力，是他追随他的动力，是他服从他的信心，更是他崇拜他而追求的境界。

他虽然不认识张国泰，但从吴明的口中知道张国泰，也敬慕张国泰。特别是后来吴明带他到张国泰家，看到双目失明，清贫孤独，而又刚毅沉稳的张母，他更感到“六二三”暴动的必要，以及其精神留给后世的意义。

忽然间，他心底涌起一股强烈的愿望，自己应该去看看张母！

他认为，看她老人家，不仅是抒发自己对吴明和张国泰的思念之情，如果自己真的离开金城，也是临别时刻，自己对在金城的革命和斗争的道别吧。

于是，第二天，钟向北买了些米、肉和食油，往平民路西三巷张母家走去。

此时，张母正坐在家门口，像是在看路人来往。

她六十七八岁，身体还算硬朗，可眼睛瞎了。不过她虽然看不见东西，但耳朵很灵，并且好记性。一个人只要来过，听声音她就知道。

她深陷紧闭的两眼，对着街上，头稍稍偏着，很明显是在用耳朵听着街上的动静。

钟向北一走进西三巷，远远就看到一个老人端坐在门口。于是，他加快脚步。

一会儿，钟向北来到了张母跟前，细细看了一阵老人后，才说："马大姐，您好！"

"你，谁啊？"张母问。

这把钟向北难住了，因为这是在街边，他来时没有考虑到这个细节。如果他说是吴明或张国泰的朋友，又怕隔墙有耳，不仅自己会有麻烦，可能也会害了张母。

钟向北有急才，他只愣了一下，就说："我是您娘家的老表。几十年您没回去过，我，您不认识的。我刚好路过您这里，就来看看您！"

其实，钟向北不知道马氏是哪里人，但他凭张母双目失明，就断定她几十年没有回过娘家，想以此来蒙她。

张母听钟向北这样说，脸上却毫无表情，只说："有心了，谢谢！"

钟向北错了。

张母没有表亲，连她都不知道自己是哪里人。她五岁跟母亲逃荒来到金城，为了葬母，十二岁把自己卖给一个大户人家当丫鬟。张国泰的父亲跟人在外跑生意，有些积蓄，经人介绍，把马氏赎了出来，结为夫妇。

"大姐，身体没什么吧？"钟向北蹲到她跟前，亲切地说，"生活上有什么问题吗？"

张母听到钟向北颇具感情的问候，脸上表情宽容了许多。她说："都挺好的。我怎样称呼你？"

"我姓高，年纪也不小了，就叫老高吧。"

"老高呀，到屋里坐坐吗？"

"行。我给您老买了点米、油和两斤肉，放进屋里吧。"

听到这里，这个饱经风霜的老人，懂得这个自称表亲的老高是什么人了。她知道，只有儿子的朋友才会这样做。

“哎呀，我这个老家伙总是让你们牵挂。”张母慢慢地站起来说，“进，进，快进来吧!”

“哎。”钟向北应着，就拿着东西进去。

这间屋子还不错，两层楼。进屋就是客厅，厅里没有什么家什，只有张八仙桌和两张椅子。

钟向北进到屋厅，立马看到八仙桌上放着两扎青菜，一个布袋子鼓鼓的，装的应该是大米，还有半网袋的马铃薯。

钟向北判断，应该刚刚有人来过。因为：第一，张母前面说了“你们”，除了现在的自己，应该还有人经常关心她；第二，桌面的东西不会是她自己去买的。一个两眼看不见东西的老人，她不方便，也无体力一次拿那么多东西。

他的脑子立刻紧张地转动起来：原来吴明照顾她，现在吴明牺牲了，还会有谁来看她、照顾她？江正寒知道她吗？叶子辛知道她吗？孙言知道她吗？抑或还有别的什么人？

于是，钟向北就说：“大姐，您看这些东西放哪儿呢?”

“就放到桌面上吧。”

“嗨哟，大姐，桌面上有好多东西呢，谁来过了?”

“还有谁？亲戚呗。”

“亲戚?”钟向北的语气有些惊讶。

听到钟向北的轻声反问，张母的神态似乎也愣了一下，但她很快就像无事似的岔开话题说：“人啊，长贫难顾!”

钟向北猜着了。

桌面上的东西，就是孙言送来的。他走还不到十分钟，钟向北就进巷子了。

张母是一个很聪明的老人。她从钟向北的语气中，感觉到他有什么想法。张国泰从外面回来，在金城筹划暴动的几个月中，她知道儿子是什么人，在干什么事。儿子也曾对她说过：与人交谈，不能谈自己熟悉的人的任何情况，特别是对陌生人。后来吴明也跟她谈她的儿子，谈共产党，谈国民党，谈白色恐怖。所以，钟向北问她，她不会说实话的。反过来，如果有人问钟向北来过吗，她也不会说实话的。

钟向北听张母这样说，有些失望。可他再想想，又觉得她说的应该是实情。为了大家的安全，对张母的情况吴明一般不会随便告诉其他人的，况且张母有亲戚也很正常。

一九四七年下半年，晋冀鲁豫野战军主力和华东野战军西线兵团挺进中原，挫败了国民党军对大别山根据地的围攻。中原战场上，国共博弈正如火如荼。

在张母那里回来后，时刻关注时局的钟向北从报纸和街谈巷议中，进一步获悉了国共内战的情况；同时，他感到，在金城要找到党组织，已经非常渺茫，并且自己的生存环境越来越险恶，再不采取措施，将悔之晚矣。

于是，他决定到苏中，到解放区去。

钟向北知道，去解放区也不是一件容易的事，必须有人牵线搭桥，方可稳妥安全，然而自己没有这方面的关系。

虽然自己以前为解放区、根据地办过不少事情，但都不是直接的关系。一般情况下都是他进货后，吴明让他再低价卖给旺盛公司；旺盛公司则以高价卖给吴明的关系人，并负责运输到根据地。

吴明已牺牲，谁能领自己到解放区去？苦思冥想的钟向北，经过几天考虑，终于想出一个比较理想的方案。

他偷偷地回到利丰商行，找老李要了一笔钱，就到黑市上采购一批药品。然后他又悄悄地找到旺盛公司的船队队长——绰号叫“浪里飞”的刘大宝。

“浪里飞”从小在江边长大，不仅水性好，驾船的本事也非常了得。无论是风急浪高，还是恶滩险道，他从没出过事。所以，道上就给他这么一个外号。

“浪里飞”为人大胆，做事是无利不起早，有钱好说话，但他也讲江湖规矩。因为他生在江边，以江为生，所以不仅金城地区的水网和进出金城的通道要冲他熟悉，而且哪里有码头，大佬又是谁，江霸在哪里，岸匪有多少，他都了如指掌，并能与他们称兄道弟。

旺盛公司的何志才，因为在水道上吃了亏，就千方百计地把“浪里飞”

纳入麾下，并封他为船队队长。为了留住“浪里飞”，不仅何志才要小心侍候他，还要赵谦罩着他。

钟向北听说过“浪里飞”曾多次进出过解放区，因此找到他，说要与他私下做一笔买卖，价由他开。

“浪里飞”认识钟老板，也知道他曾被军统抓过，但他知道自己在何志才眼里的分量。今天钟老板开出这样优厚的条件，他就觉得有钱不赚白不赚，因此没有半点犹豫，就答应了钟向北。

钟向北的要求是，他让人把货运到码头，“浪里飞”负责装船。钟向北不在码头登船押运，到了下一站他再登船，然后直奔解放区。

自从听说钟向北被徐伯恩放出来后，赵谦就一直在心里嘀咕：这么重要的一个共党头目，据说他既不招供，徐伯恩也没对他动刑，说放就放了。你徐伯恩凭什么？是你亲戚，还是你收了重金？还有另外受伤的那一个，也不知道去向。你不是想抓我通共的把柄吗？明明是你私放共党，你才是结结实实的通共！

赵谦也一直在寻找钟向北，因为这是他与徐伯恩斗的一张好牌，他必须抓住他！

赵谦知道钟向北被徐伯恩放出来，是他被放长假时，从重庆回来，在生病的时候听说的。

重新抓捕钟向北，是赵谦私下的秘密行动，不能大张旗鼓地进行。因此，他找了一年多，仍不知钟向北之所踪。最近，钟向北频繁地找药品的黑市大佬，找“浪里飞”，终于被苏昌文的耳目发现，并盯上了他。

发现钟向北后，苏昌文要立即把他抓起来，赵谦却突然改变了主意。赵谦想，要抓他不难。可他正在寻找药品，必定是为共军采购。赵谦要抓个人赃俱获，让你徐伯恩输得暗地里叫娘！

然而，跟踪钟向北的特务，每次都是跟到城门外就被甩了。赵谦因此判断，钟向北的落脚点应该在城外。

老是在城外跟丢，赵谦怕夜长梦多，就决定在城门口拘捕钟向北。他找了五六个特务，亲自带队，除了留苏昌文参加城门的检查外，其他的在城门外周边隐蔽起来。

钟向北发现连续多天都被特务盯梢，他感到情势危险。于是，他分别与黑市老大和“浪里飞”约定，第二天晚上八点把货送到码头，“浪里飞”立即装船出发；同时他通知利丰商行的老李，让司机在第二天晚上八点半钟开车到“三棵树”处接他。他坐车到与“浪里飞”约定的下一站码头上船。

钟向北一切都在依计划行事。

大概八点二十分，钟向北原来的司机开着他的轿车出城门。赵谦和苏昌文都知道，这是钟向北的座驾。

苏昌文与警察把车拦下来检查，却不见钟向北在车上。

苏昌文马上跑到旁边，去向躲在吉普车上的赵谦报告。赵谦怀疑司机是到住处去接钟向北，就让警察放行。

司机开车走后，苏昌文和严明立刻跳上赵谦的车，远远地跟着他。

司机来到“三棵树”下就刹车，钟向北立刻从树后闪出来，跳上车，顺手关门，司机立刻把车开走。

车刚起步，钟向北就发现后面有车来。

他马上问司机：“后面来的是什么车？”

司机看了一会儿后镜，就说：“是小车，像吉普车。”

“吉普车？你来的时候它一直跟着吗？”

“不太注意，好像远远的是有一辆车。”

钟向北沉默一下，突然断言说：“他们盯上我的车了。你快开，有多快就开多快！”

司机一下子就明白了。他边说：“好！”边猛踩油门，车“呼”地就奔跑起来。

离开城门时，赵谦的车保持一定的速度，远远地跟着钟向北的车，仿佛谁也不认识谁，互不相干似的。

城门口到“三棵树”一公里多的路程，有两个弯。当过完第二个弯时，赵谦发现钟向北的车突然加速了，他就意识到有情况。

他立即对开车的特务说：“钟向北可能已上了车，并且发现了我们，快追！”

开车的特务说：“是！”

吉普车马上像野马一样，疯狂地跑了起来。

“三棵树”到钟向北要去的下一站码头大概二十公里。道路弯弯曲曲，路面尽是泥沙石子。车子飞过，烟尘滚滚，在车灯的照射下，车子就像穿越在云里雾里。

汽车跑了几公里后，绕过山口，就沿江边而行。

在野外，吉普车越野性能好，本来比轿车好跑。可是，赵谦他们跟在钟向北后面，扬起的沙尘严重影响他们的视线，因而也影响汽车的速度，赵谦气得直骂娘。

钟向北看着慢慢逼上来的吉普车，心中十分着急。他除了时不时地对司机说“快点，再快点!”心里也在想着对策。

在黑沉沉的夜幕下，轿车飞驶在蜿蜒的公路上。那两个车灯射出的白光，就像突围勇士的利剑，东一劈，西一砍。然而，仍是黑幕重重，撕不开，捅不破。

钟向北想好了，在下一个转弯的地方，他跳车，让司机引走他们。

很快，一个急转弯到了。

钟向北突然打开车门，轿车却“呼”地一下子，飞出路边，扑到了江里……

二十一

到蓉城一年多，江正寒与周文伟的相处，又渐渐地融洽、默契了，他的心情为此也快乐起来。

然而，近段时间，他内心又有些纠结了，这源于他一次偶然所见。

一个星期天的早上，张琦请他喝早茶。在喝完早茶，走下楼梯的时候，他看到一个中年男子牵着一个失明的老者，从自己身边慢慢走过。

看样子，这像是一对父子。他驻足静看，直到他们上到楼上。

江正寒看着他们的背影，情不自禁地自言自语说："孝子啊！"

在回家的路上，他还在想这对父子，并且颇有感慨。在感慨中，他突然想起一个人，张国泰的母亲！

民国三十四年初，吴明来到济世药房与江正寒碰头。谈完工作后，他说要抓两服感冒药。

江正寒问他谁感冒了，吴明就说是张国泰的母亲。他同时把张母的情况说了一遍。

然后，他还感慨地说："这个老人大半辈子，充满悲惨与不幸，责任当然在这个社会与制度。也正因为这样，我们今天才会奋起斗争；所以，能为她驱除痛苦，争取平等，像一个人那样活着，既是我们斗争的目的，更是我们的义务。"

江正寒当时也被张母的悲惨身世触动到灵魂深处，他不仅认同了吴明的感慨，而且他还动情地说："您事情比我多，把她交给我照顾吧！"

吴明则笑笑说："前些年，我不在金城时，我让孙言去照顾她。现在不用了，有我就行。"

江正寒见此，也不好再说什么，就改口说："她住哪里？我去看看她！"

吴明想了想，就欣然说：“那行。她住平民路西三巷五号。”

江正寒当天就去看了张母。

此后，因为工作比较忙，并且有吴明照看，他一直都没有再去看她了。

在茶馆里看到这位盲人老者后，江正寒突然想起了张母。由张母、吴明，他又想到了孙言。

张母现在谁照顾？吴明曾说，他不在金城那些年，是孙言照顾张母的。现在吴明又不在了，会不会还是孙言照顾？

孙言现在在哪里？从当时得到的各个方面情况看，孙言没有被捕。他是市委的机要秘书，会不会有与上级联系的渠道？如果市委重建，组织必定会想方设法找到他！

想到这里，江正寒心头忽然涌起一阵热浪。他感到要回金城，找到组织，只有先找到孙言，才会有可能。

因此，张母那里就成了找到孙言的唯一希望！

于是，他立刻决定，回金城，到张母那里打听孙言的消息。

可是，就要动身的时候，他突然又想，自己要重回金城，周文伟会怎么想？当初是自己求着他，让自己跟他干的。现在自己又忽然说要回去，周文伟会不会有别的想法？彼此间的感情，会不会再次受到伤害？

自己与周文伟重聚后，开始的几个月，由于对方的不信任，给自己自尊心的打击，至今难忘！

当然从理智上说，这也怪不得他，可人不可能什么时候都生活在理智之中的。经过几个月的冷却，也许是他的观察，也许是他的调查，终于相信了自己，自己因此感到了莫大的安慰。后来的相处，就渐入佳境。特别是自己让马如懿的思想转变后，他对自己的态度、感情与在金城时相比，是没有差别的。如果一定要找出不同，那就是因工作上的关系变化而发生的必然行为，这遇到谁都是可以想得通的。

在金城时，他曾是自己的师长、领路人和上级。他后来因为受到不公正的对待，他才由自己的上级变成自己的下级，可他对此并不在意，仍然视自己为同生死、共命运的兄弟和同志。

现在他在蓉城的真实身份是什么，自己虽然不知道，但他仍在重操旧业，并且地位不会低，这是无疑的。因此，他的很多事情不能告诉自己，很多话不便对自己说。这些自己应该理解！

除此外，他还像在金城时那样，与自己谈时政，论诗文，说人生。谈论之中，仍然是亦师亦友，亲切和蔼。有时候，他仍像过去一样，像一个兄长。

一天中午，妻子少敏因为中午不见儿子回来吃饭，就到学校去找他，可在学校也找不到。妻子就慌了，她急急忙忙地到育华中学找自己，而自己那天上午有事出去了，中午也没回到学校。

妻子急得在学校门口哭了起来。

这时，周文伟从外面回学校，看到少敏在哭，就惊讶地问她为什么。她把情况说了一遍，周文伟马上一边安慰她，一边叫几个老师帮着去找自己，他则陪着少敏去找儿子。

文伟那天午饭都来不及吃，陪着少敏找到下午两点多钟，仍没找到。

后来他有事，就宽慰一番少敏，然后让黄包车把她拉回家。到了傍晚，文伟又匆匆忙忙赶到自己家，想问问儿子找到了没有。

实际上，儿子是被其表哥张琦拉去吃西餐了。

文伟到家里时，自己一家刚吃完晚饭。

他见自己一家三口坐在客厅里说话，就惊喜地说："找到了？小家伙，跑哪去了？"

自己都有些不好意思，就请他坐，向他解释，然后又说了一会话。

大概十来分钟，他说还有别的事，又匆匆地走了。

他刚刚出门，自己才想起，他吃饭了没有？刚才光顾说话，自己连问都忘了问了。

看他的样子，应该还没有吃晚饭，所以，自己既感动，也内疚！

江正寒知道自己与周文伟的感情很深，关系很好，然而他更明白，这些代替不了自己对组织的向往与渴望，也代替不了组织的领导与关怀。自己在蓉城，没有组织关系，除非重新入党，否则永远在党外。重新入党？这是不可能的。且不说会把问题搞复杂，更对不起自己二十年的浴血奋斗！

现在既然有了回去的希望，自己就应该回去。只有回到金城，接上关系，自己的问题才可以解决！

为了更好地和文伟谈，江正寒向教务处请了几天假，先回金城一趟，等把事情落实得差不多后再说。

就这样，江正寒回到了金城。

那已是中午时分，他随便吃点东西，就买一些米和面粉去到平民路西三巷五号。

此时，张母正在客厅吃午饭。

“大姐，您在吃午饭呀？”江正寒边走进去，边笑着问。

张母早就知道，有人进家里来了。她听到问话，却愣了一下，嘴里含着米饭不动，正想夹菜的手也悬在那里。

江正寒见此，就自我介绍说：“我姓江，以前来过，您老可能记不起来了。”

张母把嘴里的米饭慢慢地咽下去的同时，想夹菜的手也收了回来，放下碗筷说：“我说呢，这声音我听过，不过好长时间了。你，你请坐，我给你倒杯水。”

“老人家，您别忙，别忙，我自己来。”江正寒慌忙轻轻按着要站起来的张母说。

张母就笑了笑说：“真不好意思，那就自便吧。”

江正寒倒了碗水，边喝边环视这屋子，他感觉没有什么变化。桌子还是那桌子，椅子也是那椅子，家无长物。

喝过水后，江正寒坐到另外一张椅子上。

张母把剩下一点点的饭菜吃完，就收拾碗筷。

“大姐，这些年过得怎样？还好吧？”江正寒问。

张母把碗筷放到旁边说：“劳你惦记了，还能过吧。”

“常有人来看您吗？”江正寒看着张母问。

张母停顿了一下，说：“一些亲戚，有空才来。”

“孙言也常来吗？”

“你说谁？”

“孙言，孙言来吗？”

张母沉默了。

少顷，她仿佛没印象似的说：“你说的谁啊，我想不起来。”

“孙言呀，孙言您不认识吗？”江正寒有些急了。

张母的表情立刻变得有些肃穆，她无言地摇了摇头。

江正寒一脸失望！

他在失望中，又感到疑惑，心中不断嘀咕：孙言没来，一直都没来？难道孙言也离开了金城？如果在这里找不到孙言，自己怎么回金城？

江正寒再看看老人家。她坐在那里，沉默无语，面无表情。她和刚才的神态判若两人，好像不高兴。

这是怎么了？自己没说错什么呀？嫌自己问多了？

江正寒突然感到，这老人家不简单！

两三年前，自己只来过一次，刚才进门，她仍然凭声音就判断自己来过。按吴明说，他不在金城那些年，都是孙言照顾她。她应该和他很熟悉，她却说对孙言想不起来。即使这一两年孙言真没来，凭她这样的记性，也不可能忘了孙言。另外吴明曾说，她是外乡人，在金城没亲戚，又怎么有亲戚来呢？

江正寒想，老人家有心计，不愿暴露孙言。这正好说明，现在有可能就是孙言在照顾她。

想到这里，江正寒踏实了。

他与张母寒暄几句后，就告辞出门，决定在附近找一个地方，守株待兔。

江正寒在巷子及周边察看了一番，就发现要进张母家，必由平民路拐进西三巷。这巷子虽然比较深，却是断头巷。找的地方，只要能看到巷口，就能看见进出巷子的每一个人。

突然，他发现在巷子的斜对面，有一家小旅馆。

江正寒马上走进那个旅馆，找了一间从窗口看得见巷口的房间住下。

他从早上起来，到晚上睡觉前，他或站，或坐在窗口前，眼睛紧盯对面的巷口。要吃饭，叫旅馆的服务生送到房里来，就是上厕所，也是匆匆忙忙的。

第一天，没发生任何情况，过去了。第二天，任何情况没发生，也过去了。第三天傍晚，他发现一个身材修长，穿黑色长袍，头戴礼帽的中年男子，款款而行，走进巷子。

“孙言！”江正寒在窗口惊喜地轻呼一声，立刻离开房间，冲出旅馆，跑过大街，赶上那男子。

“老孙！”江正寒边小声地叫一声，边轻拍一下男子的肩膀。

男子愣一下，转过身来，疑惑地说：“你叫谁？”

江正寒一看，不是孙言！

他只好赔着笑脸说：“对不起，我认错人了，抱歉，抱歉！”

从背影看，这男子确有点像孙言，所以，江正寒一阵惊喜，但现在此人毕竟不是。江正寒一下子就像个皮球突然漏了气似的，耷拉着脑袋，从巷子里慢慢走出来。

在快到巷口时，他抬起头，正要走过大街。

这一刻，让他大吃一惊了：孙言手拿着一个袋子，背在肩上，正向巷口匆匆走来！

江正寒马上背转身，与孙言同一个方向，放慢脚步走，等候孙言走上来。

街灯已亮起来。

孙言匆忙赶路，没有发现江正寒。当他走进巷口不远，江正寒忽然转过身来，正好脸对脸地迎着孙言。

“孙言，你看我是谁？”江正寒压着声调，激动得声音都有些颤抖地说。

突如其来的相遇，孙言也十分错愕，禁不住有些结巴地低声说：“您，您，是您！”

“来，来来，我们找个地方谈谈！”江正寒兴奋地说。

孙言看看周围，不时地人来人往，就点点头。

江正寒带孙言进旅馆自己的房间，就把门关上，并拿杯子给孙言倒开水，孙言则把肩上的袋子放到旁边。

“天不负我啊，终于找到你了，我太高兴了！”江正寒边倒开水，边喜不自禁地说。

孙言的情绪此时已平静，他用目光扫视了一遍房间后，就拿过放在窗口边的椅子坐下。

听到江正寒这样说，他就问：“您一直在找我吗？”

“在这里，我就等了你三天！”江正寒把开水递给孙言后，就对着他坐到床铺边上说。

“在这里?”孙言疑惑地问，“您怎么知道我会到这里?”

说到这里，江正寒的心情回复了平静。他扶了扶眼镜后说：“抗战胜利前，吴书记对我说过，你曾照顾过张国泰同志的母亲。吴书记现在牺牲了，我想照顾她老人家的，应该还是你，所以，我就在这里等你。”

孙言做梦也没有想到会这样遇到江正寒，更没有想到他会知道张国泰的母亲!

他顾不得请示，也不考虑危险，就答应江正寒到旅馆谈话，绝不是要和江正寒谈他为什么会在这里，或者是他找了自己多长时间，而是想知道“利丰商行事件”的真相，以及差不多两年时间，他去了哪里，在干什么。所以，对江正寒上面说的那些，他都没有多大兴趣。

孙言说：“江书记，我们两个今天还能相见，是幸运的，我相信您也会有同感。‘利丰商行事件’太惨痛了，近两年来，每当想起它，我心口就发痛，彻夜难眠。您是当事者之一，您能谈谈当时利丰商行里面发生的事情吗?”

能见到孙言，本来是只可想而不可求的，因而江正寒显得十分高兴。

从原来的隶属关系上说，江正寒是孙言的上级。上级见到下级，一般来说，上级会保持矜持和尊严，何况江正寒平素就表情肃穆，怎么会有此刻般无拘和随意。

然而，此时的江正寒和孙言都是经历了九死一生后的久别重逢。此情此景，职位上的尊卑，又算得了什么呢！对于孙言，江正寒虽然不知道他现在的真实情况，但从各种情况来判断，相信他与党组织有联系。因此，对于他的询问，他当然愿意说。

于是，江正寒就把市委当时为什么要开那个会议、吴明的动机与态度、自己的担忧以及开会前几分钟人员进来的情况、大家各自的神态，特别是吴明发现问题，命令大家撤离和自己如何逃脱等细说了一遍。

接着，他还说了后来在如何危急的情况下，与叶子辛接了最后一次头和从叶子辛的口中知道被敌人袭击的死伤情况。

说完后，江正寒也是唏嘘不已，伤感之极。

两人一度静默无语。

许久，孙言才问道：“叶子辛后来去哪里了，您知道吗?”

“当时我们两个已被全城通缉。见过面后，我们就分别撤出金城，此后，便杳无音信了。”江正寒语调低沉，仿佛仍沉浸在痛苦之中。

“看来这两年您过得也不容易，是怎么过的?”

“怎么过啊?”江正寒苦笑一下说，“秋已尽，日犹长，仲宣怀远更凄凉。不如随分尊前醉，莫负东篱菊蕊黄。”

这是宋朝李清照的《鹧鸪天·寒日萧萧上琐窗》一词中的下片。江正寒借词人在动乱社会客居异地，深感身世飘零而抒发的家国之思，来表达自己之悲愁。可是，才读了一年私塾的孙言，不知他所说何物，只能无语地看着他。

江正寒意识到自己太书生气了，马上改口道:“人最难的是心之熬!”

于是，他把他如何逃离金城，躲到蓉城，巧遇周文伟，以及周文伟对他由不信任到信任的过程说了。其中过程的跌宕起伏，他的悲苦孤独和对组织与金城的思念之情，倾诉得颇为细腻与真切。

孙言听了，也为之动容。他端起水杯，喝了两口，稳定一下情绪。

“周文伟何许人也?”孙言问。

“你不认识他吗?”江正寒问。

孙言摇摇头。

江正寒这才想起，孙言是在全国抗战后才调到市委的，周文伟那时早已离开了金城。于是，他把周文伟和自己在金城学联时的情况也做了详细介绍。

听了江正寒对周文伟的情况介绍，孙言仍然心情沉重地说:“利丰商行惨案，对金城市委的破坏是毁灭性的。金城市委本来是一个很强的战斗集体，却在瞬间土崩瓦解。为什么会这样?你想过吗?”

江正寒的神情渐渐地也变得冷峻起来。他沉思了一下，说:“这一次灾难，就像一个幽灵，无时无刻不在我的脑子里游荡。事后回过头来看、来想，第一是我们麻痹了。对国民党独裁的本质认识不透，被抗战突然而至的胜利冲昏了头脑。在这些方面，不仅吴书记有，我也不例外。原来吴书记征求我如何开这个会的意见时，我虽然提醒过他安全的问题，但在他强调形势紧迫，不能拖延，而且他相信，当时还是国共合作时期，国民党不敢冒天下之大不韪后，我就没有再坚持自己的意见。第二是我们内部不纯，有人告密，而且这个告密者不会是一般人，肯定是我们的核心成员。按叶子辛说，敌人是拿着照片，对着尸体一个个辨认的。这就说明，敌人早就掌握了我们市委核心成员的情况。我们这个集会只是给敌人提供了一个一网打尽的难得机会罢了！”

“以您判断，谁是告密者呢？”

“这个问题，我一直在想。我首先怀疑的是叶子辛。他为什么迟到？他干什么去了？后来我见到他时，他说是被特务盯梢，耽误了。真实情况如何，不得而知，到现在，也只是他自己的说法；其次，按叶子辛说，受伤的是两个人，一个应该是罗田。他是紧跟我逃出来的，只是他不幸被敌人打中了。另外一个是钟向北，我曾怀疑他。因为在人员到齐之前，他坐在那里，手拿报纸，神色紧张，目光游移不定，状态不正常。不过后来我又想，在那种状态下，谁不紧张？只是程度大小问题；不过，他在屋里，怎么会被打伤呢？第三，我也怀疑过你。你是市委的机要秘书，我想市委这个会议的时间、地点和参加的人员你肯定知道，可开会的时候，为什么不见你？你干什么去了？吴书记知道吗？可再想想，敌人能拿到我们的照片，就说明告密者与敌人的勾结不会是一天两天的；而你就在吴书记身边，要是你有问题，按敌人的逻辑，吴书记应该早就出事了。第四，我还怀疑过吴明。市委从来没有召集过这样的会议。这样的活动，一出事，后果就不堪设想，可他为什么要破这个重大的惯例？并且我还提醒过他，他为什么听不进去？可是，他已牺牲了。如果他投靠了敌人，敌人为什么要把他打死呢？第五，其他牺牲了的人，会不会有可能？如果有可能，只能是两种：一是敌人为了隐蔽告密者，故意把他混在被围捕的人中，等抓回去以后，再找理由把他放了，然而敌人弄巧成拙，误杀了。二是敌人认为，金城的中共地下组织和首脑人物已全部被掌握，而告密者又因为某种原因——后悔，或有向我方提供情报等嫌疑，激怒了敌人，敌人因此在混战中干脆将其击毙……

“就这样，我苦思冥想，种种可能都想过，却没有一种可能有令自己坚信不疑的理由或证据。我认为，市委重建后，一定要抽出专门力量来查这个事件。不然，已牺牲的同志死不瞑目！”

孙言默默地听着江正寒的分析、推理。当他讲到钟向北时，孙言是第一次掌握钟向北在事发前的表现。钟向北的这种表现，与林书记掌握他的情况，是吻合的。钟向北背叛了党，是告密者，在江副书记不肯定的分析中又多了一个佐证。可恨的是，现在无法找到他。

“您找过钟向北吗？有没有见过他？”孙言问。

“没找过。他不是受伤被捕了吗？”江正寒疑惑地问。

孙言想了想，说：“您刚才那些分析、推测，从逻辑上都说得通，五种可能中，钟向北的可能性就是真的！”

江正寒大吃一惊，说：“你说什么？你们查出钟向北就是……”

孙言平静地说：“他的上线吴书记已牺牲，下线龙伟平被捕叛变；他伤好后，敌人放了他；接着，他的关系人又相继被捕；他在现场被打伤，但敌人没有拿照片去辨认他。这就是您刚才所说的，敌人是故意把他混在其中，他是被误伤的。实际上他心中早就知道要出事，所以他紧张！”

“你说的都有了证据？”

“您提供他在事发前的表现，是最新的证言。”

江正寒不禁一阵愕然，紧接着追问道：“是新市委的结论？”

孙言平静地点了点头。

江正寒一下子显得既愤怒又悲哀的样子。他站起来，来回地踱步。

“唉，吴书记他们终于可以瞑目了！”江正寒叹口气说。

接着，他又回到床边坐下，说：“市委已重建了吧？你给我联系一下市委的负责同志，我想见他。”

孙言顿了一下，然后说：“党内的规定、纪律，您比我懂，我只有汇报的权利。”

江正寒一下语塞。

良久，他才说：“下一次，我们怎么联系？”

孙言思考了一会儿，说：“半月后的上午，您还是到这里的留言处，看署名‘刘辉’的‘我已走’留言。留言落款时间的当天下午三点，你到震旦公园门口便可。”

江正寒默然地看着孙言，像是在记着他的话，又像是在想着别的什么事。

二十二

和平饭店是金城市规模最大、档次最高的宾馆，是法国人建的，周边环境就像一个大花园。

下午，徐伯恩把任晓锐从火车站接到和平饭店六三三房。

任晓锐是保密局的少将督查专员。他曾是中共地下党一个市的组织负责人。抗战初期，他被军统策反，带着大量的绝密情报投靠戴笠，因而，成了戴笠的红人。徐伯恩和他虽然私交不深，但在总部时，徐伯恩到戴笠的办公室，经常会见到他，并且偶有来往，因此也算老熟人了。

六三三房是豪华套房，他们坐在外面的会客间。张秘书泡好茶，摆好水果，就退了出去。

彼此寒暄几句后，徐伯恩就笑眯眯地说："任兄此次亲赴金城，想必衔命而来，不知有何赐教？"

任晓锐看了看徐伯恩，也是微微一笑，然后端起茶杯，啜了一下还冒着热气的茶，再慢慢地放下茶杯，说："诚如徐老弟所言，本人这次造访，使命有二。一是，秘密物色，挑选精干，潜伏敌后，与共党作长期斗争。"

"哦？局势不妙？"徐伯恩笑意顿失，略感惊讶，侧着身子问道。

"唔，也不乐观啊！"任晓锐沉吟一下，心情略显忧郁地说，"东北战场，国军已呈疲弱之势。你知道吗，国军与共军兵力对比，由战争之初的三点一四比一，已变成现在的一点三比一；共军在东北已控制百分之九十七的土地和百分之八十六的人口。东北不保，已成定势！

"华东、华北形势也令人担忧。共军中原野战军和华东野战军，经过内外线配合作战，已使国军损失了大量部队，夺取了许多城镇和广大农村，打通了中原、华东两个匪区的联系，山东只剩下青岛、烟台、临沂和济南几个孤岛，其余已全成了匪区。

“济南目前的形势已非常严峻。共军西线兵团与山东兵团已会合，济南处在匪区的包围之中。济南是卫护徐州的重要堡垒，济南一旦失守，不但徐州不保，国都南京势必受到严重威胁！”

整个战局固然令人忧虑，但徐伯恩感到任晓锐未免过于紧张。

他轻轻吁了一口气，就笑笑说：“任兄对济南只说了一个方面，可另一方面则是，济南作为津浦、胶济铁路交汇点，北靠黄河，南倚泰山，地势险要，易守难攻。以济南内城为核心防御阵地，以外城和商埠为基本阵地，以外围县镇及制高点构成外围阵地。各阵地内均构筑有众多永久和半永久型工事，形成能独立作战的支撑点。在济南，我共有守军三个整编师，九个正规旅，五个保安旅和特种兵十一万余人。当今共军没有重武器，他们要啃动它，我看没那么容易！”

任晓锐听了徐伯恩的话，就“哈哈”一笑说：“老弟所言极是！”

接着，他收起笑容，神情严肃地说：“当然，局势并非不可为。毛局长上任后，未雨绸缪，独出良策，此乃深谋远虑！”

“是啊，共党已坐大，今日的他们，已远非民国二十年之江西瑞金时期！”徐伯恩颇为感慨地说，“毛局长在党国面临困难时期，有如此见地，实为高屋建瓴，卑职定然不辱使命。”

任晓锐静静地看着徐伯恩，不时露出似笑非笑的样子。他在想，在谈济南的局势时，你徐伯恩表现得那么谈定，有底气，对共军是那么不以为然，可此刻对共党的感叹，你又显得那么无奈，甚至有些悲切，你老弟的内心也是颇为纠结啊！

其实任晓锐心里清楚，像徐伯恩这样的矛盾心理，在党国的干员中比比皆是。只不过是说与不说，或者能否掩盖得住而已。

“我相信老弟的忠诚与魄力。”任晓锐淡淡地说了一句后，脸色突然变得有些严肃地说，“第二个任务，就是事关老弟你自己的问题。有人举报，自你们摧毁共党金城市委后，不到半年，又不断发生游行、请愿、罢工、罢课等重大事件，特别是去年发生的声援南京‘五二〇’示威大游行，事前你都没有获取任何情报，事件过程也无所作为，任凭他们折腾大闹。这些都是由于你私放共党钟向北，无视共党死灰复燃，徇私渎职和沽名钓誉而酿成的恶果。此外，在接收时，你把日本人的一间纱厂收过来，名义上是站里经营，实际上成了你二哥的企业。在及第街你从一个汉奸那里要了一栋小洋楼，没有在敌伪产业管理局登记，现在也变成你二哥的物业，给一个叫黄紫蔚的女子居住。这女子，原是金城市伪政府一个税务官的三姨太。抗战胜利前夕，你与这个女子已好上。胜利后，你私放汉奸税务官，以达占其为妾之目的。老弟，去年开始就有人举报你了，是毛局长压了下来。现在他们把你告到军务局，毛景彪长官非常恼火，训示毛局长严查。特别是那个钟向北，如果确有此事，你的脑袋就难保啰。本来我早要下来的，就因为研究潜伏的事，拖了一段时间。究竟实情如何？你说说看。”

任晓锐说第二个任务后，才说“有人举报”，徐伯恩就知道他要说什么了，却不曾想这个可恶的举报小人居然搞到军务局去，他心中着实有些慌乱了。

军务局隶属于国民政府，实质上就是原来的侍从室，它可以指挥、调遣国防部，直接向蒋介石负责。

军务处的第五科，是主管军法案件的，由副局长、浙江奉化人毛景彪主管。

对于被举报的徐伯恩，去年六月毛人凤就打电话给他，训了他一顿。徐伯恩后来跑到南京，当面向毛人凤解说了一番，因此，他以为事情已不了了之。

徐伯恩和毛人凤的关系，也是很不错的。他们不仅同是戴笠的小同乡，而且戴笠在世时徐伯恩也很尊重毛人凤。无论徐伯恩在总部还是到了金城，他去看望戴笠，也一定看望毛人凤。送礼给戴笠，必定有毛人凤一份。毛人凤从主任秘书、副局长到局长，也一直很赏识这个喝过洋墨水的小老乡。

毛人凤接到举报徐伯恩的材料后，他知道无论是过去的军统，还是今天的保密局，窝里斗是系统内的顽疾，他本来就不想去理这些乱七八糟的事。何况徐伯恩在实施“狐狸计划”中不仅取得了巨大成绩，而且这个计划他曾书面专报过戴老板，后来也给自己当面说明，自己也肯定了这个计划。至于徐伯恩贪财好色那部分，他已在电话上加以训斥，给予警戒。即便如此，徐伯恩就举报的问题也不敢懈怠，专程来到南京，把问题做了进一步的说明。

现在既然有人把事情捅到天上去，毛人凤就不得不做做样子，让熟悉徐伯恩的任晓锐走一趟，以息天怒吧。

老奸巨猾的毛人凤，没有把告状的具体情况和他的心思告诉任晓锐，也没有给徐伯恩暗中通气，而是摆出一副公事公办的样子，让任晓锐去调查。这样做他可以收一石三鸟之效。一是借上面的权威对徐伯恩来个震慑，让他今后做事知道分寸；二是整个事态目前仍在自己的拿捏之中，关键时候自己再出面把它摆平，徐伯恩为此就会对自己感激涕零；三是若事态一旦失控，自己则可以撇得一干二净。

任晓锐不仅不明就里，而且他也免不了俗。他与徐伯恩虽是熟人，可今天他是“一朝权在手，便把令来行”。他在徐伯恩面前，表面上客客气气，而语气神情却透着居高临下、道貌岸然的味道。

在没有得到任何预警的情况下，任晓锐突然而至，并且词锋暗藏，软中带硬。徐伯恩猜测，自己的问题是否到了委员长那里？毛局长沉默无语，是否他已罩不住了？如果连毛局长都不敢说话，自己这一回可就真要栽了！

素来善于隐忍的徐伯恩，这时的脸色已有些难看。为了掩饰内心的紧张与恐惧，他端起茶杯，想喝口茶，但他拿杯子的手在微微发抖。为此，他端起茶杯后，忽然又放下去。

徐伯恩把原来侧向任晓锐的身子坐正，头枕沙发，双手分别放在扶手上。

针对任晓锐的询问，他默然思考。

许久，他的心情才略感平静。他说：“任兄啊，说心里话，我徐某人对您是很敬重的。您今天身负使命，严查我徐某人，小弟我定然配合，如实向您禀报一切，并请求处置。其实，状告我的就是一个小人！他整天游手好闲，不务正业，拉帮结派，陷害忠良。他所列我之罪状，或夸大事实，或不明真相，或捏造诽谤。金城地区共党死灰复燃是事实，可是出现一些游行示威和罢工罢课等活动，在当今非常时期，哪个地区、哪个城市没有？就说声援南京‘五二〇’的游行，全国就有六十多个大中城市发生了声援活动！南京‘五二〇’案件发生时，我就密切关注金城市的动态，要情报处、电讯处和行动处给各自的情报人员及内线下命令，务必及时收集相关情报，盯着重点行业和人物，挖掘线索，要把事件扑灭在敌人酝酿的过程中。然而，共党也是人，并且是狡猾的敌人。由于他们的地下市委曾被我们连锅端，因此他们吸取了教训，从重建组织开始，就极其隐蔽，操纵者隐藏更深。这也是我在决定捣毁他们首脑机关之前意料之中的，所以，我才进一步完善了‘狐狸计划’。这个计划，我在对共党市委采取行动前，已专报戴局长。戴局长不幸殉国后，我也专程赴京面告当时的毛副局长。钟向北是我这个计划的一部分，具体内容，我在这里不便说，请您回到局里问一下毛局长便知道。

“至于从日本人那里接收的那间纱厂，就是站里的实业。我二哥是站里的编外人员，由于他懂得企业经营，站里聘他为经理。只是现在是战争时期，生意不好做，没什么盈利罢了。还有那栋小洋楼的事，在抗战胜利前夕，一个姓刘的汉奸看见大势已去，就把洋楼卖给我二哥，然后潜逃，与我何干？最后说到我和那个黄紫蔚的事，实际上是子虚乌有，捏造诽谤。开始我并不认识黄紫蔚，是我们站的赵副站长在我去重庆开会时，说她通共，把她抓起来。经过重刑拷打后，仍然一无所获，也无证据证明她有通共嫌疑。我从重庆回来，听说此事，再派人去核查，才知道她是一个普通女子，同时也是我二哥的房客。因此，我到羁押室去看了看。此时黄紫蔚已奄奄一息，我动了恻隐之心，让行动处送她去医院疗伤。为了不让党国形象受损，我去过医院看望她，并向她致歉，仅此而已。这些事情，站里的冷伟、余福明和柳枫他们都很清楚，您可以向他们了解。”

任晓锐默默地听着徐伯恩的申辩。

他的神情严肃庄重，仿佛高度专注，极为重视，其实他在认真观察徐伯恩。

他通过徐伯恩的神态、表情，甚至是语调、语速的微妙变化来分析、判断徐伯恩的心理与陈述的真伪。他很快发觉，徐伯恩由陈述前的短暂惊慌，经沉默后，就已镇定下来了。话没说几句，他又由镇定变成了自信。徐伯恩从神情到语气，表面上对自己很客气、很尊重，但看得出，他已把宝押在毛人凤那一头了，对自己此行并无多大担心；所以，关键的问题，他要么让自己回去问局长，要么轻描淡写，敷衍应付。

任晓锐知道徐伯恩与毛人凤的关系。此次下来，毛人凤虽然没多说一句话，但他久处国民党官场，深谙其规则，更知趋利避害，所以，当看到徐伯恩这样的神情与心态，他心里早已拿捏好了分寸。

“好啊，老弟这样说了，我心里就有数了！”任晓锐显得一身轻松地从沙发上站起来说，“我看这样吧，明天，我再找你刚才说的那几个聊一聊。你把刚才说的形成书面材料，让我一起带回去复命就是了，怎么样?”

徐伯恩没料到刚刚还是黑云压城城欲摧的气氛，突然间就如此云开日出了，专员大人如此演技，令他大开眼界!

徐伯恩原先着实被吓得额头冒汗珠，后来他之所以如此镇定，是因为他想，如果这一局毛局长也扳不回来，自己只好硬着头皮去找蒋夫人了。现在看来，自己是过虑了。

于是，他压着内心的轻松，平静地慢慢站起来，微笑着说:“行，我听任兄的。今天旅途劳顿，任兄辛苦了。我先告辞，晚上再过来陪您吃饭。”

说着，他离开了六三三房。

徐伯恩本是读书人，虽然他弃笔拿刀，杀伐不惊已多年，可是像今天这样，天降横祸，命运吉凶难卜，让自己脊梁骨发凉的惊吓，还是头一回。斯文人，毕竟不同于行伍出身，面对陡然涉险，以及宠辱感悟，斯文人的心理毕竟会脆弱一些，思考也会复杂一些。因此，当他走出和平饭店坐到车上后，他就感到从未有过的疲惫，整个人像虚脱了似的。

任晓锐在金城待了三天，按照徐伯恩所说的，他把冷伟、余福明、柳枫等人找到酒店，装模作样地谈了一天话。之后，徐伯恩就寸步不离地陪着他吃饭、跳舞、看戏、赏风景。

赵谦对任晓锐来金城则全然不知，被徐伯恩封锁得严严实实的，而任晓锐也没有提出要找赵副站长聊聊。

任晓锐要打道回府了，徐伯恩就以补贴任兄车马费之名，给他三条“黄鱼”，然后他们就十分愉快地握手告别了。

送走任晓锐后，已是下午三点多钟，徐伯恩立马把冷伟叫到办公室。

冷伟走进办公室，见到坐在办公桌前的徐伯恩脸色阴沉，目露凶光，久久不发一言。

看着徐伯恩如此可怕的样子，冷伟不敢造次，站到办公桌前，静候徐伯恩发话。

过了好长时间，徐伯恩才无言地指着办公桌前的椅子，示意冷伟坐下来。

冷伟顺从地坐了下来。

又过了一会儿，徐伯恩才低沉而又恨恨地断然道：“今晚就密捕‘浪里飞’！”

“是！”冷伟干脆地应道。

早已做好准备的徐伯恩，对赵谦的反击开始了……

由于钟向北没有按徐伯恩的预想那样，回到徐伯恩身边，寻求保密局的保护，徐伯恩就让冷伟在《金城晚报》上，以记者名义，写了一篇人物专访。他想用这把火在钟向北这个猴子屁股上烧一烧，逼他跳出来。

然而，专访出来后，半个月，一个月，仍无钟向北踪影。他不明白，私下想，共产党不是最恨叛徒的吗？你钟向北都到了这般处境了，为什么就不愿意站到我这边来呢？

徐伯恩的自信终于动摇了，也急了。他在百思不得其解中，只好找冷伟，商量对策。

在对待钟向北的问题上，徐伯恩感到大半已输，但他是不能在下属面前认输的。

他对冷伟说：“对钟向北你就不能多想一点办法吗？”

冷伟对释放钟向北，本来就疑虑多多。即使徐伯恩曾向他作了极有深意、极具战略的说明，但他仍然是一会儿似乎明白，一会儿又觉得心里没底。其实，徐伯恩怎么想、怎么做，冷伟从来就没有真正明白过。所谓“狐狸计划”，大概构思和内容，冷伟知道六七成，但在实施过程中，都是徐伯恩说一步，冷伟才知道一步，至于下一步是什么，他不知道。他在心里也常常埋怨，自己比赵谦知道的多不了多少，充其量就是一个领命的角色！

现在差不多两年过去了，在钟向北身上，除了开始时抓到了两个人，之后就成了心病。冷伟认为，如果对他施以重刑，就他这个身份，何止抓两个人？更没有后面的烦心事！现在听站长说话的意思，明显在责怪自己，可自己又能说什么呢？

“站长，我正想向您汇报，”聪明的冷伟突然来了灵感，却十分平静地说，“如果他还在金城，不可能没有蛛丝马迹。现在竟然像被蒸发了似的，我认为，他肯定离开了金城。我想到他老家去，他很可能潜了回去。”

徐伯恩想了想说：“唔，有可能，你知道他的老家在哪儿吗？”

"知道。"冷伟说，"从'狐狸'与我们合作时，我就建立了他们的档案。"

钟向北的老家在小浦县的大山区里，冷伟跋山涉水，奔波了三四天，可还是一无所获。

一天上午，冷伟路过清香茶馆，看到老杜站在门口，他就停车，与老杜打招呼。

老杜见是冷副站长，就十分热情地请他进来喝茶。

冷伟这段时间为钟向北的事正心烦，也有心想进去解解闷，于是立刻答应了。

喝茶间，他们先是金钱美女的聊一通，然后就说到吃喝嫖赌。说着说着，老杜突然问冷伟说："冷站长，有道是人生苦短，可赵副站长怎么他不续弦呢？"

冷伟嗑着瓜子，瞥老杜一眼，不冷不热地说："你问我干吗，问他呀。"

老杜喝一口茶，看一看冷伟，就笑笑说："几个月前他来这里，我问过。"

"那他怎么说？"冷伟不紧不慢地问。

"他说，哪有心思考虑下面那点事，弄不好上面吃饭的家伙随时要搬家。"

冷伟冷笑一下说："呵呵，是吗？"

"是啊，他是这样说的，好像他心里有什么事。"老杜说着，仿佛突然又想起什么似的说，"对了，他当时好像正在办案。我和他也是在这里，就像现在我和您一样，喝茶闲聊。后来他有个手下突然跑进来，说什么'又跟丢了'。当着我的面，他不好说什么，但样子很不高兴。"

冷伟嗑着瓜子，向窗外看了看，好像没听到老杜的话似的，而他心中却在想着"又跟丢了"的话。他联系到老杜说的"正在办案"，心里就嘀咕：几个月前？站里没案给他办呀，他办什么案？他跟踪谁？在搞什么名堂？手下是谁，苏昌文？

于是，他借故说有事，向老杜告辞，赶回站里，找到监视赵谦的其中一个人，询问情况。可是此人说，他们一直没发现赵谦有异常。

冷伟狠狠地瞪了此人一眼，然后去找于勇。他要于勇尽快摸清，几个月前赵谦跟踪的是谁，是干什么的，结果怎么样。

接着，他拿出一沓票子，塞到于勇的怀里。

两天后，于勇真的给冷伟带来重大消息。他向冷伟报告说，赵谦发现了钟向北在黑市采购药品，并通过旺盛公司的“浪里飞”出手。赵谦想抓个人赃俱获。没想到，钟向北在逃跑过程中，连车带人，冲到了江里，喂鱼去了。

“人死了?”冷伟着急地问。

于勇说:“苏昌文说，他们在现场搜查、守候了很久，人车全没了踪影。”

“那药品呢？药品也在车上?”

“苏昌文只说，老赵要抓的是钟向北，见没找到钟向北，他们就收工了。说到这里，他就醉得不行了。”

打发于勇走后，冷伟心中很不是滋味。俗话说“有心栽花花不发，无心插柳柳成荫”，自己踏破铁鞋去找钟向北，可就是找不着，而站长没有叫赵谦找钟向北，可他偏偏碰到了!

冷伟带着复杂的心情，去找徐伯恩，向他报告这一切。徐伯恩听后，首先是深感失望，其次是对冷伟的无用颇为不满。

他对冷伟说:“你一直不理解我为什么放了钟向北，你以为我不知道此人的重要？我告诉你，第一，此人不好对付。他在医院被抢救过来后，我初次去看他，问了他十句话，他只说了‘你们别治了，我还要过一趟你们的十八般刑具呢’这么一句。听他那语气，看他那神态，我的心就凉了半截。我坐到他的床边，右手放到他大腿缠着绷带的伤口处，回他一句‘那可不是吃朱古力喔’。我的右手猛然用力一按、一抓他的伤口，血水立刻染红了白色的绷带。可他的反应，只眉心轻轻一皱，接着淡然一笑，神态依然那么平静，好像他只是被蚊子叮了一下似的。针对他这种人，我研究了若干年，铁杆的共党，其信仰的主义已经深入骨髓。他们的每一滴血，都充斥着其主义的细胞！对如此共党，你的刑具管用吗？只能从他的精神、意志上来解决问题。对视信仰如生命的人，亵渎、瓦解其信仰和精神比用重刑，他要难受得多。除此以外，别无他法！第二，我们的‘狐狸计划’里，本来就有掩护‘狐狸’的设计。不管他是因用刑后在肉体上忍受不了而背叛，还是通过在精神上逼迫他，使他痛苦而投降。若是因用刑而导致他死亡，那么掩护‘狐狸’的所有努力就可能白费。第三，与共党的斗争，将是长期的折腾，必须尝试新的方法，摸索新的理论来指导我们的斗争。用重刑，有用，却败多胜少；以亲情要挟，亦可奏效，如‘狐狸’之类。但毕竟祸及无辜，会遭天谴的。以前戴老板不就争取到共党老牌特工顾顺章吗？由他与共党斗，效果多好。这些道理，难道你一点都不懂？”

徐伯恩甚为动气地说了一通后，话锋突然一转说：“可恨的是那姓赵的，他想干什么？”

冷伟不知道站长曾这样观察、试探过钟向北。现在想起来，他觉得钟向北这个人的气质、性格是甚为刚毅的。他与平时刑讯那些死硬分子的特质极为相似。因此，到了这个时候，冷伟已无话可说，对站长的埋怨、训斥，他只能独自忍受了。

“站长，我想，赵谦这样做的目的，应该是冲您来的。您说上次向毛局长告状的就是他。现在他这样做，可能隐藏着更大的阴谋！”冷伟说。

徐伯恩看着冷伟，此时他已平静下来。

思考了一下后，他就“嘿、嘿”地干笑两声说：“他要玩阴的？好啊，我徐某人无所畏惧！”

徐伯恩的表情似笑非笑，脸色白中带青，那语调怪里怪气的。冷伟跟他那么多年，这是第一次看到他这个样子，心里都发毛。

“你这样，”徐伯恩接着说，“一严密监视‘浪里飞’，不能脱离视线；二调查那批药品是怎么来的，原本要到哪里去，现在是否掉到了江里，不掉江里，又到了哪里；三运送这批药品是否旺盛公司所为。此前，该公司共走私了多少违禁品，到共区去的又有多少，赵谦与其关系如何。这三项工作你一定要用心做好，形成材料。我一旦需要，就是和他对决了，明白吗？”

“是，卑职十分明白！”冷伟口里应着，心中却是既高兴，又有些兔死狐悲的感觉。

经过一段时间的调查，冷伟掌握了“浪里飞”在钟向北出事后，通过原来的渠道，把药品卖给了苏中共区；旺盛公司通过“浪里飞”曾多次走私药品、钢材、布匹、大米，甚至枪支到共区，具体数量和批次还有待查证；旺盛公司这些走私活动，赵谦都知情，并且与之分利。

徐伯恩得到冷伟的报告后，内心又喜又悲。他正在思考如何下手时，任晓锐却突然驾到！

局里电话通知说，任晓锐是以巡视工作之名来金城的，徐伯恩怎么会想到他竟是挟着皇廷之命，冲自己来的！

开始时，真让他吓个半死，但从与任晓锐分手时的情况看，徐伯恩想，风暴应该仅此而已。自己抽空再去一趟南京，面见毛局长，一切就会过去的。

然而，自己与赵谦的较量，已经被他逼到了死角。从他欲置自己于死地而后快的歹毒用心看，这一次较量就是决战，必须彻底解决胜负……

冷伟应声走出去，徐伯恩忽然又说："等一等。抓捕'浪里飞'，你亲自带队，到警备区去借兵，站里的人一个都不要。抓到以后，关到警备区监狱去！"

"是，我明白！"冷伟应着，立即出去实施抓捕"浪里飞"。

二十三

上午十点半钟，余福明走出办公大楼，叫了一辆黄包车，直奔震旦公园。

他原本想开吉普车去的，但觉得这样目标太大，停放也不方便，还是坐黄包车好。

然而，此刻他坐在黄包车上，尽管车夫已拼命地跑，而他仍觉得太慢。他内心十分着急，恨不得一步就跨进震旦公园，见到林书记。

今天早上上班不久，余福明在办公室里看到，苏昌文匆匆忙忙地从他的门口经过，直上三楼。他想，没有长官的使唤，一般的小特务没事是不能随便进主楼的。

他肯定是到赵谦那里去的，他们又要干什么？

赵谦在金城站分管和掌控行动处多年，刘伟波、苏昌文、黎文和严明是他的铁杆兄弟，经常在一起吃喝的，还有一个于勇。对于这些人，余福明是特别警惕的。

他决定等苏昌文下楼后，把他叫进来，摸摸他的底。

大约过了三十分钟，余福明听到楼梯响，估计是苏昌文下来了，立即向门口走去。

他刚到门口，就见到苏昌文走过来。

“余处长，您好！”苏昌文突然见到站在门口的余福明，急忙睁着那对小眼睛，边敬礼，边问候说。

余福明佯装惊讶地说：“嗨哟，那么巧，来来，进来说吧！”

苏昌文有事在身，心中略为犹豫，但处长叫，他又不好拒绝，只好跟着余福明进去。

进到办公室里，余福明还在装。他说：“我还想找你呢，你有事找我？”

苏昌文立即否认说：“不，不，我没事。是赵副站长找我。”

“哦，是这样。”余福明仿佛颇感意外地说，“我想叫你跟我出去一趟的。赵站长的是公事，还是私事？急不急？”

“公事，挺急的！”

“公事？什么事这样急？”

苏昌文觉得，平时余福明和赵谦的关系是挺不错的，并且刚才在赵谦那里，对那事，赵谦只说不能让徐伯恩和冷伟知道。此刻，他面对的是自己的直接长官余福明的询问，心中不仅没有警惕，而且更多的是想讨好和邀宠。

“处长，是这样的，”苏昌文有些兴奋而又神秘地说，“昨晚我和赵站长在清香茶馆喝夜茶时，发现了我们一直寻找的，在‘利丰商行共党案’中充当望风者的‘乞丐’。他与金香米行的林老板同在一个包厢里出来。当我们确认后面走出来的那个就是我们一直在找的‘乞丐’时，就追了出去。可是，他和林老板都不见了。后经调查，那‘乞丐’就是原金城市委的机要秘书，叫孙言。

“刚才站长说，林老板有问题。他要我叫上小黎和小严，去监视金香米行，跟踪林老板，通过林老板找到孙言。一旦发现林老板和孙言在一起，就立刻通知他，要把他们双双拿下。我现在急着去找小黎和小严。不过，处长，赵站长说，这事暂时不能告诉徐站长和冷副站长，这……”

“哎，我知道。”余福明十分严肃地应道，“可你们几个人，力量够不够？”

“站长说，范围不能扩大，就让我们辛苦一点。”

“那好吧，就按站长说的办。你快快去吧，把任务完成好！”

苏昌文显得很高兴的样子说：“好嘞，谢谢长官的信任！”

这个突如其来的消息，使余福明的心提到了嗓子眼，林书记和孙言正处在极度的危险之中。

苏昌文一走，余福明骤然紧张起来。他立刻决定，必须紧急约见林书记！

待苏昌文走后十来分钟，余福明离开办公室，走出办公大楼，赶到和记杂货铺。他向高掌柜提出，上午十点钟，在震旦公园里的曲桥见面……

余福明赶到震旦公园里的曲桥时，林世全已站在桥上。

林世全看到余福明走过来，他就迎了出去，然后肩并肩，边说话，边沿着僻静的小道，往上面的凉亭走去。

“出什么事了，这么急?”林世全一见余福明，就着急地问道。

余福明说：“昨晚，您到了清香茶馆，与孙言接头?”

“你怎么知道?”

“赵谦和苏昌文看到您了，并认出了孙言同志。幸好你们走得快，他们出来后找不到你们，但是，赵谦已盯上您了。金香米行已被监视，他们要通过您找到孙言，然后一起逮捕。”

孙言与林世全昨晚确是在清香茶馆接头。

孙言向林世全详细汇报了见到江正寒的经过和他的际遇，以及江正寒的要求。他们对江正寒的情况做了估计和分析。林世全认为，虽然已证实钟向北为叛徒，但是江正寒脱离组织已两年。这两年，他虽有说明，然而，毕竟只是他个人述说。因此，林世全暂时不同意见他，而且要孙言对他所说的情况想办法核实。

林世全听了余福明的话，脸色突然一沉，许久没有说话。

清香茶馆车水马龙，茶客熙来攘往，本来是一个接头见面的好地方，当然，这种地方熟人相遇的概率也大。

林世全真有些后悔，今后不能再到这种地方来接头!

他想，赵谦是怎么看到自己和孙言的?自己走在前头，好一阵孙言才走的。难道赵谦一直在盯着自己?

应该是这样。赵谦这个贼，对自己的猜疑不是一天两天了。看来，此贼不除，不仅对孙言是威胁，对自己以及市委也是重大威胁!

“你曾说过要除了他，有没有考虑过具体的方案?”林世全突然问道。

余福明立刻说：“有。我在路上还想，情况发展到现在，要干掉他是有把握的!”

“呃，情况发展?你指的是什么情况?”林世全高兴地问。

“您听我慢慢道来，”余福明颇为愉悦地说，“前几天，保密局少将专员任晓锐突然来到我们站，具体情况，开始我们不知道。第二天下午，任晓锐找我谈话，问了我几个问题。第一是城边的一间纱厂和及第街十五号小洋楼是谁的产权，以及它们的来龙去脉；第二是一个叫黄紫蔚的女人，与徐伯恩的关系；第三是一个叫‘狐狸计划’的问题。在问我这三个问题之前，也就是任晓锐来的当天晚上，已是十点多钟了，徐伯恩突然把我叫回办公室。他阴阳怪气地对我说：‘赵谦副站长觊觎我这个站长位置久矣，可我这个无能之辈，既不死又不走，整天挡他的道。他对我已恨得咬牙切齿，非要把我置于死地而后快。其实，这也不能怪我呀，要是我自己能说了算，我明天就滚蛋！你说是不是？’

“我当时还不知道发生了什么事，但我知道，徐伯恩对我说这话并非无故。于是，就装着气愤地说：‘赵谦这个浑蛋，如此不知礼义廉耻，他就该死。站长，对这种小人，您用不着放在心上，我们大家都拥戴您呢！’

“徐伯恩听了我的话，静静地看了我一会儿，然后微笑着说：‘余处长，难得还有你这个真心的朋友，谢谢了！至于那个小人该不该死，还是那句俗话吧：善有善报，恶有恶报；不是不报，时候未到，我们不说他了。明天任专员要找你谈话，了解那间纱厂和及第街十五号楼，以及黄紫蔚的事情。这些你在总务处的时候，就很清楚，该怎么说，我想你也知道。我想说的是，在破获共党金城市委一案中，共党的市委委员、组织部部长钟向北，市委委员罗田受伤被捕，我们把他们送到医院，给他们疗伤，这些事你们是不知道的。其实钟向北早已投诚我们，他受伤，纯属意外，但基本还是按我的“狐狸计划”来进行。这个计划，我曾呈报过戴老板，也向毛局长报告了。赵谦现在告我私放共党，任专员如问此事，你就如实回答即可。’

“到了这个时候，我似乎猜到任晓锐来金城的目的，那是因为赵谦状告徐伯恩，上面来走走场子吧。可我又觉得奇怪，保密局派一个大员来，仅仅是为了一间厂、一栋楼和一个女人吗？这种事在接收的时候，国民党上上下下，全国各地多了去了，也没见处罚过谁？怎么偏偏就对毛人凤的心腹徐伯恩如此严苛？难道是冲他私放‘共党’这一条？可这个‘共党’的真面目是什么，按他说，毛人凤是知道的呀，为什么还要兴师动众搞这么一出？是不是在施放烟幕弹，以掩盖其他？这些到现在我仍然想不明白。然而，不管这里面有什么名堂，从现在来看，徐伯恩与赵谦已势同水火，互为死敌，徐伯恩现在是非要置赵谦于死地了，而且他已经在悄悄行动。

“那天于勇告诉我，最近的一个傍晚，冷伟从警备区要了五个兵，穿着便衣，来到江边码头。冷伟让四个兵在码头藏起来，他装成老板，带着一个兵，扮成随从，登上一条货船，把绰号叫‘浪里飞’的刘大宝骗上码头，然后突然把他塞进车里带走。这个‘浪里飞’就是旺盛公司的船队队长。旺盛公司走私货物，都由他经手运送。徐伯恩密捕他，就是针对旺盛公司。徐伯恩要动旺盛公司，是冲赵谦来的。

“现在赵谦居然把主意打到您这里来，我想务必尽快除掉他。如果要灭赵谦，我们可以借徐伯恩的手。这样把握会更大、更安全！”

他们边说边缓缓而行，不知不觉来到了凉亭。

凉亭的地势较高，他们面向公园，可以看到公园里的藕塘、曲桥、假山和蜿蜒的大道小径。此时季节已到了八月份，公园里树木一片葱绿，各种花朵争奇斗艳，游人也不少。

林世全仔细听着余福明的述说，当他一听到“狐狸计划”这个词时，心中怦然一动，脑袋立刻转了起来：这是一个什么计划？是不是以前余福明提到过的什么“阴谋”“计划”？徐伯恩向余福明解释“狐狸计划”后，他的心中才有些释然，但不久，他又在心中问：既然钟向北已投靠了他们，他们为什么还要在《金城晚报》上登载那篇人物专访呢？他这篇人物专访是何用意？是钟向北出来后反悔了，不听话，不合作，借以断他的后路？“狐狸计划”原来如此机密，现在为什么突然向余福明透露？上次余福明说，钟向北被赵谦追杀已葬身鱼腹了，现在对余福明松口，难道是他的计划已完成，或者是被搅黄了？

余福明说完，看到林世全在那里低着头，默然无语，就不解地问道：“您什么意见？”

林世全慢慢抬起头，看着余福明，好一阵才说：“你曾经说到过的，在徐伯恩和冷伟那里有什么‘阴谋’‘计划’，会不会就是这个‘狐狸计划’？”

“那天晚上，听到徐伯恩说‘狐狸计划’后，我也认真思考、分析过。从徐伯恩、冷伟和赵谦与钟向北三方的各自动态看，当初我判断徐伯恩有阴谋，有一个绝密的计划，现在看来是对的。从‘利丰商行事件’的结果和徐伯恩的‘坦诚’看，他们的‘阴谋’就是‘狐狸计划’。如果不是任晓锐来调查，如果不是徐伯恩急于澄清自己，我们真不知道他们的阴谋具体叫‘狐狸计划’。不过不要紧，计划的主角钟向北已死，他对组织已构不成进一步的危害了，我们暂且可以不去管它。”

“我不这样看。他们这个计划，具体内容是什么，最终他们要达到什么目的呢？我们都不知道。作为一个处心积虑的阴谋，并且要上报到戴笠、毛人凤那里，会只是为了一个钟向北吗？这个计划原来是绝密的，后来为什么要通过报纸喊话，现在对你又轻言相告。难道钟向北死后，他们的计划已作废？或者计划已完成，目的已达到？事情会是这样吗？”

对林世全提出来的这些问题，余福明确实无法回答。他想了想后说：“如此说来，确实还有很多问题无法解释。徐伯恩这个人，说话做事，喜欢指东道西，露一半藏一半的。”

“既然这个计划徐伯恩已报告过戴笠和毛人凤，”林世全语气坚定地说，“作为文书档案管理，尤其如此高密级的文书，不管是档案室，还是他自己，肯定留有底，你要想办法把它弄到。当然，正如你所说，这工作可以先缓一缓。现在迫在眉睫的，是要怎样铲除赵谦这个恶贼，解除我们当前的最大威胁。你刚才说的，能不能再具体一点？”

“关于这个问题，我一直都在考虑，”余福明说，“我曾想过用伏击，或袭击、下毒等办法干掉他，但是这个家伙搞了差不多二十年行动，养成了多疑、机敏、凶狠的习性。要是不能做到一击毙敌，反而会惹出麻烦来。因此，我还是倾向于借刀杀人。借刀杀人要是失败，还有回旋余地；要是成功了，我们不仅除了心腹之患，而且还能把敌人搞乱，打击其士气，动摇其军心。”

于是，余福明把他的借刀杀人计，一五一十地告诉了林世全。

林世全听后，在凉亭里徘徊了一阵，然后说：“你这个方案大概可以，但我再补充几点：第一，我要和孙言同时到位，这样鱼饵才够香，才确保赵谦到位。第二，方案实施之初，你务必守在办公室的电话机旁，确保及时联系。第三，你要严密监视赵谦的动向。一旦他不上钩，你要设法调动他。第四，你必须把冷伟拉进来，和他一起行动。第五，市委机关立即秘密撤离，而米行则要正常营业，不能露出破绽。第六，必须确保行动中的退路。最后两点，由锄奸队来负责。”

余福明的方案，在林世全的补充、完善后，他们都感觉很有把握，也比较安全，所以，林世全同意立即实施。

第三天上午上班不久，余福明就火急火燎地向徐伯恩办公室跑去。

他来到门口，大声喊：“报告！”

“进来！”徐伯恩正在看报纸，头也不抬地应道。

余福明进去，站到办公桌前，徐伯恩才抬起头，慢慢放下报纸，神态平静，双目直视他，却没有说话。

“站长，”余福明声调不高，语气却急速地说，“我有重要情报！”

徐伯恩的表情虽仍然平静，但神色立马肃穆起来，说：“重要情报？你说吧。”

“我对朝中路的金香米行注意很久了，怀疑它是共党的窝点，就在那里布置了一个线人。刚才线人来电话说，今早，米行的伙计在隔壁的茶叶铺买了一大包茶叶回去，然后又看到他泡了两个暖水瓶的茶，他估计他们要集会。我对线人说了，只要发现有陌生人进去，就立即通知我。站长，我想这可能又是一次‘利丰商行案’那样的机会！”

听了余福明的话，徐伯恩缓缓地从座位上站起，一手抱胸，一手托腮，迈着轻步，慢慢地走出来，默默沉思着。

余福明的站姿跟着徐伯恩的走动而动。

片刻后，徐伯恩没停，也不看余福明，嘴里却轻轻问道：“你凭什么说那里是共党的窝点？”

余福明说：“去年‘五二〇’大游行时，我混在队伍里，经过金香米行时，突然发现队伍里溜出两个人，鬼鬼祟祟地闪进了金香米行。我觉得有问题，就躲到一边，盯着他们。他们进去约十五分钟，又悄悄地出来，赶上了游行队伍。从此，我就注意上这个米行。米行旁边有个茶叶铺，我跟踪它的一个小伙计。一个傍晚，来到他家门口，我跟着进去，用半威胁、半收买的办法，打听到了米行的情况。米行老板姓林，是本市人，但是长期在外，据说是因为东北打仗才逃回来的，老板很少露面。于是，我用每月茶叶铺给他的工钱的三倍，让这个伙计监视米行。这伙计见能挣到这么多钱，就欣然接受了。一年多来，他告诉我的情况虽然大多没用，但有些情况，坚定了我对这个米行的怀疑：米行的生意不行，可它一直维持下来；生意不好，可它又养着四五个伙计；经常有生面人进出米行，而那些人从气质、神态看不像是生意人，给人感觉颇为神秘。”

“你见过那个老板吗？”

“没见过。我想过到米行去正面接触他一下，但又怕打草惊蛇。”

“难道金城市的游行、罢工、罢课与这个米行有关?”

“我认为是这样。后来我想秘密逮捕在‘五二〇’游行时我看见进去过的那两个人，但一直都没见他们露头。”

“如果事实确如你所疑，那么它就不是一个普通窝点了，而是一个高层机关，甚至有可能是共党重建的金城市委!”

“对，很有可能。不管怎么样，要是今天能把他们一网打尽，对共党一定是一个沉重的打击!”

“你打算怎么办?”

“全体行动队员已在会议室待命，线人电话一来，就听站长您的命令!”

“还有谁知道这事?”

“只有冷副站长，集合队员的命令就是他下的。他因为内急，上厕所去了，要我马上来向您报告。”

徐伯恩立刻止步，面对余福明，神色冷峻地说：“这件事做好保密，行动由冷伟负责，待会我要亲自交代他。你们要做到万无一失，不能漏网，要留活口!”

“是!”余福明一边应着，一边立正敬礼，然后转身走出去。他还没有走出门口，就听到徐伯恩拨动电话的声音。

余福明回到办公室，坐在那里，手拿报纸，眼睛却在不时地看手表。

手表的时针终于来到了十点!

“铃……铃……”，余福明桌上的电话突然响了起来。他立刻把手里的报纸一丢，拿起话筒，只听了五秒钟，就把电话放下，走到窗口边，往院子里看。

不一会儿，他听到从三楼往下走的急速脚步声。

余福明仍站在窗口边。

少顷，余福明看到刘伟波跟着赵谦，急急忙忙走向一辆吉普车，迅速跨步上车。刘伟波打火发车，车子“呼”的一下子，屁股冒出一阵白烟，就冲出了门口。

约过了五分钟，余福明就打电话通知冷伟，然后从抽屉里取出手枪，迅速跑到会议室通知队员。

来到院子，他见到了冷伟。

余福明马上吆喝着拥到大院的队员，跑向院子里的一辆大卡车，像一群螃蟹，纷纷爬上汽车，然后呼啸而去。

朝中路三十九号金香米行，雷霆和甘小岩早已转搞内务，留在门面上的是锄奸队员高立、小冯和小韩。

此刻，铺子里像往常一样，小冯和小韩应付顾客，或推介，或称米卖米，高立则做着搬动米袋，或记账什么的。

上午十点整，林世全大摇大摆地走进米行。不一会儿，孙言低着头，也快步走进去。紧接着，锄奸队员小许也相继而进。

片刻，高立也在门面消失了。

他们四人集中楼上后，林世全就说："我和孙言一出现，敌人很快就会来到。敌人一到，必然会把前后门堵住。从后门出去，有两个方向可逃走。这里的地形，小冯、小韩和高立都已很熟。我们立刻从后门走，高立和小许出后门后就埋伏起来，等待接应小冯和小韩。小冯和小韩必须看到敌人向米行围过来，放几枪后，才迅速撤出。如果此时后门出现敌人，高立和小许就火力掩护，务必使他们安全撤出！"

"是，明白！"高立和小许应道。

"撤！"林世全小声而干脆地说。

林世全、孙言、高立和小许鱼贯下楼。走出后门，高立和小许迅速选择隐蔽点，林世全和孙言则向东边的小巷撤离。

林世全他们离开大概十分钟，赵谦和刘伟波的车子就来到米行斜对面的一间书店门口停下。

苏昌文见赵谦和刘伟波来到，马上从书店里出来，抑制不住兴奋说："站长，又是一窝啊，进去了三个，店里有三个，共六个，黎文和严明在米行对面盯着！"

"六个？你不是说就他们两个吗？"赵谦颇感意外地问道。

"我说林老板和孙言两个到齐了。"苏昌文解释道。

刘伟波也有些担心地说："大哥，我们五个对六个，有把握吗？"

"他妈的，"赵谦发狠地说，"到嘴的肉，不可能再让他们溜了！现在他们在明，我们在暗。我们出其不意，只生擒姓林的和孙言，其他的就往死里打。刘处长，你到后面去，看看有无后门。有，就给我封严实；没有，也要防止他们从后面跳窗逃走。其他的跟我从正面慢慢接近，然后看我动作，发起突然袭击，走！”

米行门口，小韩收过一个顾客的米钱，顾客刚离去，站在一边的小冯突然小声说：“他们来了。正面两个，左边马路中心两个。我对付正面的，你对付左边马路的，做准备！”

小韩悄悄掏出枪，仍站柜台里。小冯则站到门角处，打开枪的保险。

特务黎文和严明距离米行门口二十多米时，小冯“砰、砰”连打两枪，小韩也同时开枪。

枪声一响，街面顿时大乱，惊呼的，尖叫的，奔跑的，趴地的……

黎文和严明迅速向前冲到右边的铺面，寻找障碍物隐蔽。赵谦和苏昌文遭到小冯的突然袭击，也立刻猫起腰，往前向左边铺面冲。

打过几枪后，小冯和小韩立刻向后门撤。

这时，刘伟波刚刚绕到米行后面，还找不到门口，前面的枪声就响了。他即刻边隐蔽，边掏枪。

隐蔽在一边的高立和小许，看到刘伟波，马上一起向他射击。就在刘伟波惊魂未定时，小冯、小韩如闪电般冲出后门，和高立、小许一起，跑离现场。

躲到墙角的刘伟波，发现有人冲出去，就对着后门猛烈射击……

这边的赵谦听到米行后面也响起激烈的枪声，他明白，共党开始逃跑了。

于是，他立刻站起来，大声说：“冲进去，不能让他们跑了！”

赵谦和苏昌文、黎文与严明迅即从左右两边冲到米行门口。正在小心谨慎往米行里隐蔽前进时，冷伟和余福明乘坐的卡车“嘎”的一声，在米行门前急刹而停。

这时已没有了枪声。

冷伟在卡车刚转进朝中路口时，就听到枪响，同时看到百米远前面街上鸡飞狗跳的状况，他心里“咯噔”一下。向来冷静的他，竟语无伦次地对余福明说：“谁的枪声？跑了？共党的枪声？”

“怎么会有枪声？谁打的枪？”余福明仿佛也很吃惊，先是自问，然后对司机说，“快，快，金香米行！”

车才停下，冷伟第一个跳下来，边挥手，边吼叫：“快快快，包围米行，包围米行！”

跟着冷伟下车的余福明也站在那里，对纷纷跳下车的特务说：“一二组到后面，三四组在前面，快！”

躲在左右门边的赵谦、苏昌文和黎文、严明，正想闪进里屋，突然看到装满行动处队员的卡车在门前街上停下来，然后跳下冷伟和余福明，赵谦就像嘴里忽然撞进一只苍蝇，不仅愕然，更恶心！

他犹豫片刻，就当什么也没看见，指挥小兄弟们，作攻击状态，快步冲进去。

冷伟和余福明指挥特务完成包围，以攻击状态，拉开架势。

他们正在对米行此刻的情势作分析、判断，以及如何实施进攻与抓捕时，赵谦耷拉着脑袋，仿佛斗败的公鸡似的，从里面走出来了。

看到赵谦，冷伟不禁一阵目瞪口呆！

“赵谦？他怎么又在这里？”余福明好像也大吃一惊地说。

惊愕过后的冷伟，心中似乎想明白了什么，便表情平静地向赵谦走过去，语带玄机地说：“老赵，你一到，共党肯定跑了，是吧？”

赵谦进入米行，看到后门洞开，就像被当头一棒，整个人都傻了。

他待了一会儿才叫苏昌文他们几个进行搜查，自己则低着脑袋一边走一边想，共党怎么一触即溃呢？他们好像早有准备似的，这是怎么回事？

极度失望而又心绪烦乱的赵谦，突然听到冷伟不冷不热，而且话中似有带刺之嫌的问话，突然怒从心头起。他脸涨得通红，真想举起手中的枪，对着冷伟的太阳穴，一枪把他崩了。

不过，他还是忍住了。即便如此，他仍恶狠狠地骂了一句：“丧门星！”

接着，他径直向他停车的地方走去。

冷伟看着他的背影，阴阴地微微一笑。

这时，刘伟波、苏昌文、黎文和严明也从里面鱼贯而出。

刘伟波也没理会冷伟，而是向赵谦追了过去。

苏昌文、黎文、严明看到冷伟和余福明，就不敢跟刘伟波走，他们神态尴尬而惊恐地站在那里。

余福明见状，立刻上前看着他们问：“共党人呢？”

“枪一响，他们都跑了。”苏昌文嘟嘟囔囔地说。

余福明又问：“搜查了吗？”

苏昌文说：“搜了，什么也没有。”

冷伟听后，却莫名其妙地大声说：“兄弟们，你们干得很漂亮，站长会请你们喝香槟的，撤！”

冷伟和余福明回到站里，立刻直奔徐伯恩的办公室。

徐伯恩此时正在办公室里，双手背扣，弯着腰，观赏金鱼缸里的金鱼。

缸里的金鱼共五条，三黄一黑，另一条是红白相间。他正盯着那条红白相间的鱼出神。

“报告！”冷伟和余福明在门口齐声喊。

听到喊声，徐伯恩姿势不动，却侧过脸，看了一下门口的冷伟和余福明，才慢慢地挺起腰。

他低着头，缓缓走回办公桌前坐下，然后才边懒洋洋地拿起一支铅笔把玩着，边面无表情地轻轻说：“进来吧！”

冷伟和余福明快步进来，到了徐伯恩跟前，冷伟正想说话，徐伯恩却突然漫不经心地说：“我在窗口看到了，一无所获吧？”

冷伟出发不久，徐伯恩就惦念着他们的行动，时不时地站到窗口往大院下面看。

几分钟前，他看到赵谦和刘伟波坐着吉普车进大院。他心里想，这两个鸟人常混在一起，整天都在干些什么？冷伟也太没用，盯着他的人，屁也没放一个……

徐伯恩还在想着赵谦的种种可恶与可疑时，冷伟坐的卡车也进了院子。他看着从车上跳下来的那些人，一个个的无精打采，而且出去那么多个人，回来也是那么多个人。

徐伯恩心中“扑通”一下，接着，他什么都明白了。

“一群饭桶！”他禁不住骂了一句。

“站长，”冷伟脸色铁青，表情愤怒，似是气话，却又话有所指地说，“对，我们连给共党送行的资格也没有！”

“你什么意思？”徐伯恩看着冷伟，语调不高，神色阴沉，满脸狐疑地问。

“我的意思就是，老鼠不惧猫，因为这只猫是与老鼠同桌吃饭的！”冷伟话有所指地说。

余福明则用埋怨的语气说：“都怪赵谦副站长，每次都是他。他到底搞什么名堂……”

“你们是说赵谦？又是他？”徐伯恩没等余福明说完，极为罕见地“呼”一下，从座位上几乎是跳起来，声音一低一高地问道。

徐伯恩的反应，让冷伟和余福明都一阵愕然，愣愣地眨眼、点头。

徐伯恩看着他们的神态，知道自己失态了。于是，他极力地压制着情绪，左手抓住拿着铅笔的右手，倒扣在腰部，神态冷峻，耷拉着脑袋，慢慢地从座位里走出来，在冷伟和余福明面前踱步。

办公室里静得让人感到窒息。

徐伯恩的脑子里，此刻不仅有赵谦在小林村、多彩绸布庄、大众五金店的身影，还有旺盛公司和“浪里飞”疯狂出入共区中获利的贪婪嘴脸，更有在钟向北身上针对自己的险恶用心……

“自作孽，不可活！”徐伯恩突然把手中的铅笔用力一折，铅笔“啪”的一下，断为两截，脸色铁青地站在那里说。

接着，他把断了的铅笔丢到桌上，面对冷伟，指着桌上的电话说，“你打电话给司法处，让凌处长马上到我这里来！”

“……是……”冷伟没有立马反应过来，迟疑了一下，才应着拨打电话……

二十四

孙言见江正寒时，曾答应半月后回复他的问题。

他向林世全汇报江正寒的情况后，林世全则要求他进行核查。孙言按照林世全的指示，通过关系人，首先在金城中学摸了一下江正寒和周文伟的情况。当他要去蓉城核查时，林世全突然通知他准备参加米行的诱敌行动，因此去蓉城就推迟了。

因为还有几天就要答复江正寒了，所以诱敌行动一结束，他便匆匆离开金城，赶往蓉城。

对于蓉城，孙言是人地两生，如何去调查、核实江正寒的情况，他确实感到很困难，一时不知如何着手。因为中共金城地下市委与中共蓉城地下市委没有任何关系，怎么开展工作？直接去找周文伟吗？自己是谁？周文伟凭什么相信自己？若是由市委开个介绍信怎么样？可周文伟是谁？是蓉城地下市委书记？副书记？抑或是育华中学党组织的负责人？谁说的？凭什么？江正寒也不知道现在的周文伟是谁！

在白色恐怖中，互不隶属，互不认识，互不了解，这种调查本来就不应该发生。现在由于情况特殊，不得不做。

孙言想，只能在既不暴露自己，也不暴露对方的情况下，谨慎而为。

来到蓉城，已是下午。

为了见到周文伟，孙言挖空心思，想了这样一个办法。

他头顶礼帽，戴一副金丝眼镜，身穿长袍，俨然绅士派头。他边打听边找，来到育华中学，并找到校长室。

他倒背双手，迈着方步，昂首挺胸地走进去。

周文伟正在写着什么，突然看到一个陌生人进来，就放下手中的活问道："先生，您找谁呀？"

"您是周校长吧？"孙言不卑不亢地站在那里说，"鄙人梁氏，犬子就读于贵校，梁某今天登门造访，无他，只为投诉！"

周文伟听到这样说，立马从座位里走出来说："先生，您请坐。我是周文伟，投诉何事？"

周文伟把孙言送到旁边的沙发，接着给他倒了一杯水，然后坐到他的对面，微笑道："您说，我愿闻其详。"

孙言接过周文伟的水杯，表情颇为严肃地打量着他。

少顷，孙言说："贵校教员江正寒误人子弟，实为庸才，不足以为人师表！"

周文伟听到孙言的话，颇感意外，也认真端详起孙言。

他感到这位中年人，穿着像绅士，神态冷静平和，但他大大的眼睛仿佛一泓看不见底的深潭。他的头不动，但那飞刀般的目光时而在办公室里闪来闪去，时而又盯着自己，好像要把自己的心房穿透似的。

"您是说江老师江正寒吗？"周文伟声调柔和地说，"他怎么了？"

"其实，坊间早有微词。本人实非好事之徒，可昨晚犬子说，江某不仅经常请假缺课，即使堂上也不讲课文，尽说些声色犬马之事，而且他居然把明太祖说成是李世民。此等猥琐无术之人，岂能登此斯文之堂，贻害学子？"

"不会吧！"周文伟难以置信地说，"江老师到本校已两年，据说前些天请了几天假，其余没听说过他请什么假啊？而且他还是一个勤勉、敬业的先生呢，至于说他喜欢声色犬马，把朱元璋说成李世民，实不可能，应属谬传！"

"校长莫非当局者迷，抑或家丑不外扬？"

"贵公子姓甚名谁？在何班级？"

这个自称梁氏的孙言，此时则狡黠地拿下眼镜，吹一吹，又擦一擦，然后再戴上，脸色肃穆地说："为犬子安全计，校长请原谅，梁某有所不便。"

周文伟仿佛突然醒悟似的"呵呵"地笑笑说："抱歉，抱歉！既然如此，本校定当详察。若诚如先生所言，绝不姑息！"

周文伟把话说到这里，孙言觉得再没有理由就此事纠缠下去了。于是，他改口称颂周文伟，尽溜须拍马之能事，以此来观察他。

周文伟很庄重，他对孙言的奉承，脸上只保持着笑意，除了偶尔否认一下外，就默默地听着。

大概有半个多小时，孙言已没有合适的话题谈下去了，只好向周文伟告辞，离开育华中学，回到自己下榻的旅馆。

当晚他想，明天回金城，因为与江正寒相约只剩三天了。可到了天亮，他认为，还得再去一次育华中学，要听听老师对周文伟的反映。

他一早赶到学校，在学校的操场，他见到一个戴眼镜的，像老师模样的人，就拦着他说："请问周文伟在哪里？"

那老师扶扶眼镜说："呵，从这里过走廊，拐个弯就见一栋办公楼，他在二楼。您找他？"

孙言装着勉为其难的样子说："哪是我找他？其令尊大人求爷爷告奶奶地要我来找到他。看着老人家行动不便的可怜样子，我能不来吗？"

"哦，是这样，我带您去找吧！"

"啊……这……不用！"孙言慌忙说，"您应该也知道，文伟啊，他是一个不孝之子。他虽然读书多，但是修养不好，脾气坏。与好人难相处，总跟些三教九流在一起。其父骂他'有辱斯文'，他就连家都不回……"

"哎哎，您等等，等等！"老师迫不及待地打断孙言的话说，"您说的不是我们的周校长吧？"

"校长不校长，我不清楚，我说的就是周文伟。"

"本校校长就叫周文伟，可他绝不是您说的那种人。他不仅在本校的师生中有威信，就是在蓉城教育界也备受敬重！"

孙言倏然像想起什么似的说："您这学校叫什么？"

"育华中学呀！"老师有些诧异说。

孙言的脸上旋即露出仿佛尴尬的样子说："啊，我搞错了，搞错了。抱歉，抱歉！"说完转身就走。

老师扶着眼镜，满脸不悦地看着孙言的背影说："莫名其妙！"

金城临江，十多公里的岸线上，有客运码头、货运码头，有渔民集居的江湾。

林世全和孙言今天的接头，就约在江湾不远处一块大石的旁边。

夏天的江边，堤青岸绿，软风徐徐，岸上绿草摆动；江里波浪轻摇，那些大帆船、小舢板，有的是顺流而下，有的是逆流而上。无论是顺流的，还是逆流的，他们都在为自己心中的目标而忙碌。

孙言来到巨石旁，迎着习习江风，放眼四顾。

不一会儿，林世全到了。

“怎么样，没出什么问题吧?”林世全见到孙言就着急地问道。

在米行行动安全撤离后，孙言对林世全说要马上去蓉城。

开始时，叫孙言去调查江正寒，他也感到此事极为棘手。原来有南方局，后来叫重庆局和南京局，跨省、跨市的事情，可请他们协调，但全面内战爆发后，由重庆局改为的南京局也撤了。欲请上级帮忙，显然很复杂、很困难。在没办法的情况下，他只能让孙言自己想办法。

因此，孙言离开金城后，林世全知道他此行将是困难重重，也许还会有危险，所以，林世全颇为担心。

孙言笑笑说:“问题倒没出什么，只是此去似乎并没有解决我们的问题。”

“没摸到情况?”林世全笑着问。

看到林世全仿佛意料之中似的，孙言就把他在蓉城的一言一行，全告诉了林世全。

林世全听后，觉得孙言挺有智慧的，十分满意地笑着说:“你很聪明!没碰到江正寒吧?”

“这个我当然防着他，可此行意义不大呀，还聪明呢!”孙言苦笑着摇摇头说。

“也不是一点意义也没有。”林世全思考着说，“你这一招，叫投石问路。我想，你当时这样做，也是这样想的，对不对?”

孙言颔首微笑。

“我以为，路你是问到了。只是路况如何，我们还在云里雾里。”

“是啊，较为明确知道的，他们不过一个是老师，一个是校长而已。”

“不，我们起码还知道了四点。第一，江正寒这两年时间确实在育华中学。第二，江正寒和周文伟相识，关系应该不错。第三，无论是江正寒还是周文伟，起码在育华中学的人际关系和口碑都不错。第四，你此次所见所闻，跟你与江正寒相遇时他所说的情况没有太大的出入。对不对?”

经过林世全的梳理、归纳，孙言的思路也清晰起来了。

他从这次蓉城之行，到回想起江正寒在金城时的工作与生活，以及别后两年相逢时，江正寒所谈的际遇与境况，他心中突然一阵激动！

这激动是什么？是历经九死一生后，仍然不惧死亡的无畏？是饱受磨难后，对信仰仍然忠贞不渝的坚持？是失去组织后，仍然日夜追寻的眷恋？还是战友离别，生死不明中，仍然苦苦思念的深情？

对林世全的发问，孙言没有马上回答，沉默了一阵后，他仿佛心中的石头落地似的说："书记，您的意思是不是，江正寒与组织失去联系的两年，是明白的，清楚的？"

林世全想了想，却反问说："你说呢？"

孙言说："去蓉城前，我还通过一个关系，找了金城中学一个老教师，向他打听周文伟和江正寒的情况。这个老师说，对江正寒，名字熟，但记忆已很模糊，而对周文伟印象深刻。应该是抗战前吧，据说学校闹共产党，后来周文伟就不见了。针对这些情况看，您说的四点，我赞同。"

林世全默默注视着宽阔的江面，久久无语。

"我们从事的斗争是复杂的，"林世全慢慢转过头来，看着孙言说，"因此要求自己的同志要隐蔽好，隐蔽深，而敌人打进我们内部时，也是这样要求其同伙的。对周文伟和江正寒，我们都是从普通的渠道中，知道他们的一些情况和评价。即使周文伟在金城时确实是在从事党的工作，可后来呢？十多年了，事物都是变化发展的，人也是会变的。如果周文伟有问题呢？那么他对江正寒的话，你还敢相信吗？"

孙言也陷入了沉思。

"是啊，看问题是应该这样看，"孙言想了一下说，"可我想，首先，从江正寒和金城中学老师的话，可以互相印证周文伟和江正寒很早就是共产党人。作为共产党员，视自己的信仰，比自己的生命更重要，这是一个共产党人最基本的政治品质。在这一点上，无论是组织，还是同志之间，应该有个基本的信任。其次，据江正寒说，周文伟与江正寒十年后再相逢时，周文伟对他也是很不信任的。因为他离开金城十年了，对江正寒的情况很不了解。在经过长时间考察后，周文伟才逐步信任他，并给他任务。即使这样，至今他仍不让江正寒知道他的真实身份，对江正寒的组织问题也从不提起，更没让他与其他同志发生关系，纯粹把他当作一个积极分子、外围群众。再次，从江正寒对'利丰商行事件'的叙述和我掌握的情况看，是基本一致的。从上述三个方面分析，我认为，周文伟不会有问题。如果他有问题，就可能发生如下情况：第一，江正寒会被逮捕；第二，他不会让江正寒去策动《蓉都晚报》；第三，他会利用江正寒对我进行跟踪，甚至抓捕；第四，是叛徒、特务就会有使命。背负使命的特务，必然会干伤天害理的事情；无论他如何隐藏，隐藏有多深，起码不能如此正常出勤。这样的话，不管是江正寒还是周文伟，在学校里，在当地的教育界，就不可能有那样的口碑。如果周文伟没问题，那么对江正寒是否可以相信呢？”

听着孙言不疾不徐的分析和推理，林世全感到，孙言虽然没有上过什么学校，但其思辨能力很好，这和他具有丰富的地下斗争经验是分不开的。

对于孙言，从在震旦公园初次接头后，林世全就喜欢上他了。随着后来工作中不断交往和深入了解，林世全对他更为欣赏与信任。他有时还想，自己是从作战部队过来的，从来没有实际干过地下工作。如果没有孙言的协助，自己也许要多吃些苦头。因此，到金城两年多，他喜欢和孙言见面，喜欢和他谈话。对他的意见和建议，也十分重视。

对于江正寒和周文伟，孙言提供情况后，林世全其实已有了初步的判断。也就是：条件所限，暂无可疑。他之所以那样问孙言，就是希望从不同的角度，多听听不同的分析和判断。

现在听了孙言的话，林世全就说：“在复杂的环境下，对待一个长时间失去联系的同志，既要做到热情、真诚，又要坚守纪律和原则，这个度要把握好，确实有些困难。对江正寒同志，我们虽然做了尽可能的核查，也没有发现可疑情况，但那些核查都是初步的、简单的和非组织渠道的。为了不冷他的心，挫伤他的积极性，你代表市委去见他，并告诉他，市委同意他回来。他回来后，你安排他一份恰当的工作。至于我什么时候见他，你说等机会吧。”

“您还有顾虑？”孙言问。

“孙言同志，搞地下工作，你是我的前辈。处理这种事情，除此之外，你以为，还有更好的办法吗？”

孙言一时语塞。

他原以为林书记接下来，第一，他同意见一见江正寒。毕竟江正寒原来是市委副书记，而且金城市委此刻正是用人之际。两人相见后，深入谈一谈，无论是对金城市委的过去，还是对江正寒本人，都会有进一步的了解；

第二，让他负责一些重要的工作。解放战争进行到目前阶段，地方上方方面面的工作很多。江正寒同志是老地下了，金城的情况他很熟，让他负责哪一方面，他都会得心应手的，然而林书记作的决定却是这样。

林书记是不是过于谨慎了？

孙言想，林书记黄埔出身，带过兵，打过仗，又在中央社会部干过，还是抗大的教员。他的谨慎不会是矫情，也不是无情，更不是胆小，而是坚守了纪律和原则。自己之所以有那样的猜想，也许是自己和江正寒同志太熟悉，思考过于浮躁了；也许是看到江正寒那焦虑、忧伤和渴望的神情，触动了自己的恻隐之心！

看到孙言沉默无语，林世全便转移话题说："我告诉你一个好消息。那天我们的诱敌很成功，不仅赵谦被抓起来了，而且赵谦的大舅子何志才、何志才的船队长'浪里飞'等也被抓了。旺盛公司仗着赵谦的权势，胆大妄为，长期走私贩毒。现在到了这一步，凭徐伯恩的心胸与手腕，哪怕无法落实赵谦的'通共'嫌疑，也能以其'资敌'与'枉法'来治罪，估计够赵谦喝一壶的了！"

那天孙言走得匆匆忙忙，对行动前后的情况都不太了解。林世全通知他参加行动时，事先也不好具体说，只是告诉他什么时候到米行集中。现在听到林世全这样说，他内心当然很高兴，只是心中有些不明白。

"我们来到米行，"孙言说，"赵谦怎么知道那么快？"

"他们早已对我进行监视了。只要你和我同时出现，监视的特务就会立刻通知他。"林世全说。

"徐伯恩为什么要抓赵谦，赵谦不也是来抓我们的？"

"这是敌人内部的矛盾，我们只不过借用一下这个矛盾而已。"

借用矛盾，林世全说起来像是很轻松，而其中的谋划和实施，他和余福明则是经过反复推敲、缜密布局，甚至是精确计算的。特别是他和孙言出现的时间、调动赵谦的可能性、冷伟和余福明召集队伍的时间，以及他和余福明联系的畅通度和安全撤离，等等，都要有精确的把握；但是这些具体的措施，他不可能也没必要告诉孙言。

孙言似乎领悟了什么，也知道很多事情不能打破砂锅问到底。于是，他说："那金香米行这个点，今后是不能再用了？"

“市委机关早已搬迁。有紧急事情，你到四川路福祥货栈找我。”林世全说着，并告诉他电话号码。

福祥货栈，是林世全让雷霆预备的秘密备用点。诱敌行动方案一定，林世全即让市委机关搬到了那里。

林世全说完，看了看表后，又说：“就这样吧，我还有别的事。”

“行，您先走一步。”孙言说。

林世全告别了孙言，立刻赶到震旦公园，他和关雄约在那里接头。

昨天晚上，林世全从余福明那里知道，赵谦、旺盛公司老板何志才和“浪里飞”都被徐伯恩抓起来了。今天出门的时候，林世全突然想起，关雄说过，他的运来商号与何志才、旺盛公司曾做过生意，与赵谦也熟悉，而且有的生意与解放区有关。现在他们都被徐伯恩抓起来了，徐伯恩会不会顺藤摸瓜，而殃及关雄和运来商号呢？

想到这里，林世全感到很有必要把情况通报给关雄。于是，他到电话亭给关雄约好了见面的时间和地点。

震旦公园一片生机，树绿草青，荷花绽放；溪水若隐若现，“叮叮咚咚”的响声，应和着树上鸟儿的“啾啾”之鸣；还有游人的大呼小叫，公园显得美丽而热闹。

林世全沿着公园里左边的小道走，他一抬眼，就看到关雄戴着墨镜，身穿黑色长袍，手夹雪茄，走走停停。他仿佛被公园美景陶醉得挪不动脚步似的，慢悠悠地往半山的凉亭走去。

林世全把目光收回来，好像什么东西都没看到，低着头，不紧不慢地往半山走。

他们来到凉亭，没有问候，没有寒暄，而是并排站着，面向山下。

林世全点燃烟斗，吞云吐雾起来。

关雄把雪茄送到嘴里，吸了两下，吐出一阵淡淡的烟后，看着远处说：“有情况？”

“何志才和赵谦被徐伯恩以通共的罪名抓起来了。”林世全轻轻地说。

“什么时候？”

“‘浪里飞’是五天前，赵谦、何志才是三天前。”

“他们通共？可能吗？”

“你不是与何志才走私过钢管、布匹等违禁品到解放区吗?”

“为了钱，何志才什么生意不敢做?”

“要是何志才说，这都是与你一起干的呢?”

“这您放心，都不是我出的面，是神刀会。”

“若是徐伯恩把神刀会的帮主也抓起来呢?”

关雄立刻把头转过来，看着林世全。

良久，他才提起右脚，把剩下不多的雪茄，摁到鞋底上，然后看着山下，仿佛自言自语地说：“重刑之下，帮主未必扛得住!”

林世全神情冷峻地说：“你是否要立刻关闭商号，隐蔽起来?”

“这不行啊!”关雄转过身来，面对林世全说，“前两天我才回了一趟军区。参谋长对我说，全国的解放战争态势很好，尤其是东北。东北问题一解决，蒋家王朝将加速灭亡。现在苏北军区和苏中军区已合并为苏北军区。为了更有效地配合战争需要，金城兵站要扩大规模，增加人员，开设分站!”

“正因为这样，你更不能出问题。我建议你避其锋芒，分头行事，确保安全!”

关雄想了想，感到危险确实存在。如果自己视危险而不见，那是蛮干!

“行，事发突然，有备无患。”关雄表情严肃地说，“我马上回去，采取对策。林书记，谢谢您!”

林世全抽出嘴里的烟斗，微笑地点点头。

关雄立刻转身，快步下山，赶回紫云路运来商号。

他迅速召集商号里八个员工，通报兵站目前所面临的险情。接着，他要大家把手头的工作迅速处理好，把电台和凡是会带来麻烦的账目、文字隐蔽转移；然后分别交代，指定隐蔽地点。

整个过程不到三十分钟，运来商号就人去楼空，关门大吉。

关雄把所有的事情处理完毕后，就带着报务员，到一个叫永兴的小旅馆住下来。

关雄经过思考，觉得还是给洪天禄报一个信比较好。

于是，当天晚上，他走出房间，去找洪天禄。

他走下楼时，突然看到一个人从大堂走出去，背影很熟悉!

他一阵愕然，立马快步下楼，跑到门口，然而不见了那人的踪影……

二十五

夏天的夜晚很闷热，室内像蒸笼，就是躺着不动，身上的汗珠子也汩汩地往下流。

保密局金城站大院内死一般寂静。有几个窗户亮着灯，那微弱的灯光投到院里的树上，或地上，就变成了绿色和淡白色，躲在树根下、草丛中的蟋蟀偶尔发出“吱吱”的叫声，使得整个大院显得阴森森的。

赵谦已被从警备区的监狱里转回金城站的羁押室关押。

保密站总共两间羁押室。靠外面的一间，正面是铁栅栏的；最里面的那一间，则四面都是墙，只有后墙距地面两米多高和铁门上分别各有一个小窗口。赵谦就被关在这一间。

此时的他，在黑牢里坐立不安。他很想躺在木板床上，可刚躺下，却又挣扎着站起来。

他身上白色的衬衣花花绿绿，皮鞭和烙铁造成的伤痕清晰可见。大多伤口已结痂，原来粘到衬衣上的血水，也成了硬块，但是，牢房的闷热，把他体内的水分直往外挤。豆大的汗珠子，渗透到伤口，就像千万根针刺向他，他感到极为难受和痛苦。

事已至此，他感到万念俱灭！

徐伯恩要整他，他早已心知肚明，但他认为，不管你徐伯恩怎么整，你总不能一手遮天，毕竟我赵谦是堂堂中校副站长。最狠的，你徐伯恩就把我送到保密局，交军事法庭。可到了上面，就不是你徐伯恩说了算了。因此，当司法处长凌清带着司法处的人来到赵谦办公室的时候，他并不感到害怕。

然而经过一番折腾后，赵谦后悔了。他严重低估了徐伯恩的阴柔歹毒，心狠手辣。

他吃惊、愤怒、不甘，他抗议、挣扎、破口大骂！

在这些日子里，他不断地想。他要逃跑，要上告，甚至要和徐伯恩同归于尽，可是没人来帮他。刘伟波不见，苏昌文不见，黎文、严明也不见！

被解回金城站羁押室后，赵谦就像泄了气的皮球。

开始时他想，自己现在是被关押在警备区监狱，刘伟波、苏昌文他们可能也被抓起来了。他们被关到什么地方去，也许他们自己都不知道。

现在谁能救自己？在金城没人会来救自己！

赵谦透过后墙高高的窗口向外看，知道夜已很深，大概已过了十一点。天空有月亮，却是灰蒙蒙的，应该是起雾了。一丝风都没有，室内闷热得让人窒息。

"打开门！"

"兄弟，您这……"

"这什么，我你都不认识吗？"

"认识归认识，可我……"

赵谦突然听到门外是苏昌文与看守说话，他精神为之一振！

"徐站长叫我带赵站长去办公室谈话，不信你打电话问徐站长！"

看守慌忙说："不敢，不敢，您请！"

牢门打开，苏昌文进去后，在里面把门关上。

赵谦在微弱的灯光中，看到真是苏昌文来了！

他激动得一瘸一拐地跑过来，什么也没说，就把苏昌文抱住，他的身体明显在微微发抖。

片刻后，苏昌文慢慢推开赵谦，看着他，悄悄地说："站长，您受苦了，打算怎么办？"

"我能怎么办？我一直在想你们哪！"赵谦双手仍按着苏昌文的双肩，悲戚地小声说，"我不想死！"

"把您关在这里，他们要弄死您，不会比弄死只蚂蚁困难！"

"这个我知道。你能帮我吗？"

"现在我进来，就是听您的！"

"好，你真是我的好兄弟，"赵谦激动地摇着苏昌文的双肩说，"只要我能出去，今后我绝不会亏待你的！事不宜迟，现在我们能走吗？"

“我们已做了安排，能走！”苏昌文说，“我和刘副处长商量好了。我立刻带您出去，到了大院，我断后。门卫有小黎和小严看着。门外大街上，有刘副处长开车接应。出到大院，您迅速跑过去，冲过门卫，登上大街上的黑色小轿车。我和小黎、小严脱身后，就去江边的货运码头与您及刘副处长会合。”

赵谦没想到，自己这几个铁杆兄弟不仅没受到自己的牵连，而且还想方设法营救自己，并且有如此周密的安排。他心中又涌起了一股暖流。要不是时间紧迫，他会再把苏昌文搂进怀里的！

苏昌文说完，马上向赵谦挥一挥手，就一起向门口走去。

赵谦的左腿在坐老虎凳时韧带受了伤，所以，在牢房里走动起来是瘸腿的。可现在到了逃命时刻，他的腿好像也利索多了。

他镇定地跟着苏昌文走出牢门，穿过走廊，来到大院操场边。

苏昌文忽然站住，在走廊出口的转弯处，拿出手枪，紧贴墙边，探头回看走廊深处的牢房门口。

稍后，他就压着声音，果断地对赵谦说：“快跑！”

从副楼走廊出口到门卫，要经过大院的操场，约五六十米宽。赵谦听到苏昌文的“快跑”声，就毫不犹豫地奋力跑起来。

然而，他的腿毕竟受过伤。才跑出二三十米，他的速度突然就慢下来。因为疼痛，他的左腿仿佛被拖着走，但是他仍然拼命往前挣扎。

当他跑到距离门卫还有二十来米时，大院的警报却忽然“呜……呜……”地大叫起来。

紧接着，门口值班室和左右两侧黑暗处，同时响起了枪声，赵谦立刻应声倒下。

俄顷，大院的探照灯也亮起来了。

此时，冷伟和苏昌文从大楼门口向倒在地上的赵谦走去，躲在值班室和黑暗处的六个枪手也围了过来。

赵谦身中三枪，还没断气。他拼着老命用双手撑着，想坐起来，但只把身体撑起一半。他看到了冷伟和苏昌文站在他的面前。

他一阵激动，猛喘粗气，胸部的枪口和嘴巴直往外流血。接着，他脸上的横肉隆起来，圆睁双眼，瞪着苏昌文，艰难地慢慢抬起右手，指着苏昌文，断断续续地说："你……和……他们……是……一伙……"

赵谦话没说完，就重重地栽下去了。

站在冷伟旁边的苏昌文，什么都没说，一直低着头。

半个月前，身着戎装、肩扛上校衔的凌处长，带着司法处的人突然闯进赵谦的办公室时，赵谦正坐在办公椅子上喝茶。

他见这阵势，不禁愕然！

他略微迟疑，放下茶杯，问道："凌清，你这样闯进我的办公室，想干什么？"

凌清神情冷峻，目露凶光，语气严厉地说："赵谦，你走私资敌，暗通共党，危害党国。给我拿下！"

凌清话音未落，他身旁手持卡宾枪的四个大汉，就从左右两边扑向赵谦，给他戴上手铐，然后夹持着他，带出办公室，押上楼下的囚车，直送警备司令部的监狱去。

在这个过程中，刚开始时，赵谦想申辩、反抗、挣扎，但他很快就决定不这样做了。因为他突然想到，这肯定是徐伯恩的淫威！两年多来，自己与徐伯恩和冷伟的利害纠葛越来越深，怨恨积重难解。他们对自己的阴招迭出，置自己于死地之目的，是司马昭之心。此时，自己的任何申辩与反抗，都将是徒劳的，甚至稍有不慎，就会立刻毙命！

赵谦想，在金城站，你徐伯恩是一言九鼎，可以陷害忠良，但自己的中校副站长并不是他委任的，要弄死自己，他先得把自己送到南京去！

有了这样的想法，赵谦就很平静了。在整个过程中，赵谦不说话，不反抗，任其摆布。

赵谦被投进监狱整整一周，既没有人提审他，也没有人来看望他，他好像被这个世界遗忘了似的。

赵谦对此很纳闷。徐伯恩把自己关到警备区来，既不审也不问，他要干什么？是像前两次"放假"那样，以其淫威进一步警告自己、威胁自己，还是忙着四处去收集证据？

赵谦认为，即使是后者，自己也不怕！不就是大舅子走私那点事吗？事又不是我赵谦干的，最多落个知情不报的罪名，大不了这官不做了。可是像这样的事，在党国的军政警特中，比比皆是！你徐伯恩就很干净吗？侵占敌产、霸占敌妻、私放共党，哪一个罪名比我轻？在这里，有毛人凤给护着，你就以包公自居。如果你敢把我送南京，那就骑驴看唱本——走着瞧！

赵谦的分析是对的。徐伯恩把赵谦逮捕关押后，为了把其办成铁案，他对冷伟说："一、不要急于提审他，更不要让人接近他；二、立刻抓捕何志才与相关人员，并把逮捕赵谦及何志才的事，告诉关押在警备区监狱的'浪里飞'，促他彻底招供；三、对刘伟波、苏昌文等人进行诱供逼降。他们若能配合，为我所用，则既往不咎。"

遵照徐伯恩旨意，冷伟带着余福明及经过挑选的行动队员，立刻四处出击，搞得鸡飞狗跳。仅三四天时间，涉案人员大部分被擒获。

不仅缉拿行动顺利，就连逼降刘伟波、苏昌文、黎文和严明几个人，也不费多大力气。只有刘伟波和苏昌文略添波折。

刘伟波主要是不服冷伟，要向他低头，刘伟波感到憋屈，一直沉默不语。可在冷伟提到"方老板不是汉奸"后，他就一点脾气都没有了，只好心不甘、情不愿地表示配合。

苏昌文一开始倒是很听话。

在冷伟的办公室里，冷伟问什么，他就说什么，把他知道的全说了出来。最后，冷伟拿出一份早已拟好的审讯苏昌文的《审讯笔录》，让苏昌文在上面签字画押。苏昌文拿过《审讯笔录》看，上面记录的全是他"交代"赵谦勾结新四军，为新四军提供物资，以及给中共金城地下党通风报信的具体情况；并言之凿凿地证明，赵谦是共军"老鹰"在保密局金城站的内线；小林村、多彩绸布庄、大众五金店和金香米行等地的抓捕行动，都是他通过"老鹰"告知共党，因而导致行动落空。

苏昌文擦着汗看完二十多页的"供词"后，整个人都傻了。他脸色发青，双手发抖，半天说不出话来。

良久，他突然一边把《笔录》扔给冷伟，一边带着哭腔大声吼叫说："不，不是这样的，不是！"

冷伟拿起《笔录》，绷紧阴冷的脸，凶狠的目光，穿透眼镜的镜片，直逼苏昌文。其语调虽不高，可语气却冷飕飕地说："行，那我们就到刑讯室去谈谈，看看是不是这样的。"

苏昌文听冷伟这样说，神态即露惊恐，那双小眼睛直直地看着冷伟。

冷伟脸色依旧说："走呀！"

苏昌文很不情愿地移动双脚，两腿像灌了铅似的，艰难地挪着步走在冷伟前面。

进出刑讯室，对于苏昌文来说，曾是家常便饭。可此刻，才踏进门口，他就感到一股很重的肉焦味、血腥味。这是平时从来都没有的感觉，他的腿立刻有些发软。

进到室内，苏昌文看到那些熟悉的刑具，双脚就迈不动了，站在那里微微发抖。

"走啊！"冷伟在后面突然厉声说，"坐到里面那个电椅子上去！"

苏昌文被冷伟一句突然喝令，整个人都跳了起来。

他即刻惊恐地转过身，可怜巴巴地看着冷伟，声音颤抖着连声说："站……长，我，我签……我签还不行吗……"

在收服了赵谦的铁杆兄弟后，对何志才供出的神刀会帮主洪天禄如何下手，冷伟感到伤脑筋。

神刀会是一个帮会组织。它的内部，层级清楚，联系紧密，帮规严格，赏罚分明。除了坐堂口的，其他的都隐蔽身份。由于帮会实行残酷的帮规和相对公平的管理，因此，凝聚力比较强。若是帮主有令，哪怕上刀山下火海，门徒们都会无条件服从。仅在金城市，他们就号称有几千门徒。这些门徒渗透在社会的各行各业，就日常坐堂口的也有七八十人。

对于这个神刀会，冷伟曾做过一番研究。

他原来与神刀会帮主洪天禄没有什么来往。抗战胜利前夕，他在行动处当处长时，线人报告，说神刀会走私了一批纸张、油墨、布匹、食盐和两台铣床等物资到苏中根据地，现在又从那里运回来几船原煤。冷伟得报后，立刻把行动处全体人员拉去，埋伏在码头。

当三条船靠岸后，特务们突然像一群狼狗，直扑船上，进行大肆搜查。在驱赶、搜查过程中，船工举刀反抗，特务则开枪射杀，造成船工一死一伤。

洪天禄闻讯，迅速召集了五六百个门徒，手握闪光明亮的大刀，飞集江边，把冷伟及几十个特务团团围住。

徐伯恩知道后，也匆忙赶到江边，与洪天禄谈判。最后徐伯恩只好表示，让特务们撤离，对神刀会不再追究，并给予补偿作结。

洪天禄勉强接受了这个结果，可他心中死死地记下了这个仇恨！

冷伟经历这一次事件后，感到帮会如果不为我所用，就是一个大麻烦。因此，事后他主动向洪天禄道歉，有事无事都到洪天禄的堂口走动走动，企图消弭与神刀会的隔阂，并把洪天禄拉过来。

洪天禄却是有仇记仇、有恩报恩的人。对于冷伟的言行，他表面上似乎谅解了，与冷伟哼哈应酬，可他只要想起死去的兄弟，心中就会燃起对冷伟的复仇之火！

经过一段时间，冷伟虽然以为洪天禄已放下了那一次的不愉快，但由于他自恃清高，骨子里看不起这些亦匪亦民的地头蛇，同时日本人已被打跑，国军又如此强大，因此对于争取洪天禄为我所用的事，他就不怎么放在心上了。

现在又遇到这样的事，他的心里就嘀咕起来了。

他知道，现在若去动洪天禄，那就必定会有一场规模较大的武装战斗。虽说他们手上绝大部分是大刀片，但他们组织严密，队伍庞大，凭金城站现有的力量，显然没有获胜的把握。如果要去动用守城的警备部队，此刻对金城站来说，就成难题了。

上月，金城警备司令已换人。原来姓罗的司令，上调国防部。新任司令叫邓兆年，四十二三岁，是山西人，毕业于黄埔军校，最早在陈诚手下当排长，参加过“围剿”红军。抗日战争爆发，在台儿庄战役中，他的团被打没了，自己也受了重伤。伤好后，他投到原西北军的部队马法五麾下，由上校团长升至少将旅长。解放战争的邯郸战役，马法五以下一万七千余人被解放军俘虏，他却侥幸逃脱。

他在家赋闲一年多，后军中同袍向黄埔时的战术教官、现任国民党陆军总司令顾祝同暂保、力荐，从而来到金城市任警备司令。

保密局金城站，对外挂牌仍是金城警备司令部稽查处。徐伯恩是少将处长，可他与参谋长许杰不太来往。那个副司令张培英因为枪伤，体质差，是个药罐子，三天打鱼两天晒网，长期不管事，徐伯恩也不去理睬他。他只跟原来的罗司令来往，并且关系非同一般。那时候，在金城警备司令部，徐伯恩可以呼风唤雨。

然而邓兆年来后，情况就很不妙了。

邓兆年对保密局好像有天生的厌恶感，与徐伯恩的关系很冷漠。徐伯恩要找他，他经常要么借故不见，要么让许杰去挡驾。实在躲不了，见面也是冷冰冰的，三言两语就散了。

邓兆年和徐伯恩军衔一样，但在警备司令部，他仍然是邓兆年的处长；此外，邓兆年是带兵之人，常年在枪林弹雨中出生入死，手中又有兵权，所以他常常会给徐伯恩脸色看。

徐伯恩知道，现在他既无把柄在自己手上，也暂时无法构陷于他，更无法把他一举拿下，在有枪就是草头王的时代，他也只能忍气吞声，所以，现在徐伯恩若是要成建制地动用他的兵，只能靠政训处主任黄东从中斡旋，但按目前状态，冷伟认为是相当困难的。

拿不出好主意，冷伟只好去请教徐伯恩了。冷伟却不知道，徐伯恩并没有他想得那么复杂。

徐伯恩心里明白，现在的邓司令，没有从前的罗司令那么好说话，更知道洪天禄不好对付。既然如此，他又何必去自讨没趣呢？他压根儿就不想去惹他们。他的目的，就是如何“合理合法”地把赵谦做掉。

因此，听过冷伟汇报，徐伯恩就说：“鉴于党国目前面临的形势，对于这些帮会势力，能拉拢的要积极拉拢，使他们成为反共的力量；拉不过来的，尽可能地不要让他们倒向共党。他们这些人，都是些“有奶便是娘，有钱就叫爷”的货色。他们无视政府，走私贩毒，就是为了钱，为了活命。他们没有什么政治倾向，我们不必与其作对，自找麻烦。我们只要找到证据，证明赵谦确实资助共匪，私通共党，揪出共党在我站的内线，清除了异己，就是有功于党国！”

冷伟听明白了。虽然他憎恨赵谦，与徐伯恩一样，早有把赵谦置于死地之心。可是，徐伯恩有些话，他不敢苟同。然而，他是长官，并且要对付神刀会也确实不容易，他只好点头称是。

徐伯恩看到冷伟对自己说的，好像是似懂非懂，口中只顾说“是”的模样，便有些不耐烦地问道：“对他，你过堂了吗？”

“还没有。”冷伟说。

“外围的取证，我看可以了，现在就差那个家伙的供词。可他看样子也不是泥捏的；而戴老板曾说你是临澧特训班的优等生。我想，你不会让天堂里的戴老板吹胡子瞪眼吧？”

冷伟知道徐伯恩对自己刚才的神态有所不满，并借戴老板来揶揄、警告自己。因此，他立刻振作精神，充满信心说：“站长，我一定不会让您失望的！”

冷伟向徐伯恩告辞后，就回到自己的办公室，马上打电话通知警备区监狱，命令他们把赵谦带到刑讯室。

接着，他就坐车赶过去。

待冷伟手拎公文包，来到警备区刑讯室时，上身被扒光的赵谦，已被绑在十字木架上，正在吼叫、破口大骂：“放开我，快放开我！他娘的徐伯恩，你敢对我动刑？老子是朝廷命官，堂堂中校！你们叫徐伯恩过来，这个小人，我饶不了他……”

当突然看到冷伟进来，他就双目怒睁，眼眶血丝暴涨，眼球如牛眼般凸出来，抖动着蓬乱的头发和胡子，歇斯底里地狂叫道：“冷伟，你这个杂种，徐伯恩的帮凶，你快把我放了……哎哟……哎哟……”

冷伟本来就窝着徐伯恩的一肚子气，他才进刑讯室，又遭到赵谦的辱骂，就立刻二话不说，手用力一挥。

旁边拿着鞭子的特务，马上挥起鞭子，雨点般狠命地抽打在赵谦的脸上、身上。

赵谦在阵阵的惨叫声中，一条条渗着血的鞭痕，瞬间布满了身上、脸上和额上。

冷伟不发话，打手只顾“嗨、嗨”地狠命抽打。

折腾了三四分钟，赵谦的惨叫声嘶哑了，力气好像也不足了。慢慢地，鞭子一抽，他就紧咬牙根，双唇紧闭，身体抽搐一下，露出极为痛苦的表情，连喊都不喊了。

“停！”冷伟突然叫道。

冷伟和赵谦都是刑讯高手。他们都知道，鞭打造成的痛苦，会随着鞭打时间的延长而加重，受刑者会随之昏厥；同时，鞭打造成全身大面积的剧痛后，受刑者对疼痛的感觉反而会有所减弱，再动用其他刑具，就会影响效果。为了不让赵谦昏厥，又让他痛苦不减，冷伟喊停了。

看到赵谦痛苦地吹着气，冷伟阴柔地微笑一下说：“赵站长累了，你们让他坐一坐吧!”

打手们明白，这是冷伟要给赵谦上老虎凳的意思。

于是，他们马上七手八脚地把一条长条凳放到木架边，抬起赵谦双腿，让他坐到凳子上，绑上绳子，就一块一块地垫砖块。

垫到第三块，赵谦立刻像杀猪般又“哇哇”地猛叫起来。他身上的汗和着血污，直往下流。

他一阵猛叫后，就转入一声高一声低的凄厉呻吟。

过了五六分钟，冷伟又示意打手们再给他垫上一块。

原本已气息奄奄的赵谦，立马又是一阵鬼哭狼嚎般的狂叫……

此刻，虽已万箭穿心般痛苦，撕心裂肺样难受，但赵谦的意识还是清醒的。他知道，现在垫的是第四块砖，要是垫到第五块砖，自己的关节就会脱臼，人也会昏死过去。而冷伟这个杂种，是不会让自己昏厥过去的，他就是要这样煎熬自己!

无法忍受的痛苦，使他的思维断断续续；剧烈的疼痛，让他恍恍惚惚；极度的难受，他已忍无可忍……

冷伟静静地观察着赵谦，看到他龇牙咧嘴，咬牙皱眉，呻吟之声，颤抖而不连贯，知道还差一点火候。

“烙铁伺候!”冷伟突然吼道，“不过，要悠着点。”

冷伟这一喊，赵谦明白，烙铁烫得太狠，形成三度烧伤，人很快就会昏厥；要是时间短而快，只有二度烧伤，伤口起水泡，人不会昏厥。然后再撕破水泡，使受刑者受二次痛苦，就会痛不欲生。

赵谦听着冷伟的叫喊，他感到要崩溃了。

冷伟的话音刚落，赵谦的肋部就“嗞!”的一下，一股青烟和肉焦味腾空而起，伴着一声凄厉的吼叫声，弥漫着刑讯室。

片刻，打手举着通红的烙铁，又要来一次。

半死不活的赵谦，立刻用微弱的声音说：“别……别……我，我……投降……你们……要……要什么……我就给……什么……”

“等等!”听到赵谦说话，冷伟即刻叫停打手。

他到桌子旁，从公文包里拿出一个文件夹，慢慢走近赵谦，微弯着腰，满脸堆笑说："这个你玩多了，不想再来一下了？"

赵谦用无神的目光看着冷伟，好久，他才缓缓地摇了摇头。

"也是，"冷伟挺起腰说，"这种游戏，不是谁都玩得起的。换作是我，早就不玩了！"

赵谦闭上眼，缓慢而低声说："你——要——什么——说吧。"

冷伟把文件夹递到他的面前，轻轻地说："很简单，你就在审讯你的《笔录》上签上你的名字，再摁上指印。"

赵谦猛然睁开眼睛，死死地盯着冷伟。那神态有吃惊，有愤怒，有痛苦，更多的是绝望！

赵谦想，他们并没有审问过自己，因而不可能有什么《笔录》。现在冷伟拿出来的，就是他和徐伯恩根据他们的需要而炮制出来的阴谋。这种事，自己过去对付仇人，或共党也常干，并不陌生。这两个杂种，今天对付自己，也玩起了这一套，难道是报应？

赵谦的目光渐渐地变得呆滞无神。他瞥着火盆里通红的烙铁在想，除了烙铁，后面还有电椅、竹签、钉床等十八般刑具。如果这样走一轮下来，还没走完，自己也许就没命了！

好汉不吃眼前亏，先过了这一关再说吧。

想到这里，从他充满屈辱的眼眶里，忽然流下了一行浑浊的眼泪……

冷伟带着征服强敌的喜悦回到徐伯恩的办公室，把胜利的消息告诉了徐伯恩。

可是，徐伯恩听完冷伟的汇报，却高兴不起来。他在办公室里，低着头，慢慢地来回踱步。

许久，他才站在冷伟的对面，颇有深意地问道："下一步怎么办？"

按照站里的权限和平常的做法，像赵谦这样级别的违法干部，自然是把人连同材料、证据，押送南京交差了事。可冷伟知道，徐伯恩此刻问的，显然不是如此低智商的问题。赵谦与他的违法"事实"和"证据"，怎么能活生生送到南京去呢？徐伯恩想的是，怎样让赵谦在金城一了百了！

冷伟沉默一下，然后阴鸷地笑一笑，对一直看着自己的徐伯恩说："就这样上报：赵谦越狱，被当场击毙！"

徐伯恩仿佛猛然一震，那神情似乎有些惊呆的样子。冷伟见状，以为自己鲁莽了，一下子显得有些尴尬和不安。

其实，冷伟大可不必如此！

这个办法，徐伯恩一早就想好了。他那个样子，是半真半假。真的，是他没想到你冷伟也会这样想。这样看来，你冷伟整起人来，要比自己还狠；假的，是这个办法不是我徐伯恩想的，是你冷伟出的主意。要是出了什么问题，你就多兜着点吧！

徐伯恩看着冷伟，沉默片刻，就不动声色地说："他会越狱吗？"

冷伟看到徐伯恩不仅没有责怪自己，而且还听出了他的弦外之音，心中的石头就落了地。

于是，他自信而又不无揶揄地说："赵谦是谁？他会的！"

在冷伟的导演下，赵谦果然掉进阴谋的深渊，在黄泉路上孤独前行。而此时的徐伯恩，正一头扎在及第街十五号黄紫蔚的温柔乡里，吸闻着醉人的脂粉味……

二十六

天已黑了很久，饭桌上的菜都凉了，林世全还没有回来。

魏萍急得到门外看了一遍又一遍，此刻还在厅里，不安地来回走动。

林世全晚回家的现象有，但不多。不管是在原来的金香米行，还是现在的福祥货栈，没有特别的事情，他下班后一般都准时回家。即使有接头和外出联系的任务，他基本安排在上班时间或晚饭后。他基本不举行、不参加没有目的的宴请和应酬。因为在林世全看来，这符合务实商人的一种商务往来的方式。隐蔽工作就要融入这种方式之中，过度的张扬、活跃，最容易引起别人的注意。

即使晚回，时间也不会太长。像今天晚上的样子，不多见。

从事地下工作，出现常态的变化，哪怕是极其微小的异样，都会让人警惕、担忧和害怕。魏萍从事地下工作的时间已不短，耳闻目睹了多少凶险、血腥的人和事。这种恐怖的变故，往往就发生在小小异样的一瞬间。

魏萍的心，随着天越黑，门口仍无动静而越悬越高。

她十分担心类似两年多前“利丰商行事件”的再次发生。要是世全又像吴叔叔那样，金城市委怎么办？自己怎么办？金城市委不能没有他，自己更不能没有他！

解放战争发展的速度很快。现在她每周给省委收发的电报数量，增加了很多。从电报的内容看，东北的形势很好。听世全的分析，东北的敌人很快要被消灭。如果歼灭了东北的国民党军，蒋家王朝的灭亡就不远了。中原和华东的形势也是于我十分有利。济南战役毙伤敌人两万多人，起义两万余人，俘虏六万余人，其中王耀武以下的将官就有二十三人。此后，徐州之敌，开始收缩兵力，加强防守中原和华东地区，取战略守势。美联社为此评论说：“自今而后，共产党要到何处，就到何处；要攻何城，就攻何城，再没有什么阻挡了。”

在如此形势下，省委指示，今后工作的另一个重点，是策反城市之守敌，以减少牺牲，保护城市，保护厂矿企业。在任务如此繁重，形势如此紧迫中，金城市委和世全要是出了事，将如何得了？

更何况，她和世全才结婚还不足一月，她爱世全，她不能没有世全！

经过两年多的朝夕相处，魏萍和林世全由相识、相熟、相知，而至相恋与相守。其间虽有过别扭与不快，然而，正因为有过这些小波澜，才使彼此看到了对方或率真、或包容的性格底色；也充分了解到彼此在理想、信念的追求中，发乎内心深处的忠诚与自律。所以，他们在互相观察中互相欣赏，在情由心生中自我调整，适应对方。他们每天不经意的一举手，一投足，都在彼此间润物无声。他们的感情发展，就这样积土成山，积水成渊。

在上月的一个晚上，林世全因为这些天紧张的工作，感到有些累，就提早洗澡，然后想休息。

然而他洗过澡后，王嫂还没休息，林世全不好回客房睡觉。

平时晚饭后，林世全有时会出去。不出去时，或与魏萍一起收发电报，或在书房里看资料、看书报，乃至在房里沉默踱步，思考问题。

在这段时间，林世全忙着两件事。一是省委来电说，最近获悉在金城警备司令部有一个断了多年联系的旧关系，代号为“火鸟”，要求林世全按省委给的方式，抓紧与其接头联系；然后与“火鸟”研究，能否策反金城的警备部队。林世全立即依电行事，可是，连续两次的接头，都因为“火鸟”被特务跟踪而失败。二是金城市航运公司的工人之间斗殴，受伤的一方指责对方因其叔叔是公司董事，赔偿低，处理不公。在个别党员和几个外围积极分子的秘密支持与组织下，鼓动工会，要进行大罢工。到雷鸣获悉情况时，近千工人的愤怒情绪已成燎原之势。雷鸣紧急报告林世全。林世全敏感地意识到：一、这是工人之间的矛盾，不应该用这种斗争的方式来解决；二、金城市航运公司的周老板是开明商人，我们要团结他；三、中原和华东的军事斗争规模越来越大，需要大量物资。在航运公司地下党的秘密工作下，利用公司作掩护，我们获得了很大的便利。如果在这个时候搞罢工，不仅破坏了我们的工作局面，还有可能引起敌人的注意，暴露我们的党组织。为此，林世全立刻幕后坐镇，把孙言、高立、小韩、小冯和小许找来，与雷鸣一起，分头找自己曾有的关系秘密工作，经过两夜三天的说服、劝解，终于化解了这一次即将来临的工潮。

回到家里，林世全紧张的心理全然放松，就感到很疲倦。现在既然不能回客房休息，就与魏萍聊聊天吧。

待魏萍洗过后，林世全穿着睡衣，走进魏萍的房间，骤然闻到一阵淡淡的清香。

魏萍也是穿着睡衣，正坐在梳妆台前擦拭润肤膏。林世全见状，便坐到床沿上。

见林世全进来，魏萍就笑笑说："可以松口气了吧？"

"松什么气，"林世全也笑着说，"权当喘口气吧。"

"是啊，船工的怒火是灭了，这场危机处理也很成功，可还没有与'火鸟'联系上，我知道您心里是轻松不了的。"

"但也不能急，急了，容易出问题。"

魏萍从梳妆台前站起来，走到床沿边，挨着林世全坐下来，不禁有些紧张地说："'火鸟'怎么会被跟踪上了呢？他会不会有危险？"

魏萍坐到身边，林世全感到那润肤膏散发出的香味更浓郁，令人舒心愉悦。

"具体的情况还不太清楚，"林世全很平淡地说，"他应该不会太危险。因为'火鸟'还没找到组织，没有领受任务，因此不会有具体行动，敌人也就没有事实或证据动他。"

"策反敌军，是我们当前工作的另外一个重点。省委要求您抓紧与'火鸟'接上关系，而敌人对他的监视又如此严密，两次接头都失败了，还有一次接头机会。怎样才能与他接上头，确实令人揪心！"

林世全听着魏萍颇为担忧的话，就转过头来看着她，右手放到她的背上，疼爱地轻轻摩挲着，脸带微笑，安慰地说："看你，太紧张了，总会有办法的。俗话说：百密一疏，何况敌人不可能做到百密呢。近段时间，我们都注意看《金城晚报》的广告吧。"

现在的魏萍对林世全已是十分崇拜。无论他说什么，她都听，都信。到底是因为爱而崇拜，还是因为崇拜而爱，魏萍也说不清楚，反正她对林世全就是言听计从。

听到林世全如此自信的安慰，魏萍的心情也渐渐地放松了。

她顺着林世全抚摸她的背，将身体斜靠到他的胸前，同时又用双手拉过他的左手，放到自己的大腿上，边轻轻地抚摸、揉捏，边扬起头，看着林世全说：“从省委最近来的电报看，东北的仗是越打越大了。您看，我们什么时候能打败蒋介石？”

林世全喜欢魏萍之一，就是她的聪明、稳重与成熟。她虽然文化程度不高，但她喜欢看书报、资料，并爱思考。她会常提问，而她问的一些问题，往往是工作上，或形势中的关键、本质和要害的问题，基本没有像她这个年纪的女性常有的那些幼稚、无知，甚至是无聊的东西。

此刻，她能问这个问题，林世全感到很高兴。这说明她对当前全国的局势很关心，有思考，而且有信心。一个从事地下工作的战士，能了解大局，认识形势，就会有清醒的头脑，就能审时度势，就会坚定信心，就能激励斗志。

因此，他的右手从她的背上移放到她的头上，轻抚她的秀发，很高兴地说：“是啊，东北的问题，看来很快就解决了。现在的东北，国民党军只有五十多万人。他们被分割、压缩在沈阳、长春和锦州三个地区。如果把这些敌人消灭了，东北全境就解放了。东北是中国重工业最发达地区，也是最大的产粮地区。要是东北解放了，我们的军队，不仅有了辽阔、富庶的大后方，在人力、物力和装备方面就有坚强的保障，而且我东北军队就成了一支强大的战略机动部队。有了这一支大军，投放到华北、中原、华东，甚至长江以南，将是一个什么样的局面？什么样的结果？蒋家王朝必将迅速完蛋……”

林世全说话，开始是想回答魏萍的提问，可说着说着，就变成了他自己对全国解放战争的憧憬与展望了。他的双眼看着门口，顺着自己的思路，自顾自地口若悬河，什么解放全中国……建设新国家……百姓得到了民主与自由……

魏萍听着他一泻千里般的想象，看着他越说越亢奋的表情，渐渐地也被他感染。

待林世全说到“民主与自由”时，她终于忍不住打断了他的畅想，说：“到时候，您想干什么？”

被突然打断话头，林世全先是一愣，接着便把目光收回，看着魏萍，自嘲地笑笑说：“你看我，只顾自己说话了。哦，到了那时，我去当老师吧。把我们这一代人的经历、人民的深重苦难、中国共产党的奋斗史讲给孩子们听，你看怎么样？”

“好啊！”魏萍也兴奋起来了，颇具幸福感般把自己的头深深地埋到林世全的胸前说，“我文化不高，就到幼儿园里当阿姨，和孩子们唱歌，做游戏，无忧无虑，幸福快乐！”

在魏萍把头往自己的怀里钻时，林世全的心房像突然被一股电流击中，身体在微微发抖。这种感觉与状态，只有在延安和李韵初次拥抱时才有过！

林世全和魏萍虽是假夫妻，但在两人的心中，早已互相倾慕、牵挂与爱恋，互相之间也都明白对方想成为自己今生的另一半。至于何时成为真夫妻，只是时机问题。

由于他们表面上是夫妻，因此，日常在王嫂面前，或公开场合的近身接触，无论有意或无意，都显得很自然，内心也无特别的感受。像今晚这样的环境、这样的氛围和这样的贴身厮磨，还是第一次。

“是啊，我们都喜欢孩子！”林世全重重地呼出一口气说，但音调明显有些颤抖，“正是为了我们的孩子，为了他们的幸福快乐，我们今天才要奋斗、牺牲……”

头埋在林世全怀里的魏萍，感觉到他的身体在颤抖。

她忽然昂起头，含情脉脉地看着他，默然无语。

林世全看到魏萍火辣辣的目光，感情的闸门即将要被冲开，他的身体在加剧抖动。

魏萍的身体也随之发抖，她的呼吸慢慢急促起来，眼睛渐渐地闭上，鲜红的双唇在翕动。

到这时，林世全的强烈渴望再也无法抑制，就像火山喷发和江堤决口，张开嘴巴，一下子对着魏萍那鲜红、柔软、温暖的双唇疯狂地吸吮起来。

猛然间，魏萍翻转身子，紧紧地抱着林世全，直喘粗气。

由于用力过猛，林世全扑倒在床上，但她仍不停而紧张地吻着林世全。

也许是激动，也许是本能，林世全一下子反转过来，把魏萍压在了下面……

正当两人热烈忘情地亲吻着，林世全却突然站了起来，坐回床边，直拨弄头发，整理衣服，不作一语。

魏萍见林世全忽然坐起来，不禁愣住了。

片刻，她也坐了起来，然后从背后紧紧地抱着林世全，默默无语。

良久，魏萍才喃喃地说："我们结婚吧！"

林世全立刻扭转身，双手轻轻地托起魏萍的脸，神态轻松起来，喜悦地看着魏萍的眼睛说："你说的是真的，我可要立即报告省委了？"

魏萍满脸通红，露出娇羞的神色，点了点头。

林世全笑了，笑得很灿烂。

随即他们又紧紧地拥抱在一起。

进入秋天，白昼渐短。晚上才九点多，街上的行人就稀稀落落了。

林世全坐在黄包车上，对车夫说："师傅，能不能再快一点？"

"行，先生，您坐好了！"车夫边说边加快脚步跑起来。

林世全心急，恨不得现在一步跨进家门。他知道，魏萍现在一定在担心着自己。

今天这么晚才回家，他自己也没料到。

下午，他和孙言在明星咖啡馆接头。孙言又向他谈了江正寒的情况。

上月中，江正寒和孙言原来约定见面的时间到了，他就去和孙言见面的小旅馆，看到了孙言的留言。于是，当天下午，在震旦公园门口，他见到了孙言。

他们进公园，找个地方坐了下来。

孙言说："市委同意您回来了！"

江正寒听了很高兴，抑制不住兴奋说："好啊，好啊，那我明后天做准备，然后马上回来！"

"组织上在紫云路有一个书店，店名叫'黄金书屋'。现在店里有一个年轻人，叫胡文卿。您回来后，到那里当掌柜，和小胡一起工作。"

"行，行，组织安排我干什么都行！"

"因为您曾被全城通缉过，您回到金城后，要用化名，叫'江涛'吧。"

"行，听组织的！"

江正寒回蓉城的第二天，请周文伟吃了一顿饭。他说自己要回金城找组织，感谢他两年多来的信任与帮助。

周文伟明白江正寒的心思，也知道他继续留在蓉城的难处，就衷心地祝福他。

江正寒携妻儿回到了金城，并到了黄金书屋工作。

大概是江正寒到书屋工作后的第二天，孙言也来到了书屋。江正寒示意小胡看店，他们就进仓库去谈话。

“环境怎么样？习惯吗？”孙言笑着问。

江正寒精神状态很好。他满脸笑容说：“这有什么习惯不习惯的，一切都是门面，只要不引起别人怀疑就行。”

“是啊，您比我有经验。”

“这是什么话，你现在不是比我干得好吗？”

“我没有什么，是市委干得好！”

说到这里，江正寒的神态突然严肃起来，眼睛充满期待地说：“我能见见市委书记吗？我有好多话想和他说说！”

孙言知道，他来看江正寒，江正寒一定会提这个要求的。要是在吴明那个时候，市委副书记要见市委书记，这又算什么呢？然而，当今天江正寒提这个要求时，孙言看着他那个神态，心里则是五味杂陈了！

隐蔽工作就是这样，一切言行都不能感情用事，不能自以为是，更不能违反原则、纪律和上级的决定。

因此，孙言只好佯装轻松的模样说：“等机会吧。”

听了孙言的话，江正寒就像一个小孩问大人要糖吃，大人说抽时间去买似的，既不绝望，也颇感失望。

江正寒把期待的目光收回来，顿了一下，语调平缓地说：“那组织上给我的具体工作是什么？”

孙言不忍再看他，而是在桌子上胡乱拿起一本书，边翻边说：“这个还要等等。您现在先把书店经营好，这也是组织经费来源的一个渠道。”

自此以后，孙言只去过一次书屋。

前几天，孙言又去了一次书屋，他看到江正寒情绪很低落。

那天，书屋里有几个顾客。小胡坐在柜面，正在抄抄写写，江正寒则在那里收拾读者放乱了的书。

孙言进书店，小胡对他向江正寒那边打打眼色。

孙言就向江正寒缓缓走过去。

江正寒见了孙言，就对孙言说："啊，你，孙老板，你的书……刚到，在仓库里，跟我来吧。"

江正寒说完，头也不回，直往仓库走，仿佛孙言是普通顾客似的。他的神态和语调不仅没有前两次孙言来时那个开心、高兴的样子，反而有淡淡的冰冷与勉强。

他们进仓库后，跟在后面的孙言顺手把门关上，一时间，大家都不说话。

从刚才见到江正寒时起，孙言就注意观察他。

江正寒的头发有些乱，那胡子也应该有两天没刮了，黑茬茬的，眼镜后面的眼光浑浊。他的神情显得呆滞，收拾书本的动作都有些迟钝。

孙言是万分同情江正寒的。

江正寒回来后，他多次对林世全说，希望他见一见江正寒，和他谈谈，并在组织内给他安排一些工作，而林世全不是岔开话题，就是默然无语。

孙言也看得出林世全很纠结，仿佛他有些话不好说。

过了些时间，林世全突然再让孙言去一趟蓉城，要他想办法找到江正寒所说的《蓉都晚报》风格转变前后的报纸，拿回来研究、分析，孙言立即照办。

把报纸拿回来，林世全和孙言就对不同时段的报纸进行阅读、比较、分析。这样就发现，无论是时间、内容，或报纸社评中的一些典型语句，与江正寒说的都吻合无误。因此，他们认为，如果不是亲历的事情，不可能说得如此具体。

林世全和孙言为此很高兴。孙言则不失时机地对林世全说："书记放心了吧？去见见他怎么样？"

然而，林世全还是面露难色，闭口不语。

孙言见此，情绪陡然颓丧，脸色十分难看。

林世全看到了，心里也难过。于是，他不得不说："你我的心情是一样的，可我们要服从省委呀！"

“省委？”孙言诧异地问。

林世全却淡淡地说：“省委对江正寒同志的使用有指示，要我们谨慎，考察一段时间后再决定。不过现在我们又有新的材料，我再向省委请示吧！”

孙言一直没有考虑到省委这一层面，现在听林世全这样说，他也不好说什么了。

此刻，见到江正寒如此状态，他的心情是凝重的。

“老江，您的状态好像不太好啊！”孙言轻声地说。

江正寒摘下眼镜，擦着镜片，无关痛痒地说：“生意人嘛，也没什么！”

“您的心情我理解。过段时间，我想会有好消息的！”孙言宽慰说。

江正寒没有说话，不一会儿，他竟掏出手帕擦眼睛。

今天傍晚，孙言向林世全汇报完工作后，就把昨天见江正寒的情况告诉了他。末了，他说：“作为一名党员，经过这么大的挫折，心中的悲痛、焦虑、渴望和期待，是可想而知的。特别是作为一名领导干部，这么长时间失去了组织，失去了上级，尤其是失去了组织的信任，他的无助、失落、委屈和焦躁，更是难以想象的。从我们的调查和这几个月来的观察看，江正寒同志应该是没问题的。我们要进一步向省委反映，让江正寒同志参加工作，您看怎么样？”

听完了孙言的述说，这回林世全表现得轻松和愉悦，他笑吟吟地看着孙言，刻意地顿了一下，没说话。

孙言看到林世全这个样子，开始有些莫名其妙。片刻后，他似乎感悟到了什么，诧异地说：“您是不是有好消息？”

“是的！”林世全点点头说，“昨晚省委来电说，据我们去电反映的情况，省委同意恢复江正寒同志的组织关系，工作情况由金城市委考虑。”

“好啊，”孙言好像是自己得到了恢复组织关系似的，十分高兴地说，“这是一个大好事！那么，书记您是不是可以去见见他了？”

“可以，怎么不可以！”

“好，现在就去书屋，怎么样？”

孙言一改平时沉稳的性格，竟然拉起林世全的手，兴奋得直摇晃。

林世全要见江正寒，本来不是现在，因为今天没有这个安排，但见孙言如此高兴，以及刚才他说江正寒现在的心理和情绪，林世全觉得不答应不好。

林世全想了想，说：“行，那去吧！”

他们一前一后，离开咖啡馆，来到紫云路黄金书屋。

孙言和林世全相距约十来步远，孙言先进书屋。他看见江正寒正坐在柜前看书，就说：“掌柜的，我有个朋友想跟您订几本书，我们谈谈吧。”

江正寒也许是昨天挨孙言说了一下，也许是自己意识到确实不应该这样，所以，今天他刮了胡子，眼镜铮亮，黑黑的头发也梳得整整齐齐的，身穿灰色长袍，整个人都显得精神，有活力。

他听到孙言说话，就抬起头来，但有些不解：老孙昨天才来过，今天怎么又来了，他有事？

江正寒迟疑了一下，应道：“哎，到里面去吧。”

江正寒说着，就往仓库里走。

这时，林世全已跨进门，孙言和他，跟在江正寒后面，走进仓库。

孙言轻轻把门关上。

在孙言关门时，江正寒转过身，忽然看到林世全，先是一愣，嘴巴微张，然后眼睛直勾勾地看他，却没说话。

猛然间，林世全也发现了江正寒，他不胜诧异！

当看到江正寒表情异样，林世全就压着声音断然说：“江为东，对吧？”

“您，林教员，林旭明，是吗？”江正寒控制着声调，激动地说。

一旁的孙言被他们的状态和对话都搞蒙了，但他们两个谁也不理睬孙言，而是紧紧地拥抱在一起。

许久，他们才记起旁边还有个孙言。

江正寒放开了林世全，转身对愣愣的孙言说：“老孙，我们是老相识了。在延安抗大，我是学员，他是教员——我的老师！”

“是啊，”林世全也高兴地说，“我那时叫林旭明，他叫江为东！”

孙言这才恍然大悟，因此，他也开心地说：“巧了，巧了，竟是故人重逢啊！”

孙言的感叹，触发了江正寒的感慨，他脱口而出地念道：“浮云一别后，流水十年间……”

林世全与江正寒分别于一九三八年春，现在算起来也就是十年多一点。在这十年多的时间里，他们虽然天各一方，音信渺然，但是，大家都共同经历了抗日战争和解放战争进程，因此，林世全心中的感情波涛，也是汹涌澎湃。

江正寒信口念出韦应物的诗句，林世全也喃喃地应道："十年离乱后，长大一相逢。问姓惊初见，称名忆旧容。别来沧海事，语罢暮天钟。明日巴陵道，秋山又几重。"

这是唐朝诗人李益的诗，描写他与表弟离别十年后的相逢情景。在十年间，诗人与表弟经历了安史之乱、藩镇混战和外族入侵。诗人描写战乱中人生聚散的场景，以及抒发兄弟深情和频发的社会动乱之感，使林世全感同身受，慨叹不已！

古人的情绪把林世全和江正寒都熏晕了，两人仿佛僵硬似的站立在那里，瞬间一言不发。

孙言打破了沉寂。

他指着林世全对江正寒说："老江，他就是市委书记，现在名叫林世全。"

江正寒从沉思中惊醒，一阵诧异地说："啊，书记，林书记……我，终于见到您了！"

说着他伸出双手，与林世全又紧紧地握在一起。

"正寒同志，"林世全握着他的手说，"你辛苦了，我代表市委问候你！"

林世全柔和而亲切的语调，使饱经磨难、波折和委屈的江正寒一下子又激动起来，眼眶发红，泪水滚动。

看样子，他是强忍着才没有哭出来的。

看到江正寒那个样子，林世全内心也不平静。他脸色凝重，此刻似乎一切言语都是多余的，他只把左手搭到江正寒的肩上，使劲地又拍又捏。

江正寒渐渐地平静下来，他对林世全说："林书记，我有很多话想好好地和您说说，可以吗？"

面对自己曾经的学员、地下党的老同志、"利丰商行事件"的幸存者，林世全想，这有什么不可以的呢？不仅可以，而且应该、必须！

于是，他向江正寒和蔼地点点头，让孙言先回去，他们就在书库里坐下来，慢慢地谈。

到家了，林世全下了车，匆匆把钱给车夫，快步走向门口，推开门，叫道：“魏萍，我回来了！”

一直心神不宁的魏萍，不是在厅里踱步，就是到门口去张望，她累了，就坐一会儿，反复如此。

当她才从门外回来，在客厅里刚坐下，突然见大门被推开，并听到喊声，她就像一个小孩，“呼！”地站起来，直向林世全扑过去，然后死死地把林世全抱住。

王嫂听到林世全的喊声，也从厨房里跑出来。

当她看到林世全和魏萍紧紧地抱在一起时，王嫂尴尬地“咦！”了一声，马上双手捂眼，迅速退回厨房……

二 十 七

关雄走后，林世全立即赶往福来杂货铺，去找孙言。

一路上，林世全在想，这一次一定要考虑周到，布置严密，决不能再让他跑了。于是，他边催促车夫快走，心里边想着行动方案……

刚才，关雄突然来到办公室找林世全，向他报告了一个紧急而重大的情况。

上月，为了躲避赵谦一案的牵连，关雄被迫撤离紫云路，关闭运来商号，去到一个叫永兴的小旅馆隐蔽。

那天晚上，他要出门去找洪天禄。来到二楼楼梯口，他突然发现正从大堂走出门口的一个人的背影很熟悉。他一阵诧异，马上快步下楼，但来到门口，那人已消失在灯火阑珊处。

关雄在永兴旅馆只住了三天，后来就搬到新设兵站附近的旅社去住了。在那三天里，关雄一直在注意那个人，却没有再遇到过了。之后，他一边要躲避赵谦案可能带来的危险，一边又忙于兵站分站的建设；同时还来回跑军区两三趟，就把这事忘了。

为了保险起见，关雄把泰和路的分站建起来后，改为总站，叫“如轮贸易商行”。一个多月后，赵谦案确已完全平息，洪天禄那边也风平浪静了，关雄才把运来商号改为分站。

这一切都忙完了，他稍为清闲了一些。

今天，还不到十二点，他感到肚子饿了，就提早一点吃午饭。在吃饭的时候，他忽然又想起永兴旅馆那个熟悉的身影。

他想，那会是谁呢？

在琢磨中，倏然，他心中一惊，竟脱口而出：很像是他！

于是，他立刻放下饭碗，急急忙忙赶到永兴旅馆。

来到旅馆，他借口对前台店员说，一个月前，有个外地朋友说要住这里来约见自己的，自己却因为突然有事，提前离开了金城，不知道他来了没有，想查查登记看。

站前台的是个年轻人，他看到关雄西装革履，手夹雪茄，腕戴金表，气度不凡的样子，仿佛又在哪里见过，就很爽快地把登记簿给了关雄。

关雄很快查到，在上个月他看到“熟悉背影”的几天时间里，有一个叫“钟天”的人住在一〇八房。他已在此十多天前就住进来了，并且一直没有退房的记录。

他断定，自己看到的那个人，就是他！

他谢过前台店员，离开永兴旅馆，到公用电话亭给林世全打电话，要求立刻面见他。

林世全也在吃午饭，就让关雄来办公室。

关雄来到办公室，林世全已在那里看报等候了。

关雄快步进去，压着声音说：“林老板，我可能看见了钟向北！”

林世全“嚯！”地一下站起来，十分惊讶地说：“钟向北？他不是死了吗？”

关雄就把来龙去脉说了一遍，然后抱歉地说：“对不起！开始的时候，我也听你们说过他已死，再加上我这边当时也是风雨欲来，而且任务繁重，没有时间细想，更没有往钟向北这边去想。今天中午不知怎么的，想来想去，觉得那个身影，就是他！”

“他以前从不在一个旅馆住那么长时间，你没看错？”林世全疑惑地问道。

关雄却越发肯定地说：“当时我看到的虽然是背影，但现在我越想越感到就是他。他为什么敢在那里住那么长时间，就是因为我们和徐伯恩他们都以为他死了！”

关雄最后一句话，林世全认同了。

于是，他马上说：“关老板，不送你了，我得马上处理此事！”

关雄知道此事对金城市委、对林世全来说非常重要，所以他也没多说，立即告辞回去。

林世全迅速招来高立，要他集中货栈的锄奸队员，在此待命，等他电话……

不到二十分钟，林世全赶到福来杂货铺。

孙言和小许刚吃完午饭，看见林世全匆匆走进来。孙言知道有急事，就把他迎进里间。

“孙言，”才进里间，林世全就急着说，“有可能发现钟向北了！”

“钟向北？”孙言不无惊讶地说，“他没有死？在哪里？”

“刚得到的情报，还须核实。在永兴旅馆一〇八房，一个叫钟天的人，一个多月前就住进去了。”

“要我先去核实情况？”

“不，我们不能这样来回折腾，就把他当成钟向北来采取行动！他之所以要选一层住，肯定是考虑遇到危险，方便逃脱。你带上锄奸队员，悄悄地到旅馆去，让队员先隐蔽地把前门后窗堵上，你则直接到一〇八房，以服务生送开水为由敲门，然后趁他不备，突然冲进去，将他擒获。他在那里住了那么长时间，服务生叫门送水，应该很正常，他不会很警惕的。如果他不在，则由高立潜入房里守候。你和其他队员分散在大堂内外，隐蔽起来等待。注意，他认得你，你要特别隐蔽好。我在办公室等候，一直等到你有电话来为止。这一次行动不能失手，除非这个人不是钟向北！”

其实，孙言也是一个很机警的人，并且他对钟向北比较了解。如何才能抓住他，他也会缜密思考、见机行事的。现在林书记布置得如此详细，他当然也很认真地听。他知道，林书记不是不放心他，而是他对钟向北志在必擒的一种迫切心情。为此，他也感到此行责任重大。

林世全说完，孙言没有再说什么，立刻准备出发。

林世全告别孙言，到附近的电话亭，给高立打电话，让他们出发到永兴旅馆，与孙言会合。

在永兴旅馆不远的一间面馆，孙言领着小许，见到高立、小冯和小韩。他马上示意他们，跟他到隐蔽处，把任务、方法迅速说一遍，然后分散到位。

孙言头戴礼帽，身穿长袍，来到一〇八房前。

“笃、笃、笃。”他轻敲三下房门。

里面没反应。他接着又敲两次，仍无反应。

于是，他离开房门，把礼帽摘下来。

这是他向伙伴们示意，房中无人，让他们按无人方案就位。

孙言走出大堂，到旅馆对面隐蔽起来，盯着旅馆门口。

在旅馆门口的高立，看到孙言脱帽走出来，他就绕到旅馆后面，轻轻撬开窗门，潜入室内守候。

就这样，下午到傍晚，傍晚到天黑，他们都没有看到钟向北，但是他们没有泄气。他们反而觉得，一〇八房的人越迟回来，越有可能是钟向北，因此，他们心中越是兴奋。

过了十点钟，街上的行人已很少。

突然，一个四十多岁、体型稍胖、秃顶，身穿西装，脚穿皮鞋的男子，边警惕地看着周边，边慢慢地向永兴旅馆门口走去。

虽然是晚上，但在灯光下，隐蔽在对面的孙言，一眼看出，此人就是钟向北！

孙言极力抑制着心中的愤怒与狂喜，咬着牙根，死死盯着慢慢走进旅馆的钟向北。

当钟向北走进大堂后，孙言迅速跨过马路，快步走进旅馆。

钟向北开门进房，打开房灯。

“哎呀！”他突然惊叫一声，被吓了一跳。

他看到一个身材魁梧的人坐在自己的床铺上。他马上意识到什么，转身就想往外跑。

可是，此时的房门口已被孙言和小韩堵上了。

“孙言？”钟向北一阵惊呼说，“是你！”

“对，是我！”孙言黑着脸，用低沉而有力的语气说，“没想到吧？”

面对冷言峻色的孙言，钟向北却出乎意料地由惊变喜，十分激动地比画着手势说：“没想到，真的没想到！你知道吗，我一直在找你呀，两年多……”

“你别说了！”孙言看着要滔滔不绝的钟向北，以为他在装蒜、表演，就压着声调，厉声喝停他说，“你找我？你还敢找我？”

在孙言一再喝问下，钟向北的神思终于回到了现实。

他的情绪陡然平静下来，脸色也渐渐变得肃穆与痛苦。

片刻后，他心情非常沉重地说："我知道，你、大家，以及组织，都以为我是叛徒，是我出卖了市委和其他同志；但是在你处死我之前，希望你能听我说几句话。第一句：我不是叛徒。第二句：为了证明自己的清白，我历尽艰险，躲避徐伯恩的追杀和组织上的锄奸，千方百计地要找到你，或叶子辛、江正寒。第三句：徐伯恩抓我又放我是阴谋，若是不查就杀了我，就放过了真正的叛徒!"

钟向北说完，走到旁边的一个椅子上坐下，耷拉着脑袋，一言不发。

听完钟向北三句话，再看看他那痛苦、绝望的表情，孙言心中对他的愤怒和厌恶，一下子却没了。

当然，孙言并不是就此相信了钟向北那几句话，而是他说到徐伯恩的阴谋时，他想起了一年多前，《金城晚报》上那篇人物专访，不禁令其沉思。与此同时，他看着钟向北，这个昔日的大哥、同志，即使现在已身处险境，仍不失他那温厚而又智慧的特质，使他内心涌起一股怜悯之情。

孙言想了一下，就小声地对小韩说："把门关起来，看着他，我去打个电话。"

孙言到电话亭去给林世全打电话汇报。

由于电话上不方便多说，他只说人已回到房间，并且确实是我们要找的人，请示如何处置。

林世全听了很高兴，立刻要孙言把钟向北带到舜帝路北一巷五号，并说雷霆会在那里等候的。

林世全要求孙言对钟向北立刻进行讯问，并安排好值班看守，明天到货栈向他报告情况。

舜帝路北一巷五号，是市委一个秘密备用点，由雷霆管理。

孙言回到旅馆，让小许去前台给钟向北结账，要高立出去安排黄包车，他挽着钟向北走出大堂……

刚才在旅馆里，钟向北自被孙言疾言厉色呵斥后，仿佛遭到了当头一棒，整个人的表情都木然了。

他把目光从孙言脸上移开，看一眼高立。

这一看，却令他一阵愕然——高大个，不就是射杀龙伟平，又在光明旅社找自己的那个人吗？

钟向北心中暗暗叫苦！

他想，这是组织的锄奸队，这一回自己是必死无疑了！

趁他们还没有下手，自己要把该说的话说完，不管他们信不信，起码自证了自己的清白！

然而，他说完后，他们不仅好像没有动手的意思，孙言反而走了出去。

他去干什么？钟向北又猜测起来。他相信了自己的话，还是去请示杀不杀自己？

十来分钟后，孙言回来了。

他面无表情地对钟向北说："老钟，你收拾一下，我们找个地方谈谈。"

找地方谈谈？钟向北诧异地看着孙言。

从他的表情、语气，钟向北估摸着，他得到了上级的指示，自己可能暂时死不了！

实际上，他心里也常常在想，组织不会这样草菅人命，草率行事的。对于金城市委被破坏，组织可能根据自己无故被军统释放，以及朱云和曹标的被捕，对自己产生了怀疑，此外，他们没有任何证据证明自己背叛了党。对于这么大的一个事件，真相究竟如何，党组织必然要弄个水落石出。今天好不容易找到自己这么一个当事人，哪有不审不问就杀了呢？即使组织上认定自己是叛徒，他们也要问清楚自己是什么时候叛变的，怎么叛变的，都出卖了什么，怎么与敌人联系等诸多问题的呀。

有了这样的判断，他心中悬着的石头落地了。

钟向北的心情轻松了许多。他认为，只要组织和他谈，他就有申辩的机会；只要让他申辩，就能还他一个清白！

钟向北看着冷若冰霜，可语气明显和缓许多的孙言，就意味深长地笑笑说："就几件脏衣服，有什么可收拾的，抬脚就走。"

孙言挽着钟向北的手，像老朋友一样，向不远处的黄包车走去。

边走路，孙言边微笑着小声对钟向北说："你不是连车带人冲到河里淹死了吗？怎么又活过来了？"

钟向北看一眼孙言，然后脸露得意的神色，微微一笑说："车子在冲进河里前的一刹那，我跳了车。我是冤枉的，因此马克思不收我！"

孙言则语带嘲讽地说："你怎么敢在一个旅馆里住那么长时间，不怕我们来抓你？"

钟向北又笑一笑说："你们没有时间去找一个'死人'的。"

"你错了，是不是？"孙言得意地说，"现在我们四个人陪着你，你不会又跑吧？"

钟向北却很平静地轻轻说："两年多来，我唯一的心愿、唯一的任务就是找到你，或者是老江和叶子辛。没想到你们不相信我已死，并找到了我。我感到万幸，还跑什么？你就是赶我，我也不会走了。当然，我现在说什么你也不会信的，但我相信，终有一天你会信的！"

孙言不再说话了，他们两人坐一辆黄包车，一路无话，很顺利地来到北一巷五号。

孙言和钟向北开始谈话的时候，孙言的神态和语气就像一个法官，而钟向北则极力控制着内心感情的起伏，表现出不卑不亢的神态，像说一个与自己无关的故事似的，把"利丰商行事件"的始末与之后两年多来自己所想、所盼和所为，以及遭遇述说了一遍。孙言听着听着，那神态、语气就不知不觉地变了，成了两个朋友聊天一般……

天渐渐地亮了。

离开钟向北后，孙言一点儿都不感到困倦，他整个思维还沉浸在钟向北曲折起伏、凶险难测和孤独无助的苦难经历之中。虽然这只是钟向北的一面之词，但是他提到的一些事实，有些现在一查就可以证实，有些则在逻辑上也是说得通的。例如他的下线，除了龙伟平，他点出的另外两个关系人，以及他熟悉的其他党员都没有被捕。这些新市委先前没掌握，但就现在所知道的，他说的都不假，还有他被徐伯恩释放的问题等。

怀疑钟向北有问题，开始孙言觉得只是一种可能。真正肯定他是叛徒的，孙言是从林世全那里得到的确认。至于林世全说到的那些证据，究竟从何而来，真伪如何，他没有追问，他也不可能追问。

对于钟向北和江正寒，孙言都很熟悉。在孙言眼里，钟向北是一个稳重、温厚之人，而江正寒则多了几分冷峻。从内心讲，孙言更喜欢钟向北。当然，他们都是原市委领导，作为曾经是机要秘书的孙言当时偶有机会与他们接触，孙言都很敬重他们。当知道钟向北在"利丰商行事件"后的经历，比江正寒更坎坷、更凶险时，孙言表面虽然没有流露出什么，但在他心里掀起的感情波澜是巨大的，简直就是惊涛拍岸。他想象不出，这一位从表面看，为人虽不乏精明机警，但给人更多的是忠厚、和善和热情的掌柜，竟是如此刚毅与倔强！因此，孙言的内心对他是深切的同情和难过，更为他锲而不舍地苦苦寻觅自己、寻觅组织而感到十分震撼和深深的惋惜，以及真诚的佩服！

为此，孙言在心里不断地反问自己，像这样的人，会叛党吗？是叛徒吗？

孙言怀着复杂的心情，立刻赶往福祥货栈，向林世全报告。

林世全昨晚很晚才回到家，又是忐忑不安，守了半个晚上的魏萍还没有睡。

她见到林世全回来，就像鲤鱼跳龙门似的，从床上一跃而起，扑到林世全身上，紧紧地把他抱住。

林世全也抱着她，并笑着疼爱地说："你看你，别老是这样担心我。否则，你额上很快就会长出皱纹来的。"

魏萍则撒着娇说："如果是这样，我愿意，因为那是我爱你的印记！"

林世全听着魏萍娇滴滴的话，更温柔地把她搂紧……

天亮了，因为要见孙言，所以林世全一早就出门，赶去福祥货栈。

来到货栈，林世全刚进办公室，桌上的电话就响起来，他心中"砰！"一下，十分紧张地拿起话筒。

他以为是孙言那边出了什么事，听完后，他才松了一口气。原来是高掌柜说"昨天十点，有人看到公园有壁虎"。

这是"壁虎"紧急约见，今天上午十点，震旦公园的暗语。

林世全听完电话，才坐下，孙言就敲门进来了。

"哟，双眼通红，"林世全马上站起来，一面给孙言去倒开水，一面看着他问，"你没睡觉，熬通宵？"

孙言睁着发涩的眼睛看着林世全，接过他递过来的水杯说："林书记，关于钟向北是叛徒这个定性，您确认没有疑问吗？"

忽然听到孙言的问话，林世全不禁一阵诧异，站在那里愣愣的。

片刻后，他才向孙言做了一个手势，让他坐到旁边的沙发上。

他知道孙言喜欢思考，并且往往有独到见解。原来布置他去寻找、捉拿钟向北，他坚决服从，没有疑问。此刻他却突然提出疑问，必定是发现了什么情况。

于是，他在孙言旁边坐下后，就神情肃穆地问："他是怎么说的？"

孙言抿了一口水，也坐下来，然后把钟向北说的经历全部给林世全转述一遍。

其间，林世全没插一句话，默默地听着。听到后面，他坐不住了，站起来，在办公室里边踱步，边双手抱着胸听。

孙言说完后，端起茶杯喝水。

林世全则问："他出来，一开始不知道是徐伯恩的阴谋，而是以为组织营救的结果，那么他见过放纸条的人吗？"

"他说没有。"孙言说。

"朱云和曹标被捕，他怎么解释？"

"市委所有领导成员当时都被包围在小楼里，各自在慌乱中突围的情况，他都很清楚，但在他中枪后，所有的事情都不知道了。他醒来后，护士说，他昏迷了三天三夜。进了医院后，他能接触到的人除了一个医生、两个护士外，只有徐伯恩和冷伟。他们两个人，要么单独，要么一起，几乎每天都来。他们谈的，似乎没有目的，没有中心，但很明显，他们是要销蚀他的意志，瓦解他的信仰。说什么凡是从事间谍工作的人，从他被捕之日起，组织就会斩断与他所有的联系，接着是对他警惕、怀疑和不信任，他的下场也一样。说人是什么东西，就是一个图利动物。因此，识时务者为俊杰，人不为己天诛地灭。共产党主张的什么共产主义，是乌托邦，是虚幻的东西，剥夺了人的天性，是妖言邪说。最后，徐伯恩对他说，经双方的上峰多次交涉，现在又是国共合作时期，都主张和平建国，因此就放他回去。

"听到徐伯恩最后的几句话，再加上枕头底下的纸条，他相信了是组织的营救。回到家里后，他以为组织很快会派人来与他联系，可他等了三天，仍没见有人来，他心里着急了。因为他很想知道，那天被困在小楼里的人都怎么样了，市委怎么样了，吴明怎么样了？他只听说，罗田受伤后也被捕了，但没救活，牺牲了。所以，出来后，他两眼一抹黑，放松了警惕，就去找朱云和曹标，没想到中了徐伯恩的圈套。”

“关雄被跟踪，他也不知道？”

“他说不知道。也许是他当天与关雄聊过几句，所以跟踪他的特务也跟踪他。”

“小林村、多彩绸布庄和大众五金店被袭击呢？”

“他知道小林村有党组织，但支部书记是谁，姓什么，他不知道；支部书记的公开身份是干什么的，住哪里，他更不知道。至于绸布庄和五金店是我们的联络点，他都无从知晓。”

“龙伟平是不是他的下线？他被捕与他也没有关系？”

“龙伟平是他的下线，但他知道龙伟平被捕和叛变，是从徐伯恩口里听来的。他还说，除了龙伟平是他的下线，还有电话局、金城市政府的几个党员，以及其他工厂、商行的一些党员、进步分子他也熟悉，但这些人都没有被捕。”

林世全沉默了，脸色十分难看，站在那里，一动不动。

钟向北是叛徒，原来以为是证据充分、确凿，按现在钟向北的说法，这些东西都是另有原因，或似是而非，全部被推翻、颠覆了！

他说得可信吗？林世全陷入深深的思索之中。

“林书记，”孙言语调低沉地说，“钟向北还说到一个问题。他说，有一次，徐伯恩对他发脾气时说，罗田的态度比他好，可惜没把他救活。”

“罗田？”林世全从沉思中回过神来说，“罗田已经牺牲了，还有什么态度？”

孙言紧锁眉头，仿佛自言自语似的说：“是啊，罗田都牺牲了，徐伯恩为什么还要对钟向北说这些呢？”

林世全突然显得有些焦躁，他倒背双手，在办公室里，一面走来走去，一面说：“事情看来不简单，很不简单！如果钟向北说的是事实，那么徐伯恩的阴谋究竟有多大？钟向北是他阴谋的哪一部分？现在他又抛出一个罗田，他的目的是什么？究竟是谁出卖了金城市委？”

林世全说完，又静静地思考一阵，才和缓地说：“你回去休息一下，然后安排好时间，继续和钟向北还有江正寒谈。在谈话时，要注意他们每一句话，每一个细节。他们都是原班子中的人，要他们大胆摆情况、做分析、提观点。‘利丰商行事件’的调查，看来要重新调整思路。这件事，虽然拖不得，但也急不得，因为受条件限制。我还有别的事，今天就到这里吧。”

“好的。”孙言说着，就站起来，走出办公室。

孙言走出去后，林世全还在想，从敌人刊登的人物专访，到钟向北的陈述，他已确认徐伯恩确实玩弄着一个阴谋。这个阴谋就是“狐狸计划”，而且这个计划玩得很阴险，自己是不是已掉进了他的圈套？

他原来要“壁虎”设法搞到这个“狐狸计划”，可是徐伯恩防范很严密，档案室日夜有武装值班，没有他的手谕，谁也无法接触绝密档案。

“狐狸计划”的内容是什么？这个计划结束了吗？抑或还在进行之中？

他看了看手表，与“壁虎”接头的时间快到了。于是，他马上出门，赶往震旦公园。

林世全来到公园的小道，看到余福明正在往半山上的凉亭慢悠悠地走。他略微加快脚步，跟上余福明。

到了凉亭上，才站下来，林世全问：“怎么样，有急事？”

余福明还微微喘着粗气，但仍然抑制不住兴奋说：“我拿到了徐伯恩的‘狐狸计划’了！”

“是吗？太好了！”突如其来的好消息，让笼罩在林世全心头的烦闷、焦虑一扫而光。他兴奋得有些激动地说，“你不是说，他防范得很严密吗？怎么弄到的？”

余福明说：“前天一天都没见徐伯恩，昨天上午我见到张秘书，就问站长在不在办公室。张秘书说他去南京开会了。我一直在想，档案室进不了，只能想办法进徐伯恩的办公室。没想到现在突然有这么一个好机会。于是，下午我去观察地形和路线。到今天凌晨两点钟，我从自己的办公室出来，直上四楼。

“四楼警卫室亮着灯，共两个人。一个躺在床上睡觉，一个伏在窗边的桌子上睡觉。我猫着腰溜过去，悄悄打开会议室的门。闪进去后，从会议室的后窗爬出去，攀扶着墙壁，过到隔壁徐伯恩的办公室窗边，慢慢地撬开窗门，溜了进去。一切都很顺利，可就在我正想从徐伯恩办公室的窗口出来，原路返回时，突然听到门外有咳嗽声和脚步声。估计是警卫室有人起来，可能是去撒尿。我怕弄出响声，不得不在那里等了半个小时，然后才出来。”

“真是难为你了，福明同志！”林世全动情地说。

然而，余福明看着林书记颇动感情的神色，自己的神态倒有些尴尬了。

他一面拿出已冲洗好的照片，一面对林世全说：“所谓的‘狐狸计划’，其实就是一份仿佛书信的电报稿。徐伯恩这贼也确实够狡猾，连向主子邀功的东西，也是说得云山雾罩的，您看看！”

林世全急忙接过照片，神情专注地看起来：

局座钧鉴：

国共合作以来，余谨记局座训示，视剿共大业为天职，从不懈怠。然困于诸多因素，收效甚微，深感汗颜。卑职孔殷，食不甘味，夜不能寐。余常反省自赎，勠力深耕剿共基业，今终有起色。现诱共降共，成效甚佳。余今所控共匪，犹如巨网中之群鱼，扩大战果可期也！

兹事体大，余不可须臾离开，然于此案，余尚有二策，唯以快电急报。以防天机泄露，故以“狐狸计划”称之，并限于余与冷伟之间。详情于此不便细说，容余适时赴渝禀报。

二策简述：

上策：今秘密归顺者有六，层级遍及金城共党上中下，至今仍未暴露。卑职欲继续往上发展，冀能至其省委，乃至延安中枢，故未收网。

下策：若一旦暴露，余即行一网打尽，然为长远计，当于中择其诚者继续潜伏。余届时则以明修栈道之计，掩护潜伏者。若此计得逞，金城共党今后之幽灵，全在我佛眼之中也！

余不揣冒昧，匆此布意。然以上鄙见，恳盼慨允。恭请

勋安！

职：伯恩谨禀

十二月八日

林世全看了一遍，就皱起眉头。又看一遍，他脸上渐渐地又布满了团团疑云……

二十八

魏萍正从楼上下来。

下班的林世全从外面用力推门进来，手拿《金城晚报》，快步跑到楼梯口，高兴地说："魏萍，你看，你来看！"

魏萍则笑笑说："什么事呀，你那么高兴？"

魏萍还在楼梯上，林世全就伸出手拉着她说："'火鸟'又发出接头信号了！"

"是吗？什么时候？"魏萍问。

魏萍下楼梯后，林世全就把报纸给她，并指着报纸里的一个《告示》说："你看这个《警备区部队演习告示》。演习时间是民国三十七年九月二十六日上午八时至二十八日下午六时；演习地域是北至石鹰嘴，南到关公庙……省委的电报里说，第三次接头让我看《金城晚报》有关军队的告示。接头时间为告示中第一个出现的时间，地点与《三国演义》有关；接头暗语也是《三国演义》里'美髯公千里走单骑，汉寿侯五关斩六将'诗句的首联和颈联。今天是二十四，也就是说，时间是后天，地点在关公庙！"

"对！"魏萍在高兴中却又略微担忧地说，"这是最后一次机会了。电报里说的两个备用联系方式，现在只剩这最后一次了。若是再失败，会很麻烦的！"

林世全抬起头来，不无同感地说："是啊，不能再失败了。不过'火鸟'也很聪明，他把我们的接头巧妙地藏到他们的军事行动里，这样就大大地降低了敌人的警惕性。我想，他是经过缜密思考，精心布局的！"

二十六日早上，还没到八点，林世全化装成一个农民，拿上一些祭品，提着个篮子，走到关公庙里。

他点燃蜡烛和香，然后又把祭品一一摆放好。

正待祭拜关公时，身后传来一句："挂印封金辞汉相，寻兄遥望远途还。"

林世全转身看，一个四十四五岁，一米八个头，浓眉下一对虎眼，身穿国民党军服，配上校军衔，手戴洁白手套，并拿着一支红檀色手杖的军官站在跟前。

林世全看一眼后，又转回身去，却念念有词说："忠义慨然冲宇宙，英雄从此震江山。"

"同志，我们终于见上面了！"上校激动地伸出双手说。

在上校说"同志"的时候，林世全猛然转过身，同时也把双手伸出，和上校紧紧地握在一起，同样兴奋地说："是啊，'火鸟'同志！我是金城市委书记，叫林世全，你辛苦了！"

上校显得很激动，嘴唇翕动，眼眶发红，看得出他在极力控制着自己的情绪。

林世全说完后，上校就用较慢的语速说："我叫许杰，是警备司令部的参谋长。"

许杰毕业于东北陆军讲武堂第五期，与张学良的爱将高福源是同届同学，在"西安事变"时已是少校营长。在陕甘跟红军作战中，与团长高福源一起被俘，后接受红军教育被放回去。从此，他追随高福源，一九三六年六月秘密加入中国共产党。"西安事变"后，他参加抗战，转战南北，与党组织失去联系。抗战胜利，他和他的部队驻扎金城。"利丰商行事件"发生后，他感到十分震惊。面对敌人的歹毒和凶残，他为自己与组织失去联系，不能为党做任何工作而难过、焦虑。在一次出差南京时，他秘密潜入中共南京局，要求接上组织关系。经过兜兜转转，两个月前，原来在红军保卫局工作的老李得知情况后，才把他的关系转到省委。

也许是他爱为兵打抱不平，也许是他讨厌黄东这些人，不愿与他们为伍，或者是他在南京潜进中共代表团南京办事处，也就是南京局的行动被人发现，黄东怀疑他是中共卧底。

黄东是警备司令部的政训处处长、保密局特务。不仅黄东把他盯得死死的，而且毛人凤也给了徐伯恩命令，要他看死许杰，一旦有哪怕是丁点证据，就立即捉拿收监。

许杰发现有人监视，就格外小心。前两次欲与金城市委接头，就因为发现黄东的人盯梢很紧，而且多次都摆脱不了，所以不得不放弃接头。

这一次的接头方式，是他冥思苦想多时才得出来的。

最后他决定用演习的方式接头后，他还怕邓兆年不同意搞演习。当向他汇报时，出乎许杰意料，邓兆年对演习这么大的事，竟然爱理不理，说许杰喜欢折腾就折腾去吧。黄东和徐伯恩对这个军事行动，不知道是许杰的主意。他们一方面因为没有什么地方插得上手，另一方面他们也没想到许杰会在这样的行动中有地下行动，因此放松了防范，没人跟到演习场去。

邓兆年来到金城后，许杰十分关注他。他发现邓兆年比较颓废，对部队里的事都不怎么想管，什么事都往自己这里推。对黄东和徐伯恩这些人，他也很厌恶。私下里，称他们为老鼠屎、小人、狗，他经常在纸上写一些莫名其妙的话。他们找他，要么不见，要么让他们来找自己，气得他们吹胡子瞪眼。

许杰看到邓兆年这种情况，很想策反他，但是没有党组织做依靠，他心里不踏实。因此，两次去接头接不上，他很焦急。

林世全听了许杰的自我介绍后问道："有尾巴吗？"

"没有。这是很正常的军事行动，敌人想不到。"许杰说。

"你在这里可以待多少时间？"

"演习九点开始，半个小时吧。"

"警备区的情况怎么样？"林世全问道。

"正规部队共两个团，另有一个保安团，一个警卫营；还有保密局特务、交通警察大队和公安局的治安警察等。两个正规团，有一个团的团长姓左，和我的关系都很好；政训处的黄东却拉拢着另一个团长，他姓高。据观察，高团长还没有下水，但黄东把他一个姓毕的营长拉了过去。姓毕的克扣军饷，吸兵血，十分反动，不得兵心。保安团和交警大队那里，我少到一些，情况掌握不多。整个部队的士气很低落，所以我对司令说，要搞一下演习来提升士气，邓司令就半推半就。"

"黄东这个家伙今天没来？"

"这些人玩小心眼行，对正事都不用心的。"

"其实老蒋也知道，大到皇亲国戚，小到看门抬轿的，别看他们整天喊着忠于领袖、忠于党国，成功成仁的，其实有几个不是冲着升官发财而来的?”

许杰赞同地笑笑后，又说：“我很早就想在部队里发展党员，只是苦于之前没联系到组织，现在您看可以吗?”

林世全沉默了一下后说：“有成熟的对象?”

“有，左团长和他的两个营长，还有一个连长；警卫营的何营长也很听我的话。”

“唔，这样的话，你们可以建一个支部，就有一个核心了。行，你干吧，不过，你要特别小心！因为敌人对你的疑心已很重，监视也很严密，稍有不慎，就要出大事!”

“这个我知道。平时我就常到部队，和他们喝酒、打牌、聊天。黄东和他的喽啰也常见到，我会让他闻不到味的。”

“你们的司令是刚来不久的吧?”林世全说，“是不是叫邓兆年?”

“对，才几个月。你认识他?”

“二十多年没见过面了，不知道是不是他。如果是他，我们是黄埔时的同学。在学校时，他是无党无派的，但他的骨子里有一股正气。他曾为一个不认识而被欺负的同学，打了孙文主义学会的人，为此差点被学校开除。后来他得到了青年军人联合会发动同学声援，才被免除了处分。二十多年了，人是会变的，如果是他，他又是怎样一个人?”

“听您这样说，应该是他，而且没有变。现在看他很迷茫也悲观。他对局势虽然从不和我谈，但从对警备区的工作看，他是做一天和尚撞一天钟的心态，不上心。这次我向他建议搞演习，他却对我笑笑说，演习就演习，你想搞就搞去吧。他不愿跟黄东、徐伯恩这些人打交道，总不愿见他们。”

许杰说着，从口袋里掏出一张皱巴巴的纸说：“前两天，我趁他不注意，在他的字纸篓里捡起这么一张纸，您看看。”

林世全接过纸条看，上面写的是这样两行字：

彼之谮人者，谁适与谋，取彼谮人，投畀豺虎。豺虎不食，投畀有北，有北不受，投畀有昊。

在林世全看纸条的时候，许杰说：“我捡起来看，觉得像是《诗经》里的诗，就查了一下，真是《诗经》里的《小雅·巷伯》。”

林世全微笑着说：“诗里是这样的意思吧：陷害忠良、造谣生事的人，就是昧良心。抓住这些害人精，就丢给豺狼虎豹吃；豺狼虎豹不吃，就丢到北极喂野人；北极野人都不要，就交老天严惩！”

“是啊，他是在泄愤，诅咒！”许杰说。

“可他诅咒谁？对谁如此激愤？”

“我想应该是黄东、徐伯恩之流，或者是他认为所有可憎可恶之人。”

林世全没说话，再次认真打量着眼前这个英武的参谋长。

片刻后，林世全才说：“你与组织长时间失去联系，但你仍然念念不忘、想方设法寻找组织，并且颇有针对性地做部队基层工作。你的党性、政治性很强，让我佩服，令我感动。现在看来，你对这支部队已有设想，或者说是计划，对吧？”

得到上级党组织的肯定，高大威武的许杰在激动之余，却显得有些不好意思。他说：“没做好，我没做什么……我只想策反它，具体计划还没有。我急于找组织，就是想为党做点事。”

“根据省委的指示，目前我们工作的重点之一，就是策反城市守敌。你很有眼光，想的和省委的要求一致，金城市委支持你！要把这项工作做好，我想目前要做好四件事。第一，你要抓紧接触、了解邓兆年，稳妥而又有针对性地做他的工作。没有他的参与或默许，要完整、安全地策反警备部队会很困难的。第二，秘密发展党员，建立支部。通过党员巧妙地做好倾向进步官兵的思想工作，争取大多数。第三，加强保安团和交通警察大队的工作，要严密提防黄东、毕营长和徐伯恩之流。你们的一切工作，都要做到踏雪无痕，流水无声，确保安全。第四，在必要的时候，你创造一个环境，让我见一见邓兆年。”

许杰没有想到自己刚与组织接上关系，就会得到金城市委如此的信任，并且对自己的工作有这样具体的指示，他感到很高兴，心中充满了力量。

“谢谢您，林书记，我一定按您的指示做好每一项工作！”

“不用谢，这是我们共同的使命。为了今后联系的安全和方便，一般情况，你物色一个人与我联系。我派一个叫小韩的年轻人，扮成卖烟的小贩，单日就上午，双日就下午，在你司令部门口或附近叫卖。如果非常紧急，你就叫这个人打我货栈的电话。”

“行，就一团一营肖天营长吧。”

“此人怎么样?”

“他是我要发展党员的第一人。”

“要切记，安全最关键!”

“知道，我会的!”许杰看看手表说，“时间已差不多了，我得赶快走。”

林世全马上说：“好，走吧!”

他们握了握手，许杰走出庙去。

林世全今天还约了孙言。他待许杰走远了，才走出关公庙，直回福祥货栈。

回到货栈已将近十点，他叫小韩到办公室，把到警备区门口当烟贩的任务布置给他。

刚说完，孙言就进来了。

小韩见孙言进来，马上走出去，孙言则去把门关上。

林世全从座位里走出来，到保险柜旁，打开它，从里面拿出徐伯恩给毛人凤的电报稿照片，然后走到沙发旁，和孙言一起坐到旁边的沙发上。

“林书记，有什么指示?”孙言才坐下，就问道。

“钟向北现在怎么样?”林世全说。

“他精神状态很好，气色也比刚刚见到时好多了。我让他从接到通知开会时开始，直到受伤被捕，以及我们找到他时止，整个过程都写出来。他已写了几天，现在还在写。我看了他已写好的，那是厚厚一叠，写得很详细。里面的内容，除了那天我向您汇报过的。还有三个地方，令我深思。一是，吴明通知他开会时，他说他曾提出意见，开这样的会，安全措施做不好，很危险，但吴明说时间紧，任务重，拖不得。看到吴明坚定的神情，他就不再说什么了。二是，徐伯恩在发火时，仿佛是无意中说出罗田态度比他好，识时务。他当时想，据说罗田已牺牲，他还会有什么态度?难道是罗田在死之前已招供?三是，两年多来，他不分白天黑夜，不顾安危死活，一直在找党组织。现在终于找到了，他已很知足。特别是他还能有机会向党说明情况——近年来逐渐绝望了的事情，这是喜从天降啊。因此，不管组织信与不信，他都死而无憾了!”

"那你怎么看?"

"若从他交代的总体情况看，特别是他还有的关系人和他认识的众多党员、进步分子都没有出事，就感觉他说的是真的，是可以信赖的，但钻进具体的问题时，心里的疑团还是不少。比如他说在开会前说的，他怎么知道很危险？明知道危险，他为什么又不说了呢？还有罗田，他究竟是什么时候牺牲的？徐伯恩为什么要对他这样说？难道他受伤真的是苦肉计?"

林世全对孙言提出的问题静静地思考了一会儿，然后说:"江正寒那里你还谈过吗?"

"谈了，他也没谈出什么新情况。不过他也说到，一个人有没有叛变，最关键的一点，是看他的上线和下线有没有被捕。然而不是当事人，一般是不知道谁是他的上线，谁是他的下线的。此外，他说不出更多的东西。"

"对罗田呢?"

"没有新东西，只是由原来的没疑问，现在他也表示不排除可能。"

林世全又沉默了。

俄顷，他把手上的照片递给孙言，说:"你看看这个吧。"

接着，他去给孙言倒杯水，然后放到孙言跟前的茶几上。

孙言看完后，皱着眉头看林世全说:"'狐狸计划'？两年多前，在利丰商行发生的一切，是徐伯恩蓄谋已久的惊天阴谋?"

"这个应该是无可置疑的了，"林世全在那里踱着步说，"你还有什么看法?"

孙言边看照片，边说:"抗战还没结束，徐伯恩就诱降了我们中的一些人。这些人中有基层的、中层的和上层的，并且都没有暴露。他还妄想搞到省委、党中央上去，这是他的所谓上策！上策的阴谋破产了，后来他搞的是他认为的下策。下策的核心是以'明修栈道'来掩护暗度陈仓的'潜伏者'，也就是说还有潜伏者!"

"所谓文如其人，"林世全说，"从这份电报稿看，徐伯恩这个家伙是一个既多疑、狡猾、心思缜密之人，又是一个狂妄、自负、刚愎自用之徒。他的所谓'狐狸计划'应该是三年多前搞的。这个本来是他向上报喜邀功的东西，但在迫不及待中，他仍是说得云遮雾罩，足见其防范心理是何等之强！开始时，对上策他是抱有很大希望的，但信心又不很足；其所谓下策，是相对于其上策而言的，因此信心是满满的。然而，从后来的事情发展及结果看，很多地方或未达他的预期，或失去了掌控。第一，要打进我们的省委、中央，显然已破产。第二，所谓的一网打尽，实际是要活捉金城市委的所有领导，可是牺牲的牺牲，逃脱的逃脱，因故迟到的也没抓着，最后只捕获了两个受重伤的。即便如此，还有一个没救活，而活着的那一个他想用欲擒故纵的手法，逼其就范，现在看来也没成功。所以，计划只能是计划，实际并未如其所愿。这样看来，他三年多前的所谓‘狐狸计划’，到底还有没有内容，这是我们要认真分析思考，深入查证的。钟向北的问题显然是阴谋、是圈套，我们被绕了进去，是个深刻的教训，责任在我！幸好我们留有余地，如果我们不是谨慎一些，就错杀了只是出了差错的同志！”

听着林世全的分析，孙言不仅听出了他对钟向北问题的检讨，而且还赞许他的真诚与光明磊落！

孙言想了一下，有点不解地说：“那么，您以为徐伯恩的‘狐狸计划’已完全破产了？”

林世全这回停下脚步，站下来，看着孙言说：“你手上的这份电报稿，是绝密文件，是我们的同志冒着生命危险搞来的。对它里面内容的真实性，我没有怀疑。里面说‘归顺者有六’，会不会就是龙伟平、封云、丘六旺、郑木金、陈三妹和刘铁？若是他们，那么他的层级遍及‘上中下’就好理解了。龙伟平是超利百货公司的支部书记，封云是为天面粉厂的支部书记，丘六旺、郑木金分别是为天面粉厂和永达木器厂的支部委员，陈三妹、刘铁是没有职务的党员。是这个‘上中下’吗？所谓‘群鱼’之说，我们确实被捕了几十个党员和积极分子。国民党政府这个官场，从上到下都弥漫着厚厚的好大喜功、推过揽功、欺上瞒下和文过饰非的风气，徐伯恩能免俗吗？他有没有扯大旗当虎皮之嫌？如果这样思考徐伯恩的‘狐狸计划’，那么他是成功了，计划也完成了；然而，有一个关键问题，就很难回答了：上面那六个人，他们可能接触到市委的绝密吗？他们能接触到市委秘密集会这种消息吗？显然不太可能！那么从案件的实际情况看，有两种情况可能性最大：一是参加会议的人，把消息透露给了上面六个人中的某人；二是集会被泄密不关上面六个人的事，是直接参加会议的某一个人。因此，请你注意‘掩护潜伏者’一句！所以说，这份电报稿里的阴谋走到了今天，有些已经破产，但是其计划的核心还在，并且正在实施之中！为此，我们对‘利丰商行事件’，不仅要继续调查，而且在调查活着的同志的同时，对已牺牲的同志也要展开调查。

“活着的有叶子辛。他的迟到得到了相关同志证明，并且据他们说，叶子辛的家和他的文兴书店都被查封了，他本人被通缉，他的下线没出事。他的上线江正寒虽是死里逃生，但据江正寒说，出事后，虽然济世药房这个联络点也被搜查，但他们却在备用点接过头，而且江正寒没出事。这样，叶子辛可以排除。另外一个是江正寒。事后他的家和药房也被查、被封，他本人同样遭到通缉；在备用点见他的下线叶子辛时，叶子辛也没事。至于他的上线吴明已牺牲，那是他与大家同在一起，同遇危险，只是江正寒侥幸逃脱而已。除了他离开金城的两年多无法直接核查外，他也没有疑点。再一个，就是钟向北。从我们目前了解的情况和这份电报稿中的‘明修栈道’看，在赵谦的保险柜里拿到的名单、照片没有他，到他被无故释放，以及《金城晚报》上的那篇人物专访，充分说明这是徐伯恩给我们玩的障眼法！

“有叛徒是肯定的。活着的这三个人没有，难道在牺牲的那几个同志里面？那天我和‘壁虎’也做了深入的分析。我们都认为，这个可能性不大，但也不能完全排除。因为按徐伯恩此人多疑又自信的性格，他玩阴谋会玩到极致、逼真，甚至剑走偏锋。所以我想，徐伯恩会不会玩更阴险的手法，用杀死我们的同志，误导我们把烈士当叛徒；或者杀死叛徒，而让我们误把叛徒当烈士，从而达到迷惑我们，搞乱我们，掩护其真正意图的目的？因此，我们不管他破产不破产，接下来我们要做的，一是不管徐伯恩玩什么手法，我们要重调查、重证据；二是对已牺牲的几个同志，由你带领锄奸队进行全面调查，当然包括罗田；三是调查工作你负责外面的，‘壁虎’负责敌人里面的，也包括上面提到的龙伟平那六个人。”

孙言深知隐蔽战线斗争的复杂、诡异和无情与残酷，而当林世全要他调查对已用自己的生命来浇灌自己信仰之花的战士、英雄时，内心还是有一种烧灼之痛。这会不会是对战士人格的侮辱？会不会是对英雄灵魂的亵渎？

孙言心头一下子五味杂陈，感情颇为纠结！

当然他知道，林书记这样做是迫不得已，也必须这样做。隐蔽斗争，从来都是你中有我，我中有你。为了深藏不露，为了蒙蔽敌人，敌我双方的手段、方式都是五花八门的。有的似乎是信手拈来，其实已绞尽脑汁；有的仿佛是平淡无奇，实际上是用尽人间智慧。正因为这样，要识破对手的阴谋很不容易。但凡用间，都是用间者最高机密，尤其是战略间谍。对付间谍，没有超人，没有神仙。不会像说书似的料事如神，未卜先知：对手本来好好的，却说人家下一分钟要跳海，下一分钟对手真的就去跳海了；要灭了对手，对手又真的大摇大摆地向自己的枪口上撞来了。除非拥有对手的核心情报来源，不然对对方的阴谋有时浑然不知，有时误入圈套，有时误伤己方，一切皆有可能。

从一路走来的情况看，他同意林书记的分析，叛徒就在原来的金城市委班子里，而这个班子，现在我们知道活着的，都感到没有问题，也许真的会在牺牲了的同志们中间！

也许……也许……除了他们三人，难道还有活着的？

要是这样，自己目前要做的，就像是进了一个伸手不见五指的黑房子，要揪出里面吃人的大虫。自己看不见大虫，大虫却瞪着如剑的双眼，呲着像匕首的锋牙，目不转睛地盯着自己。稍有不慎，自己就会被它撕得血肉模糊！

林世全讲完后，孙言端起茶杯，慢慢地喝了两口水，然后默然无语地站起来，埋首踱步。

良久，他突然问道："罗田的遗体，谁收殓的？在哪里？"

林世全愣住了。

好一会儿，林世全才说："只听说他牺牲了，但他什么时候牺牲，他的遗体又在哪里，我们都不知道。你是不是想说，罗田是死是活，还是个谜？"

孙言也一脸茫然……

二十九

从南京开会回来后，徐伯恩表现得寡言鲜语，一向儒雅、藏怒于笑的他，却显得肃穆和阴沉，有时还容易动怒。

今天上午，他打电话到警备司令部政训处找黄东。对方接电话的不知何故，有话没好好说，话没听完，就粗暴地甩出两个字："不在！"

徐伯恩一阵惊讶，接着气得瞪着牛眼般的眼珠，久久地盯着已"嘟嘟"响的话筒，一句话也说不出来。

对黄东，徐伯恩虽然已淋漓尽致地撒过气，可对他的人品终究是极为厌恶。现在他的喽啰竟也如此嚣张，他心中的怒火，"呼"的一下子直往脑门上蹿。

他立刻叫张颖让司机开车，直扑警备司令部。

到了司令部大院，他愤然下车，快步直奔政训处。

张颖则小跑在前面，先他冲到政训处。

当徐伯恩来到政训处门口时，留在处里的五个兵已齐刷刷地站在那里，用恐惧的眼神看着穿少将戎装的徐伯恩。

张颖则疾步走到徐伯恩的跟前，小声地说："黄处长真不在。"

徐伯恩仿佛没听到，而是皮笑肉不笑，一个一个地看着这几个兵。

看完一遍后，就轻声地问："刚才是谁接我的电话？"

站在前面的四个兵，就像听到"向右转！"的口令似的，眼光"唰"的一下，齐齐扫到站在最后那个兵的身上。

站在末位那个兵，低下头，沉默片刻，然后跨步出列，昂着头说："报告长官，是我接的电话！"

徐伯恩盯着那个兵，"呵呵"地笑两声，并慢步走近他。

到了那个兵的跟前，徐伯恩猛然出手，一边“啪!”“啪!”地给了那个兵两个凶狠的耳光，一边咬着牙齿说：“是你！有种!”

扇过耳光后，徐伯恩立刻转身，拂袖而去……

在回来的路上，徐伯恩的气渐渐地消了。

他扇耳光的手，却感到还有些麻痛，不由自主地看看手掌，掌心仍是红红的。

他轻轻地搓着手掌，想想刚才自己的冲动，突然感到有些后悔：唉，这段时间自己是怎么了!

自己堂堂一个将军，就为一个大头兵的偶然无礼，竟然驱车四五公里去扇他两个耳光？那些兵怎么看自己？黄东知道后又会向毛局长汇报的！传到邓兆年、许杰那里，他们不是更不把自己放在眼里？

徐伯恩内心也确实说不清楚，刚才自己的行为到底是为了那小兵的无礼，还是冲着黄东来的？那小兵的无礼固然点起了他的心头之火，可内心深处对黄东也是真的十分憎恨与厌恶!

他曾怀疑，黄东就在处里，而故意让小兵说不在。他特意要搞一下突然袭击，看看他到底是不是在耍花招。然而，表面上、客观上给人的观感，他就是为了那两个耳光而来的!

要是在平时，他不会这样冲动。这段时间，他的心情确实很坏。

首先是对时局的急转直下，让他不可思议，不可置信。

这次他去南京开会，在南京听到的和看到的，他连晚上睡觉都常常被噩梦惊醒。

辽沈战役一开打，东北共军就在辽宁省的义县至河北省的滦县三百余公里战线上向国军发起进攻，随即切断北宁路，孤立了锦州。委员长为解锦州之危，组成东进和西进兵团，从锦西葫芦岛和沈阳地区实施东西对进。然而共军仅用三十一个小时就攻克了锦州。不仅十多万装备精良的国军被歼，而且东北的陆路大门也被完全关闭。

锦州沦陷后，长春守军六十军军长曾泽生率其所部，两万多官兵叛变投敌，长春旋即落入敌手。至此，东北共军气焰旺盛，挥师前进，又相继攻克新民、抚顺、辽阳、鞍山、海城等沈阳的外围据点，沈阳城陷入重围，岌岌可危!

整个东北已是兵败如山倒，可中原又如何？

华东共军出动大半兵力，从南、北、西三方面威逼徐州。中原共军以第二纵队向江汉，第六纵队向宛西行动，牵制国军三兵团向南、十二兵团向西，以配合共军进攻郑州。十月二十日，中原共军以四个纵队对郑州发起攻击。国军十六兵团为此东撤，至失城丧师，一万多官兵被歼。

委员长为确保徐州，巩固江淮，以屏障南京，又忙着调兵遣将于津浦路徐蚌段两侧，以攻势防御，阻击共军南下。

然而，以徐州地区为核心的广大区域，包括南京，实已处在一片风声鹤唳之中……

时局如此险恶，形势如此危急，难道真的一切都不可收拾了？我堂堂民国，赫赫国军，打装备先进、凶猛异常的日本人，都可以打八年，可对共军这帮土包子，就那几杆破枪，四百万美式装备的国军，才打多久呀？满打满算，不就三年多一点吗？

国军这个庞然大物，为什么就如此不堪一击？徐伯恩实在感到匪夷所思，痛苦不已！

其次，他这次到南京开会，被毛人凤先是冷落，接着是在会议上被骂了个狗血淋头，使他很丢面子，很不服气，继而是很失落。

接到去南京开会的电报后，徐伯恩提前三天进京。他是想会会故旧，见见朋友，更广泛地打听打听时局态势、民心士气和官场信息。当然，更主要的是要单独晋见毛人凤。

因为赵谦的死，毛人凤对徐伯恩在电话、电报上已多次训斥，并迫于郑介民的压力，还派任晓锐到金城站来调查。至今虽然像是不了了之，但徐伯恩不能不见毛人凤。这不仅仅是为了拜神、谢恩，更是要正儿八经地当面向他汇报一次，以检讨得失，做做官场文章。

可是，徐伯恩无论是电话要求还是直接到局里，都被毛人凤的办公室主任潘其武以种种理由拒绝了。

徐伯恩想，赵谦这件事，毛局长可能遇到了很大的压力，因为郑介民与毛局长是死对头，毛局长没事，他还想找事。现在既然有了风，他当然就会扇起暴风骤雨。这事现在也许过了，也许还没有完全过。此时他不愿单独见自己，也许是为了避嫌。

不过，对于赵谦的问题，徐伯恩历来很自信。他认为郑介民掀不起大浪。

任晓锐来调查的时候，核对了赵谦四个问题：一是共谍问题；二是走私问题；三是越狱问题；四是谁开枪问题。

经过三天的调查取证，人证、物证，以及证人、证言和自供全部吻合。连任晓锐都笑着说："从证据链上说，此案证据确凿，天衣无缝，不假、不冤。我想，即使上面有疑问，也只能是无言以对了！"

当然，徐伯恩自己知道，无论是郑介民还是毛局长，抑或是任晓锐，无论是从感情上还是从理智上，都不相信赵谦是共谍。这些所谓的证据，他们谁都知道，在军统的刑讯室里，十八般刑具下，谁想要什么，哪会要不到？因此，任晓锐意味深长的笑和他那弦外之音，徐伯恩看懂了，也听出来了。

这又有什么呢？端到台面上，拿到所谓的法庭里，不管你情愿不情愿，那总不是空口白牙吧？都是看得见、摸得着的白纸黑字呀！要是这你都不相信，那我就去找蒋夫人，看看委员长的眼里，容不容得下一个证据确凿的共谍？

也许你们会说我黑，说我心狠手辣，可在这潭浑水里混，这样做我并不是第一人。你郑介民的军统局局长是怎么丢的？毛局长的军统局局长是怎么来的？天下人谁不知道？

其实，我也不是爹娘生下来就心狠手辣的，我也不想置他赵谦于死地，在这里我只是遵循了丛林法则。赵谦对于党国来说，也许是勇士，是忠臣；可对于我，他已经是死敌。我不把他弄死，他就会把我生吃了。到他把我弄成现在的他那样，你们或许也会来调查，也会训斥他。然而，还有用吗？先不说骂名不骂名，可人死是不能复活的！

正是因为有这样的自信，徐伯恩不担心毛人凤的冷淡。他认为，毛人凤不想见自己，自有他不想见的道理。等开完会，再想办法去见他，也不碍事。

因此，在开会前，他该会友时就会友，该喝酒时就喝酒。

在南京城里，徐伯恩与旧时同僚和故交好友，每天都进出酒店，滑步舞池。然而，在这两三天里，他的人虽在推杯换盏、歌舞升平中，但心头却有一种别样滋味：无论是在高朋满座的酒林、肉池，还是乐声如雷的歌厅、舞厅，那些人都是两种心态、两副面孔。他们谈到时局时，不管是军界、政界的，还是商界的，都摇头叹息，唏嘘不已，大有末日来临之感。可谈到美元、金价、美女，这些人就像在天堂、在极乐世界般快乐无忧！

徐伯恩在金城获得外部世界的信息，除了靠官方的诸如电报、文件、资料外，就是来自报纸、收音机，或者自己的情报网收集来的东西。对于这些东西，徐伯恩知道，真实的、客观的、有价值的不多。他有机会进京，就十分渴望从更多的渠道，收集到更多、更真实的关于战争、国情和官场等等的情报信息。现在当他穿梭于达官贵人、富商巨贾之中，听到的和看到的，着实令他心中五味杂陈。

他到南京第四天上午九点钟，保密局的会议开始了。

上午会议的主要内容，是针对最近一个时期，全国各战场不断发生军队哗变、投共事件以及仍深潜于各部队的共谍，而导致军队不稳的严峻形势，进行研究、部署，以采取遏制事态蔓延的措施。

毛人凤在会上，先是通报了近年来在一些兵团、军、师发生哗变投共的具体案件和这些哗变的部队在投共前的状态、投共时的方式，以及隶属上级、情报机关的情况不明、情报失缺与失职无为等情况，之后又峻色严词地数了一番目前存在于一些部队里的企图哗变的种种现象。

毛人凤唾沫横飞地说了两个多小时后，突然疾言厉色说：“徐站长，你能说说金城警备部队的情况吗？”

徐伯恩被突然点名，先是一愣，接着慌忙站起说：“是！我那里……的情况是，参谋长许杰有重大嫌疑，我们早已对他进行严密监控。警备司令邓兆年刚来时间不长，从目前情况看，精神颓废，无心治军，对我情报部门不接受，不配合……”

“有‘重大嫌疑’的许杰，现在他都在干什么？”毛人凤不耐烦地打断了徐伯恩的话。

原来许杰一直都不在徐伯恩的视线内，因为他没有什么异常活动。徐伯恩只感到他不怎么愿与自己来往，对保密局的特工人员仅是敬而远之。说实在话，徐伯恩也明白，惧怕特工，见特工如见鬼神，这在党国机关、军队，甚至百姓之中，也不是什么新鲜事。那时候，徐伯恩与罗司令的关系好，有什么事，徐伯恩就直接找司令，也不需要与他怎么接触。因此，徐伯恩确实很少注意到他。

去年中，毛人凤突然发来密电说：要严密监视警备司令部的参谋长许杰。据情报，民国三十五年底的一天晚上九点左右，有一个很像是许杰的人，从中共代表团南京办事处里出来。经查，那个时间许杰确实在南京出差。此人，东北讲武堂毕业，“西安事变”前是东北军少校营长。在西北“围剿”共军时，他曾被共军俘虏过。若发现他有不轨行为，即行逮捕！至此，徐伯恩才知道许杰有共党嫌疑。

徐伯恩知道，司令部政训处也是保密局进驻军队的情报单位。金城站和他们是同一系统，两根线。他们同时负有监督、监视部队官佐之责。为此，他把政训处主任黄东找来，在如何监视许杰的问题上，徐伯恩与黄东商量了一些措施。

佩戴中校军衔的黄东，面对少将徐伯恩当然很尊重。在商量过程中，他还十分体谅地说：“站长如果人手不足，可以我处为主，人员您酌情派出，必要时，您给予及时支持就行。我们联手合作，密切部署，情报共享。”

就这样，一年多过去了，不仅徐伯恩派去的人，一直没有有价值的情报回来，都是一些他昨天又和谁谁喝酒、打牌啦，今天他又与谁谁在哪里打球、钓鱼什么的。黄东那边更没有什么情报共享。再加上，这一年多来，徐伯恩把主要精力都放在应付示威游行、金城共党的死灰复燃问题和寻找钟向北，推进他的“狐狸计划”，以及对付赵谦等这些头痛的事情上，许杰这边确实没有什么异常表现，所以，徐伯恩几乎忘了这个人。现在毛人凤忽然间问起他，徐伯恩真不知怎么回答。

面对毛人凤颇为严厉地发问，他就十分紧张地结结巴巴说：“这个……这个，他，没发现他有什么异常的表现。”

看到徐伯恩那个窝囊样，毛人凤气得几乎要跳起来，可他还是强忍着，装得平静的样子。

接着，他轻松地问道：“在你到京前，他两次好像是要去见什么人。因为黄东的人跟得太紧，被他发现了，才不敢去接头。这个表现算异常吗？”

徐伯恩心中倏然“怦”一下，有这个事？自己的人为什么不报告？黄东又为什么不共享？毛局长都知道了，自己却蒙在鼓里。徐伯恩想，这个黄东，在玩心眼！

面对如此窘境，徐伯恩干脆豁出去了，以死猪不怕开水烫的态度说："对不起，局座！手下的人没有汇报，卑职确实没有掌握！"

"你对不起的不是我，是党国！"毛人凤忽然像火山爆发似的，大声吼道，"党国如此危急时刻，对那些吃里爬外、图谋不轨之徒，你竟然无所用心，一问三不知，你的忠诚和责任哪里去了？让狗吃了？不为领袖分忧，不思党国安危，整天就知道邀功请赏，窝里缠斗！我在这里忠告诸位，若再罔顾危局，尸位素餐，我们将死无葬身之地……"

上午的会议，是以骂徐伯恩一个狗血喷头为先，最后把所有的站、处、室都剋一遍后作结。

下午会议的议题，转到了如何侦破、摧毁各地频繁活动的共党组织问题。

会议上，毛人凤对蓉城站的胡超站长捣毁共产党一个药品储藏点，抓获共产党重要负责人周文伟并缴获一批药品的表现，甚为喜悦，大加赞赏。

对此，徐伯恩心有不服。因为这一条线索，是徐伯恩的情报网获取的。徐伯恩得到情报后，报告毛人凤，要求跨区域去抓人，但毛人凤不同意。他只要徐伯恩专心做好本区域工作，特别是警备部队的监控工作，并把情报转给了胡超。胡超得到情报后，立即监控周文伟。在周文伟装车起运时，胡超把药品储藏点包围起来，抓捕了连周文伟在内共七八个人。

周文伟被捕后，受尽酷刑，但宁死不屈，最后牺牲于刑讯室。

对于此事，徐伯恩本来就一肚子气，满腹牢骚。他和胡超虽然是老熟人，也有较好的私交，但他认为，毛人凤这样处理问题，有失公平。他提早来南京，要见毛人凤，其中之一就是想对此事再申辩一番的。只是毛人凤不接见，他才没有机会。现在毛人凤竟如此高看、热捧胡超，徐伯恩气得几乎要吐血。可是，他上午才被毛人凤臭骂数落了一番，此刻他哪敢再言语？只能是有气不敢撒，有火不敢发，委屈的眼泪只能往心里流了！

一天的会议终于结束了。

由于心情极度糟糕，晚上，徐伯恩已无心应酬，只躲在酒店里生闷气。

八点多钟，任晓锐却突然造访他。

看他神态好像很疲惫，表情忧郁的样子，任晓锐就笑笑说："老弟，天没有塌下来，你怎么成了这个样子？大可不必！"

徐伯恩则显得十分委屈和不满地说："任兄，毛局长，您说他……"

"哎，我今晚到此看你，就是奉他之命而来的！"

"这……是局座叫您来的？"

"对呀，你这还不明白？"

徐伯恩想了想，说："既然这样，可他今天为什么……"

任晓锐马上又打断他的话说："你也要为他想想！由于赵谦的事，有人把局座告到委员长那里，局座有多难，你知道吗？幸好我的调查报告为局座解了围。即便如此，因为军队不断出现哗变问题，我们的情报都是马后炮，委员长对局座也骂了'娘希匹'的！对于目前的局势，局座也是心急如焚。今天他不仅骂了你，其他的不也挨了？何况，你自己对警备部队的问题，也不够上心，对不对？你就别怪他了！"

徐伯恩看着任晓锐，知道自己再说什么也没用了。他明白，今天毛人凤对自己确实很不满，同时也是借对自己的敲打来警告其他人。因为在保密局，很多人都认为自己是毛人凤的红人。现在他派任晓锐来，不是要听自己的委屈的，而是给你一巴掌后，又轻轻地拍拍你的肩膀。只要自己懂得这个，就什么都不要说了。

就这样，徐伯恩怀着一肚子委屈打道回府了。

回到金城后的第二天上午，徐伯恩就把黄东叫到站里，一见面，徐伯恩"砰！"的一声，猛拍桌子一掌，厉声地咆哮道："你这个小人，竟敢跟老子玩阴的，谁给你这么大的胆子？你是不是活腻了？老子杀人如麻，弄死你，就是雪花飘进水，泡也不会起一个……"

穿着少将服的徐伯恩，劈头盖脸地吼了一通，把在南京所受的屈辱、愤怒全撒到了黄东身上。

在旁边的冷伟、柳枫和余福明，个个都惊得目瞪口呆。

他们看徐伯恩，眼镜后面怒目圆睁，通红的脸仿佛已变形，脖子的血管暴涨，一手叉腰，一手在黄东面前不断比画，唾沫四射。

此时的徐伯恩，与平时简直是判若两人，都变得不认识似的。在他的身上，已看不到一丝一毫的含蓄、优雅和斯文的影子。

黄东被吓得更是面无血色，两腿发抖……

经过这一通发泄后，徐伯恩心里似乎好受了些，但情绪仍然无法好起来，整天苦着个脸，阴阴沉沉的。

徐伯恩今天上午本来想要黄东过来，和他再分析一下许杰会不会有第三次接头，或者他躲过了监视，已经进行了第三次接头的问题的，没想到，又出了这么一个插曲。

回到办公室，徐伯恩坐到椅子上，静静地思考了好长时间。他觉得再这样不声不响，没有动静，确实不行了。无论如何，都要搞些动静出来。否则，不仅在南京的面子无法挽回，而且自己在毛人凤那里情况会更糟。

于是，他立刻拨电话，把冷伟叫上来。

冷伟来到后，他问："警备司令部那里有新情况吗?"

冷伟看着他，只是摇摇头，没说话。

徐伯恩从椅子上站起来，一手抱胸，一手摸着下巴，默默地踱起步来。

"不过，"冷伟突然说，"据苏昌文说，他们盯孙言已有一段时间了。他很狡猾，经常被他甩了，特别是到关键时刻。看他的样子，这段时间他很忙。"

徐伯恩突然停下来，立马抬起头，两眼静静地看着冷伟。

冷伟看着他冷冷的目光，搞不懂他的意思，心中不免有些发慌。

良久，徐伯恩才笑笑说："他很忙，是吗？那就让他清闲点。"

冷伟似乎明白了他的意思，就镇定地点了点头。

三十

江正寒见过林世全后，就像枯叶落尽的一片林子，度过严冬，进入春天，整个人都显得朝气蓬勃，面貌焕然一新。

江正寒没有想到，那天他不仅见到了市委书记，恢复了组织关系，而且这位市委书记还曾是自己的老师，真感到喜从天降！

那天晚上，他躺在床上，两年多来的一幕幕直浮眼前。

一个个熟悉而又亲切的战友、同志突然倒下，滚烫的热血，染红了地板与窗台。自己就像一块无根的浮萍、一个断线的风筝，随处飘荡，到处寻觅，祈望成了支撑自己不至于倒下的一根树桩。然而忧伤、孤独与焦虑，始终像一张巨大的黑幕，把自己罩得严严实实，看不到阳光，也看不到月亮，自己仿佛生活在无尽的黑暗之中……

现在这一切似乎终于结束了，今后自己的工作仍然是重操旧业，在孙言领导下，负责学运工作。

除了职务，一切仿佛都回到了从前。

这是市委的决定。

孙言跟进也很快，他把决定告诉江正寒后，立刻把下线的联系方式告诉了江正寒，并就工作的原则、要求也向他作了详尽的交代。

江正寒得到组织的信任，迸发了巨大的工作热情和劲头。他很快与他的下线联系上了，并把全市学运工作的状况基本了解清楚，还规划了下一步的工作，待向孙言汇报后，他要大展拳脚，好好地干一番。

自从恢复江正寒的组织关系和安排了他的工作后，孙言和江正寒的会面定为一周一次。

今天是他们的见面日，时间应该是上午九点半的，可孙言十点多才到。

书屋里的顾客不多，孙言进来，江正寒就从收银台里走出来，愉悦地说："孙老板，您来了！"

"有什么新书吗，江掌柜？"孙言说。

"有有有，您请进！"

"噢，什么书？拿来看看！"

"好嘞！小张，你把凌云的《天堂之行》和高北的《文学使命》拿过来。"

"哎，就来！"小张应道。

孙言隔着两排书柜的后面，听到了响亮的应答，不禁一阵诧异。

他抬眼望去，见胡文卿在另一个书架下，正和一个客人就一本书讨价还价。

在孙言张望的时候，被叫小张的人拿着两本书快步走过来。孙言看这个小张：瘦高个，一米七五左右，长脸，穿银灰色青年装。

孙言盯着他看，直到把书接过来，目光才移到两本书上。

孙言看了两眼后，拿着书的双手倒背到腰后，说："我再转转看。"

"行，您请便。"江正寒说。

孙言离开柜台，到书架旁边转。

江正寒则拿过钥匙，不紧不慢地向仓库里走去。

孙言转了十来分钟，趁人不注意，就转进了仓库里，并悄悄地把门关上。

这是江正寒和孙言间的默契。

孙言进来，才坐下，江正寒有些迫不及待地说："近几天来，我对学联的工作摸了一下底，感到同志们的思想信念、战斗意志和斗争态度都很坚定，很坚强，很积极，跟我们那个时候有很大的不同。我想，这和我们党、我们军队的不断强大、不断取得斗争的胜利是紧密相连的，我感到很兴奋！"

孙言看到江正寒兴奋、乐观的样子，也喜悦地说："这当然。解放战争的形势对我们很好，蒋家王朝已支撑不了多长时间了，大家都看得很明白，也憋着一股劲呢！"

"所以，我想在这个大好形势下，再去添一把火。让斗争的烈焰，把人民的热情烧得更猛烈一些，把敌人末日的绝望烧得更烫一些！"

"您有什么计划?"

"为配合中原解放战争的形势，我想，我和学联的领导亲自走上街头，组织一次大规模的示威游行。我们站到最前面，带领大家去市政府请愿，然后罢教、罢课，以此来鼓动劳工阶层，带动市民罢工、罢市，给敌人以沉重打击!"

看着江正寒眉飞色舞的兴奋表情，孙言却平静地微笑说："这样的话，敌人会出动军警宪特进行镇压，我们就会发生流血牺牲。"

"流血牺牲也许难免，"江正寒无畏而坚定地说，"以前敌我力量对比那么悬殊，我们都没有害怕过。到了今天，我们更没有理由害怕。只要是斗争需要，即使有牺牲也不必畏惧!"

"坚定的革命者，除了大勇外，还当有大智。不必要的牺牲，不要轻言牺牲。当前的形势对我们确实很有利，所以，我们的斗争更要讲策略。按照市委的要求，当前城市的地下斗争，重点是：获取敌人的军事情报，策反城市守敌，组织护厂、护校，做好反破坏等工作；同时要注意隐蔽好骨干，为新中国建设储备干部。这样的工作方针，并不是害怕斗争和牺牲，而是采取了另一种斗争形式。"

江正寒刚刚重新融入党的组织，对党当前的斗争方针、原则，孙言虽然给他谈过，但他好像并没有记住，或者说理解不深，同时他觉得自己现在浑身充满力量，他有能力做好这些工作。可听到孙言这样说，他心里明白了，这是孙言不同意他的计划的含蓄表达!

江正寒不好再坚持，只好低头不语。

孙言看着沉默不语的江正寒，突然严肃地问道："那个小张是怎么一回事?"

"哦，我忘了给你说了。"江正寒抬起头，像忽然想起似的说，"他叫张琦，是我的一个表侄儿，住紫云路一个远房姑姑家。他原来在蓉城利来茶行跟舅舅做伙计。最近茶行倒闭了，舅舅让他另谋高就，他就跑到金城来找我，想找口饭吃。我见这里人手不足，收留了他。"

孙言听后，皱起眉头不作声。

好一会儿，孙言才十分郑重地说："老江啊，我们这个书屋不是普通茶行。他虽然是您的亲戚，但我们的工作都是有严格的纪律约束的，这个您比我应该更清楚。不经市委同意，不做任何调查，您怎么能随意安排人进来呢？您不应该这样做！”

江正寒听着孙言的话，渐渐地脸色变得很难看。

孙言的话音刚落，他立刻就说：“对不起，都是我的错，我明天就把他辞了！”

恢复了组织关系，安排了工作，得到了组织的信任，这是江正寒两年多来寻求、企望已久的心愿。现在这些都如愿了，他当然很高兴。然而，在他的内心深处，仍然有些说不清、道不明的东西：自己原来是市委副书记，而现在却没有明确自己的职务；林书记让自己代表市委负责学联的工作，可又是在孙言的领导下，自己到底算什么呢？孙言原来只不过是一个机要秘书，自己的下属，现在他是什么？整个都倒了过来！对于这些东西，江正寒无论在习惯上还是在面子上，都觉得有些别扭。虽然这些无法端上台面说，但在内心还是有疙瘩的。这种疙瘩，在顺境的时候仿佛似有似无，要是出现矛盾的时候，就会自然而然地表现出来。

重新得到工作的机会，江正寒本想烧好第一把火，在自己的老师林书记面前表现一番，以证明自己这个老地下党的气魄和手笔，可孙言却像一个牧师、一个领导者，断然给自己否定了。书屋明确让自己负责，可自己安排一个人，他又小题大做。

江正寒心里很不痛快！

有关江正寒如何使用的问题，在林世全和江正寒这对师生重逢后，林世全跟孙言认真讨论了这个问题，接着与雷鸣接头又交换了意见，最后林世全把他们达成的共识以金城市委的意见报告省委。

省委为此批评了金城市委。

省委的批复是这样的：原金城市委遭到破坏，显然是内部出了问题。省委要求你们深入调查，查明真相。你们虽然做了大量工作，但结果是中了敌人的诡计，误会了自己的同志，你们要吸取教训！目前，你们在重点做好敌军策反和迎接金城解放工作的同时，不能放松调查谁是叛徒的工作。对于江正寒同志离开金城市两年多的情况，你们虽然做了一定的调查，但这些调查都是表面的、肤浅的。两年多来他都干过些什么？始终无法找到具体的、直接的证明。我们同意恢复其组织关系，是鉴于你们的汇报和你们对当地情况及该同志的了解，尊重你们的意见。对他如何使用，省委曾明确指示由金城市委考虑，你们何故反复请示?

林世全对于省委的批评，作了深刻的反省。他知道，在对待钟向北的问题上，自己的思考和工作过于简单，被表象蒙蔽了，这个教训确实要认真吸取。对于江正寒同志，自己本意是慎重，同时希望得到上级的指示，把好关口。可没想到，这有把矛盾上交之嫌!

其实，林世全在体会省委的批评中，已感觉到了省委也是极其的慎重。否则，它为什么在同意恢复其组织关系时，不同时恢复其市委委员的职务呢!

地下斗争就是这样，在纷繁复杂的矛盾中，即使委屈、伤害了自己的同志，那也是不得已而为之。对于江正寒，林世全觉得一方面要给予信任，鼓励他大胆工作，另一方面还是要观察。在没有直接查清楚他离开金城两年多的情况前，先让他负责一些群众性的工作，而不能接触党组织的核心机密。

江正寒的工作形成今天这样的安排，原因就在这里。

对这样的安排，林世全事前已估计到江正寒可能会有芥蒂。孙言也有同感，但他们也同时认为，有些事是不能解释的。

此时，孙言当然看出了江正寒的情绪，也洞察了他的心理。因此他为刚才不注意自己的表情和语气有些过意不去。

他便含笑地说："老江，对不起，刚才我说话直了些，也急了些，别见怪！小张既然来都来了，没有适当的理由辞了他，也不好，但还是内外有别。今后我们见面就不能再在这里了。"

江正寒感到孙言比以前老练、成熟了很多，听着他自然的致歉和情理兼顾的话语，也感到自己刚才的情绪不妥。因此，他也赔着笑脸说："没什么，没什么。你说的这些，我确实考虑不周，就按你说的办吧!"

看到江正寒情绪平静下来后，孙言接着说："学联的工作还是按市委的要求办，凭您的能力和经验，一定会干出好成绩的!"

江正寒却没有回应孙言的鼓励，他像才想起似的，忽然问道："哎，钟向北的问题弄清楚了吗?"

孙言见江正寒突然转了话锋，不禁停顿了一下，看一会儿江正寒后，他才说："基本查清楚了。"

“结论确定吗？是叛徒？”

“不是！”孙言平静而又果断地说。

江正寒先是一阵诧异，继而脸色骤然严肃地说：“啊，是这样！那么，原来的结论是不是草率了？为什么会这样？”

“那是个圈套，徐伯恩太狡猾了！”

说完这句话后，孙言忽然陷入了沉思……

孙言在江正寒面前如此果断地否定钟向北的叛徒结论，除了他亲自去调查了钟向北提供的那几个关系人安然无恙外，还有对多彩绸布庄和大众五金店的调查结论，钟向北确实不知道这两个点是市委的联络点。

在调查结论出来后，市委就不再限制钟向北的自由，并且给他找了一个隐蔽的地方住下来休养，仍由孙言联系。

获得自由后的钟向北，心中挂念着利丰商行，很想去看看，但又不敢直接到商行去，他怀疑徐伯恩在那里仍有眼线。于是，他在获得自由的那天晚上，就悄悄地到了李孝的家里。

他和李孝除了他要钱买药那次见过面外，之后他们之间就再无联系。

现在他们突然见面，大家都悲喜交集，相拥而泣。

一阵激动过后，钟向北就问商行的情况，特别问到朱云及其家属。李孝说，他按掌柜的嘱托，悉心经营商行，幸好保密局除了派人在商行周围转悠外，就没怎么来找麻烦。因此，商行还能维持下去。朱云长时间没回来，后来听说他被保密局抓了，还被判了刑。李孝认为，朱云是给钟掌柜办差而被抓的，在钟向北来取钱时，钟向北也默认，所以直到现在，他仍按月给朱云家属送去工钱。

钟向北听说完朱云的情况后，心中既悔恨，又略有些许安慰，而对李孝的忠诚、重义和勤劳更为感动。于是，他情不自禁地双手抱拳，看着李孝，眼眶发红地说：“老李，我替朱云谢谢您了！”

“哪里话，哪里话！”李孝有些紧张地慌忙说，“掌柜，我是跟您学的！”

钟向北憨厚地笑笑。

“噢，掌柜，您等一下！”李孝突然站起来说，“我去拿样东西给您看。”

李孝说完，就快步走进房间，不一会儿拿出一张小纸条，递给钟向北。

钟向北接过小纸条，只见上面写着：

欲购铁锅五十口，价格面议！

钟向北在反复看这张字条时，李孝则在旁边说：“您把商行交给我后约两三天，就有一个中年男子来找您。我说，您不在，他就走了。隔了些日子，那中年男子又来了。我说，您要好些日子才回来，他就让我务必把这张字条当面交给您。我知道，这是掌柜您的事，一定很重要，我要小心把这个东西保管好。”

钟向北看了字条好一会儿，才想起吴明曾对自己说过：若是看到这样的字条，自己要接过来，并在《金城晚报》上登载《寻人启事》。《寻人启事》出来后，如果有叫“黄可”的人来找自己，那他就是自己的同志。与他见面后，他会告诉自己是什么人的。

当时，钟向北还问吴明，这应该是您的关系人，为什么要这样呢？吴明则十分严肃地说：干我们这一行，凡事都要记住一句古话：预则立，不预则废。你是组织部部长，我信你！

钟向北拿到李孝给的字条后，马上给了孙言，并说：“这是吴书记原来的关系，已经过去很长时间了，看看还能不能接上去！”

孙言立即向林世全汇报。林世全指示孙言，赶快去登载《寻人启事》，并另指定时间、地点，让钟向北去接头。

《启事》登出第二天，钟向北见到了“黄可”。他就是大众五金店的掌柜周轩原。在钟向北的记忆中有这个人的名字，但不认识，也不知道他的公开职业是什么。

于是，钟向北把周轩原引见给孙言，孙言又把他转给了林世全。林世全与他谈话后才知道，他是城东区区委书记。

周轩原说，他的上线是吴明书记。“利丰商行事件”后，吴书记牺牲，他失去与上级的联系。一九四六年四月三十日傍晚，他突然收到不明来历的警报：你处已暴露，敌即到，速撤！

于是，他迅速撤离，才幸免于难。

周轩原得知吴明牺牲，利丰商行被封后，他心里既悲痛又着急，不知道今后怎样再与市委联系！

在他日夜盼望上级来人联系时，没想到自己也暴露了。

他撤离隐蔽后，眼睛始终盯着利丰商行，因为吴书记曾对他交代过，若出变故，只有通过利丰商行，他才能与上级取得联系。

过了几个月，他发现利丰商行已重新开业，但是这个“利丰商行”是不是原来那个“利丰商行”？自己能不能再去找它？周轩原陷入了严峻的抉择之中。

这是吴明给的唯一办法，除此无法联系到上级。周轩原在着急中，最后抱定哪怕是牺牲自己都要去试一试的决心，以商务联系的形式，直接到利丰商行去。

因此，就有了李孝说的一个中年男子来到利丰商行找钟向北的情形。

联系的信号发出去后，周轩原虽然没看到《寻人启事》，但两年多过去了，自己不仅没出事，暴露了还有人预先报警，这说明利丰商行没问题，他的心中感到慰藉。

从此后，他每天必看《金城晚报》。终于，前天他在《金城晚报》上，突然看到了他渴望已久的《寻人启事》，他高兴得几乎要掉眼泪！

说到大众五金店得到报警的情形，林世全已很清楚。周轩原当然不知道，除了他的大众五金店，同时得到报警的还有一个多彩绸布庄。

多彩绸布庄得到报警，是军统站副站长赵谦在店里买了织品离去不到十五分钟。那是“壁虎”的情报，由孙言和雷霆分别跑到这两个铺面，向他们投掷纸团，才逃过一劫。

对钟向北的误解，孙言感到很难过，但又有什么办法？地下斗争就是这样的残酷！

孙言说是圈套的话，江正寒听后，表情很复杂，仿佛他要批评市委的轻率，但又觉得自己人微言轻的样子，最后话到嘴边就改成说：“多彩绸布庄，原是我的备用联系点。”

俄顷，江正寒又像颇有感慨地说：“因为斗争的复杂，所以，遇到真假难辨的问题时，好人往往容易受委屈。其实，我和向北是同病相怜之人！”

孙言从沉思中醒来，听江正寒这样说，他知道江正寒在想什么。因此，他既坚持原则，又不失委婉地说："钟向北虽然不是叛徒，但由于他缺乏警惕性，导致我们两位同志被捕，同时这也是误导市委判断的重要原因之一。针对这个情况，组织给了他严肃的处分，并认为他不适宜再留在金城市工作，前些天已把他送到解放区去了。您和他的情况不同。希望您不要想太多，更不要有顾虑。您应该理解，金城市地下党组织原来的状态被打破了，新的状态刚刚建立，有些东西还需要时间去调整。您要有耐心，更要有信心！"

关于钟向北的情况，孙言先后跟江正寒谈过两三次，但第一次说他是叛徒，现在又明确说他没问题，只是挨了处分，还送到解放区去，他内心除了感到错愕外，也表现出很欣慰！

江正寒想，他和钟向北原来都是市委委员，都因为惨遭不测而又幸免于难，这些遭遇是不堪回首的。现在惊变虽已过，但他们都经历了组织是否信任的问题。这样的问题，对于他们来说，都是最令人恐惧、令人揪心的！

在小旅馆里的时候，当他听孙言说钟向北是叛徒时，他除了愕然、愤怒和悲哀外，心底深处却是高兴的；因为：一、他和叶子辛以及已牺牲的同志都洗脱了嫌疑。在此之前，市委已被破坏，省委什么也不知道，但有叛徒已是无疑。然而，叛徒是谁？谁都有嫌疑！二、既然叛徒已揪出，真相已大白，在天可以告慰烈士，让他们死可瞑目，在地让大家都出了一口恶气。正因为这样，他要求重回金城市，重返自己的战斗岗位，这本来就是顺理成章的事，可是，事情并非如此！

他曾经迷茫、失望和苦闷过。即使现在回到了金城，又恢复了组织关系，也安排了工作，但他内心仍有解不开的疙瘩。此刻听到了钟向北的情况，他感到组织处理问题还是既讲政策，也照顾感情的。钟向北虽是无意，但他毕竟把两个同志暴露给了敌人，这个错误是极其严重的，但只是给了一个处分。这处分无论有多重，钟向北都会心服口服的，所以在心里，他也警告自己，要相信组织，组织终究会信任自己的！

经过反复思考，自我安慰，江正寒心境好了很多。

他笑着用征求的口吻对孙言说："老孙，我想再见见林书记，怎么样？"

"您有事找他？"孙言温和地问。

"也没有特别的事情，就谈谈心呗。"

“我把您的话转告他，然后在下一次见面时我把他的意见告诉您。”

“行。下次我们在哪里见面？”

孙言想了想说：“也是今天的时间，在震旦公园门口吧。”

孙言对江正寒还是比较了解的。

他待人的态度严肃、冷硬，尤其是对下级，往往是说一不二。他猜想，江正寒要见林书记，应该就是他的那个计划。自己否定了他的建议，他一是不服气，因为自己曾经是他的下级；二是他要直接向林书记报告，当面表现一下，使林书记知道他是一个想干事、能干事的人。

对于曾是自己的老领导，并且又经过重大波折，孙言并不介意江正寒怎么想，就答应了他的要求。

孙言看看时间，差不多十一点了。他便向江正寒告辞，走出黄金书屋门口，警惕地看看周围，没发现异常，就到大街上，朝来时的相反方向走。

孙言已被苏昌文跟踪过两次，都是要到紫云路前，就发现被他跟踪。他是从哪里冒出来的，孙言也没搞清楚。

今天早上要到黄金书屋时，孙言已十分小心，特意改道，可刚进紫云路口，又发现苏昌文像狗皮膏药似的贴上来。他只好转道泰和路，把他甩开后，再到黄金书屋去，所以比原定的时间晚了。

现在他在大街上走了一段，来到十字街口，他即向左转，走紫竹路。

当他向前走了十来米，突然又发现苏昌文带着黎文、严明等四个人，正迎面走来！

撞鬼了！孙言心中暗暗叫道。

他马上转身往回走，可他不想把苏昌文引到黄金书屋的门前，就快步跨过马路，疾步往泰和路走。

在孙言转身往回走时，苏昌文突然发现了他！

他立刻边拔枪，指向前方，边大喊一声：“快，他在那里，抓住他！”

几个特务像一群恶狼似的，立即紧追上去。

孙言听到喊叫声，回头看，见苏昌文等四个特务已跑到马路中间，向自己紧追过来，他就拼命往前跑。

跑了一百多米，他发现一条小巷，立刻跑进去，并拔出手枪。

后面的苏昌文看到孙言拐进小巷，他就边跑边对身后的黎文和严明说：

“你们两个去那头堵，快!”

自己则带一个，猛追至巷口。

此时，他们看前面的孙言距自己不到五六十米，立刻连开三枪，孙言的左小腿忽然被打中，“扑通!”一声扑倒在地。

孙言忍着剧痛，翻转身，挺起腰，对着已放慢脚步的苏昌文开枪。苏昌文即刻卧倒。孙言随即对其侧边的另一个特务开枪，那特务腹部中弹。孙言又连打两枪，特务胸脯再中一枪，即刻仰面倒地，一命呜呼了。

然而，此时孙言的枪里已没了子弹。

从另一边堵截他的黎文和严明，这时正小心翼翼地慢慢向孙言走过来……

三十一

叶子辛和小袁历经千辛万苦，终于来到了苏中军区，找到叶子辛的叔叔林帆。

叔侄相见，自然是欢天喜地，也免不了一通互吐别后的腥风血雨、生死经历和相互牵挂。说到险境和深情处，虽然两个都是大男人，但都抑制不住一番唏嘘，甚至哽咽。

叶子辛述说完金城市委和小林村的变故后，就对林帆说："我在金城的名字叫叶子辛，目前我已无法回金城了，我还是再到部队去吧，您可以帮我吗？"

林帆此时已是军区敌工部副部长。

他从小喜欢林成，也看好他。当听到他说在金城从事地下工作，并且还是市委委员时，他心中有说不出的高兴。他内心还感到很遗憾，抗战期间，自己也常到金城，竟然不知道自己牵肠挂肚的侄子就在那里！

然而，作为敌工部的副部长，对敌情和敌人的策反、渗透是高度敏感的。林成虽然是自己的亲侄子，但他们之间已是十多年没有联系，没有音信了。今天他却突然出现在自己的面前，并且没有任何东西可以证明他的身份。更令他不安的是，据他说金城市委、小林村党组织连续遭到破坏，并且损失严重，而他都能逃脱，林帆心中感到十分的担忧！

当然，从直觉和对侄子的了解，他不相信林成会有问题，可是这些都是不可靠的，林帆对林成的提问沉默了。

林帆四十七八岁，为人严肃，不苟言笑。他的沉默，表情很平常，看不出他内心在想什么。

经过长期地下斗争磨炼的叶子辛也不嫩，看到叔叔的沉默，叶子辛知道，对自己的要求，叔叔当然不敢贸然表态——毕竟自己来路不明啊！

叶子辛明白，要让组织相信自己所说的东西，必须要有组织或相关的人事证明。现在金城市委的情况如何，金城市委究竟出了什么问题，小林村又是怎么暴露的，自己居然两次能幸免于难等一堆问题，连自己都无法搞清楚，叫叔叔又如何说话……

“我看你们不要着急，”林帆突然说话了，“小成，你和小袁先到军区后勤部干着，待组织进一步研究后，再做具体安排吧。”

林帆在沉默中想，这两个年轻人来路虽然不明，但也不能说明他们一定有问题。先观察他们一段时间，有机会调查清楚了，再做安排。

叶子辛听了叔叔的话，感到也在情理之中，他就答应下来了。

叶子辛在后勤部当了一个普通战士，主要从事物资的运输、保管和守卫，有时也被派去参与征兵、征粮等工作。

这样干了一年多，叶子辛渐渐地焦虑起来。他常常问自己，上级对自己的党籍、组织关系为什么一直都没有一个说法呢？

他曾几次去找叔叔林帆，想诉诉苦，并得到指点，但叔叔很严肃，话又不多，他有些怕叔叔；并且叔叔很忙，特别是苏中军区和苏北军区合并后。叶子辛要么找不到他，要么找到他还没说上几句，不是电话叫他，就是同事造访，会面被迫取消。

已有大半年没见过叔叔了。

针对这种情况，叶子辛想，上级也许太忙，根本没有时间来过问自己的事情。自己的问题，也许要等到全国解放，再由自己去找江正寒、孙言他们来证明自己了。

此外，金城还有一个让他想起就令他惴惴不安的人，那就是戚小青。

她现在怎么样了？安全吗？会不会出事？

凡在梦中梦到她，都是噩梦：她被跟踪，她被追捕，她被酷刑折磨得奄奄一息，用微弱的声音在呼喊自己：子辛——救——我，子辛——救救——我！

每次梦到她，他都被惊醒，一身冷汗湿透内衣，然后是久久不能再睡。

小青对自己可以说是一见钟情。

因为工作关系，自己和她要经常接头、见面，她当时不知道自己已经结婚。才见几次面，她就流露出爱慕之意。

每次接头，谈完工作，她就像一个小姑娘一样，缠着自己。她要自己讲什么是打土豪、分田地，红军为什么要长征以及战斗的故事。

有一次，讲在长征路上，自己身负重伤，团政治处林主任要安排自己在地方养伤，不能跟部队走。自己就强忍剧痛，挣扎着拼命拉着林主任的手说："我不……哎哟……，我不……哎哟……"

也许是自己讲的时候，语调和动作都比较夸张，小青被逗得"咯咯"直笑。

笑过后，她却突然沉默了。

自己不解，就问她："你怎么了？"

小青则十分认真和庄重地看着自己说："您不仅有与看得见的敌人斗争的经历，还有与看不见的敌人斗争的经验。因此，您无论是讲话还是做事，都很沉着、很聪明，尤其是您的神态表情，很有魅力，我百看不厌！"

她的话音刚落，可能突然意识到自己说漏嘴了，她白白的脸庞"唰"地一下，全红透了。

她立马转身，背对叶子辛。叶子辛从背后看她，也感觉到她娇羞不已。

类似这样的情况再次出现后，自己已意识到，她可能喜欢上自己了！

于是，在一次接头将要结束时，自己特意说："小青，你很美丽，谁见了都会喜欢的。要是你嫂子见了，她一定会认你做妹妹的！"

小青确实是一个不简单的姑娘。她不仅美丽、聪慧，而且自控能力也很强。当自己说完那句话后，她脸上原来露出的甜甜微笑，忽然消失了，继而是愣了一下，然后又淡淡一笑，就无言地向自己挥了挥手，告别离去。

以后再见面，基本都是谈工作，偶尔也会聊一聊当前的形势、人生和理想什么的。

妻子难产去世，小青是第一个为自己垂泪的人！

那天，她蹲在自己旁边，先是"嘤嘤"地哭，后来竟是放声大哭。自己只好抱着她的头，反过来安慰她，而她哭得像个泪人似的。

事后自己问她，连嫂子的面都没见过，你为什么会如此悲伤？她说，自己也不知道，反正我觉得嫂子和那孩子太苦了：十月怀胎，竟然连命都丢了。尤其是那个孩子，刚来到这个世界，却连看一眼这个世界的权利都没有！

女人啊，伟大的母性！

在小青的柔情安慰和紧张的工作中，自己慢慢地从悲伤里走出来，并渐渐地和她热恋起来。

自己最满意她聪明、能干和识大体，更欣赏她温顺、贤淑与开朗。自己跟她没有山盟海誓，但彼此的举手投足，都能心领神会，心心相印。要不是“利丰商行事件”，自己和她也许已结婚、生子，然而，自己突然又一次浪迹天涯……

时间一月一季地过去，到后勤部两年也过去了。每到晚上，叶子辛常常感到十分苦闷！

从目前的形势看，东北的问题很快要解决了，中原大战已拉开序幕。全国解放战争发展神速，然而自己却卡在这里。不仅自己有话没地方说，有劲没个合适的地方使，就连自己的身份仍然不明不白，该怎么办啊！

一天早上起来，他的思维突然打开：金城市委应该早已重建，组织与戚小青也应该恢复了联系。自己无法找到别人，但如果能找到小青，再通过小青，逐级往上联系，应该能找到新市委！

想到这里，叶子辛忽然兴奋起来。于是，他决定到金城去，找戚小青！

事不宜迟，他马上去后勤部，找到领导，说出自己的想法和要求。

后勤部的领导说，对于他的问题是十分重视的，只是部队和地方地下组织没有联系渠道，情况变得复杂了，所以解决起来比较困难。现在既然你自己有线索，可以先去联系，然后向组织提供情况。

其实，后勤部的领导说的，一半是事实，还有一半是林帆的要求：后勤部负责安排他与小袁的工作和对他们的观察，调查工作由敌工部负责。然而林帆由于工作忙，特别是去年底，他去参加一支敌军的策反工作，都不在部里。再加上他认为，叶子辛是自己的侄子，只要他没问题，快些、慢些恢复组织关系没问题；而后勤部领导不知道叶子辛是林副部长的侄子，他去找过几次林帆，都没找到，事情就这样拖了下来。

得到领导的同意，叶子辛当天就出发。

此时虽是十月，却像深秋初冬的样子，北风阵阵，落叶飘飘，草木失去绿色，原野一片肃杀。

叶子辛头戴黑色礼帽，脖子围着褐色长围巾，身穿蓝色长袍，脚蹬黑面布鞋。那模样既像乡村教师，又像账房先生。

第二天的傍晚赶到了金城。

他到旅馆放下行李，不吃不歇，就马不停蹄地赶到戚小青的家门口敲门。

可是，从里面出来开门的却是一个中年男人。

那男人疑惑地问："你找谁?"

叶子辛也满腹狐疑地问："这里住的不是一个叫戚小青的姑娘吗?"

"没有你说的人。"男人说。

叶子辛内心"咯噔"一下，瞬间无言以对。

那男人看叶子辛惊讶和失望的样子，也不好说什么，就想关门。

"哎，请问您是什么时候入住这里的?"叶子辛突然问道。

那男人想了想说："两年，两年多了吧。"

"您知道原来住这里的人家，为什么搬走吗?"

"不知道。"

叶子辛像霜打的茄子似的，离开了那间屋子，蹒跚街上。

他在回到旅馆门口时，买了两个馒头，就回房间去了。

本来此行他是满怀希望的，而现在给他的是当头一盆冷水，他的情绪低落到了极点。

还有什么办法？江正寒、孙言现在怎么样了？他们在哪里？钟向北、罗田他们又怎么样了？是死是活？这些人都杳无音信，更是情况不明，也无从打听；自己原来联系的其他下线，当时情况紧急，通知他们撤离、隐蔽时，只说半月后，在约定地点见面。现在两年多了，与他们联系的时间都已过时，又怎么去找他们?

唯一有希望的小青，却也不知所踪了!

她是搬家了吗？为什么要搬走？莫不是她遇到了危险？或者她已经……

他在房间里，心神不宁，像在铁笼里的一只狂躁的豹子，不停地转来转去。

他不愿就这样回去，但又不知道怎么办?

他躺到床上，绞尽脑汁地想。

突然，他想起了如意杂货铺。在那里他见过小青，并且是小青和杂货铺的掌柜掩护，他才摆脱特务跟踪的。这样看来，杂货铺的掌柜与小青肯定认识。去找他，他应该知道小青的下落！

柳暗花明，叶子辛一阵狂喜，马上爬起来，想即刻直奔如意杂货铺。

然而，此时夜已深。

叶子辛看看街道的夜色，倏然觉得，自己与那掌柜既无关系也不认识，这样莽莽撞撞地半夜敲门，很容易事与愿违，不能这样蛮干。

他这样反复地思考、分析，直到三更天，他还在床上辗转反侧，难以入眠。

天一亮，他连脸也不洗了，就匆匆地出了门。

他急急忙忙赶到原来的如意杂货铺门前，却发现铺号已不是“如意”，而是“福来”了！

这是怎么一回事？走错门了？叶子辛在铺子前后转悠几下，认真察看周围的环境，确认了自己没有走错门。他想，即使铺号改了，他也要弄个明白！

现在还早，铺子没开门，他就蹲在对面守候。

他由七点多守到十点多，但铺子的门仍紧闭不开。他觉得奇怪，就走到旁边的铺子去询问。

旁边的人说，昨天上午就突然关门了，不知什么原因，直到现在都不见他们的掌柜和伙计出入。

叶子辛听说后，心中一阵愕然。

他想，会不会是出事了？

他迅速离开杂货铺，来到街上，十分迷茫地漫步。

此刻，他已彻底没有了目标，没有了方向！

金城，他曾经在这里战斗了十年的城市。哪一条大街，哪一条小巷，他不熟悉？哪一个地方安全，哪一个地方危险，他不了解？曾几何时，他和他的同志们，在这表面上风和日丽，暗地里却是腥风血雨的大街小巷，与敌人斗智斗勇，亮剑博弈；曾几何时，他和他的战友们，在彼一时还是波澜不惊，而此一刻却是惊涛骇浪的马路街道，向反动政府游行示威，请愿呐喊！

可现在看着街上的一切，仿佛都很陌生，好像自己根本就不认识这个城市。自己要往哪走，不知道；自己要找谁，不知道；昔日的同志和战友都在哪儿，自己更不知道！这里谁都不认识自己，自己像一片树叶，飘落在仿佛河流的人群之中！

时间已到中午，由于没有吃早饭，此时他已感到饥肠辘辘。他本能地四处张望，想找个面馆。

突然，站在道牙边上的叶子辛，看见前面二十多米远的一个车夫，正拉着一个身穿灰色中山装，卧蚕眉，四方脸，髭须黝黑的人走过来。

他心想，此人怎么这么眼熟？

他紧盯着那个人，脑子里却在翻江倒海地想。

很快，车夫拉着那个人，从他身边走过。

就在此时，叶子辛却像被那人忽然唤醒了似的，惊讶地在口中轻轻念道："林旭明，林主……！"

话还没念完，他拔腿就追。

追了十来步，赶到车夫身边说："师傅，请等一等！"

车夫诧异地停下来，无言地看着叶子辛。叶子辛却不管他，而是慢步走近坐车的人，然后小声地叫一声："林主任，您认不出我了？"

被叫林主任的人，其实在叶子辛紧盯着他看的时候，他同样看到了叶子辛。

他第一个感觉是这个人为什么这样看自己，接着就觉得此人脸熟，但又想不起来是谁。

他想要车夫掉头走，可是来不及了，车已到了叶子辛的跟前。他只好把脸扭到一边去，硬着头皮从叶子辛身边过。

听到叶子辛这样叫，他还是反应不过来。现在又是在大街上，他不得不小心。他卧蚕眉下两道利剑般的目光，在叶子辛的脸上、身上扫来扫去，表情显得十分冷漠。

好一阵子，他才淡淡地说："你认错人了吧？"

叶子辛知道，突如其来的邂逅，林主任这样的反应也属正常。

他迟疑一下，又微笑地说："我原来做您的小伙计，叫林成，后来因为生意失败，您把我辞了。我不愿意走，您就说等生意好了，再来找我的。可现在我见到您了，您却不认我。我想了您十多年，算白想了！"

"林主任"就是叶子辛在红军时的团政治处主任，叫林旭明，也就是现在中共金城市委书记的林世全。那时，叶子辛就叫“林成”，是团政治处干事。

当叶子辛说出自己是林成和那些隐语时，林世全想起来了，他心中不禁一阵诧异，暗自感叹：难怪如此面熟！

林世全在诧异之中心却暗喜：小林成，当时才二十岁。他们分别时，小成是生死难卜，却又死活不愿留下。现在他不仅活了下来，而且虎头虎脑，壮实强健，他真想下去拥抱他！

可是他不能。因为他的脑子里紧接着跳出不少的疑问：他还活着？他怎么会在这里？他伤好后为什么不去找部队？他去了哪里？干什么去了？看那身打扮，现在他是什么人？而从他的穿着和刚才他所说的隐语看，又觉得他不像坏人，或者说不像危险的人物……

当然林世全的这些疑问和思考，都是在十秒、几秒钟时间。既然林成用隐语说到他们在长征路上分手时的话，于情于理，林世全都不能无动于衷了。

“啊，对对对，小成！”林世全仿佛才想起来似的，边笑着说，边从车上走下来。

他把车钱给了车夫后，又说：“你怎么在这里？”

“我还没吃午饭，”叶子辛答非所问，“您吃了吗？前面有面馆，我们进去吃碗面，怎么样？”

林世全是跟余福明接头后，路过这里，准备回货栈去吃午饭的。他见叶子辛表情阳光而喜悦，并且看到前面十来步就是喜来客面馆，他心中那故人重逢的兴奋，让他难以推辞，就微笑地点了点头。

于是，他们向喜来客面馆走去。进了面馆，他们选了一个偏僻靠边的桌子坐下来。

食客不多，店小二见状立刻提着茶水，走了过来。叶子辛叫了两碗面，店小二应声而去。

林世全和叶子辛面对面坐下。

叶子辛给林世全和自己各斟了一杯茶，然后微笑地看着林世全，而林世全也是微笑着在看叶子辛。

叶子辛想说什么，却没有说，端起茶杯，抿了一口，然后看看茶水，又看看林世全。

林世全则双手捂着茶杯，目光一直在叶子辛身上滴溜溜地转，他的微笑却在慢慢地消失。

他们坐在那里，各自的兴奋状态都在慢慢地消失。

本来大家好像都有好多话要说，然而大家都不说。彼此仿佛都在观察、思考和斟酌，渐渐地出现了冷场与尴尬。

其实，叶子辛在说完什么伙计、生意、辞了的一段话后，就突然意识到自己在大街上，贸然去与林旭明相认是冒失、鲁莽的！

干了十多年地下工作的叶子辛知道，他与林旭明已十多年不见，此时谁都不知道谁是什么！

他们在一起时，林旭明已是红军的团级领导，他应该是继续长征，到陕北、延安的。可现在他为什么会出现在这里？难道他中途也发生了变故？或者是被俘？甚至叛变？抑或是他担负着部队的秘密使命而来到这里？

不管怎么样，这样的相见，能相认吗？即使相认，能有真话吗？这种莽撞的行为，是地下工作的忌讳，是非常危险的，可自己居然犯了大忌！

叶子辛悔恨不已，他不知道自己为什么会做出这样的行为！也许是此时因自己孤独而脆弱，也许是因与曾经的首长、战友久别重逢而冲动，更可能是急于要找回自己的身份而焦虑……

然而，事已至此，自己只好小心应对便是。

林世全显得练达、沉着。他看到叶子辛局促、尴尬的样子，就颇为亲切地问道："你的伤没有留下什么后遗症吧？"

林世全这一问候，一下子唤醒了叶子辛对十多年前那个温厚、和蔼与亲切的林主任的记忆，使他恢复了自然与镇定。

"没有，"叶子辛笑笑，并拍拍胸脯说，"您看，还算结实吧？"

林世全微笑地点了点头。

"您……这么巧……怎么会在这里遇到您的？"叶子辛试探地问道。

林世全"呵呵！"地笑一下，却反问道："对啊，你怎么会在这里呢？"

"我去收账，跑了好几家，有些累了，就在那里站一下。"叶子辛说。

叶子辛的话没有骗到林世全。林世全知道，收账先生一般不会什么都没拿，两手空空的，况且还是好几家呢！按常理说，收账，起码有个账本吧？

这是双方对账必须要的，而且账本和收到的银票或大洋现钱什么的，不会都攥在手上吧？那就应该有个包包，或袋子什么的，可他什么都没有。

他在骗自己！

可他为什么要骗自己？如果他是普通市民、伙计、账房，对自己这个曾经是他首长，而且是十多年后的重逢，为什么不可以说实话？看他这身穿着，不像是穷困、潦倒的样子，说明他有职业。那么他是干什么的呢？他不说实话，证明他不相信自己。不相信一个人，意味着他对这个人有疑心，有戒心，不想让这个人知道自己的真实情况。既然如此，他为什么又要在大街上追着与自己相认，并且还十分热情地邀请自己共进午餐呢？他是不是有其他目的？

于是，刚见林成时那一系列的疑问，又不停地在林世全的脑子里转。

忽然，林世全决定：马上离开此地，离开此人！

“嗨哟，糟了！”林世全倏然诧异地站起来说，“说到收账，赵掌柜有事在他商行里等着我呢。小成，我得立刻走，你慢慢吃吧！”

林世全边说边从座位里走出来，并向叶子辛伸出手。

叶子辛突然被林世全这一招弄得不知所措，他只好站起来，懵然地伸出手，边与林世全握手，边疑惑地说：“您，哎，您……”

“十分抱歉，下次吧！”林世全微笑地说。

林世全说着，头也不回地往外走，并很快地消失在门外。

叶子辛看着突然离去的林世全，他颇感疑惑：林旭明为什么说走就走？他与人有约？明显托词！是自己露出了破绽，他已看出自己的身份？他到底是什么人？叛徒？特务？他去向敌人报告？

叶子辛骤然有一种不祥的感觉！

他不敢再留在此地，也急匆匆地离开“喜来客”面馆……

三十二

快中午十二点了。

在货栈的办公室里，林世全正想要去吃午饭，桌子上的电话却突然响了起来。

林世全顺手拿起话筒说："喂，您好……"

未等林世全说完，对方就打断他的话说："孙掌柜上午突发急病，现已送医，生意以后再说吧！"

对方说完就挂了。

林世全知道，是和记杂货铺高掌柜的电话，他说的是孙言被捕的暗语。

孙言被捕了？林世全不禁大惊失色！

他怎么会被捕？在哪里被捕？具体情况怎么样？

他拿着"嘟嘟"响的话筒，在紧张思考。

片刻，他当机立断：一是，他迅速召集雷霆、甘小岩、高立、小冯和小韩，宣布这个不幸的消息。接着说，为防万一，货栈立即关门，全体人员撤离，暂停一切活动，并交代今后联系的方式。二是，他分别交代雷霆和高立，按他给的地址和名单，火速通知这些孙言知道的或有联系的人撤离。其中江正寒那里，因为雷霆和胡文卿认识，让他通知胡文卿，要江正寒暂停书店营业，隐蔽人员；高立去帮助魏萍、王嫂转移。三是，林世全亲自去通知高掌柜，要他设法告诉"壁虎"，尽快安排见面，如果暴露，马上撤离。在此同时，他还要赶去转移孙言的家属……

苏昌文俘获孙言后，扬扬得意地首先向徐伯恩、冷伟报告。接着，又来到余福明的办公室，向余福明作了报告。

余福明听完苏昌文报告，如晴天霹雳！

他极力控制着自己的表情，问道："什么时候？人呢？"

"刚刚押回来，在羁押室。"苏昌文说。

"是怎么抓到的？"

"我们早上跟踪过他，被他甩了，是后来又碰到的。"

"谁在审讯？他招供了吗？"

"还没呢。徐站长说，审讯由冷副站长和您负责。"

"好，你立功了，去吧！"

"谢谢处长栽培，谢谢！"

余福明此刻第一反应是，孙言的被捕，对中共金城市委来说，是重大事变，必须赶在徐伯恩还没有找自己去对孙言进行审讯之前，把这个火烧眉毛的情报送出去！

苏昌文走后，他从窗口看看大院，然后来到门口，对上下楼梯口又扫了两眼，都没发现异样。于是他走出办公室，门也不关，佯装休闲的样子，走下楼梯，穿过大院，快步走去和记杂货铺。

见到高掌柜，他不动声色地掏钱买烟。

高掌柜在给他烟的时候，他就瞪一眼高掌柜，同时低声而简练地说："孙言刚被捕，详情后报！"

说完，他立即转身离去。

余福明才离开，高掌柜就警惕地看看周边，确认没有问题后，也走出杂货铺，去不远处的电话亭，向林世全报警。

听了苏昌文的报告后，余福明原以为徐伯恩会很快找他的，因此他急急忙忙把情报送出去后，就回到办公室等。可是等到中午，又吃过午饭，徐伯恩仍没有找他。

他心中不禁嘀咕起来：这老贼怎么了？

对于抓获孙言，徐伯恩是高度重视的，因为他现在面临着巨大的困境。

首先从南京回来后，他一直苦思冥想着如何一雪京城蒙羞之耻，好在毛人凤那里挣回几分脸面。可自己还没想出头绪，黄东的政训处又来给自己上眼药，而因自己的一时冲动，黄东在毛人凤那里再奏自己一本。虽然自己与毛人凤的关系与交情，不至于因为一两个案件侦破不顺而生变。可在党国危难时刻，自己居然束手无策，即使他不责怪自己，自己也确实感到无脸见他。

其次是不仅对共党日益猖獗的活动，自己因掩护“狐狸计划”的实施而变得瞻前顾后，而且对警备司令部图谋不轨的蠢蠢欲动，自己又无法弄到有价值的情报。黄东这只白眼狼，当面唯唯诺诺，背地里却根本不把自己放在眼里。他虽然没什么本事，但他毕竟在军营内比自己方便。若他真诚与自己联手，情况会大不相同。然而，他虽没能耐，却整天事无巨细地向毛人凤报告。相比之下，毛人凤就认为他是党国的战士，是党国的能臣，自己则是混日子的酒囊饭袋。因此，三天两头地被追问、责骂，心中真是苦不堪言！

思来想去，对“狐狸计划”的执行，他觉得有必要改变一下思路，不能过于理想化而整天坐守愁城。也许灵活出击，还会收到意想不到的效果。

经过反复权衡后，他把冷伟找来，聊了一会儿，就要冷伟设法抓捕孙言。

现在把孙言抓到了，他又琢磨如何去对付他，从而达到自己所设计的目的。

徐伯恩虽然从来不说，但他已深知，与共产党斗，自己是越来越没有信心了。他常常想，自己与共党打交道已十多年，对如何去征服她，刚入道时，自己对其是不屑一顾，豪气万丈的。而经过十多年来的折腾，却是败多胜少，并且身心倍感疲惫。到了现在，内心已是黔驴技穷，诚惶诚恐。两三年前的那一次辉煌，确实是空前的胜利。为了巩固胜利，再创辉煌，自己还颇为得意地专门设计了一个自认为是天才的“狐狸计划”。原以为有了这个计划，起码在金城地区再不惧与共党较量。然而，随着情势的发展，现在看来也真没那么简单。对于那一次的成功，自己长久以来都没有做深入的分析。其实当时的取胜，是建立在国共合作基础上的，自己只不过充分利用了这个条件。现在没有了这个条件，又回到抗战前的老一套：见疑就抓，抓了就打，打不招供就杀。可是这些共党大多都不怕死，就是挑筋剥皮，他们也不投降！

孙言现在是抓到了，可是能突破他吗？

经查，孙言曾参加过民国十八年的金城“六二三”暴动，后来又长期担任中共金城市委的机要秘书。民国三十四年底，在利丰商行围捕的行动中，他装扮成乞丐，负责把风、报警。现在他已是新组建的中共金城市委的核心成员。

这样老资格的共党党魁，看来会真的是个难缠对手，但又务必要征服他。在“狐狸计划”难收全效之功前，如果不降服他，金城共党的猖獗活动就无法遏止；警备区部队假若又发生哗变，自己在毛局长那里就真的一钱不值了！

徐伯恩经过一番思考后，下午大约一点多钟，便把冷伟和余福明叫到办公室，布置对孙言的突审方案。

此刻的徐伯恩已完全没有了三年前，在布置围捕利丰商行时那一种胜券在握的自信与轻松。他的脸色显得肃穆、凝重，透过眼镜的目光是冰冷的，并且有不易察觉的犹疑不定。

“上午，我们抓获了新组建的中共金城市委重要成员，”徐伯恩看着站在他面前的冷伟和余福明，语调不高，语气却是郑重其事地说，“他的名字叫孙言，是一个老牌的共党分子。几年前，就因为他，使我们本可以在摧毁金城市委时尽收完美之功，却留下了令人扼腕的遗憾。几年来，我们一直都在找他，现在终于抓到他了。这个人，对我们很重要，他的脑子里有我们想要的一切；但如何才能降服这个老共党，我颇费踌躇。现在我决定：一、由你们两个主审，想方设法务必撬开他的嘴。你们都是原来戴老板眼中的才俊，也是我的左膀右臂，要用你们高超的智慧和技巧，为我们站、为党国再立新功。二、审讯的手段我不管，但你们必须明白两点：第一，对于这种老牌共党分子，只有动摇其信念，才可以摧毁其意志；意志灭了，他就是一只驯服的小猫。第二，不要三下两下把他弄死。他死了，不仅我们的希望没有了，而且对上峰、对共党，我们手中也没牌了。”

对于徐伯恩说“二”的“第一”，冷伟和余福明其实都明白。对付共产党，无论是过去的军统，还是今天的保密局，只要对共产党稍有研究的人，都懂这个道理。共产党人中，除了少数软骨头外，大多数都是信仰如山，意志如钢的。倒是“第二”，他们还不完全明白他的真实用意，只能是自己提醒自己，小心行事！

徐伯恩说完后，冷伟和余福明齐声说：“是，一定按站长的训示办！”

从徐伯恩那里领命后，冷伟和余福明就走出办公室。

到了门外，余福明问冷伟：“站长，什么时候开始？”

冷伟则不假思索地说：“现在就开始。我回一下办公室，你先去把人提到刑讯室等我。”

“是!”余福明爽朗地答应后，立即下楼。

此刻，余福明心中一阵暗喜：他正愁着没机会与孙言单独见面呢!

余福明快步来到靠外面的羁押室，从铁栅栏外面看到了孙言。此时的孙言戴着手镣和脚镣，挨着墙壁，坐在铺着稻草的地板上。

余福明一出现，孙言就默默地看着他。余福明也目不转睛地盯着他。

双方的目光，似乎在交流着什么。

跟着余福明过来的看守，并没有注意到他们的对视，而是去开锁，然后进去，大声地对孙言吆喝：“走吧!”

孙言欲站起来，却因为左腿的枪伤，一下子站不起来。看守知道他腿上有伤，看到他这个样子，只好去搀扶他，带出门口，要一直往前走。

刑讯室在最前面那间房子，距离羁押室大概二十来米远。

余福明想，看守黏在一起，自己不是什么也做不了?

“放开他，”余福明对看守冷漠地大声说，“他死不了，你去刑讯室通知他们，做好准备!”

“是!”看守应着，立刻放手，像抛开手中的木头似的，看也不看地快步往前走。

在看守放开手的一刹那，孙言身子一晃，差一点摔到地上，是他的手迅速抓住铁栅栏，才没有倒下去。

站在后面的余福明，看到孙言摇晃时，本能地做出要上前搀扶的手势，可他立马意识到：不能扶!

他顺势把伸出的双手倒背到后面，然后大声吼道：“走啊，别装死!”

攀附着铁栅栏的孙言，听到余福明吼叫，就扭头回来看余福明。余福明看到他眉心略皱，脸色青白，腮帮紧绷，双额渗出了汗珠。

余福明知道，孙言在忍受着剧痛!

看着孙言痛苦的样子，余福明心里很难过，但他顾不得这些。

他见看守走远了，就小声地问：“他们是怎么抓到你的?”

“我也不知道。”孙言也小声说，“我在紫云路附近已被苏昌文跟踪了两次。以前都是他一个人，我都把他甩开了。这一次，早上已被他跟踪，我甩开了他。可当我从紫云路出来，转过紫竹路时，又碰到他，而且他的人比上午还多。我又中了枪，就没办法了。我有事，要常到那地方去，是不是他们发现了我的规律，还是嗅到了什么？”

“这个我还不清楚，不过他们已知道了你的身份和一些经历，铁了心要撬开你的嘴，你要有心理准备。但徐下了令，不能打死你。你被捕，林已知道，我会尽可能想办法帮你的。”

孙言已把头扭了回去，边听着余福明小声说，边艰难地攀附着栅栏往前走。

“你们放心，他们从我的嘴里不会得到有关组织的一个字！”

孙言说完，余福明正想说什么，冷伟已站在刑讯室门口，远远地往他们这边看过来。

余福明只好又大声地嚷嚷道：“别磨磨蹭蹭的，快点快点！”

看到孙言确实举步艰难，冷伟就叫刑讯室里负责动刑的两个特务出去把孙言架回来，然后直接绑到老虎凳上。

别看冷伟皮肤白皙，戴着眼镜，少言寡语，斯斯文文的样子，其实其内心阴鸷，崇尚暴力。可他也深知，像孙言这些老共党，对拳头鞭子仿佛如搔痒，即使老虎凳、电椅、烙铁等酷刑也未必能让他们开口。

把孙言绑好后，余福明坐在桌子旁，做记录状态。

冷伟则凑到孙言跟前，像见到老熟人似的说：“民国三十四年十二月底，我们在利丰商行围捕你们金城市委全体成员时，你这个‘乞丐’报完警后，逃跑了。事隔差不多三年，我们还是把你抓了回来。有道是：天网恢恢，疏而不漏。这句老话你信不？”

孙言此时的表情已很平静，他的眼睛亮而有神。他用如电的目光盯着冷伟说：“当然信。我再送你一句：多行不义必自毙！你这个血债累累的刽子手，不久后，看你如何面对人民的审判！”

“你真以为你们会坐天下？”冷伟轻蔑地问道。

“哈哈哈！”孙言放声大笑，并且边笑边说，“你傻吧？可就是傻子也能看清当今的时局了！”

“好，就算我是傻子，就算将来你们真的坐了天下，可是，如果我今天就把你折磨死，或者明天就把你毙了，这个天下对你来说，又有什么意义呢？”

“对于这个问题，你们这种人永远都无法搞懂。我告诉你，如果我的热血能为新中国的旗帜添一抹色彩，将是我最大的荣耀，怎么说会没有意义呢？倒是你，再不收手，再不赎罪，人民坐了江山，你就是死有余辜。来吧，别废话了，看你能把我怎么样！”

孙言说这些话时，那语气、那神态表现得既傲慢又厌恶，仿佛他正在不得不面对一个既愚不可及而又顽劣讨嫌的恶少。

“行啊，那就看看吧！现在先看看是你的骨头硬，还是我的砖头硬。”冷伟被孙言的言辞和模样气得直咬牙，他边猛然转身离开孙言，边恶狠狠地说，“上刑！”

老虎凳这种酷刑的特点，是使受刑者的双腿反向弯曲，从而牵拉双膝关节的韧带，极限是膝关节脱臼，人昏死过去。

孙言被两个打手一块砖一块砖地垫，垫一块，就停一会儿。当他们垫到第三块时，孙言的表情已显得很痛苦，眉头紧皱，双唇紧闭，牙根咬得“咯咯”响，全身大汗淋漓，但他不吭一声。

冷伟则站在余福明旁边，双手抱胸，不问话，神色肃穆地看着孙言。

刽子手把第四块砖垫上去时，孙言突然“啊！”地惨叫一声，然后又死死咬着牙根，不发一声地挣扎着，他的脸部变形，面目狰狞……

“站长，不能再垫了。”旁边的余福明看到这个样子，立马站起来，凑到冷伟的耳边，悄声地说，“再垫他就昏死过去了！”

冷伟听余福明这样说，就侧过脸来看看余福明，然后又向孙言看去。

片刻后，冷伟说：“对，他昏过去，我们就白忙活了。”

“好，停一停吧。”冷伟边对打手说，边向孙言走去，“怎么样，你不想说点什么吗？”

正在痛苦中的孙言，连看都不看冷伟。他紧闭双目，一口一口地喘着粗气，并带着轻微的呻吟声。

“行，这个玩意儿太古董了，”看到孙言这个样子，冷伟好像挺有快感似的，他笑眯眯地说，“我们换一个现代一点的，电椅！”

两个特务打手马上把孙言从老虎凳上放下来，搀扶着他，放到旁边沾满了污秽物的椅子上。他们把孙言的手脚和脖子绑好，拿四个电极，两个分别接孙言的乳头，一个接阴部，一个接肛门。

这个阵势，极为恐怖，连孙言都忍着老虎凳造成的剧痛，睁大眼睛，盯着特务们在自己身上的每一个动作。

冷伟观察很细，看着孙言的神态，他立刻判断孙言可能害怕了。于是，他进一步说："新鲜吗？这是我们刚从美国引进不久的好东西。它通过电流和电压的大小来刺激你的敏感神经。随着电流由小到大，你会由汗流如雨，呕吐，精液流出，大小便失禁，口鼻流血，直至在极为痛苦中晕厥。只要连续进行两三次，你就成了废人。你要试试，还是要说点我想知道的？"

看着卑鄙而又嚣张的冷伟，孙言心中极为气愤和憎恶，但他却显得十分从容地微笑说："你这是先从心理战开始，是吗？那我不客气了，就老老实实来享受一下你的好东西吧！"

冷伟原以为孙言是害怕了，却没料到他仍然如此强硬。因此，他立刻咬着牙，气急败坏地说："好，好，我成全你，动手！"

旁边的特务马上打上电闸，一手调电压，一手调电流。

瞬间，孙言全身剧烈抖动，旁边的特务双手在不断地调节电流和电压。

"啊……啊，啊……"孙言痛苦得喊叫出来，渐渐地大汗如注，口鼻流血，裤裆也湿了……

旁边的余福明看着孙言痛不欲生的惨状，心里极为难过和愤怒，可他又不能发作。

于是，他又走近冷伟，对他悄悄地说："站长，停下来问问看，他还会那么硬吗？"

"停！"冷伟一声令下，特务立刻罢手。

冷伟慢步走近孙言，右手托了托眼镜，略微弯一下腰，抿嘴笑笑说："怎么样，孙先生？我说的都不假吧？看看，你凡有孔的地方，都流出了东西，何苦呢？还是说了吧，啊？"

此时的孙言全身湿透，口鼻都是血，半闭的双目，露出呆滞的眼神，全身瘫软，一言不发，静静地斜躺在那里。

冷伟看着半死不活的孙言，心有不甘，猛然出手，抓住孙言的头发，边用力摇晃，边咬着牙说："你说不说？不说我再来！"

余福明马上用手扯了扯冷伟的衣角，然后拉他到一边，小声地说："站长，看他那样子，再用刑恐怕……，徐站长却是有言在先……"

听着余福明的话，冷伟转过头来又看了一眼孙言，接着仿佛泄了气的皮球，轻轻地叹了一声："唉！"

然后无奈地悄悄说一句："这些共党，真是不可思议！"

冷伟从抗战时来到金城站，抓捕、刑讯和残杀的共产党人不少，通过酷刑使他们屈服招供的确实不多。有些宁愿咬断舌头，或撞死墙上，也不招一个字，所以是不是软骨头，一进刑讯室，他就能判断出七八分。像孙言这样的人，就是典型的不惧刀枪之徒。刚进刑讯室，他看孙言的神态和听他说的那些话，心里已经没有多大信心。可他又迷信重刑，抱着不到黄河心不死的心态，一上来就用重刑，结果还是不出所料！

冷伟已心灰意懒地离开刑讯室，这一次刑讯就这样结束了。

下班后，余福明路过和记杂货铺，发现林世全约见信号。他就进去买两盒洋火，高掌柜顺便给他一张纸条。

第二天上午十点半钟，按照纸条写的，余福明来到震旦公园的九曲桥，见到林世全。

林世全一见到余福明，就迫不及待地问："孙言现在怎么样了？他是怎么被捕的？"

"孙言受苦了，"余福明十分难过地说，"但他很坚强，很英勇，大气凛然，我十分……佩服……他！"

余福明说着说着，语调就哽咽起来。

林世全看着余福明，脸色沉重。

他慢慢地从中山装的衣兜里拿出烟斗，缓缓地填上烟丝，再划着火柴点燃，然后"吧嗒，吧嗒"地吸起来。

余福明调整好了情绪，平静地说："他说他在紫云路附近，已被跟踪过两次。这一次，早上已被跟踪，但甩开了。可当他再从紫云路出来，转过紫竹路时，又遇到苏昌文这一帮特务。他说也许是苏昌文摸到了他的规律，也许是他察觉到了什么。"

林世全听完后，沉吟一下，说："大意了，大意了！"

接着，林世全又问："要营救他，你有什么办法？"

余福明思考良久，然后说："看来很困难。因为孙言的身份已暴露，而且徐伯恩很想降伏孙言。有徐伯恩盯着，除了劫狱，不然没有空子可钻。"

“劫狱目前不可行！”林世全说。

“是啊，”余福明说，“不仅我们还没具备这样的力量，而且经过酷刑后，孙言的身体很弱，恐怕经不起剧烈的折腾。昨天下午用刑后，在送他回羁押室时，我悄悄地告诉他，让他装疯。因为用电刑，对神经的损伤是很厉害的，有些人精神状态会出现异常。如果他装疯，我再从中配合，是有可能骗过徐伯恩的。今天出来前，徐伯恩又把我和冷伟叫去，问我们今天还审不审。我抢先说，昨天审讯后，我怕他会死，就叫狱医去看看。当时我看他两眼发直，目光无神，一言不发。狱医说，他身体很虚弱，体内有损伤，暂时不宜再动刑。冷伟就说，又是个死硬分子，就是把他的肚子剖开，也不会看到什么东西。徐伯恩却说，也不要那么快下结论，硬的不行，就来软的。我是这样想的，下一步让他装疯，这样有可能把他的性命保下来！”

林世全觉得余福明说的有道理，目前也只能这样来办。

于是，他边拿烟斗在鞋底上敲敲，边说：“那你要精心应对，保护好他！”

“我会的。”余福明说。

他们分手了。

与余福明分手后，林世全坐着黄包车，到了街上，没想到会遇到十多年不见的叶子辛。

三十三

叶子辛在金城虽然一无所获，但经过金城一行后，他对恢复自己身份的愿望更为强烈了。

他这次离开金城回到军区，突然感到自己对那里是有那么多的不舍与眷恋。他想，自己十七岁参加革命，金城几乎占了它的全部。自己的磨炼、成熟在那里，自己的奋斗、追求在那里，自己的理想、爱情也在那里。可是对那里，自己现在是那么多陌生，那么多不解；又那么多牵挂，那么多期待！

正值血气方刚的叶子辛，无论是自己的信仰，自己的事业，还是自己的爱情，都被金城打上深深的烙印。他认为，要寻回这一切，都必须要重回那里。那里才有他人生的希望，人生的一切！

想到这里，他就迫不及待地直接去找军区政治部，政治部干部处的伍处长接待了他。他把自己的问题和要求，告诉了伍处长。

伍处长却说不知道这个情况。经详谈后，伍处长让他把情况写出来。

对于政治部不知道自己的情况，他感到很纳闷。

从政治部出来，他就去找叔叔，想问个究竟，可叔叔又不在……

林帆此时被军区参谋长叫去了。

根据情报，金城地下党正在做策反金城守军的工作，现在工作有进展，但守军上层比较复杂，情况不明朗。针对这个情报，苏北军区领导要求敌工部派人到金城，与地下党联系，了解具体情况，然后再设法给予配合和支持。

代号叫“老鹰”的林帆，在抗日战争时期就潜伏在金城搞情报。参谋长了解到这个情况后，把林帆找去，又把这个任务交给他，并告诉他，到金城后去泰和路“如轮贸易商行”找关雄。

关雄和林帆原来同属于苏中军区，林帆以前在金城，与他就常有联系。后来因为形势变化，林帆的工作重点也随之改变，他就不怎么去金城，因而他们也没什么联系。此后，又经过苏中、苏北两军区的合并，彼此更是互不知情。

得到命令，林帆马上出发。

金城的天色，像要下雨，却始终没下，整天都是灰蒙蒙的。还是傍晚时分，天仿佛就黑了。

因为保密局的一些特务曾认识林帆，所以林帆等到傍晚才悄悄地进城。

林帆头戴礼帽，身穿黑色长袍，贴着假髭须，手拿文明棍，来到泰和路如轮贸易商行。

商行已关门。

林帆敲了几下门，一个年轻人随即开门。

“请问您找谁?”年轻人问道。

林帆说:“我找关掌柜。”

军区早已通知了关雄，年轻人也得到关雄的嘱咐。

年轻人马上说:“您请!”

这是一栋砖木结构的三层楼房：一层是门面兼仓库，还有一间守门的卧室；二层办公、会客；三层吃饭、住宿。

年轻人把门关上，把林帆带上二楼。

关雄此时已站在二楼走廊的楼梯口，穿着白色长袍，外套一件蓝色短褂，向后梳的头发，黑油油的，他右手夹着点燃的雪茄，微笑着看林帆上楼。

林帆才到楼梯口，关雄立马挥拳，轻轻地砸到林帆的右胸上，同时说道:“老兄，还是那么精神啊，除了这髭须，没变!”

林帆马上伸出手，与关雄砸到自己胸口的手握在一起。

林帆不苟言笑，但此刻他也高兴地笑着说:“我们都没变，但天快变了!”

“对，对!”关雄会意地做着手势说，“这边，这边来。”

他们两人走向会客室，年轻人就转身下楼了。

进了会客室，关雄把雪茄架到桌上的烟缸边，就去给林帆沏茶。林帆则摘下礼帽，放下文明棍，揭掉假髭须。

关雄端着茶过来，见林帆如此动作，不禁诧异地问道："你那个是假的？"

"你见过？这又不是第一次！"林帆说。

"你以前是上贴，下又粘的。这一次你下巴光溜溜的，我以为你是专门留的！"

林帆接过关雄递过来的茶，就坐到沙发上。关雄则从桌上拿回雪茄，边吸边坐下。

"我的来意，军区已通告你了吧？"林帆问道。

"参谋长来过电报了。"关雄低头，看了看表说，"林书记等一下就到。"

"策反守军的情报来源于你？"

"不是。"

"那应该是其他渠道的。"

"情报是一回事，而目前中共金城市委正面临危险又是另外一回事。我收到参谋长的电报后，就去货栈找林书记，却发现他门口的那一盆万年松盆景不见了，货栈大门紧闭。我知道出事了，赶紧离开。正在我不知如何办的时候，我原来那个'运来商号'却来电话说，有一个叫林掌柜的下午两点钟在运来商号等我。我知道是林书记，就如约前往。见到他后，他却先问我，是否有事找他？我就问他，你们不是撤离了吗？怎么知道我找您？

"他说，孙言被捕了。我认识孙言，他原是金城市委的机要秘书。大约三年前，金城市委被破坏，就是他根据前任市委书记给他与我联系的方法找到我，让我通过当时的苏中军区，报告南方局的。林书记来与我接上关系后，就与他断了联系，他原来都不知道我是干什么的。

"林书记说，关闭货栈，是预防措施。在货栈外面，还留有隐蔽的同志监视货栈，以观察敌人对货栈有否行动，或者有无我们的人误闯。我到过后，监视的人就向他报告，有一个好像以前来过货栈的、长相如何如何的人，在门口稍作徘徊。他猜是我，但我这里他不知道，便到原来的运来商号去找我了。我把参谋长电报的内容告诉他，并问道，策反守军的情报是否准确？他说：准确。可他又纳闷地说，他只向省委报告了这个情况，军区是怎么知道的呢？我说，应该是省委通报给华东军区，华东军区再转我们军区的……"

"关掌柜，林掌柜来了。"他们正说着，年轻人在门外边喊，边带着林世全进来。

听到年轻人叫，关雄和林帆同时站起来。

林世全西装革履，微笑地走进来。年轻人等林世全进去后，在外面把门关上，又下楼去了。

“来，我来介绍一下，”关雄伸手指着说，“这是中共金城市委书记林世全同志，这是苏北军区敌工部副部长林帆同志。”

“您好，林书记！”林帆伸手说。

林世全也马上伸手说：“林部长，您好！”

他们热烈地握手，并寒暄起来。

关雄给林世全端来一杯茶后，也退了出去。

林帆和林世全就话归正传。

“林书记，敌军目前的总体情况怎么样？你们对他们的工作进展到什么程度？需要军区怎样支持与配合？”

林世全右手轻轻地抹了抹髭须，从口袋里拿出烟斗和烟袋，装上烟丝，点燃。

林世全吸了两口烟，才慢慢地说：“守军的总兵力是两个正规团，一个保安团，一个警卫营；一个交通警察部队，再加保密站的一百多名特务和公安局的五百多名警察。正规团的装备是美式的，保安团和交警部队的装备大部分是日本留下的。它的参谋长叫许杰，是失去联系多年、才接上关系不久的中共老党员。他一直独自、隐蔽地联络着有正义感的军官和士兵。和市委重新接上关系后，他按照市委的要求，秘密成立了党支部，发展了四名党员。目前他能控制的部队有一个正规团和警卫营；另一个正规团的团长姓高，此人比较滑头，对时局从不议论，其心思深藏不露。政训处处长黄东想拉拢他，可他若即若离，但有一个姓毕的营长已被拉下水了。另外两个营是高团长的死党，没拉动。保安团的团长没有政治头脑，只爱钱，是个五毒俱全之人。因其爱财如命，性格又凶残，手下三个营长对他颇为反感。许参谋长正在设法做保安团和交通警察大队的工作。

“现在的问题是：一、警备司令邓兆年既对国民党悲观失望，又不信任我党，何去何从，态度不明朗。二、许杰因为多年寻找组织未果，在一次出差南京时，情急之下，秘闯我驻南京办事处，却被人发现而告密，已引起保密站怀疑。三、保密局为防警备部队异动，采取了严密的监视措施，我和许杰的联系受到了严重的制约。我建议，军区派代表密驻金城，一是方便给予我们指导；二是时机成熟时，能及时和对方谈判；三是若遇突变，许杰就把他掌握的那一个团和警卫营拉出来，届时能得到军区部队的接应。”

林帆曾多次参加策动敌军起义，或与有意起义的敌军谈判。听了林世全的通报，他认为，金城地下党对敌军的情况很清楚，工作卓有成效，并认为实现警备区敌军整体起义很有希望。目前他们虽然只掌握一个团和警卫营，但鉴于其警备司令当前的思想状态，如果有合适的渠道，有更有权威的人，去给他再烧一烧火，就有很大的可能把他烧醒。

于是，他说：“林书记，你对情况很了解，工作很出色。您的建议，我马上带回军区。我想，军区首长会很快给你意见的。”

“好的，林部长客气了！”林世全笑笑说。

“那么，这次我们就谈到这里？”林帆征询地说。

“行，”林世全说着，正想在烟灰缸上磕磕烟斗，却突然从西装上衣口袋里拿出一封信说，“喃，对了，请您把这封信交给军区参谋长。”

林帆接过信说：“好，回去我交给他。”

“谢谢，告辞了！”林世全说。

林世全说着，在烟灰缸上轻轻地敲敲烟斗，然后连烟袋一起收起来，向门外走去。

关雄在一层与年轻人聊天。林世全下来后，就把他送出门去。

林帆回到军区第二天早上，叶子辛得到通知说，即到军区司令部，参谋长要找他谈话。

在去司令部的路上，叶子辛感到纳闷，参谋长找自己干什么？在后勤部，自己不过是一个小兵，他认识我吗？自从来到军区，连后勤部长自己都很少见到，整天不是在仓库，就是下乡征粮、运粮、招兵。难道是谈自己的组织问题，或者是组织问题有消息了？也不会啊，这些问题要么属于政治部，要么属于敌工部。参谋长没必要，也没工夫管这些事。

他百思不得其解。

到了司令部，在别人的指引下，他来到参谋长办公室的门口，庄严肃穆地喊道：“报告！”

“请进!”屋里的人应道。

叶子辛走进去，看到一个四十多岁的精干男子，正在看桌面的一份材料。

他看到叶子辛进来后，就从座位上站起来，笑着问道：“你是叶子辛?很年轻嘛!”

“我是叶子辛，首长!”叶子辛诚惶诚恐地说。

“你坐吧，”参谋长边指指旁边的椅子，边拿一个缸子去倒开水说，“工作挺忙吧，你现在都干些什么?”

叶子辛规规矩矩地坐到椅子上说：“是比较忙。我和县政府的同志昨晚很晚才从旺村运粮回来。”

参谋长拿着半缸子温开水过来，给了叶子辛，然后坐回自己的椅子上，脸色宽容地端详起叶子辛。

叶子辛被看得有些局促不安，只好端起缸子，借喝水来掩饰略微紧张的心情。

“你是一九四六年五月初来到军区，找到你的叔叔林帆的，是吗?”参谋长含笑地问。

听到参谋长问这些，叶子辛心中一阵兴奋。他想，也许真的与自己的组织关系、身份有关!

“是的，首长。”叶子辛点着头说。

“对组织这样的安排，你有意见吗?”

“没有。”

“两年多来一直都这样干，你可曾是中共金城市委委员喔，你真的没有埋怨过组织?”

“可是谁能证明呢？这不是没办法嘛，这有什么好埋怨的?”

参谋长顿了顿，从桌面拿起一份材料，在手上摇晃了一下，笑着说：“现在有办法了！这是前天你的叔叔从金城拿回来的一封信，是中共金城地下市委对你在金城时的身份的证明。其中包括一九四五年底，中共金城市委在金城市利丰商行发生惨案时，你是怎么样逃脱，又是谁安排你到小浦县小林村的；而对于小林村发生的事，信里小浦县委有材料，昨天政治部的同志又去找了同你一起来的小袁，说的情况都吻合。因此，你是清白的!”

叶子辛听着听着，眼眶就发红了，眼泪一颗一颗地往下掉。

参谋长说完后，他立刻站起来，伸出双手，要去拉参谋长的手，明显地看出，他在极力控制着自己激动的情绪。

他用慢而重的语调说："首长，我谢谢你们，谢谢组织！"

很多事情的解决，往往都要讲条件、机遇。条件具备了，机遇来了，就迎刃而解。叶子辛的问题，突然能这么顺利解决，就是因为军区通过上级得到了金城市委策反敌军的通报，而政治部的领导刚好接到叶子辛的申诉，在参谋长有事去找政治部的领导时，他们就谈到这个事。

参谋长考虑到林帆与叶子辛是叔侄关系，所以在派林帆去金城的同时，用电报一并通知关雄，让关雄报告金城市委。林世全根据原来的调查材料，整理出有关叶子辛的证明材料，密封好，让林帆带回军区。

看到叶子辛噙着泪水的眼睛，饱含着感激与兴奋的目光，参谋长也被感染了。

他站起来，紧紧地握着叶子辛的双手，神色庄重地赞许说："你不愧是一个红军战士，我党的老地下工作者。为了党的事业，你不计较名利，忍辱负重，战士们都应该向你学习！"

"没有，没有！"叶子辛慌忙擦一擦又要流出来的眼泪，不好意思地笑笑说，"首长言重了，子辛这些年虚度了时光，愧对党和人民！"

"请坐！今天叫你来，还有一件事，想征求你的意见。"参谋长笑了笑，边说边坐下。

"什么事？首长，您说！"叶子辛也坐下说。

参谋长沉吟一下说："根据情报，金城敌军在我当地地下党的策动下，有反正起义的可能，但目前情况还比较复杂，需要我们军区积极配合地下党的工作，尽可能争取这支部队起义，从而在攻城时减少我军和城里百姓的生命财产损失。军区经过多方面的慎重考虑，也和你的叔叔林帆商量过，都认为你和你叔都熟悉金城，熟悉部队，熟悉情报工作。若派你们进城，比派其他同志去更有优势。但也有不足，就是你们这张脸，会很容易引起敌人的注意。此外，还有一个原因，就是金城市委希望你能秘密地回金城一趟，他们想了解原金城市委被破坏的情况。"

叶子辛听了，内心忽然翻起滔天巨澜！

他不仅真切了解到，解放战争的进程出乎自己意料的进展神速，金城很快就回到人民手中。可他没有想到，组织会把如此机密、重大的任务交给自己，那是组织对自己莫大的信任啊！这对于一个长期失去组织联系，身份终日被怀疑，而又确实是一个忠诚的、坚定的共产主义战士来说，其感情波澜，怎么会不汹涌澎湃，惊涛拍岸呢！更何况，原金城市委遭到破坏，至今还是个谜，自己协助市委调查清楚，是责无旁贷！

叶子辛心中虽然很激动，但长期的地下斗争练就了他喜怒不形于色的沉着与镇定，尤其在首长面前，他更不能随便宣泄感情。

叶子辛略沉默一下后说："我服从组织安排，严格按组织要求，做好各项工作。至于我这张脸的问题，过去不也一样？金城那么大，我尽可能小心一些就是了。"

通过简短的谈话和观察，参谋长感到眼前这个年轻人少年老成，忠实可靠，对他有信心。

"那好！"参谋长颇为满意地说，"你们进城的主要任务是，依靠地下市委，扩大已有策反成果，说服守军司令，争取守军整体起义。具体如何工作，你们到金城后，与金城市委密切磋商研究。现在你马上回去，找你叔合计合计后，今天就出发。你到金城后，不叫'叶子辛'了，就用回你的原名林成吧！"

"是！"叶子辛立刻站起来，十分爽朗地说着，并敬了个礼，就走出去。

叶子辛从司令部出来，直奔敌工部，这一回他见到叔叔林帆了。这是他到苏北军区以来，第三次见到叔叔。

林帆此时正坐在办公室里看报纸，看样子，他是在那里等他。

"叔，我终于在办公室里看到您了！"叶子辛一进门，就高兴地说道。

一向严肃的林帆，见到叶子辛叫着自己进来，就放下手中的报纸，露出难得的笑容说："你来了，参谋长和你谈完了？"

叶子辛微笑地点着头"嗯！"了一声。

"你坐吧！"林帆已没了笑容，但他指着旁边的凳子，语气温和地说，"你的事情不要怪叔叔。一我确实太忙；二我是你叔，不能为了你的事老是纠缠组织；三作为一名党员，要经得起考验，你懂我的意思吗？"

"我懂，现在不是很好了吗？"叶子辛愉快地说。

林帆又露出满意的笑容，点了点头。

他们谈了十来分钟，叶子辛就回宿舍去，简单收拾一下，然后和叔叔装扮成农民模样，一起进城去了。

天将黑的时候，叶子辛和林帆来到了金城郊外。他们趁着夜色，顺利地进了城，来到泰和路如轮贸易商行。

“林掌柜，欢迎，欢迎！”关雄站在门口，边作揖，边微笑着说，可他的眼睛却盯着叶子辛。

关雄得到了参谋长的电报通知，所以，他没外出，在兵站里等他们到来。

林帆也作揖笑着说：“有劳关掌柜了，抱歉，抱歉！”

林帆见关雄一直看着叶子辛，就侧转身，指着叶子辛说：“这是我的伙计，叫林成。”

“见过关掌柜，请多多关照！”叶子辛马上一面说，一面向关雄微微鞠躬。

“彼此，彼此！”关雄颔首，略略弯一下腰说，“请，里面请！”

林帆和叶子辛就落脚在兵站里。对站里的人，关雄说他们是自己的异地生意伙伴。他们初次到金城，欲开商号，暂住这里。

到了三楼的房间，林帆和关雄简单交流了一下情况。林帆提出，要尽快见到林世全。关雄说，明天去联系。

接着，关雄张罗他们吃饭，以及洗洗刷刷的。忙完这一切，夜已深，各自休息去了。

早上，关雄吃过早饭，就出门去联系林世全。大约九点，关雄回来，对林帆说，林世全要晚上才抽得出时间过来见面。

既然如此，林帆见没有什么事，就让叶子辛到街上去买些牙粉、肥皂等日常用品。

叶子辛遵命行事，九点多钟，就出门上街去了。

泰和路大多是商号、公司，或面馆、酒肆，很少日用杂货的档铺。叶子辛走了很远，还是找不到。

他知道，金城很多街道都这样，铺面、做买卖的十分自然地大致分类分品，成行成市，这也是生意的窍门。叶子辛并不着急，反正有的是时间。

他想，这里没有，再转过一条街去看看。

月初时到金城，他是满怀希望，又忧心忡忡而来，最后却是极度失望和一脸迷茫而归。那时的他，对街道林立的铺面，如鲫的人流，熙来攘往的景象，感到很陌生、很烦闷，有种将要被窒息的感觉。此刻，他漫步在街道上，心境却特别宽畅。街道还是那些街道，人潮也是那样的人潮，他却感觉很熟悉，很亲切。离开这里差不多三年了，一切好像都没有变！

他记得，日军投降前一个月的一天午后，两个小鬼子在前面那个"醉仙饭馆"门前，借酒疯去搂抱、猥亵一个姑娘。姑娘被吓得直喊"救命！"旁边围观的人，齐声谴责、阻止，但两个小鬼子却旁若无人，仍然兽行不止。

这时，叶子辛刚好路过这里。他看到这样的情景，立刻怒从心头起，快步冲进去，扯住一个鬼子的衣领，照他的脑门就是狠狠一拳。小鬼子立刻扑到一边，再没有动弹了。另外那个小鬼子见状，就撇开姑娘，欲把背着的枪取下来，向叶子辛开枪。说时迟，那时快，叶子辛猛然起脚，用力一踹，小鬼子即刻四脚朝天。叶子辛趁势跨步上去，骑在他身上，两手抓着他的头，用力狠狠一拧他的脖子，只听到"咯"的一声响，鬼子也一命呜呼了。

围观的人，马上鼓掌，欢呼："好，打得好！"

现在，叶子辛来到了醉仙饭馆前，默默地站在那里，禁不住神思遐想……

忽然，一辆军用吉普车"嘎！"一声，停在他的前面。

叶子辛愣了一下，接着，用警惕的目光看着车子。

吉普车刚停稳当，车上就走下一个身穿国民党军军服、佩少将军衔的军人，站到叶子辛跟前，说："林成，你是林成吧？"

从这个军人低头钻出小车时起，叶子辛虽然还没有看清楚他的脸，但他却感到此人很熟悉。当他站到自己的跟前，喊自己的名字时，叶子辛也同时认出了眼前的将军。

"您，团长，是您呀？"叶子辛吃惊地说。

三 十 四

早上起来，林世全洗漱完毕，上楼回到房间，见魏萍挺着已经不方便的肚子，也要起床。

他慌忙走到床边，出手扶她一下说：“我帮你，小心点！”

魏萍在林世全的搀扶下，边慢慢起来，边看着他，微微地笑笑说：“看你紧张的，我没那么娇气！”

“嘿嘿，小心点好，小心为妙！”林世全愉悦地笑着说。

接着，他又给她拿衣服，帮她穿戴。

根据余福明送回来的情报，孙言已扛过了酷刑。同时，林世全通过对货栈的暗中监视，也没有发现货栈已暴露的迹象。余福明还说，徐伯恩听了冷伟和他对孙言进行刑讯的详细报告后，就悲叹道：酷刑并非万能啊！

然而，徐伯恩仍不死心。他说：“越不怕酷刑的共党，越看重名声。我们抓住他这个软肋，用心理战来摧毁他的意志！”但是看徐伯恩在说这话的时候，那表情明显流露出他自己的信心也在动摇！

从各方面情况分析，林世全认为，市委是安全的。

为了工作和联系方便，各个相关部门和人员全部恢复原来的地方办公与居住，他和魏萍也搬回圣贤路五十六号。

魏萍已怀孕四个多月了，林世全十分快乐。一回到家里，他就整天笑呵呵的。只要魏萍一走动，他的口中就会不由自主地蹦出“小心”“注意”之类的词汇。魏萍负责的机要工作，他自己不管怎么忙、怎么累，只要回到家里，他就抢着帮魏萍干。文电的收发、整理、归档、安全存置以及一些重要资料的摘抄等，这些工作虽然不是很多，但因为涉密，所以要心细，不能大意。因此有时候白天干不完或不方便干的，例如收报、发报、译报都规定在晚上某个时间的，林世全就一个人包了，让魏萍在旁边休息，或看书报消遣……

魏萍穿着好后，就坐到梳妆台前梳头。

林世全则边整理床铺，边对魏萍说："看样子，你营养不太好。刚才我给王嫂钱了，让她上午到市场上去买只鸡回来，炖给你吃。"

"我没事的。买了鸡，这个月我们的伙食费会有问题的。"魏萍说。

林世全则乐观地说："计算过了，我节省一点，没关系的。"

"你别中午又不吃饭，这样你会扛不住的！"魏萍扎着头发站起来，转过身，看着林世全心疼地说。

林世全也穿戴好了，他走到魏萍跟前，双手扶着她的双肩，微笑着说："你别担心，现在比长征时好了千百倍。那时，有时一天吃不了一顿饭，还要和敌人拼刺刀呢！"

含情脉脉地看着丈夫的魏萍，忽然把他抱住，头紧紧地埋到他的肩上。她感觉到了丈夫紧实的胸脯和那跳动均匀而又滚烫的心。她知道，丈夫为了自己和那还没出生的孩子，他会心甘情愿地付出一切。此刻，自己再多劝他一句，都是对他圣洁而深厚感情的亵渎。自己只在心里默默地祈祷他平安、健康，那就是对他最大的回报！

良久，魏萍才在他的耳根喃喃地说："你注意安全，晚上早点回来！"

"好，我会的！"林世全把她的头扶起来说，"我得走了。"

"你不吃早饭了？"

"我跟王嫂说了，不煮我的早饭，我去喝茶。"

林世全说完，就下楼，出门口，然后站在那里，拿出烟斗和烟袋，装烟丝，样子像在等黄包车。

其实他并没叫黄包车，也不是去喝茶。他没有吃早饭，走路去货栈，都是为了省两个铜板。

他为了不让魏萍担心，才说去喝茶和摆出等黄包车的样子。

外表看，林世全是一个老板，其实，他就是一个打工仔。他经营的货栈也赚些钱，但那是组织的货栈，赚的钱也是组织的。他和魏萍以及其他的同志，都按规定每月领津贴。那津贴仅仅够维持每月最低的开支。现在物价飞涨，每月津贴连保证最低开支都很困难。

林世全点燃烟斗后，边吸着边往货栈方向走去。

这时，街道上的黄包车、行人渐渐地多起来了。那些报童也在大街小巷中奔跑叫卖。

“看报，看报，重大新闻！”

“《共党头目孙言叛变，政府欢迎合作获新生》”

“看报，看报，重大新闻，共党头目孙言叛变！”

林世全在吵吵嚷嚷中，突然听到“孙言叛变”的叫喊，他的心“咯噔”一下！

他马上从口中拔出烟斗，在鞋跟上敲敲，放进口袋，快步走向不远处那个报童，买了一份《金城晚报》。

打开报纸，上面果真赫然标着《共党头目孙言叛变，政府欢迎合作获新生》的题目。

他脸色突变，拿着报纸的双手在微微发抖。

他匆匆浏览一遍内容，发觉文章很空洞，都是一些“幡然悔悟”“回头是岸”的词句。

林世全想，文章内容空洞不奇怪，敌人不可能把机密见报。这是怎么回事，怎么一点消息都没有？余福明不是说他已挺过了重刑吗？

如果情况果真如此，情势就万分危急了！

他看看附近，左侧不远处有个电话亭，马上向电话亭走去。他要使用紧急联系方式，直接给余福明打电话。

他边走边看表，此时才七点十分，余福明肯定还没到办公室，怎么办？

林世全立刻挥手，叫黄包车，赶回货栈，边做应急处置，边等待与余福明联系！

车夫猛跑二十分钟，来到了货栈。

林世全快步下车，把钱给车夫后，迈开急速而又沉重的脚步，走进货栈。

这时，雷霆刚洗漱好。他见林世全这么早来到货栈，正想问候，林世全却说：“有紧急情况，你立刻去叫高立，然后一起到我办公室！”

几分钟后，雷霆和刚刚从被窝里被叫起来的高立，来到了林世全办公室。

“书记，出了什么事？”头发蓬乱、衣着不整的高立，才进办公室，就问道。

“铃……”

在收拾文件的林世全，脸色深沉。他看到雷霆和高立进来，正想说话，桌上的电话却突然响了起来。

林世全盯着电话，思考了一两秒钟，才拿起话筒。

他默默地听了一阵后，冷峻的表情渐渐舒缓下来。

接着，他说：“十点……好的……我知道了！”

这是和记杂货铺高掌柜的电话。高掌柜说：“医生刚刚说，孙掌柜病情稳定，您别信谣言。医生说，您想看他，十点钟到院（园）里吧。”

余福明也是在上班的时候看到了报纸，怕林世全着急，甚至是误判，才急忙去告诉高掌柜，并约见林世全。

林世全放下电话，看看站在自己面前一脸疑惑的雷霆和狼狈的高立，苦笑地摇摇头说：“没事了，高立可以回去照照镜子了。”

雷霆这回才认真看一下高立，也忍不住笑着说：“嗨哟，哪里蹦出个叫花子来了？”

高立马上低头，看着自己，趿拉着鞋子，穿着一条薄薄的麻质裤子，光溜溜的上身穿着一件棉袄，纽扣还错扣着……

高立十分尴尬，只好自嘲说：“是叫花子，可也是一个早起的叫花子！”

“走吧，可爱的叫花子！”雷霆拍拍他的肩膀说。

他们立即转身，正要出去，林世全在后面又说：“今天的《金城晚报》，你们看看就可以了。”

雷霆与高立突然停下来，同时回头看林世全。林世全却没有理会他们，而是低着头，把收拾整理出来的文件逐件放回原处。

雷霆、高立丈二和尚摸不着头脑，边琢磨边走出去。

将近九点钟，林世全去完厕所刚回到办公室，关雄不打招呼就闯了进来。

他进门后，突然把手上的《金城晚报》递给林世全，并着急地问：“这是真的吗？”

林世全知道他问什么，就笑笑说：“你也见过孙言，我现在能在这里，你说是真的吗？”

关雄一下子轻松下来，笑着道：“我就说嘛，来到你门口，一片安静祥和的样子，我敢走进来，就是从心底里不相信！”

“徐伯恩已经黔驴技穷了，只能来那么一出。”林世全轻蔑地说。

“怎么，您要出去？”关雄掏出一支雪茄，点燃后，看着站在那里的林世全狐疑地问道。

林世全笑笑说：“对，不过不急。”

“那行，”关雄指了指旁边的沙发说，“坐下来吧，我给您说个事。”

于是，他们同时坐到沙发上。

关雄压着嗓子说：“林部长又来了，要和您见面。”

“现在吗？”林世全问。

关雄点点头。

林世全看了一眼关雄，面露难色，因为余福明已约了他。虽然孙言叛变是假，但具体情况是什么，林世全还不知道，他心里也急着要见余福明，可这个又不能告诉关雄。

关雄见林世全心中有事，就问道：“不方便？”

林世全严肃地点点头。

“那您看，什么时候可以？”关雄吸一口烟后说。

林世全想了想说：“今晚八点，我到你那里。”

“好。我告辞了！”关雄说着站起来。

林世全也站起来，与关雄握了握手，看着他走出办公室。

十点钟，林世全来到震旦公园九曲桥时，余福明已在那里等候。

“吓了一跳，对吧？”林世全刚到跟前，余福明就轻声问道。

林世全看了看余福明说：“可不是，究竟怎么回事？”

“您还记不记得，徐伯恩不是说过‘硬的不行，就用软的’什么‘心理战’吗？我给您说过，也偷偷跟孙言说了，但具体的方式是什么，徐伯恩没有透露，只管叫我去抓孙言的家属。今天看了报纸，我才知道，这是他和冷伟策划的。我怕您担心、误会，就马上去联系老高，让他迅速转告您。”

“孙言的家属我们早已转移。”

“您曾给我说过，也幸好您想得周到。虽然我不知道孙言家住哪里，但徐伯恩却查到了。我们去抓人时，已是人去屋空。”

“敌人对我们共产党人的迫害，是无所不用其极的。我们不得不防啊！”

“徐伯恩对孙言的攻心战是最后一招了。今天我出来前，徐伯恩还迫不及待地问我，孙言看到报纸没有。我说，给他了。他又问，孙言是什么反应。我说，他没看，只是在那里傻笑。傻笑过后，又手舞足蹈地说：闪电霹雳，闪电霹雳。那样子很恐怖，疯样好恶心。徐伯恩顿了一下，沉吟说：迷信重刑，往往会竹篮打水！”

“徐伯恩真的相信孙言疯了？”

“他知道，使用电刑有可能出现这样的后果。电刑后，听了我和冷伟汇报，他就要我陪着到监室去看孙言。那时的孙言斜躺在墙根，面无表情，脸色蜡黄，眼睛半开半闭，眼珠子不动，嘴巴微张，口水从嘴角像条线似的往下流。看完出来，他对我说：你们怎么一下子就上电刑？真是成事不足，败事有余！”

余福明说着，林世全拿出烟斗，慢慢装上烟丝，仿佛边听边思考。余福明说完了，他仍不作声，而是把烟点燃，然后“吧嗒吧嗒”地吸起来。

林世全吞云吐雾了好一会儿，才慢慢地说：“徐伯恩在报纸上这样一搞，孙言知道徐伯恩的险恶用心，当然很坦荡，但社会上熟悉或不熟悉孙言的人，都以为孙言真的叛了党，这对他的政治影响是很恶劣的！小余你要把审讯孙言的真实记录以及敌人的阴谋等情况，用心整理，建档封存，以备查证，不能使我们忠诚、不屈的战士日后受到委屈啊！”

余福明看着一脸肃穆，语调略带忧虑的林世全，深深感到他思考问题缜密、深刻而又极富人性。这只有对组织、对战友的一片赤诚，才会拥有如此真挚、滚烫的感情。余福明非常明白，在隐蔽战线从事秘密工作，上不告父母、下不说妻儿是铁律。有些秘密即使影响到个人的名誉、前途，甚至政治生命，也许都要终身烂在自己的肚子里。对于这种考验，有时候比承受敌人的严刑拷打还要残酷、难受。要经受住这种考验，不仅要有坚定的信念、顽强的意志，更要有博大的胸怀和巨大的牺牲精神！

听着林书记的话，他真切地感到在这样有担当、有责任和对战友、同志深具体恤之心的人领导下工作，很踏实，很安全，也很感动。

他看着林世全，忽然感慨地说：“孙子对用间人曾有这样的要求‘非圣智不能用间，非仁义不能用间，非微妙不能得间之实’。林书记您是至圣、至仁、至妙啊！”

林世全却没有直接回应余福明，而是接着吟诵起孙子的话说：“故三军之事，莫亲于间，赏莫厚于间，事莫密于间。对于‘三莫’，有些我们目前缺乏条件，但能做的，我们要真诚地做好。只有这样，才能给我党千千万万地下工作者一个交代！”

“书记，”余福明庄重地说，“您说的，我一定会做好。不仅如此，待形势允许，我还要在《金城晚报》上，写一篇颂扬孙言同志对党无限忠诚的长文！”

“是啊，这将是对孙言同志的最大奖赏。不过，这都是后话了。”林世全这一回则笑笑说，“接下来，据你估计，他们将会怎样处置孙言？”

余福明说：“冷伟对他早已没了信心，把整个案子都推给了我。今天早上，徐伯恩听我说后，能看得出，他的信心也完全动摇了。同时，毛人凤盯死了警备区，几乎把徐伯恩逼疯了。前两天，他给我们开了个会。在会上，他说现在最大的危险在警备区，我们现在的首要任务是盯死许杰，以及团营一级官佐。一旦有风吹草动，该捕的捕，该杀的杀。我估计，现在他的主要精力不会在孙言这边。当然，如果他想起来，还会过问这个案子。我只要有准备地糊弄他，他就会渐渐地不感兴趣的。”

“你要利用自己的便利，尽可能地保护好孙言，包括疗伤和饮食。”

余福明点了点头，突然转到另外一个话题说：“对了，还有一个事。刚才我出来时，在大院里，匆匆忙忙跑回来的苏昌文把我叫住，像中了大彩似的说：他路过泰和路时，远远看到一个面相轮廓很熟悉的人，在醉仙饭馆门前，和邓兆年说话。他想看清楚是谁，赶紧跑过去。可是，他没赶到，邓兆年和那人就上了车子，开走了。在回来的路上，他边走边想，倏然想起来，那个人应该是三年前被通缉的叶子辛！”

“叶子辛？”林世全诧异地说，“他认识叶子辛？”

“我问了，他没见过叶子辛本人，但叶子辛曾被通缉过，他见过他的照片。”

“这个家伙是怎样一个人？孙言也是他抓的，是不是挺危险的人物？”

“苏昌文这个人，是老牌特务。他从复兴社开始就跟着赵谦，与赵谦称兄道弟的。在徐伯恩清除赵谦的过程中，他被冷伟威逼利诱，不仅彻底投靠了冷伟，还参与设局射杀了赵谦。徐伯恩为了安抚他，在行动处给了他一个组长干。他为了报答徐伯恩，现在猖狂得像一条疯狗。在抓捕孙言中，他是最卖力的一个。他这个人虽然难掩街头小混混习性，但他有些小聪明，记性好。他不仅抓捕了孙言，今天又认出了叶子辛，而且听说抗战时期苏中军区有一个叫‘老鹰’的情报员，也与他缠斗过好长一段时间，对我们有一定的威胁性！”

烟斗里的烟已燃烧完，林世全吸了两下，没烟了，就拿烟斗在脚后跟上磕了磕。

接着，他边把玩着烟斗，边颇有感慨地说：“国民党无论是过去的军统，还是今天的保密局，就靠这些流氓成性、见利忘义、蝇营狗苟之徒，以他们的凶狠、残暴和无良来推行、维持它的统治。他们虽然时刻都在残害与威胁着仁人志士和正义事业，但他们却是不得人心的，也注定是短命的！”

余福明却说：“您认识叶子辛吗？”

“我是久闻其名，却不识其人。对了，他真到了金城？他应该还在苏北军区呀！前几天，苏北军区才来过人。这个苏昌文能看清楚吗？他会不会看错？”

“叶子辛在金城消失还不足三年，按这个家伙的记性，八九不离十！”

林世全沉思起来。

他想，自己出来之前，关雄说林帆已到，可自己没问他来几个人。难道叶子辛也同来？叶子辛在军区的审查结束了？可他与邓兆年又是怎么一回事？

“叶子辛一直隐蔽在苏北军区？”余福明又问道。

林世全说：“根据江正寒的证实，市委被破坏后，他就安排叶子辛到小林村隐蔽。你们去小林村抓捕时，按照小浦县委后来的调查，是你的打草惊蛇之计，让他和另外一个党员小袁脱了险，但支部书记唐树青和党员小陈牺牲了。前几天，苏北军区的电报说，叶子辛在小林村脱险后，他和小袁就去了苏中军区，一直到现在。”

余福明也不认识叶子辛，对叶子辛的印象都来自从赵谦保险柜里偷出来的和通缉令上的照片。

现在听林世全这样说，他就分析道：“军区和市委现在已有了联系渠道，如果叶子辛真的回到了金城，他应该通过军区联系您，回到市委才是呀？他为什么不这样，而去找邓兆年呢？是他有问题，还是另有使命？”

“现在我们不要妄下结论，”林世全忽然打断余福明的话，并且语带深意地说，“对于叶子辛我会搞清楚的；你要盯住苏昌文这条恶狗，不能让他再乱咬人！”

余福明郑重地点点头，他们的接头就结束了。

晚上八点钟，林世全准时来到如轮贸易商行。

在关雄的引导下，直上二楼的会客室。

此时，林帆和叶子辛都神态肃穆，默然无语地坐在会客室的沙发上。

由于叶子辛早上出去后，五六个小时才回到兵站，被林帆严厉批评了一顿。现在叶子辛看着冰冷如铁的叔叔，如坐针毡。

正当叶子辛感到难受的时候，关雄领着林世全来到门口。

林帆和叶子辛则不约而同的同时站起来。

林世全看到叶子辛，不禁一阵惊讶。他久久没有说话，而是看着同样诧异的叶子辛，慢慢走过去，来到欲言又止的叶子辛跟前，然后才轻轻地说：“小成？原来你……”

自林世全出现在门口，叶子辛更是大吃一惊，瞪着眼睛直看林世全。

听到林世全说话，叶子辛才激动地说：“林主任，我也是万万想不到呀！”

林帆和关雄都莫名其妙地看着林世全和叶子辛……

三十五

“好家伙，你不会是鬼吧，这大白天的?”

“巧啊，您怎么也会在这里？什么时候来的?”

“不长，才几个月。”

“行啊，团长，都将军了，什么时候升的?”

“……”

邓兆年把叶子辛拉上车后，互相间都很热烈，很兴奋，也很惊讶。你一言，我一句，各自仿佛一下子都要把自己心中所想所疑说出来。

“现在我们到哪里去?”

“还早，先到我的司令部去，中午我们哥俩喝一杯!”

“您是这里的司令?”

“……”

邓兆年没有回答叶子辛，而是对他的司机说：“小丁，等一下你去做两件事。一是给左团长打个电话，说我今天上午突然有事，他那里我就不去了；二是你到和平饭店，给我订一个包厢，要贵宾房。”

“好嘞!”司机小丁应着，脚也在用力踩油门。

车子飞快地跑起来，很快他们就回到司令部。

邓兆年给叶子辛和自己各沏了一杯龙井茶，然后坐到旁边的皮沙发上。

坐下来后，邓兆年瞪着眼睛，反复打量着叶子辛，像是要在他身上寻找什么似的。

叶子辛在街上看到邓兆年身穿少将军装时，虽然还不确切知道他是什么官，但心里已猜到了几分，因此，他立刻想到自己这一次回金城的重大使命。如果说在回金城时，他对这次如何配合叔叔和金城市委做好策反敌军的工作，他自己心里还没有具体的观点与主张，那么此时他的心房，仿佛注进了兴奋剂！

对于邓兆年，虽然他谈不上很了解，可他毕竟在邓兆年身边工作了几个月。对邓兆年的思想、性格和人品，他还是有一定认识的。

邓兆年是一个典型的军人性格。他以服从为原则，重情仗义，光明磊落；鄙视尔虞我诈，同袍倾轧。对叶子辛曾以命相救一事，他是念念不忘的。因此，邓兆年拉他上车时，他来不及向叔叔林帆报告与请示，就毫不犹豫地跟了上去。

他想，即使邓兆年不是今后工作的主要对象，但在金城，凭他的军衔都将是有用的。自己这一回，就算先做一次前沿侦察吧。

现在进了警备司令部邓兆年的办公室，他已确认邓兆年就是警备司令，他内心掠过一阵惊喜！

突然，他看到桌上的电话机，心中一阵冲动，想打电话给叔叔林帆，告之自己的行踪。可转念一想，不行，这样有可能会暴露兵站。

"壮实了，也成熟了很多！"叶子辛在思考的时候，邓兆年在打量着他，良久，他才边微笑，边点头，喜爱地说。

叶子辛也笑笑说："团长，十多年了，您也没怎么变。要说变，就是您穿上将军服，显得更威武了！"

"那一年，你是怎么了？"邓兆年好像没听到叶子辛说话似的，而是自顾自地说道，"仗打着打着，就不见了你。是受伤掉队，还是被俘了？"

叶子辛装着不好意思说："我的腿挨了一枪，受伤了，撤不下来，被俘了。"

"嗬！"邓兆年恍然大悟似的长长地应道，"战斗结束后，我叫部队找过你，却没找到。我想，难道你被俘虏了？但以你的身手，我不相信你那么容易被俘虏，多数是被打死在哪个山旮旯里，大家找不到。"

"我就是一个小兵，战死也属正常！"

"小兵也是人，而且你救过我的命。我是大哥，你是小弟！"

"言重了，团长，谢谢您的抬爱！"

"你后来怎么样？现在又在干什么？"

"被俘后，红军就给我治伤。伤好了，红军的长官问我，是留下来当红军，还是回家？因为当时在国军里，听到大家都说红军怎么样怎么样的，内心害怕，我就说回家。没想到他们真把我放了，还给路费。其实，就自己在那里治伤时的所闻所见，我感觉到，哪有国军里说的那些东西？不仅没有，而且我还觉得他们当长官的对当兵的挺好的，至少他们不会打骂士兵，伤重的士兵还有病号饭呢。”

“他们对你也一样？”

“对我也和气，但我没有病号饭，因为我不算重伤。”

“我记得你是江西人，怎么又不回家了？”

“我在回家的路上，遇到一个镖师。镖师让我跟他干，现在一个镖局里，混口饭吃。”

“在镖局混有什么前途？你还是到我身边来，我给你一个中校参谋，怎么样？”

叶子辛看着真诚而又疼爱自己的邓兆年，没有说话。那神态好像有苦难言似的，犹犹豫豫，欲言又止。

邓兆年以为叶子辛心存疑惑，或者是不愿背叛朋友。他就笑着说：“你不相信我，还是舍不得你那个镖师？”

叶子辛笑了笑，然后又摇摇头，眼睛则看着邓兆年，没说话。

“那你什么意思？”

“团长，不，您现在应该是司令吧？”叶子辛的表情平静了，用诚恳的语气说，“您对我的器重，我相信，也很感动。您既然对我那么好，我说实话，行吗？”

邓兆年立刻爽朗地笑着说：“我们哥俩是谁？就是要实话，你说！”

看着邓兆年的叶子辛微微一笑，然后移开视线，顿了顿说：“这些年，我当保镖，押送货物，走南闯北的，听了很多，也见过不少。最近我去了一趟山东，那里的农民和这里的完全不一样。他们分得了土地，种上自己的麦子、玉米，家家都有吃不完的粮食，还养着大群的羊、猪、鸡和鸭，个个都欢天喜地的。县乡政府去征粮，人们就像赶庙会似的，老人小孩都不落后，有挑的，有背的，也有拉车的，嘻嘻哈哈地送去。共军去招兵，不仅少男少女争先恐后要去报名，就是结了婚的小伙子或少妇也吵着要去当兵。有一家的小伙子，刚刚结婚，遇到共军招兵，他就去报名。招兵的说，你是独子，不收。小伙子就把父母拉去，要父母给他说情。像这种情况，据说东北也一样。司令，团长，这种情形不是我亲眼所见，你怎么说我都不会相信。因此，这段时间我常常想，要是我的家乡也这样，我就回家种地。从目前的情况看，估计我家乡不久也会这样，您说是不是？”

对于国民政府和国军当前面临的形势，邓兆年当然知道它的严峻性，也似乎隐隐约约地看到了它即将土崩瓦解的结局。但他是军人，军人怎么可以轻言失败？他不愿承认事实上已是无可挽回的局势，就是因为“胜败乃兵家常事”这种军人式的阿Q心理。他之所以顽固坚持这种心理——也许是有意，也许是无意——对一城一地之得失的个案战役上的释怀，去理解、去解释糟糕的大局。长期以来，他对于国民政府的人心向背以及合法性，他思考不多，或者根本不想去思考。尤其对于叶子辛所说山东和东北农村的情况，他更是闻所未闻。即使偶闻片言只语，他也以为是共军的宣传，心理战而已！

此地、此时，他听到自己信任、带有对小弟般怜爱的叶子辛的述说，他心里没有任何戒备，就像听一个天外来客故事似的，全神贯注，而且流露出极为新鲜好奇的样子。

当叶子辛说完后，他却颇为认真地问：“那小伙子后来当上兵了吗？”

叶子辛说：“当上了，他的父母支持他。他的父母对招兵的说：同志，你们收下他吧。我们还能干，又有他媳妇在，不耽误种庄稼！”

“这是你亲眼所见？”

“那天我们路过那村子，场面很热闹，我们就在那里歇脚，正好看到了。”

邓兆年沉思了一下，然后沉吟道：“我想象得出，当年黄埔军校招生时，就有这种味道！”

“是啊，要是您也亲临其境，一定会感到很开心。可是我在那里看到这种情形时却是百感交集。因为我到您身边当兵，是在路上被抓去的！”

邓兆年端起茶杯，看了一眼叶子辛，默默地喝了几口茶。在放下茶杯后，顺便看看表。

“哟，时间差不多了，”邓兆年突然说，“我们吃饭去！”

“好的。”叶子辛说着，就站起来。

邓兆年也跟着站起来，走近叶子辛，右手搭到他的肩上，边向门外走，边说：“以后常到我这里来，我说的事，你再认真考虑一下……”

叶子辛回到兵站时，已是下午两点多钟了。

他出去几个小时都不回来，林帆十分焦急和担心。林帆正要派人出去找他，关雄办公室的电话响了。

那是叶子辛打来的电话。

他跟邓兆年来到和平饭店后，借口上厕所，就到服务台给兵站打电话。

他吃完午饭，回到兵站，看到林帆脸色冷峻，知道大事不妙。他只好默默地跟着林帆，上三楼的房间去。

才进房间，林帆就语气极为严厉地说：“你去见什么客？谁批准你去见客了？荒唐！你曾是一个从事地下工作十多年的市委领导，这你都不懂？你没有报告，没有请示，你的行为意味着什么？在这种时刻，你脱离组织视线已五六个小时，我完全有理由怀疑你已叛变投敌！”

叶子辛知道自己有错，只好低着头，不解释，不争辩，默然接受叔叔声色俱厉的呵斥。

“你必须接受审查！”林帆继续严厉地说道，“这五六个小时，你到底去了哪里，都干了什么，如何证明，你把它写出来。能证明你清白犹可，若不能证明你清白，我就让军区保卫部派人押你回去！”

一时的大意，欠考虑，铸成了大错，叶子辛后悔莫及！

他知道，林帆叔叔的发火和批评没有错。自己和叔叔两人出来执行秘密任务，自己突然消失了大半天，怎么不令人生疑？五六个小时，什么事都有可能发生。叔叔是长期从事情报工作的，什么样的诡异现象、什么样的阴谋行为、什么样的血腥场面没见过？更何况，自己是刚刚才通过审查的。如果跟前的不是叔叔，换成是别的领导，结果也许会更糟糕！

叶子辛被林帆狠狠剋了一顿后，就把早上出去的经过如实叙述了一遍。

林帆听后，心中的怒火渐渐地消了，笼罩在心头的疑虑也有所消减。

先不说叶子辛所叙述的事件完整，逻辑严谨，仅凭他对林成的性格、人品的了解，他也基本可以放心。林帆想，他出去虽然有几个小时，但他回来无论是精神状态还是身体状况都很好，不像是被密捕而受到要挟，或者被动过酷刑的样子。小成子的性格，除非他受不过酷刑，否则金钱和美色是打不动他的。同时，要查证他与邓兆年的偶遇是否事实，这不难，金城市委通过许杰了解就可以。

冷静下来的林帆，又从另外的角度想，若确如小成子说的那样，做邓兆年的工作就有了很自然、很贴心和无可代替的人选，对转变邓兆年的态度，一定会有极好的帮助！

这样去想，林帆的心情就渐渐地轻松起来了。

即便如此，从吃晚饭，到在会客室等候与林世全会面，林帆都黑着个脸，不理叶子辛。

叶子辛看着叔叔，像耗子看着猫，或战战兢兢，或小心翼翼的，浑身不自在。

晚上八点钟，林世全准时来到如轮贸易商行。他在关雄的引导下，上到二楼的会客室。

当看到林帆和叶子辛站在跟前时，林世全吃惊地对叶子辛说："小成？原来你也改行了？"

"林主任，我是万万想不到呀！"叶子辛激动得说话似乎也语带双关。

林帆和关雄都被林世全与叶子辛的神情及对话弄糊涂了，直愣愣地站在那里。

片刻后，林帆问道："你们原来都认识吗？"

林世全这才回过头来，微笑着对林帆和关雄说："认识，十多年前，他是我的兵。"

"啊！"林帆和关雄异口同声，似懂非懂地轻轻应道。

关雄应过后，知道他们要谈事情了，就转身走出去。

林帆则想，他们是久别重逢，定有好多话要说，就对林世全道："林书记，坐吧。没料到竟有他乡遇故知这一出！现在时间也不紧，你们先叙叙旧，不用管我，我也听听故事。"

林世全和叶子辛听林帆这么说，互视着笑了起来，并且也相互招呼对方坐下。

林世全和叶子辛面对面坐下后，林世全颇为深情地对叶子辛说："还能见到你，我真的很高兴！当时要是依着你，把你带上路，你肯定就没了！"

"是啊，"叶子辛动情地回忆说，"当时年轻幼稚，总以为跟着部队，心里才踏实!”

“后来的经历怎么样？你一定吃了不少苦吧?”林世全关切地问道。

叶子辛停顿了一下，低着头，整理了一下思路。

俄顷，他抬起头，看着林世全，就从头到尾地把自己十多年来的经历，有粗有细、有简有繁地说了一遍。

他说得比较详细的是他如何被国民党抓去当兵，如何到了邓兆年身边当警卫和原金城市委如何被破坏以及市委被破坏过程中，自己心存的一些疑点等事情与思考。

在叙述这些的时候，叶子辛的表情是复杂多变的，时间也比较长，而时间虽长，其实重点就两件事。然而这两件事，对于叶子辛来说，在当时，是他感到最茫然、最痛苦、最刻骨铭心的打击，也是改变他人生轨迹的事件。而在当前，更是他自己必须向组织说清楚，以表明自己清白，并且心存对组织有所作为的想法，所以他说得很具体，神色也很沉重。

林世全对叶子辛的问候，似是随意自然，其实他也心有所企。那就是他最想知道的，原市委被摧毁的原因，究竟叶子辛知道多少，是何看法，能否提供有价值的线索。他之所以没有单刀直入问这个问题，是因为他一方面确实也很想知道，他们在长征路上分手后，叶子辛都经历了什么；另一方面从广泛的、诸多事情的漫谈、倾诉中，会使叶子辛对自己少一些刻意的感觉，从而会降低戒备心理，这样会更自然、更真实地看到事情的原貌。

叶子辛开口讲话后，林世全就慢悠悠地拿出烟斗，装烟、点烟、吸烟，吞云吐雾。待叶子辛把过程说完了，林世全已抽了三锅烟。

他看到叶子辛说完后，神情还带有些悲凉，他便在烟灰缸上轻轻地敲敲烟斗里的烟灰，然后放下烟斗，拣了一个轻松的话题说:“你的名字是一到金城就改了?”

叶子辛点了点头。

“因此，我一到金城，”林世全笑着说，“‘叶子辛’就如雷贯耳。可谁曾想这个‘叶子辛’，竟是我原来的‘小伙计’呢!”

林世全轻松、无拘的话语，感染了叶子辛，他的脸上也露出了笑容。

忽然，他也狡黠地看着林世全，微笑说:“是呀，干我们这一行的，长时间不见面，当某一天相遇，即使面前站着个大活人，互相间都以为对方是魔鬼啊!”

林世全知道叶子辛说的是半月前，他们在“喜来客”面馆邂逅时的情形。

“不奇怪，不奇怪!”林世全则略表歉意地笑笑说，“这是人与魔鬼斗争的残酷性使然。正如你刚才所说的，在原市委那班人中，明知道问题出在那里，可表面看，谁都不像。你说，怎么没有人鬼之说呢!”

说到这里，林世全和叶子辛都含笑地避开对方的目光，仿佛都在为那天的误会、猜疑而尴尬。

生性严肃寡言的林帆，一直坐在那里听叶子辛的述说。虽然他脸上的表情始终没有变化，可他的内心却是激荡起伏的。

叶子辛来到部队后，林帆自然很高兴。可高兴过后，他对叶子辛却产生了怀疑。这从当时的实际情况来说，林帆觉得这还是情理之中；但对叶子辛所遭遇的倾诉，对其所提的要求，自己却不重视，总以为这是自己的亲属，不用急，可以慢慢来。其实根子还是自己有所顾忌，怕组织说自己不避嫌、没原则，因而导致子辛两年多背负着悲伤、屈辱与渴望在艰难地度日。这是对他的不公啊，更是自己的自私!

林帆为此感到深深的自责，尤其是今天下午对他那么严厉的呵斥，心中愈发内疚!

叶子辛在叙述中，谈到孙言、江正寒、钟向北和罗田的情况时，也做了一些分析，但都没有肯定的结论。现在林世全再提到原市委，他就很想知道他们的下落。

他问林世全说:“您与孙言和江正寒他们联系上了吗?钟向北与罗田现在又怎么样了?”

对叶子辛的询问，林世全想，事情已过去三年了，现在叶子辛也提供不了什么线索，而今天的主要任务不是和他研究原市委的问题。

于是，他就简要地说道:“孙言、江正寒都已联系上了，但罗田据说已牺牲，却不见尸首。钟向北伤好后，侥幸地出来了。孙言则最近被捕，但他坚贞不屈!”

叶子辛沉默了。

林世全看一眼他，忽然问道:“你愿意回到市委来吗?孙言被捕后，市委更缺干部了。”

“可以吗?”叶子辛有些诧异地说，“可我现在是执行军区的任务呀!”

林世全说:“这是可以协调的，但还得报告省委。”

“我服从组织安排!”叶子辛说。

林帆看看手表，已过了九点半，他就对林世全说:“林书记，我们是否开始谈谈警备区的情况?”

林世全立刻调整一下坐姿，面对林帆说:“对，林部长您说，军区有什么指示?”

林帆说:“军区首长说，扩大已有成果，尽可能策反守军司令，争取守军整体起义。具体工作，以市委为主，我和林成代表军区，全力配合。”

“好啊，”林世全高兴地说，“有军区的支持，我们就更有把握了。特别是刚才林成说到，他和邓兆年还有那么一层关系，而且我与他又是黄埔军校的同学。我们要好好利用这两个关系，尽快把邓兆年争取过来!”

叶子辛插话说:“林书记，上午邓兆年说，要我到他的身边当中校参谋。您看我是去的好，还是不去的好?”

叶子辛突然说出这个问题，林世全和林帆一下子沉默了，都在思考。

“我当时没有明确答复他，他却要我认真考虑，并说有时间要我多到他那里走走。”叶子辛又补充说。

“我的意见，”林世全倏然说，“你不去，但不要急于回答他。因为你目前的身份，与做了他的参谋是有区别的。你和他已有了特殊的关系，你作为这么一个外人对他说话，比成了他的下属跟他说话，会更方便，会令他更入耳入心。”

“对！他要追问你，你就说还没想好，但你要经常找他，和他谈时局，谈出路。他们这种人，高高在上，又常年被国民党舆论蒙蔽，对国情民心就像三岁小孩。”林帆说。

林世全紧接着又说:“小成啊，我看你还是回到市委来。你作为金城市委的代表，从另一面配合许杰。待时机出现，你才对邓兆年亮明身份，这会收到奇效!”

叶子辛听了两位首长的话，心中就有底了，同时也感到自己责任重大。

他看看林帆后，就对林世全说:“我一切服从组织安排，一定按两位首长的要求做好工作!”

林世全对叶子辛点了点头，然后对林帆说：“林部长，小成在徐伯恩那里已挂过号，我建议你们两个另外找地方住，以防万一，否则连兵站也会暴露的。”

林帆轻蔑地笑一下，说：“对于徐伯恩，小成子哪有我名气大？您说得对，我们是要搬出去的。”

“城里我们熟，就由市委安排，怎么样?”林世全说。

林帆说：“行，给您添麻烦了!”

林世全看了一下时间，已十点多了。

“还有别的事吗?”林世全问林帆。

林帆也知道时间太晚了，就站起来说：“该谈的都谈了，太晚了，您请回吧!”

在林帆站起来时，林世全和叶子辛也同时站起来。

林帆说完，林世全则笑着说：“那行，我走了!”

接着，他转身向门口走去。

林世全才走两步，叶子辛突然在背后说：“林书记，您认识戚小青吗?”

林世全突然站住，回过头来说：“你找她?”

叶子辛立刻有些紧张地说：“啊，不找，不找，其实我也不该问!”

从事地下工作，不能打听与自己工作没关系的同志的情况，这是纪律。叶子辛话一出口，就后悔了!

林世全却面无表情地走了。

三十六

经省委同意并协调，叶子辛很快回到了金城市委，并恢复市委委员职务，除了参与市委对金城守敌的策反，还接管孙言原来负责的那部分工作。

这一切来得如此迅速和顺利，是叶子辛万万没有想到的。半个多月前，他还为自己的政治清白、前途命运在金城街头彷徨、徘徊！

那时候，他想，自己虽然相信组织最终会给自己一个清白，可是要等到何年何月啊？自己今年已三十四岁了，人生有几个三十四呀？更何况当前解放战争势如破竹，党的解放事业正是用人之际，自己却背着一个不明不白的身份，说什么要小心翼翼，干什么都顾虑重重，心中的焦虑、苦闷和委屈，无人可以倾诉，也无人给予评说，这日子可怎么熬哟！

然而，时间仅仅过去半个多月，却一切都变了，一切都没问题了，一切又都充满了希望！

面对突如其来的幸运，叶子辛内心激情澎湃，眼前霞光万丈，整个人仿佛骑在一片彩云上，迎着金色的太阳，乘风呐喊，纵情追逐！

在林世全谈过话后，叶子辛立刻与林帆一起，搬到林世全为他们准备好的茶叶行去。

茶叶行在丰登路，门面较大，两层楼。一层卖茶叶，二楼办公、住宿。看门面的是原来锄奸队的、脸面较生的小许和小韩。

孙言被捕后，小许按林世全的要求，把福来杂货铺盘出去，回到了福祥货栈。为了缩小目标，小韩也不用到警备区去卖烟了，叶子辛与许杰之间由肖营长联系。

现在的叶子辛，浑身上下充满劲头，好像要把快三年碌碌无为的时光争回来似的。

一天上午，快吃午饭的时候，叶子辛就提着一大包金城市著名的火腿和三瓶“一杯烧”高档酒，来到警备区的门口。

邓兆年的侍卫已在那里等候，见到叶子辛，侍卫就把他往邓兆年的家里带。

邓兆年的家室在他赋闲的时候，已迁居香港，投奔在那里经商的哥哥。要不是袍泽们的挽留，以及顾长官的面子，他也随之而去了。

他得到叶子辛来访的电话后，就通知家中厨子做准备。

还没到下班时间，他就回到家里。他见厨子已把搞好的菜肴摆在桌上，十分高兴，直夸厨子好手艺。

“报告！”叶子辛来到门外，像在部队时那样，大声喊道，“侍卫林成向团长报到！”

邓兆年听到喊声，就笑眯眯地走到门口。

他身材修长，两道剑眉大而黑。他脱了帽子，仍穿着军装。当他看到头戴黑色呢子礼帽，脖子围着褐色长围巾，身穿蓝色棉袍，脚穿布鞋，一手提着礼物，一手行军礼，样子有些滑稽的叶子辛时，便哈哈大笑说：“你是哪一部分的，中华民国好像没有这样的军种吧？”

“报告司令，本人属蹭饭团序列！”叶子辛还是像下级见长官似的，一脸正经地说。

邓兆年见此，立刻板起脸说：“蹭饭团侍卫林成听令，立正，向前——走！”

叶子辛即刻放下敬礼的手，迈起正步走。邓兆年迅速侧身让路。叶子辛仍迈着正步，直往屋里走去。

“司令，司令，您喊立正呀，”叶子辛忽然着急地叫唤道，“我快撞到墙上去了！”

“是吗？那就撞一下吧，撞了南墙你才会回头了！”邓兆年跟在后面，别有用意地笑呵呵说。

叶子辛却突然停住，转过身，边放下礼物，摘掉帽子和围巾，边笑嘻嘻地说：“司令，我不要撞墙，我是想您来的。这些天老惦念您，想来，又怕打扰您！”

“你这是什么话？我不是说了，只要你来，我就高兴。反正我一个人，你不来，我还寂寞呢！”

“也是，所以您看我不是拿‘一杯烧’来了吗？今天和您高兴高兴！”

“那好，菜已上桌，我们就位吧！”

邓兆年边说边攀着叶子辛的肩膀，向饭厅走去。

邓兆年的卫士和厨子见状，立刻快步进饭厅，为他们拿酒，开瓶，倒酒。弄好这些后，他们就下去了。

叶子辛和邓兆年分主客坐到桌子边上，马上你一杯我一杯地喝起来。

几杯下肚，邓兆年放下筷子，双手抱肘，然后似笑非笑地说：“小成子，今天你居然行起军营的规矩来，是不是觉得还是军营好，决定要到我身边来啊？”

叶子辛早已想到邓兆年要问这话，于是，他抬起头，看一下邓兆年，没有马上回答。

他只端起自己的酒杯，把酒喝了，然后又满上，才微笑着说：“司令，您真的想我到您这里来吗？”

这一回，轮到邓兆年不急于回答了。他收回看叶子辛的目光，也端起酒杯，轻轻地把酒倒进嘴里，神态仿佛若有所思。

待他把空酒杯缓缓放下后，叶子辛马上又给他满上。

片刻，邓兆年把嘴里的酒咽下，才微微地点一点头。

叶子辛见邓兆年点头，他就夹一颗炸花生放到嘴里，然后放下筷子。

他慢慢地咀嚼起来，看着邓兆年，似有不解地轻声问道：“为什么呢？”

邓兆年看着叶子辛，深思片刻，好一会儿才说：“佛教中有‘了缘’一说。什么叫‘了缘’？‘了缘’即‘结缘’。什么又是‘结缘’？‘结缘’就是指没有善缘的人，在佛法的引导下，大家增长善缘，彼此互助，共走修行成佛之路。《涅槃经·遗教品一》又说道：‘善恶之报，如影随形，三世因果，循环不失。’因果理论，是佛教轮回解脱理论的基础，也是其人生现象理论的基础。佛教中的十二因缘和六因、四缘、五果等说法，都属于其因果理论范围。我虽是军人，但我相信‘了缘’和‘因缘果报’之说。我和你的家乡，一南一北，远隔数千里。机灵的、会武功的人，我见的也不少，可为什么我一眼就看中你？而你不仅愿意到我身边来，而且心甘情愿地以命换命。特别是在失散十多年后，大家居然又能在一个陌生的地方重逢。为什么会这样？这不就是‘缘’吗？这不就是佛法吗？佛法说，善有善报，恶有恶报；善恶之报，如影随形。你问我为什么，那我告诉你：我敬我佛！”

叶子辛听罢，深感诧异。他没想到作为军人的邓兆年，对佛教还有如此兴趣，并且颇有境界！

于是，他想了想就说：“司令，您是一个很威武的军人，但也是一个心地很善良的长官。其实，以前在您身边时，我是您的卫士。卫士为长官挡子弹，是卫士的职责，换了别人，他也会这样的。我对佛教没有什么研究，但也常听人说，佛之结缘，不是施舍，不图回报，您又何必长久挂怀呢？”

“对，你说得不错。”邓兆年说，“佛讲布施，不讲回报。可佛之道，是要尽自己所能与所有，与众生广结善缘啊！如今兵荒马乱，盗匪出没，你在镖局，常常起早贪黑，跋山涉水，营生艰难，日子过得很不易。你我如此结缘，并且我有能力可以使你趋吉避凶，我能视而不见吗？这并非感恩图报，而是依佛行道而已。”

听着邓兆年语调不高，心态平和，而且是情真意切的一番话，叶子辛忽然感到他就像父亲般慈祥，像大哥似亲切！

这是自己以前在他身边时从来没有过的感觉。他想，难道当时是自己在他身边的时间太短，对他根本还不了解？还是当时自己只是一个小兵，他作为长官，不会在自己面前流露出来另一面？抑或是当时自己怀揣仇恨之心，随时都想离开他，而对他根本无心观察与体会？

现在看来，邓兆年是一个善良的军人。善良之人，只要他分清了是非，就懂得善恶，就知道正义与非正义。

叶子辛想到这里，感到对争取邓兆年站到人民这边来，信心增强了！

于是，他转移话题，要摸摸他的底。

“司令，”叶子辛一脸认真地说，“说句掏心窝子的话，我十分感激您对我的抬爱，也深受您的善良感动！可是我要问您一句——不知道该不该问。”

邓兆年立刻着急地说：“你看你，我不是说过了吗？我们哥俩，有什么不可以说的？说，你随便说！”

叶子辛笑一笑，眼睛往门口和周边扫了一圈，然后才把声音放低说：“不是我不想到您身边来，可您想过吗，按国军目前这种情势，你们还能撑多久呢？”

那天在邓兆年办公室的时候，叶子辛说山东和东北农村的一些情况，当时邓兆年没有深思，只当趣事而好奇。可针对近段时间从不同渠道获得的坏消息，对叶子辛的话，邓兆年却在不断地琢磨。尤其是最近他发现，保密局的人经常出入政训处长黄东办公室，参谋长许杰好像有被他们监视的样子，他已真正感到时局在不断恶化了。因为只有时局混乱、失控、危急，当局才会越发不自信，越发多疑，越发乱捕滥杀！

现在叶子辛如此问他，他的脸色不禁一沉，默然无语。

叶子辛看他脸色突变，心中不免骤然有些紧张起来。

邓兆年缓缓地端起跟前的酒，徐徐地喝下，再把酒杯慢慢放下。他看着叶子辛，片刻后才说："你对时局很了解吗？"

叶子辛不明白邓兆年这样问他是什么用意，一时没有回答，拿起酒壶，给邓兆年倒酒。

倒好酒后，他才说："从我们金城的报纸看不到什么，可我们镖局每天有人出去，也有人回来。他们不仅带回来外面的报纸，还从四面八方的人那里听说了很多东西。"

"他们都是怎么说的？"邓兆年平静地问。

叶子辛装作欲语还休的样子，看着邓兆年。

"哎，你说嘛！"邓兆年脸色严肃地说，"你跟我说，怕什么？"

"行，那我就直说了。"叶子辛很干脆地说，"据外面一些报纸的登载和他们听到的传说：东北完了，共军已打下了锦州、长春，数十万人的部队——据说还是国军的精锐，死的死，被俘的被俘，倒戈的倒戈，被俘的还有副司令长官范汉杰，企图夺路南逃的廖耀湘兵团据说也将难逃厄运。此外，听说中原、华东局势也很紧张。自六七月份的开封战役，区寿年兵团被歼，司令长官区寿年被俘，到上月下旬的济南战役又是十多万人没了，第二绥靖区司令长官王耀武及以下二十多名将官被俘。如今徐州地区周边也是车辚辚、马萧萧：国军数路大军猬集于徐州地区，共军也是调兵遣将，奔徐州而来。从各种迹象判断，共军与国军将在徐州一决雌雄。俗话说，兵败如山倒。每逢大战，国军都好像不堪一击的样子。为什么会这样？在聊到这些情况时，大家都觉得有一个现象很有趣，就是在临战之时，或作战之中，国军整军、整师的部队哗变、倒戈。像这个样子，一旦决战徐州，国军能撑得住……”

听着叶子辛这个“局外之人”的侃侃而谈，邓兆年就想，这小成子知道的还真不少呢！

邓兆年当然知道，国军确实以徐州为中心，集结了四个兵团和四个绥靖区部队，共二十五个军，约六十万人，利用津浦线、陇海线，组成东起海州，西至商丘，北起临城，南达蚌埠的防御阵线。共军也有几十万大军，从不同方向直扑徐州。国军各兵团的正面均发现共军的异动，而且剑指徐州。为此，黄百韬的七兵团、李弥的十三兵团已退回徐州东郊，邱清泉的二兵团也撤至徐州西郊，意在固守徐州。

然而委员长却倾向于放弃徐州，退守淮河防御。

大战在即，是守是撤，还举棋不定，这仗也真是不知怎么打……

“报告！”随着喊声，黄东拿着一个文件夹，一身戎装，突然出现在客厅里。

邓兆年和叶子辛一脸愕然，看着站在不远处的黄东。

良久，邓兆年才徐徐地站起来，慢慢地边走向大厅，边疑惑地问道：“你是怎么进来的？有急事吗？”

邓兆年的侍卫和厨子已去吃饭，门口只有两个卫兵站岗。卫兵认识黄东，又见他拿着文件，所以，黄东只给他们敬个礼，卫兵就让他进来了。

黄东的眼睛一直盯着叶子辛，听到邓兆年的问话，才把目光收回来，一面把文件夹递给邓兆年，一面说：“国防部急件，必须送司令审阅！”

邓兆年用极为不满的眼神看着黄东，然后用抢的动作，一下子拿过文件夹。

邓兆年打开文件夹，一看来文机关，是保密局的。文件题目是“匪情通报”。文件共五页，都是起义部队的番号、将校名字，起义时间、地点，以及保密局对他们的污蔑、谴责等。

里面部队的一些将校，与邓兆年都很熟，邓兆年早就听说了他们的事情。

因此，他不耐烦地翻了几下文件，就瞪着布满红丝的眼睛，扬起浓黑的剑眉，威严的目光直逼黄东。

他声音不大，但语气挺重地说：“就这些破事，你也敢往我府邸直闯？”

对于是否要闯司令官邸，黄东心中本来十五个吊桶——七上八下的。因为他从来没有到过司令的家里，而且他与司令的关系也不太好。在没有提前通报司令的情况下，突然闯到他家里，真不知道会发生什么情况。可是，司令家里来的这个人，前几天才来过，今天又来，这是什么人？现在金城警备部队的情势，如此吊诡，与司令频繁来往，关系如此密切，此人是否有来头？他心中疑窦重重，甚至有不祥的预感。强烈的忧虑，逼着他不得不去闯一闯！

就在这时，机要室送来保密局的一份“匪情通报”——像这样的电报，今天看跟明天看，没有区别，并不急；但黄东正要找一个理由闯进去，想来想去，只有这个理由最合适。

看着邓兆年可怕的神态，黄东心中有些发毛，难掩慌乱地说：“对，对不起，司令！皆因事情重大，黄某不……不敢耽搁，请您息怒！”

邓兆年看着黄东既战战兢兢又贼眉鼠眼的样子，内心充满了厌恶。

他话音未落，就把文件夹摔给他，然后不耐烦地扬起手，连声说：“滚，滚滚滚！”

黄东接住文件，边“哎，哎！”地应着，边猫着腰，慌乱地快步走出去。

看着黄东猫腰蹿出去的狼狈相，邓兆年不禁鄙视地吐出一个词：“小人！”

叶子辛从黄东进来，一直到他滚蛋，就保持一个姿势：左手抱胸，托着端着酒杯的右手肘，挨着椅子，边看着邓兆年和黄东，边时不时地抿一下酒。

“司令，看样子您挺忙的。”叶子辛见邓兆年往回走，就放下酒杯说道。

“唉！”邓兆年叹着气坐下后说，“是挺忙的，整天就像热锅上的蚂蚁！”

邓兆年突然说这话，叶子辛心中不禁一个激灵：他是话中有话啊！

叶子辛看着还有些沉闷的邓兆年，便端起酒杯，语藏玄机地笑着说：“不对，司令，您不是蚂蚁，您是司令！我敬您一杯，喝了我的酒，您会高兴的！”

邓兆年拿起酒杯，看了看叶子辛，碰一下，也微微一笑，接着把酒喝了。

这顿酒，喝了两个多小时。因为是中午，邓兆年不敢多喝，叶子辛心中有事，酒喝得也不多，一瓶多一点，但话说了不少。

在整个过程中，叶子辛感到，邓兆年没有了前几天那种仿佛在聊天外来客般有趣和轻松，而是在听的多，问的少。他的神态也表现得比较复杂，时而侧耳倾听，时而无语走神，间或还有焦虑和哀叹。

叶子辛想，火候已到，不能再多说了。现在国民党及其军队所面临的局面，他很清楚。局势发展的结果，他也应该能看得到。举起义旗的人中，他认识的也不少，怎样选择出路，他应该有触动。当然，要他反了国民政府，或许还要些时日；因为他跟国民党已二十多年，要他背叛它，必然有一个认识和抉择过程。如果自己再说下去，引起他怀疑自己的身份，就有可能起反作用。

“司令，”叶子辛站起来说，“天下没有不散的筵席，您等下还要工作呢，我告辞了！”

邓兆年也跟着站起来，伸出手说：“行呀，今天我很高兴。以后你要常来，和你喝酒，我很快乐，知道吗？”

叶子辛伸过手来，握着邓兆年的手，愉快地说道：“知道，知道，只要您不嫌我烦！”

邓兆年把叶子辛送到门口，目送着他远去。

叶子辛走出司令部门口，看了看表，已是下午两点十分。他急忙叫一辆黄包车，坐上去，说到城中路。

车夫就往城中路跑。

跑了几十米后，叶子辛从口袋里拿出一个铁烟盒。他打开烟盒，里面有个镜子。他对着镜子看后面。从镜子里看到，距自己十来米远，有一辆黄包车正紧跟着自己。

叶子辛想了想，就叫车夫跑快点。

他通过镜子，发现后面那辆黄包车顿时也快跑起来。他确认自己已被特务跟踪了。

他没有惊慌，因为这种游戏对他来说，过去是家常便饭。

他让车夫拐进前面的一条小巷，接着又七拐八拐，很快就转了三四条巷。

跟踪的黄包车却是刚追到巷口，才看见前面叶子辛的车，叶子辛又转进另外一条巷子了。特务和叶子辛相距常常保持一条巷子的距离。

当跑到一间锁着门的民宅前，叶子辛迅速把车钱塞给车夫，自己则跳下车，并要车夫继续往前跑。

车夫一跑，叶子辛立刻转身，右手轻提棉袍，助跑两步，霎时飞身，登上那民宅约两米高的围墙，然后纵身一跳，落到民宅的院子里。

民宅里没人，叶子辛躲到墙根处。

过了一会儿，他听到追他的黄包车从门前跑过。

他再等片刻，确认特务转到下一条巷子时，他才翻墙出来，往回跑，然后走出大街，坐上了另一辆黄包车，赶去震旦公园。

叶子辛在警备司令部里，从黄东看自己的眼神和邓兆年对黄东的态度，他就判断出此人醉翁之意不在酒。

因此，他离开司令部时，就担心有人跟踪，所以他要先往与震旦公园方向相反的城中路走。

现在坐在黄包车上的叶子辛，又打开铁烟盒子，确定没人跟踪自己了，才踏踏实实地往前走。

下午三点钟，他要到震旦公园与江涛接头。这个接头时间，是林世全那天与他谈话时就约定的。

那天，林世全对叶子辛说，今天他要见的是江涛，也就是江正寒。

为了让叶子辛比较了解全面的情况，林世全谈的比在兵站那个晚上更多、更具体。不仅谈了金城市当前对敌斗争的形势、任务及方针策略，也谈了“利丰商行事件”的调查情况和遇到的困难，所涉及的人物有吴明、钟向北、罗田、江正寒、孙言和叶子辛本人等。

最后，林世全对叶子辛说：“孙言从狱中传话给我，报告了他被捕前夕最后一次见江涛时的情况。孙言说，江涛很想干点事，但由于他不太了解当前我党对敌斗争的方针策略，他的那些想法或者说建议，不适合当前的形势要求，孙言委婉地否定了他的建议；同时孙言还发现，没有报告，他就擅自招人进书店。孙言批评了他，但江涛同志好像有些情绪，提出要面见我。江涛在延安时，我就认识。这个同志，表面看，有些冷，可他是外冷内热，工作热情很高，也有较好的工作水平。因为他离开金城到蓉城的两年多时间，没有直接的证据证明他没有问题，当然也没有证据证明他有问题，所以，按组织规定，他仍在考察过程中。因此对他现在的工作安排，与他原来的职务，是不相适应的。现在他有些情绪——尤其是在昔日的下属、现在的上级面前，是可以理解的。你过去的职务，比孙言那时的职务要高，可仍然是他的下级。孙言在处理与他的关系时，还是不错的，我相信你会做得更好。至于他要见我，你告诉他，还是按工作关系，这是铁的纪律，不能违反。关于你的情况，我没有跟通知江涛的人多说，只说你们认识，是老熟人。只要你们按时到见面地点，就能接上头。”

听了林书记的介绍，叶子辛对金城市当前的地下工作了解较全面，视野也大多了。他对自己昔日的政治处主任，更是由衷的佩服。他感到林书记不仅在军事上、政治思想上是一把好手，而且如今对从事地下工作，也是游刃有余的行家！

然而，对于江涛——昔日的江正寒、自己的老上级，他的心中就有些说不清的滋味。叶子辛想，职务或者说是面子，很重要吗？若要计较这些无足轻重的东西，我们共产党人是干什么来的？在利丰商行牺牲了的那些同志，如果他们地下有灵，又会怎么想呢？

江正寒应该不会是因为职务、面子上的问题，而应该是为自己的清白问题。按他的政治经验，他应该感觉到组织对自己是不信任的，所以他焦躁不安，有情绪。这种心境，叶子辛自己曾深有体会！

震旦公园到了，叶子辛给了车夫钱，就走了进去。

进公园门口后，叶子辛往右边走。大概走了一百来米，就看到前面不远处有一棵古松。

古松下面的石桌旁，坐着一个头戴黑色帽子，身穿灰色唐装棉袄，戴着一副眼镜的中年男子，正在看报纸。

叶子辛心中突然涌起一股波澜，令他加快脚步，向中年男子走去。

已是十一月初的公园，北风萧萧，万物凋零，枯黄的草地铺满了落叶。

静谧的公园，看不到几个游人。

中年男子突然感到有人走过来，目光就从报纸上移开，两眼直盯着向自己走来的叶子辛。

当叶子辛走到跟前，中年男子缓缓地站起来，互相对视了好一阵子，然后都激动地同时叫起来：

“老江！”

“老叶！”

刹那间，两人紧紧地拥抱在一起。

良久，他们才互相松开手。

“坐，老江，您坐！”叶子辛指着石凳说，“坐下来，我们好好说说话。”

“对，你也坐。多长时间了？都两年多了！”江正寒说。

他们面对面地坐到石桌旁。

江正寒仍有些激动地说：“我真没想到要见的是你呀，这些年，你都去哪了？”

叶子辛“唉！”地长长叹了一口气说：“说来话长啊！”

于是，他把与他分手后，怎么到的小林村，又怎样离开小林村，一直到再回金城，有粗有细地说了一遍。

江正寒听了，情绪陡然沉静下来。

顿了顿，他表情肃穆地说：“这么说，你已官复原职，成我的上级了吧？”

“看您说的，老江，”叶子辛却平静且不在意地说：“什么官不官的，我们今天能再见面，已属万幸了，您说是不是？”

江正寒把双手放到两腿上，侧头看着天空，“哎！”地叹一下气，然后说：“是啊，谁说不是呢！”

看着江正寒郁闷和无奈的样子，叶子辛明白他此时的心境。于是，他用同情和温婉的语气说：“老江啊，您的情况我听说了，您可别着急，再忍耐一下！”

江正寒把目光收回来，右手扶了扶眼镜，面无表情地看着叶子辛。

他没说话，似乎在等待叶子辛的下文。

“哎，对了，”叶子辛说，“我听说在蓉城时，您曾成功争取了《蓉都晚报》，为人民呐喊。当时是谁给您的任务？怎样去联系《蓉都晚报》的？他的主编是谁？”

听到叶子辛突然提起自己在蓉城的工作，江正寒先是一阵愕然，继而就想，凭叶子辛目前与自己的联系方式，就可以断定，现在他已恢复了市委委员身份，而他此刻提这些问题，必然有其用意。自己至今仍得不到市委的信任，都是因为在蓉城两年多的历史没有组织的直接证明！

难道他会有办法去调查这些事情，给自己一个清白？江正寒默默地看着叶子辛，他的脑子在迅速思考着。

片刻，他平静地说："给我任务的是蓉城育华中学的校长周文伟，他让我去找学校的同事马如帜。马如帜的哥哥马如懿是《蓉都晚报》主编。通过马如帜请客吃饭，我在餐桌上认识了马如懿。"

"那么周文伟、马如帜的真实身份您知道吗？"

"不知道，但是，周文伟和我曾经是金城中学的同事——金城市学联的领导。一九三七年初，因为搞学运，我们都暴露了，大家不得不离开金城。全面抗战后，经组织的调动，我又回到金城；而周文伟的情况，我一直都不知道。'利丰商行事件'后，我离开金城到蓉城，在育华中学我意外遇到他。我们虽然曾是老同事、老朋友，可他的情况他从未向我透露。然而，通过观察，我看得出，他仍在从事地下斗争。因此，我主动向他表示，愿意在他的领导下为党工作。"

"您知道他们现在的情况吗？"

"不知道。"

……

叶子辛从第一眼看见江正寒起，通过相互的交谈，就渐渐地感到，江正寒确实有些陌生了。与两年多前的江正寒比，总感到他有些不对劲。于是，叶子辛想极力探究他表面平静、肃穆下真实的内心世界。

然而，叶子辛终究没有多大收获，只有隐隐约约的感觉，他心中总有些无奈与幽怨！

三十七

及第街十五号的二楼房间里，灯光若明若暗。粉红色的蚊帐下面，是一床绣着大红牡丹图案的被子，裹在被子里的一男一女不时滚来滚去。他们时而窃窃私语，时而嘻嘻发笑。那笑声，带着轻微喘息声，既开怀又淫荡……

这是徐伯恩和黄紫蔚正在作云雨之欢。

前天，徐伯恩突然收到他的朋友从美国发来的电报，说他的儿子得了急病，被紧急送往医院住院就医。

回到家里，徐伯恩对妻子说："雨韵，你去一趟美国吧，儿子的情况究竟如何，我们都放心不下！"

其实，姚雨韵比徐伯恩还心急。她说："那还用说，你赶快想办法，看能不能弄到去香港的机票。不然，坐船到香港再坐飞机也行，反正要以最快速度赶到美国！"

"这当然，"向来儒雅的徐伯恩显得比妻子镇定许多，他笑笑说："你也不用太着急，我从外交部和国防部那里想想办法。目前时局动荡，形势将如何发展，很难预料。从当前的局面看，也确实令人失望。到了美国，如果儿子没有什么事，你也不要急着回来。你除了好好照顾儿子，还要看看局势下一步如何发展，再确定是否回来。"

儿子在美国读书，虽有徐伯恩的好友照顾，但姚雨韵无时无刻不牵肠挂肚。当听到儿子生病，她就急得如热锅上的蚂蚁。徐伯恩的提议，正是她的所想。

然而，当徐伯恩说到"不要急着回来"一语时，她的心一下子又纠结起来了。

徐伯恩和黄紫蔚苟合的事，她早已听说，也试图跟踪过他，但由于徐伯恩的机警和狡猾，无一不被他甩了。有几次她想借题发挥，跟徐伯恩大闹一场，可是她又顾忌到徐伯恩的前程和闹翻后自己的处境，再加上徐伯恩优雅和温柔的哄骗，她又忍气吞声了。

他要自己不急着回来，是什么意思？是时局问题，还是自己碍着他们了？自己远走美国，他们不就更肆无忌惮？狐狸精甚至到自己家里来，登堂入室，与他同眠共枕？若果真如此，那又怎么样？难道自己可以置儿子安危于不顾？儿子可是自己的一切啊！

姚雨韵脸色青白，表情悲切。

她走近徐伯恩，昂起头，眼含清泪，双手抓着徐伯恩的两臂，幽幽地问道："伯恩，你还爱我吗？"

徐伯恩看着妻子楚楚可怜的样子，知道她在想什么。毕竟二十多年的夫妻，他也动了恻隐之心。

他立刻把她抱住，温柔地说："我爱你，你别多想！有些事，你不懂，刚才我说的是真的。国共的争斗，现在共产党明显占了上风，连委员长也没了信心。最近，他让陈诚去主持台湾的政务，那是在安排后路呀！那我们呢？古人说'预则立，不预则废'，你明白了吗？"

姚雨韵好像真的明白了，她把徐伯恩紧紧地抱住，脸贴在他的胸脯上，喃喃地说道："那我听你的。要是情况不对，你要尽快到美国来！"

姚雨韵也许不知道，她上午被送走，徐伯恩晚上就到了黄紫蔚的被窝里。若是她知道了，起码徐伯恩没有把黄紫蔚带到家里来，这对于她来说，也算是一个安慰吧！

早上，和黄紫蔚缠绵了一夜的徐伯恩，明显感到有些疲倦，脸上的表情少了些平日的温和，多了一些少有的木然。

回到办公室，他半躺在办公的椅子上，又长长地打了一个哈欠。

哈欠才打完，电讯处处长就在外面喊了一声报告，他马上坐端正，然后才叫进来。

处长快步跑进来，神情肃穆地说："站长，密电！"

徐伯恩却不动声色地接过文件夹，在收电栏签了字。

处长看了一眼徐伯恩，就转身出去。

徐伯恩低下头，托了托眼镜，然后看电文。

看着看着，他不禁脸色大变，牙根咬得“咯咯”响，接着站起来，把电报猛力攥在手里，倒背双手，走出座位，踱起步来。

这是一份“匪情通报”，说徐蚌会战已打响，第三绥靖区副司令长官何基沣、张克侠率四分之三官兵叛变投敌！

此刻徐伯恩的心头之怒、心头之恨，不仅仅是因为临阵倒戈的何基沣和张克侠，还有那将帅无能，每战必败，以及国民党政权岌岌可危的说不清、道不明的原因！

八月初，军委会、国防部在南京召开了军事检讨会议。会议提出：东北求稳，华北求巩固，西北阻匪扩张，华东华中加强进剿的战略。从下半年开始，国军实施重点防御，重兵坚守战略要点，使共军对战略要点“吃不掉”“嚼不烂”。

这种战略，这种部署，不是挺好的吗？当时无论东北，还是华东华中，战场态势还是积极可为的呀！怎么两三个月的时间，济南陷落，十多万大军说没就没了；东北丢了，五十多万精锐丧失殆尽；现在黄百韬的七兵团，十万人，在碾庄地区又被团团围住，陷于绝境！

党国这个家，这样败下去，还能经得起几下折腾？

徐伯恩走到窗口边，看着外面灰蒙蒙的天空，喉咙仿佛有团浓痰，却咳不出；心口像堵了个秤砣，郁积的闷气让他难受！

这里有一个让徐伯恩感到最可恨又最不解的问题，就是抗战胜利后，凡是国军与共军作战，往往都是在关键时刻，就有人倒戈、叛变。比较早的高树勋之类不说了，就是九月份的济南战役，吴化文率整编八十四师，约二万人倒戈，使许世友长驱直入；本月初落幕的辽西会战，曾泽生、许赓扬、徐继章等率六十军、暂编五十三师阵前哗变；现在的徐蚌会战，又有何基沣、张克侠在汪贾叛变！

有道是，国难思良将。倒戈、叛变的这些都是党国的高级将领，国家之栋梁，他们均受恩于党国，本应听命于领袖，效忠于国家。可是，在党国危难时刻，平时这些冠冕堂皇之徒，却是这样的不孝不忠，这样的寡廉鲜耻！

唉，要是没有这些“良将”的变节，没有这些硕鼠自毁长城，党国绝不会如此艰困危急！

这都是共党的蛊惑所致！

然而，让徐伯恩永远搞不明白的是，这些不仁不义之徒，是不是国家栋梁且不说，要说人精是个比个厉害。可是凭共党的那一套，这些人精怎么就这样轻易地被蛊惑……

“铃铃……”

桌上的电话突然响起来，把背对办公桌的徐伯恩吓了一跳。

他转过身，拿起话筒。

“是，局长！”徐伯恩立刻抬头、挺胸，干脆、响亮地应着。

又是毛人凤的电话。

只见徐伯恩像饿鸡啄食般边点头，边“是，是，是！”地应着。

二十多分钟后，他才把话筒放下来。

对于毛人凤整天盯着金城警备区，盯着许杰，对自己三天两头不是训就是骂，不管怎么说，徐伯恩的心中曾多少是有些怨气的。

他曾扪心自问，对于警备司令部和许杰，我徐伯恩是严密防范，从不敢懈怠的。跟踪、盯梢、窃听，等等，能上的手段都上了。你毛局长再训、再骂，又能怎么样？又有什么用？共党也不是傻子，我们防他们，他们也在防我们。要不就把他抓起来？可是没凭没据的，把他们抓起来？那邓兆年是要拼命的，这不是逼反他们吗？

可现在站在那里的徐伯恩，从刚才毛人凤的电话训示和手中的“匪情通报”，以及金城当前面临的形势想，又觉得毛局长的着急、粗暴是可以理解的。如果无法遏止军队这种谋逆浪潮，不仅党国的江山不保，我们这些人也会死无葬身之地！

想到这里，徐伯恩马上拿起电话，打给冷伟，要他通知各处室的处长、主任集中，并邀请警备司令部政训处的黄东参加，召开紧急会议。

半个小时后，十多个中层负责人，齐刷刷地坐在会议室里。

坐在首席的徐伯恩，背靠在椅子上，把眼镜拿下来，用手帕擦擦镜片，然后又把眼镜戴上，再坐直身子，微笑地看看大家。

少顷，他说：“弟兄们，当今之时局，我想诸位也都心知肚明，党国确实已进入了一个艰难之时刻。究其原因，乃共党蛊惑日盛，气焰日炽，共匪武装尾大不掉；而我国军，寡廉鲜耻之徒，受其蛊惑，背叛领袖，背叛总理之信仰，不仁不义，投共降匪，几近成风。此风不刹，党国危矣，我辈亦将来日不多也！

“刚才，毛局长来电，告知全国之局势，对我金城之危局也多有训示。局座责令我等务必勠力同心，坚忍不拔，铲除共匪。若是再麻木不仁，无所作为，那只好来生再见了！

“此刻金城之危，乃警备部队之共党妖言惑众。军中谋反迹象，若隐若现，可竟无法坐实！今天请诸位到此，再次互通情报，共谋良策，务必精诚团结，以保金城安全……”

徐伯恩说话的语气是沉重的，词锋是严厉的，他的表情虽然带着微笑，但显得僵硬，是典型的皮笑肉不笑。与会诸公深知他的性格，因此，没人敢等闲视之，都神情肃穆地看着他，洗耳恭听。

“好了，诸位有何高见，都谈谈吧。”徐伯恩结束了他的讲话，拿起茶杯，喝起茶来。

会场却一片沉默，大家都低着头。

这种会议，按理应该是情报处、行动处先说和多说的，可是他们确实没有太多的情况可说，而且直接责任人黄东也在这里。他们都认为，应该由黄东先说。而黄东则以为，他是被邀请来的，自己不能喧宾夺主。

在那里品茶的徐伯恩，看到冷场后，就慢慢把茶杯放下，神情似笑非笑，但那镜片后面的眼神却是阴森森的。

他巡视一遍会场，最后目光停留在黄东那里。

在徐伯恩放下茶杯时，大家又立刻诚惶诚恐地把视线集中到徐伯恩那里。

黄东见徐伯恩直盯着自己，心中不禁有些发毛。

黄东“咳，咳”干咳两声，调整一下心理后，说：“我先说说吧。警备部队的情况确实有恶化的表现。近段时间，参谋长许杰很少在他的办公室。他不是到部队，就是跟邓兆年在一起。他下部队，到警察大队和保安团比较多。一下去就喝酒，有时候他召集警察大队和保安团的人一起喝，有时候分开喝。喝酒的人中，有团、营的长官，也有连、排的官佐。许杰很警惕，在办公室里，他无论是接听电话，还是与来人谈话，不露任何破绽，仿佛知道我们安装了窃听装置似的。邓兆年好像也很小心。自从那个陌生男子到过他办公室后，我就在他办公室里装了窃听器。可他在办公室的言语，没有什么通共谋反的信息。前几天，那个陌生男子又来了，可这次他们却不在办公室见面，而是到邓兆年的官邸去喝酒了。那陌生男子午后两点十分离开，在邓家待了两个多小时。看样子，他们之间很熟悉、很亲热。陌生男子离开邓家后，我派人跟踪，而此人却很老到，很快就把我的人甩掉了。我现在感觉，不仅许杰有问题，邓兆年也许早就有问题了。此外，一团的人也常到二团和保安团去串老乡、串同学的。这种现象，以前是极为罕见的。”

“我来说两句，”黄东说完，情报处处长柳枫接着说，“前两天，我们的人在泰和路偶然见到了久违的‘老鹰’。由于我们的人准备不足，无法抓捕，只好跟踪他，可是跟丢了。后来我派足人手，加强泰和路巡守，但至今也没再发现他。‘老鹰’是共匪苏中军区敌工部的老情报员和策反专家。他此时出现在金城，定然与我警备部队有关。”

在这种场合，余福明不能不说话了。

苏昌文曾对他说见过叶子辛，他估计，苏昌文也会对冷伟和其他人说。

因此，柳枫说完，他马上抢着说：“大家还记得叶子辛吧？就是三年前在利丰商行行动后，我们通缉的那一个……”

“怎么不记得？我们以前曾跟踪过他，后来才知道他是中共金城市委委员。”柳枫插话说。

“此人消失了差不多三年，现在又回到了金城。”余福明接着说，“一周前，苏昌文说，也是在泰和路见到他上邓兆年的车。由于多年不见，我怕苏昌文看错，便要他带人到泰和路去，看能不能再找到他。如果见人，立刻抓捕，可是，至今都没再看到此人。”

上面三个人所说的情况，有些徐伯恩是知道的，有些他并不知道，特别是黄东说邓兆年的情况。事实上，黄东向徐伯恩报告的情况，都一定是先向毛人凤报告过后，过了一定时间才向徐伯恩通报的。

徐伯恩深知黄东的小九九，但也没办法，他们只是同系统，而徐伯恩不是他的直接领导。

因此，黄东一说完，徐伯恩就皮笑肉不笑地又盯他一眼。

三人报告过后，又冷场了。

徐伯恩看看大家，突然一扬手，柔声地说：“我想这样，会议的第一阶段就到这里，除了冷副站长、柳枫、余福明和黄大处长留下来，继续开会，其他的散了！”

徐伯恩话音刚落，无关的人仿佛获得特赦似的，立刻收拾桌面，快速离座，争先恐后地往门外走。

待张秘书把门关上后，徐伯恩微笑着叫一声：“黄大处长！”

黄东愣了一下，看着徐伯恩，接着极不自然地笑着说：“站，站长，您才是大处长！”

“哎，别那么紧张。”徐伯恩仿佛很亲切地说：“我们整天被工作搞得筋疲力尽的，现在来轻松一下。”

徐伯恩说完，含笑地环视一下各位。

接着，他看着黄东说：“我突然想起两句诗，叫什么‘乱条犹未变初黄，倚得东风势便狂’。我觉得蛮有趣的，因为诗句上竟有你‘黄东’的名字。可是这是哪个朝代，哪个人写的，我记不得了，你知道吗？”

黄东只读了三年私塾，他哪知道是什么朝代，谁的诗，但他猜得出大概是什么意思。

为此他的脸霎时红起来，尴尬地摇摇头，然后微微地低下来。

徐伯恩见他那个难堪状，禁不住哈哈大笑起来。

旁边的冷伟和余福明是知道的。那是宋朝曾巩的《咏柳》诗，讽刺得势小人的，而且两句诗中又刚好能凑成他‘黄东’一名。也确实太巧了，冷伟和余福明也忍不住嘿嘿地笑起来。

冷伟的脸在笑，心里却暗暗惊叹，您徐老板的“儒雅”也太厉害了，竟是信手拈来！

余福明则在想，表面看你徐伯恩嬉笑怒骂，张口就来，实则心思缜密，不露声色，不愧是军统的老特务！

徐伯恩笑完后，马上一脸严肃地说：“各位同仁，敌人已在给我们挖坟墓了，知道吗？可有些人还有心思在这里给自己人耍小聪明，玩小权术。有本事去跟许杰耍，去跟邓兆年玩！

“一个是所谓的‘策反专家’，在金城忽然冒出来；一个是失踪多时的共党要犯，突然间在警备司令的办公室和家里，穿堂入室，密会把酒；再一个是有共党嫌疑的参谋长，在部队里上蹿下跳。诸位，把这三点都连成线，想想看，脊梁骨发凉吗？我想，敌人留给我们的时间不多了，各位说说，该怎么办!”

经徐伯恩这么一说，冷伟和黄东也骤然紧张起来，脸色凝重，目光直视徐伯恩。

余福明也装出恍然大悟的样子，细心倾听，想知道他下一步怎么出招。

“他们既然如此猖狂，”冷伟板着发青的瘦脸，用坚决的语气说：“我们先下手为强，密捕邓兆年和许杰，然后再把凡是与许杰喝过酒、来往密切的团、营、连官佐都抓起来!”

余福明却颇感忧虑地说：“这种釜底抽薪的办法好是好，但整个部队就乱了。弄不好自己先打起来，局面难以收拾!”

“是啊，余处长说的，我们不得不考虑。我想，能不能让兵团通知邓兆年去开军事会议，然后在那里把他扣起来，警备区就让张培英副司令来支撑局面。这样，许杰就难有作为了。”黄东看着徐伯恩，小心翼翼地说。

徐伯恩默默地听着三人的发言，心中却渐渐地形成了自己的方案。

黄东说完后，徐伯恩说：“你们说的，都有道理，就是打蛇打七寸。在如此危急的时刻，我们不能再拘泥于什么证据不证据了。但是，要行动，更要保证部队不乱。我们不仅要有百分之百的把握控制住他们两个人，还要能控制住这支部队。邓兆年平时就不愿意与我们来往，要诱捕他会很困难。直接到警备区去抓他，不仅不可能，即使抓到了，也带不出。让他到兵团部去？现在乱糟糟的，兵团部自顾不暇，而且它在哪儿，谁知道?”

说到这里，徐伯恩沉默了一下。

片刻后，他忽然说：“冷伟留下，你们都走吧!”

余福明和黄东马上起身离去。

看着他们出去后，徐伯恩就压低声音说：“狙杀他，你去想办法实施!”

冷伟愣了一下。

徐伯恩看着颇感突然的冷伟，接着说：“你发什么愣？让你发愣的还有呢！刚才毛局长在电话里说，现在一切都要往坏处想，破坏和潜伏要提早安排，以防金城突然不保。潜伏问题，就不是像去年派到东北沦陷区的那样，挑选几个精英去，而是要把站里的大部分人安排下来。按毛局长训示，由你留下来负责潜伏和实施破坏工作。此外，除了我，只有你知道‘狐狸计划’。时局发展成今天这个样子，‘狐狸计划’的性质没变，但对于我们今后的生存和斗争尤为重要，这是我始料不及的。狙击邓兆年的行动和所有这些工作，你要一并考虑。你责任重大啊，老弟！”

冷伟的神色虽然冷峻，但他心中对毛人凤的话却有些不以为然。

“未雨绸缪是对的，然而把邓兆年搞掉，却是现在最急迫的工作。干掉邓兆年后，抬张培英出来，然后拘捕许杰，由您兼参谋长，这样就万无一失了！”冷伟说。

“这个方案是不错的，不过还要呈报毛局长。”徐伯恩说，“同时，你的狙击还要有百分之百的把握！”

冷伟沉思一阵后说：“狙击手没问题，我们站就有两个，其中古新就很优秀。关键是狙击地点的选择，是司令部大院外，还是司令部大院内。这又要看邓兆年的活动规律，而对他的活动情况，我们掌握得太少了。”

“不管是大院外还是大院内，现在是只要能干掉他，就是胜利。时间已十分紧迫，这些工作我们分头去落实！”

徐伯恩说完，立刻站起来，向门外走去。

冷伟好像并没有发觉徐伯恩的离去，而是坐在那里发呆。

三十八

下午一点多钟，一辆美式吉普车冲出司令部大门后，就向一团的团部风驰电掣般跑去。

车上除了司机，副驾驶室坐着许杰，后面坐的是邓兆年。

刚才许杰急急忙忙地跑到邓兆年的办公室，对邓兆年说：“司令，一团参谋长来电话说，左团长喝醉酒，就把他的卫士关起来。现在他拿着手枪去禁闭室，说要枪毙卫士。他们劝不听，拦不住，非要您和我马上赶过去!”

“有这种事?”邓兆年吃惊地说，“这老左发什么疯？走!”

他们立刻出门，跑下楼，坐上车就出发。

吉普车来到泰和路，许杰对司机说：“小丁，你发现没有，后面那辆黑色的轿车一直跟着我们。”

小丁说：“发现了，出门口不远，我就看见它了。它是跟踪我们的吗?”

许杰说：“是不是跟踪我们，你试试它不就知道了。”

“你们说什么?”坐在后面的邓兆年，听到他们说话，诧异地说，“有人敢跟踪我的车?”

许杰说：“司令，您别急，让小丁试一下再说。”

小丁马上转弯，进另一条街，然后又从那条街，再转出泰和路。

后面的黑色轿车，保持距离，也一直跟着转。

“嘿，奇怪了，”小丁惊叫道，“是谁吃了豹子胆？我再试它一试!”

小丁说着，猛踩一脚油门，吉普车立刻狂奔，他同时使劲按响喇叭。

后面的轿车，也跟着加速，紧追不舍。

在快到城门时，邓兆年说：“小丁，把车停下来。许杰，你到对面的电话亭，给警卫营的何营长打电话，让他速带一个班到东门来!”

许杰说：“好的。”

许杰应声下车。

他打完电话后，就站在街边，装着像等人的样子。

后面的轿车上，连开车的也是三个人。他们是苏昌文、黎文和严明。

见吉普车停下来，他们也停下来。看到许杰下车去电话亭，他们就盯着他。黎文还拿出照相机，在车上偷拍。许杰打完电话，站在街上，黎文取正面又偷拍了两张。

许杰回到车上，吉普车却没动。

轿车也在那里不动。

大约过了十来分钟，轿车上的苏昌文他们觉得有些奇怪，就在车里分析前面吉普车的人在干什么。

在他们作种种猜想时，严明忽然说：“苏组长，许杰的电话会不会是搬兵来呀？我们走不走？”

苏昌文这才醒过神来，立刻说：“对，快掉头，快！”

然而，一切都晚了。

何营长和一班全副武装的士兵，坐着一辆敞篷的中吉普，已冲到了他们的跟前。

许杰从后视镜看到何营长到了，就从车上下来，走到正在指挥士兵包围轿车的何营长跟前，疾言厉声地说：“这几个身份不明的人，跟踪邓司令，欲谋不轨，把他们押回去，严加审讯！”

“是！”何营长响亮地回答道。

许杰拂袖转身，回到司令的车上，对小丁说：“我们出城吧！”

邓兆年却诧异地说：“我们不是去一团吗？出城干吗？”

许杰则转过头来，微笑地对邓兆年说：“司令，对不起！其实一团是没有事的。我对您之所以撒这么一个谎，一是在您的办公室里，我不能说实话，因为徐伯恩和黄东他们已对您装了窃听器；二是我想让您亲眼看看，我们现在正处在一个什么样的环境里。刚才的那一幕，只是疥癣之患；三是我还有十分危急的事情要向您禀报！”

邓兆年听得目瞪口呆，想说什么，却看看开车的小丁后又没说，就默然同意了许杰的意见。

将近十一点半的时候，许杰接到肖营长要求检验城防工事的电话，来到一营驻地。他们在工事上边转悠，边说话。

肖营长说："林成让我马上告诉您，市委获得紧急情报，淮海战役发展迅速，徐伯恩深感形势对其极其不利，就狗急跳墙，要对您和司令动手了。具体方式他还没想好，现在正与冷伟密谋。他们的目的就是要把您和司令搞掉，抬副司令张培英出来，把与您关系密切的团、营、连长抓起来，他们就掌控了部队。市委指示我马上报告您与邓司令，一是立即采取防范措施；二是以此为契机，促使邓兆年起义。"

这是余福明离开会议室后，向林世全紧急送出的情报。

许杰获悉情报后，马上赶回司令部，但如何去告知、动员邓兆年，他却颇费思量。

这时已是吃午饭的时候。

许杰经过一番思考，他认为，既然情势如此严峻，徐伯恩他们一定会紧紧盯着司令和自己。若是自己打破常例，在吃饭的时候直闯邓兆年的家里，一定会引起他们的警觉，这样危险可能会来得更快！

于是，他决定午饭后，到司令办公室，编个理由，把他拉到城外研究对策。许杰断定，他和司令一旦离开司令部，特务们一定会跟踪。这样更好，他们不仅避开了窃听，还能巧妙地用事实来刺激、教育邓兆年。

他们的车来到城外两三百米的土丘旁，就停下来。这里是守城的外围工事。

邓兆年和许杰走下车，没有登上土丘，而是到四五十米远的一块大石上坐下来。

才坐下来，邓兆年就指一指屁股下面，并有些心不在焉地说："这块大石下，应该不会有窃听器吧？是什么重大事情，你说说看！"

许杰则双手分别搭在弯起的膝盖上，双眼看着远处，平静地像说一件与自己无关的事似的说道："等一下我和您回去，说不定就会成为徐伯恩的阶下囚。"

邓兆年忽然转过头来，没有说话，而是倒竖着两道剑眉，两眼射出逼人的目光，像探照灯似的在许杰的脸上扫来扫去。

他的神态，充满了吃惊、愠怒和疑惑！

对于许杰，邓兆年还是尊重、信任和倚重的。这不仅仅是因为他资历老，身经百战，更让他称道的是他的正直、勤勉和大丈夫的血性。邓兆年知道，黄东和徐伯恩怀疑他是共产党，可对徐伯恩他们那一套，邓兆年历来是深恶痛绝的。对于党派之争，邓兆年总觉得很无聊。哪个国家没有党派？谁有本事谁执政，为什么要你死我活呢！他以为，军人不是党派的，是国家的，它只为国家而存在。因此，他十分热爱《黄埔校歌》和《中华民国国歌》的歌词。孙总理的《治国方略》他也看过几遍。孙总理说的“建设一政治修明、人民最安乐之国家，为民所有，为民所治，为民所享者也”他铭记在心。对于一个军人来说，忠诚与勇武的品质最重要！

正是基于这些信念，服从是天职，在邓兆年的灵魂深处根深蒂固。然而，从抗战到这几年的内战，他渐渐地发觉，自己对国家的一片忠诚像是被愚弄了。原来他热爱的《黄埔校歌》和《中华民国国歌》的歌词，都是国民政府那些大员们对上对下的酬酢之词，是巧取豪夺的欺人之谈，是相互倾轧的遮羞布！

为此，他对党国早已心灰意冷。他之所以重披战袍，除了袍泽们的盛情美意难却外，就是他骨子里残存的那一点家国情怀。对于昔日的袍泽、朋友和熟人纷纷倒戈，投奔共产党，他不仅不吃惊，而且颇能理解。他认为，既然大家都说信仰孙总理，都是同一个彼岸，那么这条船破了，人家跳到另外一条船上，只要能到彼岸，这又有什么不可？

他知道，正是自己这样的意念和禀性，不齿于与徐伯恩之流为伍，所以徐伯恩才对自己心存不满，但是仅仅为此，他徐伯恩就敢跟自己叫板，甚至置自己于死地？

邓兆年不敢相信！

“老许，”邓兆年十分严肃地说，“我们相处的时间虽然不长，但我敬重你的人品，你可不能令我失望啊！”

“军中无戏言！”许杰把目光收回来，看着邓兆年，声音不高，但很认真地说。

“好，那你说说，这是为什么？他们的阴谋你又从何得知？”

“我在保密站有朋友。今天上午八点多钟，徐伯恩召集了紧急会议。他们说，常来找您的林成是共产党，他正与您密谋搞兵变。他们要打蛇打七寸，把您和我搞掉，由张副司令当司令，再抓捕可疑的团、营、连长官，他们便可以控制部队。对付您和我的方法或是密捕，或是让兵团命令您去开会，然后扣留您。到底用什么方法，他们还在密谋之中。”

邓兆年沉默了。

他的脸色渐渐变得铁青，两只手慢慢攥成了拳头。

徐蚌会战，国军大势已去，不仅金城已危如累卵，就是南京恐也难保！党国上下，早已风声鹤唳；特务机关已成疯狗，欲加之罪，何患无辞；黄东未经允许，擅闯官邸；办公室竟被暗装窃听器；还有刚才的跟踪盯梢，以及许杰的情报如此具体；等等。这些林林总总的迹象，使邓兆年不得不相信许杰。

“这帮畜生，”邓兆年突然站起来，愤怒地喊着，从石头上跳下来，“我去平了他保密局！”

许杰也跟着从石头上下来，轻轻地说道：“平了之后呢？”

邓兆年却无语了，低着头，来回走动。

“去南京自首，负荆请罪？”许杰问。

“那就是送肉上砧板！”

“那怎么办？我们只能抻着脖子，等他们把刀劈过来？”

邓兆年这回心情似乎是平静下来了。他站在那里，倒背双手，微微抬起头。

良久，他才喃喃地说：“别人反得，我就反不得？”

许杰心中不禁一惊：邓兆年，你是真的吗？被逼上梁山？

许杰看着邓兆年，片刻后，他却平静地说：“司令，您想好了吗？”

没想到邓兆年又沉默了，慢慢踱起步来。

地上的枯草，被他踩碎了，经风一吹，四散飘去。

忽然，他站到许杰的跟前，脸色凝重地说：“就是要反，也要有路啊？小成子会是共产党吗？”

许杰心中暗暗惊喜！

他认为，邓兆年能这样问，说明他反心已动。如果有他信任的、又有权威的人和他谈，就能促他下最后的决心！

“他曾是您的兵，您认为呢？”许杰笑笑说，“不过这不要紧，如果您真要找，我来想办法！”

“你真是共产党？”

“现在说是不是都不重要，因为徐伯恩的刀已架在您我的脖子上了。我认识一个朋友是共产党，您可以和他谈谈。”

“当断不断，反受其乱。行，你要快！”

“那好，趁我们现在已摆脱徐伯恩的监视，我立马自己开车回城里打电话，看能不能联系上我的朋友。您到那工事上视察，掩人耳目！”

“好！”

他们立刻分头行动。

大概三十分钟后，司机小丁被留在工事阵地上，邓兆年却坐在许杰开的吉普车上，远远地跟着前面一辆黑色轿车，沿着公路，往郊外开去。

他们离开金城七八公里后，轿车就停在路边，吉普车则开进山谷，在二三十米远的地方停下来。

林世全、林帆和叶子辛同时下车，徒步跟着吉普车进山谷。

许杰和邓兆年从车上下来时，林世全他们已到了车后。

叶子辛快步迎上去，笑着说：“司令，没想到吧？”

“你真是共产党？”邓兆年略感意外地问道。

叶子辛笑吟吟地点点头，然后说：“我来介绍一下：这是中共金城地下市委书记林世全，这是苏北军区敌工部副部长林帆。”

邓兆年和他们边应酬着，边一一握手，可他的眼睛却一直在反复打量着林世全。

林世全也含笑地看着他。

在邓兆年想认，又不敢认时，林世全却开口了：“邓兆年，老同学！”

“你是林……林……”邓兆年仍然迟疑地说。

林世全说：“我就是原来的林旭明！”

“这就对了！”邓兆年疑虑顿释，颇为高兴地说，“如果你不改名，我一下子就喊你了！”

“是啊，二十多年了，老同学！你路见不平，为欧健挥拳相助，我至今都没有忘记！”林世全感慨地说。

邓兆年也是百感交集地说：“你们青年军人联合会的仗义声援，我更是刻骨铭心！”

旁边的林帆看了看表，就笑笑说：“你们两位老同学，二十多年不见，自然有很多话要说，是不是另找时间再叙？”

“对，”林世全说，“时间紧迫，老同学有何打算？”

邓兆年想了想，就说：“我过去不仅在湘鄂赣、鄂豫皖跟红军打过多年的仗，而且在前几年的邯郸战役中，还跟贵军打。其实我军中生涯，有一半多时间都与你们打仗，贵党真能既往不咎吗？”

林世全严肃而又温和地说：“你的顾虑，我们都理解。请你相信我党的理想与胸怀。实际上你也知道，不管是起义，还是投诚过来的国民党将领，有几个没跟我们打过仗？但这些人过来后，经过整编，基本上都编入了解放军的序列，很多现在已成解放军的劲旅。俗话说，不打不相识嘛。只要你真心站到人民这一边，掉转枪口，敢于把反动的国民党政府推翻，我们就是同志！”

邓兆年看着林世全，样子显得愣愣的。

林世全知道自己的话触动了邓兆年。于是，他继续说：“现在的形势你也知道，东北全境已完全落入解放军之手，东北这百万大军，是一股滚滚铁流！你们说的徐蚌会战，黄百韬十万人马已灰飞烟灭，他本人也阵亡了。杜聿明率邱清泉、李弥和孙元良三个兵团在撤离徐州时，孙元良兵团已被我歼灭，杜聿明又被我华东野战军主力合围在陈官庄一带。徐蚌会战，蒋介石已毫无希望。金城你也守不住，为了减少战士的牺牲和百姓生命与财产的损失，我党真诚希望你能当机立断，举起义旗，为民立功！”

邓兆年想，林世全原是自己黄埔的同学，现在是中共金城市委书记。虽然既熟悉又陌生，但不知何故，这种陌生自己的感觉却挺踏实的，他说的都是事实。同时，邓兆年回想起许杰的种种表现和这些天林成的言行，说明共产党确实就在自己的身边。他们一直在关注自己，影响自己。徐伯恩虽然工于心计，心狠手辣，可对他们却是无可奈何，而把本来还没有反心的自己却要往死里逼。这也许就是，公理正义必胜阴谋无道的定律吧！自己对共产党虽然仍无多少了解，但其诚意可鉴，言行可信，人品可交。因此，当林世全说“就是同志”一语时，邓兆年被震撼了，缠在他心底多时的心结解开了。

此时，邓兆年想到，如果再不举旗造反，自己还有退路吗？徐伯恩的血盆大口已张开，略作迟疑，就会悔之晚矣！

于是，他果断地说："林兄，我感谢贵党的宽宏大度！今天来，就是要告诉你们，我率领兄弟们跟你们干了！"

林世全十分高兴地握着邓兆年的手说："好，欢迎你！"

"感谢你，邓司令，我们将全力配合你！"林帆也握着邓兆年的手说。

林世全接着又严肃地问道："你打算何时、怎样行动？"

邓兆年沉思了一下，然后说："我马上回去，和许参谋长研究方案，会很快告诉你们的！"

林世全和林帆含笑地点点头……

三十九

徐伯恩离开冷伟，从会议室出来后，回到办公室，就给毛人凤挂电话，向他报告邓兆年、许杰和警备部队的严峻情势，以及自己将采取的措施方案。

这自然首先是招致一顿痛斥，之后毛人凤不仅同意了他的方案，而且还气急败坏地说："杜聿明三个兵团撤离徐州后，孙元良兵团又完蛋了，估计杜聿明也将全军覆没，你们的金城更难自保！因此，你务必一边加紧方案的实施，一边立刻做好潜伏安排和撤离时的破坏工作。如能掌握部队，便电告候示！"

听了毛人凤一顿又骂又训后，徐伯恩心想，不管狙击邓兆年是否成功，金城陷于敌手是无可置疑的了。若是狙击成功，潜伏和破坏的部署，包括弟兄们的撤离，还有一些时间；如果失败了，保密站立即会陷入重兵包围，后果将不堪设想！

想到这里，徐伯恩感到脊梁骨阵阵发凉！

他只能作最坏的打算了。

他马上把前几天拟好的城破后处置方案从保险柜里拿出来，对潜伏人员的分组、负责人、落脚点和联系方式，以及必须炸掉、摧毁的部位、要点与负责实施人员等情况，进行补充、调整和完善。

这些还没忙完，他突然想起自己的心肝宝贝黄紫蔚。

他知道，如果金城破了，她也将受到牵连。于是，他立刻提笔写信，让她南逃广州或香港，并从保险柜里拿出十根金条、一千块大洋，要秘书张颖速速送去。

待做完这些后，他又把监狱里政治犯的名册拿出来，逐个地看。他把大部分人的名字都用红笔勾上，而且是勾一个，咬一咬牙根。他要把打勾的人统统杀掉，孙言也在其中。

下午约二时，冷伟由黄东配合，在警备司令部及周边偷偷观察地形时，忽然看到警卫营的人押着苏昌文等人回到大院。

冷伟大吃一惊，忙问黄东说："那不是苏昌文和小黎与小严吗？"

"是呀，这是怎么回事？"黄东也疑惑地说。

冷伟突然问："邓兆年和许杰出去有多长时间了？"

"大概半个小时吧。"

"他们去哪儿了？"

"我们监听到，他们去一团，说是左团长发酒疯，要枪毙他的卫士。"

冷伟似乎明白了，这几个蠢材肯定是跟踪邓兆年他们，让其发觉而被抓的！

冷伟立刻说："我得马上赶回去。你设法尽快搞清楚，他们究竟为什么被抓；更重要的是，邓兆年他们去一团，是不是因为左团长发酒疯，然后迅速报告徐站长。此刻非常时期，不得有误！"

冷伟说完，就急急忙忙赶回保密站。

"报告！"冷伟站在徐伯恩办公室门外喊道。

徐伯恩才把处决政治犯的名单勾完，就听到冷伟的喊声。

于是，他边把潜伏、破坏方案和处决名单放进文件袋，边嘴里应道："进来吧！"

冷伟快步走进去，不等徐伯恩说话，就迫不及待地说："站长，出事了！"

"出事了？"徐伯恩忙停下手中的活，抬起头诧异地说，"出什么事？"

"监视许杰和邓兆年的苏昌文、黎文和严明被警备区警卫营抓起来了！"

"抓起来？为什么？"

"现在还不知道。是不是他们盯得太紧，被他们发现了。不过，更值得我们警惕的是他们双双都到一团去，一团与许杰关系最密切！"

"他们为何事到一团，知道吗？不会是他们听到了什么风声吧？"

"黄东监听到，说是左团长发酒疯，要枪毙自己的卫士，团参谋长要他们去的。"

徐伯恩想了想说："你马上打电话，要黄东立即核实有无此情况。若无此事，情况就严重了。弄清楚后，即刻报告本站。你警告他，别再玩他那小九九了，大家的生死，就在一瞬间！”

冷伟说：“我回来前，在司令部的时候已跟他说了，他应该知道其中的利害。”

徐伯恩沉吟了一下，马上又问：“你的狙击计划何时实施？”

“事不宜迟，明天！”冷伟断然说。

“计划如何？”徐伯恩多少有些宽慰地问道。

冷伟立刻拿出一张草图，不疾不徐地说：“根据黄东说，邓兆年每天早上六点钟，除了下雨和下大雪，不然他都会到操场边上这棵大松树下打太极拳，时间三十分钟。这棵大松树的对面，有一栋三层楼的民居。狙击手从另外两栋民房的房顶，可潜到这栋三层楼民居的楼顶。楼顶到松树之间，约一百米，没有障碍物，视线很好。我想让古新明晨五点钟就悄悄地潜到那楼顶，一枪毙了邓兆年！”

徐伯恩默默无语，看着草图和边比画、边说话的冷伟。

冷伟说完后，他慢慢地从座位上站起来，走出去，低着头，倒背双手，来回踱步。

“现在是冬天，早上六点钟，天还没亮，古新会有把握吗？”徐伯恩突然抬起头问道。

“是啊，我和黄东也说到这个问题。”冷伟说，“可黄东说，我们早上出操很清楚，到了六点二十左右，天就微明了，这对狙击手来说，完全没问题。”

“即使到了六点三十，天不是更亮了吗？就那么一秒钟，足够了吧？”徐伯恩像在自问，也像在发问。

冷伟点点头。

“你告诉古新，要沉着镇定，务必一击中的！”徐伯恩边说，边做了一个劈杀的手势……

“铃铃……”

徐伯恩正说着，桌上的电话响了起来。他马上去拿起话筒，只见他说：“喂，我是……你说……他们究竟去了哪里……现在回来了吗……你给我继续查，只要他们一回来，立马报告！”

徐伯恩慢慢放下话筒，低头无语，脸色由刚才发布命令时的涨红，渐渐变成青白色。

一直注意听着、看着的冷伟，心中估摸着，应该是黄东的电话。因此，他猜测可能事情不好了。

“站长，是谁的电话？”冷伟怯生生地小声问道。

徐伯恩抬起头，慢慢地说：“苏昌文他们是因为跟踪邓兆年而被抓的；同时，黄东还查到，没有一团长喝醉酒这个事，并且邓兆年也没有去一团，而是到了城外的防御工事，但许杰没有跟他在一起。邓兆年在工事上转了一阵，就把司机小丁留在那里，邓兆年也不见了，并且至今他们还没回到司令部！”

“他们为什么要撒谎？”冷伟说，“难道邓兆年知道我们窃听他？”

徐伯恩则忧心忡忡地说：“问题严重啊！一、他们知道我们窃听，却不动声色；二、去检查工事，为什么要撒谎说去一团；三、他们原在一起，可许杰突然不见了，接着邓兆年避开司机，又不知去了哪里。他们在干什么？”

冷伟却作更大胆的推测说：“会不会是我们上午的会议泄密了，他们去找‘老鹰’，以寻对策？”

冷伟此语一出，徐伯恩立刻默不作声。

他双手交叉，抱在胸前，又低着头，来回走动。

良久，徐伯恩说：“今天上午的会议，第一阶段只是摆了一下情况，我并没有做出意向性的决定。要说有意向性的决定，是第二阶段的时候。可那时在会议室里的，除了我、你，就是柳枫、余福明和黄东了。这几个人，谁会泄密？若是泄密了，凭邓兆年对我们这些人的态度，以及他手中的几千兵马，我和你还能站在这里琢磨他们？不可能是泄密。即使不是泄密，现在看来，形势在急转直下，与我们今天上午开会时的估计，已发生很大变化。他们今天的活动，也许就是他们的谋反计划，已进行到了摊牌的前夜，所以，我才真切感到我们面临极其危险的境地！”

冷伟觉得站长分析得有道理，心中此时才觉得当前情势确实很严峻、很凶险！

“那我们现在该怎么办？”冷伟有些焦虑地说。

徐伯恩神情凝重，语调难掩悲凉地说：“毛局长说，杜聿明已陷入重围，有全军覆灭的可能。徐蚌会战将彻底失败，我们金城也必将不保。因此，他严令我们，一方面马上实施狙杀方案，以挽救金城这支部队；另一方面迅速做好撤离的一切安排！”

徐伯恩说着，就从桌面上拿起一个文件袋，说：“第一，等一下你马上去找古新，布置、落实好狙击行动，明晨一定要除掉邓兆年。第二，这文件袋里有两份东西。一份是潜伏、破坏方案，另一份是处决政治犯的名单。你拿回去抓紧看，抓紧落实。第三，等一下我要找黄东来，再研究一个备用方案。唯其如此，我们或许才能化险为夷，才能有时间完成金城城破时的各项工作。”

冷伟不知徐伯恩心中还在想什么，但此时他已无心去猜其心思了。他拿着潜伏方案和犯人名册，简单地翻了一下，然后就默默地离开徐伯恩的办公室。

到了此时，冷伟的心情已变得很复杂：焦虑、紧张、怨恨和彷徨。在徐伯恩的潜伏方案里，他看到了自己是潜伏下来的总负责，也是执行破坏任务的总指挥。对于这个安排，冷伟虽然早已知晓，但他总以为形势还不至于那样糟糕。现在真的事到临头了，他又感到凌乱无序。他愿意为党国肝脑涂地，杀身成仁，可没想到，这一切会来得那么快！多少事，他还没来得及想；多少事，他还没来得及做，一下子却就到了世界末日似的！

他突然感到了迷茫，甚至是恐惧……

冷伟走后，徐伯恩就打电话，叫黄东立刻到保密站。

大概四点钟，黄东匆匆赶到徐伯恩办公室，连“报告”也忘了喊，就直冲进去，急急忙忙地说：“徐站长，他们回来了，刚才我见到了他们！”

因为接下来的工作必须黄东全力配合，同时又看到他似惊似喜的样子，徐伯恩这次就没有责怪他未报告就进来，而是冷冷地看着他。

待他说完站定后，才问道：“你说的谁呀？慌里慌张的！”

黄东看着徐伯恩冷淡的表情，才知道自己失态了。于是，他尴尬地笑一下说：“我说的是邓兆年和许杰。在我出来时，看到他们同车回来，是司机开的车。”

“回来就好！”徐伯恩阴森森地说，“在明天六点半钟之前，你务必把他们两人看死，不能有空当，你能不能做到？”

黄东知道，此刻他与徐伯恩已是一条绳子上的两个蚂蚱，所以，他坚定地说:“我一定要做到!”

看到黄东这样的态度，徐伯恩内心似乎稍感安慰。因此，他的语气也变得柔和了许多。

“黄处长,”徐伯恩说,“我们现在正处生死攸关时刻。若是明晨一举成功，那么一切都将由我们来安排。如果失败，你我就是邓兆年的枪下鬼，你听明白了吗?”

“徐站长，一切我都明白!”黄东说。

“因此，若是狙击失败,”徐伯恩看着黄东，眼镜片后面的眼睛露着凶光说,“你们处的人就分成三个组，即使冒军中大乱之险，我们也要截杀邓兆年和许杰！其中两个组，一个到邓兆年家，一个到他办公室；另一个组去对付许杰!”

黄东听了徐伯恩的话，知道这是破釜沉舟之举，是不得已而为之。

然而，邓兆年的警卫营是吃素的吗?

黄东心里在嘀咕，但口头上则坚定地说:“一定按站长的训示办!”

黄东离开徐伯恩的办公室，在回司令部的路上想，徐伯恩对邓兆年和许杰要霸王硬上弓，自己和兄弟们则完全暴露在警卫营的枪口下。若是截杀也失手了呢？自己和兄弟们必定无一生还，可他徐伯恩仍可金蝉脱壳!

如果邓兆年真的马上反了，自己未必就逃不脱。脱身后，毛局长也不会治自己死罪。事实上，这是徐伯恩拿自己的命给他去赌，不值啊……

黄东走后，徐伯恩就着手清理自己的保险柜、抽屉和书柜，把黄金、美钞装到一个小皮箱里，那些机密文件与档案叠到桌上，准备拿到档案室，一并处理。

“铃铃……”

电话又响了起来，徐伯恩从书柜边上转过身，拿起话筒，不耐烦地说:“喂，谁呀……在哪里……还有谁……几点……”

徐伯恩一脸疑惑，慢慢地放下话筒，一动不动地站在那里，皱着眉头在想。

这是警备司令部打来的电话，通知徐伯恩和冷伟今天下午五点半到司令部开紧急军事会议。

金城保卫战终于开始了？这是徐伯恩接电话后的第一个反应。可是杜聿明还在陈官庄扛着呀？杜聿明不败，共军就没有多余的兵力来攻打金城！

徐伯恩抬头看看墙上的挂钟，此时是五点零五分。

徐伯恩离开办公桌，慢慢走出来。他一边擦眼镜，一边想，你邓兆年昨天不“紧急”，今天上午不“紧急”，临下班了却“紧急”起来了。今天下午他真的是去视察城外的防御工事吗？可之后呢？他又去了哪里？许杰又去了哪里？为什么连司机都不要？为什么他和许杰又同车回来？老牌共党“老鹰”，情报高手，策反专家，早已潜伏金城。亡命三年的叶子辛，原中共金城市委委员，突然现身金城，而且在邓兆年的司令部居然能穿堂入室，情如兄弟！

徐伯恩把眼镜戴上，站到窗口前，下意识地环视大院外面的情况。他的脸露出一阵阴笑，而脸色却是白中带青。

“报告！”冷伟在门外喊道。

徐伯恩神态恢复了平静，说：“进来吧！”

冷伟边进去，边问道：“站长，邓兆年通知去开会，您也接到通知了吧？”

“你打电话给黄东，”徐伯恩没有回答他，而是指着电话，带命令似的说，“问他是否知道开会的内容。如果他不知，要他做一个判断！”

冷伟看到徐伯恩脸色严峻，语气严厉，立刻拿起话筒，拨黄东的电话。

仅一会儿，冷伟就放下电话说：“黄东说，他刚回到办公室，就接到开紧急会议通知。什么内容，他也不知道。他估计金城真的要打起来了！”

“也是啊，他就是个饭桶！”徐伯恩嘲笑地说，“自己何必多此一举呢！”

冷伟此时并没有心思琢磨徐伯恩对黄东的嘲笑，而是迫切地想知道，究竟是个什么会，到底该不该去参加这个会议。

“站长，”冷伟试探着说，“您看，开会的时间……”

“你也糊涂了？”徐伯恩心情糟糕，说话就带气，“这是什么会？那是请君入瓮，明白吗？”

冷伟心中“咯噔”一下，一下子不知说什么好。

徐伯恩沉思一会儿，然后断然说：“你马上去通知，组长以上，十分钟后到会议室开紧急会议。临时通知，到多少开多少，事关生死，一秒钟都不能等！”

冷伟已意识到危急，脸色发白。

他只说：“是！”马上转身出去，执行徐伯恩的命令。

保密站这一栋大楼，仅一会儿，就像是被火烤上了：人们的走动，由原来的慢条斯理，突然间变成步履匆匆，有的甚至是紧张慌乱；原来较为安静的办公室、过道走廊，一下子嘈杂起来了；偶尔还有惊慌的叫喊声……

十分钟到了，会议室里坐了二三十人。

徐伯恩走进来，没有坐，而是站在那里，黑着脸，看一遍正在窃窃私语，像蜂巢般嘤嘤嗡嗡的人们。

"弟兄们，"徐伯恩推一下眼镜，突然说话，会场立刻鸦雀无声，"大家可能都想到，今天这个会，也许是我们在金城的最后一次集会。因此，我连多说一句闲话的时间都没有了。邓兆年已背叛党国，很快要对我们动手了！在座的都是我站乃至党国的精英，我等绝不可以束手就擒，坐以待毙！为此，我命令：一、大家迅速做好撤离准备，撤离时间，随时通知。凌清处长负责清理机密资料、档案以及转移电台等诸事宜。能带走的，装箱集中，随时带走；不能带走的，立即销毁！二、面对叛军，是敌众我寡。为防突袭，由余福明处长立刻组织力量，在大院内构筑防御工事，以抵御叛军对我袭击。三、柳枫处长负责监视叛军动态和对监狱政治犯的处决。处决名单，找冷副站长要。四、撤离后的去留，由冷伟副站长分别通知各处室。撤离后，仍留在金城有任务的人员，务必服从冷副站长的调遣。胜败乃兵家常事，只要能坚持，我们就会有重返金城的一天。好了，各自去分头准备吧，散会！"

余福明离开会议室，马上到刘伟波办公室，要他到各处室抽出三分之二的人员，到大院去构筑掩体，搬运枪弹，然后进入工事，随时准备战斗。他则趁上下混乱之机，溜出大门，到"和记"杂货铺，密会老高。

老高此刻也正要到电话亭，用紧急方式——电话，去联系他。

余福明把写有徐伯恩刚才四点命令的纸条塞给老高说："十万火急，立刻告诉林书记！"

老高点点头，也急着说："林书记也要我紧急联系你，他让人送来纸条。"

老高说着，就把纸条给了余福明。

余福明拿过纸条看，只见上面写着："任凭风浪起，稳坐钓鱼船。高家就是你的家，有空常回来。"

余福明立即把纸条塞到嘴里，买了一包烟，就从容地走了……

邓兆年和许杰与林世全他们分手后，回到防御工事把司机叫上，就直奔司令部。

邓兆年把许杰带到家里，他们对面临的问题、双方的力量以及部队的状态进行了简要的分析。

“部队的情况是这样，”许杰说，“一团没问题，保安团和交通警察部队经过工作，大部也没问题；至于二团，如能控制住高团长、毕营长，同样不会有太大的问题。”

邓兆年想了想说：“既然这样，我想立刻动手，你认为仓促吗？有把握吗?”

许杰沉默一下，然后说：“趁其不备，出其不意。我想，我们仓促，他们更是意想不到，关键是具体方式!”

“方式就是一锅端!”邓兆年仿佛早有腹案。因此，他看了看表，十分果断地说，“在路上我就想了：以快打慢！五点半钟，召集警备区部队排以上军官，以及保密站、公安局等拥有武装的单位正副长官，到司令部开紧急军事会议。警卫营抽一个连控制会场，把平时反共的、害民喝兵血的和不愿跟我们走的，以及政训处的几个特务全抓起来，然后宣布起义！根据你刚才说的，为防万一，一团由肖营长亲自带一营两个连，去包围、控制保密站；另一个连与警卫营一个连，包围、控制公安局。对凡不缴械的，就地消灭。一团另外两个营，二营两个连对保安团，一个连和警卫营另一个连对交警部队；三营两个连对二团，实施警戒监视；另外一个连负责主要街道和金城出入口的戒严。同时，你马上去通知林书记和林部长，让他们速派部队来策应我们!”

许杰露出兴奋的神色说：“有司令这样的部署，大局已定！现在到五点半，还有差不多两个小时，我马上去做三件事：一、通知林书记和林部长速派部队策应；二、让警卫营何营长带您的手谕密见左团长；三、五点整再让机要室通知开会。”

“好，你去给小成子弄一套中校军服，开会时，以参谋身份到会场!”邓兆年也颇感欣慰地说。

其实邓兆年也知道，林成穿上这一套军服，最多不会超过半小时，帽徽、军衔就要摘下来了。然而，希望林成在身边，一直是他的心愿。即使曾经十多年杳无音信，但这种情愫，好像从没有消失过。今日老天居然赐给他们重逢，他就要把过去的钟爱与今天的缘分，像珍珠链一样连接起来，仿佛从没间断过似的……

余福明指挥特务刚把沙包掩体构筑好，两挺机枪架起来不久，大院前的大街上，突然开来四辆载着全副武装士兵的卡车。

汽车一停下，就跳下一个少校，喝令着士兵。士兵们立刻跳下车，对保密站迅速展开包围。

余福明见状，仿佛很吃惊似的对刘伟波说：“他们真的来了，人还不少，起码有……”

“里面的人听着，我们是警备区一团的，邓兆年司令已率部起义！我们奉邓司令的命令，包围你们。你们如果参加起义，就放下武器，走出来；否则消灭你们！”

余福明还没说完，外面就有人喊起话来。

“处长，他们真的反了，怎么办？”刘伟波惊慌地问道。

“别慌！”余福明则十分镇定地说，“只要他们敢进来，就打他们出去。我马上去报告站长！”

余福明说着，转身跑进大楼。可他才到大厅，外面“乒乒乓乓”就打起来了。

余福明加快脚步，一口气跑到四楼，在徐伯恩办公室门口，喘着粗气喊：“报告……”

其实，徐伯恩在开完撤离部署会后，越想越觉得邓兆年一定是借开会的名义，要把不跟他走的人一网打尽，因此他深感恐惧。他想，他不仅不能去参加会议，而且应该马上电话通知黄东，让他立刻秘密赶到高团长，或毕营长那里，稳住他们的部队，等待自己带兄弟们到其兵营，合兵一处，与邓兆年一决高下！

可是，这时不仅黄东那里没人接电话，而且柳枫安在警备部队附近的监视哨也打来电话说，一团一营四辆卡车，满载全副武装的士兵，已出了营部门口，朝保密站方向开去。

柳枫得到消息，一秒钟都不敢耽误，跑步到徐伯恩办公室报告。此时，冷伟也到了那里，正和神色恼怒而又焦虑的徐伯恩商量着什么。

柳枫神情紧张地报告情况后，徐伯恩却为自己不幸的判断如此精准而绝望地嘲笑起来："邓兆年啊，不过如此！"

冷伟则急迫地说："站长，我们是否立刻走？"

徐伯恩却像在说去赶集似的，并不怎么在乎道："走？怎么走呀？他们下手如此之快，我们还来得及吗？"

"是啊，就是大家立刻下楼，可从走下楼，到出大院，撤完那么多人，搬走那么多重要物资，怎么也要十来二十分钟；何况大家还正在手忙脚乱地收拾呢！"柳枫则十分焦虑地说。

办公室里一片沉默。

良久，冷伟才说："不过，也不至于那么惊慌失措。即使他们来到，也只能包围大楼的三面，有一面是墙挨着墙的大大一片民居，他们无法进行完全包围……"

冷伟正说着，他们就听到楼下响起刺耳的"吱吱"几声汽车急速刹车声，还同时伴有"快快快，把保密站包围起来！"的吼叫声。

徐伯恩、冷伟和柳枫不约而同地跑到窗口，看着大概两百多名士兵纷纷跳下车，对大楼实施包围。

不一会儿，就有人对着大楼喊放下武器。

片刻，大院外有人向躲在大楼门口掩体里的特务开枪。

顿时，手枪、步枪和机枪响成一片。

徐伯恩马上对冷伟说："冷副站长，你去把余处长叫上来！"

"是！"冷伟应着，立刻转身，向门口走去。

余福明却已到门口喊报告了。

徐伯恩铁青着脸说："余处长，你去把这里阻击的指挥权交给刘伟波，要他们务必死守一个小时，坚持到天黑。然后你和柳处长跟着冷副站长，去准备突围的路线！"

"是！"余福明领命而去。

冷伟知道，徐站长所说的突围路线，就是自己刚才想说，却被楼下动静打断而没说的设想。

于是，他带着柳枫下楼去了……

四十

许杰告诉叶子辛，邓兆年决定十一月二十六日下午五时三十分起义！

叶子辛一边报告林世全，一边告知林帆。林帆马上电告苏北军区。苏北军区立刻命令驻扎在金城附近的郝亮师长，亲率两个团，迅速赶到金城外，策应配合。

五时三十分，来开紧急军事会议的人，除了许杰掌握的一团官佐另有任务没来，以及保密站的徐伯恩与冷伟因疑心重，不敢来开会之外，其他人员全部到会，约七十人。

司令部礼堂，坐满了团以下各级官佐。

凡来开会的人，在进会场之前，都被下了武器。各人进到会场，又发现会场四周，全是警卫营的人，荷枪实弹。

此外，细心的人还发现，一团的官佐一个都没来。因此，到会者均不知道发生了什么事，人人心情紧张，满脸疑惑，神色凝重。

叶子辛按照邓兆年的要求，穿上中校军服，并与警卫营一连的欧连长在会议室门口警戒。

毕营长来得比较晚，当来到门口，听到要交枪时，他突然警觉起来。他看看周围，除了门口两个负责收枪的兵是警卫营的，警卫营的欧连长也站在那里，还有一个不认识的中校。

他突然想起黄东经常说，许参谋长是共党，有谋反之心的话，顿时感到这里的气氛不对！

于是，他转身就要走开。

“毕营长，请留步！”欧连长站在那里，语调不高却严肃地说。

叶子辛曾听林世全说过毕营长这个人。现在听欧连长叫“毕营长”，他立刻瞪着他。

毕营长听到欧连长叫他，就慢慢转动身子，笑着，但由于心情紧张，他的表情却极不自然地说：“哦……我……我没……”

他喃喃地说着，右手在偷偷地掏枪。

叶子辛鹰隼般的眼睛一直盯着毕营长。当发现毕营长的右手往腰间伸时，他“呼”地纵身而起，一个猛虎扑食，毕营长应声倒地。

欧连长才反应过来，毕营长的双手早被叶子辛反扭过来，活捉了。

会场里，邓兆年已拿着许杰给的名单，正一个个念。被念到的人立马喊“到”，并站起来。在会场不同方位上，共站起来十三个人。

邓兆年念完后，即命令旁边警卫营的士兵，把站起来的人押到隔壁房间，看押起来。

黄东也是到了会场门口，才感到大事不妙的。

他满腹心事地从政训处出来，走到会场门口，忽然看到一个似曾相识却又叫不出名的中校。再细看，他马上认出了这是在邓兆年家里见过的，后来跟踪又逃脱的那个人！

他心中一愣，明白了，这绝不是什么军事会议！

怎么办？

跑吧？他看看周围，感到为时已晚。拼死一搏？也毫无意义！他迟疑了一下，只好沮丧地走进会场。

接着，他被邓兆年点名，然后他就跟着其他的十二个人，万念俱灰地坐到隔壁去了。

实际上，他并不知道，他刚刚离开办公室，许杰就带着警卫营一个班，突然来到政训处，把他的下属八个人悄悄地全抓起来了。

抓走那些反动军官后，邓兆年历数了国民党及其政府的腐败、无能，以及民心丧尽的种种事实，然后十分激动地宣布起义，跟共产党干！

邓兆年没想到，他的话音刚落，下面竟然响起雷鸣般的掌声。

掌声停下，邓兆年就把林帆和叶子辛请出来，介绍给与会者……

此时，一个少校参谋快步走到站在邓兆年身边的许杰旁，耳语几句后，许杰就跟他悄悄地走开……

肖营长低估了保密站特务的战斗力和抵抗意志。

他带来的两百多个兵，除了一部分包围大楼外，大部分都摆在正面进攻。

他原以为，两个连的人马对一百多个特务，人数占绝对优势，只要他们一个冲锋，特务们就得举手投降，或作鸟兽散。

然而，几十名特务凭借大楼门口两道防御掩体以及两挺机枪，誓死抵抗；而且保密站三面都是差不多两米高的围墙，严重阻碍了他们的有效进攻。即使用手榴弹炸开了两个缺口和铁门，但是，在两挺机枪绵密火力的封锁下，肖营长的人仍被压得几乎抬不起头来。

肖营长命令投掷手榴弹，想炸掉刘伟波两个机枪火力点。可是院子太宽，有六七十米的距离，而且两挺机枪都摆在大楼门口最高一道的掩体上，手榴弹总是扔不到。肖营长只好命令自己的两挺机枪，压制对方机枪的火力。

战斗颇为激烈，警备部队不断有人伤亡，保密站的特务伤亡更大。即便如此，从大楼的大厅里，仍不断有特务涌出来，进行补位，所以，特务们的火力并没有减弱。

战斗成胶着状态，相持差不多一个小时，眼看天快要黑了，肖营长不得不向许杰报告。

许杰得到报告，立刻从警卫营再调一个排，并带上三门迫击炮，亲自赶来支援。

然而，许杰来到时，保密站大楼的枪声已停止，肖营长正带队慢慢地靠近大楼门口。

在大楼门口和沙包掩体里，只有层层叠叠地躺着的二三十个被打死的，或者受伤未死的特务，大楼里连鬼影都没一个了。

许杰问情况，可肖营长也说不出个所以然来。许杰就命令，对大楼进行彻底搜查。

肖营长哪里知道，在他们与门口的特务战斗时，余福明、柳枫跟着冷伟，从大楼一层大厅后门出去，穿过保密站职员的宿舍，然后打通隔壁连接的几间民居。他们把居民控制起来，天一黑，特务们从几户民居的后门悄悄地分散逃走了……

邓兆年起义成功，金城市和平解放！

叶子辛和许杰带着警卫营一个排，直奔看守所和监狱，把敌人还来不及杀害的政治犯全部释放，其中包括孙言、朱云和曹标，以及在“利丰商行事件”中被捕判刑的刘天泗、蒋大宁、董明、石超等中共党员和进步分子。

何志才和“浪里飞”刘大宝也被释放出狱。

金城市各界群众兴高采烈，举办各种活动，热烈祝贺金城市和平解放，整个金城市，都沉浸在激动、喜悦之中。

起义后，苏北军区命令邓兆年和许杰率部队，开到城外整编，之后编入苏北军区序列。

郝师长的部队接管城防后，马上成立了以郝师长为主任的军事管制委员会，林世全任副主任，兼中共金城市委书记、市长。

林帆完成了任务，回苏北军区复命去了。

林世全把金城市人民政府设立在原国民党市政府旧址。

建政初始，百废待兴。同时敌特的暗杀、爆炸和造谣，以及抢劫、偷窃的刑事犯罪活动，使得社会秩序混乱，人心惶惶。

为了彻底肃清反动势力，迅速稳定社会，保障生产经营，林世全马不停蹄地组建新政府机构。

他从进城部队中抽调人员，组建公安队伍，大刀阔斧地清理旧政府人员，任命新政府官员。

雷鸣、孙言任副市长。孙言因刑伤严重，暂未到职。叶子辛任副市长，兼公安局局长；江正寒任市政府秘书处处长；雷霆任市政府行政科长；魏萍任市政府机要科长；高立任公安局侦察科长。小许、小韩、小冯、甘小岩和侯春任公安局侦察员。

刚解放的金城，工作繁多，干部奇缺。林世全又把钟向北调回来，担任市公安局副局长。

在这千头万绪的日子里，林世全没白天没黑夜地处理繁重的政务，然而他的心里始终都没忘记原市委被摧毁的“利丰商行惨案”。面对牺牲同志的英灵，面对组织的重托，他感到惭愧和内疚。他想，现在人民已掌握了政权，对调查事件的真相有了十分有利的条件，如果再不把惨案的原委弄个水落石出，自己就无法向英烈们交代，无法向人民交代！

上午，林世全参加完郝亮主持的军管会会议后，就让人通知叶子辛到市政府他的办公室，落实军管会的会议决定。

此时，叶子辛正在城南看现场。

死者是一个五十多岁的孤老头，原是金城军统站的特务，被人捅死在家里。这个老人在抗战胜利前夕，参加伏击一辆日军通讯摩托车时，被打断腿。他伤好后，就退役在家。金城解放，他看到军管会的自首登记布告，昨天他就按令去登记。

叶子辛得到林世全的通知，立即赶去市政府。

叶子辛穿着绿黄色解放军军服，来到林世全办公室门口，他大声喊道："报告！"

"请进！"林世全应道，声音显得幽远。

他拿着烟斗，吸着烟，离开座位，走出来。

林世全的办公室大而长。他的办公桌在最里面，中间四四方方摆着一圈沙发，沙发到门口还有七八米远。

林世全也穿着解放军军服，只是没戴帽子。他粗黑的头发向后梳着，浓密的黑眉，特别醒目；他原来的髭须已剃掉，上唇成了铁青色。他的神态显得粗犷而又英气、干练。

叶子辛进来，站在中间的沙发旁，看着窗明几净、宽敞亮堂的办公室和正背对他在倒开水的林世全，他不知怎的，心中突然袭来一阵感慨。

他想起了长征路上的生离死别，想起了"喜来客"面馆的互相猜疑，也想起了如轮贸易商行的诧异重逢……一路走来，屈指算算，都十五年了。可是这一切，就好像发生在昨天！

然而这些终生难忘的画面，又怎能概括十五年来的悲壮、险恶和不屈的追求？这只是曲折奋斗的点线标注，是波澜壮阔斗争的几朵浪花而已……

"小林，怎么这样看着我？你坐吧！"林世全一手拿烟斗，一手端开水，走过来，见叶子辛失神般看着自己，边把水递给他，边微笑地说道。

叶子辛接过开水，尴尬地笑笑说："呵呵，林书记，您，您好像变得年轻了！"

他们都坐下来后，林世全左手像敲鼓点似的向着叶子辛晃动，装成严肃的样子说：“林成，你什么时候也学会了恭维上级了？”

叶子辛一下子变得轻松了，他“嘻嘻”地笑笑说，“没有恭维，真的，您刮了胡子嘛！”

林世全下意识地摸摸嘴巴，接着“哈哈”大笑起来说：“对对，原来是林老板嘛！”

叶子辛则抿了一口水后放下水杯说：“书记，您既然刮了胡子，已还原了；我也还原吧，还是叫叶子辛比较好。因为我在这里工作了十年，原来有很多旧关系，这样今后工作起来会方便一点。”

“喔……”林世全吟哦了一下，“你说得不无道理，只是林成的任职文件刚刚下发。这样吧，待我和郝主任商量一下，就改过来吧，然后再下一个‘林成’即‘叶子辛’的说明附件。”

“我这样会不会违反组织原则呀？”叶子辛有些担心地说。

林世全说：“我们党的斗争，长期处于地下，党员之间的领导关系、联系方法和工作形式都处于极度的隐蔽和保密状态。现在我们掌握了政权，由秘密变成了公开，那么原来处于保密状态时作了隐蔽的一些东西，现在确实需要去还原的，在不泄露秘密的情况下，组织应该支持去还原，支持去说明。这不仅不存在违反原则问题，还是对同志的一种负责和爱护！”

叶子辛听了，感到很高兴。于是，他有些迫不及待地问：“书记叫我来，有什么指示？”

林世全吸了两下烟斗，却没吸出烟。他拔出来看看，烟已吸完，灭了，他只好把烟斗放到茶几上。

“是啊，有任务！”林世全的脸色渐渐地严肃起来，“金城虽然和平解放了，但一周来，特别是近几天，几乎每天都有枪声、爆炸声。一些已自首或投降的原军警宪特人员，或被当街射杀，或被灭门；以手雷或手榴弹制造的爆炸，造成严重的群死群伤。敌特的嚣张气焰，使得登记自首工作进展缓慢。此外，还有地痞流氓趁火打劫，搞得人心惶惶，整个社会的治安形势十分严峻。军管会几个领导刚才开会决定，必须用雷霆手段，严厉整治社会治安。会后我深入思考、分析了一下情况，感到问题的症结有几点：一是逃跑的那几十个保密站特务。根据情报，已逃跑的那些特务，大概有五六十人已潜伏下来，他们的总指挥是原金城保密站的副站长冷伟。冷伟下面分若干个大组，大组又有若干小组，他们都是单线联系。他们潜伏下来的主要任务，是搞暗杀、爆炸、投毒、绑架和造谣，威胁和蛊惑民众。二是有人给敌特通风报信。敌特的投案自首都是保密的，可他们怎么会知道谁来投降？谁来自首？谁来登记？射杀时又那么准确无误？情报显示，邓兆年将军的突然起义，打乱了他们的计划。他们原计划想炸掉的电厂、水厂、弹药库等，现在因弄不到炸药而受阻，但他们仍不死心，还在千方百计地寻找炸药。为此，我们要通过各级党组织，放手发动群众，积极检举揭发。你则要利用过去的人脉关系，派出精兵强将，深入侦察，广泛搜集敌情；再加上我的情报支持，你做一周准备，然后进行一次全城大搜捕，打击敌人的嚣张气焰！”

对于这些天城里发生的各类案件，叶子辛当然十分清楚，也知道形势的恶劣，所以他一方面让高立对现场勘查得来的线索，紧抓不放，深入追踪；另一方面他去查看缴获敌人的档案、资料，也掌握了一些敌特的踪迹。现在听到林世全的决定，他认为很好，也很有信心。

“我认为很有必要，方案我来拿！”叶子辛坚定地说。

林世全含笑地看着叶子辛，他仿佛又看到了在团政治处时，那个聪明、机灵的林成，只是眼前的林成比那时的林成，多了一份善思与稳重特质。

叶子辛这样干脆、坚定的回答，林世全相信，他的手中一定已握有了一些牌。

“行，”林世全高兴地说，“我等着你的方案！”

“那好，您还有什么事吗？”叶子辛站起来，仿佛急着要走似的。

林世全却不动声色地说：“你别急，还有一个大问题，必须尽快弄清楚，那就是原市委被破坏的案件！”

叶子辛听林世全突然提起他心中最沉重、最痛苦的那件事，他的表情骤然僵硬了。

一直以来，最想把这个案件的真相弄清楚的，他叶子辛是第一个！可惜他回到金城后，忙于策动邓兆年起义，即使见到江正寒时，也没有时间多谈这个事。邓兆年起义之后，又穷于应付此起彼伏的各类案件，实在无暇顾及这个使他痛苦一生的案件。此时，林世全忽然提出来，他的后脑勺像被人猛然一击似的，感到一阵刺痛与懵然。

林世全说话的时候，把桌面的烟斗拿起来，在烟缸上轻轻敲了敲，然后拿出烟袋，装上烟丝，边点火边吸，没注意叶子辛的表情。

他吸了两口烟后，继续说："现在可以确定，原市委被破坏，是徐伯恩精心策划的一个大阴谋，代号叫'狐狸计划'，并上报给了戴笠。我们曾设法搞到了他上报给戴笠的电报底稿。可是徐伯恩极其狡猾，在电报稿里说得很隐晦，对我们弄清真相意义不大。只有他在文中谈到的'潜伏者'，与我们分析问题出在原市委班子中的推断是吻合的。那么，谁是'狐狸计划'里的'潜伏者'呢？我们始终不得而知。金城没解放之前，我们一直在查，但因为条件所限，至今都没查出什么来。现在我想来想去，觉得那个罗田很蹊跷。他是活不见人，死不见尸，而徐伯恩在钟向北面前又闪烁其词。为什么会这样？罗田是否还活着？他到底是不是我们要找的人，到现在我都弄不明白，但是不管怎么说，罗田总要找到。若是找到他，对揭开原市委蒙难的真相，也许会有帮助。你要派出专人，调查罗田的情况。现在我们再调查，条件好多了，你要抓紧时间。

"此外，还有江涛，即江正寒的情况。他在原市委被破坏的案子里，根据调查是清楚的。只是他离开金城这两年，前面因为调查条件受限，无法找到直接证据证明他在干什么。因而，影响了他的使用。现在蓉城也解放了，你派人再到蓉城，找到周文伟和马如懿，对他进行彻查，弄清情况。我等着用人呐！"

叶子辛静静地听着林世全说话，而他内心却是很不平静的。对于那一场劫难，他虽然因故没置身现场，但仍是当事人。事后他也做了种种分析与推理，可是不管是哪一种推理，都没有涉及罗田，因为他觉得罗田没有可疑的地方。罗田在现场，因为拒捕逃跑，最后被打成重伤，仅剩一口气，估计也活不下来。而现在突然听说敌人有这么一个计划，罗田又如此神秘，这是出乎他的意料之外的！

至于江正寒，叶子辛认为确实很有必要尽快给他一个结论。

从两年多后第一次见到江正寒，到之后的两次见面，叶子辛总感到与过去比，他判若两人。他表现得消沉、平庸，内心还有怨气。对于他这种心态，叶子辛可以理解，但也着急。每当想起他，叶子辛的心情都是沉重的。

因此，林世全说完后，叶子辛就用有些颤抖的语气说："林书记，我知道，回去后，我立刻让钟向北同志专抓此事！"

林世全手拿烟斗，边吸烟，边微微地点了点头。

叶子辛告别了林世全，走出办公室，低着头，心事重重地走下楼梯。

当他走到一层大厅，正要走出大门时，刚刚从他身边走过去的一个人，突然在后面惊叫道："你，哎，你，你站住！"

叶子辛听到背后惊叫，便回头看。

刹那间，他一脸愕然！

只见一个颀长身材、腆着六七个月大肚子的女人，穿着绷得很紧的黄绿色解放军军服，头戴红星帽子，露出两条黑黝黝的辫子，右手抱着两个档案盒子，左手因极度惊讶而放到嘴边，两只眼睛睁得大大的，十分诧异地看着自己。

回过神来的叶子辛，骤然看到站在自己不远处一脸吃惊的女人，瞬间，他也如五雷轰顶，禁不住脱口大叫一声："你？怎么……"

大叫过后，两人仿佛都僵硬了，站在原地，静静地一动不动。只有惊诧和不解的眼睛在对方的身上上下打量着。

许久，叶子辛才挪着十分沉重的脚步，向大肚子女人慢慢走过去，嘴里则含混不清地说着："是她吗？对，不错，是她！"

一直盯着叶子辛的大肚子女人，见他向自己走过来，她却像被惊吓了似的，突然向后退了两步。

叶子辛则继续说："小青……你……你怎么成……？"

魏萍站住了，听着叶子辛轻轻地呼唤自己，两眼忽然滚出两行泪水，带着哭腔说："子辛，你，你还活着呀？"

来到魏萍跟前，叶子辛满脸疑惑地说："你，你怎么了？活着？我怎么不活着啊？"

魏萍没有回答，而是用手捂着嘴巴，那双泪眼直直看着叶子辛，任凭泪水往下流。

满肚子疑问的叶子辛，此刻内心也是波澜骤起。

他想，戚小青为什么这样问自己，还有她的表情和那样的身形，她是怎么了？

这时门口有人进来，叶子辛回头看了一眼，就说："小青，来，来，这里不好说话，我们到门口外的草坪去吧。"

魏萍也看到，这里人进人出的，她就擦擦眼泪，并点了点头。

门口两边有草坪，草坪边上有木椅子。叶子辛和魏萍走出门外，来到右边的椅子边面对面地坐了下来。

“不是说你在小林村牺牲了吗？你什么时候回来的？回到金城为什么不找我？”魏萍一坐下来，就带着怨气，急匆匆地问叶子辛。

叶子辛本来也有一肚子话要问，没想到魏萍的三句发问，却又让他一阵目瞪口呆。

他愣愣地看着魏萍的神情和形态，内心波涛翻滚。

突然，他的脑海里响起宋代晏几道《清平乐·留不住人》“渡头杨柳青青，枝枝叶叶离情。此后锦书休寄，画楼云雨无凭”的吟诵声。

他在惊愕中，一切好像都明白了，一切好像都没有了意义。因此，他原来错愕而又满腹疑惑的心情，一下子沉寂了下来。

看着魏萍抱怨又不失真诚的表情，叶子辛迟疑了一下，然后勉强笑笑说：“在小林村我们是遭到了袭击，可老唐和小陈为了保护组织与我，他们牺牲了。我曾回金城找过你，可你已搬家了。我又到‘如意’杂货铺，猜你和那里有联系，想在那里打听你的消息。可是那里已改号，叫‘福来’，并且紧关着门。我不知‘福来’为何关门，更不知道你和他们有无关系，就不得不离开那里。至此，我再也不知道去哪里找你了。前些天，我向林书记打听过你，但当时我们还处在地下状态，我不能去找你。邓兆年起义后，我工作实在太多太忙，抽不出时间。”

魏萍看着叶子辛表情复杂的脸，听他说完后，低下头，又“嘤嘤”地抽泣起来，她的心像刀绞般疼痛！

魏萍有苦说不出啊！

她想，如果小林村出事时，自己没那么伤心，再向世全追问得细一点，也许不会有今天这样的结果！或者在世全核实“利丰商行事件”发生前，子辛是否被特务跟踪时，自己不用担心证言的可信度，把与他的关系实事求是地说出来。这样的话，自己要与世全结婚时，相信他一定会提出子辛的问题，那么结婚也许会再拖一段时间！

然而，自己却就这样武断地认为子辛牺牲了，就这样前怕狼后怕虎地隐瞒了与子辛的关系，因此铸成了今天的大错！

现在虽然自己很爱世全，世全也爱自己，可是看着子辛现在这个样子，自己心里很难过，很内疚，根本不敢直视他那双惊讶、不解、失望和痛苦的眼睛！

叶子辛看着伤心、难过的魏萍，他忽然感到她是那样的柔弱、凄苦，以及埋在她内心深处对自己的爱。他的感情波澜，仿佛突遇狂风，一下子又冲天而起。他真想伸出双手，把她紧紧地抱住。

可是，不仅这里是公众场所，而且她已是有夫之妇了。他不能这样做，他只能控制住自己的感情！

事已至此，叶子辛的胸口虽然像刀戳一样，可他又能怎么样？责怪她吗？可她都成这个样子了！看来这两年多，她也坎坷，也不容易。

无语，煎熬的无语。

良久，叶子辛才问道："他是谁呀，能告诉我吗？"

魏萍止住了抽泣，仍然低着头，用手抹眼泪。

许久，她才用仅仅能听到的声音说："林世全。"

"林书记？林世全！"叶子辛不禁吃惊地说。

魏萍没回答，低着头，两只手在档案盒上不停地摩挲着。

叶子辛愣了好一阵后，才"嗬"地长长应一声。

沉默，又是长久的沉默。

在痛苦的沉默中，叶子辛内心渐渐地感到愤怒，他真想大声质问、斥责魏萍：你怎么能这样！

然而，长期的地下工作养成的克制与善思，让他冷静了下来。戚小青和林世全一个是自己的爱人，一个是自己的师长、战友和同志，他们的思想与品行都不用质疑。在如此残酷的环境中，在自己长期生死不明的日子里，他们能走到一起，除了真爱，必定还有不为人知的原因。爱是自私的，但爱也是具体的、真实的。自己给了戚小青什么？又凭什么去指责她？他们又有什么错？

叶子辛不知是被自己的理性控制住了，还是因为他们已成不可改变的事实而无望，他的愤怒终于没有爆发。

为了打破难熬的沉默，他便岔开了话题，问道："你现在在哪个部门？干什么？"

魏萍仍埋着头，用很小的声音说：“我在市政府的机要科，现在的名字叫魏萍。”

“机要科长就是你啊？”叶子辛看着她手上的档案盒，颇感意外地说，“我还计划着这两天去机要科查资料呢！哎，这里我也有办公室呀，有时间你过来坐坐。不过我很少在这里，今天是第一次到这里。你可能也不知道，我用的是过去在部队时的名字，叫林成。”

魏萍忽然抬头，盯着叶子辛，傻傻地看着。

她万万没想到，原来彼此就近在咫尺，却如隔天涯。军管会和市政府的任命书，曾赫然摆在自己的办公桌前，自己却浑然不知……

四十一

徐伯恩和冷伟带着几十名特务，借着夜色，惊慌失措地逃离保密站大楼后，往西从一片破烂民宅中，像一群受惊的野猫般潜出金城，隐蔽到距城四五里地的一片乱坟岗处。

惊魂甫定，徐伯恩就单独把冷伟叫到一边谈话。

在黑乎乎的旷野，冷伟虽然看不清徐伯恩的神色，但从语气听，他似乎没有了平时那种自负与居高临下的气势。

“兄弟啊，”徐伯恩悔恨不已地说，“我和你在金城竟是如此结局，真是无颜见江东父老啊！明知他要反，我们也从来没有掉以轻心，采取了各种措施，但还是防不胜防，我实在是不甘心！此时此刻呀，恨就恨我手上没兵权，而且周边形势又是兵败如山倒，不然这个反贼又如何能得逞?”

冷伟也是愤愤不平地说:“说到底，黄东就该死！他既不掌握实情，又处处好大喜功。死到临头了，还忘不了邀功争宠。若是他能与我们精诚团结，真诚合作，让您早下决心，许杰和邓兆年就是十颗人头，也早已搬家了……”

“好了，不说了，现在说这些还有什么意思!”徐伯恩显得有些烦躁地打断了冷伟的牢骚。

徐伯恩听着冷伟埋怨黄东的话，感觉到他更像是在责怪自己的优柔寡断，心里很不好受，但他此时也不好申斥冷伟。一方面自己也确实有失招，若不是过多地考虑警备部队的稳定，早一天实施暗杀邓兆年的行动，结局就会是另一种写法；另一方面，接下来的戏，还得靠冷伟去唱，安抚比申斥他更重要。

冷伟也意识到自己失言了，可又不好解释。因为这种情形，往往会越描越黑的。

于是，他只好用焦虑的语气说："站长，接下来，我们该怎么办？原来的计划，现在成了两手空空。黄东现在生死不明，炸药和雷管还在警备区军火库里，武器也只有大家手中的短枪。计划潜伏下来的兄弟，一部分被打死打伤，一部分跟着逃出在这里。已潜伏到电厂和水厂的那些人，估计一时半会也联系不上。我现在脑子里就像塞进一团乱麻！"

"你得沉住气，"徐伯恩温和中带着严肃的语气说，"这样的情形，在抗战时，我们经历过多少次了？这次也一样，即使共匪暂时占据了长江以北，党国还有长江以南的半壁江山！你慌什么？我们不仅有长江这道天险，而且国军还有二百多个师，总兵力超过二百万。更重要的，我们有海军，有军舰，有炮艇，有空军，有战机。共匪有什么？不外就是几杆鸟枪土炮嘛，他们过不了长江！待国军喘过气来，我们要收复失地，也一定是势如破竹的。作为长官，你首先要沉着、冷静，克服时艰，不能胆怯、不能自乱阵脚！下面我们要做好这几件事：一、由小张陪我回南京述职，是杀是留，听毛局长发落。二、非潜伏人员由凌清负责，有序地分散行动，各自取道回南京待命。三、潜伏人员，按既定方案潜伏。为了安全，潜伏人员务必严格执行单线联系。你只与余福明和柳枫发生关系。于勇留在你身边，你自己掌握的那一组，一般由于勇代你出面联系。四、暗杀、破坏行动，务必按计划执行。制造血案，震慑投机者；蛊惑民众，煽动混乱，这是动摇共匪根基的有效方法。五、枪械、炸药问题，你可以去找危善谋和洪天禄。危善谋这个人你很清楚，他是我们的精英。至于洪天禄，他黑白两道通吃，是认钱不认人的主，他会给你帮忙的。六、你要很好地使用'狐狸计划'。此计划现在看来，当初的布局，是有先见之明的。特别是在目前的形势下，'狐狸'不仅是你的眼睛、耳朵，甚至是你的护身符！"

接着，徐伯恩就把"狐狸计划"构想的过程、执行中的不断调整，以及遗憾，十分详细地告诉了冷伟。

对于"狐狸计划"，只要是行动了的，冷伟都知道，但是还没行动的，或者是虽然行动了，可又不是他原来的设想和它目前剩下的价值，冷伟是第一次听说。这对于冷伟和徐伯恩来说，一方是习惯了，另一方是行事风格。冷伟对此，并不感到意外。

听着徐伯恩平静而又不乏威严的开导与嘱托，冷伟觉得他不仅思路清晰，深谋远虑，而且字里行间还洋溢着坚定、必胜的乐观。原来萦绕在他心中那股悲观与慌乱，立刻消减了许多。只是让他去找洪天禄，他却没有太大的信心。

“找洪天禄？他能弄到我们想要的东西吗？还有我连电台都没了。”冷伟半信半疑，并且颇感为难地说。

徐伯恩又有些不高兴了。他说：“你别小看洪天禄。这种半匪半民的人，比我们那些脑满肠肥的官员要聪明、有胆识得多。我到南京后，立刻让人给你送电台过来。若是危善谋和洪天禄也解决不了的，你就告诉我，我在南京给你弄，再让洪天禄给你送货！”

冷伟毕竟比徐伯恩年轻十多岁，说胆量他不缺，说特工技能，也很优秀，但是要说遇事心态，或对问题的思考，就远没有徐伯恩那般沉着、练达，以及所具有的洞察力。因此，冷伟对徐伯恩的忠诚，不仅仅是因为他是自己的长官，更大部分是对他为人处世本领的佩服。虽然冷伟心中也知道，此刻徐伯恩要离开金城，不免有金蝉脱壳之嫌，然而去南京汇报，向南京述职，也是他的职责所在，无人可以替代。由洪天禄帮助解决炸药这些问题，目前看来也是比较稳妥的办法。

于是，徐伯恩说完，冷伟就说：“站长，您的训示让我豁然开朗了。您放心，我会率领兄弟们按照您六点训示，不成功便成仁，勇猛去战斗的！”

“好，”对冷伟这样的回答，徐伯恩颇感放心地说，“那就这样吧，你去把小张叫过来，我也得赶路了！”

“是！”冷伟应声走了。

冷伟走后，徐伯恩把逃出来前在特务宿舍拿的便服换上。

很快，冷伟把小张带来了。

他们互道珍重后，冷伟就目送着徐伯恩消失在夜幕之中。

徐伯恩一走，冷伟马上把余福明找来谈话。谈完让他带十七八个人，离开乱坟岗。

约过了十五分钟，冷伟又去叫来柳枫。他们谈了大概十分钟，柳枫也率一拨人，向余福明走的相反方向，鱼贯而去。

安排完余福明和柳枫的去向后，冷伟让凌清组织非潜伏人员继续隐蔽乱坟岗，嘱咐他，天亮后，将他们遣散。

冷伟和于勇则带二十人左右，悄悄地向北走去。

他们走出两三里地后，冷伟对于勇说："你去分别通知'夜猫''变色龙'和'猎狗'，就此分手，各带上自己的人按原先规定，自行其是。明天下午，按约定方式，向我报告潜伏情况。"

于勇离开冷伟十来分钟后，冷伟就看到那些人分成三拨，在茫茫黑夜中各散东西。

冷伟则在原地待了半个小时，肚子饿得咕噜咕噜响，人也冷得发抖。

他看看表，已是十点多钟。他对于勇说："这鬼天气，太冷了，我们也换一换衣服吧。"

于是，他们也把逃跑前在居民家里拿走的衣服换上，边哈着气，搓着手，向金城方向走。

走了十来分钟，他们来到金城边上一个叫"为天"的面粉厂。

这个面粉厂在抗战时是军统的秘密据点。解放战争中，它还是保密站的秘密单位，徐伯恩让冷伟与它单线联系。

厂的老板叫危善谋，他和监工头都是军统特务。危善谋四十多岁，矮矮胖胖，整天西装革履的，见人就笑，模样十分和善。其实，他的本性却十分阴险与狡诈。

厂里有一个共产党的地下支部。一天傍晚，该支部在仓库里秘密集会时，他居然突然出现在会场。可他不仅不斥责、不禁止，还提出建议，到厂区比较偏僻的一个养花人用的杂物房去。他说，他以后规定养花人上午来，下午这里就没人了。这个时候，你们随时可用。

在此之前，支部书记封云曾听仓库保管员、支部委员丘六旺报告过，他在仓库看《新华日报》时，被老板危善谋看到了。可危善谋不仅不骂他，而且态度很友好，甚至是亲切。他说，他也很喜欢这份报纸，常常想方设法找来看。他流露出对国共合作很支持，对共产党也很同情。

此后，封云虽然对危善谋仍然很警惕，他给的花房，封云很久都不敢用。然而，危善谋并不在意，还经常有意无意地给封云一些帮助和掩护工作。面对危善谋的真诚，封云慢慢地对他就有了好感，花房也开始使用。

随着时间的推移，鉴于危善谋的种种表现，封云在支委会上对大家说，危善谋是一个开明人士，是富于民族大义之人，大家可以相信他，并争取他。

可是，金城原中共地下市委怎么也没有想到，他们被徐伯恩连锅端，始作俑者竟然是他……

冷伟敲开厂的大门，对门卫说，来找亲戚危善谋。

门卫看穿着唐装衣裳、像两兄弟的冷伟和于勇，就开门，放他们进去。

冷伟他们直奔危善谋的住处。

来到一栋小楼的门口，冷伟边按门铃，边喊“表叔！”

危善谋此时已睡下，听到门铃响，并有人喊“表叔”，他知道是冷伟。“表叔”是他们之间约定的暗语。

他立刻披衣起床，下楼开门，迎进冷伟和于勇。

当冷伟和于勇闪进门后，危善谋看到他们一个个灰头土脸，神态疲惫，嘴唇干裂，还瑟瑟发抖的模样，深感愕然！

“站长，您，您这是怎么了？”他问道。

冷伟已十分疲倦，一屁股坐到旁边的沙发上，有气无力地说：“你给我们先来杯水，然后弄点吃的吧。”

“哎，哎，好的！”危善谋慌忙边应着，边去倒水。

于勇跟着危善谋去端水。

由于厨子已休息，不在屋里，危善谋只好亲自下厨。冷伟和于勇趁此先后去洗澡。

洗过澡，吃饱饭后，冷伟让于勇去休息，他则把今天发生的一切告诉了危善谋。

面粉厂在城外，下午五点半钟突然听说城里戒严了，不久又隐隐约约听到密集的枪声和爆炸声。

城里究竟发生了什么，危善谋一点都不知道。现在听冷伟这样说，他才知道，金城居然已变天了，他着实大吃一惊！

“那我们怎么办？”危善谋一脸茫然地说。

冷伟脸色冷峻，镜片后那双眼睛，阴森森地盯着危善谋说：“古人云，国难思良将。怎么办？此刻，是党国最需要我们的时候！”

危善谋这才意识到，刚才自己是被吓着了。于是，他立刻站起来，挺直腰板说："是，站长，危某一切听您调遣，不成功便成仁！"

冷伟却十分冷漠地伸出手，往下按了按，意思让他坐下，然后说："由于事发突然，原来准备的一切都没带出来。现在最缺的就是电台、炸药和狙击步枪，你有办法吗？"

危善谋马上说："有些有，在我仓库的密室里。小日本投降时，我收藏了一些。有两部电台、一支狙击步枪、两挺机枪，还有一些手雷、手榴弹、子弹，就是没有炸药！"

"那也不错啊，"冷伟这回脸上露出了微微的笑意，说话的语气也变得有激情了，"有电台、狙击步枪和手雷、手榴弹，可以干些事了。你这样，明天去收拾收拾，把狙击步枪和手雷、手榴弹全部拿出来，进行伪装包装，明天晚上我要分发给兄弟们。电台你调试好，我随时要用。金城从此开始将鸡犬不宁！"

危善谋马上应道："行，明天上午我一定弄好！"

冷伟继续和危善谋谈他们目前的斗争形势、谈国民党还拥有的力量，以及共产党的得势是暂时的，更不可能打过长江，等等，说了一个多小时后，感到累了，这才睡去。

第二天，吃过早饭，冷伟穿着长袍，略作化装，想进城去找洪天禄。

来到城门，他发现了自己和徐伯恩被通缉的布告，并且检查很严，就不敢进去，只好缩了回来。

面对如此形势，冷伟只好暂时蛰伏厂里。下午和潜伏组接头和晚上给他们分发武器等事情，就让于勇和危善谋他们去代行。

此外，他还郑重地交代于勇，到紫云路十八号送一封信。他用隐形墨水写的，那是给"狐狸"的指令。

就这样，冷伟在面粉厂里一边龟缩着，一边遥控指挥。过了六七天，他终于按捺不住了。

吃过晚饭，他做了一番认真化装，终于混进了城里。

为了不让洪天禄看出他的落魄与心虚，在将到神刀会的堂口前，冷伟又把装卸了。

在堂口的会客厅里，他见到了洪天禄。

洪天禄四十多岁，大方脸，黑发浓密，眼睛大如牛眼，一脸的髯须和胡子，修理整齐，体形高大健硕。

看着瘦削的脸上架着一副近视眼镜，身穿长袍，表情热中带冷的冷伟，洪天禄颇感意外地说："冷站长，你怎么还敢来呀？邓司令前几天不是把你们剿了？难不成你也起义了？"

冷伟微微一笑，神情泰然地说："冷某突然造访，是不是惊吓到了洪堂主洪大哥呀？"

"哈哈哈！"洪天禄一阵大笑，声如洪钟。

笑过后，洪天禄说："能吓着我洪某人的人，应该还没出娘胎，你见过吗？"

"我本以为是这样的。不过，我听你刚才的话，又好像不是那么一回事似的。"冷伟似笑非笑地说。

"这你误会了！"洪天禄一本正经地说，"外面布告、标语，什么军警宪特限期自首、检举揭发立功受奖、你和老徐的通缉令，满大街都是。还有共军来来往往的巡逻队，是不是天黑你没看到？我是为你着想呢！"

冷伟边听，镜片后的两个眼珠子边滴溜溜地转了几下，然后显得无所谓似的说："洪大哥，不会是你也想去立一下功吧？"

"哈哈！"洪天禄又大笑两声，停下来，嘴巴就"吧嗒吧嗒"地发出两下响声，眼睛看着自己在沙发扶手上摩挲的右手。

片刻，他才严肃地看着冷伟说："我洪某在江湖上顶天立地几十年，所挣的每一分钱，都是血汗换来的。这你知道，又何出此言呢？"

冷伟慌忙赔着笑脸说："那是，那是，小弟只是玩笑一句而已，我当然知道堂主不是这样的人！不过自古都是成者为王，败者为寇。可是要说我们已失败，那就言之过早了。当然，国军目前确实吃了一些亏，受到一些挫折，但是国军还有两三百万美式装备的军队，还有空军、海军，有飞机、战舰，共军有什么？胜败乃兵家常事。我们不会离开金城！我们不仅不会离开金城，而且我们还要重回金城。邓兆年他是瞎了眼，听信共党的蛊惑，钻了我们的空子，最后……"

"行了，"洪天禄仿佛有些不耐烦似的说，"你说的那些，我不懂，我也不想懂。谁当皇帝，我们这些平头百姓都要想办法去挣钱。一天挣不到钱，这天就得挨饿。你是无事不登三宝殿，今天来找我，有什么事？"

“对，确实有事，想和你做一笔生意。”

“做生意？好啊，说来听听！”

“我要炸药，TNT 的，一到二百公斤，价钱你定。”

“TNT？还要那么多？”

“是的。”

“……”

“你做不了？还是不敢做？”

洪天禄站起来，仍然默然无语。他倒背着一只手，另一只手捋着胡须，眼睛看着地上，慢慢踱起步来。

冷伟不知道他在想什么，脸色骤然绷紧，双眼盯在他的身上，冷冷的目光跟着他来回移动。

突然，洪天禄面对冷伟，站住问道：“什么时候要货？”

“今天行吗？不然，明天怎么样？”冷伟忽然如释重负，轻轻一笑说。

洪天禄则神态肃穆地摇摇头说：“时间太紧了，而且数量又如此之大。金城我没有多少货，要通过其他渠道，到外地去找上家，加上来回的时间，怎么算，也得五天时间！”

冷伟想，时间太长了！

可是不靠他，又找谁？电告徐站长吗？可不仅时间会更长，而且还可能会被他训斥。

“行，”冷伟只好答应说，“五天后的晚上八点，也就是十二月九日晚八点，在你的码头提货！”

洪天禄仿佛挑起了千斤重担似的说：“那行，我得立马运筹了！”

冷伟看着洪天禄，含笑地点点头。接着，他拿出一根金条，放到桌面上，说：“这是定金！”

说完，他立刻站起来，离开洪天禄，走出堂口，消失在忽明忽暗的大街上。

洪天禄站在客厅里，看着冷伟走出堂口后，两眼又盯着桌面上那一根黄澄澄的金条，脸上的表情却由肃穆渐渐变成冷峻。

片刻，他又倒背双手，低下头，在那里缓缓地走来走去。

洪天禄在想，冷伟要那么多炸药来干什么？金城是他们的天下时，都不让百姓安生，整天如狼似虎，横行霸道。看谁不顺眼，就说人家通匪通共，轻则收缴财物，拘禁无辜；重则滥用酷刑，株连九族。现在被共产党夺了江山，他们会服气吗？最近几天，城里接连发生的杀人、爆炸案子，十有八九是他们这些人干的！

真想不到他居然敢来找自己要炸药！

难道他忘了自己手上还沾有神刀会兄弟的血，欠着神刀会兄弟的人命？炸药自己可以弄到，可是能给他吗？先不说神刀会与他的恩怨。单说他如果拿自己给他的炸药，去炸共产党的政府大楼；去炸水厂；或去炸大桥、电厂，自己不就成了他的帮凶了吗？更何况自己和兄弟们都吃住在这个城市呢！

这种事不能干！这个人不能帮！

这个人不仅不能帮，而且要用这个机会，借共产党的手把兄弟们的仇报了！

洪天禄想到这里，又用手捋了捋胡子，眼睛看着窗外。

怎么样才能让共产党除掉他？这些特务已是亡命之徒，且狡诈凶狠。他敢来找自己，必定留有后手，说不定从现在起，已有人盯住了自己。弄不好，不仅会打草惊蛇，而且自己都会有生命之虞！

忽然他想起了运来商号的关雄。

他认为，关雄不仅是自己的老客户，为人讲交情，而且他应该是共产党的人。他记得，保密站副站长赵谦和他大舅子的旺盛公司出事时，关雄曾冒险给自己报过信！

他为什么要这样做？仅仅为了交情？不全是！因为无论是他的货，还是他卖给旺盛公司的货，很多都是经自己运往解放区去的，当时他应该还有怕自己出事从而牵连到他的想法。

对，就找他！

即使你冷伟看着我找他，你也不应该起疑心，因为他也是生意人呀！

窗外的街灯在渐浓的夜雾中，显得朦朦胧胧。街道上表面很平静，可在如烟如纱的灯光下，谁知道下一刻又将要发生什么？

第二天，洪天禄就去运来商号找关雄，却没找到，洪天禄显得很着急。

自赵谦和旺盛公司出事后，关雄新成立的总站如轮贸易商行没有告诉洪天禄，要与洪天禄做生意，仍用运来商号。金城解放后，关雄的兵站要并入金城市人民政府序列，这些天他正在忙这些事。

商号里的人见洪天禄着急，马上跟关雄联系，关雄很快赶回来。

两人见面后，洪天禄把冷伟向他买炸药的事和盘托出。

关雄听后，感到事情重大，就十分谨慎地说："是他亲自找你的？他相信你吗？"

洪天禄则十分自信地说："昨天晚上，冷伟亲自到我堂口找我，样子挺急的，不会有假！"

接着，他从皮包里拿出那根金条说："你看看，这是他给我的定金。"

关雄拿起金条，端详一下，然后不动声色地说："洪堂主，你一定要不露破绽，把他套住。我去报告市委林书记，到时要将他们一网打尽！"

"对，我就是这个意思！"洪天禄恨恨地说。

关雄知道洪天禄心中的仇恨，因此笑着说："好，老伙计，我们的合作从来都是成功的，这次也一定不会例外！"

"我说嘛，关掌柜，我就信你！"洪天禄颇为兴奋地说。

然而，第五天的上午，却发生了谁也没想到的事情……

四十二

上午九点钟，叶子辛来到林世全的办公室，汇报金城大搜捕的行动方案。

林世全听完后，只做了简单的补充，然后断然说：“行动时间由十日提前为九日，即今天晚上！”

“今天晚上？”叶子辛略感意外地反问道。

林世全抽着烟斗，若有所思地说：“在今晚上行动，我有三个考虑：一是，根据情报，冷伟为了安全，对今晚提取炸药，从起货、运输到隐匿每个环节都安排了不同的特务负责。我们就在他们起货、运输和隐匿这几个点上设伏，尽可能地把我们还没掌握的潜伏特务抓获。二是，冷伟现在的注意力，全在今晚弄到炸药这件事上。他们八点行动，被我们抓捕后，其他没参与的特务必然龟缩不动。接着我们再在全城行动，会收到声东击西的效果，有利于全城大搜捕。三是，从多起暗杀案件的情况看，我们内部并非铁板一块。这个方案目前虽然只有你我知道，但明天才是十号，多一个小时，都有可能泄露机密。从刚才你都感到惊讶的效果看，今晚行动比较好！”

叶子辛早已熟悉林世全的思维缜密，处事果断。听了他的阐述，叶子辛深感其然，因此愉快地说：“好，今晚行动！”

“但是，”林世全从嘴里抽出烟斗，狡黠地笑笑说，“你方案里说到的金城贸易商号的祝掌柜，今晚也会在码头那里，你可要让他跑掉喔！”

“祝掌柜？”叶子辛有些诧异地说，“您不是说情报来自关雄吗？”

林世全不语，他把熄灭了的烟斗再点燃。

林世全说的“祝掌柜”，就是余福明。余福明在邓兆年起义前夕，从和记杂货铺得到林世全的指示后，便继续潜伏在冷伟身边。金城解放后，他通过“和记”不断向林世全传递徐伯恩和冷伟的信息以及潜伏下来后，冷伟所布置、操纵的爆炸、暗杀和找洪天禄购买炸药等情报。其中有从冷伟的怒骂中得到的，被暗杀的人都是从我们内部获取名单的情况。他还推断可能与徐伯恩的“狐狸计划”有关，他会密切注意冷伟的行动。

叶子辛毕竟是老情报员，他看着林世全的神态，心中已明白八九分，便不再追问了。

于是，他心领神会地说：“行，他必须得跑掉！”

“报告！”

叶子辛话音还没落地，门外突然传来高立的喊声。

林世全马上把方案放到抽屉里，然后不动声色地说：“进来吧！”

高立即刻步履匆匆地走进来，脚跟还没站稳，就像放机关炮似的说：“报告书记、局长，济民医院的马晓院长刚才来电话说，有两个老乡抬着一个被刺了三刀、浑身是血的人进了济民医院，有护士认得，那人是军统的，现在正在抢救！”

“说了是谁吗？”林世全问。

高立说：“这个没有说。”

“这个情况很重要，”叶子辛说，“我们得马上赶过去看看！”

林世全沉思一下，赞同说：“对，这件事的背后，可能有玄机，你们要尽快摸清情况！”

“是！”叶子辛答道，便和高立向林世全告辞了。

叶子辛他们到了医院，医院正在抢救伤者，他们只好在马院长的办公室里，向送伤者来医院的两个三十多岁的老乡问了一些情况，然后开吉普车和他们一起，去发现伤者的关公庙现场勘察。

两个多小时后，叶子辛和高立再回到医院。

这时，抢救工作已结束。马院长说：“这人命大，三刀都没刺到要害部位。不过，伤者失血过多，现在还处在昏迷状态。”

叶子辛听了，点点头说：“我们能进去看看吗？”

“可以。”马院长说。

马院长边说，边走在前面带路。

叶子辛走近病床，看到躺在上面的人，脸庞瘦削，鼻梁两侧有深深的凹痕——长期戴眼镜所致，鼻孔插着氧气管。虽然他还在输着血，但脸色灰白，显得很可怕。

“是他呀?”

端详一阵后，叶子辛和高立几乎异口同声地轻呼道。

看完伤者出来后，叶子辛让高立留下，叮嘱他严密看守。他马上回公安局，调派警力，协助高立。

布置完后，他就打电话向林世全报告说：“伤者是原国民党金城保密站副站长冷伟。上午九点多钟，两个要下地干活的农民路过城南外关公庙时，发现倒在庙门口鲜血直流的冷伟。一阵惊慌后，他们就设法把冷伟抬送济民医院，经过救治，脱离了生命危险，但还在昏迷之中。经现场勘察，初步判断，冷伟应该是在庙里被刺后，想让人救他，才挣扎到门口的。冷伟受过特工专业训练，但现场没有打斗痕迹，所以，杀他的人应该是熟人。杀人动机是什么，现在难以判断。作为一个被我通缉的潜伏特务头子，为什么单身一人，在这么一个时间，去那么一个僻静的地方？难道是到那里隐匿？我看不像，应该是去接头！如果他真是去接头，那么他就是被他要见的人刺杀的。抗战时期，我就认识冷伟。他人像猴子，拳脚功夫也像猴子般敏捷，一般人都不是他的对手。可又是谁能如此顺利地把他刺倒了？从刺杀的部位和力度判断，杀人者并没有受过暗杀训练，臂力和腕力也不大，但他又是怎样把训练有素的特务刺倒的？理由只有一个，那就是此人与冷伟很熟，冷伟对其根本没防备，而杀人者却早有准备。他是在最有利的时候，对冷伟突然袭击。冷伟对凶手如此熟悉，又如此不设防，彼此之间就不应该有仇，所以，案情颇为吊诡，动机令人费解！难道是政治斗争？是杀人灭口？这在敌人内部倒是屡见不鲜的。”

电话那头的林世全说：“说到这里，有一个情况你可能不知道。原来的副站长赵谦的死，是被徐伯恩和冷伟冤死的。赵谦的死党、行动处副处长刘伟波和苏昌文是知道的。要说有仇，他们对冷伟应该记仇。但是：第一，苏昌文现在被关在监狱里，并且他和刘伟波也早已被冷伟收服了；第二，即使是刘伟波，也无法知道冷伟的踪迹呀？据我所知，他们也是单线联系的。只有两个人能见到冷伟。一个是行动处处长，一个是情报处处长。难道徐伯恩要杀他灭口？也不对！根据情报，徐伯恩离开金城时，与他密谈了差不多一个小时。那是徐伯恩对他的面谕与重托，而且他也在不遗余力地去执行，徐伯恩能杀他吗?”

“林书记，”叶子辛说，“不管怎么说，有一点是可以肯定的，那就是杀人者要置冷伟于死地！现在冷伟却被两个老乡抬着，送去了济民医院。其中穿街过巷，动静不小，杀人者一定知道冷伟没死。因此，他应该还会有行动。我想，在医院里来个守株待兔，怎么样?”

“可以试试。但冷伟遇刺还要尽可能保密!”

“那么今晚上的行动变不变?”

“行动不变，时间提前为八点。冷伟原来与他联系的特务，只确定提取炸药的方案，具体行动时间和地点，要到今天天黑的时候冷伟才通知他们的。现在冷伟已躺在医院，特务们没有得到通知，提取炸药的行动自然就停止，所以我们的警力，全部集中到全城大搜捕去!”

“好!”叶子辛说完，就放下电话。

他从椅子上站起来，在办公室里轻轻地踱步，默默地思考着……

晚上八点钟，全城戒严，大搜捕行动按时发起。

金城市公安局全体干警和卫戍部队，对市内和城乡接合部二十多个重点嫌疑窝点，以及旅馆、客栈、车站、码头、妓院与赌场等场所，进行暴风雨式的围捕、搜索和检查。仅两个小时，在不时的枪声和喝令声中，就抓捕了二三十个嫌疑对象，缴获电台两部，各类枪支、子弹和手雷、手榴弹一批……

布置完搜捕行动后，叶子辛让钟向北和卫戍部队一起行动。他遵照林世全的指示，加强对冷伟的保护，并亲自参与守候。值守分白天和晚上两班，他与高立分工，今晚首先由他潜伏在冷伟的病房里。

凌晨时分，金城大搜捕的暴风雨席卷过后，污泥浊水就统统被扫进了金城市看守所。

夜幕降临，街灯依旧。街道上虽然偶尔还有人的吆喝声和急速的脚步声，但在夜幕中渐渐趋于平静。

冷伟的病房里，今天下午在门的右侧专门加了一道倒 L 形的屏风，仿佛是护士的工作台，叶子辛就躲在里面。

极度困倦的叶子辛，在幽静的病房里频频地打瞌睡。

“站住，你要干什么？”

“对重症患者的例行检查。”

“……”

负责门外看守的小韩突然说话的声音，惊醒了叶子辛。

他的神经立刻紧张起来，睡意全消。他透过屏风的缝隙，紧盯门口。

片刻，房门打开。

一个头顶白帽，身穿白大褂，戴着眼镜和口罩，脖子上挂着听诊器，体型矮矮胖胖的医生进门后，就把房门轻轻关上，然后站着，眼睛紧盯病床上的病人。

仅一会儿，他就快步走近病床，再次沉着地打量躺在病床上，头缠白布，两眼紧闭，鼻孔插氧气管的冷伟。

好一阵子，他似乎得到准确的判断后，就回头看一眼门口，然后回头，一下子把氧气管拔掉，接着迅速抽出冷伟枕着的枕头，要捂到冷伟的脸上……

“别动！”叶子辛突然大喊一声，同时一个箭步冲出去，端着手枪，站在“医生”的侧面。

“医生”被突如其来的吼声惊呆了，想用力压下枕头的双手悬在那里，一动不动地看着端枪站在那里的叶子辛。

门外的小韩，听到房里喊声，立即推门进去。

看到小韩进来，叶子辛立即说：“小韩，快去把医生叫来！”

“是！”小韩应着，转身出去。

小韩一出去，这里的“医生”就低下头，悬着的双手丢弃枕头，也垂了下来。

“把口罩摘下来！”叶子辛对“医生”厉声喊道。

“医生”忽然把头抬起来，神情绝望地看着叶子辛。

在暗淡的灯光中，叶子辛透过镜片，看到他呆滞失神的眼睛，心中不禁微微吃惊！

“把口罩摘下来，你听到了吗？”叶子辛声音小了一些，但语气仍然严厉。

“医生”还在迟疑。

一两秒钟后，他突然“啪”的一下，好像十分生气的样子，把自己的口罩扒了下来，头也同时低了下去。

“啊，”叶子辛惊呼道，“你？果真……你怎么会……”

叶子辛还在惊愕中，医生和小韩已经跑进来。

见到医生后，叶子辛仿佛刚跑完万米似的，有气无力地说：“医生，这里就交给您。小韩，我们把他押回去。”

把“医生”押到看守所后，叶子辛交代对“医生”实行单独关押，严密看管。

他立刻开着吉普车，赶回市政府，直闯林世全的办公室。

林世全的办公室，仍然灯火通明。

此刻，他正在一面听钟向北的电话汇报，一面做着记录。

叶子辛见林书记正在忙，就一声不吭地坐到沙发上，神态却像霜打的茄子，呆呆地坐在那里……

自从知道戚小青嫁给林世全后，叶子辛痛心、难过了好几天。他尽量躲避林世全，能不见面就不见面；非见面不可，也只是谈工作，谈完就走。

其实全市大搜捕行动的方案，第二天他就搞出来了，由于心情不好，一直都没送林世全审核。

在这些天里，叶子辛想了很多。

他想起自己小小年纪就入伍当了红军。当时自己对红军的认识很单纯，就是觉得红军与其他军队不一样。他们很年轻，个个生龙活虎，勇敢无畏。他们都像林帆叔叔那样，是为穷人说话、撑腰的，自己很喜欢这支军队。自己参军不到三个月，就上了战场，亲眼看到一拨一拨倒下去的战士，还有那排长、连长，那时自己也根本没想过还能活着。他想起长征路上界首的血战以及与林世全的生死离别。自己离开部队后，能够经受住种种艰苦与危险的考验，实际上都得益于林世全在团政治处时的言传身教，其中也包括如何对待工作，怎样处事待人。他更想起被抓壮丁后，在国民党军队里和离开小林村后，千里寻找部队，寻找党组织的艰难、无助与绝望！

想到这些血与火的经历，以及刻骨铭心的人和事，他就在心里反复问自己，我们这些视信仰如生命，把脑袋别在裤腰带上行走的人，谁不渴望爱情，不想有个小家？可是有多少人没能活下来？我们这些能幸存下来、看到了革命胜利的人，与尸骨不存或抛尸荒野的战友比，我们还去争什么？还有什么不可以放下的？

何况林书记并不知道她与自己是恋人，包括现在。因此，叶子辛相信，如果林书记当时知道戚小青已心有所属，并且那时她的哭声就是为了原市委委员叶子辛，一定会千方百计地去核查小林村牺牲者的详细情况；林书记也一定会控制住对小青的感情，直到有了自己的确切信息。

经过这样的反复思考，叶子辛纠结的心理已渐渐地回到客观、理性中来了。他明白，革命者付出的代价，岂能仅仅是鲜血与生命？

想明白后，他马上拿着搜捕行动方案去市政府汇报。

在去林世全办公室前，他先到魏萍的办公室。

看到叶子辛走进来，正在装订档案的魏萍微微一惊，慌忙放下手上的活，有些语无伦次地说："子……市……叶市长，你……怎么，真来了？"

叶子辛看到慌乱而且显得生分的魏萍，他虽然感到有些意外，但他内心挺满意。

魏萍的机灵、聪明，是他原来最欣赏的一点！

"魏科长，"叶子辛笑了笑，然后回头看看门口，就平静地说，"你别紧张，我来只和你说一句话，就是我们过去那点秘密，希望永远成为秘密。就这样，再见！"

叶子辛说完，转身出去了。

魏萍先是愣愣的，看到叶子辛出去后，才长长地吐出一口气……

"你怎么这个样子，垂头丧气的？"林世全走到沙发旁边，拿着烟斗，边装烟，边看着叶子辛笑着说，"战果不错嘛，向北他们动作快，边抓捕边突审，后来陆陆续续又抓了七八个！"

见林世全挺高兴地走过来，叶子辛从沉思中惊醒，抬起头来说："是吗？计划中的都抓起来了？"

林世全坐到叶子辛的对面，点燃烟斗后，说："计划中的基本抓了，只逃脱了三个；不在计划中的，也抓了几个；突审后，又抓了几个，总共抓了三十九个！"

叶子辛却低下头，有些言不由衷地说："好，好。"

"你是怎么了？"林世全把要放到嘴里的烟斗突然拿开，敏锐地意识到发生了什么事，神态严肃地问道，"冷伟那里出事了？"

叶子辛看着林世全，也极为严肃地说："林书记，要杀冷伟的您猜是谁？"

"谁？"

"江正寒！"

"江正寒？"

"……"

"他要杀他，为什么？

"在押他回看守所的路上，他一言不发！"

林世全慢慢地从沙发上站起来，把烟斗放进嘴里，一边吸着烟斗，一边踱步……

四十三

林世全吸了几口烟后就站住，脸色严峻地对叶子辛说："马上突审，你和钟向北熟悉、了解他，由你和钟向北主审。孙言现在怎么样，他可以参加吗？"

叶子辛也站了起来，神态肃穆地应道："现在可能还不成。他的外伤基本没问题，但内伤没有三两个月出不了院。"

林世全说："这样就由你们来审。你们对冷伟务必严密看守，决不能出意外。林帆部长回到军区后，主动联系到了已在淮海战役中起义的冷辉。林部长对他说，金城已解放，望劝其侄子冷伟放下武器，弃暗投明。冷辉很配合，第二天他就给林部长拍发了一份劝降电报，希望我们设法转达冷伟。林部长知道我们一时找不到冷伟，电报就搁在他那里。今天上午他听说我们抓住了冷伟，下午派人把电报送过来了。待冷伟醒来后，先给他看，再审讯他。"

林世全说着，走到办公桌旁，打开抽屉，拿出电报，交给跟在后面的叶子辛。

叶子辛接过电报，匆匆地走了。

看守所坐落在金城市的东郊，距市政府七八公里。这里关押过的大部分人犯是共产党员、抗日志士、民主人士与进步学生。

这里每一间牢房，刑讯室的每一个角落，都游荡着无数的冤魂，刻录着慑魄的吼叫，铭记着不屈的呼唤！

叶子辛坐着吉普车，风驰电掣般赶到看守所。

这时，钟向北已来到了看守所，正向看守所所长了解今晚收押人犯的安全情况。

按事先分工，今晚钟向北一直坐镇在公安局，指挥大搜捕，处置行动中所有的报告与请示。行动基本结束时，钟向北接到林世全的电话，要他立刻赶到看守所，并把任务和要求简略地说了一下。

也许是钟向北到解放区后，伙食差了，跑前跑后多了，原来胖胖的身材变苗条了，人也好像长高了，只有那秃秃的前额和大鼻子没变。不过这样看起来，倒显得精干、老练，更符合他现在的身份。

叶子辛见到钟向北，就把他叫到一边，问道："大致情况，林书记都给你说了吧？"

"说了，"钟向北说，"我大吃一惊，真没想到！"

"是啊，不是我自己亲自抓的，谁说我也接受不了！"

"从解放区回来，不，自从我被捕后，至今还没见过他呢！"

叶子辛听了钟向北的话，心中忽然一个激灵，久久地看着他，然后意味深长地说："也许你不一定认识他了！"

钟向北似乎悟到了什么，低头无语。

叶子辛叫所长去带江正寒，让钟向北去找还在这里审讯其他人犯的小许，由他做记录，他自己去刑讯室等候。

此刻的刑讯室，所有的刑具都已被搬空。虽然经过打扫，也挺干净，但仍然笼罩着阴森恐怖的气息。

不一会儿，钟向北和小许进来了。钟向北向叶子辛走过去，脸朝里面，挨着他，坐到桌子边；小许坐到侧边的另一张桌子旁。

很快，所长和两个狱警押着江正寒，也进来了。

在胸前挎着卡宾枪的狱警押送下，江正寒低着头，走到叶子辛他们对面的椅子上坐下。

狱警后退两步，站在那里。所长则向叶子辛微微一笑后，转身出去了。

江正寒默然无语地坐下来，仍然勾着头。

叶子辛和钟向北也没说话，但从江正寒进门那一刻起，他们的眼睛就一直盯着他。

审讯室里仿佛没人似的，静得可怕，若是掉根针到地上，也会吓人一大跳。

时间持续了两三分钟后，江正寒也许是觉得太静了，也许是他从沉重的心事中忽然回过神来，他终于慢慢地抬起头。

室内的灯光很亮，他骤然看到了坐在两三米远的叶子辛和钟向北。他们都头戴着解放军的军帽，身穿解放军的军服，而且脸色冷峻，目光如剑，他心中禁不住一阵颤抖。

他黑色的中山装显得挺干净的，但原来向后梳的头发已经很乱，一绺长发反倒前额，遮住右眼眉；那副深度的近视眼镜，此刻却遮不住他游移不定的眼神；那张椭圆形的脸上，胡子像突然冒出来似的，黑渣渣的，表情木然中藏着惊恐。

“老江，”钟向北忽然说，“你知道吗？我一直在找你，找子辛，找孙言。可我怎么也不会想到，我与你会在这里相见啊！”

为人温厚的钟向北，此时此刻的话语仍然充满感情，而江正寒听到钟向北这么一句话，心中突感五味杂陈：他觉得自己像掉在冰窟里，忽然晒到一丝丝太阳，仿佛在晴天里骤然听到了惊雷，在恬静无虑之中倏然被捅上一刀！

他浑浊的眼泪，从厚厚的镜片后面流了下来。

看到江正寒这副尊容，叶子辛却平静地说：“从医院来这里的路上，我跟你说话，你却一言不发。现在怎么样，说说吧？”

听着叶子辛平静而又冷峻的问话，江正寒掏出手帕，摘下眼镜，先擦了擦眼睛，又擦擦眼镜，然后再慢慢把眼镜戴上。

“唉——”

江正寒长长叹了一口气，然后才说：“今天这么一个结局，是我一直想要躲掉的，没想到真的没法躲。既然事已至此，我不说，心里反而更难受！”

叶子辛无言地看着他，钟向北则默然地朝他点点头。

江正寒顿了顿，说：“出卖原中共金城市委的人……是我，我死有余辜……”

江正寒一句话没说完，就说不下去了，“呜呜”地哭了起来，那哭声充满了悲凉、凄苦和悔恨！

其实，叶子辛早已猜到八九分，但仍然吃惊不小。他眼睛睁得很大，牙齿咬得咯咯响，放在桌上的双手紧紧地攥成拳头。

钟向北则情不自禁地“啊！”了一声，诧异得目瞪口呆。片刻后，他才在桌子上不轻不重地擂了一拳，表情很愤怒。

江正寒哭了好一阵才停下来，又用手帕擦眼泪和眼镜。

“我一直相信你是坚定的革命者，”钟向北虽然很愤怒，但语调并不高，他质问道，“你，你为什么要这样做，啊？”

江正寒抬起头，看看钟向北，神态悲哀地说：“我实在是没办法，他们不是人啊！”

“还是谈具体的吧！”叶子辛冷冷地说。

“唉！”江正寒又重重地叹了一口气，沉默一阵后才说：“那是一九四五年五月三日的晚上，原定七点三十分，我要和城北区委书记冉川接头的。吃过饭后，约七点钟，我从家里出来，看到门口侧边停有一辆黄包车，我就叫它过来，坐上去，说到大明戏院。上车后，我想心事，没注意车夫走路。约走了一条街，车夫却转进一条小巷，灯光忽然变暗，我才发现这不是去大明戏院的路。我便喊车夫，但车已拉到了一辆黑色轿车的旁边。车夫停下来，可他转过身时，已端着手枪。他对我说，‘江正寒，你被捕了！’接着，他就逼我上了黑色的轿车。轿车开出小巷，直奔军统金城站去了。

“在军统站徐伯恩的办公室里，徐伯恩把其他人赶走后，就对我说，你们共产党在国共合作期间，秘密发展组织，污蔑领袖，攻击党国，破坏统一战线，等等。我说，我不是共产党。他说，你叫江正寒，中共党员，现任中共金城市委委员、副书记。抗战前，你叫江为东，金城中学教员，秘密身份是金城市学联主席。一九三七年初，因为策划学潮暴露而逃跑。一九三八年六月，你化名江正寒，再从延安潜回金城市。我们不仅知道你的现在、过去，还知道你家住哪里，家有何人。你现在却说那些废话，有用吗？我想也是，就决定不和他周旋了。我说，既然如此，要杀要剐，你请便吧。不过我要声明，你前面说的那些，是对我党的污蔑，是欲加之罪！

“徐伯恩却阴笑着说，江先生，此时我们再说那些已无多大意义了。我们合作吧，凭你在共党的资历和地位，到国民政府我保你当个专员，怎么样？我说，合作？不可能！徐伯恩立刻阴冷着脸说，我看又未必。你可以不要官，你也可以不怕死，但你总不可能不要妻儿吧？说着，他就向外拍拍手。片刻，两个持枪特务押着我妻子杨小敏和儿子进来。我大吃一惊，怒吼道：徐伯恩，你要干什么！徐伯恩马上示意那两个特务，把我妻子和儿子带出去，然后说，你江正寒只有两个选择：一是把你知道的一切告诉我，然后与我合作，皆大欢喜。二是让你看着我给你妻子和儿子用刑。先从你儿子开始，再到你妻子。你可以是硬骨头，可你儿子和妻子却是细皮嫩肉喔。我也真想看看，你在他们的惨叫声中，在‘爸爸救我！’的哀号声中，你的骨头还是不是那么硬！听到这个畜生的话，我整个人都傻了。你说我怎么办？我感到极度的恐惧！在我眼前，仿佛真听到了他们母子撕心裂肺的惨叫声，看到了他们奄奄一息的呻吟，我都快崩溃了……”

江正寒说到这里，心情十分难过，哽咽得说不下去了。

叶子辛和钟向北则神态肃穆，默默地看着江正寒。

过了一会儿，江正寒才低下头说：“就这样，我不得不答应徐伯恩。他同时给我一个代号，叫‘狐狸’。”

“‘狐狸’？”叶子辛和钟向北不禁诧异地同声叫道。

江正寒抬起头，没说话，只点点头。

“你那么早就与他合作了，徐伯恩对市委为什么到了十二月底才动手呢？”叶子辛问道。

“这里面有多个原因。”江正寒说，“徐伯恩抓获我后，他是欣喜若狂的，因此，他决心要把中共金城地下市委一网打尽。他要我把所有市委委员的名单、职业处所和家庭住址告诉他。可我对其他六个市委委员虽然基本认识，但是他们公开的职业是什么，家住哪里，除了吴明和你们俩之外，其他的我都不知道。没办法，他只好让我暗中去寻觅、调查他们。发现了某一个，就指认给我身边的特务，再由他们去拍照、跟踪。此外，徐伯恩还有更大的野心。他不仅要在暗中控制住金城市委，而且还想收网后，突破吴明，然后渗透到省委。通过几个月的暗中寻找、跟踪和守候，在我的指认下，他们掌握了五个人的情况，就差罗田没找到。在这种状态下，徐伯恩怕打草惊蛇，仍不敢动你们。

“有一天，没想到吴明突然对我说，鉴于当前的形势，他要紧急集中市委班子召开会议，迅速动员，积极行动，宣传我党提出的‘和平、民主、团结’的方针，广泛发动群众，争和平反内战，争民主反独裁！对于吴明集中班子开会的提议，当时我内心很复杂。我本能地提醒他，这样做很危险，可不可以用别的方式？他却说时间紧，形势等不了。吴明不听劝，我内心则很纠结。刚好那天晚上，徐伯恩又约我见面。他为找不到罗田，怒斥我留后路，要拿我儿子当人质。我极为痛苦，不得已才把市委即将开会的事告诉了他。”

“这样说来，你跳窗逃跑，不仅毫发无损，而且还能跑掉，是你与徐伯恩设计好的？”叶子辛忽然打断他的话说。

江正寒说：“是的。为配合我，他专门安排冷伟守在后窗。”

叶子辛马上冷笑说：“所以，后来在多彩绸布庄那里我们接头时，你却对我说，钟向北同志的嫌疑最大，目的是将来调查时把组织的视线导向他！”

“这既是徐伯恩的意图，更合我意。当时自己出卖了党，徐伯恩又有意不让自己暴露，我就异想天开，千方百计地掩饰自己的罪行。一是把矛头指向向北。超利百货公司的龙伟平，原来是我的旧关系。一次我在清香茶馆，无意中见到他与向北在喝茶，我就断定他们是在接头。我把这个情况告诉了徐伯恩，徐伯恩在‘利丰商行事件’中，同时抓捕了龙伟平……”

“你怎么这样卑鄙？”叶子辛突然打断江正寒的供述说，“你知道吗？我听林书记说，孙言向他谈过，你妻子难产时，吴书记送她去医院，可所有的费用都是向北自己掏腰包的。难道你母亲和妻子没告诉过你？”

江正寒突然怔了一下，眼睛定定地看着钟向北。

许久，江正寒才慢慢地低下头，小声地说：“她们没说，也许吴书记没告诉她们。”

“抬起头来，”钟向北忽然说，“接着前面，继续说吧。”

江正寒缓缓地抬起头，扶了扶眼镜，说：“二是我也曾想嫁祸于子辛你的。你还记得市委被破坏前的那一次我与你接头时，我问你为什么出现在清风古玩店吗？其实，像这种情况，是无须小题大做的。我之所以此地无银三百两，就是要你猜到我指的是市委机关，后来你果然猜到了。今后组织要调查市委被破坏的案件时，可以坐实你也是知道市委机关所在地的。”

江正寒说完，又低下了头。

“如此说来，济世药房被破坏、你家被查封、你又被通缉、在多彩绸布庄他们不抓我，等等，徐伯恩都是为了迷惑我们而掩护你的？”

江正寒点点头说：“是这样。”

叶子辛又问：“你是怎么出城的？”

江正寒说："一切都由徐伯恩安排好。为了掩人耳目，我从利丰商行跑出来后，装着急匆匆的样子，跑回家拿行李，带着妻儿到徐伯恩指定的悦来旅社住下。原来徐伯恩说，第二天就可以去蓉城暂避的。可突然间他又叫以服务生打扮的特务，叫我去见面，说抓捕还在继续，还要我在金城配合他。到了第三天，他才给我'中央政府特派员胡明'的身份和车票；并叮嘱我，我的情况不能告诉妻儿，要像真潜逃的样子。到车站时，我会遇到一些情况，但他会在车站布置好，配合我顺利上车的。就这样我出了城，到蓉城去。"

"你为什么会被捕？"叶子辛问。

江正寒说："开始我不知道，市委被破坏后，徐伯恩才告诉我，是我的下线，城北区委书记冉川被密捕叛变，供出了我。我在市委的分工，除了联系你主管的工运外，还领导一个城北区委。"

叶子辛很愤怒，禁不住厉声说："他还出卖了谁？后来他又去哪了？"

"具体情况我不知道，事后徐伯恩对我说，冉川已被他严密保护起来了，要我不用担心。直到现在我都没见过他，不知道徐伯恩把冉川怎么样了。"江正寒怯怯地说。

钟向北听着江正寒的交代，心中既愤怒又悲伤。在他的心目中，江正寒不应该是这样软弱、卑鄙的贱骨头。现在看着原来高傲、深沉的他，此刻却是可怜兮兮的样子，他感到很恶心！

"大众五金店、多彩绸布庄和小林村遭到搜捕，是不是你出卖的？"钟向北声音不大，但他神态颇为恼怒地问。

江正寒看一眼钟向北，然后低下头，用十分微弱的声音说："是我。"

"据说，"叶子辛接过话问，"是我和你离开金城，向北同志被徐伯恩放出来后，他们才去袭击小林村，第二天再去围捕五金店和绸布庄的，为什么是几个月后？这样做的目的是什么？"

"能给一杯水喝吗？"江正寒突然问道。

叶子辛看一眼江正寒，接着就向小许打一下眼色。

小许立即起来，很快去端来一杯水，给了江正寒。

江正寒慢慢地喝完那杯水后，才说："在利丰商行那里，子辛你因为迟到而脱险，可徐伯恩却向我要人。我说后天，我和你在多彩绸布庄有一次接头。如果要抓，就到那里去。他想了想，却说，如果是这样，我又不急了。他叮嘱我，要不露声色，稳住你，什么时候要抓，都能抓到。徐伯恩安排我到蓉城，目的是让党组织相信我是在金城脱险，暂避蓉城的。适当时候，我再回金城，混进可能再建的新市委。自我离开金城的家起，徐伯恩就一直安排有一个叫张琦的特务——对外说是我的表侄，形影不离地跟着我。一是监督，二是保持与徐伯恩和当地特务机关的联系。我到蓉城几个月后，徐伯恩突然要我告诉他你准确的藏身之所，以及我还没说的其他党组织，否则又以妻小来威胁我。我只好把你在小林村和我备用的联络点——多彩绸布庄和吴明的一个下线——大众五金店，告诉了他。后来我才知道，原来是向北伤愈后，他为了掩护我而嫁祸于向北。他一边把向北放了，一边去小林村抓你。第二天，又去突袭五金店和绸布庄。他的这些动作，确实起到了作用。我听孙言说，市委曾一度怀疑向北就是出卖市委的叛徒。”

钟向北听到这里，恨得直咬牙。他禁不住问道：“你怎么知道大众五金店是吴书记的联系点？”

江正寒看着钟向北，脸露愧色地说：“我是猜的，不敢肯定。五金店的掌柜叫周轩原，他是我在金城中学时的学生。我常到他那里买些洋钉、铁线等用品。他知道我搞过学运，一见面就会请我喝口茶什么的，还会聊上几句。听他说话，我感到他‘掌柜’的身份是假的。我当然不会当面询问他，他也不知道我当时的身份。一次，我又去他那里买个灯泡，远远看到吴明从他那里出来。我就估计，吴明是去找他的。其实，我并不希望他真是吴明的下线。我是被徐伯恩逼得没办法，只想把一些真真假假的东西给他，应付他而已。”

叶子辛并没有理会江正寒的解释，而是继续追问道：“你在出卖市委时，这些情况你当时为什么不一并说了？”

此时的江正寒，露出了一脸的凄苦和无奈。

他看看叶子辛，又看看钟向北，然后说：“我现在说什么已没用了，但我还是想说，其实我对共产党是真心拥护、真心热爱的，共产党才是百姓大众需要的政党，她也最终会获得胜利！而对于国民党，对于国民党的政府，我是发自内心的厌恶与憎恨。哪怕后来我成了共产党的罪人，我也坚信国民党最终会倒台、会覆灭。因为他们是独裁者、封建军阀、洋人代理人组成的同床异梦的党和政府。我这种思想与信念，我的妻子是了解的。私下里，我常常和她谈这些。她不知道我是干什么的，也不知道我的罪恶，但我为什么要和她谈这些，一是为了抒发自己心中的郁闷；二是如果有一天，需要她为我说话时，她能证明我的心迹。因此，只要徐伯恩不以妻小来威胁我，我就不想说。如果他们逼得厉害了，我就说一点。当然我这样做，不是想求得共产党的谅解，而是我不愿意，因为我从骨子里鄙视他们。说实在话，对于原中共金城市委和曾经一起冒险犯难、浴血奋战、情同手足的同志、战友与兄弟被猎捕、残杀，我自感罪孽深重、百身莫赎，内心常常痛苦不已。特别是佯装携家逃跑，来到悦来旅社和初到蓉城那些天，我仿佛掉进黑暗的深渊，连死的心都有。后来见到周文伟、孙言和子辛你，我既有战友重逢的惊喜与愉悦，而更多的是罪恶感！每当与你们谈话时，凡是涉及良心、正义、气节的话题，我只能是沉默无语，无言以对。在静默中，我的内心充满了痛苦和悔恨。那种煎熬，真比下油锅还难受。有时甚至有心一横，干脆向你们自首、坦白，然后从高楼上跳下去，一死了之的冲动！然而求生的欲望，又迫使自己心存侥幸。这些年，我真是在忠诚与背叛的纠结中备受折磨，苦不堪言啊！”

对于江正寒的回答，叶子辛似乎动了恻隐之心；可他的累累罪行，使叶子辛又无论如何都同情不起来！

叶子辛看着神态沮丧的江正寒，神色凝重地说：“你说说到蓉城后的情况吧。”

江正寒沉默了一下，然后说：“徐伯恩为了不让共产党知道我的叛变，做了严密的布局，真可谓煞费苦心。得知市委要在利丰商行开会后，徐伯恩就派张琦去蓉城打前站了。张琦在那里为我租好房子，又通过金城保密站秘密据点——回春药铺掌柜陈希的大舅子、蓉城教育局副局长李品的推荐，安排我到育华中学任教。我原来在金城的济世药房，金城站则秘密安排几个特务以债主之名去经营。

“我来到育华中学，意外地遇到在金城中学时的同事——金城市原学联副主席周文伟。故人重逢，除了高兴，也不少唏嘘。徐伯恩原来就知道周文伟在金城的情况，现在听说周文伟在蓉城，便令我盯着周文伟。后来他知道周文伟要我去游说《蓉城晚报》主编马如懿，就要我打进周文伟的内部去。

从当时的情况来说，无论客观情况怎么样，在主观上我也确实很想回到党的怀抱。妄想着有朝一日，我背叛的历史被掩盖了，不仅能逃脱惩罚，还能在党内工作。然而，周文伟的戒备心理很强。有段时间，我发现督导处的李主任对我特别关注，我想这一定是周文伟的主意。因此，我向张琦报告了这个情况。张琦让我演一出无意中搭救‘共产党人’的戏，这才得到他的信任。尽管如此，也没有多大进展。这时，金城那边，新市委已组建，并且活动得很厉害。徐伯恩便放弃了蓉城，逼我回金城。当时出于种种原因，我确实不想回去，一直拖着。狡诈的徐伯恩洞察了我的心思，让张琦骗我的儿子离校，借以恐吓和威胁我。没办法，我只好回金城找机会。没想到，居然让我找到了孙言。

“回到金城，见到林世全书记——我在抗大时的老师，我很高兴，真有回家的感觉。但是，这边的徐伯恩却整天逼我要尽快打进新市委，同时要弄到林书记的住址或工作地址。为了便于监管和联系，他硬要我把张琦安排进书店去。我的内心真是极度的纠结和痛苦。如果不是为了妻儿，我早就跟他拼了!”

“周文伟和马如懿后来怎么样了?”钟向北问道。

江正寒说：“我真的不知道。离开蓉城时，我请周文伟吃了一顿饭。回到金城，徐伯恩要我详细报告周文伟的具体情况。之后，我与周文伟再无任何联系，也没听到他的任何消息。”

叶子辛说：“孙言常与你见面，他被捕，也是你作的孽吧?”

“孙言来书屋，”江正寒说，“张琦发现了他，问我此人是谁，我不得不告诉他。”

“原来徐伯恩一直都要掩护你，现在却突然把与你联系的孙言抓了，他不怕你会暴露吗?”叶子辛疑惑地问道。

江正寒说：“徐伯恩这只老狐狸，对此是经过深思熟虑的，所以，他不在书屋里抓他，而是在书屋周边的街道上堵截、跟踪他一段时间后，再动手抓他。”

“你曾在党内搞了十多年的地下工作，知识与经验都不缺，可在恢复你的组织关系并负责学运工作后，一上来却要搞大规模的游行示威，是何居心?”叶子辛愤怒地说。

“这主要是徐伯恩的主意，他想通过这样的活动，摸到新市委的踪迹。同时我也想借这样的机会，得到林书记的信任，从而重回市委核心。”江正寒小声说。

叶子辛说：“在孙言被捕前最后一次他与你接头，你向他提出要见林书记，又包藏什么祸心？”

江正寒看看神态恼怒的叶子辛，就低下头说：“徐伯恩一直逼我要搞到林书记的工作地方或住址。要是我能再见到他，徐伯恩就会派人跟踪他，甚至抓捕他。只是这次他不知道孙言已答应我传话给林书记，否则，他对孙言或许没有那么快动手。”

“你真无耻啊！”叶子辛很是愤怒地说，“后来我接替孙言，与你联系，他们又为什么不抓我呢？”

江正寒托了托眼镜，用非常低沉的语调说：“他们曾追问过我，谁接替孙言与我联系，我没告诉他们，只说共产党已暂时中断了与我的联系，也许是孙言在紫云路、紫竹路与泰和路曾多次被跟踪、最后被抓的缘故。”

叶子辛没有说话，心中很不是滋味地看着他。

钟向北则忽然提高语调说：“你是怎么知道冷伟没有死的？为什么非要杀死他不可？”

原来沉浸在愧疚、卑污之中的江正寒，听到钟向北的问话，顿时发怔。

片刻，他才“唉”地叹一口气说：“刺杀冷伟时，我的心情很紧张，胡乱地连刺他三刀。当时我以为他必死无疑，可是离开关公庙后，又担心他没死。于是，我就在城门附近守候。我想，只要有一两个小时，没见人抬他去医院，那他就是死了。想不到他命真大，我在城门等了不到十五分钟，就有两个三十多岁的农民，抬着一个人直往城里跑。我心里‘咯噔’一下，禁不住轻呼‘坏了！’接着，我悄悄尾随他们，去了济民医院。在医院里，从那两个农民向医生的简单陈述中，我已确定，被抬进来的就是冷伟。

“金城解放了，开始时我很高兴。因为我背叛党的事，除了张琦，只有徐伯恩和冷伟两个人知道。现在听说他们都逃跑了，我想，只要找机会除掉张琦，我的罪行就能瞒天过海。可没想到，金城解放的第二天，张琦就拿来了冷伟用隐形墨水写的一封信。信中说，他和他的兄弟还在金城，要我不要背叛他们，党国只是一时失利，共党坐不了天下。要是我胆敢反水，或者不听话，我儿子随时会横尸街头。同时他要我提供自首、投诚的军警宪特的名单以及军管会的内部情报。我当时兴奋的心情，不仅被他一盆冷水从头浇到脚，而且内心极度恐慌！在无可奈何下，我利用秘书处长的职权，弄到了部分国民党自首、投诚的人员名单。对于军管会内部情况，实际上我知道的也不多，只把半公开的东西胡乱地塞给他一些。自我给他名单后，一些人的家或所在的商号、店面就不断地被炸，一些人不断地被暗杀。被暗杀的人，有的死在家里，有的死在路上，有的死在商店、菜市里。每天都有数起血淋淋的凶杀案发生，有祸从天降的冤魂横尸街头。我被凶残的血案吓得心惊肉跳，寝食难安！在我魂不守舍，整天像个行尸走肉般晃荡的时候，张琦又来找我，说要我九日上午九点，到城南关公庙去见冷伟。张琦一走，我两腿就发软。我知道，他要见我，绝没好事。我想，再这样下去，怎么得了？面对当前的形势，国民党肯定是无力回天的。我想确保妻儿安全以及重回革命队伍的侥幸心理，使我下了决心，必须把他杀了！

“第二天上午九点，我准时来到关公庙，冷伟却比我晚到两三分钟。其实，他已早到，只是躲在一边观察动静。他进来后，先是表扬我上次的合作，接着问我林书记和郝主任的家庭住址、活动规律，我知道他想干什么。于是，我说还要回去摸一摸。接着，我又突然说，我还有一份名单，你要不要？冷伟听了，表情有些兴奋地问，什么名单？我没说话，装作在掏名单，右手摸到腰间，然后轻轻地抽出匕首，瞬间就向他腹部刺去。接着，又连刺两刀。他‘喔喔’地惨叫几声，两眼睁得比牛眼还大，双手紧捂腹部，鲜血却直往外涌，很快他就跪倒地上。

“看到一地的血污，我想，他必死无疑，就慌忙地走了，没料到却有人把他救了。今天，不，应该是昨天下午临下班时，我正在惦记着这浑蛋能否救活时，就听到办公室的人说，原来保密站的副站长被人杀了，但没死。我的头忽然‘嗡’的一下，心房‘怦怦’直跳。我脑子也在紧急盘算，他不死，按其性格，他绝对不会放过我和我的家人！于是，我决心在深夜潜到医院里，趁他奄奄一息的时候，彻底把他弄死。然而，当我来到街上时，却发现卫戍部队有行动。可我没有犹豫，因为我想，这倒是一个好机会。街上有行动，医院的防范必定会松弛，而且这是背水一战，非去不可！我便躲避着时不时出现在街上走动的战士，摸到济民医院。却没想到，我会掉到你们的圈套里。”

看着失望与无奈的江正寒，叶子辛的脸上露出了冷笑。

“罗田在哪里？你见过他吗？”钟向北又问道。

江正寒顿了顿，然后像在边思考边说：“我没见过他，他在哪我也不知道。其实，自我离开金城，到金城解放，我再也没有见过徐伯恩……”

此时，天边已发白，新的一天又来临了。

这时候的江正寒，样子并不疲劳。无论从表情还是语调看，他都没有昨晚刚进来时那样的愁苦、冷漠和不安。现在他整个人显得自然与轻松。细细观察，还隐隐约约能感受到他骨子里原有的那股子冷傲。

看着坐在那里，略微低头，样子仿佛还在思考的江正寒，叶子辛心里的感受颇为复杂。

在医院里抓到他的那一刻之前，自己无论如何都不会把他与叛徒相提并论。对他的革命热情、革命意志和革命信念，自己从来没有怀疑过。他长期是自己的上级，而且参加革命早，有文化，说起话来素来都是从容镇定的。虽然他待人深沉冷傲，可自己从心底里对他敬重有加。然而，在医院里，当他把口罩扯下来的一瞬间，自己忽然感到，原来耸立在自己跟前的高山，只不过是一坨雪堆，太阳一照，就土崩瓦解了！

江正寒背叛党，出卖组织，出卖同志，却说是迫不得已，还口口声声说，他热爱党，坚信党，这是一种什么样的逻辑？诚然，他的妻儿是无辜的，那是敌人的无道与凶残，令人发指！可是为了自家的妻儿，他就能让别人的妻子失去丈夫，让别人的儿女失去父亲，又让别人的母亲失去儿女吗？

儿女情长是人性，可阶级压迫是没人性的。共产党人进行阶级斗争，就是要消灭没人性的阶级，因此，这种斗争必然是残酷的。正因为它的残酷性，就决定了革命者奋斗的悲壮，牺牲的无所不在。江正寒你既然承受不了它的残酷，你就不应该走到革命队伍中来，革命队伍也会因此少一些冤魂！

审讯室出现了短暂的安静。

钟向北看看手表，正想对叶子辛说什么，高立却匆匆地走进来，凑到叶子辛和钟向北中间，悄悄地说了两句话。

叶子辛略显疲倦的脸容一下子微笑起来。他眼睛发亮，扬着眉毛说：“好啊，我们去会一会他！”

四 十 四

……吾侄出身贫寒，为避欺凌，弃学从戎。为国为家，汝打内战，逐倭寇，九死一生十余载。汝今军阶虽至上校，可令慈仍食不果腹，清苦如故。汝家如是，国人亦莫不如此，何故？诚当为政之道也！蒋氏集团，背叛总理遗训，独裁领政，党同伐异；对外媚敌卖国，对内动辄杀戮；贪官污吏，上行下效；横征暴敛，民不聊生。此等暴戾之政，则国已不国，岂能民心不失？然共产党，胸怀民族，不畏悍敌，勇斗强虏；心系百姓，为民谋利。今在其建政之地，均已实现总理“耕者有其田”之遗训。吾与汝家，亦已同享甘霖……

看到这里，冷伟拿着信笺的手在微微发抖，蜡黄的脸色，泛起淡淡的红晕，胸脯在急速地起伏。

他本能地挪一挪身子，想坐得直一点，可腹部伤口的剧痛，不由得使他“哎哟”一声叫出声来。没办法，他只好保持挨着床头、斜斜躺着的姿势，继续看他伯父冷辉来的电报……

这份电报，他已经看了三遍。

今天拂晓的时候，他就醒过来了。他知道自己是怎么受的伤，也知道自己现在是躺在医院里，但不知道自己昏迷了多长时间，也不知道是谁把自己送到这里来的。

他静静地观察一遍病房，感到状态很正常，环境很平静，可他也很清楚，自己已经被捕。门外就有共军，或者他们的公安看守。

他感到腹部被紧紧地包裹着，有意识地轻轻用手摸摸腹部，触碰到了缠着的绷带。他又看看还插着的氧气管、输液管、氧气瓶和悬着的药瓶。

他想，自己现在怎么办？他们有可能等一下就来提审、动刑。跑吧？跳窗，或者把门外的看守杀了，硬闯出去？可自己这样的身体，能跳窗吗？能把门卫杀了吗？即使都可以，自己这样的伤势，出了医院，就意味着死亡！

想到这里，冷伟情不自禁地动一下身子，突然一阵剧痛袭来。他明白，一切侥幸都将是徒劳！

他觉得，也许这就是命了。自己的命运，既不能为党国尽忠，也不会抛尸荒野，只能把命偿还给共党了！

世界上难道真有报应之说？这就是报应循环？

此念一出，他的眼前，忽然出现利丰商行满地横尸、一屋血腥的惨象；沉沉黑夜中，小林村口枪声四起，酒坊里两个共党突围，才冲到门口，就一一倒下；还有孙言在刑讯室里讲的那些话，以及他受刑时那刚烈的样子……

冷伟从当兵到进军统，都坚信国民政府是正统，蒋介石是当然的领袖。谁反对政府，反对蒋委员长，都必须人人得以诛之！共产党是以反对委员长、推翻国民政府为己任的政党，对其进行镇压，是天经地义的，所以，在抓捕、围剿和残杀共产党人中，在他的心里是替天行道，决不手软的。

因此，他从来没有感到过后悔。

然而，冷伟毕竟是一个读书人，对事物总会有些自己的思考。虽然他从来没有怀疑党国和蒋委员长，但是在国共缠斗的二十多年里，对一些人和事，他嘴上不说，内心却老是想不清楚。例如对孙总理，为什么国共都以其为革命领袖，而称颂他？据说张学良和杨虎城是听从共党的挑唆，才发动“西安事变”的，可他们为什么要听共党的？而最后，杨虎城不同意放委员长，共党却同意放了委员长？抗战胜利后，委员长和国民政府不仅得到全国民众的拥护，而且在军事上也得到了美国的全力支持，使得国军的实力远非共党可比。然而，为什么只在三两年的时间，国军就一败涂地，国民政府丢了半壁江山？这期间，不仅老百姓对党国怨恨载道，而且众多的国军高级将领也纷纷倒戈，部队中，军、师、团成建制地哗变。这究竟又是什么问题，为什么会这样？

特别是近一两年，冷伟几乎每天都听到国军哗变、将领倒戈的消息。面对这样可恶、可憎又可痛的噩耗，冷伟真是百思不得其解！

在他隐蔽到危善谋面粉厂的第三天，他又得到黄维十二兵团、其伯父冷辉所在的一一〇师倒戈的消息。

他感到错愕，感到痛惜，更感到不解！

他爱伯父，钦佩他的学识与修养。没有伯父的关怀、呵护，自己和母亲孤儿寡母的，命运会更凄惨！伯父对自己是寄予厚望的，他能给自己的都给了。只是伯父宅心仁厚，略缺胆气，在官场上很不如意。伯父毕业于云南讲武学堂，在一一〇师副官处任中校副处长十多年，直到前几年才晋升为参谋处上校处长。

可伯父对此好像并不在意，只有自己常常为他鸣不平。自己也确实不明白，党国的官场，为什么如此的肮脏、如此的不平呢？

每每想到此，他就想到徐伯恩与戴笠的关系，想到徐伯恩在抗战胜利接收时那些龌龊的行为，以及后来赵谦的死。自己是憎恨赵谦，可老谋深算的徐伯恩为了他自身利益，也正好利用了自己这一点。至于自己能顺利升迁，并不是因为自己有多大能耐，而是比较听话，能为徐伯恩办事，并且可以牵制、打击赵谦的缘故……

清晨，医院还没上班，冷伟躺在病床上胡思乱想时，高立走了进来。

高立看到冷伟睁着眼睛仰卧着，就微笑地走近他，说：“冷先生，醒过来了？感觉怎么样？”

听到说话声，近视眼的冷伟没看清来人是谁，就伸手到桌上，想拿眼镜，却没摸到。

高立见状，赶紧把桌上的眼镜递给他。

冷伟戴上眼镜，神态冷漠地看着穿军装的高立，没有说话。

高立见他满怀敌意，也不想和他多说什么，便从口袋里掏出一封电报给他，说：“这是你伯父冷辉给你的信。你没有什么，好好养伤吧。”

冷伟迟疑了一下，才把电报接过来。

高立转身出去，刚走到门口，一个护士走了进来。

护士给冷伟量体温、血压，给他打针、吃药。忙完后，就要走出去。

冷伟却突然把护士叫住，要她把自己扶起，头靠到床头上，半躺着。护士说他伤重，现在还不行。冷伟马上瞪大眼睛，并说要把输液管扯了。护士没办法，试着把他扶起来。

费了好大劲，才慢慢地把他扶到床头挨着，成半躺样子。

护士出去后，冷伟立刻打开伯父的电报，贪婪地看起来。

第一次急匆匆地看完信，他若有所思。接着，他又慢慢地看第二遍。这一回，他似乎领悟到了什么。

他觉得，伯父信上有些话，平时在审讯共产党人时，也曾听到过。只是自己从来没有用心去想，都把他们说的当成妖言惑众、别有用心了。现在却是从伯父的信中看到，他的心，像黑沉沉的夜空，突然打亮几道猛烈而耀眼的闪电。他的思维，一下子穿透了那一道堵着自己十多年的心墙。对过去自己很多的疑惑、不解的东西，他好像渐渐地看到了真容！

第三次看信，当他看到“吾与汝家，亦已同享甘霖”时，他的目光就死死地盯住了这一句，他的心房“怦怦”直跳，像被重锤敲打似的。

他不禁不断地发问，这是真的？可能吗？可我们是共产党的敌人呀！

这不会有假，他相信伯父！他知道他的性格，相信他的人品，他不会对自己说假话。如果是有外力强迫他写这封信，就不会有这样的细节和深切的情感。

他也相信共产党会有这样的胸怀。他们在西安都能把蒋介石放了，又怎么会去为难下面的小喽啰呢！

冷伟也许是累了，也许是在思考，他拿着信的手慢慢放下，头挨着墙壁，闭上眼睛，静静地半躺在那里……

下午两点多钟，叶子辛、钟向北和小许走进冷伟的病房。

此时，冷伟已平躺在床上睡觉。

小许走近他，轻轻地叫道：“冷先生，还在睡吗？”

冷伟睁开眼睛，皱着眉头，拿起枕边的眼镜，戴上后，见房子里站着几个穿军装的共军。

钟向北？他怎么也在这里？

冷伟一脸狐疑地盯着钟向北，片刻后，他又扫视着叶子辛和小许。

他想，来了，他们终于来了！

他们是要把自己带走吗？是提审？刑讯？

“老朋友，”钟向北脸带笑容地对冷伟说，“我们久违了，你能坐起来谈谈吗？”

坐起来谈谈——冷伟想，不带我走？

这时，冷伟又看到把他叫醒的那个人，搬来两张椅子，给叶子辛和钟向北。

冷伟知道了，他们不是要带走自己，而是要在这里谈。

自从看过冷辉的电报后，冷伟想了很多。对原来很多糊里糊涂的东西，自己像去解一道数学题。因为原来对题意不理解，怎么也解不了。现在突然明白了题意，题就一一解开了。为此，他的心情轻松了很多，觉也睡得踏实了。

冷伟是第一次作为俘虏，近距离、面对面地看着自己的敌人——共产党的军人，心里不免紧张与猜疑。

当听到钟向北的话和看到小许搬来椅子时，他又镇定了下来。

冷伟说："行，你们谁来帮一帮我，就可以了。"

"我来吧!"小许边说，边立刻走过去。

冷伟靠着床头坐好后，小许也找了椅子坐着。

对于冷伟如此平和、顺从的态度，叶子辛感到很诧异。他想，一个被军统彻底洗脑过的特务头子，他的思想会变化如此之快，叶子辛感到很高兴。

于是，他语调平静地说："冷先生，我们不绕弯子了，直说吧。你知道，刺杀你的是江正寒吧?"

冷伟点点头说："是的。"

"那他为什么要杀你，知道吗?"叶子辛说。

冷伟平静地说："杀我灭口嘛。"

叶子辛说："灭口？这话又从何说起呢?"

冷伟略思考一下，然后说："实际上，他从民国三十四年五月份开始，就已经是两面人了。知道他是两面人的，只有我和徐伯恩，哎，还有一个，张琦。现在徐伯恩跑了，估计这辈子他都不会见到他。他把我杀了，之后再去杀了张琦，那么你们就不会知道他曾是两面人。这样，他仍然是你们的同志。"

"他是怎么样成为两面人的?"钟向北问道。

"我们军统有一个叫'突击战术'。"冷伟用中指顶一下鼻梁上的眼镜说，"其内容有三点：一是秘密逮捕。二是突击攻心。三是迅速放人。这个战术目的是要在对方培养我们的内线细胞。江正寒的事要从一个叫危善谋的特工说起。危善谋的公开身份，是金城市为天面粉厂的老板，秘密身份则是保密局金城保密站的外勤特工。民国三十四年初的一天上午，危善谋发现他的仓库工人丘六旺，躲在墙角看一张《新华日报》。由于看得入迷，危善谋来到他的身边，他都没发现。直到危善谋忍不住咳嗽，丘六旺才被吓了一跳，同时迅速把报纸藏到身后。危善谋则和善地笑着说，你不用紧张，这是一份好报纸，只要能找到，我也很爱看。就这么一个契机，危善谋发现了为天面粉厂里有共产党的地下组织。徐伯恩知道后，他要我和危善谋抓住这条线索进行密查。过了十来天，他突然命令我与危善谋密捕丘六旺。第二天上午，危善谋在厂里公开说道，要丘六旺跟他到乡下收麦子。其实，他是把丘六旺带到乡下一个隐蔽处，由我带人把危善谋和丘六旺逮住。我对他们说，国共合作时期，你们共产党违禁从事地下活动，破坏抗日统一战线，要受到政府严惩。危善谋装作害怕、知错的样子，把他知道的东西全说了出来。丘六旺很年轻，读过两三年小学，才参加共产党不久，是支部委员。在我的严词训斥下，他一开始感到很茫然。当看到危善谋那副害怕、后悔和听话的样子，他也把他知道的情况全说出来了。我则立刻趁热打铁说，你说这些都是共产党的秘密，说明你愿意与政府合作，但是支部书记封云知道了，你就是叛徒！丘六旺瞬间脸色惨白，整个人几乎要瘫倒。就这样我们秘密控制了丘六旺，封云却全蒙在鼓里。

“危善谋通过伪善的言辞和丘六旺的引荐，骗取了封云的好感，同时他与厂里的特工演戏——特工故意给封云找碴，危善谋则及时给封云化解危机，同时还以资助封云活动经费等手段，赢得了封云的信任。一段时间后，徐伯恩认为时机成熟了，又密捕封云，欲劝降他。可是封云态度强硬，誓死不肯。徐伯恩就把危善谋的身份告诉封云，并把封云从危善谋手上接过钱的照片拿出来，然后说，封先生，如果我把这个照片登在报上，你说将意味着什么呢？这个打击，让强硬的封云霎时崩溃了。

“封云秘密叛变，供出城北区委书记冉川。徐伯恩即决定密捕冉川。一天下午，冉川要去和封云接头，当他走到偏僻处时，我们突然出现在他的跟前，并迅速把他塞上车。抓到冉川后，徐伯恩又对他进行诱降。冉川不从，我们就动大刑。冉川受刑不过，什么都说了。于是，我们立刻把他放了。这样，冉川的下线、城北区委机关以及他的上线——金城市委副书记江正寒，我们全部掌握，可是中共金城市委和相关人员则全然不知！

“抓江正寒时，方式与抓冉川一样。这边抓江正寒，那边则去把他的夫人和儿子骗出来，拉到保密站——那时还叫军统站。说实在话，徐伯恩与你们斗了十几二十年，他确实积累了丰富的经验。他知道，你们的干部，级别越高，对组织越忠诚。他对于用重刑使你们屈服是持怀疑态度的。能抓到江正寒，徐伯恩是很高兴的，因此他高度重视，也进行了深入研究。

“江正寒进来后，也是气定神闲的。开始否认自己是共产党，在知道自己无法隐瞒后，他的态度更是强硬。徐伯恩没办法，只好使出撒手锏，把他的妻儿带出来。这一回，江正寒坐不住了，顿时暴跳如雷，声嘶力竭地咒骂起来。事后，徐伯恩对我说，当时他骂得越凶，我内心越是高兴。证明我们抓到了他的软肋，我的戏就可以唱下去了。果然不出所料，在徐伯恩说要拿他的妻儿去上刑后，他就哭着哀求说，放了他的妻儿，他愿意合作！

“江正寒招供后，就像对前面已叛变的人一样，马上放他回去，没有惊动任何人，仿佛什么事都没有发生似的。这时的徐伯恩踌躇满志，他酝酿已久的宏大计划，似乎正在走向成功的殿堂！”

叶子辛似乎听懂了什么，就打断冷伟的话说：“宏大计划？是不是你们的什么‘狐狸计划’？”

冷伟看着叶子辛，平静地点了点头。

“它具体内容是什么？”叶子辛问。

“自全面抗战后，徐伯恩对你们共产党的情报工作一直都没有什么建树。他曾十分苦闷地叹说：‘随着国共纠纷逐步增加，又重新挑起这副担子。只是形势已变化，对共战斗，无论就形式、内容或其结果来说，都不如前阶段了。’为此，他也常常受到上峰的训斥、责骂。在抓住丘六旺这条线索，特别是十分顺利地降服封云、冉川和江正寒后，他像打了鸡血似的兴奋。他妄想着由此再捕获中共金城地下市委书记吴明，从而通过吴明寻找到省委，再渗透到你们当时的南方局，直至延安，以建立他的不世之功。”

一直在聚精会神地听着冷伟供述的钟向北，此时忍不住冷笑着说：“徐伯恩既然有如此宏大的计划，按理说，江正寒叛变后，你们要找到吴明并不难，却为何等了那么长时间，你们才动手呢？”

“是的，”冷伟说，“当晚，江正寒就供出吴明的落脚点——古贤路清风古玩店，也就是中共金城地下市委机关所在地。可是，徐伯恩并不着急。徐伯恩是一个思维缜密之人，他知道，要顺利实现其计划，其中的困难是很大的。若是一着不慎，就会全盘皆输，所以，他要步步为营。在走下一步之前，他务必要把眼前的这一步迈踏实了。他的盘算是，找到你们的省委、渗透到南方局，打进延安，都是锦上添花。如果金城市委的首脑还没摸清楚，贸然去动吴明，万一失手，就会鸡飞蛋打，还谈何宏伟计划？若是把市委成员全掌握了，即使往上发展受挫，能把中共金城市委一网打尽，那也是一个巨大的胜利。为此，他把计划上报总部时，都做了上、下二策的方案。由于你们都是单线联系，江正寒虽然是金城市委的老人，但仍有一部分成员不知道其职业、住所，只有通过寻找、摸查，以及盯梢和守候等方式去取得。经过几个月的工作，江正寒把市委其他六个成员中的五个人摸清楚，只差罗田的情况无法弄到。因此，徐伯恩怀疑江正寒有意隐瞒。于是他秘密约见江正寒。没想到江正寒见到徐伯恩后，却提供了市委领导成员即将秘密集会的消息。面对这个意外消息，徐伯恩却颇费踌躇。他知道，这确实是天赐良机，因为个别密捕，难保不会失手。这个集会不仅罗田的问题解决了，而且一锅端的把握性和安全性是最高的。可是，若就此收网，极有可能会惊动你们省委。但如果不行动，又怕错失良机！思考了一个晚上后，好大喜功的他，终于决定借此机会一网打尽。然而，人算不如天算，收网行动却是意外频出。首先是情报处无意之举搅了局，使得叶先生你迟到了——大概是行动前的三天，柳枫的手下偶然发现‘老鹰’在民国三十四年初，从济民医院救走一个新四军副团长时，在断后的几个人中，枪法最好的人很像你。柳枫严令跟踪，有把握时即行抓捕。可是，每次都被你甩了。行动那天早上，他们又看到了你。而徐伯恩为了保密，围捕利丰商行的行动，在出发前两小时才告诉大家。柳枫他们不知道你也是行动对象之一。于是，你迟到了。其次，原本方案是等你们会议开始后，我们一组人马在小洋楼外面堵截，一组人马忽然冲进楼内，以迅雷不及掩耳之势让你们缴械投降的。然而因为在外有化了装的孙言放哨，发现情况异样而报警。里面的人得到报警，立刻往外跑，保密站副站长赵谦莽莽撞撞就开枪。故此整个局面完全超出了预想，造成了三死、两伤、两逃脱。”

“你说的两逃脱，”叶子辛插话说，“指的是我和江正寒？”

冷伟看着叶子辛，点点头。

叶子辛却鄙视地笑了一下，说：“我可以说是逃过一劫，但江正寒也算逃脱吗？”

冷伟平静的脸上，并没有特别的反应。他说：“当然，表面上他是跑掉了，并且是我故意放他走的。罗田想跑就跑不了，被我打伤了。”

叶子辛说：“当时在小洋楼后面，不止你一个人吧？你那个同伙事先知不知道你要放跑江正寒？”

“他不可能知道，就是副站长赵谦都不知道。”冷伟说，“这是徐伯恩‘狐狸计划’中的核心机密。他对这个计划，不仅保密程度高，而且是布局绵密，费尽心机的！”

“是吗？说说具体情况。”钟向北突然插话说。

由于长时间保持一个姿势，冷伟可能是有些累了，想挪动一下，但他的脸立刻露出痛苦的表情——伤口疼痛。

叶子辛见状，就轻声问道：“你用不用休息一下？”

冷伟顿了顿，说：“不用，你们来个人，再帮我一下。”

小许听到，马上过去，再拿一个枕头，垫到他的背后，扶他坐直一些。

弄完后，冷伟稍作沉思，然后说：“说实在话，如果不是徐伯恩要离开金城，关于这个计划的很多情况，我也不知道。此刻我已明白，徐伯恩匆匆赶回南京，述职汇报，这是他的职责所在，当然必须回去。然而，不管他嘴上怎么说，他的内心深处我也心明如镜：他这一走，不可能再回来，我与他也许就是诀别！所以，他除了鼓动我继续去拼命外，还把‘狐狸计划’是怎么形成，其动机、目的和设想，以及实施过程中我所不知道、不明白的种种情况告诉了我。此后我想，他的所谓‘狐狸计划’，实际上一开始就受挫了。他是边受挫边调整，到金城都丢掉时，就剩下从江正寒那里弄到点情报而已。

“在得到丘六旺这一条线索后，他就萌生了一个计划。这个计划到了封云叛变时，已成雏形。所谓雏形，就是零碎的、很不完整的。当江正寒告诉他，中共金城地下市委要集中全部领导成员开会后，他的‘狐狸计划’才完整、成型。他说，要使这个计划成功，极其重要的核心，是怎样才能保证江正寒的叛变不暴露。如果抓到吴明，吴明也叛变，那又怎样使吴明不暴露，依此类推。这叫保护‘内线细胞’。因此，为了保密，不仅站里只有我知道，而且在上报总部时，凡见诸文字的都是语焉不详的东西。他决定在利丰商行行动时，就密嘱我把守小洋楼后面。他说，如果发生意外，要我务必做到不留痕迹地放跑江正寒，他已与江正寒说好了。我得到密嘱，就挑选一个憨厚、听话的特工小龚随我守候。到了那里，我对小龚说，如果有人要逃跑，我不开枪，你不能开枪，务必抓活的。后来见江正寒要跳窗了，我又对小龚说，我来对付这个，你看着后面。江正寒一跳到地上就猛跑，我的子弹落点却一直在他的屁股后面。眼看他跑远了，小龚要去追。这时罗田正要往下跳，我立刻喝令道，别追了，封住后面！就这样，江正寒跑掉了，罗田中了两枪。

“在行动前，徐伯恩已做了周详思考。他说，如果行动不顺，由隐秘被迫变成公开，那就一定会惊动你们的省委。若是金城市委一下子被连锅端，省委肯定会怀疑你们内部有鬼，那么他们必然会进行调查。为此，他必须准备一两个人做替身，以掩护江正寒的叛变。于是，他从收集来的资料、照片中，对六个市委委员进行了详细的研究。经过一番比较后，他首先选中了钟先生。因为抓捕一旦变成公开的行动，那么接下来的必然是全城大搜捕。我们原来掌握的为天面粉厂、城北区委机关和市委机关等共产党员，要悉数逮捕。一下子抓那么多人，谁最有可能向我们提供那么多信息？除了吴明和江正寒，只有组织部部长才有这样的可能。因此，徐伯恩首先从材料的准备上，就故意留出破绽。他在《共党金城市委领导人名单及本人概况》和辨认的照片中，有意把钟先生略去——徐伯恩当然不希望泄密，这只是他的防范措施。然后他再通过一系列的操作，逼迫钟先生与我们合作。他认为，你们共产党人最讲清白、忠诚。一个党员被捕后，只要组织认为他忠诚、清白，那么他什么酷刑都可以扛得住。如果钟先生被我们不明不白地放了，你们肯定会认为他已叛变了。钟先生若是受到组织的怀疑，甚至追杀，那么他只能选择与我们合作。即使他一时不就范，那也没问题，因为你们一定不会改变他已叛变的认定。这样经过你们一段时间对他的追杀后，在走投无路中，他必定会回头来找我们的。这样的设计，徐伯恩至少能收到一石二鸟的效果：既掩护了江正寒，又收服了钟向北。可惜，徐伯恩太自信了！

“为了深藏江正寒，徐伯恩用了极端和隐蔽的手段。城北区委书记冉川供出了江正寒，对徐伯恩来说这本来是有大功的。可是为了江正寒，他要灭了冉川。在我们行动那天，徐伯恩要冉川回区委机关，佯装抵抗，还说我们的人不会伤着他的。暗地里在《共党地下组织及其人员名单》上，他却要写上冉川的名字，抓捕人时，严令狙击手古新要当场击毙冉川。对于处置冉川的事，徐伯恩还交代我，不要告诉江正寒。在《向政府自首自新分子名单及其本人概况》中，他只列有丘六旺、封云、龙伟平、郑木金、陈三妹、刘铁等，而没有冉川和钟向北。他这样做，目的一是使你们觉得江正寒的下线冉川没有被捕、叛变，从而不会怀疑到江正寒。二是不列钟向北的名单，并不是因为他没有叛变，而是要你们联想到'狐狸计划'里的'潜伏者'。利丰商行行动开始后，徐伯恩马上发出通缉江正寒和你叶先生的布告。行动基本结束后，他立刻让江正寒到蓉城暂避。在离开金城时，徐伯恩没有把江正寒的真实情况告诉火车站，只对火车站站长说，'见到国民政府特派员胡明，要好生招呼，放行通过！'江正寒一家到蓉城后，先期到那里的外勤特工张琦为他们安排好了一切。让徐伯恩没想到的是，江正寒在蓉城竟然遇到了以前的同事——我们曾经通缉过的共产党员周文伟。江正寒说，他可能是共产党蓉城市委的大官。徐伯恩因此很高兴，要江正寒想办法打进蓉城市委。然而，由于周文伟防范严密，江正寒终究无法如愿。周文伟对江正寒恢复基本信任，是由于江正寒曾向张琦反映，他可能被周文伟的人注意上了。为此，张琦便想着如何为江正寒解套。一天上午，江正寒从蓉城百货公司出来时，张琦发现有人跟踪江正寒，于是他急中生智，迅速安排了一场他救所谓共产党的马戏。

"随着你们在金城的活动日趋频繁，我们确实黔驴技穷了，徐伯恩为此三天两头遭到上峰申斥。于是，他不得不放弃蓉城的打算，令江正寒撤离蓉城返回金城，准备打进你们新组建的市委。可此刻的江正寒却不愿回来，拖着不动。徐伯恩则命张琦把他的小孩偷偷地骗出去，借以警告江正寒。至此，江正寒才想办法回金城。他回到金城，见到了市委委员孙言、市委书记林世全。徐伯恩很高兴，要他尽快打进去。可江正寒因为在蓉城的时间无人为他证明，所以新计划进展不大。随着国共战事的发展，国民政府颓势日甚，徐伯恩要江正寒搞到林世全家里或工作的地址，江正寒却始终没办法搞到。由于徐伯恩在金城对共斗争了无起色，他就向毛人凤提出到蓉城去抓捕周文伟，以补其在金城的无为。毛人凤不仅不同意，反而把情报给了蓉城保密站。这样，周文伟等七八个人被捕，《蓉都晚报》总编马如懿也身陷囹圄。徐伯恩的手插不进蓉城，为了挽回面子，决定抓捕孙言。我们按照江正寒提供孙言会到他的黄金书屋接头的情况，就派出苏昌文等几个特务，在紫云路、紫竹路和泰和路一带巡逻守候、跟踪。一天上午，徐伯恩从江正寒那里得知孙言又要到书屋去，他马上下令抓捕，孙言就这样被捕了。”

“对于孙言，”叶子辛打断冷伟的话说，“由于江正寒的出卖，其实你们早已掌握了他的行踪，为什么迟迟不动手？”

冷伟说：“徐伯恩的‘狐狸计划’到了后期，其最终目的就是让江正寒重回你们市委核心，然后再来一次‘利丰商行事件’。要是贸然抓了孙言，孙言又拒不合作，他的‘狐狸计划’就前功尽弃了。”

叶子辛说：“好，你接着说。”

冷伟用手托了托眼镜，说：“徐伯恩这边想方设法掩护江正寒，那一边又同时使用种种手段，务必要你们怀疑、相信钟先生是叛徒。一是徐伯恩放了钟先生，又要让他察觉不到是阴谋。一方面他对钟先生称，是因为国共合作的大局和双方上峰的交涉；另一方面，他让人偷偷地在钟先生枕头底下塞纸条，冒充共产党组织与其联系。二是对钟先生封锁其他市委领导的生死情况。这样不仅可以掩护江正寒，而且还会使钟先生出去后，继续寻找组织。三是他通过江正寒，找到钟先生的下线——超利百货公司的党支部书记龙伟平，逮捕他。龙伟平很快就叛变，导致百货公司的大部分共产党员被捕。四是钟先生出来后，徐伯恩要我们秘密地跟踪他，因而顺利地抓到了利丰商行的副经理朱云和得利钟表店的掌柜曹标。五是我们马上突袭大众五金店和多彩绸布庄、小浦县小林村。据江正寒说，五金店是吴明的联络点；多彩绸布庄则是他自己的备用联络点。这时候，叶先生你还藏在小林村。徐伯恩设计，在钟先生一出来，我们就突然袭击这些地方。这样就会造成是钟先生出卖的假象，同时又十分有力地掩护江正寒，还会抓捕到原来跑掉的你——叶先生。六是把已牺牲的罗田，以不小心说漏嘴称罗田已与我们合作的假象，透露给钟先生。因为钟先生没叛变而被误解，当他得到罗田的消息后，必然会拿这个消息来证明自己的清白，以达到扰乱你们视线，隐蔽江正寒的目的。七是徐伯恩放了钟先生后，钟先生终于发觉是圈套，就举家逃跑。为此，徐伯恩要我虚构一篇《苦海无边　回头是岸》的人物专访，刊登在《金城晚报》上。这样做，目的有二：一是向你们暗示叛变的是钟先生，以掩护江正寒；二是断了钟先生回去的路，逼迫他投靠我们。”

听了冷伟的供述，钟向北内心很不平静。对于个人的名利得失，他不在乎，只是对敌人的阴险、狡诈感到愤恨，同时他也为自己始终坚信党以及党对自己的实事求是感到庆幸。当然，他更为自己因为轻信与鲁莽，使同志们遭难而感到羞愧和内疚！

叶子辛的思维仍然沉浸在案情中。他说：“你们在利丰商行的血案中，共破坏我基层党组织十多个，抓捕了五十多人，主要是依据江正寒的出卖吗？”

冷伟思索片刻后，说：“一部分是江正寒，还有的就是冉川、龙伟平等一批叛变与自首分子。”

“罗田的情况，你还没说，他受伤后，到底怎么样了？”钟向北忽然又问。

“罗田的情况，和在小林村被打死的那两个人一样，都是迷魂阵。”冷伟说，“罗田的伤势比你还要重，抬到医院就死了。徐伯恩得到报告后，灵机一动，立刻命令由我率人，半夜里偷偷把他运到郊外埋了。徐伯恩对你的逼降本来很有信心，但他做事都会留后手。在抓捕行动前，一直没搞到罗田的照片，罗田受伤被俘大家又都知道。现在他死了，徐伯恩要秘而不宣，再给你们设一个谜，所以，在和你谈话时，他故意跟你说，罗田态度好，识时务。至于隐匿小林村那两个人，徐伯恩的目的是不让你们知道我们袭击的确切情况，从而达到让钟先生背上黑锅，把水搞浑，保证江正寒不暴露，深埋他这条内线。”

冷伟讲到这里，叶子辛和钟向北同时沉默了。

“江正寒为什么要杀你灭口呢？”叶子辛突然又问道。

冷伟在叶子辛和钟向北思考时，他摘下眼镜，轻轻地擦着。

听到叶子辛问话，他又慢慢戴上眼镜，想了想说：“我们早就看出江正寒心有不甘，有重回你们组织的侥幸心理。如果没有他的妻儿做人质，又没有徐伯恩想方设法为他隐瞒背叛行为，他至少要逃跑，或者自杀。听张琦汇报，他对贵党的宗旨、主张是发自内心的欣赏与崇拜的。可他内心在坚持信念与亲情的割舍中，一直都想鱼与熊掌兼得，可现实中又偏偏不允许他两全其美。在这个矛盾中，他不得不为我们办事，却又恨死了我们。只要有机会，只要有一点点希望，他就要回到他的幻想中去。因此，他在为我们办事时，没有威胁，他就装傻充愣；给他一点威胁，他就去干一点。金城解放了，我想他一定很高兴。他以为背叛贵党的事，可以瞒天过海，惭愧和纠结的日子已经翻过去了。没想到我又突然找他，并且继续以其妻儿做威胁，要他为我们做那些提心吊胆的事。在金城已是你们的天下而我们对他的监控又变得鞭长莫及的情况下，他就少了很多顾忌。他知道，要保证妻儿安全，要掩盖罪恶的历史，他必须灭了我和张琦。只是我当时满脑子想的都是怎么与你们斗，一时忽略了他的野心而疏于防范！”

听着冷伟供述，叶子辛又想起江正寒什么“真心热爱”“迫不得已”和“厌恶与憎恨”等辩白，感到他们说的也许是真话。可是对江正寒，叶子辛内心不仅无法引起一点点的怜悯，反而觉得可笑、卑污和无耻。信念是共产党人的灵魂，灵魂没了，留下的就是一具躯壳。躯壳只不过是行尸走肉罢了！

钟向北说：“你们在金城，共潜伏了多少人？怎么联系的？”

冷伟说：“连我总共六十三人，分三大组，一大组内，又分若干小组。行动处处长余福明率一大组；情报处处长柳枫带一大组；剩下的是我领的一大组。具体我有一份潜伏名单、联系方式、密电码……”

此时，窗外的天色已近傍晚。病房内的四个人，仿佛在聊家常，气氛虽然肃穆，可各自神态都很平静，说话声和缓又清晰。

尾　声

黎明前夕，夜色变淡，屋顶和地上薄薄的残雪与月光相互辉映，更显得整座城市的静谧。

“砰……砰砰……”，突然城北方向，紧接着城南、城中等多处响起枪声。在辽阔的夜空中，枪声显得零散、悠远……

昨晚，林世全听完叶子辛和钟向北汇报今晨的搜捕方案后，就约定早上八点半钟去济民医院看望孙言。

长期的地下工作，他们都养成了良好的工作习惯。八点二十五分，穿着解放军棉大衣的林世全，第一个来到济民医院门前的草坪处。

他刚点燃烟斗，胖胖的、穿着一样的雷鸣笑吟吟地也走进来了。

“林书记，”雷鸣伸着右手食指，一边向林世全摇晃着，一边笑着说，“远远闻那烟味，我就知道，您到了！”

林世全吐出一口浓烟，也开玩笑说：“你要是保密站的特务，我就完了！”

“哈哈……”

“林书记，雷副市长，你们好！”

在他们的笑声中，身着军装的叶子辛和钟向北同时走进来。

雷鸣见到叶子辛和钟向北，急忙上前一步，边与他们握手，边笑呵呵地说：“你们这一对地下相识不相认、地上如兄如弟的搭档，辛苦，辛苦了！”

叶子辛也笑着说：“你与雷霆是一个爹妈的吗？地下时不是也老死不相往来？”

“当然，当然！”雷鸣笑呵呵说，“我就这么一个亲哥！”

林世全看看说笑的大家，就抽出吸吮着的烟斗说：“到齐了，我们走吧！”

孙言在三楼，独自一个病房。他被电伤的神经和坐老虎凳时双腿被拉伤的经络，治愈仍需时日。

医生刚查房完毕，孙言穿着病号服，正坐在床头喝水。

他方形的脸，已有些血色；浓浓的眉毛，黑黝黝的，特别醒目；那双大眼睛，也恢复得像过去一样，炯炯有神。

林世全等四人，先后走进病房。

孙言忽然看到，禁不住一阵激动，大声叫道："林书记、子辛，呵，你们又来了！"

说着，孙言放下水杯，想下床。

林世全看他动作艰难的样子，慌忙加快两步，来到床前说："你别动，别动，坐着就可以。"

金城解放的第二天，林世全带着他们几个已来过一次。那次来是向他通报和祝贺金城解放的。之后，叶子辛、雷鸣、钟向北、魏萍、高立和小许他们都分别单独来看望过他。

孙言只好听话地坐在床上说："那你们也坐，有椅子，坐到床上也行。"

林世全看着叶子辛他们说："好，好，你们也坐吧。"

众人嘻嘻哈哈地都找位置坐了下来。

"你们都那么忙，"孙言有些不好意思地说，"我却帮不上，还经常来看我，我真的不敢当！"

坐在床边的林世全说："你别着急，好好养伤。虽然长江以北的敌人很快会被我们消灭，但长江以南还有敌人。我们要解放全中国，要建设新中国，建设新金城，还有很多事情等我们去干呢，你急什么嘛！"

"老孙，你今天之所以躺在这里，是因为你用坚定的信仰和血肉之躯，保卫了市委，保卫了我们这一帮人。什么不敢当呀？你是真英雄！"坐得稍远的雷鸣，竖起大拇指，大声说道。

雷鸣才说完，钟向北也深有感触地说："是啊，孙言，你真的很了不起！我们这些人，一旦落到这帮魔鬼的手里，如果没有坚定的信念，那就是革命的罪人。你能坚持到底，党和人民永远都不会忘记的！"

叶子辛从雷鸣旁边站起来，慢慢走到床边，语调深沉地说："老孙，市委重建，你功莫大焉，而我们却成了逃兵！如果没有你的坚持，没有你想方设法向省委报警，没有你协助初回金城的林书记，他会遇到更大的困难。要说惭愧的，是我……”

“报告!”

叶子辛正说着，高立站在门口，兴奋地高喊一声。

房里的人，同时朝门口看。

“进来!”叶子辛说。

高立马上大步走进来。

“结束了?”叶子辛问已走到跟前的高立，“战果如何?”

高立大声说：“所有的点与窝，一个不落，全部捣毁。共抓获敌特刘伟波以下等十八人，有五人在抓捕时逃跑，被我们打伤，现已押送到这里诊治。丘六旺、郑木金、陈三妹、刘铁这些叛徒悉数逮捕，还缴获电台一部，枪支一批……”

高立说的，就是今天凌晨五时第二次全城搜捕敌特行动的情况。

叶子辛和钟向北审讯完冷伟后，根据他提供的情况，马上密捕了柳枫、张琦、于勇和危善谋等特务，然后又设计诱捕“夜猫”“变色龙”“猎狗”这些小组头。通过这些小组头，高立他们再把潜伏在金城市各处的特务全部摸清后，林世全和叶子辛就部署了今晨的统一行动。

听完高立的报告后，叶子辛微笑地看着林世全。

林世全十分满意地站起来，先是对高立说：“高科长，今天在金城的大扫除，扫得很干净，我代表市委、市政府感谢你们!”

接着，他转向孙言说：“孙言，你看到了吧，我们有了这样的战士，你还急什么呢……”

“报告!”

门口又有人大声喊，使得房内的人不约而同地循声看去。

站在门口的年轻人，椭圆形的脸，眉清目秀，只是他有些凌乱的头发和身穿灰白棉袄，以及黑色棉鞋的行头，让人感到他与普通市民不同，而细细端详他的神态，也确实能感觉到他身上有股子英气。

林世全看见，立刻兴奋地说：“来，请进，快进来!”

随着林世全的叫声，年轻人机警的目光扫一遍房内的众人后，微笑着向林世全走去。

对走进来的这位年轻人，屋内的人除了林世全，只有孙言认识。因此，其他几个都莫名其妙地看着他。

孙言则十分诧异地轻轻说道：“他？他怎么也来了？”

年轻人来到林世全旁边，林世全马上握着他的手，然后面向大家说：“同志们，除了孙言，你们都不知道他是谁，现在我向大家解密。他就是长期潜伏在国民政府国防部保密局金城保密站、代号‘壁虎’的余福明同志。余福明同志在原金城市委被破坏后才被市委唤醒。此后，他为追查叛徒、保卫市委、保卫金城市各地下党组织，以及保护孙言同志、清剿潜伏敌特等提供了许多重要的情报，也尽其所能，涉险犯难地协助党组织做了许多工作。到今天凌晨搜捕行动结束时止，他的潜伏使命已结束，回到我们的队伍中来了，我们热烈欢迎他——无名的英雄！”

“啪啪……”，病房里响起一阵响亮的掌声。

余福明的脸霎时红了起来，急忙说：“林书记过誉了，我的任务没完成好，眼睁睁地看着徐伯恩这个刽子手逃回了南京！”

“这没关系，”林世全笑着说，“南京也很快要回到人民的手中，全国的胜利指日可待！”

叶子辛、雷鸣和钟向北纷纷快步走近余福明，与他握手、拥抱。

余福明十分激动，眼含热泪，与他们一一握手、拥抱，然后缓缓走近孙言。

孙言在看他们握手、拥抱时，眼前不断地浮现出：血迹斑斑的利丰商行，第一次与“壁虎”的接头，联系“壁虎”与林书记接上关系，以及自己被捕后“壁虎”为自己所做的一切……

他抑制不住心潮的起伏。

当余福明俯身与他轻轻地拥抱时，互相间都感觉到对方的身体在发抖。

良久，余福明才在他的耳边柔和而又深情地说：“你辛苦了……”

二〇一九年十二月完稿

图书在版编目（CIP）数据

黎明前夕 / 秋子著. —北京：中国文史出版社，2021.3

ISBN 978-7-5205-2869-6

Ⅰ. ①黎… Ⅱ. ①秋… Ⅲ. ①长篇小说－中国－当代 Ⅳ. ①I247.5

中国版本图书馆 CIP 数据核字（2021）第 021958 号

责任编辑：王文运　　装帧设计：欧阳春晓　王　琳

出版发行：中国文史出版社
社　　址：北京市海淀区西八里庄路 69 号　　邮编：100142
电　　话：010－81136606　81136602　81136603（发行部）
传　　真：010－81136655
印　　装：北京温林源印刷有限公司　　邮编：102445
经　　销：全国新华书店
开　　本：787mm×1092mm　1/16
印　　张：31
字　　数：490 千字
版　　次：2021 年 6 月北京第 1 版
印　　次：2021 年 6 月第 1 次印刷
定　　价：78.00 元